Sparifankerl

Susanne Rößner lebt nach einigen Jahren in den USA und in Italien wieder in ihrer Heimatstadt München. Als berufliches Multitalent hat sie sich unter anderem als Werbekauffrau, Assistentin eines Magiers und Tauchlehrerin engagiert. Ihre bayerische Heimat empfindet sie seit jeher als ganz besonderes Fleckerl; insbesondere die Münchner Hausberge sind ihre bevorzugten Reviere zum Wandern, Biken und Skifahren.

SUSANNE RÖẞNER

Sparifankerl

OBERBAYERN KRIMI

emons:

Bibliografische Information der Deutschen Nationalbibliothek
Die Deutsche Nationalbibliothek verzeichnet diese Publikation in der Deutschen Nationalbibliografie; detaillierte bibliografische Daten sind im Internet über http://dnb.d-nb.de abrufbar.

MIX
Papier aus verantwortungsvollen Quellen
FSC® C083411

Umschlagmotiv: mauritius images/Westend61/Dirk Wüstenhagen
Umschlaggestaltung: Tobias Doetsch
Gestaltung Innenteil: César Satz & Grafik GmbH, Köln
Lektorat: Christine Derrer
Druck und Bindung: CPI – Clausen & Bosse, Leck
Printed in Germany 2016
ISBN 978-3-95451-964-4
Oberbayern Krimi
Originalausgabe

Dieser Roman wurde vermittelt durch die
Verlagsagentur Lianne Kolf, München.

Liebe war ein großes Wort, doch nun sind die Gefühle fort
Denn was der Teufel wirklich kennt – wie er ein Loch in Deine Seele brennt
Von einer dunklen Macht wird er getrieben, wärst ihm besser fern geblieben
Gefangen ist er in seiner kranken Sucht, vergeblich ist jetzt alle Flucht
Doch bald musst Du Dich nicht mehr sorgen, denn für Dich gibt es kein Morgen

»Sparifankerl«
ist die oberbayerische Bezeichnung
für den Teufel.

PROLOG

Als der dunkelhaarige Mann in den gut sitzenden verwaschenen Jeans und dem durch den Kontrast lässig wirkenden edlen Sakko die schummrige Bar betrat, spürte er, wie sich sein Herzschlag beschleunigte. Trotz der frühen Stunde war es brechend voll, die Stimmung war ausgelassen und die Gemüter erhitzt. Auf der Tanzfläche rockte die Menge zu dem atemlosen Beat, der aus riesigen schwarz lackierten Boxen wummerte, und verschwitzte Leiber rieben sich aneinander. Wie so oft war der Frauenüberschuss hoch. Frauen auf der Suche nach einem schnellen, unverbindlichen Abenteuer, einem kleinen Flirt oder nach der großen Liebe.

Sehr gut, dachte er. Ihm war es mit den Jahren egal geworden, wofür sie sich interessierten. Er selbst wollte nur das Eine. Je schneller, desto besser. Unverbindlich, schmutzig, danke. Aus und vorbei. Ciao, bella, schön war's. Ob es ihr gefallen hatte? Egal. Wozu auch sich über Nichtigkeiten einen Kopf machen.

Er bestellte sich einen Whiskey on the rocks, nahm einen Schluck und nickte anerkennend. Ein weiches, warmes Gefühl breitete sich in seinem Mund aus. Er wartete, bis der Barkeeper wieder zu ihm herübersah, hob das Glas und streckte zwei Finger nach oben. Einen doppelten. Dann drehte er sich um und scannte die Frauen auf der Tanzfläche.

Die zierliche Blonde hatte es ihm sofort angetan. Zum einen mochte er Blond, zum anderen stach es förmlich ins Auge, dass sie suchend um sich blickte. Die zur Schau gestellten, stramm nach oben gepuschten Brüste in dem kurzen hautengen Kleid, in dessen tiefem Ausschnitt ein Anhänger an einer langen Kette verschwand, ließen keinen Zweifel, was sie damit ausdrücken wollte. Er lächelte, stellte das Glas ab, zog sein Jackett aus, warf es auf den Barhocker und krempelte die Ärmel seines schwarzen Hemds nach oben, als er sich durch das Gewühl zu ihr drängte.

Sie bemerkte ihn erst, als er direkt vor ihr stand. Sein animalisches, etwas schiefes Lächeln über den ebenmäßigen, nahezu weißen Zähnen, der tiefe, erregte Blick, den er ihr zuwarf, wurden unmittelbar erwidert. Sie warf den Kopf in den Nacken, lachte laut auf und drängte ihm ihren Unterleib entgegen. Ihre Hände strichen aufreizend über ihre schmalen Hüften, und ihre Zunge wanderte fast unmerklich über ihre Oberlippe.

Bingo! Es dauerte keine fünf Sekunden, und dann war klar, dass er gewonnen hatte. Diese Nacht würde heiß und sehr schmutzig enden.

EINS

Als Eva um acht Uhr morgens ins Kommissariat kam, hörte sie die ausgelassene Stimmung, die aus Nora Wallners Büro über den Flur drang, schon von Weitem. Nach einem kurzen Blick in das Zimmer, das sie sich normalerweise mit ihren beiden Kollegen teilte, stellte sie fest, dass sie die Erste war. Karl war vermutlich noch damit beschäftigt, den unglaublich großen Babybauch seiner Gemahlin zu streicheln, und Max, ja, der war es gewesen, der mit seinem Verhalten vor einigen Monaten aller Normalität ein Ende gesetzt hatte.

Eva öffnete die Zwischentür zum nächsten Zimmer, doch auch das Büro ihres Chefs war verwaist. Nachdem sie einen Kaffeebecher aus ihrer Schreibtischschublade geholt hatte, ging sie dem Gelächter nach.

Als sie dann sah, mit wem die Sekretärin schon am frühen Morgen schäkerte, wäre ihr beinahe die Tasse aus der Hand gefallen.

»Guten Morgen zusammen«, sagte sie betont munter. »Gibt es schon Kaffee?«

»Guten Morgen, Eva«, zwitscherte Nora Wallner. »Freilich gibt's an Kaffee. Wie immer halt. Und schau, was uns der Herr Doktor mitbracht hat!«

Sie deutete mit dem blutrot lackierten Zeigefinger ihrer rechten Hand auf die Schwarzwälder Kirschtorte, die auf ihrem Tisch stand.

»Einen wunderschönen guten Morgen, liebe Frau Neunhoeffer«, begrüßte Dyrkhoff die Oberkommissarin in ungewohnt freundlicher Manier. »Wie schön, dass Sie schon da sind. Wissen Sie, wann Ihre Kollegen eintreffen?«

Eva sah den Rechtsmediziner mit großen Augen an und versuchte, aus dem Traum zu erwachen, der sie offensichtlich mit überaus sturer Hartnäckigkeit gefangen hielt. Dyrkhoff, der echte, leibhaftige und seines eigenen Dafürhaltens gottgleiche Chef der Rosenheimer Rechtsmedizin, Dr. Amadeus Dyrkhoff, hatte für alle Weiblichkeit nur Verachtung übrig und würde weder mit Nora flirten noch sie selbst jemals mit einem »wunderschönen guten Morgen« begrüßen. Und mit einer Torte schon gleich gar nicht.

»Erde an Eva«, holte Nora sie aus ihrem Tagtraum zurück. »Der Doktor hat di was gfragt. Wann kommen denn die Kollegen?«

Eva gab sich einen Ruck. »Äh, bald. Ganz bestimmt. Um was geht es denn?«

Dyrkhoff gab sich verschämt. »Ach, das möchte ich gern erzählen, sobald Sie vollzählig versammelt sind. Dann können wir auch gleich den Kuchen essen.«

Schließlich trollte sich Dyrkhoff wieder, nachdem Sauerwein angerufen und Bescheid gegeben hatte, dass er erst gegen elf Uhr im Präsidium eintreffen würde, da er mit der jüngeren seiner beiden Töchter zum Arzt musste. So blieb Eva im Augenblick nichts anderes übrig, als sich zu fragen, ob Dyrkhoffs Auftritt tatsächlich so geschehen war oder ob sie drauf und dran war, den Verstand zu verlieren. Vorsichtshalber bat sie Karl Holtau um eine erste Einschätzung ihres Gesundheitszustands, als der endlich seinen Kopf zur Tür hereinstreckte.

»Fieber?«, fragte Karl erstaunt. »Wie kommst du denn da drauf? Du siehst aus wie das blühende Leben!«

Eva grinste. »Egal. Fühl einfach mal.«

Karl, dem es ein tiefes Unbehagen bereitete, eine andere Frau als seine eigene zu berühren, und sei es auch nur am Kopf, wurde rot. »Also, äh …«

»Himmel, Karl. Reiß dich zusammen!« Kurzerhand fasste sie nach seiner Hand und legte sie sich selbst auf die Stirn.

»Ähm, ja, also nein. Du bist nicht heiß. Ich meine …« Schließlich gab er es auf. Egal, was er jetzt sagen würde, er würde es nur noch schlimmer machen.

»Wieso fragst du überhaupt?«, wollte er aber doch noch wissen.

»Geh zu Nora, sieh nach, was auf ihrem Schreibtisch steht, und frag sie, wo das Ding herkommt. Schau mich nicht so an. Mach einfach.«

»Lieber Herr Hauptkommissar«, Dyrkhoff kam mit ausgestreckten Armen auf Martin Sauerwein zu, »wie schön, dass Sie es einrichten konnten! Ich habe Ihre reizende Sekretärin gebeten, Kaffee für uns alle zu kochen. Ich hoffe, das ist in Ihrem Sinne!«

Sauerwein blickte von Dyrkhoff zu Eva und wieder zurück. Die Fassungslosigkeit seines Gesichtsausdrucks sprach Bände. Obwohl Eva ihn vorgewarnt hatte, war er eher geneigt gewesen, ihrer Theorie vom plötzlichen Fieberschub zu glauben, als dass Dyrkhoffs Auftritt der Realität entsprach.

»... fehlt nur noch der Kollege Hansen«, redete Dyrkhoff inzwischen munter weiter.

Sauerwein schüttelte den Kopf. »Wir sind vollzählig. Worum geht es denn?«

»Also ja, ähm. Wie Sie alle wissen, bin ich ja alles andere als ein Anfänger.« Dyrkhoff kicherte überheblich und sah beifallheischend in die kleine Runde.

Als keiner seiner Zuhörer darauf reagierte, fuhr er ungerührt fort: »Und Sie wissen auch, dass ich als Rechtsmediziner eine Koryphäe von internationalem Ruf bin.«

Wieder keine Reaktion.

»Nun gut. Um es auf den Punkt zu bringen, es gibt da etwas, wobei ich Ihre Hilfe brauche.«

Daher also wehte der Wind. Sauerwein lehnte sich in seinem Stuhl zurück, bis er knarzte, und Eva und Karl tauschten einen überraschten Blick.

»Und das wäre?«, fragte Sauerwein, als von Dyrkhoff nichts mehr kam.

»Ähm, ja, es ist so. Ich habe mich mit meinem geschätzten Kollegen Dr. Kugler aus der ›Alpenklinik Untershofen‹ unterhalten, weil es – na ja, es hat dort einen Toten gegeben.«

»Das wird nicht der Erste gewesen sein«, entgegnete Sauerwein trocken.

Dyrkhoff lachte affektiert auf. »Sie Witzbold. Natürlich nicht. Aber der ist wohl anders als andere.«

»Und was macht ihn so anders?«, hakte Karl nach, während Eva nicht im Traum daran dachte, sich an dem inhaltsleeren Gespräch zu beteiligen.

Die Torte hingegen, die Dyrkhoff mitgebracht hatte, war alles andere als gehaltlos. Sie leckte die Gabel ab und verdrehte vor Wonne die Augen.

»Der war noch jung. Und eigentlich auch völlig gesund.« Dyrkhoff verzog sein Gesicht zu einer Grimasse.

»Shit happens«, konstatierte Sauerwein mit einem schiefen Lächeln. Nicht dass ihn der Tod eines Menschen kaltgelassen hätte; in ihrem Beruf starben viel zu viele Menschen viel zu früh und viel zu oft an unnatürlichen Todesursachen, aber Dyrkhoffs belangloses Geplapper ging ihm auf die Nerven.

»Rücken Sie endlich mit der Sprache raus, Doktor. Sonst können Sie den Rest Ihrer Torte einpacken und gleich wieder verschwinden.«

Mit einem Ruck setzte Eva sich gerade hin und warf ihrem Chef einen alarmierten Blick zu. Dass Sauerwein Dyrkhoff vor die Tür setzte, hatte ihre volle Zustimmung. Den Kuchen konnte er aber gern hierlassen.

»Also es ist so«, setzte Dyrkhoff schließlich an, »Dr. Kugler ist einer der Pathologen, mit denen ich mich gelegentlich auf ein Bier treffe. Bei unserem gestrigen Treffen habe ich ihm erzählt, dass ich vor ein paar Wochen einen ebenfalls jungen Mann seziert habe, der für eine Kremierung vorgesehen war, bei dem mir aber etwas seltsam vorkam.«

»Und was hat das mit seinem Toten zu tun?«

»Äh, das weiß ich noch nicht.«

»Wenn Sie nicht sofort anfangen zu erzählen, worauf Sie hinauswollen, dann schicken Sie mir das Ganze schriftlich!«

Sauerwein wusste nur zu gut, dass Dyrkhoff gelegentlich einen Tritt vors Schienbein brauchte. »Wir werden jedenfalls nicht mit Ihnen Stadt-Land-Fluss spielen.«

Dyrkhoff sah Sauerwein empört an. Als er schon ansetzen wollte, sich gegen die Unterstellung zu wehren, überlegte er es sich aber doch anders. Er war kein großer Redner, aber dann rief er sich in Erinnerung, dass die drei Kommissare intellektuell bei Weitem nicht auf seinem eigenen Niveau waren und dementsprechend Nachhilfe brauchten.

»Bei dem Leichnam, den ich seziert habe, habe ich nichts

Konkretes gefunden, was für einen unnatürlichen Tod spricht. Das heißt, es gab Auffälligkeiten, die waren aber zu gering, um einen anderen Schluss zuzulassen.«

Dyrkhoff hielt einen Moment inne, um sich zu sammeln. »Damit das besser verständlich wird: Es gibt auch in der Rechtsmedizin nicht nur Schwarz und Weiß, sondern jede Menge Zwischentöne. Bis zu gewissen Punkten auf der Skala kann man einen unnatürlichen Tod ausschließen, oder auch definitiv zuordnen. Dann gibt es aber auch Fälle, die verschiedene Deutungen zulassen, und dann heißt es ›im Zweifel für den Angeklagten‹. So weit verstanden?«

»Sie meinen, dass Sie es nicht ausschließen können, dass es den einen oder anderen Toten gibt, der zwar ermordet wurde, sich das aber niemals mittels einer Obduktion beweisen lässt?«

»Äh, ja, es ist zwar sehr unwahrscheinlich, aber hundertprozentig ausschließen würde ich es nicht. Es werden ja zum Beispiel im Leistungssport oder in der Designerdrogenszene immer wieder neue Stoffe entwickelt. Solange die uns nicht bekannt sind beziehungsweise noch nicht unters Betäubungsmittelgesetz fallen, ist der Nachweis eines derartigen Mittels schwierig. Obwohl ich für mich selbst die Hand ins Feuer legen würde, dass ich immer ordentlich und –«

»Doktor!«

Da Dyrkhoff im Moment derjenige war, der ihre Hilfe brauchte statt andersherum, wie es normalerweise der Fall war, sah Sauerwein keinen Anlass, sich noch mehr von Dyrkhoffs Selbstbeweihräucherungstiraden anzuhören.

»Ja gut. Also bei meinem Toten war es so, dass einige Blutwerte außerhalb der Norm lagen, vor allem in einer Kombination, wie ich das noch nicht erlebt habe. Außerdem waren sämtliche Organe angegriffen, allerdings ebenfalls in einem Maß, das an sich nicht für einen unnatürlichen Tod spricht. Obwohl alles irgendwie merkwürdig war, habe ich keinen konkreten Anhaltspunkt dafür gefunden, dass es sich dabei um einen Mord handelte.«

»Der Leichnam wurde also wie vorgesehen eingeäschert?«

»Genau«, bestätigte Dyrkhoff Karls Frage. »Und jetzt komme ich zu dem Gespräch mit meinem Kollegen Kugler. Er hat mir gestern anvertraut, dass er gerade einen ähnlichen Fall auf dem Tisch hat.«

»Was heißt denn ›ähnlich‹?«, wollte Eva wissen. »Vielleicht erzählen Sie uns erst mal, was Ihnen an Ihrem Toten so auffällig vorkam, dass Sie ihn überhaupt sezieren wollten?«

»Na ja, das waren nur Kleinigkeiten. Ich hatte meinen zweiwöchentlichen Turnus im Krematorium. Dass vor einer Kremierung eine zweite Leichenschau durch einen Rechtsmediziner gesetzlich vorgeschrieben ist, wissen Sie, oder?«

Als seine Zuhörer nickten, fuhr Dyrkhoff fort: »Ich wechsle mich dabei mit einem Kollegen im Wochenrhythmus ab. Als ich vor einiger Zeit an der Reihe war, habe ich diesen Toten entdeckt. Seine Haut hatte eine außergewöhnliche Farbe, und es waren am gesamten Körper minimale Petechien ausgebildet. Aufgrund meiner enormen Erfahrung habe ich sofort gemerkt, dass das nicht normal ist –«

Dyrkhoff stoppte seinen Redeschwall, als Sauerwein einen warnenden Ton von sich gab. »Äh, ja, egal. Ich habe den Körper in die Rechtsmedizin verlegen lassen und ihn seziert. Leider ist dabei wie gesagt nichts Handfestes herausgekommen. Das hab ich Kugler gestern erzählt, und der hat mir daraufhin berichtet, dass ihm auch schon früher etwas Vergleichbares untergekommen ist.«

Dyrkhoff räusperte sich. »Und seit gestern hat er eine frische Leiche auf dem Tisch, die diese Merkmale aufweist, er konnte aber bislang nichts finden, was definitiv auf einen unnatürlichen Tod hinweist. Außer diesen seltsamen Blutungen eben … Also jedenfalls hat er ein ganz blödes Gefühl bei der Sache.«

Endlich war es raus. Dachte Dyrkhoff zumindest, bis ihm aufging, dass die Kollegen von der Mordkommission keinen Schimmer hatten, worauf er hinauswollte.

»Was hat Dr. Kugler auf dem Totenschein eingetragen?«, fragte Eva.

Dyrkhoff blickte zu Boden. »Natürliche Todesursache«, murmelte er undeutlich.

»Damit hat er sich ja wohl selbst ein Bein gestellt«, stellte Sauerwein fest. »Wenn er sich schon nicht sicher ist, dann sollte er keine falsch ausgefüllten Totenscheine unterschreiben.«

»So dürfen Sie das nicht sehen!« Dyrkhoff gab sich empört. »Er hat mit den beschränkten Mitteln, die der Pathologie im Krankenhaus zur Verfügung stehen, einfach keinen weiteren Anhaltspunkt gefunden. Aber da ich den Kollegen Kugler als überaus kompetenten Mediziner zu schätzen weiß, dachte ich, wir könnten doch, ähm, könnten *Sie* vielleicht eine Verlegung anordnen?«

»Jetzt komme ich nicht mehr mit«, sagte Sauerwein ratlos. »Ich dachte, der Leichnam liegt noch in der ›Alpenklinik‹? Dann können Sie das doch selbst in die Hand nehmen.«

»Äh, nein, ich meine, es geht nicht um den von gestern, sondern um den anderen, von dem ich vorher –«

»Moment mal«, unterbrach ihn Sauerwein, der endlich kapiert hatte, worauf Dyrkhoff hinauswollte. »Wenn das schon eine Weile her ist, dann ist der Tote doch schon längst beerdigt!«

»Ja, leider. Sonst könnte ich die Verlegung natürlich selbst anordnen. So habe ich keine Chance, aber das ließe sich ändern, wenn Sie mitspielen.« Dyrkhoff blickte Sauerwein verlegen an.

»Was?«, fragte Sauerwein entsetzt. »Sie wollen, dass ich den Toten exhumieren lasse, ohne hinreichenden, ach was, ohne auch nur die Spur eines Verdachts?«

»Ähm, ja, das wäre sehr nett. Noch ein Stück Kuchen?«

»Sie haben nicht mehr alle Tassen im Schrank«, stellte Sauerwein unverblümt fest. »Wie sollen wir das denn rechtfertigen?«

»Das weiß ich auch nicht«, gestand Dyrkhoff. »Können Sie sich nicht irgendetwas einfallen lassen?«

***

Ihr Kleid war so dünn, dass sie seine Erregung deutlich spüren konnte, so als wären sie beide nackt. Mit einem lasziven Hüftschwung, der fast schon obszön zu nennen war, forderte sie ihn heraus, rieb sich an seinen Lenden und bog den Rücken durch, als er ihren Hintern packte und sie zu sich zog.

Er wurde sich mehr und mehr bewusst, wie viel Glück er heute hatte. An manchen Tagen musste er mehrfach Anlauf nehmen, um ein williges Opfer zu finden. Und manchmal ging er auch leer aus, egal, wie sehr er sich bemühte. Dann gab es jene denkwürdigen Tage, an denen er sich am Ziel seiner schmutzigsten Phantasien glaubte und sich dann herausstellte, dass die Frau keine bereitwillige Beute, sondern auf der Suche nach einem Mann war, der sie und ihre Kinder versorgte. Welche Scheiße.

Doch jetzt musste er nicht länger suchen. Die Frau vor ihm war kein Weibchen, das tagsüber hinterm Herd stand und abends ihre Kinderchen ins Bett brachte. Sie war einzig dafür geboren, einem Mann zu Willen zu sein und all seine geheimsten Wünsche zu erfüllen, egal, wie schmutzig und grenzwertig sie waren. Unter dem durchscheinenden Stoff ihres Kleides zeichnete sich ab, dass sie keine Unterwäsche trug. Die Nippel stachen wie Dornen hervor, und als er, wie zufällig, mit seiner Hand ihre Scham streifte, spürte er, dass sie vollständig rasiert war.

Sie drehte eine geschickte Halbpirouette und rieb sich mit ihren Backen an seiner Erektion. Welch ein Prachtarsch! Als er sich vorstellte, wie er mit seinen Händen die runden Halbkugeln auseinanderzerrte, brach ihm der Schweiß aus. Am liebsten hätte er sie inmitten der Menge an Ort und Stelle genommen, sie gegen den Tresen gestoßen und –

Erstaunt sah er auf. Von ihm unbemerkt, hatte sich eine weitere Frau genähert und sich mit einer geschickten Bewegung zwischen ihn und die Blonde geschoben. Sie war einen halben Kopf größer und offensichtlich eine Freundin der anderen. Sie näherte sich dem Ohr der Kleinen, sah ihm dabei tief in die Augen und flüsterte etwas, von dem er nur einen Teil von ihren Lippen ablesen konnte: … *unanständiges Mädchen* …

Es hätte nicht viel gefehlt, und er hätte vor Enttäuschung laut aufgelacht. Bevor jedoch das Blut zurück in seinen Kopf strömen konnte, näherte sich die Dunkelhaarige seinem Ohr.

»… weg von hier. Wir drei! Wir kennen da ein nettes Hotel ganz in der Nähe …«

Überrascht sah er sie an, unsicher, ob sie es ernst meinte oder ihn nur aufziehen wollte. Ihre Augen waren so tief und dunkel, dass ihr Blick ihn förmlich in sich aufsog. Er schluckte. Obwohl sie längst nicht so attraktiv war wie ihre Freundin und er einen zweiten Mann bei einer Ménage-à-trois bei Weitem vorgezogen hätte, waren zwei Frauen auch nicht schlecht. Wenngleich seine Erfahrung gezeigt hatte, dass ein derartiges Erlebnis für seinen Geschmack viel zu ästhetisch und langweilig war.

Für einen Moment schloss er die Augen und visualisierte das Gesicht seiner Frau. Angestrengt konzentrierte er sich und rief sich ihren verletzten Gesichtsausdruck in Erinnerung. Die Miene, mit der sie ihn ansah, wenn er nach einem seiner unzähligen Ausflüge mitten in der Nacht nach Hause kam und die Türen so laut zuwarf, dass sie davon wach werden musste; wenn er ihr endlich gegenüberstand und sie sein Sperma riechen konnte, den Schweiß der fremden Frauen und den klebrigen Geruch von hemmungslosem Sex wahrnahm, der ihm anhaftete, all das erregte ihn. Anfangs hatte er noch so viel Anstand besessen, sich zu duschen, bevor er nach Hause ging. Bis er gemerkt hatte, dass es ihn anturnte, wie sehr die Ausdünstungen seine Frau anekelten.

Als sie mit dem Lift nach oben fuhren, hatte die Blonde den Reißverschluss seiner Hose geöffnet, keine Sekunde später mit dem Zeigefinger ihrer rechten Hand seinen Slip nach unten gezogen und mit geübtem Griff seinen Penis umfasst. Währenddessen spielte die Brünette mit ihrer Zunge an seinem Ohr. Enttäuscht stöhnten beide Frauen auf, als ein leises »Ping« das Erreichen des achten Stockwerks ankündigte. Als die Türen sich öffneten, zog ihn die Blonde leise gickelnd hinter sich her, während die Dunkelhaarige ihnen vorauslief und die Zimmerkarte in das Lesegerät steckte.

»Du bist so aufmerksam«, kicherte sie und nahm ihm den Eiskühler mit den beiden Flaschen ab, die er noch in der Hotelbar gekauft und gleich bar bezahlt hatte. Geschickt zog sie die Champagnerkelche heraus und forderte ihn auf, die erste Flasche zu öffnen, solange sie die Gläser mit dem Geschirrtuch polierte.

Da ihre beiden Spielgefährten mit dem Champagner beschäftigt waren, machte sich die Blonde erneut an seiner Hose zu schaffen. Er schloss die Augen und ließ sie für einen Moment gewähren. Er stellte sich bereits ihre vollen Lippen vor, als die andere ihn aus seinen Träumen riss. Erregt, wie sie war, hatte sie beim Einschenken einen Teil der Brause über den dicken

Teppich vergossen und auch ihn damit getroffen. Jetzt reichte sie die vollgeschenkten Gläser herum und prostete den beiden zu.

»Auf ex«, flötete sie und warf ihm einen erregten Blick zu.

Während die Dunkelhaarige die leeren Gläser erneut füllte, stand die Blonde auf und fing an, sich langsam vor ihm auszuziehen.

Scheiße! Wie er es geahnt hatte, entwickelte sich das Ganze zu einem reizlosen, ästhetischen Vorspiel. Als ob ihn ein Strip heißmachen würde! Er spürte, wie sein Penis wieder schlaff wurde. Rasch holte er die Erinnerung an seine Frau zurück. Und dann merkte er, dass etwas nicht stimmte. Der Raum fing an sich zu drehen. Zuerst ganz langsam, dann immer schneller. Der Champagner. Er war hereingelegt worden!

Lauf weg, rief ihm eine innere Stimme zu, doch da versagten ihm bereits die Beine. Er stützte sich schwer auf das Bett, dann brachen seine Knie unter der Last seines Körpers zusammen.

Das Letzte, was seine Sinne wahrnahmen, war ein undefinierbares, widerlich hochfrequentes Surren.

***

Wie es sich herausstellte, war sich Dyrkhoff der Unmöglichkeit des Unterfangens von Anfang an bewusst gewesen. Vermutlich rührte seine Großzügigkeit auch daher. Als er dann aber auch noch damit herausrückte, dass es in der letzten Zeit offensichtlich ein paar zu viele seltsame Todesfälle gegeben hatte, hätte sich Sauerwein die Kuchengabel fast ins Auge gestochen.

»Drei?«, fragte er fassungslos. »Ich soll Ihnen einen Gerichtsbeschluss besorgen, noch zwei weitere Leichen exhumieren zu lassen? Ohne einen hinreichend begründeten Verdacht? Haben Sie auch nur eine leise Vorstellung davon, was für ein Licht eine solche Anfrage auf mich und mein Team werfen würde? Nichts für ungut, Doktor, aber Sie sollten mal Fieber messen!«

Nachdem sich der Rechtsmediziner eine Viertelstunde später wieder verabschiedet hatte, setzte sich Sauerwein auf Karls Schreibtisch. »Was haltet ihr von Dyrkhoffs Geschichte?«

»Kognitiv oder intuitiv?«, fragte Eva mit einem verschmitzten Lächeln.

»Witzig.« Sauerwein verzog das Gesicht. »Du weißt genau, was ich meine.«

»Vom Bauch her würde ich sagen, dass wir es nicht so einfach vom Tisch wischen sollten«, ging Eva auf den wahren Hintergrund von Sauerweins Frage ein.

Ihr Chef war ein absoluter Verfechter des sprichwörtlichen Bauchgefühls. Was anfangs mehr als ungewohnt für sie gewesen war, hatte sich mit den Jahren zum festen Bestandteil jeder Ermittlung etabliert. Nach Sauerweins Auffassung war Intuition gleichberechtigtes Mittel neben Verstand, Indizien und Beweisen.

»Dyrkhoff ist dermaßen exaltiert und narzisstisch veranlagt, dass es ihn eine Heidenüberwindung gekostet haben muss, uns um Hilfe zu bitten«, sagte sie. »Auch wenn meine Überlegungen gerade durchaus kognitiv angesiedelt sind, ist es diesmal er, der offensichtlich ein blödes Gefühl bei der Sache hat.«

Sauerwein dachte eine Weile über ihre Antwort nach, dann bat er Karl um seine Meinung.

»Im ersten Moment dachte ich, Dyrkhoff hat sie nicht mehr alle«, gestand Karl. »Aber ich gebe Eva recht. Wenn er sich so weit aus seinem Schneckenhaus herauswagt, dass er es noch nicht mal schafft, sich selbst in den Himmel zu loben, dann hat ihn das alles derart verunsichert, dass an der Sache durchaus was dran sein könnte.«

»Aber das alles rechtfertigt nicht die Exhumierung von ein paar Leichen.« Eva seufzte. »Und auch nicht die Überführung des Toten, der noch bei Kugler auf dem Tisch liegt. Wieso fährt Dyrkhoff nicht in die ›Alpenklinik‹ und untersucht die Leiche dort?«

Am nächsten Nachmittag stand Amadeus Dyrkhoff erneut unangekündigt bei Sauerwein im Büro.

»Was ist los, Doktor? Haben Sie noch ein paar ungeklärte Todesfälle in Ihrer Schublade gefunden, die wir ausgraben lassen sollen?«

Dyrkhoff lachte freudlos. Und auch seine Körperhaltung sprach Bände. Vor Sauerwein zu Kreuze kriechen zu müssen war ihm offensichtlich derart unangenehm, dass er zehn Zentimeter kleiner wirkte als sonst.

»Ich wollte Ihnen nur berichten, dass ich meinen Kollegen Kugler besucht habe.«

»Und?«, fragte Sauerwein, als nichts weiter kam.

»Ja, ähm, nichts.«

»Aha. Und um mir dieses ›Nichts‹ mitzuteilen, bemühen Sie sich persönlich hierher? Das nehme ich Ihnen nicht ab.«

Dyrkhoff knetete seine Hände. »Ja, das ist richtig. Also, ich weiß nicht, wie ich Ihnen das erklären soll …«

»Vielleicht von Anfang an?«, schlug Eva vor, die in der Verbindungstür zu ihrem Büro lehnte.

Dyrkhoff fuhr erschrocken herum. »Müssen Sie sich so anschleichen?«

»Hab ich gar nicht«, entgegnete Eva. »Kann es sein, dass Sie überreagieren?«

Dyrkhoff wollte auffahren, als er es sich plötzlich anders überlegte und sich schwer in den Besucherstuhl vor Sauerweins Schreibtisch fallen ließ.

»Ich weiß es nicht«, sagte er trübsinnig. »Ich hab mir den neuen Toten angeschaut. Das, was ich gesehen habe, entspricht einem völlig normalen Todesfall. Wir haben ein paar Proben entnommen, aber bis auf ein paar erhöhte Leberwerte war alles im grünen Bereich. Die äußere Leichenschau hat wieder nur minimale Auffälligkeiten ergeben. Und wir haben den Leichnam sehr penibel untersucht. Da Kugler den Totenschein bereits auf ›natürliche Todesursache‹ ausgestellt hat und die Angehörigen keine weiterführende Bestimmung der Todesart wünschen, sind mir die Hände gebunden, solange Sie keine Ermittlungen aufnehmen.«

»Genau das ist der Punkt«, sagte Sauerwein. »Uns sind nämlich ebenfalls die Hände gebunden, solange weder Sie noch Kugler noch sonst jemand einen hinreichenden Verdacht äußern kann, dass ein unnatürlicher Todesfall vorliegt. Außerdem steht es doch in Ihrer eigenen Macht, eine zweite Leichenschau vorzunehmen und gegebenenfalls eine Sektion anzuordnen.«

»Das weiß ich selbst«, sagte Dyrkhoff nervös. »Aber ich kann auch nicht hergehen und willkürlich irgendwelche Leichen sezieren, wenn es keinen Anhaltspunkt für einen unnatürlichen Tod gibt. Wenn das rauskäme, dann springt mir nicht nur die Witwe, sondern auch noch die gesamte Presse an die Gurgel.«

»Und da haben Sie sich gedacht, dass die Journaille doch besser uns ans Leder geht als Ihnen, was?« Dyrkhoffs Borniertheit brachte Eva beinahe aus der Fassung.

»Ja. Äh, nein, das meine ich natürlich nicht«, stammelte er. »Aber irgendetwas sagt mir, dass was mit der Leiche nicht stimmt. Da bin ich mit Kugler einer Meinung.«

»Irgendetwas?«, fragte Eva mit einem leichten Lächeln. »Sie meinen doch sicher nicht Ihr ›Bauchgefühl‹.«

Dyrkhoff winkte müde ab und stand auf. »Es ist mir egal, wie Sie es nennen. Von mir aus bezeichnen Sie es auch als Hellseherei.«

Als Dyrkhoff bereits zur Tür hinaus war, fiel Sauerwein etwas ein, und er rief ihn zurück. »Ist die Leiche bereits zur Bestattung freigegeben?«

»Keine Ahnung. Wieso wollen Sie das wissen?«

»Weil es vielleicht eine gute Idee ist, wenn wir der Beisetzung beiwohnen und die Angehörigen in Augenschein nehmen.«

»Irgendwie lässt mir sein Auftritt keine Ruhe«, sagte Eva nachdenklich, als der Rechtsmediziner wieder verschwunden war. Sie studierte den Bericht mit den Laborergebnissen, den Dyrkhoff dagelassen hatte.

»Was, wenn tatsächlich etwas dran ist, dass dieser Marcel Rieger und auch die anderen eines nicht natürlichen Todes gestorben sind?«

Sauerwein lächelte milde. »Jetzt sag bloß nicht, dass du noch nie darüber nachgedacht hast.«

»Worüber? Dass unzählige Todesfälle eigentlich Morde sind, die nur nie jemand entdeckt hat? Natürlich ist mir das klar. Aber nachdem nun schon mal der Verdacht im Raum steht, muss es doch einen Weg geben, dem nachzugehen und zu ermitteln!«

»Ich wüsste jedenfalls keinen«, sagte Sauerwein. »Die erste Leichenschau hat nichts ergeben, die Angehörigen wollen keine

Obduktion, und selbst die Inaugenscheinnahme Dyrkhoffs hat kein Ergebnis zutage gefördert. Durch das Fehlen jeglichen Verdachtsmoments haben wir schlicht und einfach keinen begründbaren Anlass, wegen Mordes zu ermitteln. Es sei denn, ein Angehöriger kommt auf uns zu und äußert seine Bedenken am natürlichen Tod.«

»Können wir diese Bedenken nicht auch proaktiv einfordern?«, fragte Eva.

»Du willst hinfahren und seine Witwe belästigen?«

»Von Belästigen keine Spur. Einfach eine Routinebefragung, weil der Verstorbene doch noch so jung war. Und wenn Dr. Kugler einverstanden ist, können wir es auf ihn schieben.«

»Was meinst du denn damit?«, fragte Karl, der mit einer großen Tasse eines undefinierbar riechenden Kräutertees zur Tür hereinkam.

»Wir könnten behaupten, dass es in letzter Zeit in der ›Alpenklinik‹ unter Kugler einige ungeklärte Todesfälle gegeben hat und dass das berechtigte Fragen aufwirft«, schlug Eva vor. »Wenn Riegers Witwe darauf eingeht, könnten wir die Leiche ganz offiziell in die Rechtsmedizin überstellen lassen.«

»Du vergisst, dass Kugler Pathologe ist«, feixte Karl. »Die Patienten, die er zu Gesicht bekommt, sind schon vorher tot.«

»Dann behaupten wir eben, dass er zusätzlich in der Notaufnahme arbeitet. Das wird kaum jemand nachprüfen.«

»Und was soll das bringen? Dyrkhoff sagt doch selbst, dass er bislang an keinem Toten etwas hat finden können, das ein Ermittlungsverfahren rechtfertigt.«

»Darum geht es mir nicht.« Nachdenklich drehte Eva eine ihrer langen dunklen Locken um den Zeigefinger. »Aber wenn wir ihn erst mal in der Rechtsmedizin haben, gewinnen wir Zeit. Solange Dyrkhoff den Leichnam nicht freigibt, kann er schließlich nicht beerdigt werden.«

Eine Weile war es still in dem kleinen Büro.

Schließlich sagte Karl: »Das ist aber ganz schön grenzwertig. Selbst falls Kugler mit deinem Plan einverstanden wäre – wenn die Witwe darauf anspringt und im schlimmsten Fall zur Presse rennt, dann wäre Kuglers Reputation im Arsch.«

»Da geb ich dir recht«, sagte Sauerwein. »Wir könnten allerdings mit ihm reden, ob er eine Idee hat, die zwar in diese Richtung geht, aber nicht an seinem Ruf kratzt.«

»Ich habe mit Kugler telefoniert«, informierte Eva ihre Kollegen am späten Nachmittag. »Wie wir schon vermutet haben, steht er für so was nicht zur Verfügung, aber er fragt, ob wir ihn morgen in der Klinik besuchen könnten.«

»Ja, das machen wir«, beschloss Sauerwein und grinste. »Allerdings müssen wir nicht alle dorthin. Wer will hier die Stellung halten?«

Als Karls Hand in Sekundenschnelle nach oben schoss, fing Eva an zu kichern. Dass der passionierte Stubenhocker freiwillig keinen Fuß vors Präsidium setzen würde, war von vorneherein klar und Sauerweins Frage rein rhetorisch gewesen.

***

Es dauerte eine ganze Weile, bis er aus den Tiefen eines ungesunden, fiebrigen Schlafs erwachte. Irgendwo weit weg ertönte das Schlagen einer Tür und holte ihn ein Stück weit aus seinem komatösen Zustand heraus, einem undefinierbaren Licht entgegen. Hätte es nicht kurz darauf einen scharfen Knall gegeben, der zur Folge hatte, dass sein Herz einmal aussetzte, nur um danach ins Rasen zu geraten, wäre er zurückgesunken in einen Zustand des Vergessens und Nicht-anwesend-Seins.

Jetzt aber riss er erschrocken die Augen auf, nur um sie sofort wieder zu schließen. Doch da war es schon zu spät. Ein gleißender Lichtstrahl schoss ihm durch das rechte Auge, prallte an die hintere Schädeldecke, wurde dort abgelenkt und jagte in unverminderter Geschwindigkeit in seinen Magen, wo er den Inhalt desselben zum Kochen brachte und eine Fontäne Magensaft nach oben in die Speiseröhre sprudelte.

Er stöhnte, setzte sich mit einem Ruck auf, ignorierte den Schwindel und schaffte es bis zur nächsten Tür, als der erste Schwall Speisebrei der Magensäure folgte. Sein Glück war, dass die Tür in ein hellbeige gefliestes Bad führte und er gerade noch genügend Beherrschung aufbrachte, nicht den weichen, fast weißen Vorleger vollzukotzen. Die Hand vor den Mund gepresst, quoll halb verdautes Essen durch seine Finger und spritzte an die verspiegelte linke Wand, dann erreichte er endlich die Toilettenschüssel, klappte mit letzter Kraft den Deckel nach oben und ließ sich auf die Knie sinken.

Als eine Viertelstunde später nur noch bittere Galle kam, stemmte er sich auf die Füße und hielt sich am Handtuchheizkörper fest, während sich der Raum schlagartig zu drehen begann. Er fühlte sich so elend und krank, dass ihm die Tränen in die Augen stiegen. Mühsam wickelte er einige Meter von der Klopapierrolle und versuchte halbherzig, die Spuren zu entfernen, die an die Wand und den Spiegel geklatscht waren. Erst als er auch den Boden einigermaßen gesäubert hatte, kletterte er mit wackligen Beinen über den Badewannenrand, setzte sich hinein und drehte das Wasser auf.

Eine halbe Stunde später waren die Schmerzen nicht weniger geworden, aber wenigstens ein Bruchteil seiner Erinnerungen war zurückgekehrt. Er stellte das Wasser ab, schlang sich ein Handtuch um die Hüften und zögerte einen Moment, bevor er in den Schlafraum zurückkehrte.

Verwundert sah er, dass das Bett leer war. Er ließ seinen Blick über das Chaos schweifen, das im Zimmer herrschte. Seine Kleidung lag verstreut über dem Sofa und dem kleinen Beistelltisch, und eine einzelne Socke hatte es irgendwie bis auf das Fensterbrett geschafft.

»Scheiße«, murmelte er und schüttelte den Kopf, um den Nebel darin zu vertreiben. Dann fiel es ihm wieder ein. Die Bar! Die beiden Frauen, die ihn angemacht und zu einem Dreier gedrängt hatten.

Himmel, war ihm schlecht. Sosehr er sich auch bemühte, er konnte sich beim besten Willen nicht daran erinnern, wie es weitergegangen war. Angesichts seines Zustands war er sich nicht einmal sicher, ob ihm seine Erinnerung nicht nur einen Streich spielte und er sich nur so hatte volllaufen lassen, dass ihm sein Gedächtnis eine Fata Morgana vorgaukelte.

Wehleidig ließ er sich auf das Bett sinken, griff nach der vollen

Wasserflasche, die auf dem Nachttisch stand, und stürzte sie in einem Zug hinunter. Während er trank, stieg ein Bild in ihm auf. Champagner. Drei Gläser. Ruckartig drehte er sich zu dem kleinen Tisch um, auf dem der Eiskühler gestanden hatte. Minutenlang starrte er wie benommen auf das Tischchen, ohne zu begreifen. Er schloss die Augen, blinzelte, öffnete sie wieder. Dann sah er sich weiter hilflos im Zimmer um. Nichts. Kein Champagner, keine Gläser. Und auch keine Spur einer Frau. Kein vergessener Slip, kein roter Abschiedsgruß am Spiegel, keine Wimperntusche auf dem Kopfkissen. Überhaupt, das Kopfkissen! Genau wie die zweite Decke war es völlig unberührt. Lediglich die Seite des riesigen Betts, auf der er gelegen hatte, war benutzt.

Und dann fiel es ihm wie Schuppen von den Augen. Er war es, der benutzt worden war! Die Frauen hatten ihn in der Bar beobachtet und beschlossen, ihn auszurauben. Verdammte Scheiße! Fünftausend Euro, einfach weg. Er vergrub den Kopf in seinen Händen und lachte bitter auf. Nur dem Restalkohol war es zu verdanken, dass es eine ganze Weile dauerte, bis ihm bewusst wurde, dass in seiner Brieftasche nicht nur Geld gewesen war, sondern auch sämtliche Papiere und zwei Kreditkarten, die kein Limit hatten.

Er angelte mit dem Fuß nach seinem Jackett, das am Boden lag, und fischte die Brieftasche aus der Innentasche. Als er es endlich geschafft hatte, sie herauszufummeln, wog er sie ungläubig in der Hand. Sie war prall gefüllt. Irritiert blickte er auf die Scheine in seinen Fingern. Dann erst fiel ihm auf, dass er seine goldene Rolex noch am Handgelenk trug. Mit jeder verstreichenden Minute wurde seine Verwirrung größer.

Schließlich griff er nach dem Telefonhörer und wählte die Nummer der Rezeption, die auf einem Kärtchen stand, das neben dem Apparat lag.

»Einen schönen guten Morgen, Herr Morl«, meldete sich eine Frau mit einem leichten bayrischen Akzent.

»Morgen«, brummte er, darauf bedacht, nicht wie ein Penner zu klingen. »Woher kennen Sie meinen Namen?«

»Ähm. Ihre Zimmernummer? Vierhundertsieben? Wer sonst sollte von dort aus anrufen?«

»Natürlich«, stammelte er verlegen. »Ich habe so unerträgliche Kopfschmerzen, dass ich kaum denken kann. Können Sie mir ein Aspirin besorgen? Und«, er zögerte einen Moment, »könnten Sie bitte nachsehen, wer das Zimmer hier reserviert hat?«

Kurz darauf legte er, um keinen Deut klüger, wieder auf. Er selbst hätte das Zimmer am späten Vorabend gebucht. Der Nachtportier war bereits nach Hause gegangen und konnte augenblicklich nicht befragt werden, und von der Begleitung durch eine Dame – die zweite hatte er wohlweislich verschwiegen – wusste niemand etwas.

Eine Stunde später war er so weit wiederhergestellt, dass er sich traute, das Hotel zu verlassen. Als er an der Rezeption stand und die Rechnung beglich, musste er sich eingestehen, dass es keine Frauen gegeben hatte und auch keinen Champagner. Einzig sein Rücken und seine rechte Schulter brannten wie Feuer, und irgendeine weit entfernte Stimme flüsterte ihm zu, dass irgendetwas an der Geschichte ganz und gar nicht stimmte.

ZWEI

»Ich habe die halbe Nacht über Ihren Vorschlag nachgedacht«, sagte Dr. Kugler, als er Sauerwein und Eva die Hand schüttelte, »aber der Preis, den ich für diese Aktion zahlen müsste, falls der Kollege Dyrkhoff und ich doch falschliegen, ist einfach zu hoch.«

Er hatte sie an der Pforte abgeholt und führte sie nun nach oben in sein Büro, wo sie bereits erwartet wurden.

»Frau Dr. Laska von der Klinikverwaltung«, stellte Dr. Kugler den Kommissaren die resolut wirkende Frau vor. »Sie ist in das Problem eingeweiht und hat sich freundlicherweise die Zeit genommen, sich mit uns auszutauschen.«

»Wir sehen uns des Öfteren mit den Vorwürfen von Angehörigen konfrontiert, die einen Arzt für den Tod ihrer Liebsten verantwortlich machen«, ergriff Elisabeth Laska das Wort.

»Eine für den jeweiligen Arzt und auch für uns zwar leider fast schon zur Routine gewordene Angelegenheit, aber dennoch eine heikle Sache. Dem Arzt bleibt in diesem Fall eine ausführliche Stellungnahme nicht erspart, und nicht selten landet der Fall auch noch vor Gericht. Wie Sie sich sicher vorstellen können, ist das für alle Beteiligten eine äußerst unangenehme Situation. Unsere Ärzte handeln nach bestem Wissen und Gewissen, versuchen alles in ihrer Macht stehende, um den Patienten zu helfen, und ernten schließlich nur Vorwürfe.«

Elisabeth Laska hob die Hand, als Sauerwein, dem nicht klar war, worauf sie hinauswollte, sie unterbrechen wollte. »Wenn wir nun das Gerücht lancieren, dass wir selbst einen unserer Oberärzte in Verdacht haben, dann bringen wir eine Lawine ins Rollen, die niemand mehr kontrollieren kann.«

»Das haben wir bereits nach Frau Neunhoeffers Telefonat mit Herrn Dr. Kugler verstanden«, sagte Sauerwein. »Das ist auch nicht mehr Gegenstand unseres Gesprächs.«

Nach zwei Stunden intensivem Gedankenaustausch war deutlich geworden, dass es keine Möglichkeit gab, in der Sache zu agieren. Der einzige Hoffnungsschimmer war die bevorstehende

Beerdigung, an der Eva als Zaungast teilnehmen wollte. Mit etwas Glück würde sie dort mit anderen Trauergästen in Kontakt kommen und etwas erfahren, das sie weiterbrachte.

***

»Schlechte Nachrichten«, sagte Karl, als seine Kollegen zurück ins Kommissariat kamen. »Die Witwe des Verstorbenen, Ariane Rieger, hat sich für eine Feuerbestattung entschieden. Falls wir vor der Kremierung nicht noch einen überprüfbaren Verdacht an die Hand bekommen, dann wird ein gewaltsamer Tod nicht mehr nachzuweisen sein. Und im Übrigen habe ich in der Richtung nachgeforscht: Die drei anderen Leichen, die Dyrkhoff exhumieren lassen wollte, wurden ebenfalls verbrannt.«

»Mist«, murmelte Eva, bei der plötzlich sämtliche Alarmglocken zu schrillen begannen. »Das ist schon irgendwie seltsam, oder?«

»Was denn?«, fragte Max Hansen, der fröhlich pfeifend zur Tür hereinspazierte.

Nachdem sich die Überraschung über seinen unerwarteten Besuch gelegt hatte, fasste Eva die aktuellen Ereignisse für ihn zusammen.

Der Urlaub hat ihm gutgetan, dachte sie. Er hatte eine gesunde Farbe bekommen, sah erholt aus und gab sich ungewohnt friedfertig. Was sich auch nicht änderte, als sie ihm von Dyrkhoffs Anliegen erzählte. Sie schickte ein Dankgebet zum Himmel.

Nach der Suspendierung wegen Drogenkonsums vor etlichen Monaten, die Polizeidirektor Märkel nur auf Sauerweins Drängen zur Probe und unter der Bedingung, dass Max von der Mordkommission in einen anderen Bereich beordert wurde, zurückgenommen hatte, schien bei Oberkommissar Max Hansen endlich der Groschen gefallen zu sein. Schon als er Sauerweins Angebot abgelehnt hatte, sich nach München versetzen zu lassen, um dem Spott aus dem Weg zu gehen, der ihn voraussichtlich im Rosenheimer Kommissariat erwarten würde, hatte er Rückgrat bewiesen.

»Nein. Ich will hierbleiben und mich dem Ganzen lieber gleich stellen. Ich weiß, dass ich Scheiße gebaut habe, und dafür stehe ich jetzt auch gerade. Und wenn jemand der Meinung ist, mich mobben zu müssen, dann will ich das lieber sofort wissen.«

Seine Strafversetzung in die Registratur schien ihn so weit geläutert zu haben, dass sich bei seinen gelegentlichen, von einer Art Heimweh initiierten Besuchen bei den Kollegen seiner ehemaligen Abteilung immer mehr von dem Max Hansen zeigte, den sie von früher kannten.

»Wieso stellen Dyrkhoff und Kugler keine Anfragen an ihre Medizinerkollegen in den Kliniken bundesweit?«, schlug er jetzt vor. »Vielleicht gibt es vergleichbare Fälle, und die Ärzte könnten sich gegenseitig auf die Sprünge helfen. Wenn erst mal hinreichend viele Verdachtsmomente zusammengekommen sind, fügen sich vielleicht genügend Puzzleteile ineinander, dass sich ein Bild ergibt.«

»Das Thema haben wir bei der Besprechung in der Klinik bereits geklärt«, antwortete Eva. »Das Problem ist, dass es in jedem Krankenhaus einige Ärzte gibt, die sich mit ähnlichen Fragen herumschlagen. Kugler und seinen Kollegen zufolge gibt es viele Ärzte, die in quasi jedem dritten Todesfall einen perfekten Mord vermuten. Eine entsprechende Anfrage würde eine Lawine lostreten, die weder kontrollierbar wäre noch irgendwelche brauchbaren Ergebnisse liefern würde.«

»Mmh«, brummte Max. »Das leuchtet ein. Und was ist mit den ungeklärten Verdachtsmomenten?«

»Welche Verdachtsmomente?« Eva riss den Kopf hoch. »Du denkst an irgendwelche Verschwörungstheorien entfernter Angehöriger und Bekannter, dass Frau X ihren Mann umgebracht hat?«

»Genau.«

»Da gibt es bestimmt Tausende. Die zu filtern, wer aus welchen Beweggründen auch immer einem anderen an den Karren fahren will und wer wirkliche Sorge hat, ist ein Ding der Unmöglichkeit.«

»Ihr vergesst einen ganz entscheidenden Punkt«, mischte Karl sich in das Gespräch ein. »Und zwar, dass ihr mit eurer Theorie ein ganz anderes Fass aufmacht.«

»Welches Fass denn?«, fragten Eva und Max unisono.

»Serienmord. Und das ist schon weit hergeholt. Wer sollte Rieger und sonst wem das Licht ausblasen wollen? Schließlich war das ein unbescholtener Bürger.«

»Du hast recht und auch wieder nicht«, sagte Max. »Mit der Theorie begibt man sich auf dünnes Eis.«

Dann drehte er sich abrupt zu Karl um. »Woher weißt du, dass Rieger sauber war? Hast du ihn überprüft?«

»Nein«, gestand Karl. »Aber dazu gab es auch gar keinen Grund.«

»Keinen außer Dyrkhoffs Bauchgefühl«, sagte Eva. »Vielleicht sollten wir darauf doch noch mehr geben …«

»Wie kommst du darauf?«, fragte Karl eine Stunde später, als Max wieder zurück in den Keller verschwunden war und Eva den Verdacht äußerte, dass die Riegers keine allzu gute Beziehung geführt hatten.

»Ich habe herausgefunden, dass ein Nachbar die Polizei gerufen hat, da es regelmäßig lautstarken Streit zwischen den Eheleuten gegeben hat.«

»Da wären sie sicher nicht die Ersten.«

»Das wohl nicht, aber wegen eines, sagen wir mal, Durchschnittsstreits holt doch niemand die Polizei. Da sind in der Regel auch Handgreiflichkeiten im Spiel.« Eva sah Karl, der mit einem Auge die Infoseiten der örtlichen Friedhofsverwaltungen studierte, mit hochgezogenen Augenbrauen an. »Wann ist eigentlich die Beerdigung?«

»Das steht hier nicht. Nur dass heute Nachmittag auf dem Friedhof am Klosterweg ein Trauergottesdienst abgehalten wird. Die Beisetzung soll zu einem späteren Zeitpunkt im engsten Familienkreis stattfinden.«

»Kannst du Rieger vor zwölf Uhr durch die weiteren Datenbanken laufen lassen? Ich würde gern vorab wissen, ob ich auf irgendwas achten muss.«

»Bin schon dabei«, antwortete er. »Und ich habe auch schon was gefunden. Schau.« Er zog ein Blatt aus dem Drucker und schob es über den Tisch.

Eva las sich die Zusammenfassung durch, dann sah sie ihn nachdenklich an. »Klingt nach schwerer häuslicher Gewalt«, sagte sie schließlich. »Was ist mit seiner Frau? Gab es von ihrer Seite denn keine Anzeigen?«

»Keine einzige.«

»Gerd Peters und Jochen Wedekind«, las Eva vor. »Sind das Nachbarn der Riegers?«

»Gerd Peters ist der Bruder von Ariane Rieger«, stellte Karl richtig. »Jochen Wedekind ist ein Nachbar. Beide Anzeigen wurden zurückgezogen, nachdem Ariane Rieger bei der Polizei insistiert und behauptet hat, dass ihre Verletzungen auf Fahrradunfälle und Missgeschicke im Haushalt zurückzuführen sind.«

»Ein Klassiker, oder?«, fragte Sauerwein, der eben von der jährlichen Schießprüfung zurückkam und mit Hilfe einer Packung Reinigungstücher versuchte, die Schmauchspuren von seinen Händen zu wischen. Angewidert warf er ein Tuch in den Papierkorb, nur um sofort ein weiteres aus der Packung zu ziehen. »Wie ich das hasse.«

Eva grinste. »Hast du wenigstens diesmal auf Anhieb bestanden?«, scherzte sie, wohl wissend, dass Karl zuhörte. »Oder geht es dir wie Karl, der jedes Jahr drei Mal wiederholen muss?«

Karl verdrehte die Augen. »Sehr witzig.«

Witzig war es in der Tat. Karl, der so friedfertig war, dass er der sprichwörtlichen Fliege nichts zuleide tun konnte, und zudem nichts lieber tat, als am Schreibtisch zu sitzen, um Berichte zu schreiben und anderes administratives Zeug zu erledigen, war ein derart begnadeter Schütze, dass es einem Scharfschützen zur Ehre gereicht hätte. Nichtsdestotrotz fragten sich die Kollegen auch noch nach Jahren, weshalb der eingefleischte Pazifist ausgerechnet Polizist geworden war.

»Ich werde das nie verstehen«, sagte er jetzt. »Weshalb lässt sich eine Frau von ihrem Mann behandeln wie der letzte Dreck? Und dann nimmt sie ihn auch noch in Schutz, wenn sie bereits auf der Intensivstation liegt. Ich hätte eine Heidenangst, dass ich das nächste Mal nicht überleben würde.«

»Das muss wahre Liebe sein«, sagte Eva mit einem schiefen Lächeln und hob beide Hände, als Karl sie entsetzt ansah. »Das war Spaß!«, stellte sie rasch klar. »Mir ist das auch ein Rätsel. Vielleicht denken diese Frauen aber so und verlieren irgendwann den Bezug zur Realität.«

»Oder sie haben Angst, dass der Mann sie umbringt, falls sie sich trennen.« Karl erschauderte beim bloßen Gedanken daran.

»Wir sollten mit dem Bruder und dem Nachbarn reden«, überlegte Eva. »Haben wir Fotos von den beiden? Sollte sich einer nach dem Gottesdienst von der Gruppe absondern, dann ergibt sich vielleicht die Möglichkeit, ihn in ein Gespräch zu verwickeln.«

Karl druckte die Führerscheinfotos der beiden Männer aus. »Leider ist die Aufnahme von Gerd Peters nicht wirklich aktuell. Im Gegensatz zu Jochen Wedekind hat er immer noch den alten grauen Lappen.«

Eva kicherte, als sie das Bild sah. Dann wurde sie wieder ernst. »Das Foto kann man vergessen. Aber da sich Peters vermutlich in unmittelbarer Nähe seiner Schwester aufhalten wird, ist die Chance nicht ganz so schlecht, dass ich ihn trotzdem identifizieren kann. Es wird nur nicht leicht werden, an ihn heranzukommen …«

»Das denke ich auch.« Sauerwein hatte endlich wieder saubere Hände und lehnte in der Verbindungstür zu seinem Büro. »Ich glaube auch nicht, dass es eine gute Idee ist, wenn du dich an ihn ranmachst. Sollte die Witwe Dreck am Stecken haben, dann wird sich ihr Bruder aller Wahrscheinlichkeit nach vor sie stellen. Es macht mehr Sinn, den Nachbarn zu befragen.«

Er verstaute die restlichen Reinigungstücher im Schrank. »Aber nicht während der Feier, das machen wir zu einem späteren Zeitpunkt. Im Moment halte ich es für besser, wenn du dich einfach nur unter die Leute mischst. Vielleicht schnappst du dabei etwas auf, das uns weiterhilft. Karl, du fährst mit Eva. Doch«, erstickte er dessen versuchten Einwand bereits im Keim. »Ich will dich dabeihaben. Ich möchte allerdings, dass du nur die Trauergemeinde beobachtest, und zwar aus der Distanz. Versucht euch einen Überblick zu verschaffen, wie sehr die Anwesenden um den Verblichenen trauern.«

Eva war mit einem Blick auf die Uhr aufgestanden und hatte

ihre Jeansjacke angezogen. Jetzt holte sie eine schwarze Baskenmütze aus ihrer untersten Schreibtischschublade, drehte ihre dunklen Locken zusammen und schob sie unter die Mütze, die sie sich tief in die Stirn zog. Dann stellte sie den Jackenkragen hoch und steckte sich eine große Sonnenbrille auf die Nase.

Sauerwein lachte. »Perfekt. So wird man dich später nicht wiedererkennen, wenn du offiziell in Erscheinung treten musst.«

***

Er war geschlagene eineinhalb Stunden durch die Gegend geirrt, ohne dass er seinen Wagen gefunden hatte. Zuerst hatte er die Hotelgarage erfolglos durchkämmt, dann hatte er feststellen müssen, dass es in Strömen regnete. Immerhin war die Rezeptionistin des Hotels so freundlich und lieh ihm einen überdimensional großen Schirm. Doch als er vor der Drehtür des Hotels stand, hatte er keinen Schimmer, in welche Richtung er gehen sollte. Der einzige Anhaltspunkt, den er hatte, war die Bar. Aber nicht mal an deren Namen konnte er sich erinnern. Erst als zwei Hundert-Euro-Scheine verstohlen den Besitzer wechselten, setzte sich die Flüsterpost in Gang, bis schließlich einer der Köche vermeinte, ein paar der wenigen Details über das Lokal, die er aus seinem Gedächtnis hatte hervorkramen können, schon mal gesehen zu haben.

Nun rächte es sich, dass er sein Revier unbedingt in der Anonymität der bayerischen Landeshauptstadt aufschlagen musste, eine gute Stunde von zu Hause entfernt. Das und die Tatsache, dass er eine Kneipe nie zweimal aufsuchte. Er hätte sich in den Hintern beißen können. Nur weil ihm der Anstand gebot, dass er seine Frau nicht derart demütigte, indem er vor seiner eigenen Haustür wilderte. Fast hätte er gelacht. Allein schon der Gedanke war ein einziger Witz. Seine Diskretion war weniger dem geschuldet, was er seiner Frau damit antat, die zu erniedrigen ihm ein immer größer werdendes Vergnügen bereitete.

Verdammt, allein bei dem Gedanken daran, wie er und sein Kumpel sich seine Alte brüderlich geteilt hatten, wurde er hart, das konnten nicht einmal seine Kopfschmerzen verhindern. Er schüttelte die angenehmen Gedanken ab und griff den Faden wieder auf, der ihn dorthin geführt hatte. Natürlich ging es bei seinen Ausflügen nach München nicht darum, seine Frau zu schützen. Aber seine Geschäftspartner hätten an seinem Treiben sicher nicht viel Gefallen gefunden. Es war also in erster Linie er selbst, den er mit seinem Versteckspiel schützen wollte.

Als er, der Beschreibung des Kochs folgend, zehn Minuten später vor der Bar stand, glimmte ein Funken des Wiedererkennens in seinem Gehirn auf. Auch wenn es am Abend zuvor stockfinster gewesen war, kam ihm die pompöse Pforte ausgesprochen bekannt vor.

Er stemmte sich dagegen. Verschlossen. Verdammt. Zum gefühlt hundertsten Mal drückte er auf den Öffner seines Autoschlüssels und sah sich suchend um. Nichts. Als er ein paar Straßen weiter noch immer nicht fündig geworden war, gab er seinen Kopfschmerzen nach und winkte ein Taxi heran. Den Wagen konnte er auch noch später holen. Erleichtert ließ er sich in das weiche Leder sinken und wies den Fahrer an, kurz am Hotel zu halten. Dort gab er den Regenschirm zurück und hinterließ fünf weitere Hunderter mit der Bitte, nach seinem Audi Ausschau zu halten.

***

Vorsichtig näherte sich Eva dem Zug der Trauergemeinde, der mit langsamen Schritten vom Haupteingang des Friedhofs zur Aussegnungshalle zog. Als sich eine kleine Lücke zwischen zwei sich leise unterhaltenden Grüppchen auftat, nutzte sie die Gelegenheit und schob sich dazwischen. Mit gesenktem Kopf hielt sie scheinbar gedankenverloren Schritt mit den Trauernden. In Wirklichkeit war sie höchst konzentriert und hörte den Gesprächen zu, die um sie herum stattfanden.

Als der Tross die Halle erreicht hatte, schlenderte sie ziellos weiter, um nicht von einem der anderen Gäste angesprochen zu werden. Dabei kreuzte sie mehrmals den Weg der schwarz gekleideten Witwe, die ihr allerdings nicht sonderlich betrübt vorkam. Im Gegenteil, immer wieder huschte ein fröhliches

Lächeln über ihr Gesicht, und als sie einen Augenblick lang ihre ebenfalls das halbe Gesicht bedeckende, fast schwarz getönte Brille abnahm, vermeinte Eva, ein entspanntes Leuchten in ihren Augen zu sehen.

Unauffällig sah Eva auf die Uhr und hoffte, dass der Gottesdienst bald beginnen würde. Viel Zeit hatte sie nicht mehr, ohne Aufsehen zu erregen. Plötzlich bemerkte sie einen hochgewachsenen Mann, der an Ariane Riegers Seite stand, direkt zu ihr herüberstarrte, im gleichen Augenblick die Witwe am Ärmel packte und unauffällig in Evas Richtung deutete.

Eva hielt sich wie zufällig die Hand vor den Mund, hustete und wandte sich zum Gehen, als sie im Augenwinkel sah, dass er sich von seiner Begleiterin löste und Anstalten machte, zu ihr herüberzukommen. Schnell zog sie ihr Handy aus der Tasche und tat so, als ob sie einen Anruf entgegennehmen würde.

»Puh, das war knapp«, sagte sie, als sie wenig später zu Karl trat, der es sich auf einer kleinen Ruhebank bequem gemacht hatte und auf sie wartete.

»Ich hatte schon Angst, Gerd Peters kommt herüber und fragt mich, wer ich bin und was ich auf der Beerdigung seines Schwagers will.«

Karl schmunzelte. »Ich habe mir auch gedacht, dass er es sein muss. Der sieht immer noch so aus wie auf seinem hundert Jahre alten Führerscheinfoto. Was machen wir jetzt? Willst du noch mal hingehen?«

»Ich glaube, das lasse ich besser bleiben. Trotz oder sogar vielleicht wegen meiner Vermummung bin ich mehr aufgefallen, als mir lieb ist. Ich habe genug gesehen. Und du?«

»Ich habe ein sehr interessantes Gespräch belauscht, als ich das verwilderte Grab da drüben entlaubt habe.« Karl wies auf einen Grabstein, der sich nur wenige Meter von der Aussegnungshalle entfernt befand.

»Du hast was?« Eva war bass erstaunt. »Ich habe dich gar nicht gesehen.«

»Nicht nur du, auch sonst hat mich niemand wahrgenommen. Was mein Glück war.«

»Und was hast du nun erfahren?«

Je länger Eva Karls Ausführungen zuhörte, desto größer wurden ihre Augen.

»Wow. Ich denke, das reicht fürs Erste. Wir fahren zurück ins Kommissariat. Das musst du Martin erzählen.«

***

Nachdem er aus dem Taxi gestiegen war, klopfte er seine Taschen ab und stellte zähneknirschend fest, dass sein Haustürschlüssel im Auto liegen musste. Er zerrte einen Blumenkübel unter den Sims des Vordachs, kletterte hinauf und fingerte nach dem Ersatzschlüssel, den er vor Jahren dort für alle Fälle versteckt hatte. Als er fündig geworden war, schloss er die Haustür vorsichtig auf und huschte hinein.

Das erste Mal, seit er gemerkt hatte, wie geil es ihn machte, wenn er nach einer seiner Touren nach Hause kam und die Qualen in den Augen seiner Frau sah, hoffte er, dass sie seine Rückkehr heute nicht bemerken würde. Im Moment war es ihm scheißegal, dass er stank wie ein Wiesel. Das, was ihn normalerweise auf eine unfassbare Weise anturnte, war heute das, was ihn wie einen Dieb auf leisen Sohlen ins Haus schleichen ließ. Die letzte Nacht war eine einzige Niederlage gewesen, und diesen Triumph wollte er seiner Frau um nichts in der Welt gönnen.

»Wo kommst du um diese Uhrzeit her?«

Die helle Stimme ließ ihn erschrocken herumfahren. Er knallte mit der verletzten Schulter gegen den Türrahmen und stöhnte vor Schmerz. Mit zusammengekniffenen Augen starrte er an ihr vorbei und nahm den Ausdruck der Genugtuung nicht wahr, der für einen kurzen Moment in ihrer Miene aufblitzte.

»Mein armer Mann«, flötete sie sarkastisch. »Dein letzter Abend ist dir nicht bekommen, wie es scheint. Vielleicht solltest du dich aber einfach nur duschen, du stinkst nämlich bis hierher.«

Entgeistert starrte er sie an. Das waren ja ganz neue Töne! Wäre ihm nicht so schlecht gewesen, hätte er sie geprügelt, bis das blöde Grinsen von ihrem Gesicht verschwunden wäre. Aber das würde er sich merken. Sobald er die Nachwehen seiner Tour auskuriert hatte, würde sie ihre dummen Sprüche schon noch büßen.

***

Karl wartete voller Ungeduld, bis Sauerwein endlich von einer Besprechung mit dem Polizeidirektor kam, dann setzte er seinen Chef darüber in Kenntnis, was er auf dem Friedhof belauscht hatte.

»Ich habe mich einem vernachlässigten Grab gewidmet, als zwei Damen, die offensichtlich enge Freundinnen der Hinterbliebenen sind, des Weges kamen und sich sehr eifrig über den Verstorbenen und seine herzlich wenig trauernde Witwe ausgetauscht haben. Besser gesagt, sich das Maul über ihn zerrissen haben. Dass er ein Taugenichts gewesen sei und seine Frau sicher heilfroh sei, dass sich das Problem nun ›von allein‹ gelöst hätte.«

»Wenn es sich aber tatsächlich ohne fremdes Zutun gelöst hat, dann verstehe ich nicht, was du daran so bedeutend findest«, sagte Sauerwein.

»Erstaunlich daran war die Bemerkung einer der Frauen, dass es in jüngster Vergangenheit in kleinem Kreis mehrere Gespräche darüber gegeben haben muss, wie man sich des Herrn Gemahl am besten entledigen könnte.«

»Wie man was?«, fragte Sauerwein überrascht. »Darüber haben sich die Trauergäste unterhalten? Das ist ja nicht zu fassen! Kannst du den genauen Wortlaut wiedergeben?«

»Klar«, antwortete Karl. »Gib mir eine Sekunde.«

Er schloss die Augen und konzentrierte sich darauf, das Gespräch, dessen Zeuge er unverhofft geworden war, wortgenau wiederzugeben.

Eigentlich hatte er auf einer Bank warten und mit halb geschlossenen Lidern den Eindruck erwecken wollen, dass er nur in der Mittagssonne döste. Doch kaum hatte sein Rücken die Lehne berührt, bemerkte er das ungepflegte Grab. Es war ein Instinkt, der ihn aufspringen und hinübergehen ließ. Kurz sah er auf das Gestrüpp, dann auf seine Hände, dann beschloss er, dass es egal war. Er ging in die Hocke und begann das Unkraut auszurupfen, das sich überall breitgemacht hatte.

Kurze Zeit später war er so in die ungewohnte Arbeit vertieft, dass er die beiden Frauen zuerst nicht bemerkte, die nur wenige Meter entfernt stehen geblieben waren und keine Ahnung hatten, dass das Dickicht neben ihnen Ohren hatte.

»Ariane kann wirklich froh sein, dass sich das faule Arschloch selbst abgeschafft hat, als sie ein paar Tage an der Ostsee war. Wenn man sich überlegt, wie viele Pläne wir ent- und wieder verworfen haben, wie man ihn unbemerkt hätte loswerden können, dann hatte sie geradezu unglaubliches Glück.«

Karl erstarrte mit einem Büschel Wildkraut in der Hand. Er fasste sich an den Kopf, wie um die Stimmen zu vertreiben, die aus dem Nichts gekommen waren. Dann merkte er, dass hinter dem verwilderten Buchsbaum tatsächlich ein Gespräch stattfand. Er duckte sich tiefer und krabbelte so nah an den Busch, wie es ging, ohne die beiden Personen auf sich aufmerksam zu machen.

»Mein Gott! Ich weiß nicht, wie viele schlaflose Nächte ich deswegen schon hatte!«, gab eine glockenhelle Stimme zur Antwort. »Ich bin so froh, dass sie nicht selbst Hand anlegen musste. Egal, wie gut der Plan gewesen wäre, sie wäre vermutlich nie wieder zur Ruhe gekommen. Und wir vermutlich auch nicht.«

»Das glaube ich auch. Auch wenn wir versucht haben, den perfekten Mord zu konstruieren, wäre es allein schon daran gescheitert, dass zu viele Mitwisser im Spiel gewesen wären.«

»So viele nun auch wieder nicht. Nur wir zwei und Gerd.«

»Eben. Drei zu viel. Egal, wie lange wir uns schon kennen und wie verlässlich jeder von uns ist. Aber man hat schon Pferde kotzen sehen. Es hätte gereicht, wenn einer von uns – und jetzt schau nicht so böse, ich nehme mich selbst da gar nicht aus – irgendwann einen Rappel bekommen hätte oder ein schlechtes Gewissen oder was auch immer. Ariane hätte für den Rest ihres Lebens auf einem Pulverfass gesessen.«

Karl schüttelte die Erinnerung an das belauschte Gespräch ab. »Leider kam dann eine weitere Person hinzu, und die Damen wechselten das Thema.«

Eva kicherte, als Sauerwein Karl ungläubig ansah. »Ich denke, ähnlich doof habe ich auch geschaut, als Karl mir die Geschichte erzählt hat.«

Sauerwein fing sich wieder. Da er wusste, dass Karl ein hervorragendes Gedächtnis besaß, musste er nicht nachhaken, inwieweit seine Schilderung der Wahrheit entsprach.

»Gut. Das wissen wir nun. Die Frage ist: Hilft uns das weiter? Jemand eine Idee?«

Schließlich hatte Eva einen Einfall. »Hat einer von euch Verwandte, die auf dem Friedhof begraben liegen?« Als ihre Kollegen verneinten, griff sie nach dem Telefonhörer. »Könntest du bitte eine Minute zu uns kommen?«, fragte sie, ohne darauf einzugehen, wen sie an der Strippe hatte.

Im nächsten Moment tippelte Nora Wallner auf derart hohen Pumps ins Zimmer, dass Eva allein bei ihrem Anblick Höhenangst bekam.

»Was isn?«, fragte Nora gut gelaunt. »Wollts an Antrag stelln, dass i eure Telefonate jetzt komplett annehmen soll?«

Eva verdrehte belustigt die Augen. Seit jeher war es ein ständiger Zankapfel, dass Nora dagegen aufbegehrte, niedrige Aufgaben, wie sie es nannte, für das halbe Präsidium zu übernehmen, obwohl sie gemäß ihrer Stellenbeschreibung als Teamassistentin genau dafür zuständig war.

»Exakt. Außerdem lassen wir ab sofort unsere Privatpost hierher umleiten, dann kannst du die auch gleich bearbeiten. Und wenn du künftig unsere Steuervorbereitungen erledigen würdest, dann wäre das auch echt nett.«

Nora war von dem ungeheuren Ansinnen sprachlos, was eine wahre Seltenheit war. Schon beim bloßen Gedanken an Evas Bitte blieb ihr die Luft weg. Schließlich klappte sie ihren Mund wieder zu und starrte Eva entgeistert an.

»Des is jetzt aba ned dei Ernst, oda?«

Eva konnte ein Kichern nicht mehr unterdrücken, insbesondere, da auch Karl sie völlig fassungslos ansah.

»Nein«, sagte sie, nachdem sie sich wieder beruhigt hatte. »Nur ein Scherz. Aber wir brauchen deine Hilfe in einer anderen Angelegenheit.«

Als sie mit ihrer Erklärung fertig war, fragte Nora erstaunt: »Und wofür des Ganze?«

»Weil wir einen Zeugen benötigen, der eine harmlose Erklärung für Karls Anwesenheit auf dem Friedhof abgeben kann, falls wir den Leichnam in die Rechtsmedizin verlegen lassen oder die Herrschaften offiziell befragen wollen.«

Nachdem Nora keine Anstalten machte, sich auf Evas Wunsch einzulassen, seufzte die und bat Karl, das von ihm belauschte Gespräch zu wiederholen.

»Des is ja da Hammer!«, rief Nora anschließend aus. »Freilich helf i euch! Dene muss ma 's Handwerk leng. Aber wieso braucht's da an extra Zeugn für Karls Anwesenheit?«, fragte sie Eva. »Letztendlich hat er doch alles ghört, und des müsst doch langen!«

»Weil er keine Verwandten oder Bekannten auf dem Friedhof hat und das gegebenenfalls Fragen aufwirft, denen wir uns nicht unbedingt stellen möchten, falls die sauberen Damen zum Anwalt rennen. Dass einer unserer Kommissare rein zufällig während seiner Arbeitszeit dort spazieren geht, nimmt uns kein Mensch ab. Ein gewiefter Jurist würde uns einen Strick daraus drehen und uns Schikane unterstellen. Damit laufen wir Gefahr, dass der Richter uns einen Riegel vorschiebt.«

Sauerwein wusste, worauf Eva hinauswollte. »Aber wenn wir jemanden finden, der einen triftigen Grund hat, am Friedhof zu sein, und den Karl begleitet haben könnte, dann haben wir einen ganz anderen Hebel an der Hand.«

»Okay.« Nora hatte verstanden. »Des mach i glei. In zehn Minuten hab i jemand gfunden, verlassts euch drauf.«

Kaum war Nora aus dem Zimmer, sagte Karl mit säuerlicher Miene: »Und wenn ich das richtig interpretiere, dann soll ich wohl in nächster Zeit regelmäßig meine Mittagspause opfern und mit irgendeinem Kollegen auf dem Friedhof herumlatschen.«

Sauerwein grinste. »Bedank dich bei Eva für die großartige Idee.«

Tatsächlich dauerte es nicht einmal sieben Minuten, bis Nora erneut in dem Büro stand, das Eva sich mit Karl teilte.

»Bitt schön, des is eure Zeugin«, sagte sie und schob Eva einen Zettel hin, auf dem in schwer leserlicher Handschrift ein paar Namen mitsamt Telefonnummern hingekritzelt waren.

»Drei Kollegn ham jemand dort liegen. Aber i würd euch die Gerti empfehln.«

»Gerti Brauer?«, fragte Eva. »Wieso denn ausgerechnet die?«

Gertrude Brauer war ein zänkisches Weibsbild aus der Poststelle, das sich nie im ersten Stock blicken ließ. Und die wenigen Kommissare, die sie kannten, mochten sie nicht besonders. Ständig hatte sie an allem etwas auszusetzen, und obendrein vermittelte sie jedem, der ihr über den Weg lief, dass er das große Los gezogen hatte, im Gegensatz zu ihr, die immer und in allem benachteiligt war.

»Weil sie die Klappn halten kann, wenn's pressiert, weil s' seit Januar nur no drei Mal in da Woch arbeitet und weil s' heut garantiert schon dort gwesn is.«

»Und du bist dir sicher, dass sie den Mund hält?«, fragte Sauerwein, der dieselben Bedenken hegte wie Eva. »Das Schlimmste wäre, wenn sie das überall herumposaunt.«

Nora seufzte. »Sauerwein, glaub's mir einfach. Mir is scho klar, dass ihr die ned megts. Dass die Gerti dran selber schuld is, des weiß i a. Aber trotzdem hat s' a Herz. Und zwar a recht groß'. Sie hat's schwer ghabt im Lebn, desweng is s' imma so zwieder. Aber ihr kennts ihr vertraun, bedingungslos, dafür leg i mei Hand ins Feuer!«

»Also gut«, sagte Sauerwein nicht ganz überzeugt. »Reden können wir ja mal mit ihr. Wann ist sie wieder im Büro?«

»Sie is jetzt hier.«

»Bist du so nett und …?«

»Freilich. I schick s' euch gleich hoch.«

»Nora …« Karl zögerte schon im Ansatz. Dann besann er sich eines Besseren und sprang auf. »Ich komme mal kurz mit dir.«

»Was hat er denn?«, fragte Sauerwein erstaunt, als Karl zur Tür hinaus war.

Eva verzog die Mundwinkel. Dass Männer aber auch so dermaßen begriffsstutzig sein konnten. »Er will sie fragen, ob die Gerti hübsch und jung ist.«

»Wieso denn das?« Sauerwein blickte verständnislos drein. »Der hat seine Traumfrau doch schon längst gefunden.«

»Und weil die Traumfrau ein eifersüchtiger Drachen ist und

zudem ebenfalls hier arbeitet, will er eben ausschließen, dass die Frau Brauer jung und hübsch ist. Weil Frau Holtau dem Herrn Gemahl sonst die Hölle heißmacht, wenn er sich mittags mit einer anderen rumtreibt. Speziell, wo sie jetzt im Mutterschutz ist und ihn folglich nicht mehr ganztags unter persönlicher Kontrolle hat.«

Kurz darauf stand Gerti Brauer auch schon im Zimmer der Kommissare.

»Guten Tag«, sagte sie spröde und blieb in Türnähe stehen.

Nora Wallner hatte ihr lediglich erklärt, dass Eva Neunhoeffer von der Mordkommission ihre Hilfe benötigte, und nun sah sie sich nur einem jungen Mann gegenüber, der sie anzüglich musterte, wie sie sich einbildete. Unwillkürlich zog sie den Kragen ihrer biederen Bluse enger zusammen und hob ihre Tasche wie ein Schutzschild vor ihren beachtlichen Busen.

»Was kann ich für Sie tun?«, fragte Karl und ging ihr mit ausgestreckter Hand entgegen.

Gerti Brauer, die Karls Auftritt sofort als Angriff auf ihre Weiblichkeit wertete, trat unwillkürlich einen Schritt zurück und räusperte sich.

»Zu Frau Neunhoeffer.«

»Die ist im Moment nicht hier, kommt aber gleich. Bitte setzen Sie sich doch.«

Bevor Karl ihr einen Stuhl anbieten konnte, rettete Eva, die im selben Moment aus der Küche kam, Gerti Brauer aus ihrer vermeintlichen Notlage.

»Frau Brauer, schön, dass Sie kommen konnten.« Eva warf Karl einen amüsierten Blick zu.

Zu Gerti Brauers heimlicher Erleichterung verzog sich Karl, nachdem er ihr seinen Stuhl überlassen hatte. Und auch Eva war froh darüber. Nun saß die Kollegin aus der Poststelle ganz vorn auf der Stuhlkante, die altmodische Handtasche auf dem Schoß, und konnte sich keinen Reim darauf machen, was Eva von ihr wollte.

»Was soll ich denn hier?«, fragte sie mit leidender Miene, schon bevor Eva überhaupt zu einer Erklärung ansetzen konnte. »Ich habe unendlich viel Arbeit, wie Sie sich denken können. Ich habe keine Zeit, um auch nur zehn Minuten davon zu verplempern.«

Eva stöhnte innerlich auf. Trotz Noras Beteuerungen, in Gerti Brauer die ideale Kandidatin gefunden zu haben, zweifelte sie daran, dass es sich wirklich um eine gute Idee handelte.

»Nora Wallner hat Sie empfohlen«, sagte sie schließlich zögernd. »Wir brauchen die Hilfe einer Person, auf die wir uns hundertprozentig verlassen können.«

»Und da dachten Sie … an mich?« Gerti Brauer sah Eva mit großen Augen an.

»Nora ist jedenfalls der Meinung, dass Sie die richtige Person dafür sind. Und wenn Nora so überzeugt ist, dann bin ich das auch.«

Erschüttert von Evas Worten, saß Gerti Brauer einfach nur da und brachte keinen Ton heraus. Als sie verstohlen mit einem Taschentuch über ihre müden Augen wischte, war es mit ihrer Beherrschung vorbei.

»Das hat mir noch nie jemand gesagt!« Sie schnäuzte sich lautstark, dann drückte sie den Rücken durch und setzte sich kerzengerade hin. »Was kann ich für Sie tun?«

Vorsichtig erklärte Eva ihr ihr Ansinnen. Sie betonte, dass sie nichts anderes bestätigen musste, als dass Karl sie gelegentlich mittags zum Friedhof fuhr.

»Ich glaube nicht, dass irgendjemand überhaupt danach fragt«, schloss Eva. »Aber falls doch, dann müssten Sie nur das bejahen. Sie waren doch heute schon dort, oder?«

»Ja.«

»Wann war das?«

»Um Mittag herum.«

»Haben Sie mitbekommen, ob zu der Zeit eine Beerdigung stattfand?«

Gerti Brauer musste nicht lange überlegen. »Ich habe nur gesehen, dass eine Trauerfeier war. Ob es auch zu einer Beisetzung kam, weiß ich nicht.«

Erleichtert atmete Eva aus. Perfekt! Gerti Brauer war anscheinend zum gleichen Zeitpunkt auf dem Friedhof gewesen wie Karl und sie selbst. Dann hatte sie eine Idee. »Wann haben Sie heute Dienstschluss?«

»Ich sollte eigentlich schon weg sein.« Gerti Brauers Miene

nahm einen leidvollen Ausdruck an. »Aber Frau Wallner sagte, dass es sehr dringend sei.«

»Herr Holtau wird Sie nach Hause bringen. Wenn Sie einverstanden sind, dann fahren Sie auch noch kurz mit ihm zum Friedhof. Sollten Sie wirklich eines Tages die Frage beantworten müssen, wann Sie mit ihm gemeinsam beim Friedhof waren, dann können Sie den heutigen Tag benennen. Die Uhrzeit haben Sie einfach vergessen.«

Unschlüssig drehte Gerti Brauer ihr Taschentuch in den Händen. Dann gab sie sich einen Ruck. »Ist das denn nicht eine Falschaussage?«

»Keine Sorge«, beruhigte Eva sie. »Niemand wird Sie jemals vor Gericht befragen, nur weil Sie mit einem Kollegen auf dem Friedhof waren. Diese Farce dient nur dazu, Herrn Holtau einen Grund zu verschaffen, heute dort gewesen zu sein.«

»Mir ist nicht so ganz klar, was du dir davon versprichst«, sagte Sauerwein, nachdem Gerti Brauer, gefolgt von Karl, gegangen war.

Er hatte das Gespräch durch die offene Verbindungstür mitgehört, wollte sich jedoch auf keinen Fall daran beteiligen.

»Da wir bislang keinen Grund hatten, den Todesfall zu untersuchen, möchte ich einfach den eventuellen Fragen eines gerissenen Anwalts aus dem Weg gehen, was Karl heute auf dem Friedhof zu suchen hatte. Wo er doch niemanden kennt, der dort begraben liegt. Außerdem könnte es sein, dass uns Richter Kirchberg dieselben Fragen stellt, wenn wir bei ihm um einen Beschluss anfragen, der auf dem Gespräch fußt, das Karl belauscht hat.«

***

Eine Stunde später war Karl wieder zurück, und seine Begeisterung über die Begegnung mit der Trulla, wie er sie nannte, hielt sich in Grenzen.

»Musste das unbedingt sein? Die dachte die ganze Zeit, dass ich ihr an die Wäsche will, so wie sie sich an die Beifahrertür gedrängt und am Türgriff festgekrallt hat.«

»Du hast es ja überlebt.« Eva hielt sich den Bauch vor Lachen. Dass ausgerechnet Karl verdächtigt wurde, einer fremden Frau zu nahe treten zu wollen, war aber auch einfach zu komisch.

»Lass uns gleich mal einen Bericht über das schreiben, was du auf dem Friedhof mitbekommen hast; dann bitte ich den Richter um eine Audienz.«

Kaum dass Karl seine Aussage zu Protokoll gegeben hatte, hatte Eva auch schon den Telefonhörer in der Hand. Es dauerte keine drei Minuten, und sie hatte einen Termin bei Benno Kirchberg.

»Kommst du mit?«, fragte sie Sauerwein wenige Sekunden später.

Der sah sie nur amüsiert an. »Nachdem du es schon ganz allein geschafft hast, die Friedhofsaktion zu entscheiden und auch durchzuziehen, bin ich mir sicher, dass du auch den Auftritt bei unserem lieben Richter allein wuppst.«

Eva blinzelte verlegen. »Ähm, das … Mist. Es tut mir leid, ich wollte nicht …«

»Was denn?« Sauerwein sah sie interessiert an. »Mich dabei übergehen?«

»Mmh.«

Sauerwein stand auf, schloss die Tür und schob ihr einen Stuhl hin. Dann setzte er sich vor sie auf die Kante seines Schreibtischs und sah sie ernst an.

»Wie du weißt, halte ich große Stücke auf dich, auch wenn ich dich oft genug bremsen muss, damit du dir und uns nicht mit deinen manchmal recht grenzwertigen Ideen ein Bein stellst. Nichtsdestotrotz bist du die beste Mitarbeiterin, die ich jemals hatte. Und dabei schließe ich deine männlichen Kollegen allesamt mit ein.« Er nickte zur Bestätigung seiner Worte. »Du hast enormes Potenzial, Eva. Ich wünsche mir schon seit Langem, dass du dir selbst mehr zutraust. Das mit dem Friedhof war eine glänzende Idee, und du siehst auch, dass du solche Dinge allein entscheiden kannst. Du weißt, wann du welche Schritte unternehmen musst, und du bist intelligent genug, sie auch umzusetzen. Also geh allein zum Richter. Ich bin mir sicher, dass du das packst!«

Eva holte tief Luft, klopfte und wartete Kirchbergs Aufforderung ab. Als sie den imposanten Raum das erste Mal in ihrem Leben ganz allein betrat, sank ihr Mut. Kirchbergs Schreibtisch stand gut und gern sieben Meter weit entfernt, und davor lag ein Orientteppich, der vermutlich mehr gekostet hatte als ihre gesamte Wohnungseinrichtung. Zumindest Eva empfand die Ausstrahlung des Zimmers so, dass es seine Besucher nicht willkommen heißen, sondern einschüchtern sollte. Nachdem sie einen Moment gezögert hatte, straffte sie ihre Schultern, widerstand der Versuchung, seitlich um den Teppich herumzulaufen, und ging geradewegs auf den ehrwürdigen Richter zu.

»Frau Neunhoeffer.«

Kirchberg hatte sie genau beobachtet, und in seinen von unzähligen kleinen Falten umrandeten Augen lag ein freundliches Lächeln. Auch wenn keine Menschenseele im Präsidium davon wusste, waren er und Sauerwein über die Jahre so etwas wie Freunde geworden. Beide sorgten dafür, dass von dieser Bekanntschaft niemand Wind bekam, damit man ihnen niemals Befangenheit vorwerfen konnte. Und deshalb wusste Kirchberg einiges über die hübsche Oberkommissarin, die jetzt vor ihm stand und sich redlich Mühe gab, seinem prüfenden Blick standzuhalten.

»Stehen Sie bequem.«

»Was?« Kaum dass das Wort heraus war, biss Eva sich auf die Lippen. »Entschuldigung. Wie bitte?«

Sie hätte sich in den Hintern beißen können. Manchmal konnte sie ihre unwillkürlichen Reaktionen nur schwer im Zaum halten, und dann passierte genau so etwas.

»Was oder wie bitte?«, hakte Kirchberg sofort ein.

Obwohl er genau wusste, dass er sie in Verlegenheit brachte, konnte er es einen Moment lang nicht lassen. Als er aber spürte, dass die junge Frau vor ihm regelrechte Qualen ausstand, erhob er sich, kam um seinen Tisch herum und führte Eva zu einer kleinen Sitzgruppe.

»Bitte nehmen Sie Platz«, forderte er sie auf. »Kaffee?«

»Nein. Danke.«

Eva war viel zu nervös, um sein Angebot anzunehmen. Die

Gefahr, dass sie die Brühe über den Teppich verschüttete, war ihr zu groß.

»Nun gut.« Kirchberg ging einfach darüber hinweg. »Was haben Sie auf dem Herzen?«

»Ich bräuchte eine Genehmigung, einen Leichnam aus der ›Alpenklinik Untershofen‹ in die Rechtsmedizin überstellen zu lassen.«

Kirchberg zog die Augenbrauen erstaunt nach oben. »Seit wann brauchen Sie dafür eine Autorisation? Wenn ein begründeter Mordverdacht vorliegt, dann können Sie oder jeder andere in Ihrer Truppe das doch selbst anordnen.«

»Das ist mir bewusst. Aber hier liegt der Fall etwas anders.«

Eva reichte ihm das Protokoll, das sie zusammen mit Karl erstellt hatte. »Mein Kollege Karl Holtau wurde zufällig Zeuge eines seltsamen Gesprächs auf dem Friedhof heute Mittag. Ich habe mit dem Arzt gesprochen, der den Totenschein ausgestellt hat, dem ist aber nichts Außergewöhnliches aufgefallen. Außer, dass der Verstorbene noch recht jung war und weder irgendwelche Vorerkrankungen noch akute gesundheitliche Probleme bekannt waren.«

»Was war denn die Todesursache?«

»Herzstillstand.«

Kirchberg verzog das Gesicht. »Dass das Herz stehen bleibt, ist ja wohl in der Regel der Grund für den Tod. Mehr steht nicht auf dem Leichenbeschauschein?«

Eva verneinte. »Seltsam kommt mir auch vor, dass die Witwe geradezu auf eine rasche Kremierung drängt. Und wir haben zwei Anzeigen wegen häuslicher Gewalt gegen den Verstorbenen vorliegen, die allerdings später wieder zurückgezogen wurden.«

Eva suchte die entsprechenden Unterlagen heraus und reichte sie Kirchberg.

Nachdem er weitere gezielte Fragen gestellt und sich die Papiere genau durchgesehen hatte, sagte er: »In Ordnung. Auch wenn Sie mir nicht hundertprozentig ausreichendes Material für eine blinde Verlegung vorgelegt haben, gibt es mir zumindest genügend Ermessensspielraum, um Ihrem Antrag stattzugeben.«

Er sah sie eindringlich an. »Allerdings bitte ich Sie, die Sache mit dem nötigen Fingerspitzengefühl anzugehen. Ich möchte weder die Kriminalpolizei noch mich selbst wegen Schikane einer trauernden Witwe in den Schlagzeilen wiederfinden. Ich werde den Staatsanwalt über Ihr Vorhaben informieren, und dann werden Sie oder Ihr Chef mich über Ihre Ermittlungen auf dem Laufenden halten.«

Kirchberg setzte seine Unterschrift schwungvoll auf den Antrag, den Eva vorbereitet hatte, dann geleitete er sie zur Tür.

Zurück in ihrem Büro, rief Eva als Erstes Dyrkhoff an. Obwohl sie sich wenig Hoffnungen machte, dass der Rechtsmediziner von seiner angeborenen Überheblichkeit genesen war, hätte sie ihn am liebsten standesrechtlich erschossen, als sie seine Reaktion auf ihre Nachricht hörte.

»Ha! Ich wusste es doch«, näselte er. »Mir macht doch niemand etwas vor, das wäre ja gelacht.«

Eva verzichtete darauf, ihn auf die Tatsache hinzuweisen, dass es sein Medizinerkollege Kugler gewesen war, der den Stein ins Rollen gebracht hatte. Letztlich wollte sie nur wissen, wie lange es dauern würde, bis sie brauchbare Ergebnisse vorliegen hätte.

»Was denken Sie sich eigentlich?«, fragte Dyrkhoff entrüstet. »Wissen Sie auch nur annähernd, wie viele Knochen ein Mensch im Leib hat? Oder wie viele der zwanzig kanonischen Aminosäuren vom menschlichen Organismus überhaupt synthetisiert werden? Ich sage es Ihnen: Es sind ganze zwölf. Die anderen acht sind essenziell. Das bedeutet, dass sie über die Nahrung aufgenommen werden müssen. Hallo? Was zum … *ist* da jemand?«

Eva konnte sich das Lachen kaum verkneifen. Sie hatte schon beim zweiten Satz des Rechtsmediziners den Telefonhörer mit ihrer Hand abgedeckt und ihn einfach weiterschwafeln lassen, ohne zuzuhören. Auflegen wollte sie nicht, weil er das Klacken zweifelsohne bemerkt hätte. Jetzt nahm sie einen Kugelschreiber und rieb die Spitze an der Sprechmuschel. Sie spürte förmlich, wie Dyrkhoff bei dem widerlichen Geräusch zurückzuckte.

»Doktor?«, fragte sie scheinheilig. »Sind Sie noch dran?«

»Was denken Sie denn?«, schnaubte er. »Ich habe Ihnen gerade erklärt, dass es bei einem menschlichen Körper –« Er unterbrach sich, als das grässliche Geräusch erneut ertönte.

»Es tut mir wirklich leid«, säuselte Eva. »Die Leitung ist fürchterlich schlecht, wir werden ständig gestört. Also, wie gesagt, Sie können den Leichnam in der ›Alpenklinik‹ abholen, und ich komme morgen Abend mit Martin Sauerwein zu Ihnen rüber, und Sie erläutern uns die Ergebnisse. Tschüssi.«

»Tschüssi?«, ahmte Karl, der mit einem Kuchenteller in der Hand zur Tür hereinspazierte, sie nach. »Seit wann verabschiedest du dich denn derart affektiert?«

Eva grinste über beide Ohren. »Frag lieber, von wem.«

»Und?«

»Von unserem genialen Rechtsmediziner. Dass es im Fall Rieger nun einen tatsächlichen Verdacht auf eine unnatürliche Todesursache gibt, ist Wasser auf seine Mühlen. Man könnte meinen, er hat das Rad neu erfunden, so wie er sich aufplustert, nur weil er dem Stein den entsprechenden Schubs gegeben hat.«

»Du kapierst es einfach nicht«, sagte Karl mit vollem Mund. »Aber das ist ja auch verständlich. Du bist eine Frau und von daher von Haus aus ein niederes Wesen. Du kannst eben nicht verstehen, dass ein Mann per Geburt etwas Gottgleiches ist. Aber da wir Männer bis auf ganz wenige Exemplare die reinsten Frauenversteher sind, sind wir seit Jahrtausenden nett und freundlich zu euch und helfen euch allerorts über eure Defizite hinweg.«

»Stimmt absolut«, gab nun auch noch Sauerwein seinen Senf dazu, der Karls Vortrag regungslos zugehört hatte. »Aber ich finde es gut, dass es Männer wie Dyrkhoff gibt, die euch ab und an zeigen, wo euer eigentlicher Platz in der Welt ist.«

»Richtig.« Karl nickte eifrig. »Männer sind schließlich unfehlbar, perfekt und dazu rundum schön.«

»Schön blöd meinst du«, sagte Eva, die vor Lachen Tränen in den Augen hatte. »Was habe ich ein Glück, dass ich gleich mit mehreren dieser wunderbaren Götter zusammenarbeiten darf. Mehreren von geschätzten dreieinhalb Milliarden. Dumm nur, dass euch die Masse an Mitgöttern zu jeweils einem von unzähligen anderen verblassen lässt.«

»Da hat sie auch wieder recht.« Karl seufzte. »Wir armen Männer haben schon ein schweres Los zu tragen. Wieso hebst du eigentlich nicht ab?«

Eva hatte während der Belehrung ihrer Kollegen das Klingeln ihres Telefons beharrlich ignoriert. »Weil es unser Obergott ist. Ich wüsste nur nicht, was ich ihm noch sagen soll.«

In dem Augenblick verstummte das Klingeln, um nur einen Moment später an Karls Apparat einzusetzen.

»Dafür ruft er jetzt hier an.« Er nahm den Hörer und reichte ihn weiter an Sauerwein, der ihm mit einer Handbewegung angedeutet hatte, dass er das Gespräch entgegennehmen wollte.

»Ja? Was? Frau Neunhoeffer hat das gesagt? Ach, Sie schaffen das nicht? Wie schade. Dabei dachten wir alle, dass Sie selbst großes Interesse daran haben, so schnell wie möglich aufzuklären, ob denn nun ein Mord vorliegt oder nicht. Aber wir können den Leichnam natürlich auch nach München verlegen lassen, wenn Sie das nicht hinbekommen.« Sauerwein stand der Schalk in den Augen, als er drei Minuten später wieder auflegte.

»Ihr seid abgrundtief böse«, stellte Karl fest. »Der arme Dr. ›Ich bin der Beste‹. Ihn so unter Druck zu setzen. Dabei weiß doch jedes Kindergartenkind, dass sich eine anständige Obduktion nicht aus dem Ärmel schütteln lässt.«

DREI

»Was geht dir denn durch den Kopf?«, fragte Karl am nächsten Vormittag. »Eva? Eva!«

»Was?« Erschrocken fuhr sie hoch. »Sorry. Ich habe gerade darüber nachgedacht, wie viele Menschen eines gar nicht so natürlichen Todes gestorben sind, weil kein Mensch jemals einen derartigen Verdacht geäußert hat.«

»Zum einen ist ja nicht unbedingt davon auszugehen, dass die Deutschen ein Volk von Meuchelmördern sind«, sagte Karl, »zum anderen könnte ich aber auch wetten, dass viele Todesfälle nicht genau untersucht werden.«

»Eben. Stell dir das mal vor. Insbesondere Männer in einem gewissen Alter sind ja schon Kandidaten für einen überraschenden Tod. Wie Rieger eben.«

»Herzinfarkt und ex«, stimmte Karl zu.

»Klar. Eine Frau, die ihren Göttergatten loswerden will, hätte ab einem Alter von Mitte vierzig leichtes Spiel. *Falls* sie skrupellos genug wäre, einen Menschen zu töten. Und wer ist das schon!«

»Auch wieder wahr«, sagte Karl. »Aber ich denke, dass gerade beim Thema häusliche Gewalt irgendwann ein Punkt erreicht wird, an dem das Opfer sich bewusst wird: er oder ich. Und wenn es erst mal so weit ist, dann denke ich schon, dass der Überlebenswille stark genug ist, um zum letzten Mittel zu greifen.«

»Du vergisst, dass die Opfer von häuslicher Gewalt sich in der Regel erst in einem letzten Akt der Verzweiflung gegen ihre Peiniger wehren«, gab Eva zu bedenken. »Sie ergreifen ein Küchenmesser und stechen zu. Oder schießen, falls eine Waffe im Haus ist. Einen Mord zu planen, der als solcher nicht entdeckt wird, erfordert Kenntnisse und eine akkurate Vorbereitung und damit eine Menge Zeit. Zeit, die ein solches Opfer aber nicht hat.«

Eva streckte sich. »Ist eh alles nur rein theoretisch. Wir wissen ja noch gar nicht, ob wir es mit Mord oder einem natürlichen Tod zu tun haben. Trotzdem finde ich den Gedanken erschreckend.«

»Dyrkhoff hat etwas gefunden!« Sauerwein stand mit dem Autoschlüssel in der Hand in der Verbindungstür. »Kommst du mit?«

»Logisch!« Eva sprang auf und flitzte ihm hinterher. »So früh schon? Ich dachte, er schafft das noch nicht mal bis zum Abend?«

»Er hat nicht gesagt, dass er fertig ist, sondern nur, dass er uns etwas zeigen will.«

Amadeus Dyrkhoff maß die beiden Kommissare mit einem bösen Blick. »Wegen Ihnen durfte ich mich heute früh schon mit der Witwe des Toten auseinandersetzen. Die stand oben am Empfang und schrie Zeter und Mordio. Was haben Sie sich eigentlich dabei gedacht, die Dame nicht darüber zu informieren, dass der Leichnam ihres Mannes hierher überführt worden ist?«

Er griff mit beiden Händen in den geöffneten Schädel des Verstorbenen, hob behutsam das Gehirn heraus, ließ es in eine Metallschale gleiten und musterte das Gewebe mit strenger Miene. Dann widmete er sich wieder seinen Besuchern.

»Leider konnten wir die Dame nicht erreichen. Weder bei ihr zu Hause noch bei ihrem Bruder«, erklärte Sauerwein. »Wie hat sie es überhaupt erfahren?«

»Keine Ahnung. Vermutlich hat das Bestattungsinstitut sie informiert, dass die den Körper nicht wie geplant in der ›Alpenklinik‹ abholen konnten. Aber das herauszufinden ist Ihre Aufgabe, nicht meine. Wollen Sie nun wissen, was ich entdeckt habe, oder nicht?«

»Selbstverständlich wollen wir das. Also?«

Dyrkhoffs sauertöpfischer Gesichtsausdruck verwandelte sich im Bruchteil einer Sekunde in ein helles Strahlen. Er war jetzt in seinem Element, und Eva und Sauerwein wappneten sich innerlich gegen das, was gleich kommen würde.

»Was soll ich Ihnen sagen … Ich bin einfach ein Genie! Sehen Sie nur.« Er nahm ein Papier von seinem Schreibtisch und drückte es Sauerwein in die Hand. Dass sein Handschuh noch nass von der Gehirnflüssigkeit war und auf dem Blatt einen schmierigen Abdruck hinterließ, schien ihn nicht zu stören. Oder er bemerkte es einfach nicht.

»Da! Dieser Wert ist unglaublich, oder? Ich wusste es doch gleich! Wie gut, dass es mich gibt. Was sagen Sie nun?«

»Nichts. Weil ich mir keinen Reim darauf machen kann.« Sauerwein verzog die Mundwinkel.

»Aber genau das ist es ja!« Dyrkhoff tänzelte aufgeregt zu dem Rollwagen, der neben dem Obduktionstisch stand, auf dem Riegers Leiche lag, und deutete auf einen blutigen Klumpen.

»Das ergibt überhaupt keinen Sinn! Sehen Sie sich das Herz doch mal genauer an!« Er fasste mit beiden Händen in die Schale, hob das Organ heraus und hielt es Sauerwein unter die Nase.

Der zuckte zurück. »Nehmen Sie das Ding da weg! Was soll ich denn damit, dran riechen? Und außerdem würde ich Sie um etwas mehr Pietät bitten. Schließlich ist das ein Teil eines Menschen, der sich bestimmt etwas anderes für den heutigen Tag gewünscht hätte, als von Ihnen ausgeweidet zu werden.«

»Jetzt werden Sie nicht unverschämt, Sauerwein! Sie wissen ganz genau, dass ich die Toten achte und ehre. Soweit es mein Beruf eben zulässt. Aber eine Obduktion erledigt sich nicht durch den Blick in eine Kristallkugel!«

Eva hatte den beiden Streithähnen mit gemischten Gefühlen zugehört und musste Dyrkhoff insgeheim recht geben. Auch wenn vermutlich außer ihr niemand darüber Bescheid wusste, Dyrkhoff sprach vor jeder Leichenöffnung ein stilles Gebet, entschuldigte sich für die Entweihung des Körpers und bat den Toten um Vergebung.

Sie selbst hatte es nur durch einen Zufall herausgefunden, kurz nachdem ihrem Antrag auf Versetzung von Stuttgart in ihre Heimatstadt Rosenheim stattgegeben wurde. Damals wollte sie sich nur umsehen und geriet unversehens in den Obduktionssaal, in dem eine frisch eingetroffene Leiche auf die Sektion wartete. Als sie sich vergewissert hatte, dass außer ihr und dem Toten niemand im Saal war, wollte sie wieder gehen und wäre beinahe über einen offenen Schnürsenkel ihrer Sneakers gestolpert. Sie bückte sich in dem gleichen Augenblick, als jemand den Raum betrat. Dieser jemand trat an die Bahre und vollzog ein in ihren Augen so berührendes wie seltsames Ritual. Um ihn in seiner Andacht nicht zu stören, bewegte sie sich nicht, bis er fertig war.

Als sie endlich aufstand, erschrak Dyrkhoff derart, dass er ihr fast das Skalpell in seiner Hand in den Bauch gerammt hätte.

»Was tun Sie denn hier? Und wie kommen Sie überhaupt hier rein?«, schrie er sie an, während ihr seine Speicheltröpfchen ins Gesicht klatschten.

»Ich, äh, Entschuldigung. Ich wollte Sie nicht erschrecken. Ich bin vom Empfang hierher –«

»Dass Sie über den Flur und durch die Tür gekommen sind, kann ich mir schon denken«, schnaubte er wütend. »Ich will wissen, was Sie hier verloren haben!«

Es hatte Monate gedauert, bis Eva den Schreck über ihre erste Begegnung mit Dyrkhoff überwunden hatte. Anfangs hatte sie geglaubt, dass er ihr noch immer nicht verziehen hatte, dass sie ihn bei seinem Vergebungsritual erwischt hatte. Obwohl er ihr noch an Ort und Stelle das Versprechen abgenommen hatte, darüber Stillschweigen zu wahren, und sie bis heute ihr Wort gehalten hatte. Später erst war ihr klar geworden, dass er einfach nur exaltiert und über die Maßen von sich eingenommen war.

Eva schüttelte die Erinnerungsfetzen ab und zwang sich zur Aufmerksamkeit.

Dyrkhoff hatte inzwischen den Herzmuskel vorsichtig auseinandergeklappt und zeichnete nun mit einem schmalen Metallstift die Klappen und die Hauptgefäße nach.

»Hier sehen Sie die vier Herzklappen. Hier ist die Aortenklappe. Das da ist die Pulmonalklappe, daneben sehen Sie die Mitralklappe und als Letztes die Trikuspidalklappe. Sie können die vier dadurch unterscheiden, dass die Trikuspidalklappe drei Segel hat, wie der Name schon sagt. Die Pulmonal–«

»Das genügt«, sagte Sauerwein, der gedanklich schon bei der Erwähnung der Mitralklappe ausgestiegen war. »Wir wollen uns nicht zu Herzchirurgen weiterbilden. Wenn Sie so gütig wären, uns einfach zu sagen, *was* daran so ungewöhnlich ist, dann reicht uns das vollauf.«

Dyrkhoff sah Sauerwein enttäuscht und fast schon strafend an. Dann wanderte sein Blick zögernd zu Eva. Als er auch in ihrer Miene kein gesteigertes Interesse an weiteren Ausführungen zur

Funktionsweise des edelsten menschlichen Organs ausmachen konnte, schnaubte er unwillig.

»Wieso kommen Sie überhaupt hierher?«, fragte er. »Sie haben doch allesamt keinerlei Interesse an der Beschaffenheit des Menschen samt seinen Besonderheiten. Schnöde Ergebnisse meiner Untersuchungen kann ich Ihnen auch am Telefon mitteilen.«

Das stimmte so nicht, und das wusste er auch. Trotzdem war es ihm ein Bedürfnis, seinem Unmut Luft zu machen.

»Also dann für Sie als Laien zum Mitschreiben: Das Herz war bis auf die üblichen Verschleißerscheinungen gesund. Der Mann wurde knapp fünfzig Jahre alt, und dafür war er sogar noch recht gut in Schuss. Das Körperfett war gering, die Lunge frei von Ablagerungen, der Muskelaufbau definiert. Wir haben es mit einem Ausdauersportler zu tun, der vermutlich nie geraucht, dafür aber gesund gelebt hat. Der Herzmuskel war vergrößert, allerdings in einem Maß, das darauf schließen lässt, dass er es weder mit dem Sport übertrieb noch leistungssteigernde Mittel konsumierte.«

»Und was ist mit dem Gehirn?« Eva blickte mit reglosem Ausdruck auf die Organe, die Dyrkhoff ordentlich auf dem Abstelltisch aufgereiht hatte.

»Sieht völlig normal aus. Keine Anzeichen auf Tumore, Verfallserscheinungen oder Intoxikationen.«

Jetzt drehte Sauerwein die Hände nach außen. »Na prima. Das heißt, Rieger war kerngesund. Und dafür haben Sie uns angerufen?«

»Eben nicht.« Dyrkhoff zog seine Handschuhe aus und warf sie in ein Becken, das mit einer Lösung aus Wasser und Desinfektionsmittel gefüllt war.

»Organisch war der Bursche fit. Was aber überhaupt nicht dazu passt, ist, dass im Gehirnwasser Blut war. Dabei sieht es nicht nach einer Gehirnblutung aus. Und das ist auch nicht das Einzige. Auch in den anderen Organen war es zu leichten Blutungen gekommen. Aber das ist alles so minimal, dass es gar nicht auffallen kann. Das heißt, auch mir wäre es nicht aufgefallen, wenn es nur ein Organ betroffen hätte.«

»Und was heißt das dann im Klartext?«

Dyrkhoff hob entschuldigend die Schultern. »Äh, das kann ich nicht sagen. Ein derartiges Bild habe ich bisher nur bei dem anderen Toten gesehen, von dem ich Ihnen bereits erzählt habe. Und ich spreche dabei noch nicht einmal von einem Krankheitsbild. Es gibt nichts, was diese merkwürdigen Blutungen hervorgerufen haben kann. Das heißt, natürlich wird es eine Ursache dafür geben, die ist der Medizin aber nicht bekannt.«

Sauerwein ahnte Schreckliches. Wenn Dyrkhoff eine neue Krankheit entdeckt haben sollte, dann wäre seine bisherige Überheblichkeit nur ein läppisches Vorspiel gewesen.

Vorsichtig fragte er: »Sie denken an einen noch unbekannten Virus?«

Dyrkhoff warf Sauerwein einen erstaunten Blick zu. Dass der Polizist von einem Virus sprach, ließ eine unvermutete Sachkenntnis durchblicken. »Sie haben fast recht. Mit ›fast‹ meine ich, dass eine organische Krankheit nicht den ganzen Körper befallen würde. Das Bild, das sich hier zeigt, betrifft aber den gesamten Organismus, was in der Tat für eine virale Ursache spricht. Trotzdem muss ich verneinen. Dafür ist das Erscheinungsbild zum einen zu unklar und zum anderen zu minimal ausgeprägt.«

Sauerwein atmete auf. Für den Moment war die Gefahr des Entstehens einer neuen Lichtgestalt in der Medizin gebannt. »Das hat also nicht zum Tod geführt?«

»Zumindest nicht unmittelbar. Wie Sie den Blutwerten entnehmen können, war der Kaliumwert deutlich erhöht. Und das kann, genau wie ein zu niedriger Kaliumspiegel, das Herz durchaus ins Schleudern bringen. Je nachdem, wie stark der Wert abweicht, kann es zu gefährlichen Rhythmusstörungen kommen, in deren Folge das Herz auch stehen bleiben kann.«

»Und das ist hier passiert?«

»Möglich. Und noch etwas: Im Normalfall sind etwa achtundneunzig Prozent des im Körper gelösten Kaliums in den Zellen lokalisiert. Nur zwei Prozent schwimmen in der extrazellulären Flüssigkeit herum. Und da das extrazelluläre Kalium hochempfindlich auf Schwankungen reagiert, kann eine Abweichung zu schweren muskulären und neuromuskulären Störungen führen. Deshalb schüttet der Körper im Fall eines markanten

Kaliumanstiegs im Blut unmittelbar das Hormon Aldosteron aus, das die Nieren anregt, mehr Kalium auszuscheiden. Nun habe ich aber im Urin eine dafür viel zu geringe Kaliummenge gefunden.«

»Und was folgern Sie daraus?«, hakte Sauerwein nach.

»Dass der Exitus so schnell erfolgte, dass der Körper nicht mehr dazu kam, überhaupt Aldosteron auszuschütten. Und das ist mir ein Rätsel.«

Als er nichts weiter sagte, starrte Sauerwein ihn mit zusammengekniffenen Augen an.

»Nun gucken Sie nicht so«, keifte Dyrkhoff. »Ich kann nicht mehr dazu sagen. Noch nicht. Ich muss noch weitere Untersuchungen durchführen. Rieger hatte jedenfalls keinen Herzinfarkt. Zumindest keinen, der durch den Verschluss einer Ader ausgelöst wurde. Wenn das Herz stehen bleibt, ist das ja immer auch ein Infarkt. Schließlich hört das Herz, egal, bei welcher Todesart, immer auf zu schlagen.«

»Wie kommt es zu einem derartigen Anstieg der Kaliumwerte?«, überlegte Eva laut. »Ich weiß, dass Bananen viel Kalium enthalten, aber kann man sich damit umbringen?«

»Wenn Sie fünfhundert Kilo am Tag essen, vielleicht. Mit einer normalen Ernährung ist das aber nicht möglich. Zumindest nicht in dem Maß, das wir hier vorfinden. Außerdem dauert das lange genug, dass das Hormon in ausreichender Menge gebildet werden kann. Und dann kommt es zu einer rechtzeitigen Ausscheidung.«

»Wie ist es mit Medikamenten?«

»Schon eher. Das untersuche ich noch.« Dyrkhoff deutete auf eine durchsichtige Plastikbox, in der eine graue pampige Masse schwamm. »Der Mageninhalt. Aber auch das wäre extrem unlogisch. Rieger hätte zwanzig Packungen von dem Zeug konsumieren müssen, um auf einen derartigen Wert zu kommen.«

»Wäre das denn ein probates Mittel …?«

»Um sich umzubringen?«

Eva nickte.

»Kaum. Zum einen gibt es genügend Substanzen, mit denen Sie Ihren Exitus wesentlich gezielter und vor allem sicherer herbeiführen können, zum anderen frage ich mich, wer auf so eine Idee kommen würde. Kalium wirkt zwar herzstimulierend, aber ein Laie würde daraus eher schließen, dass es ihm bei einer Überdosierung so richtig schlecht gehen würde, als dass er dabei das Zeitliche segnet.«

Bevor Eva und Sauerwein noch weitere Ideen in den Raum werfen konnten, wandte sich Dyrkhoff unwirsch ab. »Lassen Sie mich einfach noch weitere Tests machen. Ich habe da nämlich noch ein, zwei Ideen. Rätselraten bringt uns keinen Deut weiter.«

***

»Und?«, fragte Karl mit großen Augen, als Eva zurück im Büro war.

»Was, und?«

»Ach komm schon, Eva. Du weißt genau, was ich wissen will.«

Eva seufzte. »Sorry, Karl. Der liebe Doktor ist absolut ratlos, was die Todesursache anbelangt. Und solange er nichts Handfestes vorzuweisen hat, wird er sich auch nicht in Selbstbeweihräucherungsarien versteigen.«

»Mist.« Karl sah Eva enttäuscht an.

Die Liste, die er über Dyrkhoffs Selbstbeweihräucherungen führte, seit der die Leitung des rechtsmedizinischen Instituts übernommen hatte, war in den ersten Jahren rasant gewachsen, in letzter Zeit tat sich aber kaum noch etwas. Der Rekord von neun Mal in fünfzehn Minuten stand nun schon seit einigen Jahren.

»Und jetzt?«

Bevor Eva zu einer Antwort ansetzen konnte, öffnete sich die Tür, und Nora Wallner stakste herein. Beim Anblick ihrer selbstmörderisch hohen Absätze wurde Eva regelrecht schwindlig. Auch wenn ihre Freundin Kristina immer wieder und auch mit zunehmendem Erfolg gegen Evas sportlichen Kleidungsstil intervenierte, würde sie nie verstehen, wie jemand freiwillig Schuhe anziehen konnte, für die man einen Waffenschein brauchte.

»Sagts mal, Rieger, des is doch die Leich, die Dyrki grad in der Reißn hat, oder?«

»Dyrki?« Eva und Karl starrten die Sekretärin mit großen Augen an, unfähig, auch nur einen Kommentar dazu abzugeben.

»Haaaallo! Seids eingschlafn oder was?«

»Äh, ja. Ich meine, nein«, stammelte Karl.

»Was jezz? Ja oder na?«

»Ja, die Leiche ist Marcel Rieger, und nein, wir schlafen nicht.« Eva erwachte nur langsam aus ihrer Starre. »Warum fragst du?«

»Weil die Witwe untn am Empfang Rabatz macht. Die möcht ihren Göttergattn zrückhaben.«

»Sehr gut.« Sauerwein stand in der Tür und deutete auf Eva. »Mitkommen.«

»Frau Rieger?« Sauerwein ging mit ausgestreckten Händen auf die ganz in Schwarz gekleidete Frau zu, die vor dem Pförtner auf und ab lief. »Was können wir für Sie tun?«

»Was Sie für mich tun können? Das kann ich Ihnen sagen! Geben Sie sofort meinen Mann zurück!«

Sauerwein hielt noch immer die Rechte der Witwe fest und hatte seine andere Hand auf ihre Schulter gelegt. Mit leichtem Druck bugsierte er sie in den kleinen Raum neben dem Empfang, überließ es Eva, die Tür hinter ihnen zu schließen, und bat die Frau, an dem kleinen Tisch Platz zu nehmen.

»So. Wo ist das Problem?«

»Haben Sie mich nicht verstanden?«, wurde Ariane Rieger umgehend laut. »Ich möchte, dass Sie die Leiche meines Mannes herausgeben. Und zwar sofort!«

»Es tut mir leid, aber das geht nicht«, sagte Sauerwein bestimmt. »Es haben sich Ungereimtheiten ergeben, die eine weiterführende Untersuchung des Leichnams erfordern. Sie wollen doch sicher auch, dass die Todesursache ans Licht kommt, oder etwa nicht?«

Dagegen konnte Ariane Rieger nichts einwenden, ohne sich verdächtig zu machen. Und doch war sie bei dem Wort »Ungereimtheiten« blass um die Nase geworden.

»Ich verstehe das nicht. Mein Mann hatte einen Herzinfarkt, was ist denn daran ungereimt?«

»Dass es eben kein Infarkt war. Es tut mir leid, Frau Rieger, mehr kann ich Ihnen zum jetzigen Zeitpunkt nicht sagen. Unser Rechtsmediziner hat Spuren eines Medikaments im Blut Ihres

Mannes gefunden, und zwar in einer Dosis, die er bedenklich findet und die erfordert, dass er weitere Untersuchungen anstrebt.«

Eva stand mit dem Rücken an die Wand gelehnt und verfolgte die Unterhaltung, ohne sich einzumischen. Sie beobachtete das Mienenspiel Ariane Riegers und wunderte sich nicht, dass Sauerwein mit der Witwe wenig mitleidsvoll umsprang.

Keine Spur von Trauer zeichnete das verlebte Gesicht, nur die Augen zeigten überhaupt, dass in ihrem Inneren etwas in Aufruhr war. Aber auch in ihnen waren keine Anzeichen von Leid zu erkennen, bestenfalls Wut, und auch einen Anflug von Angst konnte Eva ausmachen.

»Weshalb bist du der Witwe nicht weiter auf die Füße getreten?«, fragte Eva, als sie an Sauerweins Seite die Treppe nach oben lief und sich auf seine belanglosen Fragen keinen Reim machen konnte.

Er hatte Ariane Rieger zwar nicht mit Samthandschuhen angefasst, die einer trauernden Witwe gerecht wurden, aber in die Mangel hatte er sie auch nicht genommen.

»Weil ich die Pferde nicht scheu machen wollte. Sie hat zwar jetzt den Hauch einer Ahnung, dass wir hellhörig geworden sind, aber im Moment möchte ich, dass sie sich noch in Sicherheit wiegt. Und ich will abwarten, ob Dyrkhoff tatsächlich noch was zutage fördert. Deshalb habe ich sie auch nicht nach einem Alibi gefragt. Sollte ein Giftmord dahinterstecken, brauchen wir erst mal einen Tatzeitpunkt; der Todeszeitpunkt allein ist für einen Verdacht nicht ausschlaggebend.«

»Was brütest du denn schon wieder aus?«, fragte Karl Eva, die seit einer halben Stunde Blümchen auf ihre Schreibtischunterlage malte.

»Wir müssen herausfinden, was die Nachbarn wissen«, stellte sie fest und warf den Bleistift auf den Tisch. »Und ich weiß jetzt auch, wie.«

»Und wie?«

Eva stand auf. »Komm mal mit.«

Sauerwein quälte die Tastatur seines Computers mit zwei Fingern, als seine beiden Mitarbeiter hereinplatzten.

»Was wollt ihr denn? Könnt ihr nicht anklopfen?«

Ungefragt schnappte Eva sich einen der vier Stühle, die an dem kleinen Tisch in der Ecke standen, und schob ihn vor Sauerweins Schreibtisch.

»Ich habe eine Idee.«

»Oh Gott«, kicherte Karl. »Das wird schon wieder so was sein.«

Eva strafte ihn mit einem verschmitzten Blick. »Klappe halten«, sagte sie. »Meckern kannst du hinterher immer noch.«

»Da hat sie recht.« Sauerwein grinste. »Also schieß los. Was gibt es so Wichtiges?«

»Ich habe darüber nachgedacht, dass es zweckmäßig wäre, wenn wir die eine oder andere Erkundigung einziehen könnten, bevor Dyrkhoff in hundert Jahren Ergebnisse liefert.«

»Macht das denn Sinn?«, fragte Karl. »Wenn der Medizinmann nichts entdeckt, dann liegt auch kein unnatürlicher Tod vor. Und es wäre pure Zeitverschwendung, wenn wir uns schon vorher abmühen.«

»Nicht unbedingt. Außerdem kann es wirklich eine halbe Ewigkeit dauern, bis alle Tests Resultate liefern«, sagte Sauerwein und sah Eva an. »An was denkst du?«

»Wir sollten die Nachbarn unter einem Vorwand aushorchen.«

»Schlechte Idee«, befand Karl. »Wir müssen davon ausgehen, dass zumindest ein Teil bei der Trauerfeier war, und damit fallen wir beide schon mal aus. Außer du opferst dich«, sagte er zu Sauerwein.

»Keine Zeit«, wiegelte der ab. »Seht zu, ob ihr jemand anderen findet, ich halte die Idee nämlich für ziemlich brauchbar. Fragt doch mal Nora.«

Die hatte dazu leider herzlich wenig Lust. »Vergiss es. I hab heut und morgen scho was vor. Aber i kann mi umhörn, ob sonst jemand Zeit hat.«

Darauf verzichtete Eva dann doch gern. Erstens wollte sie nicht, dass das halbe Präsidium von der Aktion erfuhr, zweitens hatte sie eine gewisse Vorstellung, die die Person erfüllen sollte.

Sie nahm den Telefonhörer ab und wählte eine Nummer, die sie mittlerweile auswendig kannte.

»Hast du Lust und zwei Stunden Zeit, um ein paar Leute zu befragen?«

***

»Einen schönen guten Morgen, Herr Wedekind. Ich komme vom Institut ›Nachbarn helfen gegen Gewalt‹.« Kristina Winter drückte dem verdutzten Mann eine kleine Broschüre in die Hand.

Der hatte jedoch keinen Blick für das Faltblatt, sondern sah die schöne Blondine an, als hätte sich ein Außerirdischer auf den falschen Planeten verirrt.

»Herr Wedekind? Sie sind doch Herr Wedekind?«, fragte Kristina und schaute verstohlen auf das Klingelschild, als er nicht antwortete.

»Äh, ja.« Wedekind räusperte sich. »Und Sie sind Frau …?«

»Sommer«, taufte Kristina ihren Nachnamen kurzerhand in eine andere Jahreszeit um.

»Äh, ja, Frau Sommer. Kommen Sie herein. Möchten Sie etwas trinken?«

Während Wedekind umständlich eine Kanne Tee aufbrühte, erzählte er seiner Besucherin, wie und warum man Tee auf genau diese Art zubereiten musste und weshalb alles andere falsch wäre.

Kristina ließ ihn ungerührt gewähren. Sie lehnte an der Arbeitsfläche, sah ihm zu und gab ihm in allem, was er sagte, recht.

Als der Tee fertig gezogen hatte, goss Wedekind die dampfende Flüssigkeit in zwei Schälchen und ließ einen weiteren Vortrag über das richtige Gefäß für sein Gebräu folgen.

Kristina nahm vorsichtig einen Schluck und stellte für sich fest, dass an seinen Ausführungen durchaus etwas dran war. Dann kam sie zurück auf den Grund ihres Besuchs.

»Herr Wedekind, wie ich schon erwähnt habe, beschäftige ich mich mit den Folgen von häuslicher Gewalt und damit, was die Nachbarn tun können, falls sie etwas Derartiges bemerken. Leider ist es nämlich so, dass es zu wenige Menschen gibt, die die

Courage besitzen, einzuschreiten. Viele hören weg, verschließen die Augen und hoffen, dass sich die Angelegenheit von allein wieder einrenkt.«

Nach einem kurzen Blick auf Wedekind fuhr sie fort: »Meistens geschieht das aus einer Hilflosigkeit heraus, die völlig verständlich ist. Niemand von uns möchte als Frau oder Herr Neugier gelten, die oder der seine Nachbarn ausspioniert. Dabei ist es oft nicht mal das. Die meisten Leute wissen einfach nicht, wie oder womit sie helfen können, und dann fehlt dazu auch noch vielen der Mut.«

Kristina hatte sich sofort bereit erklärt, die Nachbarschaftsbefragung zu übernehmen. Eva hatte ihr von der mutmaßlichen Gewalttätigkeit des Verstorbenen erzählt und sie die Abschrift der Aussage lesen lassen, die Wedekind bei seiner Anzeige gegen Rieger vor zwei Jahren zu Protokoll gegeben hatte. Daher wusste sie, dass Wedekind einer der Menschen war, die eben nicht wegschauten. Deswegen jubelte sie ihm das Kompliment unter, ohne dass ihm bewusst wurde, dass sie ihn nur manipulieren wollte.

Kristina lächelte, als sie merkte, wie gut ihr Plan aufging. Wedekind hatte sich bei ihren Worten kerzengerade aufgerichtet und wartete ungeduldig darauf, dass sie fertig wurde.

»Ich hätte keine Angst«, bemerkte er, unschlüssig, wie er das, was er ihr sagen wollte, verpacken konnte, ohne allzu aufschneiderisch zu wirken.

»Sie meinen, wenn Sie einen Fall häuslicher Gewalt bemerken würden, würden Sie nicht wegsehen?«

»Nein. Das würde ich nicht tun.«

»Das freut mich sehr zu hören!« Kristina gab sich bewundernd. »Könnten Sie sich denn vorstellen, etwas dagegen zu unternehmen, wenn Sie Zeuge einer derartigen Situation werden würden?«

»Ich kann es mir nicht nur vorstellen, ich habe sogar schon einmal Anzeige in einer solchen Sache erstattet.« Wedekind wurde rot, als ihm die schöne Frau tief in die Augen blickte.

»Tatsächlich!«, entfuhr es ihr. »Das ist ja großartig. Bitte erzählen Sie mir doch davon!«

Wedekind stockte. »Ja, ähm, ich weiß nicht. Ich möchte meine Nachbarn nicht gern anschwärzen.«

»Ich denke nicht, dass Sie das tun würden«, stellte Kristina entschieden fest. »Ich bewundere Menschen, die den Mut haben, hinzusehen, wenn etwas Schlimmes passiert. Und noch mehr, wenn sie die Courage haben, etwas dagegen zu unternehmen. Wir brauchen mehr Leute wie Sie, die sich trauen und mit gutem Beispiel vorangehen!«

Gegen seinen Willen fühlte sich Wedekind geschmeichelt, und Kristina spürte intuitiv, dass nicht mehr viel fehlte und er würde seine ganze Lebensgeschichte vor ihr ausbreiten.

»Ich wäre so froh, wenn ich den armen Frauen und Mädchen, die unter der Gewalt ihrer Männer leiden, öfter erzählen könnte, dass es auch Fremde gibt, die sich sorgen.«

Sie trank einen weiteren Schluck des köstlichen Tees. »Können Sie sich vorstellen, wie traurig es sein muss, wenn man denkt, dass sich die ganze Welt gegen einen gewendet hat? Wenn sich Freunde plötzlich nicht mehr melden, wenn Verwandte sich nicht kümmern und auch die Nachbarn so tun, als ob man nicht existiert? Sie haben sich getraut, vielleicht sogar geholfen. Aber wissen Sie, wie sehr Sie auch den Betroffenen helfen könnten, die noch nie von Ihnen gehört haben?«

Kristina war Feuer und Flamme. Und das war nicht mal gespielt. Da sie sich um soziale Projekte und hilfsbedürftige Menschen kümmerte, seit sie ihren Job als IT-Leiterin eines Weltkonzerns an den Nagel gehängt hatte, freute sie sich darüber, die Kommissare in einer Sache unterstützen zu können, die ihr selbst am Herzen lag. Dass sie diesmal nur die Personen kontaktieren sollte, die auf der richtigen Seite des Gesetzes standen, war umso besser, und ihr war ein Stein vom Herzen gefallen.

»Sehen Sie sich die Broschüre an, die ich Ihnen gegeben habe«, bat Kristina ihn. »Es ist ein Informationsblatt über häusliche Gewalt und wurde bewusst schlicht gehalten, weil es keine Hochglanzwerbung sein soll. Es soll einfach nur aufklären, welche Möglichkeiten es gibt, wo man sich hinwenden kann und von welchen Stellen Hilfe zu erwarten ist. Wenn wir dem Ganzen noch ihre Schilderung hinzufügen könnten, würde das den Opfern aufzeigen, dass es durchaus möglich ist, aus dem Ganzen rauszukommen.«

»Aber … ich habe meiner Nachbarin ja gar nicht aus der Situation helfen können.« Wedekind knetete verzweifelt seine Hände. »Ich habe mich sogar gefragt, ob es überhaupt richtig gewesen ist, was ich getan habe.«

»Es ist immer richtig, füreinander da zu sein«, sagte Kristina sanft. »Ob das ein Mensch ist, der Ihnen nahesteht, oder ein Fremder, der gerade in Not ist.«

Wedekind sah sie unsicher an. »Und wenn Sie das Gefühl bekommen, dass das, was Sie unternommen haben, die Lage für den Betreffenden noch verschlimmert hat?«

Als Kristina bemerkte, dass seine Augen feucht geworden waren, zerrissen ihr seine Zweifel an sich selbst fast das Herz. »Haben Sie darüber schon mit irgendjemandem gesprochen?«

»Nein.«

»Das sollten Sie aber. Nicht mit mir«, sagte sie schnell, als er ihr einen merkwürdigen Blick zuwarf, den sie nicht einordnen konnte. »Aber Sie sollten das nicht länger in sich vergraben. Das quält Sie doch, oder nicht?«

»Ja. Ich kann seither kaum noch schlafen.«

»Sie machen sich Vorwürfe?«

Wedekind nickte nur trübsinnig.

»Hören Sie, Sie müssen sich Hilfe suchen. Unbedingt. Sie machen sich dadurch noch selbst zum Opfer.«

Kristina war ehrlich entsetzt. Sie hatte im Protokoll gelesen, dass Wedekind damals die Polizei gerufen und Anzeige erstattet hatte, als Rieger seine Frau krankenhausreif geschlagen hatte. Doch offensichtlich hatte sich nichts zum Besseren gewendet. Vielleicht sogar im Gegenteil. Da Ariane Rieger der Polizei anschließend erzählt hatte, dass ihre Verletzungen von einem Fahrradsturz herrührten, war ihr Mann damit offiziell entlastet und hatte seine Frau weiter verdreschen können. Und der Nachbar hatte die Sinnlosigkeit seines Unterfangens eingesehen und sich fortan um seine eigenen Belange gekümmert.

Genau das fragte sie ihn nun.

Er zögerte lange, bis er sich ein Herz fasste und stockend

anfing zu erzählen. Doch dann sprudelte es aus ihm heraus, als hätte sich eine Schleuse geöffnet.

»Ich … also, meine Nachbarn … Ich meine, ich weiß genau, wovon Sie reden. Nebenan, die Riegers, das war einfach schrecklich. Die haben ständig gestritten und sich so heftig angeschrien, dass ich jedes Wort verstanden habe. Ich habe dann meinen Fernseher immer lauter gestellt, damit ich das nicht mehr mit anhören musste. Können Sie es sich vorstellen, wie das ist, wenn da, hinter dieser Wand, ständig Wörter wie ›dämliches Arschloch‹, ›dumme Schlampe‹, ›Drecksau‹, ›fick dich doch selbst‹, ›ich schlag dich tot‹ fallen? Fürchterlich!«

Wedekind fuhr sich mit den Händen übers Gesicht. Die anderen Beschimpfungen, die er gehört hatte, waren zu schlimm, als dass er sie hätte wiederholen können. »Anfangs dachte ich noch, dass das ein Ausrutscher war, vielleicht weil die beiden zu viel getrunken hatten. Aber das eine Mal blieb keine Ausnahme. Deswegen der neue Fernseher.« Er deutete auf den riesigen Flachbildschirm und zwei überdimensionierte Boxen, die danebenstanden.

»Anders war es einfach nicht auszuhalten. Eigentlich bin ich ein Mensch, der abends am liebsten liest und seine Ruhe hat. Aber seit die feinen Herrschaften hier eingezogen sind, ging das von einem Tag auf den anderen nicht mehr. Aber erst, als mein alter Fernseher den Geist aufgab, habe ich mitbekommen, dass es nicht bei Gebrüll und unflätigen Beschimpfungen blieb. Da habe ich gehört, dass die Frau schrie wie am Spieß. Zuerst dachte ich, dass das von deren Fernseher stammt, aber dann flogen Flaschen vom Balkon auf den Hof.«

Wedekind stand auf und ging zum Fenster. »Da unten war plötzlich alles voller Scherben. Und glauben Sie nicht, dass die ihren Dreck selbst beseitigt haben. Rieger fuhr am nächsten Tag zur Arbeit, und sie ließ sich nicht blicken. Allerdings habe ich sie am Nachmittag auf dem Balkon sitzen sehen, mit einem Eisbeutel auf dem Auge. Als sie mich bemerkt hat, ist sie sofort nach drinnen verschwunden. Irgendwann bin ich dann runter und habe die Sauerei weggemacht.« Seine Mundwinkel zuckten.

»Auch da dachte ich noch, dass es sich um einen einmaligen

Vorfall handelt. Zivilisierte Menschen benehmen sich schließlich nicht so. Doch am nächsten Abend ging das Spiel wieder von vorn los, und die Rieger hat sich angehört wie ein Tier, das zur Schlachtbank geführt wird. Schlimmer als am Tag zuvor. Viel schlimmer. Da habe ich Angst bekommen. Deswegen habe ich die Polizei gerufen und ihn angezeigt wegen Gewalttätigkeiten gegen seine Frau.«

»Und weswegen machen Sie sich heute Vorwürfe? Sie haben doch völlig richtig gehandelt!«

Wedekind lachte bitter auf. »Weil beide den Polizisten erzählt haben, dass sie beim Fahrradfahren gestürzt wäre und sich dabei die Verletzungen zugezogen hat. Und als ich ihr Tage später im Hausflur begegnet bin, hat sie mir sehr eindeutig zu verstehen gegeben, dass ich mich um meinen eigenen Kram kümmern soll.«

»Und zwar wie?«, hakte Kristina nach, als er nichts weiter sagte.

»Sie hat mir beide Mittelfinger gezeigt und gekeift: ›Verpiss dich, du Arschloch.‹«

Lieber Himmel. Kristina sah ihn fassungslos an. Das war nun wirklich schwer zu begreifen. Wenn das der Dank war, den man für seine uneigennützige Hilfe erntete, dann wunderte sie sich nicht, dass die Menschen nicht mehr helfen wollten.

»Und wie ging es danach weiter?«, fragte sie mitfühlend. Irgendetwas sagte ihr, dass das noch nicht das Ende der Geschichte war.

»Kurz darauf lag eine Pappschachtel vor meiner Wohnungstür. Zuerst dachte ich, dass der Paketbote etwas für mich abgegeben hat, aber der Karton war nicht frankiert. Als ich ihn aufgemacht habe, lag ein toter Vogel drin.«

***

»Welchen Eindruck hattest du von den Anwohnern?«, fragte Sauerwein, als Kristina ein paar Stunden nach ihren Gesprächen mit den Nachbarn der Riegers ins Kommissariat kam.

»Wedekind wohnt Wand an Wand mit den Riegers. Das

Gebäude ist schlecht isoliert, ich würde also davon ausgehen, dass er wirklich jedes Wort verstehen konnte.« Kristina zog eine Zusammenfassung ihrer Recherche aus ihrer Handtasche und schob sie Sauerwein über den Tisch.

»Die meisten anderen zeigten sich deutlich interessiert, was die Arbeit im Frauenhaus anbelangt, und ich hatte das Gefühl, dass sie alle hellhörig wurden, als ich das Thema Nachbarschaftshilfe angeschnitten habe. Und die Frau, die rechts von den Riegers wohnt, gab zu, dass sie ab und zu mitbekommen hat, dass es irgendwo Streit gab, wollte aber nicht näher benennen, um wen es sich handeln könnte. Außerdem hat sie es ziemlich heruntergespielt, was die Heftigkeit der Streitereien anbelangt. Zumindest, wenn man davon ausgeht, dass Wedekind nicht gelogen hat.«

»Die Verletzungen Ariane Riegers hat niemand erwähnt?«, fragte Karl erstaunt.

»Kein Mensch. Außer Wedekind natürlich.«

»Auf den kommen wir gleich noch«, sagte Eva. »Aber klar, wenn die alle weggehört haben, dann werden sie auch weggesehen haben, falls Ariane Rieger überhaupt mit ihren ganzen Blessuren durch die Gegend lief. Die können ja schlecht behaupten, dass alles Friede, Freude, Eierkuchen ist, und andererseits die Vermutung anstellen, dass sie ständig von ihrem Mann verprügelt wurde.«

»Eben. Ich wollte auch nicht gezielt danach fragen, weil ich dachte, dass diese Ansammlung an Schwerhörigen und Blinden nur misstrauisch wird und mir die Rolle als Sozialarbeiterin dann nicht mehr abnimmt.«

»Das hast du völlig richtig gemacht«, bestätigte Sauerwein. »Und was war nun mit Wedekind?«

»Das war wirklich interessant«, sagte Kristina mit einem nachdrücklichen Nicken. »Es hat zwar einiges an Überzeugungsarbeit und tiefe Blicke erfordert, aber dann hat er eure Vermutungen weitgehend bestätigt. Rieger hat Wedekind bedroht, nachdem er die Polizei gerufen hat, und ihm zu verstehen gegeben, dass er sich um seinen eigenen Dreck scheren soll, weil er ihm sonst die Fresse polieren würde, wenn er weiterhin Lügen über ihn verbreitet.«

Sie strich sich die Haare aus der Stirn. »Er und seine Frau würden sich gern Thriller ansehen, meinte Rieger, und die seien auch mal laut und voller Gebrüll. Dennoch ist Wedekind davon überzeugt, dass es die Stimmen der Riegers waren, die er gehört hat. Ariane Rieger hat übrigens in das gleiche Horn gestoßen wie ihr liebevoller Gatte. Sie ignoriert Wedekind seit dem Vorfall und wechselt kein Wort mehr mit ihm.«

»Wie bitte?«, entfuhr es Karl. »Auch jetzt noch nicht? Obwohl ihr Mann tot ist?«

»Das wundert mich überhaupt nicht«, warf Eva ein. »Wenn wir davon ausgehen, dass Rieger tatsächlich ermordet wurde und seine Frau dabei die Finger mit drin hat, dann ist es das Cleverste, wenn sie jetzt eben keine Kehrtwendung macht. Würde sie Wedekind plötzlich freundlich begegnen, dann wäre das ein heimliches Eingeständnis, dass ihr Alter sie definitiv verprügelt hat. Sie würde sich damit selbst ein Tatmotiv ausstellen.«

»Dann würde ihr etwas mehr Trauer aber ganz gut zu Gesicht stehen«, stellte Karl fest. »Auf dem Friedhof konnte doch ein Blinder sehen, dass sie sich nicht vor Kummer zermürbt.«

»Egal. Wie es scheint, wird sie mit großer Sicherheit an ihrer ursprünglichen Aussage festhalten, damit niemand auf die Idee kommt, dass sie einen Grund gehabt hätte, ihren Gatten aus dem Weg zu räumen. Irgendwelche Vorschläge, wie wir an weitere Informationen kommen?« Sauerwein sah gespannt in die Runde.

»Sollen wir doch noch mit dem Bruder reden?«, fragte Karl. »Schließlich hat der seinen Schwager ebenfalls angezeigt.«

Eva schüttelte den Kopf. »Ich glaube kaum, dass der sich in der momentanen Situation zu einer Äußerung hinreißen lässt, die seiner Schwester schaden könnte. Im Gegenteil, damit wecken wir im ungünstigsten Fall nur den Verdacht, dass wir gegen die Witwe ermitteln. Ich fände es klüger, wenn sie nichts ahnt. Dass wir ihren Mann in der Rechtsmedizin untersuchen lassen, ist im Augenblick schon Information genug.«

»Das sehe ich genauso«, sagte Sauerwein. »Aber was wir überprüfen werden, ist die finanzielle Situation der Riegers. Findet heraus, ob es Immobilien oder eine Lebensversicherung gibt, deren Nutznießerin Ariane Rieger ist. Und dann möchte ich, dass ihr die umliegenden Krankenhäuser anschreibt, ob Frau Rieger dort als Patientin bekannt ist.«

»Du bist ja lustig«, sagte Karl. »Hast du noch nie was von ärztlicher Schweigepflicht gehört?«

»Nein, was ist das denn? Ganz was Neues?«, witzelte Sauerwein. Dann wurde er wieder ernst. »Ihr sollt nicht die Patientenunterlagen anfordern, ich will nur wissen, ob sie in den letzten Jahren des Öfteren behandelt wurde.«

»Das werden die uns genauso wenig erzählen, das ist ja Teil der Schweigepflicht.«

»Zumindest die Auskunft, ob sie Patientin war oder nicht, werden sie uns geben, solange wir keine Zeiträume oder Befunde anfragen.« Sauerwein warf einen Blick auf die Uhr. »Versucht es einfach, dann sehen wir weiter. Apropos, es ist Zeit, Feierabend zu machen.«

VIER

Mühsam stemmte er sich vom Bett hoch und schaffte es mit letzter Kraft, den Kopf so weit zu drehen, dass er einen Blick auf den Wecker werfen konnte. Schon Viertel vor zehn, verdammt. Er schlappte schwerfällig ins Bad und wagte es kaum, in den Spiegel zu sehen. In den letzten Tagen war sein Zustand nicht besser, sondern eher noch schlechter geworden. Wenn er heute sein Gesicht betrachtete, kamen ihm fast die Tränen. Innerhalb kurzer Zeit war aus dem gut aussehenden Frauentyp mit dem leicht grausamen Zug um den Mund ein verlebter, kränkelnder Mann geworden, der frühzeitig gealtert zu sein schien.

Bis jetzt war sein Gedächtnis an jenen ominösen Abend nicht zurückgekehrt, sosehr er sich auch das Gehirn zermarterte. Was auch immer passiert war, lag jenseits dessen, was für ihn erreichbar war. Nicht dass ihm das Sorgen bereitet hätte; er war schon oft genug in seinem Leben so abgestürzt, dass er sich am nächsten Tag an nichts mehr erinnern konnte. Da hatte er aber wenigstens seinen Spaß gehabt. Aber an jenem Abend musste etwas geschehen sein, das mit einem zunehmenden körperlichen Verfall einherging, auf den sich noch nicht mal seine Ärzte einen Reim machen konnten.

Er hatte sich bereits von oben bis unten durchchecken lassen, war vom Hausarzt zum Kardiologen bis hin zum Onkologen gerannt. Sein Blutbild war nicht das eines jungen Mannes, aber bis auf einen leicht erhöhten Cholesterin- und Kaliumspiegel ganz in Ordnung; sein Herz pumpte kräftig durch gesunde Adern, und der Krebsspezialist hatte keinen Verdacht auf einen Tumor ausmachen können.

Und trotzdem schien es ihm kontinuierlich dreckiger zu gehen, bis es plötzlich einen Umschwung gegeben hatte, an dem er sich mit einem Mal wieder ein wenig kräftiger fühlte. Doch genauso schnell, wie sie gekommen war, war die gute Periode auch schon wieder vorbei, und es ging erneut steil bergab. Auch wenn er mit mäßigem Erfolg versuchte, sie zu ignorieren, hielt die Angst vor einer tödlichen Krankheit sein Herz mit eiserner Faust umklammert.

Jetzt wagte er doch einen Blick in den Spiegel und atmete erleichtert auf. Er sah beschissen aus, doch wenigstens hatte sich sein Zustand über Nacht nicht noch verschlimmert. Immerhin. Er erschrak, als hinter ihm die Tür klapperte.

»Möchtest du Frühstück?«, fragte seine Frau.

»Ein bisschen Müsli. Und einen Apfel, wenn einer da ist.«

»Natürlich. Kaffee? Oder Tee?«

»Tee.« Er zögerte einen Moment. »Bitte.«

Es fiel ihm noch immer schwer, »bitte« und »danke« zu sagen. Zu lange hatte er sie bis aufs Blut schikaniert. Über all die Jahre hatte er sie behandelt wie ein Stück Vieh, das ihm machtlos ausgeliefert war. Er grinste matt, als er daran dachte, welche Videos er von ihr in dem Bankschließfach liegen hatte, von dem sie keine Ahnung hatte. Die Aufnahmen kannte sie wohl, aber sie hatte keinen Schimmer, wo er sie versteckt hielt.

Sie waren der einzige Grund, weshalb sie sich nicht von ihm scheiden, sondern weiterhin demütigen ließ, bis nichts mehr von ihr übrig war. Die Schmach, die sie hätte erleiden müssen, wenn das, was die Bänder zeigten, ins Internet und damit an die Öffentlichkeit gelangt wäre, hätte sie nicht überlebt. Dabei war der Großteil des Materials aus dem Kontext gerissen, auseinandergenommen und mit anderer Aussage wieder zusammengesetzt worden. So gut wie nichts davon entsprach den Tatsachen. Trotzdem hätten genügend Leute hinter vorgehaltener Hand getuschelt und sich gefragt, wie viel davon der Realität zumindest nahekam. Und trotz aller Dementis und Beteuerungen hätte es einen großen, hässlichen Fleck auf ihrer sonst ach so weißen Weste gegeben. Unterm Strich wäre ihr wenig Spielraum geblieben. Und um von der nächstgelegenen Brücke zu springen, war ihr Lebenswille noch immer zu groß.

Seine Gedanken kehrten zurück zu der verteufelten Situation, in der er sich befand. Solange es ihm schlecht ging, musste er sie anständig behandeln, denn ohne sie war er völlig aufgeschmissen. Er hätte nicht sagen können, ob seine momentane Lage sie in einen Zustand der Hoffnung auf bessere Zeiten versetzte oder ob sie schlicht nur Mitleid mit ihm empfand. Vermutlich war es aber einfach nur ihre Erziehung, die sie agieren ließ, wie es einer liebevollen Ehefrau geziemte. Jedenfalls war er im Moment auf sie und ihren guten Willen angewiesen, und er wusste nicht, ob er sie dafür lieben oder hassen sollte.

***

»Es ist schon interessant«, sagte Karl, als er die angeforderten Unterlagen vor sich liegen hatte. »Die Riegers waren zwar nicht wirklich begütert, aber die Lebensversicherung kann sich sehen lassen.«

Eva hörte auf, auf ihrer Tastatur herumzutippen, und sah ihren Kollegen aufmerksam an. »Das heißt?«

»Riegers Ableben ist hundertfünfzigtausend wert. Seine Frau ist die Alleinerbin.«

»Nicht wenig, aber auch nicht wirklich viel. Was findest du daran so bemerkenswert?«

»Nicht viel? Es sind schon Menschen für viel weniger ermordet worden.«

Eva seufzte. »Auch wieder wahr. Wobei das Motiv hier weniger das Geld, sondern Riegers Gewalttätigkeit sein dürfte. Also, was ist so besonders daran?«

»Was mich hellhörig macht, ist das, was der Mann im Falle ihres Todes erhalten hätte.«

»Dann mach kein Drama draus«, sagte Eva, neugierig geworden. »Spuck schon aus, wie viel das gewesen wäre.«

»Nichts.«

»Wie bitte?«

»Nichts. Niente. Nada. Keinen müden Cent.«

»Das ist allerdings seltsam.« Eva streckte die Hand nach den Unterlagen aus.

»Tatsächlich«, sagte sie, nachdem sie die ersten zwei Seiten überflogen hatte. »Was schließen wir daraus? Dass Rieger dachte, dass das Leben seiner Frau nichts wert ist und dass er dafür kein Geld ausgeben wollte?«

»Das ist Quatsch«, sagte Karl, verschränkte die Arme und

lehnte sich zurück. »Das, was er investiert hätte, wäre ihm selbst doch irgendwann zugutegekommen.«

»Nicht unbedingt. Wenn sie sich von ihm getrennt hätte, dann wäre das ganze Geld, das er dafür einbezahlt hatte, futsch gewesen.«

»Aber wenn ihm seine Frau so egal war, wie du denkst, wieso hat er dann eine Lebensversicherung in einer derartigen Höhe zu ihren Gunsten abgeschlossen?« Karl fand die gesamte Theorie ausgesprochen suspekt.

»Weil er nicht damit gerechnet hat, dass sie ihm das Licht ausbläst, sondern auf seinen Überlebensfall spekuliert hat, das ist doch nicht so schwer zu verstehen. Was ist denn mit dir los?«, fragte sie, als Karl nichts mehr sagte.

»Erstens wurmt es mich, dass du offensichtlich denkst, dass ich zu dämlich bin, eine Versicherungspolice zu lesen.«

»Was? Was soll denn der Schmarrn?«

»Weil du es unbedingt nachprüfen musstest. Und das bedeutet, dass du mir nicht geglaubt hast.«

»Karl, hör auf mit dem Käse, das weißt du doch besser. Wir sind schließlich nicht im Kindergarten. Was ist das Zweite, das dir querliegt?«

»Dass du nicht weitergelesen hast.«

»Aufhören.« Auch Sauerwein hatte die Nase voll von dem Gezanke seiner Mitarbeiter, das zwar nur gedämpft, aber immerhin deutlich durch die angelehnte Tür in sein Büro drang.

Inzwischen blätterte Eva die restlichen Seiten durch und erledigte das, was sie Karls Meinung nach versäumt hatte.

»Das ist wirklich faszinierend«, gab sie zu. »Ursprünglich Begünstigter der Police war gar nicht Ariane Rieger, sondern ein gewisser Lars Großhof.«

Sie schob die Papiere wieder zu Karl. »Finde doch mal heraus, wer das ist.«

Es dauerte keine Viertelstunde, und Karl hatte die Antwort gefunden. »Leider können wir Herrn Großhof nicht mehr befragen, da auch er bereits das Zeitliche gesegnet hat.«

»Weiter«, forderte Eva ihn auf, als er keine Anstalten machte, fortzufahren.

»Lars Großhof ist vor vier Monaten im Alter von zweiundvierzig Jahren an einem Herzinfarkt verstorben.«

»Das ist aber verdammt jung«, fand Eva. »Steht da noch mehr?«

»Es gab keinerlei Anzeichen auf eine unnatürliche Todesursache, deswegen wurde dem Ganzen nicht weiter nachgegangen. Aber ich habe noch tiefer gegraben, und mir sind ein paar Punkte aufgefallen.«

Karl drehte sich um und zog zwei Blatt Papier aus dem Drucker, die er an Eva weiterreichte. »Zum einen, dass Großhof mehrere Eintragungen in seinem Führungszeugnis wegen Gewalt gegen Frauen hatte, darunter seine Ehefrau, zum anderen, dass Letztere genau wie Ariane Rieger bei einer Befragung durch die zuständigen Kollegen behauptete, dass sie nicht geschlagen worden, sondern von einer Leiter gefallen sei.«

»Na wunderbar«, befand Eva. »Das heißt also, wir haben zwei männliche BFFs, die sich selbst –«

»Zwei bitte was?« Angelockt durch die Diskussion seiner Mitarbeiter über die Versicherungspolice, war Sauerwein aus seinem Büro gekommen und hatte sich auf Max' verwaistem Stuhl niedergelassen.

»Best friends forever.« Eva schmunzelte. »Mensch, Martin, es wird echt Zeit, dass du die Gala oder ein anderes Käseblatt abonnierst, damit du auf dem Laufenden bleibst. Schließlich hast du zwei Töchter, die bald in ein Alter kommen, in dem du sie nicht mehr verstehst, falls du dich nicht rechtzeitig weiterbildest.«

»Nicht nötig«, sagte Sauerwein trocken, »dafür hab ich ja immer noch dich. Also, weiter.«

»Äh ja. Also zwei *BFFs*«, sagte Eva bewusst betont und zwinkerte Karl zu, als Sauerwein die Augen verdrehte, »die sich offensichtlich gegenseitig näher waren als ihren Frauen. Vorausgesetzt, Großhof hatte Rieger ebenfalls in seinem Testament bedacht. Können wir das herausfinden?«

»Sicher«, sagte Karl und zog die Tastatur seines Rechners zu sich. »Ich kümmere mich darum.«

»Danke. Aber auch wenn die ganze Sache nur einseitig gewesen sein sollte, wäre es doch schon ausgesprochen merkwürdig, einen Freund anstelle des eigenen Partners einzusetzen, oder?«

»Nicht unbedingt«, widersprach Sauerwein. »Es mag schon Gründe dafür geben; ein Darlehen zum Beispiel, das im Todesfall nicht mehr zurückgezahlt werden kann. Blöd ist nur, dass wir das nicht ausfindig machen können, wenn es dazu keine notariellen Verträge gibt. Wenn das nur ein Handschlaggeschäft war, dann haben wir nichts in der Hand. Die Witwe können wir schließlich schlecht dazu befragen.«

Zwei Minuten später stand Karl auf, zog drei Blätter aus dem Drucker und legte sie vor den Kollegen auf den Tisch.

»Ich glaube, wir haben einen Volltreffer gelandet«, sagte er. »Großhof hatte Marcel Rieger als Erben eingesetzt.«

»Wie hast du das denn so schnell entdeckt?«

»Weil ein Rechtsstreit anhängig war.«

»Und weiter?«, hakte Eva nach, als Karl nur hochbegeistert grinste. Sie kannte ihn gut genug, um zu spüren, dass er auf eine Goldader gestoßen war.

»Großhofs Witwe Birgit hat sofort nach Testamentseröffnung Einspruch erhoben und über ihren Rechtsanwalt Klage eingereicht. Da ein Verfahren eröffnet wurde, kann man wohl davon ausgehen, dass Rieger das Erbe tatsächlich annehmen wollte. Außerdem hat auch er einen Anwalt mit der Sache betraut. Aber es kommt noch besser. Wollt ihr raten?«

Karl versicherte sich mit einem Blick, dass er die volle Aufmerksamkeit seiner Zuhörer hatte, und wurde von Sauerwein prompt in seine Schranken verwiesen, der seit jeher keine Lust auf dumme Spielchen hatte.

»Also, das ist einfach zu gut. Bereits einen Tag nach Marcel Riegers Tod hat seine Witwe eine Erklärung unterzeichnet, dass sie auf Großhofs Erbe verzichtet, das nach dem Tod ihres Mannes ja jetzt an sie gefallen wäre. Da Rieger nach Großhofs Tod sein eigenes Testament geändert hat, wurde vermutlich aufgrund fehlender anderer Erbnehmer Ariane Rieger als Begünstigte eingetragen. Nun erbt also Birgit Großhof das Vermögen ihres eigenen Mannes, und der Rechtsstreit wurde wieder ad acta gelegt. Somit sind die Karten also neu gemischt. Die beiden Frauen wären vorher leer ausgegangen.«

»Erst mal«, sagte Eva.

»Wieso nur erst mal?«, wollte Sauerwein wissen.

»Weil das Spiel nur einmal funktioniert hätte.«

Eva stand auf, ging zu der riesigen Glastafel und malte ein Diagramm darauf. »Angenommen, einer der beiden Männer, ich nenne ihn der Einfachheit halber A, stirbt und vererbt dem anderen sein Vermögen. Gehen wir davon aus, dass die Witwe A nicht klagt, dann bekommt B das Geld, woran natürlich auch Frau B partizipiert. Allerdings wird B sein Testament nun ändern, weil der ursprüngliche Erbnehmer A inzwischen das Zeitliche gesegnet hat. Damit wird aller Voraussicht nach Frau B die Begünstigte im Falle des Ablebens ihres eigenen Mannes werden und beide Vermögen erben. Und Frau A geht komplett leer aus. Oder andersherum.«

»Uff, ist das kompliziert«, sagte Karl. »Es könnte aber auch jemand völlig anderes eingesetzt werden, nachdem A ablebt.«

»Ja klar. Aber das lassen wir außen vor, weil es zumindest im Moment egal ist. In jedem Fall hätte nämlich eine der beiden Frauen mittellos dagestanden. Welche der beiden, das hätte, oder hat, falls Riegers Tod doch ein natürlicher war, das Schicksal entschieden. Jedenfalls ist es ausgesprochen perfide, wenn ein Partner den anderen einfach im Regen stehen lässt.«

»Damit hätten doch beide Frauen ein Mordmotiv«, sagte Karl.

»Im Gegenteil«, widersprach Eva. »Solange beide Männer noch leben, geht es deren Frauen zumindest finanziell gut. Sobald der Erste stirbt, hat dessen Frau nichts mehr. Und damit ist die also fein raus, zumindest, was das Motiv anbelangt.«

»Steht da eigentlich nichts, weshalb die Männer ihre Frauen enterbt haben?«, fragte Sauerwein. »Das geht ja nun auch nicht so mir nichts, dir nichts. Dafür muss man in Deutschland schon handfeste Gründe haben.«

»Und selbst die sind hinfällig, wenn der Hinterbliebene argumentiert, dass der Verstorbene sich nicht trennen wollte«, murmelte Eva, während sie die Bögen durchlas.

»Ich glaube, ich spinne«, sagte sie, als sie wahrhaftig auf einen Passus gestoßen war. »Großhof hat seine Frau wegen seelischer Grausamkeit vom Erbe ausgeschlossen.«

»Damit ist die Theorie vom Darlehen also schon mal vom

Tisch«, sagte Karl. »Können wir die Erbschaftsgeschichten für einen Moment hintenanstellen? Mir geht nämlich etwas anderes durch den Kopf. Gebt mir ein paar Minuten, damit ich das gedanklich erst mal sortieren kann.«

»Gut«, sagte Sauerwein und stand auf. »Machen wir eine Viertelstunde Pause.«

***

»Mach mir … machst du mir etwas zu essen? … Bitte!« Er hielt sich müde an der Kommode fest, die im Wohnzimmer stand.

Seine Frau saß mit angezogenen Knien und einem Rätselheft in der Hand auf der cremefarbenen Couch und sah ihn über den Rand ihrer Brille mit leicht spöttischer Miene an.

»Ich finde, du solltest deinen Arzt wechseln«, sagte sie mit einem merkwürdigen Unterton in der Stimme. »Seit du auf deinem letzten Trip warst, siehst du grässlich aus. Sieh dich nur mal an. Du gehst auch nicht mehr aus. Hast du von deinen Touren mittlerweile die Nase voll?«

Er starrte sie fassungslos an. Nie im Leben hätte sie sich solch dumme Sprüche herausgenommen, als er noch gesund gewesen war. Aber mit dem zunehmenden Verfall seiner körperlichen Kräfte hatte sich auch das geändert, und ihre Unterwürfigkeit war einer subtilen Widerspenstigkeit gewichen. Vermutlich dachte sie, dass er es in seinem Zustand nicht merken würde, wie sie mit einem Mal anfing, sich zu emanzipieren. Im Moment war er zu schwach, um sie zu bestrafen, aber er würde keines ihrer Worte vergessen. Und egal, wie sehr sie darauf baute, dass die guten alten Tage vorbei waren, er selbst hatte die Hoffnung noch längst nicht aufgegeben.

Sobald er wieder stark genug war, würde sie ihr blaues Wunder schon noch erleben. Und falls sich seine Genesung noch weiter hinzog, dann würde er den Freund um Hilfe bitten, der sich schon mehrmals an ihr gütlich getan hatte. Allein bei dem Gedanken daran ging es ihm besser. Für einen Augenblick schaffte er es sogar, ihren Gesichtsausdruck und die Verletzung darin zu visualisieren, als –

»Hörst du mir eigentlich zu?«, unterbrach sie seine Gedanken mit einem verächtlichen Lächeln.

Ertappt sah er auf. In ihren Augen war nichts von der Demütigung vergangener Tage zu erkennen. Im Gegenteil, der früher so leidende Blick war von etwas anderem, etwas Neuem verdrängt worden. Jetzt erahnte er Widerstand in der dunkelgrünen Iris. Und Schadenfreude. Er holte tief Luft und zuckte bei dem Schmerz zusammen, der in seine Seite schoss und ihn taumeln ließ.

»Vielleicht hast du dir eine Geschlechtskrankheit zugezogen. Syphilis soll ja die seltsamsten Symptome auslösen.«

Sie ging an ihm vorbei und knuffte ihn in die Seite. »Oder du hast etwas eingeworfen, was dir nicht bekommen ist. Mein armer, armer Mann. Komm in die Küche. Ich mache dir einen Haferbrei.«

Haferbrei? Sie wusste genau, dass er als Kind von seiner Mutter jeden Tag dazu gezwungen worden war, und heute brachte er das Zeug um nichts in der Welt mehr hinunter, ohne sich übergeben zu müssen. Doch zu ihrem Glück hatte sie nur einen Scherz gemacht. Und auch zu seinem, wie er insgeheim zugeben musste. Offensichtlich hatte sie bereits gekocht, denn über dem Herd lag ein verführerischer Duft. Er ließ sich auf einen Küchenstuhl fallen und beobachtete, wie sie in einem Topf rührte und schließlich einen großen Semmelknödel und zwei Kellen Pilzsuppe auf einen Teller schöpfte.

Misstrauisch schnupperte er an dem Gericht, das vor ihm stand. Und mit einem Schlag zündete eine Idee in seinem Kopf. Was, wenn er gar nicht krank war? Was, wenn sie versuchte, ihn zu vergiften?

Entsetzt sah er die Pfifferlinge an, die neben weiteren harmlos aussehenden Stückchen schwammen. Er hob den Blick und sah in die Pupillen seiner Frau, die ihn verschlagen musterten. Sie wartete gierig darauf, dass er seine Henkersmahlzeit zu sich nahm. Dieses Miststück! Obwohl die Suppe himmlisch roch – und er Hunger hatte wie ein Wolf –, den Gefallen würde er ihr ganz sicher nicht tun. Da musste sie sich schon etwas Besseres einfallen lassen. Langsam legte er den Löffel zurück auf die Serviette und schob den Teller von sich.

»Nein, danke. Ich verzichte.«

»Wirklich?« Sie sah ihn enttäuscht an. »Ich hab mir viel Mühe damit gegeben.«

Es war unbestritten so. Schadenfroh schüttelte er den Kopf. Endlich hatte er kapiert, welch heimtückisches Spiel sie spielte. Da hatte sie sich aber ganz gewaltig geschnitten. Von nun an würde er sein Essen kommen lassen. Während er in sich hineingrinste und bereits Pläne schmiedete, wie er sie bestrafen würde, setzte sie sich an den Tisch, zog den Teller zu sich und fing an, in aller Seelenruhe den Knödel zu zerteilen. Sein Kinn klappte herunter, als sie genussvoll mit den Augen rollte und den Teller bis auf den letzten Rest leer aß.

»Du hast wirklich etwas verpasst«, sagte sie, als sie fertig war. »Ich lobe mich ja nur ungern selbst, aber das war köstlich. Soll ich dir jetzt doch einen Haferschleim machen?«

***

Die von Sauerwein veranschlagte Viertelstunde verlängerte sich auf geschlagene vierzig Minuten, weil Max Hansen seinen Kopf zur Tür hereinstreckte und seine Kollegen bat, ihn weiter an ihrem neuen Fall teilhaben zu lassen, da er unbedingt eine Auszeit von seinem staubigen Keller brauchte. Während Eva Max von Kristinas Befragung der Rieger-Nachbarn erzählte, nutzte Karl die Zeit, um noch ein wenig über seiner Theorie zu brüten.

»Da die beiden Männer sich kannten, trifft das vermutlich auch auf ihre Frauen zu«, fasste Karl seine Überlegungen schließlich zusammen. »Weil sie sozusagen Schwestern im Leid waren, wäre es doch vorstellbar, dass sie sich zusammengeschlossen haben, um sich ihrer Peiniger zu entledigen? Frau A entsorgt Mann B, und Frau B erledigt Mann A. Das wäre nicht das erste Mal, dass so was vorkommt«, sagte er rasch, als Max ihn unterbrechen wollte. »So hat sich jede der beiden um ein Alibi kümmern können, wo sie zum Tatzeitpunkt gewesen ist.«

»Ja nee, schon klar.« Max verdrehte skeptisch die Augen. »Du siehst einfach zu viel fern, Karl. Allerdings solltest du besser

Rosamunde-Pilcher-Schnulzen schauen, solange Sissy trächtig ist. Verschwörungstheorien sind sicher nicht das Beste für ihre Liebesfrucht. Und überhaupt, wann schlüpft das Küken denn nun endlich?«

»Du hast doch nicht mehr alle Latten am Zaun«, begehrte Karl auf. »Deine dummen Sprüche kannst du echt stecken lassen. Außerdem war dein Deutsch auch schon mal besser.«

Max starrte Karl entgeistert an. »Hä? Was meinst du denn damit?«

»Weil es Leibesfrucht heißt, nicht Liebesfrucht«, klärte Eva Max auf. »Können wir jetzt bitte weitermachen? Allerdings muss ich Max beipflichten, dass deine Theorie recht weit hergeholt ist. Zum einen gibt es keinen Anhaltspunkt für ein derartiges Komplott, zum anderen sind Frauen nun mal nicht die geborenen Killer. Totschlag im Affekt, ja. Im Einzelfall auch geplanter Mord. Aber das alles direkt am Objekt des Hasses, nicht stellvertretend für andere Frauen.«

»Trotzdem kommt so was vor«, beharrte Karl.

»Das ist schon wahr. Ich will es auch nicht gleich ad acta legen. Aber bevor wir in diese Richtung ermitteln, brauchen wir noch mehr Hintergrundinformationen.«

»Da stimme ich dir völlig zu«, sagte Sauerwein von der Verbindungstür aus zu Eva. »Ich finde Karls Theorie ebenfalls verfolgenswert. Auch wenn es stimmt, dass Frauen für so eine Symbiose eigentlich nicht geeignet sind. Durch Frauen verübte Beziehungstaten haben in der Regel einen hochemotionalen Aspekt. Und ob man diese Emotionen auf einen Fremden projizieren kann, wage ich zu bezweifeln. Dennoch behalten wir es im Auge. Findet heraus, ob es zwischen den beiden Frauen irgendwelche Berührungspunkte gibt. Und zwar diskret! Vielleicht könnt ihr ja Nora darum bitten, ob sie sich der Sache annehmen will.«

»Darf ich sie fragen? Bitte!« Max saß der Schalk im Nacken. Die Dispute mit Nora gehörten zum Highlight jeder Ermittlung, die beide Seiten genüsslich auskosteten. Und da seine Stunden in der Registratur von einer Eintönigkeit geprägt waren, die seelischer Grausamkeit gleichkam, hätte ein Geplänkel mit

Nora so kurz vor dem Wochenende wenigstens einen Hauch vom Spaß der vergangenen Tage.

»Was soll i?« Nora stemmte ihre Fäuste in die Hüften und funkelte Max erbost an. »Hast as du nimma alle?«

Dass sie dazu ihren blutrot lackierten Zeigefinger vor seiner Nase kreisen ließ, trieb ihm die Röte ins Gesicht. Unwillkürlich senkte er seinen Blick, nur um prompt damit in ihrem Ausschnitt hängenzubleiben.

»Hansen, wennst meine Möpse no weiter hypnotisierst, brauch i glei keinen BH mehr. Was willst denn no? Rück scho raus mit der Sprach!«

»Äh. Ja, mmh. Also, wir brauchen deine Hilfe.«

»Scho klar.« Nora tippte mit dem roten Fingernagel an seine Nase und drückte sie Stück um Stück höher, bis er ihr Dekolleté schließlich nur noch mit Stielaugen sehen konnte.

Als er schließlich wieder in ihre Augen sah, grinste er jungenhaft. »Wusstest du schon, dass es am Chiemseestrand einen FKK-Bereich gibt?«

»Und?«

»Hast du am Wochenende schon was vor?«

»Träum weiter, Hansen. Und wennst ned sofort mit der Sprach rausruckst, dann schleich di. I hab nämlich gleich an Termin beim Chef.«

***

»Wo ist eigentlich Nora?«, fragte Sauerwein, als er am Montagmorgen mit seiner leeren Tasse zurück ins Büro kam. »Hat sie heute frei?«

»Keine Ahnung. Nein. Ich meine, ich glaube nicht«, sagte Eva und ließ die Breze in ihrer Hand sinken.

Als Nora zwei Stunden später noch immer nicht erschienen war, nahm Eva den Telefonhörer und wählte die Nummer des Empfangs.

Bevor der Kollege dort abheben konnte, legte sie den Hörer wieder auf und zog ihre Schreibtischschublade heraus. Nachdem sie kurz darauf das Gesuchte in der Hand hatte, fing Karl an zu lachen.

»Wow, Eva, was ist das denn für ein Relikt aus der Vergangenheit? Irgendwo hab ich so was schon mal gesehen. Wie nannte man die Dinger gleich noch mal?«

»Du bist ein Doofi, Karl, ich kann's echt nicht glauben. Aber ich wette mit dir, dass ich in dem Relikt, wie du es so schön nennst, Noras Telefonnummer zehnmal schneller gefunden habe als du in deinem Handy. Falls du sie überhaupt notiert hast.«

»Äh, nein, habe ich nicht.« Das musste er dann doch zugeben. »Aber lass sie doch. Sie wird schon einen Grund haben, weshalb sie nicht pünktlich kommt. Das musst du auch nicht unbedingt gleich an die große Glocke hängen.«

»Das habe ich auch nicht vor«, widersprach Eva. »Aber Nora ist normalerweise die Zuverlässigkeit in Person. Wenn sie drei Stunden unentschuldigt fehlt, dann stimmt etwas nicht.«

Eine Stunde und zwölf erfolglose Anrufversuche später stand Eva auf, schnappte sich ihren Autoschlüssel und marschierte in Sauerweins Büro.

»Ich fahre zu Nora. Irgendwas muss da passiert sein.«

»Hast du denn einen Schlüssel?«, fragte Sauerwein erstaunt.

»Ich habe ihre Blumen gegossen, als sie im Urlaub war. Anschließend hat sie mich gebeten, ihn fürs nächste Mal zu behalten. Schließlich wohnen wir nicht weit voneinander entfernt.«

Eva biss sich auf die Unterlippe. »Hoffentlich ist alles okay mit ihr. Irgendwie habe ich ein saublödes Gefühl.«

Bevor Eva den Schlüssel in Noras Wohnungstür steckte, klingelte sie Sturm, obwohl ihr völlig klar war, dass es nichts bringen würde. Zur Sicherheit klopfte sie, legte ihr Ohr an das Türblatt und lauschte. Nichts.

Zögerlich sperrte sie auf, öffnete die Tür einen Spalt und rief: »Nora? Bist du da? Hier ist Eva. Ich komme jetzt rein.«

Als sie keine Antwort bekam, trat sie in den Flur und schnupperte. Die Luft roch abgestanden. Seltsam. Sie ging in die Küche und ließ ihren Blick über die Anrichte schweifen. Eine benutzte Tasse und ein Teller mit grobkörnigem Salz standen neben der

Spüle. Eva griff nach dem Geschirr, das auf der Ablage aufgeschichtet war, und drehte die Teller um.

Anschließend lief sie ins Schlafzimmer und inspizierte Bad und Wohnzimmer. Nirgendwo war auch nur eine Spur ihrer Kollegin. Sie öffnete die Doppelflügeltür im Flur, hinter der sich Noras Schuhschrank mit den geschätzten dreißig Paar High Heels befand. Obwohl sie vor Sorge eigentlich keine Zeit dafür übrig hatte, gönnte sich Eva einen Blick auf die unglaubliche Sammlung.

Wenn Nora einen Tick hatte, dann waren es Schuhe. Woher sie das Geld dafür hatte, war Eva freilich ein Rätsel. Sie streckte ihre Hand nach einem Paar mit roter Sohle aus, zog den rechten Schuh heraus und warf einen Blick auf das Fußbett. Louboutin, tatsächlich. Schuhe für mindestens fünfhundert Euro das Paar? Nora hatte echt einen Knall! Eva stellte den Peeptoe ordentlich zurück an seinen Platz und schloss den Schrank. Dann zückte sie ihr Smartphone und rief Sauerwein an.

»Hier ist sie nicht. Ich komme jetzt zurück ins Kommissariat.«

»Was hast du herausgefunden?«

»Wenig«, beantwortete Eva Karls Frage. »Wie es aussieht, hat sie als Letztes Kaffee getrunken und Brezen gegessen. Das Ganze sieht nach Frühstück aus, und zwar mindestens von gestern, weil das Geschirr auf der Ablage schon völlig trocken war. In ihrem Schrank fehlen keine Schuhe, also ist sie auch nicht verreist.«

Eva ließ sich auf ihren Stuhl fallen und griff nach dem Telefonhörer. »Das sieht ihr einfach überhaupt nicht ähnlich. Hallo? Ja, hier ist Eva Neunhoeffer. Ich bin eine Kollegin aus der Mordkommission. Ich brauche eine Handyortung.«

Eva lauschte eine Weile, dann unterbrach sie ihren Gesprächspartner. »Nein, dafür benötige ich keinen richterlichen Beschluss. Die Genehmigung bekommen Sie von mir. Was? Was soll denn das? Okay, danke.«

Sie warf den Hörer auf die Gabel und steckte den Kopf in Sauerweins Zimmer. »Sag mal, was hat uns München denn da für einen Korinthenkacker geschickt? Die Anordnung muss mindestens von einem Vorgesetzten kommen. Der Typ hat sie doch nicht mehr alle.«

Sie zog einen Stuhl an seinen Tisch, nahm sein Telefon und drückte ihm den Hörer in die eine und einen Zettel mit Noras Handynummer in die andere Hand, während sie gleichzeitig die Nummer des neuen Administrators wählte.

»Moment bitte.« Sauerwein deckte die Sprechmuschel mit einer Hand ab und sah Eva mit zusammengekniffenen Augen an. »Was willst du eigentlich?«

»Der Blödmann soll Noras Handy orten.«

Sauerwein verzog spöttisch den Mund und gab Evas Bitte weiter. »Und dann rufen Sie Frau Neunhoeffer direkt an. Nein, das müssen Sie nicht mir persönlich mitteilen. Frau Neunhoeffer ist durchaus in der Lage, die Information von Ihnen entgegenzunehmen. Was? Ja, befugt ist sie dazu auch. Und übrigens eilt es. Himmel! Was grinst du so dämlich?«, fragte er aufgebracht, nachdem er das Gespräch beendet hatte und Eva mit einer hochgezogenen Augenbraue ansah. »Der Typ ist doch noch ein halbes Baby, so wie der redet. Wie heißt der eigentlich? Ich habe seinen Namen nicht verstanden.«

»Hannibal Nuschel.«

»Wie? Ach, du bist genauso ein Kind.« Sauerwein zeigte ihr den Vogel.

Auf die Antwort musste Eva geschlagene dreißig Minuten warten. Zeit, während der sie wie auf heißen Kohlen saß und sich auf kaum etwas anderes konzentrieren konnte. Als es endlich klingelte, hatte sie den Hörer schon am Ohr, bevor das erste Signal verstummt war.

»Ja?« Während sie zuhörte, wurden ihre Augen immer größer und ihre Nase blass. Schließlich bedankte sie sich, legte auf und lehnte sich in ihrem Stuhl zurück. »Scheiße!«

Sauerwein hatte ihr Ausruf aus seinem Zimmer gelockt, und nun stand er neben ihr und rüttelte an ihrer Schulter.

Eva, die in Gedanken versunken war, erschrak.

»Was ist los?«, fragte er sanft.

»Das Handy«, sagte sie. »Es war zuletzt gestern Nachmittag über drei Stunden lang in einer Funkzelle in der Nähe des Hirschbergs eingeloggt. Jetzt ist es aber ausgeschaltet. Da in der Gegend zu wenige Stationen installiert sind, kann die Stelle nicht exakt geortet werden, an der es sich befunden hat. Der Radius ist etwa drei Kilometer groß.«

»Verdammt!« Sauerwein wusste so gut wie Eva, dass sich ihr Verdacht, dass etwas nicht stimmte, soeben um fünfhundert Prozent erhöht hatte.

»Der Hirschberg liegt am Tegernsee. Das ist fast unbewohntes und bergiges Gelände. Schöner Mist.« Er fuhr sich mit beiden Händen durch sein dichtes, allmählich grau werdendes Haar. »Welche Optionen haben wir?«

»Wenige«, erwiderte Eva. »Das einzig Effektive, was mir dazu einfällt, ist ein Hubschrauber mit Wärmebildkamera.«

»Die Kamera wird nicht viel nützen«, widersprach Karl. »Dafür ist die Umgebungstemperatur zu hoch.«

»Vielleicht aber doch. Da oben ist alles voller Wald, und unter den Bäumen ist es kühl. Einen Versuch ist es wert.« Sauerwein sprang auf und lief in sein Zimmer. Er kam mit seinem Handy zurück, suchte eine Nummer und drückte die Wähltaste.

Als fünf Minuten später klar war, dass alle Hubschrauber aus München, die ein geeignetes Gerät an Bord hatten, in einen Einsatz eingebunden waren, der voraussichtlich den ganzen Tag dauern würde, fluchte er und legte auf. Dann wählte er von Evas Telefon die Rufnummer der Auskunft und ließ sich mit der Bergrettung verbinden.

Nachdem er dem Urbayern am anderen Ende sein Anliegen erklärt hatte, bat ihn der um einen Augenblick Geduld. Nach einer schier endlosen Ewigkeit, in der Sauerwein das Gedudel der Warteschleife derart auf die Nerven ging, dass er kurz davor war, wieder aufzulegen, kam der Bergfex zurück ans Telefon.

»Bist no dro?«

»Freilich«, entgegnete Sauerwein trocken und ließ sich auf das unter Bergsteigern übliche Du ein. »Hast du was für mich?«

»Kannt scho sei. Mia ham gestern Omd a Madl obaghoin, des kannt de sei, de du suachst. Host a Beschreibung?«

»Freilich. Warte, ich geb dich weiter.«

Sauerwein reichte Eva den Hörer. »Er will eine Beschreibung. Das kannst du als Frau besser.«

Eva verdrehte die Augen und nahm das Gespräch an. Nachdem sie sich im breitesten Bayrisch eine Viertelstunde lang mit Sepp Zander ausgetauscht hatte, legte sie wieder auf.

»Hobts es verstandn?«, fragte sie, noch ganz im Dialekt ihrer Heimat gefangen.

»Naa, i nett.« Karl stand in der Tür zum Flur und grinste schief.

»Des hoaßt *ned*, ned *nett*.« Eva grinste zurück. »Also, Folgendes: Gestern Abend hat die Bergrettung eine Frau mit dem Heli vom Hirschberg geflogen, nachdem einem Wanderer ein abgetretener Felsbrocken seltsam vorkam. Als er versucht hat, über den Abhang hinunter etwas zu erkennen, wäre er dabei selbst fast abgestürzt. Aber er hat gesehen, dass eine Person mit einem Mountainbike unten liegt, und die Bergwacht verständigt.« Sie räusperte sich und trank einen Schluck aus einer Wasserflasche, die vor ihr stand.

»Die haben die Verletzte dann mit einem Hubschrauber rausgeholt, weil das Gelände dort so unzugänglich ist. Sie konnten keine Personalien feststellen, da die Frau keinen Ausweis bei sich trug, die Beschreibung passt aber auf Nora. Laut Sepp Zander hat die Bergwacht eine Personenbeschreibung an alle Polizeidienststellen rausgegeben. Dämlicherweise kümmert sich ja Nora um solche Dinge, deswegen haben wir nichts davon erfahren.«

»Hat er was gesagt, wie es ihr geht?«, wollte Sauerwein wissen.

»Nur dass sie bewusstlos war, als sie vom Berg geflogen wurde.« Eva stand auf und nahm ihre Jacke vom Stuhl.

»Da sie nicht wussten, was passiert ist und welche Verletzungen sie hat, wurde sie nach Murnau in die Unfallklinik gebracht. Ich fahre da jetzt hin. Kann ich deinen Dienstwagen nehmen? Bei meinem Smart klappert was, da will ich mir die Gurkerei über die Landstraße nur ungern antun.«

Sauerwein griff in seine Hosentasche und warf ihr den Schlüssel zu. »Ruf aber vorher in der Klinik an, ob sie überhaupt noch dort ist oder irgendwo anders hin verlegt wurde.«

Zehn Minuten später war Eva schlauer. »Sie hat sich einige ziemlich komplizierte Verletzungen zugezogen und wurde stundenlang operiert. Im Moment liegt sie noch in Narkose, dürfte aber in den nächsten zwei Stunden aufwachen. Das erklärt auch, weshalb sie sich selbst und sich auch sonst noch niemand bei uns gemeldet hat. Die wollten mir am Telefon aus Datenschutzgründen aber nichts weiter sagen. Ich mach mich jetzt auf den Weg, vielleicht schaffe ich es, bei ihr zu sein, wenn sie aufwacht, damit sie wenigstens ein bekanntes Gesicht sieht.«

»Mach das«, sagte Sauerwein. »Richte ihr liebe Grüße und gute Besserung aus.«

»Hätte ich sowieso getan. Ähm, das wird eine Weile dauern, bis ich zurück bin. Wegen deinem Auto …«

»Lass mir einfach den Schlüssel zu deinem Schuhkarton da und behalte den BMW bis morgen.«

Eva warf ihm eine Kusshand zu. »Danke!«

***

Nach einigem Hin und Her und unter Zuhilfenahme ihres Polizeiausweises hatte Eva Noras Arzt schließlich davon überzeugen können, dass es für die Patientin nach menschlichem Ermessen das Beste war, wenn sie beim Aufwachen ein vertrautes Gesicht vor sich hatte.

Jetzt stand sie an Noras Bett und sah die Gestalt darin beklommen an. Die eine Hälfte von Noras Körper verschwand unter einer Lage Mull, die andere war verkabelt und an alle möglichen Geräte angeschlossen. Die Stellen, die weder durch Verbände noch durch Kabel verdeckt wurden, schillerten in allen Farben des Regenbogens. Dazu war ein Auge so zugeschwollen, dass nicht auszumachen war, ob es überhaupt noch vorhanden war.

Eva schluckte. Auch wenn der Arzt noch vor fünf Minuten beteuert hatte, dass alles nur halb so schlimm war, konnte sie das kaum glauben. Vielleicht legte der Spezialist aber auch andere Maßstäbe an. Immerhin hatte Murnau seit Jahrzehnten einen Ruf als Unfallklinik für die allerschwersten Fälle.

Und für Eva sah das, was von Nora noch zu erkennen war, alles andere als nur »halb so schlimm« aus. Sie zögerte einen Moment, dann holte sie sich einen Stuhl und setzte sich neben die undefinierbaren Maschinen, die leise vor sich hin piepsten.

Erinnerungen tauchten auf, als sie vor sich auf den Boden schaute. Ein anderes Krankenhaus, eine andere Frau, schwerst verletzt und dem Tod näher als dem Leben. Kristina. Noch im Rückblick traten Eva die Tränen in die Augen. Damals war alles gut gegangen. Gerade noch. Eva versuchte, es als gutes Omen zu sehen.

Sie verschränkte ihre Hände ineinander und fing an zu beten, dass Nora wieder völlig gesund werden sollte, als ein dumpfes Brummen sie aus ihren Gedanken riss. Erschrocken drehte sie den Kopf und blickte in die Richtung, aus der das Geräusch gekommen war. Als sie sah, dass Noras unverletztes Auge einen Spalt geöffnet war und wie in Trance zu ihr herübersah, stand sie auf und drückte die Klingel, die am Bettaufrichter hing.

»Nora«, flüsterte sie. »Kannst du mich verstehen?«

»Hhhh.« Ein trockenes Husten folgte. »Hhhh. Chhhh.«

Besorgt sah Eva der Krankenschwester entgegen, die auf ihr Klingeln hin im Anmarsch war.

»Alles gut, meine Liebe. Da sind Sie ja endlich. Na, na, lassen Sie sich mal schön Zeit«, zwitscherte die Schwester fröhlich und schob Nora sanft, aber energisch zurück in die Kissen, als sie sich aufrichten wollte. »Ganz langsam mit den jungen Pferden. Rom wurde ja auch nicht an einem Tag erbaut.«

Eva verdrehte bei den Plattitüden, die die Schwester von sich gab, die Augen, wurde aber sofort von Noras schwerfälligem Kichern unterbrochen. Überrascht sah sie ihre Kollegin an, der vor Anstrengung Tränen aus den Augen quollen.

»Echa«, murmelte Nora kraftlos und machte mit dem linken Zeigefinger eine halbherzige Winkbewegung. »Chomm cher.«

»Nora, du sollst noch nicht reden. Der Arzt hat gesagt, dass du einen Kieferbruch hast und alles verdrahtet werden musste. Du wirst ein paar Wochen ziemlich gehandicapt sein, aber es steht außer Zweifel, dass alles wieder gut wird.«

Mit zitternder Hand strich sie Nora eine Strähne aus dem Gesicht. Dann nahm sie das feuchte Tuch, das ihr die Schwester in die Hand drückte, und tupfte vorsichtig über die Stirn und die rechte Gesichtshälfte, die unverletzt geblieben war.

»Chancke.«

»Gern geschehen. Magst du etwas trinken?«

Zwei Stunden später verließ Eva die Klinik. Sie atmete tief durch, als sie vor dem Haupteingang stand und das überwältigende Bergpanorama vor sich sah. Sie war froh, dass sie gekommen war. Auch wenn Nora zwischendurch immer wieder eingeschlafen war und die Schwester mehrmals angedeutet hatte, dass es nun aber genug sei, war es doch Nora gewesen, die mit ihrer gesunden linken Hand Evas nachdrücklich festhielt und ihr bedeutete, zu bleiben.

Eva überlegte kurz, dann wählte sie Sauerweins Nummer. »Ist es okay, wenn ich erst morgen Mittag ins Präsidium komme?«, fragte sie, als er endlich abhob.

Der Tumult im Hintergrund ließ erahnen, dass es bei ihm zu Hause drunter und drüber ging. Eva lächelte, als sie das Kindergeschrei hörte, das lautstark nach Oma Rosie rief. Die alte Frau war ein echtes Unikat und über die letzten beiden Jahre eine gute Freundin für Eva, Haushälterin für ihren Chef und Ruf-Oma für seine beiden Gören geworden.

Sauerwein musste sich entfernt haben, denn der Lärm ließ merklich nach. »Wieso?«, fragte er. »Willst du dich mit meinem Auto an den Gardasee absetzen?«

»Dann hätte ich gefragt, ob es reicht, wenn ich in zwei Wochen zurückkomme«, konterte sie. »Ich möchte gern hierbleiben. Ich kenne vom letzten Sommer eine kleine Pension in Seehausen, und falls dort ein Zimmer frei ist, würde ich da gern übernachten und Nora morgen früh noch mal besuchen. Aufgrund der Entfernung kann ich schließlich nicht jeden Tag herkommen.«

FÜNF

Bevor Eva am nächsten Tag wieder in die Klinik fuhr, lief sie die wenigen Meter von der Pension hinunter zum Staffelsee. Einem Impuls nachgebend, krempelte sie ihre Jeans bis zu den Knien hoch, zog ihre Sneakers und Strümpfe aus und watete mit zusammengebissenen Zähnen in das klare Wasser. Als ihr das kühle Nass bis zu den Waden reichte, kreiste sie mit den Schultern und streckte die Arme schließlich zur Seite aus. Und dann stand sie nur noch da und staunte. Das Wasser warf im leichten Wind, der von Süden kam, kleine, im Sonnenlicht funkelnde Wellen, und dahinter reckten die zum Teil noch schneebedeckten Berge ihre Gipfel in den Sommerhimmel. Mit jedem Atemzug fühlte sie sich ein Stück leichter, als würden die Bergkegel zu schätzen wissen, wer sie da so unverhohlen bewunderte, und ihr zum Dank eine besondere Art von Energie schicken.

Anschließend besuchte sie den Buchladen in Murnau und kaufte das gefühlt halbe Sortiment auf. Sie wusste, dass Nora für ihr Leben gern las, und wenn sie schon ein paar Wochen dazu verdammt war, mehr oder weniger den Mund zu halten, dann sollte sie wenigstens etwas haben, womit sie sich die Zeit vertreiben konnte.

Vorsichtig streckte Eva den Kopf ins Zimmer und stellte erleichtert fest, dass Nora halb aufgerichtet im Bett saß und mit dem einen Auge zum Fenster hinausstarrte. Fünfzehn Minuten später hatten die beiden ein praktikables System gefunden, wie sie sich einigermaßen unterhalten konnten. Zum Glück hatte Eva, als sie in Noras Wohnung gewesen war, geistesgegenwärtig deren Taschenkalender eingepackt, der auf dem Küchentisch gelegen hatte und mit endlos vielen Notizen vollgeschrieben war.

Sie ließ sich von Nora die zu den Einträgen gehörenden Namen geben, suchte die entsprechenden Nummern dazu in ihrem Handy und versprach, alle Personen zu verständigen und den zu erwartenden Besucherstrom so lange zu bremsen, bis sich Nora in der Lage fühlte, das wieder selbst in die Hand zu nehmen.

***

Als Eva am frühen Nachmittag zurück ins Präsidium kam, wartete eine Überraschung auf sie.

»Was machst du denn hier?« Sie ließ ihre Tasche neben ihren Schreibtisch fallen und umarmte Kristina, die auf Karls Tisch saß.

»Ich habe versucht, eurem neuen Kollegen aus der IT ein wenig auf die Sprünge zu helfen.« Kristina hob die Augenbrauen, und Karl kicherte albern.

Eva stutzte. Dass Jensen endlich einen Nachfolger bekommen sollte, war vor zwei Wochen Anlass genug gewesen, eine Flasche Prosecco mit ihren Kollegen zu köpfen. Auch wenn Sauerweins Team Kristina, die den IT-Leiter bestens vertreten hatte, nur ungern ziehen ließ, war doch allen insgeheim klar gewesen, dass die ehemalige Oberliga-Hackerin sich nicht auf Dauer um die Belange der Abteilung kümmern konnte. Dazu waren ihre Kenntnisse viel zu weitreichend und ihr Stundensatz zu hoch.

»Was heißt, du hast es ›versucht‹?«

»Na ja, sagen wir mal so, eine wirklich große Leuchte ist der Jungspund nicht. Dafür gescheit wie zehn Esel, und er hat offensichtlich ein allumfassendes Wissen, wie man es heutzutage viel besser macht.« Kristina seufzte. »Wenn ich mir das alles so anhöre, dann frage ich mich, ob ich auch so ein Besserwisser war, als ich noch grün hinter den Ohren war …«

»Und? Warst du?«, fragte Karl neugierig.

»Ich glaube nicht.« Kristina stibitzte eine Trüffelpraline aus der Packung von Evas Schreibtisch und verdrehte prompt die Augen. »Mmh, köstlich! Jedenfalls hab ich mir nie die Blöße gegeben, den damaligen Koryphäen vormachen zu wollen, wie toll ich bin. Ich war da eher bescheiden und voller Bewunderung für die Großen der Branche.«

»Du bist eben voll oldschool«, feixte Eva. »Und aus gutem Hause obendrein.«

»Die Herkunft hilft dir dabei nicht, im Gegenteil. Je feiner die Gesellschaft, desto arroganter der Nachwuchs.«

Kristina winkte ab, als Eva bei ihren Worten sofort die Ohren spitzte. Immerhin war sie ihr schon länger eine Erklärung schuldig, seit sie eine unbedachte Bemerkung über ihre Abstammung fallen gelassen hatte. Weder Eva noch sie selbst hatten das Thema seither aufgegriffen, aber beide wussten, dass es da noch etwas zu klären gab.

Doch noch war Kristina nicht so weit, und sie war froh über Evas Feingefühl, nicht weiter nachzubohren, sondern es ihr zu überlassen, wann auch immer sie darüber reden wollte.

Kristina verdrängte den Gedanken und räusperte sich. »Jedenfalls ist Benjamin Märkel-Heinsen ein echter …«, sie unterbrach sich und schüttelte den Kopf. »Nee, lassen wir das. Ich will euch nicht schon von vorneherein gegen ihn einnehmen. Bildet euch besser eure eigene Meinung.«

»Du hast einen Knall«, beschied ihr Eva, die insgeheim darum betete, dass Kristina nicht den unfreundlichen Wichtigtuer meinte, mit dem sie sich wegen der Ortung von Noras Telefon schon hatte auseinandersetzen müssen. »Damit hast du uns schon gegen ihn eingenommen. Jetzt kannst du auch gleich sagen, was du von ihm hältst.«

»Stimmt, da hast du recht, das war dumm von mir.« Kristina lächelte verschmitzt. »Vielleicht war das aber auch meine Absicht. Ihr werdet schon noch früh genug feststellen, dass da viel heiße Luft kommt. Ob seine Fähigkeiten seiner großen Klappe standhalten, muss sich erst noch zeigen.«

»Oh Gott! Du meinst also, wir haben jetzt neben einem gottgleichen Rechtsmediziner auch noch einen größenwahnsinnigen ITler an der Backe?« Karl starrte sie entsetzt an.

»Wartet einfach mal ab. Kannst du bitte damit aufhören?«, fragte Kristina Eva, die seit einer Minute nervös mit einem Bleistift auf ihre Schreibtischunterlage klopfte.

»Das macht sie immer, wenn ihr was durch den Kopf geht, das sie nicht vergessen will.« Karl grinste.

Er kannte die Marotten seiner Kollegin lange genug, um genau zu wissen, wie sie funktionierte.

»Stimmt«, sagte Eva und hörte mit dem Klopfen auf. »Wie heißt der Typ, sagtest du? Märkel-irgendwie?«

»Heinsen.«

»Ist der etwa …?«

»Das hab ich mich auch schon gefragt.«

Kristina beugte sich über Evas Keyboard, öffnete zwei Programme, tippte einige kryptische Zeichen und den Namen des Jüngelchens ein und hatte innerhalb von zwei Minuten die Information gefunden, die Eva dem Rechner in einer Stunde nicht hätte abringen können.

Als Eva die Auskunft von ihrem Bildschirm ablas, wurden ihre Augen immer größer. Karls Nachfragen dagegen ignorierte sie beharrlich.

Schließlich stand er auf, kam um seinen Tisch herum und las selbst, was da stand. »Ach du Scheiße.«

»Was ist scheiße?« Sauerwein kam hereinspaziert und begrüßte Kristina mit einem Kuss auf die Wange. »Kann es sein, dass du immer schöner wirst?«

»Unser neuer IT-Leiter ist gerade erst den Windeln entstiegen, scheint aber schon am Stein der Weisen geleckt zu haben«, klärte Eva ihn auf. »Dabei hat er sein Studium vor acht Monaten mit einem nur mittelmäßigen Abschluss bestanden.«

»Ach herrje. Ein richtiges Baby also noch«, zog Sauerwein sie auf. »Sei doch nicht so ungnädig. Du hast doch auch mal klein angefangen. Wie wir alle übrigens«, fügte er noch hinzu.

»Mensch, Martin. Gut, dass du mich daran erinnerst. Das hatte ich schon völlig vergessen. Ich dachte, ich war schon immer so gescheit«, konterte Eva.

»Aber seine Intelligenz ist nicht der Punkt. Das Jüngelchen hat ein paar Einträge in seiner Personalakte, die ihn in keinem besonders guten Licht erscheinen lassen. Und das schon nach ein paar Monaten! Unterm Strich ist er ein arroganter Angeber, schiebt seine Fehler immer auf andere und war in München alles andere als beliebt.«

»Na servus!« Sauerwein stöhnte. »Und wieso setzt uns München ausgerechnet so eine Pfeife aufs Tablett?«

»Weil das Jüngelchen Märkels Neffe ist.«

Das war ja noch schlimmer. Sauerwein rieb sich seinen Ellbogen. »Scheiße.«

»Sag ich doch«, bestätigte Karl. »Und was machen wir jetzt?«

»Beobachtet ihn einfach eine Zeit lang«, schlug Kristina vor. »Füttert ihn mit banalen Aufgaben. Und wenn er euch zu sehr auf die Nerven geht, dann meldet euch. Für die schwierigen Sachen stehe ich euch nach wie vor jederzeit zur Verfügung.«

»Das ist lieb von dir. Aber leider können wir dir nichts mehr bezahlen, nachdem wir jetzt ja eine richtige Koryphäe zur Seite gestellt bekommen haben.«

»Ach, Sauerwein, mach mir das Leben nicht noch schwerer, als es eh schon ist.« Kristina lächelte verschmitzt. »Du weißt genau, dass ich genug Geld auf dem Konto habe, dass ich euch alle euer restliches Leben lang fürstlich durchfüttern könnte. Das letzte Mal hab ich auch nur deswegen Rechnungen geschrieben, weil du sonst nicht mehr hättest schlafen können.«

»Es geht nicht nur darum«, Eva biss sich auf die Lippe, dann gab sie sich einen Ruck, »ich glaube, wir alle tun uns schwer, dich um Hilfe zu bitten, wenn wir dir nichts dafür zahlen können. Dann ist es nämlich kein offizieller Auftrag mehr, sondern wird zum Freundschaftsdienst, und da haben wir ein schlechtes Gewissen, wenn wir das über die Maßen strapazieren.«

Kristina sah Eva entgeistert an. »Mein lieber Herr Gesangsverein, das meinst du jetzt aber nicht ernst, oder?«

»Natürlich meine ich das ernst. Ich für meinen Teil habe auf jeden Fall Hemmungen, dich ständig um etwas zu bitten. Du weißt mit deiner Zeit schließlich was Besseres anzufangen, als sie der Polizei Oberbayern zu widmen.«

»Also, erstens widme ich sie nicht der Polizei Oberbayern, sondern meinen Freunden von der Mordkommission, und zweitens vergisst du, dass es eine meiner größten Leidenschaften ist, in fremde Systeme einzudringen. Je illegaler es ist, umso lieber. Nur weil ich vor Jahren die Seiten gewechselt habe, heißt das nicht, dass das World Wide Web mitsamt seinen finstersten Geheimnissen seine Anziehungskraft auf mich verloren hätte. Und dass die neue Pfeife aus eurer IT null Ahnung hat, macht es besser, als es zuvor war.«

»Wieso das denn?«

»Weil ihr mich nicht mehr mit Banalitäten langweilt.« Kristina zwinkerte. »Nachdem Max verbannt wurde, waren eure Anfragen zum Teil echt Banane. Weil ihr mir auch noch das Zeug aufgehalst habt, das er mit seinen Grundkenntnissen normalerweise erledigt hat. Den Kram gebt ihr jetzt einfach dem Jüngelchen, und dann bleiben für mich nur noch die Sahnehäubchen.«

Kristina sah Eva an, hinter deren Stirn etwas zu brodeln schien. »Was ist los?«, fragte sie. »Du hast doch was auf dem Herzen.«

Eva zögerte einen Moment, dann warf sie sämtliche Bedenken über Bord. »Ich hätte da tatsächlich was, aber ich habe keine Ahnung, wie ich an die Informationen herankommen soll.«

»Ist es denn eine illegale Recherche?«

»Nicht direkt. Das heißt, ich weiß noch nicht, wie tief es gehen wird. Es kommt ganz darauf an, was die oberflächlichen Ergebnisse zeigen. Vielleicht komme ich ja selbst drauf, aber ich weiß nicht, wie ich an die Datenbanken herankomme.«

»Du sprichst in Rätseln.« Kristina verdrehte die Augen. »Pass auf, ich habe eine Idee. Du fragst einfach mal den Grünspund, dann wirst du schon sehen, was dabei herauskommt. Vielleicht unterschätze ich ihn ja völlig. Zumindest hat er eine Chance verdient. Aber wenn dich das nicht weiterbringt, dann rufst du mich an.«

Dass Kristinas Vorschlag Gold wert war, stellte sich bereits wenige Stunden später heraus, als Benjamin Märkel-Heinsen seinen Antrittsbesuch durch die einzelnen Abteilungen des Polizeipräsidiums machte.

Blass wie ein Albino-Lurch, mit fettigen Haaren und einem blasierten Gesichtsausdruck, der in Eva den Wunsch weckte, ihm umgehend gegen das Schienbein zu treten. Als er ihr dann auch noch eine verschwitzte Hand reichte, hatte sie das Gefühl, einen toten Fisch zu halten. Sie schüttelte sich und unterdrückte krampfhaft den Reflex, sich die Hand an ihrer Jeans abzuwischen. Stattdessen fragte sie ihn, ob er einen Kaffee wollte, und bat ihn zu warten, als er bejahte. Sie sauste zur Toilette, wusch sich die Hände und kehrte deutlich entspannter in ihr Büro zurück.

Als sie das Zimmer betrat, erstarrte sie. Märkel-Heinsen hatte es sich an ihrem Schreibtisch gemütlich gemacht und blätterte ungeniert in ihrem Kalender.

Immerhin hatte er so viel Anstand, sich ertappt zu fühlen und rot zu werden. Den Kaffee quittierte er dagegen ohne ein Wort des Danks.

»Schön, dass Sie vorbeischauen«, bot Eva ihm einen Waffenstillstand an. »Wir haben ja schon kurz wegen der Sache mit der Handyortung telefoniert. Da Herr Hansen zurzeit nicht hier ist, brauchen wir immer mal wieder Informationen. Gut, dass wir wissen, wen wir jetzt anrufen können.«

Da hatte sie die Rechnung allerdings ohne den Wirt gemacht. Märkel-Heinsen musterte sie misstrauisch über den Rand seiner Nerdbrille.

»Wenn Sie was benötigen, dann schicken Sie das schriftlich«, sagte er säuerlich. »Sie sind schließlich nicht die einzige Abteilung im Haus, die qualifizierte Hilfe braucht. Und dann geht es der Reihe nach. Sonderbehandlung gibt es bei mir nicht.«

Eva klappte der Mund nach unten. Als sie sich wieder gefangen hatte, fragte sie halbherzig: »Sie wissen aber schon, dass es Situationen gibt, die dringlicher sind als andere? Manchmal geht es um Stunden, wenn nicht gar Minuten, die entscheidend sind, um einen Täter zu fassen. Wir sind hier schließlich nicht auf dem Amt zur Bewilligung von Asylanträgen.«

»Dann schreiben Sie eben einen Vermerk dazu, dass es eilig ist. Ich werde das begutachten, und wenn ich die entsprechende Dringlichkeit erkennen kann, dann ziehe ich es natürlich vor.«

»Äh, Dringlichkeit, okay«, sagte Eva gedehnt. »Wenn Sie schon mal hier sind, ich hätte da was, das ziemlich akut ist.«

Sie zog den obersten Zettel von ihrem Schreibblock und reichte ihn hinüber. »Ich brauch Informationen zu einer Situation, die –«

»Haben Sie mir nicht zugehört?«, unterbrach er sie. »Mit schriftlich meine ich nicht das Geschmiere auf einem Zettel. Schreiben Sie ein Ticket, dann sehen wir weiter.«

»Ein Ticket? Was für ein Ticket denn?«, fragte Eva hilflos.

Märkel-Heinsen sah sie geringschätzig an. »Was für ein Ticket denn?«, äffte er sie nach. »Wo leben Sie denn? Im Mittelalter? Ich sehe schon, dass das halbe Präsidium null Ahnung hat. Ich werde meinen Onkel darüber informieren, dass hier dringend eine Computerschulung nötig ist.«

Eva stöhnte allein bei dem Gedanken auf, einen ganzen oder gar mehrere Tage bei dem Hanswurst im Schulungsraum zu sitzen und sich seine Floskeln anzuhören.

»Gut«, sagte sie schließlich. »Machen Sie das. Und jetzt zeigen Sie mir, wie ich so ein Ticket schreibe, und dann sagen Sie mir aber bitte sofort, wie schnell Sie mein Anliegen bearbeiten können.«

Nachdem Märkel-Heinsen sich mit der Aussage verabschiedet hatte, dass er die ganze Woche anderes zu tun hätte, als sich um derartige Kleinigkeiten zu kümmern, schlüpfte Eva durch die nur angelehnte Tür in Sauerweins Büro.

»Hast du das mitbekommen?«

»Mmh«, nickte er, ein Stück Breze im Mund. »Fuachba.«

Er schluckte hinunter. »Sorry. Furchtbar! Wenn das die moderne Generation ist, dann bin ich froh, dass ich in fünfzehn Jahren in Rente gehen kann. Falls ich das überhaupt so lange ertrage.«

»Das ist fies. Was soll ich denn dazu sagen?«

»Tja. Das ist eben der Nachteil, wenn man ein so junger Hüpfer ist wie du und trotzdem schon oldschool, was Arbeitsprozesse anbelangt.«

»Du bist ein Blödmann«, stellte Eva mit einem Schmunzeln fest. »Jedenfalls werde ich auf eine Notlage zurückgreifen und Kristina noch mal bitten, hierherzukommen, um mir zu helfen.«

»Ich glaube nicht, dass es eine gute Idee ist, wenn Kristina ihre Recherchen hier im Büro vorantreibt. Falls Märkel hier vorbeikommt und sie sieht, ist der Teufel los«, sagte Sauerwein. »Sie soll das besser bei sich zu Hause machen.«

»Da hat sie aber keinen Zugriff auf unsere Datenbanken. Außerdem weiß sie doch gar nicht, wo sie weiter ansetzen soll, wenn sie was findet.«

»Ach, Eva.« Sauerwein seufzte. »Seit wann bist du so schwer von Begriff? Schnapp dir deinen Laptop und fahr zu ihr. Dann könnt ihr euch einen schönen Nachmittag machen und im Intranet und Internet surfen. Aber bitte ohne Prosecco.«

***

Nach dem Erlebnis mit der Pilzsuppe saß der Schock tief. Die blöde Schlampe hatte umgehend, nachdem sie ihm einen Teller Haferschleim vor die Nase gesetzt hatte, das Haus verlassen. Einer plötzlichen Eingebung folgend hatte er vorgehabt, sie auf Schritt und Tritt zu verfolgen und, wenn nötig, an der Badezimmertür zu lauschen, ob sie den Dreck wieder auskotzte. Doch urplötzlich hatte sie es irre eilig gehabt. Sie hatte sich ihre Schlüssel geschnappt, war ins Auto gesprungen und mit durchdrehenden Reifen aus der Ausfahrt geschossen, wo sie fast einen Kleintransporter gerammt hätte, der eben aus einer Parklücke rangierte.

Ihm brach der Schweiß aus. Alles in ihm schrie danach, ihr hinterherzufahren, zu kontrollieren, ob sie nur ein paar Straßen weiter fuhr, um sich in dem kleinen Wäldchen, das gleich hinter der ersten Kurve lag, den Finger in den Hals zu stecken. Doch er fühlte sich so elend und schwach, dass er es noch nicht mal zur Tür hinaus geschafft hätte. Dazu war sein Wagen noch immer verschwunden, da er seit seinem Ausflug in die letzte Bar zu krank gewesen war, um danach zu suchen. Tränen traten ihm in die Augen. Verdammt.

Er stützte sich an der Küchenablage ab und fing an zu schluchzen. Kurz kam ihm der Gedanke, dass es vielleicht Gottes Strafe dafür war, dass er seine Frau jahrelang misshandelt hatte, aber den wischte er so schnell wieder beiseite, wie er aufgetaucht war.

Welch ein Unsinn! Einen Gott gab es nicht, und selbst wenn, wieso hätte er ihn mit einem derartigen Trieb ausgestattet, wenn er ihn nicht gutgeheißen hätte! Frauen waren nun mal dafür da, ihren Männern zu gehorchen und für ihren Spaß zu sorgen. Selbst wenn dieser Spaß ziemlich einseitig war.

Er nahm ein Päckchen Taschentücher aus der Küchenschublade und putzte sich die Nase. Entsetzt sah er, dass sich Blut unter den Schleim gemischt hatte. Er ließ sich zurück auf den

Küchenstuhl sinken. Seine Schultern begannen zu zucken, und dann verlor er vollends die Kontrolle über seine Gefühle.

Erst eine halbe Stunde später hatte er sich wieder beruhigt. Er straffte die Schultern und setzte sich kerzengerade hin. Doch selbst das fiel ihm schwer, und nach weniger als einer Minute sackte er erneut in sich zusammen.

Wo das blöde Miststück nur blieb! In seiner Hilflosigkeit wurde ihm zunehmend klarer, dass er auf sie angewiesen war. Er hätte kotzen können! Aber mit ihrem heimtückischen Verhalten hatte sie ihn immerhin auf eine Idee gebracht. Sie wusste genau, dass er den Arzt nicht wechseln wollte, sonst hätte sie diesen Vorschlag erst gar nicht gemacht. Aber was, wenn der Quacksalber mit ihr unter einer Decke steckte und die ganzen teuren Untersuchungen, die er ihm in Rechnung gestellt hatte, gar nicht echt waren?

Vielleicht hatte sie den Mediziner dazu gebracht, ihr zuzuhören, ihn davon überzeugt, dass es nur einen Weg gab, und zwar den, ihn aus dem Weg zu räumen. Wie er den Doktor einschätzte, hätte der sich von dem hinterhältigen Weib einlullen und sich breitschlagen lassen, ihr behilflich zu sein, ihn zu beseitigen. Wahrscheinlich hatte sie einfach die Beine für ihn breitgemacht, um ihn auf ihre Seite zu ziehen.

Er lachte bitter auf. Je mehr er darüber nachdachte, desto glaubhafter erschien ihm seine Idee, bis er schließlich völlig davon überzeugt war, endlich den Grund für seine Krankheit gefunden zu haben. Diese Dreckschweine! Das würden sie bitter bereuen, alle beide.

Er stand auf und schleppte sich ins Wohnzimmer, wo er sich schwer aufs Sofa fallen ließ. Mühsam beugte er sich zu dem kleinen Schränkchen an der rechten Seite, öffnete die Fächertür und sah ungläubig hinein. Jahrelang hatten dort immer die neuesten Telefonbücher gelegen. Er selbst hatte die Schlampe dafür ausgelacht, dass sie darauf beharrte, weiterhin Jahr für Jahr einen halben Baum anzuschleppen, wie er die dicken, unhandlichen Packen bezeichnet hatte. All das konnte man mittlerweile viel schneller im Internet finden. Doch sie war hartnäckig geblieben. Bis jetzt. Plötzlich gähnte ihm Leere entgegen. Und auch das alte in Leder gebundene Büchlein mit ihren persönlichen Kontakten war verschwunden.

Er hätte schreien können! Nun musste er in den zweiten Stock, wo er sein Büro hatte und der Computer vor sich hin staubte. Teufel noch mal. Allein beim Gedanken an die Treppenstufen wurde ihm übel. Er dachte darüber nach, ob er sie bitten sollte, ihm das Notebook zu bringen, wenn sie nach Hause kam, doch dann verwarf er den Gedanken wieder. Besser, sie ahnte nicht, was er vorhatte.

Schon auf der siebten Stufe war er drauf und dran, aufzugeben. Er hustete vor Anstrengung und hielt sich den Arm vors Gesicht. Als er die feinen roten Tröpfchen sah, die in den hellgrünen Stoff sickerten, erschrak er erneut. Und nun kam die Erkenntnis, die ihn wie ein Schlag traf: Er würde sterben.

Doch noch war es nicht so weit. Er würde kämpfen, koste es, was es wolle. Das dreckige Luder und ihr Helfershelfer, der schmierige Arzt, würden ihr blaues Wunder schon noch erleben, und wenn es das Letzte war, wofür er in seinem Leben sorgte.

Der Hass, der in ihm brodelte, verlieh ihm erstaunliche Kräfte. An der obersten Treppenstufe bekam er kaum noch Luft, aber er hatte es geschafft. Und er würde noch mehr schaffen. Er tappte in das kleine Büro, öffnete die Tür im Schreibtischschrank und drückte den Einschaltknopf seines Rechners. Als er die vertrauten Töne hörte, mit denen das Gerät bootete, lehnte er sich zufrieden in seinem Stuhl zurück und schloss die Augen. Nur ein wenig ausruhen. Als die Geräusche nach und nach verklungen waren, öffnete er sie wieder und merkte erst jetzt, dass etwas nicht stimmte.

Er brauchte ein paar Sekunden, bis er begriff, was es war. Die Tastatur lag nicht wie üblich vor dem Monitor. Sein Blick irrte über die Tischplatte, ohne fündig zu werden. Dann riss er hektisch nacheinander alle Schubladen auf: nichts! Verzweifelt stemmte er sich aus dem Stuhl, öffnete sämtliche Schranktüren, und als er das Keyboard nirgendwo entdecken konnte, wurde ihm bewusst, dass auch sein Laptop fehlte.

***

»Willst du, dass ich mich in die Datenbanken vom Krankenhaus hacke?«, fragte Kristina, die nicht so recht verstanden hatte, worauf Eva hinauswollte.

»Nein.« Eva verzog den Mund und klemmte den Telefonhörer zwischen Ohr und Schulter ein. »Ich möchte auf gar keinen Fall irgendwelche Krankenakten öffnen. Wir müssen unbedingt die Privatsphäre der Patienten wahren.«

»Das würde niemand mitbekommen, falls es das ist, was dich stört.«

»Nein, das ist es nicht. Ich möchte nur keine Persönlichkeitsrechte verletzen.«

»Du bist einfach zu gut für diese Welt.« Kristina lächelte.

Sie war froh, dass Eva sie nicht um Dinge bat, die selbst ihr gegen den Strich gingen. Im Grunde konnte ihr der Bereich, in den sie eindringen sollte, gar nicht gesichert genug sein, aber heimlich Patientenberichte zu lesen, das ging gar nicht, da tickte sie genau wie Eva.

Obwohl sie in ihrer »Karriere« selbst dunkelste Geheimnisse gehackt hatte, war das nie gegen unbescholtene Bürger gegangen. Sie hatte ausschließlich die Bösen der Welt ausspioniert und dafür gesorgt, dass die ihre dunklen Machenschaften zum Teil bitter bereuten. Dummerweise war sie dabei aber auch Personen auf die Füße getreten, die Kontakte zu höheren Kreisen hatten, was zur Folge hatte, dass die Verbrecher ungestraft davonkamen, Kristina hingegen ein paar Jahre hinter Gitter wanderte. Sie wischte den Gedanken beiseite, schließlich war das alles Schnee von gestern.

»Pass auf, ich habe eine Idee. Ich kann die Datenbank trotzdem durchsuchen, aber wir sehen uns die Dateien nicht selbst an. Ich schreibe ein Programm, das die Parameter abklopft, die wir ihm vorgeben, und dann ziehe ich mir die Daten aus allen anderen Programmen und stelle sie in Relation. Dadurch ergeben sich wieder neue Parameter, nach denen wir die Krankenhausdatenbank durchleuchten lassen, und wir sehen dann, was dabei herauskommt. Was hältst du davon?«

»Überhaupt nichts«, sagte Eva. »Ich meine, ich habe kein Wort verstanden.«

»Hmm. Wie soll ich dir das erklären … Gib mir einen Moment.« Kristina dachte nach, dann wurde ihr klar, dass es zu lange dauern würde, Eva alles so zu veranschaulichen, dass sie es kapieren würde.

»Wenn ich dich richtig verstanden habe, dann möchtest du herausfinden, ob es noch mehrere Verdachtsfälle im Krankenhaus gibt, die dem gleichen Muster entsprechen, oder?«

»Genau.«

»Also forschen wir nach Frauen, die wegen schwerer Verletzungen in der Klinik waren, als Ursache einen Unfall angegeben haben, deren Ärzte aber Misshandlungen hinter den Verwundungen vermuten.«

»Richtig.«

»Darüber hinaus interessiert uns, ob deren Ehemänner heute noch am Leben sind.«

»Ehemänner, Lebenspartner oder Freunde«, erweiterte Eva das Suchumfeld.

»Mit Freunden ist das so gut wie unmöglich, falls niemand je einen Verdacht geäußert hat und das somit nie zu den Akten genommen wurde«, sagte Kristina. »Wir bräuchten mindestens eine Schnittmenge, und die einzige, die mir dazu einfällt, ist eine gemeinsame Adresse.«

»Das sollte jetzt noch kein Problem sein. Damit können wir uns gegebenenfalls auch noch später beschäftigen. Jetzt müssen wir erst mal checken, ob es überhaupt zu weiteren ähnlich gelagerten Todesfällen gekommen ist.«

»Gut, dann schreibe ich ein kleines Programm, das die Krankenakten nach dem Geschlecht weiblich und den Wörtern ›Misshandlung‹, ›Verdacht auf Misshandlung‹ und ›Schläge‹ durchsucht. Das geht ganz fix, weil es nichts können muss außer Begriffe suchen und miteinander vergleichen. Fällt dir sonst noch was ein?«

»Nimm noch ›Faust‹, ›Faustschlag‹, ›Tritt‹, ›Fußtritt‹, ›Schläger‹, ›Schlag‹ mit dazu. Und alle Begriffe im Singular und Plural.«

»Okay. Das wird eine Namensliste erzeugen, die brauchen wir uns aber nicht ansehen, das macht die Routine für uns. Dann programmiere ich eine weitere kleine Software, die die Namen der Männer, die wegen Misshandlung aktenkundig geworden sind, mit den Namen der Frauen aus der Klinik vergleicht. Und zu guter Letzt ziehen wir über die Todesanzeigen der umliegenden Gemeindeämter die Männer raus, die nicht mehr am Leben sind.«

»Kannst du damit schon mal anfangen?«, fragte Eva, der eine Idee gekommen war. »Ich meine, dass du die Programme schreibst? Bevor ich heute Abend zu dir komme, fahre ich im Krankenhaus vorbei und rede mit der Klinikleitung. Vielleicht können wir ja legal an die Akten ran, wenn ich ihr das so schildere, wie du es mir gerade erklärt hast. Wenn ich denen garantiere, dass wir den Datenschutz auf jeden Fall wahren, stimmen sie unserem Plan hoffentlich zu.«

***

»Um Himmels willen, das kommt überhaupt nicht in Frage.« Dr. Elisabeth Laska sah die beiden Frauen entsetzt an. »Wenn das herauskommt, dann bin ich nicht nur meinen Job los, sondern bekomme dazu eine Anzeige, die mich für ein paar Jahre hinter Gitter bringt.«

»Zum einen wird es nicht herauskommen, wenn Sie das nicht selbst an die große Glocke hängen, zum anderen garantiere ich, dass ich das Programm so schreibe, dass wir weder einen Namen noch die dazugehörigen Krankenberichte zu sehen bekommen.«

Kristina hatte ihre Idee auf einem DIN-A3-Blatt skizziert und rollte nun den Bogen aus. Nachdem Eva ihr erzählt hatte, dass sie mit der Klinikleiterin reden wollte, hatte sie sich spontan dazu entschlossen, mitzukommen. Obwohl Eva ihren Plan letztlich verstanden hatte, war fraglich, ob sie die Argumente so formulieren konnte, dass auch Dr. Laska ihr folgen konnte.

»Wir haben mehrere Möglichkeiten. Hier«, Kristina tippte auf den Startpunkt des Schemas, »wir können an jedem Punkt zwischen mindestens zwei Möglichkeiten wählen und uns so vorarbeiten, bis wir eine Lösung gefunden haben, die für Sie akzeptabel ist. Warten Sie bitte«, sagte sie, als Dr. Laska sie bereits beim ersten Punkt unterbrechen wollte.

Die ließ sich aber nicht beirren. »Ich möchte trotzdem sofort einhaken. Sie sagen zwar, dass Sie noch nicht einmal die Namen der Patientinnen auslesen wollen, stellen aber schon bei Ihrem ersten Punkt die Option ›volle Einsicht in die Akte‹ auf. Da frage ich mich, wie ernst Sie den Datenschutz nehmen. Selbst wenn es nur ein Gedankenspiel ist.«

»Darum habe ich Frau Winter gebeten«, mischte sich Eva ein. »Das hat nichts mit dem momentanen Vorgehen zu tun, das wäre ein späterer Weg, falls unser Abgleich so viele Treffer liefert, dass wir einen richterlichen Beschluss für die Akteneinsicht beantragen könnten. Dann würden wir die Ergebnisse allerdings noch weiter filtern, damit wir auf keinen Fall in eine rechtliche Grauzone rutschen. Für das, was wir jetzt vorhaben, fallen diese Optionen aber natürlich weg.«

Ein wenig besänftigt bat Dr. Laska Kristina, fortzufahren. Geduldig hörte sie sich an, was die beiden Frauen ausgearbeitet hatten, und musste schließlich zugeben, dass alles schlüssig klang und wirklich keinerlei Persönlichkeitsrechte verletzt wurden.

»Um ganz sicherzugehen, möchte ich das mit unserer Rechtsabteilung und unserem Datenschutzbeauftragten besprechen. Können Sie mir die Skizze dalassen?«

***

Am nächsten Tag stand eine sehr erschütterte Kristina Winter im Büro der Mordkommission. Sie wartete, bis Eva ihr Telefonat beendet hatte, und unterhielt sich solange mit Karl, der schwer übernächtigt aussah.

»Hast du schlecht geschlafen? Du siehst total fertig aus.«

»Schlecht ist gar kein Ausdruck. Das war die dritte Nacht in Folge, in der es einen Fehlalarm gab.«

Karl gähnte hinter vorgehaltener Hand. »Ich kann dir gar nicht sagen, wie froh ich bin, wenn sich die Prinzessin endlich dazu bequemt, sich auf den Weg zu machen. Auch Sissy ist schon total entnervt. Sie fühlt sich wie ein Walross und kann sich noch nicht mal mehr bücken, um sich die Schuhe zu binden.«

Eva verabschiedete sich von ihrem Gesprächspartner und zwinkerte Kristina zu. Überflüssig, zu erwähnen, dass Karls Frau auch im nichtschwangeren Zustand kaum an ihre Füße kam, bei all den überflüssigen Pfunden, die sie mit sich herumschleppte. Der Witz dabei war lediglich, dass Karl hingegen kein einziges Kilo zunehmen sollte. Ihren Karl wollte Sissy weiterhin so rank und schlank wie eine junge Tanne sehen. Eva zuckte mit den Schultern. Solange er damit glücklich war, war alles gut.

»Wann ist es denn offiziell so weit?«, fragte Kristina neugierig.

»Eigentlich sollte das junge Fräulein schon vor fünf Tagen schlüpfen.«

Eva lächelte. »Und Karl schläft nicht erst seit den Fehlalarmen schlecht. Er ist schon seit Wochen so aufgeregt, dass er am liebsten selbst nachhelfen würde.«

»Stimmt«, bestätigte Karl und wurde rot. »Ich hab mich zwar noch immer nicht an das Wunder gewöhnt, dass ich Vater werde, aber wenn es nicht bald so weit ist, dann hüpfe ich meiner Frau einfach auf den Bauch, dann flutscht die Kleine von allein raus.«

Als das allgemeine Lachen verklungen war, sagte Eva zu Kristina: »Dem Gesichtsausdruck nach, mit dem du hereingekommen bist, hast du etwas Bedeutsames gefunden, stimmt's?«

Da Eva nach dem Gespräch im Krankenhaus todmüde gewesen war, hatte Kristina ihr nahegelegt, nach Hause zu fahren und sich auszuschlafen.

Jetzt nickte sie. »Ist Martin auch da?«

»Ich glaube schon.« Eva stand auf, öffnete Sauerweins Tür einen Spalt und räusperte sich laut.

Sauerwein, der konzentriert auf seinen Bildschirm starrte, riss seinen Kopf hoch. »Meine Güte, musst du mich so erschrecken? Was ist los?«

»Kristina ist da. Zu mir oder zu dir?«

Sauerwein stand auf. »Zu dir. Hier wird mir das zu eng.«

»Ich kann das eigentlich nicht so richtig glauben«, sagte Kristina, nachdem Sauerwein sich zu ihnen gesetzt hatte. Es hatte nach dem Gespräch mit der Klinikleiterin keine zwei Stunden gedauert, und die Einverständniserklärung der Rechtsabteilung war mitsamt den Zugangsdaten aus Kristinas Faxgerät gerutscht. Da das Schreiben der Programme nicht halb so lange gedauert hatte, musste Kristina die Routine nur noch starten.

»Erst dachte ich, dass ich beim Programmieren einen Fehler gemacht habe, aber das habe ich natürlich überprüft. Kein Fehler. Aber das Ergebnis, also, ich weiß nicht … Irgendwie kann das trotzdem nicht stimmen.« Sie drückte jedem der Kommissare zwei Blätter in die Hand. »Seht euch das mal an.«

***

Nachdem Christian alle Schränke und Schubladen in seinem Büro durchsucht hatte, wurde ihm klar, dass er keine Möglichkeit hatte, mit der Außenwelt in Kontakt zu treten. Sein Laptop und die Tastatur des Rechners waren ebenso verschwunden wie sein Handy. Im Festnetztelefon waren die Batterien leer, und neue hatte er nirgendwo finden können. Er überlegte, einfach auf die Straße zu laufen und um Hilfe zu rufen. Wenn er aber Pech hatte, dann käme über Stunden kein Auto vorbei. Auf die Nachbarn brauchte er nicht zu setzen, die waren um diese Tageszeit bei der Arbeit. Außerdem hatten sie sich in den letzten Jahren mehr und mehr von ihm abgewandt, sogar die Straßenseite gewechselt, um ihm aus dem Weg zu gehen.

Daran war das hinterhältige Miststück schuld. Auch wenn er nicht glaubte, dass sie irgendjemandem von den Misshandlungen erzählt hatte, die er ihr angedeihen ließ, hatten sich die Spießer ringsherum sicher selbst einen Reim darauf gemacht, weshalb seine Frau sogar im Hochsommer mit hochgeschlossenen, langärmligen Blusen umherhinkte.

Nein, die Anwohner konnte er getrost vergessen. Er überlegte, ob er es sich zutrauen könnte, ein größeres Stück zu Fuß zurückzulegen, doch dann fiel ihm ein, dass er nach nur wenigen Treppenstufen fast zusammengebrochen wäre. Erschüttert schüttelte er den Kopf. Er war an dieses Scheiß-Haus gefesselt, und ohne die Hilfe seiner Frau konnte er im Moment überhaupt nichts tun. Und wenn die dumme Schlampe, die er damals nur wegen ihres Geldes geheiratet hatte, gerade dabei war, ihn umzubringen, dann war er vermutlich bereits zu krank, um etwas dagegen unternehmen zu können.

Christian stemmte sich aus dem Schreibtischstuhl und mühte

sich die Treppe hinab in das kleine Gäste-WC im Erdgeschoss. Seine letzte Hoffnung lag im Medikamentenschrank. Er schaffte es kaum, die Blechtür aufzuziehen, die seit Jahren klemmte und ständiger Anlass seiner Frau war, in ihn hineinzubohren, dass er sie endlich richten sollte. Jetzt hätte er sich selbst ohrfeigen können, dass er nie auf sie gehört hatte. Doch schließlich gelang es ihm mit einem letzten Ruck, die Tür aufzureißen. Prompt purzelten ihm unzählige Schachteln entgegen, die unsortiert in die beiden Ablagefächer gestopft waren.

Verdammtes Chaos! Er bückte sich, als ein lodernder Schmerz seine Wirbelsäule nach oben schoss und ihn zu Boden zwang. Egal. Von den Knien aus konnte er die Kapseln sowieso besser wieder einsammeln, die sich im gesamten Raum verteilt hatten, nachdem bei einer der Dosen durch den Aufprall der Deckel abgesprungen war. Erst schaufelte er die Packungen in das kleine Waschbecken, dann stemmte er sich auf die Füße und begutachtete die Schätze, die er gefunden hatte. Immer hektischer zerrte er die Packungsbeilagen aus den Schachteln und las, was davon wofür gut war. Als er den letzten Beipackzettel zurück in seinen Karton stopfte, war ihm klar geworden, dass sich nichts davon eignete, seine Frau auch nur vorübergehend auszuschalten.

Wider jede Vernunft hatte er gehofft, Schlaftabletten oder wenigstens starke Schmerzmittel zu finden. Jahrelang hatte Grit Letztere konsumiert wie saure Drops, um die Nachwirkungen seiner »Fürsorge« zu lindern, und er hätte schwören können, dass er selbst noch vor zwei Monaten ein volles Blister Valium gesehen hatte. Doch jetzt war das alles verschwunden. Offensichtlich war sich die dumme Gans völlig sicher, dass er sie nie wieder anrühren würde. Wenn sie sich da mal nur nicht getäuscht hatte. Er brauchte nur noch ein bisschen Zeit, um einen Plan zu schmieden, um hier heraus und in die Hände eines Arztes zu kommen, der nicht mit ihr unter einer Decke steckte. Und dann gnade ihr Gott!

SECHS

Als Kristina den Ausdruck sah, mit dem die Kommissare sie musterten, lachte sie auf. »Ja, genau so habe ich auch geschaut, als der Drucker die Listen ausgeworfen hat. Deswegen hab ich ja noch mal alles überprüft, ich kann aber keinen Fehler finden.«

»Was meinst du mit ›überprüft‹?«, hakte Sauerwein nach. »Hast du etwa doch noch die Krankenakten gelesen?«

»Nein«, gab Kristina entschieden zurück. »Eva und ich hatten das von vorneherein ausgeschlossen. Ich habe mir nur das Ergebnis der Testreihe angesehen, die Schnittmenge sozusagen. Aber egal, wie ich es drehe und wende, das Ergebnis bleibt das gleiche. Übrigens habe ich mir auch die Namen nicht angesehen, nur die Zahlen«, fügte sie schnell hinzu. »Wir wollten auf keinen Fall den Datenschutz aushebeln.«

»Sehr gut.« Sauerwein nickte zufrieden. »Aber dann bleibt noch die Möglichkeit, dass die Männer tatsächlich an natürlichen Ursachen beziehungsweise aufgrund ihres Alters verstorben sein könnten.«

»Kaum«, wies Kristina seine Überlegung zurück. »Das mit dem Alter meine ich. Das habe ich mir ebenfalls auswerfen lassen. Nur einer der Männer war älter als Mitte fünfzig. Und bei allen war im Sterbeformular ›natürliche Todesursache‹ angekreuzt.«

»Moment mal«, warf Karl ein, den ein Gedanke nicht in Ruhe ließ. »Das ist zwar alles schlimm, aber im Grunde genommen ist es doch mittlerweile nicht so ein großes Ding, dass Männer jung sterben. Ich sag nur Herzinfarkt.«

»Das ist an und für sich schon richtig, aber wir sprechen hier von einem Zeitraum von zwölf Monaten und einem Radius von fünfzig Kilometern um Rosenheim herum. Hier«, sie zog ein Blatt aus der Mappe vor ihr und schob es über den Tisch. »Ich habe einen Vergleich zu den fünf Jahren vorher gezogen. Bis vor einem knappen Jahr gab es in der relevanten Zielgruppe und einem vergleichbaren Zeitraum nur knapp die Hälfte an Todesfällen.«

»Das heißt, dass es unter Berücksichtigung der Zahlen der Vorjahre in der letzten Zeit etwa doppelt so viele Todesfälle gab wie früher?« Eva sah Kristina mit großen Augen an.

»Ja, das kommt in etwa hin.«

»Verdammt!«, kommentierte Sauerwein das Ergebnis.

»Mein Gott, das ist ja fürchterlich«, stellte auch Eva fest. »So viele Männer, die im Grunde genommen zu jung an nicht untersuchten Ursachen verstorben sind. Auch wenn sie allesamt gewalttätig waren – komisch ist das schon.«

»Ist das sichergestellt? Dass die Todesursachen nie näher untersucht wurden?«, wollte Sauerwein wissen.

»In diesen Fällen schon«, antwortete Kristina. »Das war einer der Parameter, die ich dem Programm vorgegeben habe.«

»Und sonst? Gab es weitere Todesfälle, die untersucht worden sind? Irgendwelche Verdachtsmomente auf unnatürlichen Tod?«

»Keinen einzigen. Allerdings wurden in zwei Fällen von den Versicherungen Nachforschungen angestellt, die aber ergebnislos verliefen.«

Sauerwein warf Kristina einen skeptischen Blick zu. Dafür, dass sie angeblich keine Akten gewälzt hatte, war sie erstaunlich gut informiert.

»Schau mich nicht so an!« Kristina grinste. »Ich weiß genau, was du denkst. Aber da bist du auf dem Holzweg, ich habe wirklich keine der Dateien geöffnet. Wobei ich dir die Namen sofort geben kann, sobald du das möchtest. Das ist nur noch ein Knopfdruck.«

Sauerwein verzichtete dankend. »Später vielleicht. Erst mal müssen wir uns überlegen, was wir mit den Erkenntnissen anfangen. Beziehungsweise, wie wir sie verwerten können. Wir brauchen echt gute und vor allem handfeste Argumente, weshalb wir die Männer exhumieren lassen wollen.«

»Ähm, die Überlegung kannst du dir sparen.« Kristina räusperte sich erneut. »Die wurden allesamt eingeäschert.«

»Wie bitte?« Drei Augenpaare starrten sie entsetzt an.

»Hätte ich fast vergessen zu erwähnen«, entschuldigte sich Kristina. »Das war aber auch einer der Gründe, weshalb mir das Ganze so suspekt vorkam.«

»Mich laust der Affe«, sagte Karl und kratzte sich unwillkürlich am Kopf. »Das kann wirklich kein Zufall mehr sein.«

»Daran glaube ich auch immer weniger«, gestand Sauerwein. »Und das vielleicht Schlimmste daran ist, dass wir überhaupt nichts unternehmen können. Zumindest, was die bereits kremierten Ehemänner angeht.«

»Wieso denn nicht?«, fragte Kristina. »Wenn man sämtliche Fakten betrachtet, ist doch offensichtlich, dass daran etwas nicht stimmen kann.«

»Da hast du zwar recht, aber wir werden das niemals beweisen können.« Sauerwein schüttelte den Kopf, als Kristina ihn unterbrechen wollte.

»Allein dass die Männer tot sind, ist allenfalls ein Indiz, aber noch lange kein Beweis. Gestorben wird schließlich ständig. Da kein einziger Leichenbeschauer einen unnatürlichen Tod attestiert hat, haben wir auch nichts in der Hand. Und dass sämtliche Leichname verbrannt wurden, hinterlässt zwar einen bitteren Nachgeschmack, aber damit sind auch alle Beweise vernichtet worden, die es eventuell gegeben haben mag. Das Einzige, was wir tun können, ist, weitere derartige Aktivitäten zu unterbinden. Dafür müssten wir aber erst mal wissen, wo wir ansetzen können.«

»Ich denke, dass wir in den sauren Apfel beißen müssen und das, was wir haben, dem Richter vorlegen sollten«, sagte Eva. »In der Hoffnung, dass Kirchberg uns wegen unserer Nachforschungen nicht den Kopf abreißt, sondern genügend Weitblick besitzt, um uns zu unterstützen.«

»Der wird uns zwar nicht den Kopf abreißen, aber einen Vogel zeigen«, sagte Sauerwein voller Überzeugung. »Aufgrund der aktuellen Rechtslage muss ein Leichnam vor einer Kremierung durch einen Rechtsmediziner einer zweiten Leichenschau unterzogen werden. Zur Sicherheit, eben weil es später keine Möglichkeit mehr gibt, die sterblichen Überreste untersuchen zu lassen. Und da offensichtlich keiner der Forensiker einen Verdacht bei den Männern auf der Liste angemeldet hat, haben wir besonders schlechte Karten.«

Als Kristina gegangen war und Karl zufällig einen Blick auf sein Telefon warf, das er zu Beginn ihrer Besprechung auf lautlos gestellt hatte, wurde er blass und gab einen erstickten Ton von sich.

»Was ist denn?«, fragte Eva.

Er hatte das Handy bereits am Ohr, tippte mit dem Zeigefinger an den Mund und wartete darauf, dass die Verbindung zustande kam. »Hallo, Schatz, ich war in einer –« Er verstummte und bekam bei dem, was seine Frau zu ihm sagte, prompt einen Schweißausbruch. Als er auflegte, war ihm schwindlig.

»Ich muss weg«, flüsterte er mit aufgerissenen Augen. »Es geht los, und diesmal ist es kein falscher Alarm. Sissy sagt, die Fruchtblase ist geplatzt und … Oh Gott, mir wird schlecht.«

Geistesgegenwärtig schob Eva ihm einen Stuhl unter den Hintern, schraubte den Deckel von einer Flasche Wasser und setzte sich neben ihn.

»Trink erst mal einen Schluck.« Sie wartete, bis er die halbe Flasche geleert hatte, dann fragte sie: »Musst du sie abholen?«

»Nein. Sie hat sich ein Taxi bestellt, als sie mich nicht erreicht hat.«

»Gut.« Eva holte ihren Autoschlüssel aus der Schublade, dann stand sie wieder auf. »Komm.«

»Was? Wohin denn?«

»Du glaubst doch wohl nicht, dass ich dich jetzt Auto fahren lasse.« Mit einer Kopfbewegung deutete sie auf seine Hände, die merklich zitterten. »Ich bring dich hin.«

Zwei Stunden später war Eva zurück. Sie hatte die Gelegenheit genutzt und unterwegs an ihrer Lieblingsbäckerei angehalten. Jetzt stand sie mit einem großen, in Papier eingeschlagenen Päckchen in Sauerweins Büro.

»Was hast du denn vor?«, fragte Sauerwein, nachdem er den Aufdruck gelesen hatte. »Willst du dich umbringen? Mit Zucker?«

»Du bist ein Blödmann.« Eva kicherte. »Hab ich schon jemals nur an mich allein gedacht?«

»Nein, das hast du nicht«, gab Sauerwein zu. »Aber das sind doch mehr als zwei Stück Kuchen.«

»Stimmt. Es sind drei.«

Eva wurde still und sah ihn nachdenklich an. Sie hatten nie ein Wort darüber verloren, aber insgeheim war es immer klar gewesen: Die kleine Abteilung konnte den Ausfall eines Kommissars verkraften, wenn nichts wirklich Schlimmes passierte, doch wenn zwei Kollegen und dazu noch die ebenso schnippische wie fleißige Assistentin Nora wegfielen, dann standen die übrigen beiden schon bei kleineren Fällen auf verlorenem Posten. Und was sollte an einem Mord schon jemals klein sein? Mit Karls Sonderurlaub, der mit Sissys Niederkunft einherging, bestand akuter Handlungsbedarf.

Sauerwein seufzte vernehmlich, dann griff er nach dem Telefonhörer.

»Hallo, Chef. Wir haben einen Notfall.«

Es dauerte nur eine halbe Minute, dann legte er wieder auf und feixte über das ganze Gesicht. »Wie ich es mir schon dachte; dem ist wieder mal alles wurscht«, murmelte er und wählte eine andere Nummer.

»Hallo, Max. Wir brauchen dich.«

Das Gespräch war ähnlich kurz wie das mit Märkel, und wenig später stand Max mit fliegenden Fahnen im Büro. Als er sah, dass Eva mit dem Rücken zur Tür stand, bremste er abrupt ab und räusperte sich.

»Hallo, Max.«

Sie drehte sich um, einen Teller mit einem riesigen Stück Torte in der Hand, in dem eine brennende Kuchenkerze steckte. »Willkommen zurück.«

Max hatte einen dicken Kloß im Hals, und als er an Evas Gesicht ablesen konnte, dass es nicht nur eine beliebige Floskel gewesen war, schniefte er verstohlen. Dann fing er an, übers ganze Gesicht zu strahlen.

Während sie dem Kuchen zu dritt den Garaus machten, erzählten Sauerwein und Eva abwechselnd, was sich in den letzten Tagen ereignet hatte, und eine Stunde später hatten sie Max vollständig ins Bild gesetzt.

Für einen Wimpernschlag nahm Max' Gesicht den altbekannten miesepetrigen Ausdruck an. Er liebte Fälle, in denen es

Indizien in Hülle und Fülle gab und man den breit ausgelegten Spuren folgen konnte, um am Ende eines imaginären roten Fadens nur noch die Beweise vom Boden auflesen und die Handschellen zuschnappen lassen zu müssen. Kurz: Fälle, die eben einfach waren. Sachverhalte, die kompliziert, unberechenbar oder zeitlich unabsehbar waren, waren ihm hingegen ein Graus. Und was sich da gerade anbahnte, war all das zusammen.

»Nun hab dich nicht so.« Eva, die ihn manchmal besser kannte als er sich selbst, grinste. »Es ist kein Fall, für den es Ruhm und Ehre gibt. Kleine Brötchen backen ist angesagt. Aber Schritt für Schritt kommen wir der Sache schon noch näher.«

»Jaja, kleine Brötchen«, murrte Max. »Daran hab ich mich in dem staubigen Kellerkabuff in den letzten Monaten schon gewöhnt. Genau deshalb wären mir Pauken und Trompeten im Moment aber einen Tick lieber.«

»Kommt ja vielleicht noch«, sagte Eva. »Für den Augenblick müssen wir eben noch unsere Köpfchen nutzen und kreative Ideen entwickeln, wie wir weiterkommen.«

So wie sie das Wort »kreativ« betonte, riss es die beiden Männer fast von ihren Stühlen.

»Das glaube ich jetzt nicht«, sagte Max denn auch prompt. »Du brütest doch schon wieder einen deiner berüchtigten Geistesblitze aus, stimmt's?«

Als Eva nickte, stöhnte Sauerwein und fasste sich mit einer theatralischen Geste an den Kopf, und Max vergrub sein Gesicht in seinen Händen und fing an zu schluchzen.

Eva starrte die beiden sprachlos an, dann fingen ihre Augen an zu funkeln. »Ihr seid so was von doof! Aber was ist nun, wollt ihr euch meine Idee nun anhören oder nicht?«

Sauerwein nickte. »Schieß schon los.«

»Wir haben einfach zu viele Verdachtsmomente, aber keinerlei Beweise. Deswegen wäre ich dafür, dass wir aktiv welche einholen.«

»Was meinst du mit ›aktiv einholen‹?«, fragte Max. »Wie soll das denn funktionieren?«

»Wir gehen jetzt einfach mal davon aus, dass wir recht haben und irgendjemand die Männer ermordet hat, okay?«

Als Sauerwein und Max nickten, fuhr sie fort: »An die Witwen kommen wir nicht heran. Da wir das Muster ausfindig gemacht haben, vermuten wir, dass die mit dem Mörder unter einer Decke stecken.«

»Warte«, unterbrach Max ihre Ausführungen. »Wieso bist du dir da so sicher?«

»Weil Kristina herausgefunden hat, dass alle Frauen für ein paar Tage verreist waren, als ihre Männer gestorben sind. Das haben die nämlich den Leichenbeschauern erzählt, nachdem sie ihre lieben Verblichenen in ihren Wohnungen und Häusern gefunden haben. Und die waren da allesamt bereits zwei bis drei Tage tot. Ein weiterer seltsamer ›Zufall‹.« Eva verdrehte bedeutungsvoll die Augen.

»An sich würde ich das nicht in Frage stellen, es kommt schließlich immer wieder zu Einbrüchen mit Todesfolge, wenn Wohnungen leer stehen oder nicht alle Bewohner im Haus sind. Aber es hat in keinem einzigen Fall einen Raub gegeben, und die Männer sind ohne ersichtlichen Grund zu Tode gekommen. Ich gehe davon aus, dass die Frauen den Mörder engagiert haben und informiert waren, wann er zuschlägt. Deswegen haben sie dafür gesorgt, dass sie für den Todeszeitpunkt ein felsenfestes Alibi haben.«

»Da ist was dran«, gab Max zu. »Und wie willst du jetzt vorgehen?«

»Ich kann mir nicht vorstellen, dass all diese Frauen von allein darauf gekommen sind, ihre Männer beseitigen zu lassen. Zum einen – wo findet man jemanden, der so einen Auftrag überhaupt annimmt? Zum anderen, selbst wenn, dann wäre die Vorstellung, dass alle den gleichen Auftragskiller ausfindig machen konnten, so was wie sechs Richtige im Lotto, inklusive passender Zusatzzahl. Und da das Muster in allen Fällen absolut gleich ist, glaube ich, dass es keine unterschiedlichen Täter gibt.«

Sauerwein musste ihr zustimmen. »Davon abgesehen erfordert es eine unglaublich hohe kriminelle Energie, ein derartiges Vorhaben dann auch in die Tat umzusetzen. In Gedanken jemand umzubringen oder umbringen zu lassen ist das eine, aber diese Idee auszuführen, das ist etwas ganz anderes. Daran hakt das Ganze.«

»Eben«, sagte Eva und lächelte. »Deswegen müssen wir davon ausgehen, dass irgendjemand von sich aus auf diese Frauen zugegangen ist und ihnen den Vorschlag unterbreitet hat.«

»Das heißt, wir müssen nur noch den gemeinsamen Nenner finden«, stellte Max fest.

»Genau. Das heißt, eigentlich haben wir den schon gefunden«, sagte Eva. »Und zwar die ›Alpenklinik Untershofen‹.«

»Und das ist auch ganz bestimmt die einzige Schnittmenge?«

»Zumindest die einzige, von der wir wissen.«

»Guter Einwand«, sagte Sauerwein zu Max. »Es kann durchaus noch weitere Berührungspunkte geben. Ich denke da zum Beispiel an Frauenhäuser. Dort könnten sie sich kennengelernt und die Kontaktdaten der Person weitergegeben haben, die für die Morde verantwortlich ist. Das sollten wir checken. Außerdem wäre es ein weiteres Indiz, wenn von den Konten der Frauen beziehungsweise vom jeweiligen Gemeinschaftskonto in letzter Zeit größere Geldbeträge abgehoben oder irgendwohin überwiesen wurden.«

»Du denkst an Zahlungen an einen Auftragskiller?«

»Genau.«

»Ich setze Kristina darauf an«, sagte Eva. »Aber ich will nicht ewig weitersuchen und inzwischen die einzig konkrete Spur auf Eis legen.«

»Das sollst du auch gar nicht.« Sauerwein grinste. Es stand ihr in Großbuchstaben auf die Stirn geschrieben, dass sie mit einer Idee schwanger ging und diese endlich loswerden wollte. »Rück schon raus mit der Sprache.«

»Das Beste wäre, wenn wir jemanden im Krankenhaus ausfindig machen könnten, der in einer vergleichbaren Situation wäre wie die Frauen auf Kristinas Liste. Also eine Frau, bei der man vermuten könnte, dass sie exzessiver häuslicher Gewalt ausgesetzt war. Und dann könnten wir darauf hoffen, dass unser mysteriöser Täter mit dieser Person in Verbindung tritt.«

»Das wird kaum funktionieren«, wandte Sauerwein ein. »Ich meine, klar, wenn wir recht haben, dann wird es zwar zu dieser Kontaktaufnahme kommen, aber eine Frau, die sich darauf einlässt, wird uns das wohl kaum auf die Nase binden.«

»Daran habe ich auch schon gedacht«, gestand Eva und lächelte leicht. »Also müssen wir selbst jemanden in die Klinik einschleusen.«

»Oh Gott«, stöhnte Max. »Ich wette dreihundert Euro, dass ich genau weiß, was du jetzt denkst!«

Eva stutzte. »Dreihundert? Ist das dein Ernst?« Und als er nickte: »Okay, die Wette gilt.«

Sie nahm ein Blatt Papier und kritzelte etwas darauf. Dann faltete sie es penibel drei Mal und legte den Zettel in seine Reichweite.

Nachdem Max seinen Tipp ebenfalls abgegeben hatte, forderte er Eva auf: »Du zuerst.«

Sie legte den Kopf schief, dann sagte sie zögernd: »Kristina …«, und als Max bereits einen Jubelschrei ausstieß, »… ist es jedenfalls nicht.«

Max hielt in der Bewegung inne, und sein Arm sank auf Schulterhöhe herab. »Wie, ist es nicht?«

»Na, Kristina. Falls du an sie gedacht haben solltest.«

»Was? Wieso … aber …«

»Los, mach auf«, sagte Eva zu Sauerwein und deutete auf die Papierschnipsel, die neben seiner Tastatur lagen.

Sauerwein öffnete zuerst Max' Tipp. »Kristina Winter«, las er vor. Dann faltete er Evas Zettel auseinander und fing an zu lächeln. Langsam drehte er die Schrift so, dass auch Max sie entziffern konnte.

***

Eva verbrachte den halben Nachmittag bei Dr. Martha Dornbach. Die Psychologin hatte sie monatelang betreut, nachdem sie einen Serienkiller in Notwehr erschossen hatte. Eva hatte die Stunden damals gern wahrgenommen, einerseits, um mit dem von ihr verschuldeten Tod eines Menschen klarzukommen, andererseits hatte sie durch die intensiven Gespräche ein paar Türen zu ihrem Innersten öffnen können, was ihr richtig gutgetan hatte. Seither fühlte sie sich ihrer inneren Mitte so nah wie nie zuvor im Leben.

Da viele Kollegen die Dienste der Ärztin jedoch als nicht notwendig ansahen, hatte Martha mehr Freistunden, als ihr lieb war. Dafür konnte sie sich spontan und ausführlich um die Kollegen kümmern, die echtes Interesse an ihrer Unterstützung hatten.

Und Eva Neunhoeffer war so eine Kollegin. Martha Dornbach freute sich ernsthaft, als Eva sie um Rat bat.

»Frau Neunhoeffer, wie schön, Sie wiederzusehen!«

Nachdem sie ein paar Höflichkeiten ausgetauscht hatten, kam Eva zum Grund ihres Besuchs. Martha Dornbach hörte aufmerksam zu, wägte das Für und Wider ab, dann hatte sie noch ein paar Fragen.

»Also, wenn Frau Wallner das möchte, dann sehe ich keinerlei Hinderungsgrund. Vor allem, da ich den Einsatz aus psychologischer Sicht als ungefährlich einstufen würde. Haben Sie denn schon mit ihr gesprochen?«

Eva verneinte. »Sie wurde gestern noch mal operiert, da der Bruch im Handgelenk weiter stabilisiert werden musste. Ich wollte erst Ihre Meinung hören, bevor ich sie überhaupt frage. Wenn Sie mir gesagt hätten, dass Sie in der Sache unschlüssig sind, dann würde ich Nora damit nicht behelligen.«

»Nun, es ist schwer für mich, das aus der Ferne zu beurteilen, schließlich kenne ich Frau Wallner nicht. Aber Sie sagen ja, dass sie eine gefestigte Persönlichkeit ist?«

»Allerdings. Und sehr resolut dazu. Ich traue es ihr uneingeschränkt zu. Aber ich bin natürlich keine Psychologin.«

»Für einen gesunden Menschenverstand braucht man kein Studium«, stellte Martha Dornbach fest. »Ich würde allerdings vorschlagen, dass ich Frau Wallner vorbereite, falls sie zustimmt. Ich denke, das ist auch in Ihrem Sinne?«

Eva nickte. »Absolut. Nora ist nämlich der totale Wirbelwind. So wie ich sie einschätze, hat sie in ihrem Leben noch keine Erfahrung mit häuslicher Gewalt gemacht, deswegen weiß sie vielleicht überhaupt nicht, wie sie sich verhalten soll. Wenn wir das wirklich durchziehen wollen, dann braucht sie ein umfassendes Briefing.«

***

»Selbst wenn sich Nora auf deinen Vorschlag einlässt, geht die Rechnung nicht auf«, stellte Max am nächsten Morgen fest, kaum dass Evas Hintern ihren Stuhl berührte.

»Im besten Fall macht sich tatsächlich jemand an sie ran, schlägt ihr ein im wahrsten Sinne des Wortes todsicheres Konzept vor, wie sie sich ihres angeblich misshandelnden Typens entledigen kann, und dann? Glaubst du nicht, dass spätestens dann der Zeitpunkt gekommen ist, an dem sich dieser Schläger im Krankenhaus blicken lassen sollte?«

»Darüber habe ich mir die halbe Nacht den Kopf zerbrochen«, gab Eva zu. »Ich sehe das nämlich genauso. Männer, die über die Maßen eifersüchtig sind, aus purem Vergnügen ihre Frauen schlagen oder einfach ein extrem hohes Aggressionspotenzial haben, würden ihre Partnerin nicht so verprügeln, dass sie ins Krankenhaus kommt, und dann dort nie auftauchen. Im Gegenteil, vermutlich würden sie sogar eine überhöhte Präsenz zeigen, nur damit die Frau nicht auf dumme Gedanken kommt und aus dem Nähkästchen plaudert.«

»Kannst du die Dornbach dazu befragen?«, wollte Sauerwein wissen. »Vielleicht ist das ja nicht uneingeschränkt der Fall. Vielleicht gibt es auch Männer, die erst mal auf Distanz gehen, bis ihr Opfer wieder gesund ist.«

»Das können wir nachher gemeinsam machen. Sie wollte am Vormittag einen Kollegen zurate ziehen, der mehr in die Thematik involviert ist, und später hierherkommen, dann können wir sämtliche offenen Fragen erörtern.«

»Ich habe lange mit einem Kollegen aus München telefoniert«, sagte Martha Dornbach, als sie am frühen Nachmittag ins Kommissariat kam. »Gott sei Dank habe ich nur selten mit den Opfern von häuslicher Gewalt zu tun; das würde mich vermutlich echt fertigmachen. Hier«, sie reichte Eva einen Zettel, auf dem in zierlicher Handschrift zwei Telefonnummern standen, »Sie können Dr. Steinberg gern kontaktieren, falls Sie spezifische Fragen haben. Fürs Erste und Grobe bin ich ziemlich gut informiert, und wir sind beide der Meinung, dass es ausgesprochen hilfreich ist, dass Frau Wallner kaum sprechen kann. Auch wenn das für sie selbst natürlich tragisch ist«, fügte sie schnell hinzu. »Aber ich glaube, Sie verstehen schon, was ich meine.«

»Absolut«, bestätigte Eva. »Ansonsten wäre ich überhaupt nicht auf den Gedanken gekommen. Ein besseres Alibi, Fragen nicht beantworten zu müssen, als eine Kiefersperre gibt es wohl nicht. Aber erst mal müssen wir abwarten, ob Nora überhaupt mitmachen will. Ich bin zwar überzeugt, dass sie den Mumm dazu hat, aber immerhin ist sie durch die ganzen Verletzungen ordentlich angeschlagen.«

»Gut, dass Sie das Thema Mut ansprechen.« Martha Dornbach nickte weise. »Wir, also Dr. Steinberg und ich, sind einer Meinung, dass Frau Wallner keine Gefahr droht. Sollte es tatsächlich zu einer wie auch immer gearteten Kontaktaufnahme seitens einer Person kommen, die sich als Racheengel für misshandelte Frauen aufspielt, dann nur dazu, um Frau Wallner vor weiteren Übergriffen zu schützen, nicht, um ihr selbst zu schaden.«

»Solange die betreffende Person nicht ahnt, welche Laus sich da in ihrem Pelz breitmachen will«, gab Max zu bedenken. »Wir dürfen keinesfalls vergessen, dass dieses Phantom bereits mehrere Menschen auf dem Gewissen hat, falls wir mit unserer Theorie richtigliegen.«

»Deswegen würden wir dafür sorgen, dass Noras Zimmer überwacht wird«, sagte Sauerwein. »Ein Nullrisiko gibt es nicht, aber wir können es immerhin so klein halten, dass wir ruhig schlafen können.«

»Und wie sieht es mit der Frage aus, ob Noras angeblicher Peiniger sich blicken lassen muss?«

Den Punkt hatte Martha Dornbach mit dem Münchner Kollegen bis ins Detail besprochen, nachdem Eva ihr die Frage per SMS aufs Handy geschickt hatte.

»Es ist genau so, wie Sie vermutet haben. Ein Mensch, der derart außer Kontrolle geraten ist, wird in der Regel dafür sorgen, dass sein Opfer nicht auf dumme Gedanken kommen kann. Deswegen wird er sie täglich besuchen, um zu demonstrieren, wer der Herr im Haus ist.«

»Sie sagen in der Regel.« Eva war der kleine Punkt nicht entgangen. »Gibt es denn die Möglichkeit einer Abweichung?«

»Die gibt es immer«, antwortete die Psychologin. »Wenn es sich um einen Menschen handelt, der ein derart übersteigertes Selbstbewusstsein hat, dass er jeden anderen für zu blöd hält, ihm auf die Schliche zu kommen. Meiner Meinung nach können Sie den Typus aber vernachlässigen.«

»Weshalb?«, fragte Sauerwein. »Ich möchte keinen einzigen Punkt außer Acht lassen.«

»Das verstehe ich.« Martha lächelte. »Aber Ihr Phantom wird sich nicht damit aufhalten, die Psyche des Täters und seine Gründe für die Misshandlung zu durchleuchten. Wenn Sie einen Mann haben, den Sie präsentieren können, dann tun Sie es. Das wirft keine Fragen auf. Andersherum aber schon.«

»Damit wären wir beim Kernproblem deiner Idee angelangt«, stellte Max fest und sah Eva mit zusammengekniffenen Augen an. »Wen willst du als Täter hinschicken? Karl kannst du komplett vergessen, dem nimmt niemand auch nur ansatzweise ab, dass er einer Frau Schlimmeres antun könnte, als ihr einen Heiratsantrag zu machen, außerdem hat er zurzeit Besseres zu tun. Martin oder mich? Wir bekämen das vielleicht mit Ach und Krach hin, aber wirklich überzeugend wäre wohl keiner von uns. Zudem wäre es ziemlich bescheuert, weil wir dann schlecht weiterhin täglich im Präsidium ein und aus gehen könnten. Und deine Leidenschaft, Zivilisten für deine Pläne zu opfern, sollte dir mittlerweile vergangen sein.«

Eva hatte ihm mit verschränkten Armen zugehört. Jetzt streckte sie den Rücken durch. »Du wirst es nicht glauben, aber ich hatte tatsächlich dich im Visier.«

Wider Willen war Max geschmeichelt. »Echt?«

»Nein.« Sie lächelte verschmitzt. »Das würde alles nicht hinhauen, da gebe ich dir völlig recht. Ich hatte gedacht, falls wir Richter Kirchbergs Segen für die Überwachung bekommen, dann fordern wir einen verdeckten Ermittler aus München an.«

Nachdem sie eine gute Stunde lang weitere Eventualitäten in Betracht gezogen und wieder verworfen hatten, fasste Sauerwein einen Beschluss.

»Also gut. Probieren wir es. Im Moment gibt es eh noch so

viele Unwägbarkeiten, dass uns keine Theorie weiterbringt. Jetzt müssen wir sehen, was davon in der Praxis realisierbar ist.«

Eva seufzte erleichtert auf. »Prima. Und wie packen wir die ganze Sache an?«

»Als Erstes fragst du Nora, ob sie es sich zutraut und ob sie bereit ist, mitzumachen. Falls sie Ja sagt, muss Kirchberg uns nur noch die entsprechenden Genehmigungen erteilen. Dann fordern wir einen Mann aus München an. In der Phase können Sie Nora instruieren«, sagte Sauerwein zu Martha Dornbach und wandte sich gleich darauf an Eva, »und ihr müsst euch um die Ärzte kümmern. Leider kommen wir nicht umhin, die Murnauer Mediziner einzuweihen, da sie die entsprechenden Befunde ausstellen müssen. Zum anderen müssen wir aufpassen, dass die Belegschaft der ›Alpenklinik Untershofen‹ nicht hinter die Kulissen blicken kann. Die einzigen Personen, denen wir dort vertrauen können, sind Dr. Kugler und die Klinikleiterin. Schließlich haben die uns überhaupt erst auf die Spur gebracht.«

***

»Echa«, stammelte Nora, als Eva ihr Zimmer betrat. »I bin cho froh, dach du da bischd.« Mühsam stemmte sie sich aus dem Bett hoch, um ihre Kollegin zu umarmen, ließ es jedoch umgehend wieder bleiben, als ihr ein gemeiner Schmerz durch den Brustkorb schoss. »Seiße!«

Vorsichtig drückte Eva Nora einen zarten Kuss auf die Wange. »Du siehst besser aus. Immerhin.« Sie zwinkerte, als Nora die Augen verdrehte. »Doch, wirklich. Und das zweite Auge ist auch wieder da. Dabei rede ich nur von vor fünf Tagen. Gemessen am Normalfall, na ja. Ich sag lieber nichts, das ist vermutlich besser so, oder?«

Nora nickte schwach. Sie war dankbar, dass Eva kein Drama um ihren Unfall machte. Mitleid war das Letzte, was sie jetzt brauchen konnte.

»Echa.« Sie räusperte sich vorsichtig. »Effa«, probierte sie es erneut, dann stöhnte sie genervt auf.

Eva kicherte. »Lass das mal schön bleiben. Effa, das hört sich echt übel an. Nicht dass ich mit meinem Namen unzufrieden wäre, aber Effa klingt nach einem kleinen Äffchen.«

Nora bekam einen Hustenanfall. »Ah, bitt, ned zum Lachn bringn, des duad weh!«

»Oh Gott, bitte entschuldige, das wollte ich nicht!« Eva sah Nora bestürzt an.

Die winkte umgehend ab. »Mcht nix. 's is fuachba, wenn ma ned gscheid redn kon. Und des mia!« Sie verzog in einem Augenblick der Selbstreflexion das Gesicht, ließ das Grimassenschneiden aber sofort wieder bleiben, weil es ihr genauso wehtat wie der Hustenanfall.

Eva lächelte. Sie konnte sich gut vorstellen, dass Nora lieber einen doppelten Schien- und Wadenbeinbruch in Kauf genommen hätte als den gebrochenen Kiefer. Nicht einfach drauflosquatschen zu können, wie ihr der Schnabel gewachsen war, musste die Hölle für sie sein.

»Was ist denn überhaupt passiert?«, fragte sie schließlich und sah Nora nachdenklich an. »Wir haben mit der Bergwacht telefoniert, und die haben uns erzählt, dass du mit dem Radl gestürzt bist. Aber so gut, wie du fährst, kann ich das nicht wirklich glauben.«

»Ch.« Nora schloss die Augen. »Fafela.«

Eva runzelte die Stirn. Es dauerte eine Weile, bis sie draufkam, was geschehen war. »Ein Fahrfehler?«

Nora nickte und senkte die Lider, was angesichts der Schwellung so komisch aussah, dass Eva sich zusammennehmen musste, um nicht zu lachen. Sie beugte sich hinunter, da Nora ihr andeutete, dass sie näher herankommen sollte.

Ein paar Minuten später hatte sie zwar nicht alles verstanden, aber immerhin doch so viel, um zu ahnen, dass Nora bei der Abfahrt einem Reh ausgewichen war. Unglücklicherweise war gleich neben dem Weg ein Abhang, der dreißig Meter in die Tiefe führte, wie Eva von der Bergrettung wusste.

Beim Gedanken, dass Nora noch immer dort liegen würde, hätte der aufmerksame Wanderer den verschrammten Felsen nicht bemerkt und seine Schlüsse daraus gezogen, wurde Eva fast schlecht.

»Ws is los dhoam? Kemmts ohne mi klaa?«, unterbrach Nora Evas Gedanken.

Eva zögerte einen Augenblick, denn sie wollte nicht gleich mit der Tür ins Haus fallen. Doch dann gab sie sich einen Stoß und zählte die Fakten herunter.

»Jedenfalls sieht es ganz so aus, als ob Dyrkhoff was Heikles entdeckt hat. Und Dr. Kugler natürlich auch. Das ist der, der den Stein dann ins Rollen gebracht hat«, beendete sie schließlich ihren Bericht. »Das Dumme ist nur, dass wir keinerlei Handhabe haben, auch nur eine Person zu vernehmen. Falls wir mit unserem Verdacht richtigliegen, dann wurden alle Beweise vernichtet, falls es denn je welche gegeben hat. Und keine der hinterbliebenen Frauen hat großartig etwas geerbt.«

Eva wartete einen Moment, dann entschied sie, dass es im Augenblick unwichtig war, dass Marcel Rieger und Lars Großhof Lebensversicherungen in nicht unbeträchtlicher Höhe abgeschlossen hatten, da ihre Frauen nie als Begünstigte eingetragen worden waren. »Sämtliche Totenscheine wurden auf natürliche Todesursache ausgestellt, und falls die Frauen wirklich misshandelt wurden, haben sie diese Straftat nie selbst zur Anzeige gebracht. Alles, was wir haben, sind Vermutungen. Und die alleine reichen nicht aus, dass wir weiter ermitteln können.«

»Oh mei, d' is ja fuchba.« Nora sah Eva entsetzt an. »'s muss was gem, dass ma dene 's Handweag leggd. Snst wa's ja da pafeggde Moad!«

»Darauf läuft es hinaus. Es sei denn …«

»Ws?«, nuschelte Nora. »Effa? Efffa! Glbst's, moanst ned, da mia mei Schnauzn ned sho gnua wehdad? Außadem hob i Duschd.«

Irritiert sah Eva Nora an. »Entschuldige. Manchmal stehe ich auf der Leitung.«

Sie langte nach dem Becher, der auf dem kleinen Tischchen stand, drehte den Strohhalm in Noras Richtung und schob ihn ihr vorsichtig zwischen die Lippen. Es musste höllisch anstrengend sein, die Flüssigkeit nur durch das Zusammenziehen der Lippen aus der Tasse zu saugen, wenn sie Noras Gesichtsausdruck richtig deutete.

Geistesgegenwärtig schnappte sie mit ihrer freien Hand nach den Papiertüchern, die ebenfalls auf dem Tisch lagen, und fing die Flüssigkeit auf, die über Noras Kinn rann, bevor sie ihr Schlafanzugoberteil durchnässen konnte.

»Aaahh, is des a Seiß!«

Nora hatte Tränen in den Augen und sah Eva dankbar an, als die den Becher wieder abstellte, ins Bad sauste und mit einem angefeuchteten Handtuch zurückkam. Vorsichtig tupfte sie Noras Wangen damit ab und verweilte kurz auf der Stirn, als Nora die Augen schloss und leise seufzte.

»Ist das gut, ja?«

»Mmh.«

Eine Weile sprach keine der Frauen ein Wort. Nora, die normalerweise immer eine freche Antwort auf den Lippen hatte und nichts und niemanden auf der Welt zu brauchen schien, gab sich ihrer Hilflosigkeit hin, und Eva tat das Vertrauen, das ihre Kollegin ihr schenkte, ausnehmend gut.

»Ais, ws is?«, fragte Nora schließlich, als ihr das Getupfe zu viel wurde. »Du hsd do wach aufn Hersn.«

»Stimmt«, bestätigte Eva. Sie stand auf und hängte das Handtuch über die lauwarme Heizung. »Ich weiß nur nicht mehr, ob das eine so gute Idee ist.« Unschlüssig stand sie vor dem Krankenbett und trat von einem Bein aufs andere.

»Se'fix, du machs mi no gans narrsch. Sesss di hin und ersähl!«

Für einen Augenblick hatte Eva ein richtiggehendes Déjà-vu, als Nora sie zusammenstauchte. Das war die Nora, die sie kannte. Sie zog den Stuhl näher heran und fing an zu erzählen, was auf ihrem Mist gewachsen und gemeinsam mit den Kollegen im Präsidium ausgeheckt worden war.

Noras Augen wurden im Laufe von Evas Schilderung immer größer. »Mnss du ds eansd?«, fragte sie, als von Eva nichts mehr kam.

»Versteh mich nicht falsch«, sagte die schnell. »Es ist nur eine Idee. Du musst auch jetzt überhaupt nichts entscheiden, sondern sollst erst mal wieder einigermaßen gesund werden. Und es geht auch nicht darum, dass du eigenständig ermitteln sollst. Wir wollen einzig und allein wissen, ob irgendjemand mit dir Kontakt aufnehmen würde. Sobald das der Fall ist, wärst du raus aus der Nummer.«

Nora sah Eva fassungslos an. Dann schüttelte sie den Kopf. »Vagiss es. Dud ma leid.«

»O… okay. Ich meine, es ist kein Problem.«

Eva hätte nicht sagen können, dass Noras prompte Entscheidung eine Enttäuschung war, aber irgendwie hatte sie gehofft, sie überzeugen zu können, dass ihre Hilfe zum einen keine Gefährdung darstellte und zum anderen zurzeit die einzige Möglichkeit war, an die Hintermänner heranzukommen. So es denn überhaupt welche gab …

»Fals fastandn«, krächzte Nora, als sie merkte, dass Evas Gedanken abdrifteten. »Du bist a Spuifaderba.«

»Ein Spielverderber?« Eva hatte keine Ahnung, wovon sie sprach. »Was meinst du denn damit?«

»Du glaubsd ned in Eansd, da' i an Debbn spui 'n weida bled rumlieg? Sicha mah i mid. Aba i lass mi ned 'bsäng, wen's spannd werd.«

Eva hatte dem Ausbruch fassungslos zugehört. Dann dauerte es eine Weile, bis sie kapiert hatte, was Nora ihr damit mitteilen wollte. »Was? Du meinst, du machst mit?«

»Ja. Aba nua, wan i ned nua 'n Bledljob ha-ab. I geh ezz sho ei va Langaweil. 'n glaub mia, des wad ned bessa, wann da ganse Smarrn sum Faheiln ofangd.«

Langsam wich das Lächeln aus Evas Gesicht, und sie wurde sehr ernst. »Nora, das ist kein Spaß, was wir hier machen. Und auch kein Zeitvertreib. Du weißt genau, was Kristina vor eineinhalb Jahren passiert ist und dass ich mir bis heute deswegen Vorwürfe mache. Ich will nicht, dass eine ähnliche Situation jemals wieder eintritt, egal, bei wem.«

Sie fasste die gesunde linke Hand ihrer Kollegin und drückte sie fest. »Du bist mir genauso wichtig wie der ganze Rest unserer Truppe, und wir alle wollen nur, dass du ganz schnell wieder gesund wirst. Und diesen Prozess wollen wir keinesfalls mit irgendwelchen anstrengenden Aktionen gefährden.«

»Sho kla, Effa.« Nora blinzelte, und Eva hatte den Eindruck, dass sie sie mit dem Verhunzen ihres Namens nur aufzog. »Sonst missd künfdig eia Berichde selba shreibn, ’nd dasu seis s’ faul.«

»Logisch ist das der Grund.« Eva grinste. »Es kann ja nicht angehen, dass wir uns daheim den Arsch abarbeiten und du hier wochenlang Wellness machst.«

»Shöns Wellness. Vor allm ’s Massageprogramm kon i dir emfehln. Lass dia glei a Bett zu mir reinstelln.«

Eva hatte Nora nach dem Mittagessen eine gute Stunde lang allein gelassen, in der die Kollegin nachdenken und ausruhen und sie selbst ihren Chef über die aktuelle Entwicklung informieren konnte. Nachdem sie das Telefonat beendet hatte, verweilte sie noch einen Moment auf einer Bank vor der Klinik, genoss das Bergpanorama und schickte ein Dankgebet zum Himmel. Obwohl sie während der Jahre in Stuttgart viel gelernt und sich im Team wohlgefühlt hatte, hatte sie sich dort nie heimisch gefühlt, dazu fehlten ihr die Berge ihrer Heimat viel zu sehr. Als sie jetzt die Gipfel im Süden betrachtete, fühlte sie ein nur allzu bekanntes Ziehen in ihrem Bauch. Majestätisch erhob sich der Zugspitzgletscher hinter der Alpspitze und dem Waxenstein, und am liebsten hätte sie alles stehen und liegen gelassen und wäre dort hinaufgelaufen. Bedauernd warf sie einen Blick auf die Uhr. Keine Chance. Sie seufzte und begnügte sich damit, den Anblick in sich aufzusaugen.

Anschließend setzte sie sich in den Krankenhauskiosk und bestellte sich Kaffee und Kuchen. Nicht die gesündeste Ernährung, aber das war ihr im Augenblick egal. Als sie die Gabel zurück auf den Teller legte, piepste ihr Handy.

Fünf Minuten später drückte sie die Türklinke zu Noras Zimmer hinunter. »Ich dachte, du wolltest ein Nickerchen machen«, sagte sie erstaunt.

»Ah, Smarrn. Mia geht die Rumliegerei so ufn Keks, des glabsd ned. Kannsd ned ’n Rolli mobsn und mi wenigsdns an d’ frishe Luft shiebn? Hia drin krieg i no ’n Föhn!«

»Ich glaube nicht, dass das eine gute Idee ist.« Da war sich Eva sogar ganz sicher. »Aber ich habe der Schwester Bescheid gegeben, dass es nett wäre, wenn sich ein Arzt blicken lassen würde.«

Darauf mussten die beiden Frauen auch nicht lange warten. Als der attraktive, dunkelhaarige Mediziner in einer gut sitzenden weißen Hose und einem T-Shirt, das einen durchtrainierten Oberkörper erkennen ließ, zur Tür hereinkam, hätte es sich Nora fast wieder anders überlegt.

»I htt mal a Frag«, sagte sie und blinzelte dem Arzt mit ihrem noch halb zugeschwollenen Auge zu.

»Fasbrechn S' mia, dass S' sich ab sofort imma persönlih um mi kümmern? Jedn Tag dreimal oda so?«

Der Arzt quittierte ihren Flirtversuch mit einem jungenhaften Lächeln. »Selbstverständlich. Wenn es Ihnen hilft, schneller wieder gesund zu werden, dann massiere ich Ihnen auch noch jeden Tag eine halbe Stunde lang die Füße.«

»Cuhl.« Noras Pupillen funkelten vergnügt, was angesichts der in mittlerweile sämtlichen Regenbogenfarben schillernden Blutergüsse so komisch aussah, dass Eva und Dr. Kern lachen mussten.

Dann sah Nora Eva an und versuchte, zu lächeln, was im Hinblick auf ihren verdrahteten Kiefer jedoch gründlich misslang. »Sorry, Effa, i blei doh lieba hia, bei solchane Aussichdn. Des versdehst doch, oda?«

Nachdem das Lachen von Noras Besuchern verebbt war, wollte Dr. Kern dann doch wissen, was so wichtig war, dass die Kommissarin ihn so dringend außerhalb seiner Visitenzeiten hatte sprechen wollen. Eva fasste das Dilemma, in dem sich die Kripo Rosenheim augenblicklich befand, in wenigen Worten zusammen.

»Okay, ich verstehe.« Dr. Kern nickte. »Aber wie kann Ihnen Frau Wallner dabei helfen? Dass es Wochen dauern wird, bis sie wieder ins Büro kann, das dürfte doch klar sein, oder?«

»Ja, sicher. Aber sie könnte uns trotzdem behilflich sein. Und dazu brauchen wir Ihre Unterstützung.«

Nun holte Eva deutlich weiter aus und erklärte ihm akribisch, welche Idee ihr durch den Kopf ging. Sie ließ dabei auch nicht aus, dass sie die Erste wäre, die sich gegen die Aktion stellen würde, wenn sich dabei auch nur der Hauch einer negativen Auswirkung für Noras Genesungsprozess ergeben sollte.

Dr. Kern wägte das Für und Wider gegeneinander ab. Letztlich überwog seine Neugier, und Bedenken hatte er eh keine anzumelden.

»Da wir Ihnen Ihren Kiefer so schön verdrahtet haben, haben Sie die besten Argumente, wenn Sie nicht sprechen wollen. Obwohl das ja schon ganz gut geht, wie ich merke. Aber das können Sie jederzeit hinter irgendwelchen Schmerzen verstecken. Es kann Ihnen niemand nachweisen, ob das stimmt oder nicht. Wenn Sie es sich zutrauen, die misshandelte Ehegattin zu spielen, warum nicht. Im Grunde wüsste ich nicht, was dagegenspricht. Außer der Fußmassage natürlich, die kann ich Ihnen dann natürlich nicht mehr verabreichen.«

»Misd. Dann lass i's nadürlih bleim.« Nora gluckste. »Oda i stell 'n Andrag, dass i Sie als pasönlihe Bedreuung brauh, und Sie kemman mid nah Rosneim. Dad des geh?«

»Gar kein Problem. Allerdings müsste ich meine anderen Patientinnen auch mitbringen dürfen, denen ich ebenfalls Massagen versprochen habe«, witzelte Dr. Kern, dann wandte er sich an Eva. »Wann wollen Sie Frau Wallner denn verlegen lassen?«

»Wir brauchen ein paar Tage Vorlauf, um einen richterlichen Beschluss einzuholen, einen verdeckten Ermittler anzufordern, und dann muss Nora auch noch von unserer Psychologin ausführlich gebrieft werden, was das Verhalten misshandelter Personen anbelangt. Ich denke, das wird in Summe fünf bis sechs Tage dauern.«

Dr. Kern nickte zufrieden und drückte Noras Hand. »Das passt gut. Bis dahin wird sich Ihr Zustand so stabilisiert haben, dass ich Sie ohne Bedenken verlegen lassen kann. Und für ein paar Fußmassagen bleibt uns dann auch noch Zeit.«

Nora sah ihm nach, bis sich die Tür hinter ihm geschlossen hatte, dann seufzte sie. Und kurz darauf wurden die Pieptöne langsamer, die der Lautsprecher des Herzmonitors von sich gab.

Eva wurde schlagartig bewusst, dass die sich erst erhöht hatten, nachdem der Arzt das Zimmer betreten hatte.

»Nora! Jetzt sag bloß nicht …«

»Na gla«, antwortete die trocken. »Abs des nüssdt nigs. Du glaubs ja ned, dass der nigs Bessares zu tun had, als mia schöne Augn su machn? Shau mi doh amal an!«

»Na und?«, konterte Eva. »Der ist erwachsen und erfahren genug, um zu wissen, dass du nicht immer so aussiehst. Und außerdem war das gar nicht meine Frage. Schließlich war nicht er an den Kasten da angeschlossen, sondern du. Wie er auf dich reagiert, kann ich nicht so leicht feststellen wie umgekehrt.«

Nora seufzte erneut. »Is sho a Snidchen, da Kern. Da dad mia gfalln. Aber du gönnst mia ja nigs, sonst dürft i ha hieableim.«

SIEBEN

Am nächsten Tag war Eva bereits um sieben Uhr morgens im Präsidium. Sie war am Vortag, nachdem Nora irgendwann zu erkennen gegeben hatte, dass sie nur noch schlafen wollte, zurück in Richtung Rosenheim gefahren. Nachdem sie in Sindelsdorf von der Autobahn auf die B 472 gefahren war, gab sie in Bad Tölz einem Impuls nach und wählte nicht den direkten Weg über Miesbach, sondern nahm einen kleinen Umweg in Kauf. Im Kloster Reutberg setzte sie sich bei herrlichstem Wetter auf die Terrasse, bestellte sich eine Pfannkuchensuppe und ließ ihren Blick über die Berge des Isarwinkels und das Karwendelgebirge wandern, die sich in der Ferne am glasklaren Himmel abzeichneten.

Mit einem Seufzen dachte sie an die Fahrt, die sie durch Sachsenkam geführt hatte. Schon bei ihrem ersten Besuch in der kleinen Gemeinde vor vielen Jahren hatte sie sich Hals über Kopf in den bezaubernden Ort mit dem großartigen Panorama verliebt. Und auch diesmal konnte sie nicht anders, sie musste den Wagen am Straßenrand anhalten und konnte sich kaum sattsehen an den wunderschön bemalten Häusern, bis es am Beifahrerfenster klopfte und eine freundliche Einheimische fragte, ob sie helfen konnte.

Mit einem weiteren Seufzen kehrte Eva in die Wirklichkeit zurück. Der Traum vom Familienglück in einem der schönsten Dörfer Oberbayerns musste noch warten. Sie verdrückte den letzten Rest ihrer Suppe und fasste einen weiteren spontanen Entschluss. Obwohl sie nicht wusste, ob der Einfall wirklich schlau war, wählte sie Julian Vossens Nummer und lud sich bei ihm zum Abendessen ein.

Schon während der Weiterfahrt sagte sie sich, dass es eine kluge Wahl gewesen war; egal, wie der Abend verlaufen würde. Allein schon die Fahrt über die hübschen Dörfer blies die Erinnerung an die tristen Krankenhausflure und deren sterile Gerüche einfach weg.

Als später ein großes Steak mit Salat vor ihr stand und sich dazu das vertraute Herzflattern bemerkbar machte, gestand sie sich ein, dass die Entscheidung richtig gewesen war. Auch wenn sie und Julian sich vor ein paar Monaten nach einem kurzen wie emotional heftigen Jahr in beiderseitigem Einvernehmen, wie es der Volksmund so schön betitelte, wieder getrennt hatten, waren sie Freunde geblieben. Doch wenn sie ihn jetzt so ansah, dann bereute sie ihrer beider Entschluss fast wieder. Und der Blick, den er ihr zuwarf, zeigte ihr, dass es ihm nicht anders ging.

***

Als Sauerwein ins Büro kam, saß Eva an einem Bericht und stellte eine Liste von Anträgen zusammen, die sie Richter Kirchberg zur Genehmigung vorlegen wollte. In einer Art Gedankenblitz hatte sie bei seiner Sekretärin um einen Termin angefragt und wäre fast vom Stuhl gefallen, als die ihr gesagt hatte, dass sie in knapp zwei Stunden vorbeikommen solle. Jetzt brütete sie angestrengt über einer Formulierung und bemerkte Sauerwein erst, als er bereits neben ihr stand und ihr den Schlüssel ihres Smart auf den Tisch legte.

»Wie ich sehe, hat dir der Tag in Murnau richtig gutgetan«, stellte er mit einem Blick auf ihre geröteten Wangen fest. »Noch ein bisschen mehr, und das wäre ein richtiger Sonnenbrand geworden. Ich dagegen hab mir in deiner Sardinenbüchse fast einen Bandscheibenvorfall zugezogen.«

Eva kicherte und verzichtete darauf, ihn aufzuklären, dass ihre strapazierte Haut weniger mit den UV-Strahlen der klaren Bergluft als mit dem Dreitagebart eines gewissen Exfreundes zu tun hatte.

»Nun hab dich doch nicht so. Ein bisschen Bewegung tut dir ganz gut, nachdem Frau Sommersprosse und Rosie dir schon die ganze Arbeit im Haushalt und mit den Kindern abnehmen.«

»Klappmesser, um sich in eine rollende Fischdose zu zwängen, fallen für mich nicht unter den Begriff Bewegung.« Sauerwein grinste verschmitzt. In Wirklichkeit fand er es sogar einfacher, in den überraschend geräumigen Smart einzusteigen als in seinen BMW. »Also, was sagt Nora?«

»Dass sie mitmachen will.« Eva streckte sich. »Deswegen versuche ich gerade, etwas Struktur in unsere Überlegungen zu bringen, damit der Richter zufrieden ist und alles genehmigt.«

»Das war knapp!« Eineinhalb Stunden später warf Eva eine Mappe mit Unterlagen auf Sauerweins Tisch. »Ich dachte einen Moment lang schon, dass Kirchberg alles ablehnt.«

Sauerwein schreckte bei dem Knall, mit dem der Ordner auf seinem Schreibtisch landete, hoch. Er steckte inmitten einer Abfassung, die er einfach nicht hinbekommen wollte. Wenn doch nur Nora hier wäre. Obwohl sie eine Klatschtante erster Güte war und sich ständig über sogenannte Sonderaufträge beschwerte, war das Trara, das sie immer um selbige machte, nur Show. Meistens jedenfalls. Allerdings konnte man nicht leugnen, dass sie fleißig, schnell und gründlich war. Und das war das Gemecker allemal wert.

»Das heißt im Umkehrschluss, dass er alles genehmigt hat?«

Eva verzog den Mund. »Du glaubst jetzt aber nicht an Wunderheilungen, oder?«

Sauerwein sah sie verwirrt an, dann riss er sich endgültig von seinem Text los. »Doch. Nützt mir aber vermutlich nichts, oder?«

»Nein. Kirchberg hat sich alles geduldig angehört, vierhundertsiebenundsechzig Fragen gestellt und mir versprochen, dass er mir bis heute Abend Bescheid gibt.«

***

Stundenlang saß Eva wie auf glühenden Kohlen. Es wurde Mittag, dann Nachmittag, und dann rückte der Zeiger der Uhr auf fünf, und noch immer hatte Kirchberg nichts von sich hören lassen. Eva hatte aus lauter Nervosität einen ganzen Papierkorb vollgekritzelter DIN-A4-Blätter produziert und ansonsten nichts zuwege gebracht. Als sie es nicht mehr aushielt, sprang sie von ihrem Stuhl und platzte unangekündigt in Sauerweins Büro.

»Was ist denn mit dir los?«, fragte der erstaunt, als er ihren angespannten Gesichtsausdruck sah.

»Es ist wegen Kirchberg. Ich könnte ihn glatt erwürgen.«

»Hat er abgelehnt? Verdammt. Dann müssen wir uns was Neues einfallen lassen. Wobei ich schon gedacht hätte, dass er … Eva? EVA!«

»Was?« Eva hatte sich einen Gummiball von seinem Schreibtisch geschnappt und über zwei Banden auf den Boden gepfeffert. Als Sauerwein laut wurde, wartete sie, bis der Ball wieder auf den Boden hüpfte, und fing ihn dann auf.

»Wieso denn was Neues? Ach nein, Kirchberg hat nicht abgelehnt. Er hat sich überhaupt nicht gemeldet.«

»Nicht gut«, murmelte er und warf einen Blick auf die Uhr. »Hast du mal bei ihm nachgehakt?«

»Nee. Du predigst doch immer, dass er eklig wird, wenn man ihn drängt!«

Sauerwein seufzte, nahm den Telefonhörer auf und drückte eine Kurzwahltaste. »Sauerwein hier, hallo, Miri. Sag mal, ist der Richter noch im Haus? Aha, okay. Ja, danke, dir auch. Servus.«

Sauerwein hängte auf und schaute Eva schief an. »Kirchberg ist seit dem Mittagessen beim Bürgermeister in einer Sitzung. Seine Sekretärin hat er nur zwischenzeitlich angerufen, dass sie sämtliche Termine absagen soll, da er nicht weiß, wie lange es dauern wird. Offensichtlich hat er nirgendwo notiert, dass er dich zurückrufen wollte, sonst hätte sie dir bestimmt Bescheid gegeben.«

»So ein Mist«, schimpfte Eva. »Ich steh den ganzen Tag wie ein Depp in den Startlöchern und bring sonst nichts auf die Reihe, und Kirchberg kann nicht mal eine klitzekleine Info rüberschicken. Denkt der, wir haben sonst nichts zu tun? So ein Blödmann!«

»Also Eva!«, tadelte Sauerwein seine Mitarbeiterin augenzwinkernd. »Wie redest du denn von unserem ehrwürdigen Richter?«

»Na, wenn's doch wahr ist. Da hätte doch ein einziges Wort genügt. Ja oder nein. Das kann doch nicht so schwer sein.«

»Aber auch dafür hätte er sich die Zeit nehmen müssen. Und die wird er wohl nicht gehabt haben.«

»Ach, denkst du, der Bürgermeister hat ihn in Beugehaft genommen und ihn nicht mehr aus seinem Sitzungssaal gelassen? Weil, soweit ich weiß, werden selbst in Krisenzeiten Pausen gemacht, um mal eben kleine Geschäfte verrichten zu können. Schließlich können die da ja keine Eimer verteilen und die Leute auffordern, da hineinzupinkeln.«

Sauerwein grinste amüsiert. »Du hättest also erwartet, dass dich der Richter vom Klo aus anruft.«

Eva warf ihm den Ball zu, den sie noch immer in der Hand hielt. »Mensch, Martin, du bist so ein Hirni, echt.«

»Das, liebe Eva, habe ich mittlerweile verinnerlicht, so oft, wie du mir das sagst. Jetzt komm, reg dich ab.« Er lehnte sich mit verschränkten Armen in seinem Stuhl zurück. »Du lernst es echt nicht, deine Ungeduld zu zügeln, hmm?«

»Es geht mir einfach gegen den Strich. Ich weiß ja selbst, dass ich mir im Weg stehe, wenn ich dringend auf was warte. Dann drehen sich all meine Gedanken nur noch darum, und ich bekomme nichts anderes mehr gebacken.«

»Es sei denn, die Hütte brennt an einer anderen Stelle genauso heiß«, berichtigte er sie.

»Was aber nicht allzu oft vorkommt. Und grad macht mich das völlig irre. Wir wissen ja noch nicht mal, ob wir überhaupt einen Fall haben, weil sämtliche Informationen, wenn man sie denn so nennen kann, nur tröpfchenweise hereinkleckern. Ich will einfach endlich wissen, woran wir sind. Und dann entweder das Ding zumachen oder mit Hochdruck zu ermitteln anfangen.«

»Und ich dachte, du hättest dich inzwischen an die liebe Bürokratie gewöhnt.« Sauerwein lachte. »Lang genug verbeamtet wärst du ja mittlerweile.«

Eva zog einen Flunsch. »Jaja, red du nur. Was machen wir jetzt?«

Sauerwein fuhr den Rechner herunter, schaltete den Monitor aus und holte seinen Geldbeutel und den Autoschlüssel aus der Schublade. »Feierabend.«

***

Am nächsten Morgen war Eva so müde, dass sie am liebsten im Bett geblieben wäre. Als ihr Wecker klingelte, stöhnte sie unwillig und zog sich das Kissen über den Kopf. Was aber nicht viel half, da es in der Wohnung ein kurzes Poltern gab, das Getrappel kurzer Schritte, und dann plumpste etwas Schweres auf das Bett. Nur eine Sekunde später stapfte der große Kater mit seinen Pranken über den Berg, der sich unter dem Federbett abzeichnete und der, wie er nur zu genau wusste, seine Dosenöffnerin war, wie Kristina es immer so charmant bezeichnete. Eva verzog die Miene, als der Kater nach oben stiefelte, seine Pfoten Tritt für Tritt über ihren Bauch, ihre Arme und ihren Busen wanderten und er dort zu treteln anfing und dabei schnurrte wie ein altersschwacher Traktor.

»Au!« Mit ihrer freien Hand tastete sie nach dem Kater, dann packte sie ihn und platzierte ihn auf einer weniger empfindlichen Stelle. »Guten Morgen, du Nervensäge. Kannst du mich nicht ein Mal in meinem Leben ausschlafen lassen?« Sie kraulte ihn zwischen den Ohren, was er prompt mit einer Erhöhung seines Lautstärkereglers quittierte.

Sie hob die Decke ein Stück weit an. »Na komm schon.« Der Kater ließ sich das nicht zwei Mal sagen. Er krabbelte zu ihr, ließ sich auf die Seite fallen, schmiegte sich mit seinem warmen Fell an sie und ließ sich von ihr den Bauch kraulen. Und wie immer schliefen beide darüber ein.

Eine Stunde später klingelte das Telefon.

»Wo bleibst du denn?«, fragte Max. »Kirchberg hat schon zwei Mal hier angerufen!«

»Himmel, bin ich müde.« Eine halbe Stunde später kam Eva mit zerzausten Haaren und einer Breze in der Hand ins Zimmer. »Und verpennt hab ich auch noch volle Kanne. So was Blödes. Hat Kirchberg irgendwas gesagt?«

»Nur dass du ihn zurückrufen sollst.« Max schob ihr den Kaffee hin, den er sich gerade erst aus dem Automaten gezogen hatte. »Trink erst mal was. Du hörst dich an, als hättest du die Nacht durchgefeiert.«

»Oh, du bist ein Schatz. Danke!« Eva nippte an der dunkelbraunen Brühe und verzog prompt das Gesicht. »Bäh, ist das widerlich. Lass uns heute Mittag nach der Bedienungsanleitung von Noras Hightech-Kaffeemaschine suchen. Das Zeug hier ist und bleibt eine Zumutung.«

»Apropos Zumutung. Ich wollte dich –« Max hielt mitten im Satz inne und starrte aus dem Fenster.

»Ja? Was wolltest du mich?«, hakte Eva nach, als er nicht weiterredete.

»Ich wollte –« Erneut unterbrach er sich und überlegte. Dann gab er sich einen Ruck. »Wegen der dreihundert Euro, die ich gegen dich verloren habe. Ich wollte dich fragen, ob du mit einer Ratenzahlung einverstanden bist.«

»Ach das!« Eva winkte ab. »Vergiss die dreihundert Euro, das war doch eh nur ein Scherz.« Auch wenn ihr klar war, dass Max es an ihrer Stelle anders gesehen hätte. »Du spendierst jedem von uns eine Brotzeit, dann hat sich der Fall erledigt.«

Als Eva sich Max' Worten zufolge endlich »eingesungen« hatte, war Kirchberg schon wieder in einer Besprechung. Das durfte doch nicht wahr sein! Doch heute wollte sie sich nicht mehr davon abhalten lassen, etwas anderes zu erledigen. Letztlich rettete Kirchberg sie dann allerdings davor, sich mit Gewalt ablenken zu müssen.

»Frau Neunhoeffer, schön, dass ich Sie erreiche. Ist mit uns ja ein bisschen wie mit den beiden Königskindern.« Kirchberg lachte dröhnend.

»Ich hoffe, Sie haben gestern nicht allzu ungeduldig gewartet. Aber da Sie mir erzählt hatten, dass das alles nur Verdachtsmomente sind und augenscheinlich niemand akut bedroht ist, wollte ich den Bürgermeister nicht in der Sitzung unterbrechen. Ich hoffe, das macht nichts.«

Natürlich machte es etwas. Eva verkniff sich allerdings, etwas Derartiges verlauten zu lassen. Dem Vernehmen nach war der Richter nämlich ausgesprochen empfindlich, was Kritik an seinen Entscheidungen anbelangte, auch wenn sie persönlich noch keine negativen Erfahrungen mit ihm gemacht hatte.

»Nein, kein Problem«, sagte sie deshalb freundlich und überkreuzte Mittel- und Zeigefinger. »Ich habe die Zeit genutzt, um unsere bisherigen Erkenntnisse zu strukturieren.«

»Ah, gut. Das heißt im Umkehrschluss, dass Sie mir unstrukturierte Erkenntnisse vorgelegt haben?«

Eva verzog den Mund. Mist. Das hatte sie natürlich nicht.

»Nur ein Scherz.« Kirchberg lachte erneut so laut, dass sie den Hörer vom Ohr nehmen musste. »Auf mich machte Ihre Zusammenfassung einen außerordentlich schlüssigen Eindruck.«

Nun komm endlich zum Punkt. »Danke, das beruhigt mich aber.«

Eva hätte ihn am liebsten angeschrien. Sie hatte keinen Nerv für Small Talk, sie wollte nur wissen, ob und was er von ihren Anfragen genehmigt hatte. Doch Kirchberg dachte offensichtlich gar nicht daran, sondern erkundigte sich erst nach Nora, Karls Baby und wie sich Max so machte, nachdem er wieder als Kommissar arbeiten durfte.

Als Kirchberg endlich auf ihre Anfrage zu sprechen kam, fühlte Eva sich so ausgelaugt, dass sie beinahe verpasst hätte, was er in Bezug auf ihr Gesuch sagte. Oberpeinlich, aber es nutzte alles nichts, sie musste ihn bitten, das eben Gesagte zu wiederholen.

»Hören Sie mir etwa nicht zu?«, scherzte er.

Himmel! »Doch, natürlich. Aber Sie hatten zuvor etwas gesagt, das etwas angetriggert hat, das ich seit Tagen zu greifen versuche, das mir aber immer wieder entwischt. Das hat mich aus dem Konzept gebracht.«

»Ach so. Also gut. Ich hatte gesagt, dass ich Ihre Anträge bis auf einen unterstütze.«

»Und welcher ist das?«

»Sie dürfen die Krankenakten der Frauen nicht lesen. Zumindest im Moment noch nicht«, setzte er schnell nach. »Aber wenn sich Ihr Verdacht weiter erhärtet, dann sprechen Sie mich bitte nochmals darauf an. Im Moment muss es genügen, dass Sie Erkundigungen über die finanzielle Lage der Witwen einholen und die Patientenakten der verstorbenen Männer einsehen können. Und Frau Wallner dürfen Sie auch in Ihre verdeckte Ermittlung einbeziehen. Nach gründlicher Überprüfung stimme ich Ihrer Einschätzung zu, dass ihr dabei keine Gefahr droht.«

Eva stieß vorsichtig die Luft aus, die sie unbemerkt angehalten hatte. Wow. Das war wirklich klasse. Und dass sie die Krankenakten der misshandelten Frauen im Augenblick nicht prüfen konnten, damit konnte sie leben. Das war ohnehin der irrelevanteste Punkt auf ihrer Liste gewesen. Nur eines fehlte noch.

»Was ist mit dem verdeckten Ermittler?«, fragte sie vorsichtig, als von Kirchberg nichts mehr kam. Den musste er zwar nicht genehmigen, aber sie wusste von Sauerwein, dass Kirchberg glücklich war, wenn er auch außerhalb seiner Kompetenzen um Rat gebeten wurde.

»Ach so, ja, den hatte ich ganz vergessen zu erwähnen. Gute Idee, machen Sie das. Ohne den würde das Theater, das Sie veranstalten wollen, ja gar nicht funktionieren.«

Als Eva endlich den Hörer auflegte, fühlte sie sich wie nach einem Marathonlauf. Sie hatte im Vorfeld befürchtet, dass sie nachverhandeln musste, um zum Ziel zu kommen. Und jetzt hatte Kirchberg doch alles genehmigt. Sie schob ihren Stuhl zurück, stand auf und klopfte an die Tür von Sauerweins Büro.

Als er von seinem Rechner aufsah, streckte sie den Daumen nach oben. Belustigt musterte er die Grimasse, die sie dabei schnitt.

»Willst du mir irgendetwas mitteilen?«

»Rate mal.«

»Ganz sicher nicht. Also, was willst du?«

Sie verzog den Mund. »Spielverderber. Kirchberg hat so ziemlich alles abgezeichnet, worum ich ihn gebeten hatte.« Kurz erzählte sie ihm noch von den Krankenakten.

»Gratuliere.« Sauerwein lächelte. »Aber ich dachte mir schon, dass das klappt.«

»Echt?« Eva sah ihn enttäuscht an.

Kirchberg galt als zäher Hund, dem man nicht so leicht irgendwelche Genehmigungen aus den Rippen leiern konnte. Und sie hatte sich schon einen Anflug von Stolz geleistet. Immerhin hatte sie dem Richter erst vor Kurzem das erste Mal einen Antrag vorgelegt, und nun deutete Martin an, dass es doch keine so große Kunst war.

Sauerwein lachte. Wie immer konnte er in ihrem Gesicht lesen wie in einem offenen Buch, noch dazu kannte er sie gut genug, um zu wissen, was gerade in ihrem hübschen Kopf vorging.

»Nun schau nicht so. Du darfst dir schon was drauf einbilden. Mir war es ja nur deswegen klar, weil ich wusste, dass du alles so akribisch und gründlich vorbereitet hast, dass er alles auf einen Blick nachvollziehen kann. Kirchberg ist ein Fan von schlüssigen Fakten. Wenn man ihm etwas hinwirft, in das er sich erst stundenlang einarbeiten muss, stellt er sich gern stur.«

»Du hast doch gar nicht gelesen, was ich ihm vorgelegt habe. Wie willst du denn wissen, ob das alles wirklich kurz und bündig war?«

Sauerwein sah sie mit einer hochgezogenen Augenbraue an. »Das ist jetzt aber kein fishing for compliments, oder?« Und als sie den Kopf schüttelte: »Nachdem ich seit ein paar Jahren mit dir zusammenarbeiten darf, weiß ich genau, wo deine Stärken und Schwächen liegen. Und auch wenn ich dich immer wieder ermuntere, auf dein Bauchgefühl zu hören, hast du es nicht verlernt, harte Fakten auf den Punkt zu bringen, wenn es sein muss. Mittlerweile weißt du selbst sehr gut zu unterscheiden, was wann angebracht ist. Deswegen lese ich mir nichts mehr durch, was du an wen auch immer verschickst. Außer du hast mal wieder eine deiner ›unkonventionellen‹ Ideen.«

Er wackelte mit dem Zeigefinger, um den letzten Punkt zu unterstreichen, da er das Wörtchen »illegal« vermeiden wollte. »Da solltest du dich weiterhin hüten, Alleingänge zu unternehmen.«

Eva war bei seinen Worten vor Freude rot geworden. Obwohl sie im Lauf der Jahre nicht nur gute Freunde geworden waren und sie auch wusste, dass er beruflich große Stücke auf sie hielt, ging es ihr nah, wenn er es ihr gelegentlich auch so deutlich sagte.

»Und wie machen wir jetzt weiter? Du hast doch bestimmt schon einen Plan«, fragte er jetzt.

»Als Nächstes müssen wir München wegen eines verdeckten Ermittlers kontaktieren. Hast du einen Ansprechpartner, an den wir uns wenden können?«

»Ja, den hab ich.« Sauerwein lupfte seine Schreibtischunterlage und zog einen Zettel hervor. »Du kannst dich an Dr. Lauterbach wenden. Ich kenne ihn von der Polizeiakademie. Der wird dir bestimmt weiterhelfen können.«

»Dann wird er sich doch vielleicht freuen, wenn du ihn selbst anrufst, oder nicht?«

»Martin Sauerwein, das glaube ich jetzt nicht! Das ist ja mal eine Überraschung! Wie komme ich denn zu der Ehre? Du steckst doch noch immer in der Provinz fest, wie ich gelegentlich höre. Ist dein Anruf privater Natur, oder sind die Verbrecher mittlerweile schon bis aufs Land vorgedrungen?«

Sauerwein schmunzelte. Er wusste, dass die Frage rein rhetorisch war. Die letzten beiden großen Fälle, die er und sein Team hatten lösen müssen, hatten hohe Wellen geschlagen, und es war völlig undenkbar, dass Lauterbach nichts davon zu Ohren gekommen war.

»Stell dir vor, es wird immer schlimmer bei uns«, sagte er jetzt. »Wir hatten im letzten Jahr nicht nur zwei Fahrraddiebstähle aufzuklären, sondern auch einen Handtaschenraub. Der hat sich allerdings im Nachgang als Irrtum herausgestellt. Die Dame hatte das gute Stück einfach in der U-Bahn vergessen.«

»In der U-Bahn, soso. Ich wusste gar nicht, dass ihr in Rosenheim schon so moderne technische Errungenschaften habt. Dazu braucht man doch auch Strom, oder?«

»Es ist ein Geheimprojekt, und zwar topsecret. Häng das bloß nicht an die große Glocke. Strom haben wir noch keinen, aber wir arbeiten dran. Im Moment sind unsere Sklaven dazu verdonnert, den Zug unterirdisch an Stricken hin- und herzuziehen.«

Lauterbach lachte. »Sauerwein, wie ich ihn kenne. Um keine Antwort verlegen. Es tut gut, dich zu hören, alter Freund. Und nun verrate mir, was ich für dich tun kann.«

Sauerwein fasste kurz zusammen, an welch einem merkwürdigen Fall sie derzeit arbeiteten. »Und dabei wissen wir noch nicht mal mit Bestimmtheit, ob es überhaupt ein Fall ist oder wir nur einem Hirngespinst nachjagen, das uns dieser Arzt zusammen mit unserem Rechtsmediziner in den Kopf gesetzt hat.«

»Soweit ich die Faktenlage jetzt kenne, wäre ich auch skeptisch«, gab Lauterbach zu. »Aber andererseits kann man es auch schlecht auf sich beruhen lassen, da stimme ich dir zu. Trotzdem habe ich noch nicht verstanden, was ich für dich tun kann.«

Sauerwein deutete mit dem Finger auf Eva, die dem Gespräch der beiden Männer geduldig gelauscht hatte, und dann auf den Telefonhörer. Als sie nickte, sagte er zu Lauterbach: »Das soll dir meine Mitarbeiterin, Oberkommissarin Neunhoeffer, erklären.« Er verabschiedete sich, nicht ohne Lauterbach versprochen zu haben, dass sie sich unbedingt wieder einmal auf ein Bier, oder besser zwei, treffen würden.

Eva nahm den Hörer, stellte sich Lauterbach kurz vor, dann schilderte sie ihm ihr Anliegen. »Richter Benno Kirchberg hat unseren Anfragen bezüglich der Überprüfung der Krankenakten der verstorbenen Männer stattgegeben«, fügte sie noch hinzu. »Aber selbst wenn sich dadurch unsere Verdachtsmomente erhärten, bringt uns das nicht wesentlich weiter. Im Grunde bleibt uns nur eine Möglichkeit, und die wäre, eine Falle aufzustellen und darauf zu warten, ob jemand hineintappt.«

»Das ist aber eine ziemlich unübersehbare Aktion, finden Sie nicht?«

»Doch«, gab Eva unumwunden zu. »Aber es ist auch das einzige Mittel, der Person respektive den Personen auf die Schliche zu kommen.«

»Sofern es da überhaupt jemanden gibt.«

»Sofern es ihn gibt«, bestätigte Eva. Sie wartete, während Lauterbach überlegte.

»Gut«, sagte er schließlich. »Ich stimme Ihrer Einschätzung zu. Und das bedeutet im Klartext, dass Sie einen Kollegen anfordern, der sich als misshandelnder Lebensgefährte Ihrer Kollegin ausgeben soll. Sie wissen aber schon, dass Sie unseren Mann damit in eine unwägbare Situation bringen? Schließlich sind die Gatten der betreffenden Frauen mittlerweile allesamt verstorben.«

»Ich dachte immer, dass verdeckte Ermittler genau dieses Spektrum abdecken sollen. Zum Kinderhüten braucht man die ja im Grunde genommen auch wieder nicht«, entgegnete Eva schlagfertig, da sie das Gefühl hatte, dass Lauterbach sie nur aufs Glatteis führen wollte.

»Touché.« Lauterbach lachte. »Dann lassen Sie uns mal gemeinsam überlegen, welche Attribute der Mann mitbringen soll.«

»Darüber habe ich mir schon den Kopf zerbrochen«, gestand Eva. »Ich schwanke zwischen total unscheinbar und extrem auffällig. Was denken Sie denn?«

»Sind Sie sich da sicher? Schließlich sind es meiner Einschätzung nach meist die netten Leute von nebenan, die sich letzten Endes als Übeltäter erweisen. Der ganz normale Durchschnitt halt.«

»Ich habe mich darüber mit unserer Polizeipsychologin unterhalten«, erklärte Eva. »Die hatte den gleichen Gedanken wie Sie. Andererseits fände ich es von Vorteil, wenn der Mann überlegene körperliche Kräfte besäße. Falls ein Angriff auf ihn erfolgt, darf er nicht so schnell in die Knie gehen.«

»Das ist ein guter Punkt«, erwiderte Lauterbach. »Meistens laufen unsere Ermittlungen darauf hinaus, dass der Kollege irgendwo eingeschleust wird, um an Informationen zu kommen. Da in Ihrem Fall der Fokus aber darauf liegt, dass der Mann ermordet werden soll, wäre es besser, er ist groß und kräftig. Damit scheidet das Attribut ›unscheinbar‹ von vorneherein aus.«

***

»Was ist denn mit dir los?«, fragte Grit, als sie Stunden später die Tür aufsperrte und ihren Mann auf der untersten Treppenstufe sitzend fand.

»Wo hast du mein Telefon versteckt, du dumme Kuh? Und wohin hast du meinen Rechner geschafft? Denkst du, ich merke nicht, dass du mich vergiften willst? Und damit ich niemanden anrufen und um Hilfe bitten kann, hast du sogar die Telefonbücher entsorgt. Denkst du, ich bin zu blöd, um dich zu durchschauen?«

Ungerührt hörte sie seinem Ausbruch zu und machte keine Anstalten, ihn zu unterbrechen. Als er fertig war, stieß sie sich von der Wand ab, an die sie sich während seiner Tirade gelehnt hatte. »Es gibt Geschnetzeltes. Willst du Kartoffeln oder Nudeln dazu?«

Fassungslos humpelte Christian ihr hinterher, als sie in die Küche ging, die Einkaufstüten auf der Spüle abstellte und anfing, den Inhalt in die Schränke zu räumen.

»Antworte mir gefälligst, du debile Gans«, stieß er hervor und zog eins der scharfen Messer aus dem Block neben dem Kühlschrank. Für eine Sekunde dachte er, in ihren Augen so etwas wie Angst gesehen zu haben. Doch es konnte nur ein Reflex gewesen sein, denn kurz darauf lächelte sie und packte sein Handgelenk.

»Hör auf, mit dem Ding herumzufuchteln. Damit verletzt du dich nur. Du weißt doch, Messer, Gabel, Schere, Licht …«

Zu ihrem Glück ersparte sie ihm den Rest des Kinderreims. Auch wenn er in seinem Zustand nicht den Hauch einer Chance gegen sie hatte, irgendwann hätte sie ihm sicherlich den Rücken zugedreht –

Er kam nicht dazu, den Gedanken zu Ende zu denken. Grit stand dicht vor ihm, schnupperte und verzog das Gesicht.

»Es wird dauern, bis das Essen fertig ist. Wieso gehst du dich inzwischen nicht mal wieder duschen?«

Ungläubig starrte er in ihre leuchtend grünen Augen. Was für eine Frechheit! Auch wenn es tatsächlich schon über eine Woche her war, dass er sich geduscht hatte, weil ihm die Kraft dazu fehlte, die Treppe zum ersten Stock hochzukommen, und er sich deswegen damit begnügte, sich mit einem Lappen im Gästebad zu säubern, konnte es doch nicht sein, dass –

Wieder unterbrach sie seinen Gedanken. »Und was du wegen des Telefons gesagt hast. Vielleicht erinnerst du dich einfach mal daran, dass du nach deiner letzten Zechtour mit dem Taxi heimgefahren bist. Ich kann mich nicht erinnern, dass du das Haus seither wieder verlassen hast, um dein Auto zu holen. Vermutlich hättest du sonst auch dein Telefon und deinen Laptop wieder.«

Es dauerte eine Weile, bis Christian begriff, was sie damit meinte. Nur langsam wurde ihm bewusst, dass sie die Wahrheit sagte, so sehr hatte er sich in die Idee verrannt, dass sie alles unternahm, um ihn aus dem Weg zu räumen. Er wankte, als er sich zur Treppe schleppte, die in den ersten Stock führte. Und dann roch er es selbst. Saurer Schweiß ging von ihm aus, ausgelöst von dem Stress und der Anstrengung, die es ihn gekostet hatte, das Haus zu durchsuchen. Er stemmte das rechte Bein auf die unterste Stufe und half mit den Händen nach, indem er sich am Treppenlauf nach oben zog, Schritt für Schritt. Im Bad knöpfte er mit zitternden Händen sein Hemd auf und merkte, dass der Geruch schlimmer wurde. Als er nackt vor dem Spiegel stand, seine eingefallenen Muskeln sah und den Gestank roch, der von ihm ausging, versank er in Selbstmitleid. Er fühlte sich so elend, dass er am liebsten seinem Leben ein Ende gesetzt hätte. Mitsamt einem Brief, in dem er seiner Frau die Schuld an seinem Tod gab.

Als er eine Stunde später wieder nach unten kam, duftete es verführerisch. Beim Anblick dessen, was leise in der gusseisernen Pfanne vor sich hin blubberte, wurde ihm fast schlecht vor Hunger. Trotzdem stimmte irgendetwas nicht. Verwirrt musterte er die kleinen Bröckchen, die in der Sahnesoße schwammen, als könnten sie ihm eine Antwort auf seine Fragen geben. Doch dann kam er selbst darauf. Die Menge in dem Tiegel reichte niemals für zwei.

Das Rätsel löste sich, als Grit aus dem Wohnzimmer kam, einen Teller aus dem Schrank nahm, den gesamten Inhalt der Pfanne daraufkippte und vor ihn hinstellte.

Fragend sah er von dem Teller zu ihr und wieder zurück. Schließlich brach es aus ihm hervor. »Was ist mit dir? Isst du nichts?«

»Nein. Ich habe keinen Hunger.«

Jede Faser seines Körpers schrie bei ihren Worten auf. Sie und keinen Hunger? Niemals! Sie war ein Mensch, der tagsüber auf jedes Essen verzichten konnte und dafür am Abend für zwei fraß. Solange sie dabei nicht zulegte, war es ihm immer egal gewesen. Aber dass sie um diese Uhrzeit nichts essen wollte, daran stimmte irgendetwas ganz und gar nicht. Und dann schlugen alle seine

Sinne Alarm. Über den feinen Düften und dem appetitlichen Anblick der Speise hätte er seine Befürchtungen fast vergessen, doch jetzt kehrten sie mit einem Schlag zurück.

Er lehnte sich in seinem Stuhl nach hinten und schob den Teller von sich. »Komisch«, stieß er hinter zusammengebissenen Zähnen hervor. »Geht mir genauso.«

Ihm entging nicht, wie lauernd sie ihn bei seinen Worten musterte. Heimlich atmete er tief durch. Glück gehabt! Das, was vor ihm stand, war allem Anschein nach als weiterer Stein zu seinem Niedergang gedacht. Er beherrschte sich, um nicht laut loszulachen. Alles, was er jetzt noch brauchte, war ein Plan. Ein Plan, wie er wieder zu Kräften kam. Und das erforderte, dass er ab sofort nichts mehr von dem aß, was sie ihm hinstellte, egal, wie sehr er dabei hungern würde.

Während er über seinen finsteren Gedanken brütete, bekam er kaum mit, wie sie zu ihm trat, den Teller nahm, nur um gleich im Anschluss den Deckel des Abfalleimers anzuheben und das ganze Essen hineinzukippen.

Mit offenem Mund sah er sie an. »Was machst du denn da?«, fragte er entgeistert.

Offensichtlich deutete sie seinen Gesichtsausdruck falsch. »Ach, wolltest du doch etwas davon? Das tut mir leid.« Schuldbewusst sah Grit ihn an. »Du sagtest doch, du hättest keinen Appetit.«

»Aber das hätte man doch für morgen Abend aufheben können.« Lauernd wartete er darauf, was sie entgegnen würde. Dass sie sich mit ihrer Aktion nun selbst verraten hatte und er sie nur deshalb so fassungslos angestarrt hatte, kapierte sie nicht. Gut, dass sie nicht nur verschlagen war, sondern dazu auch noch dämlich wie ein Stück Brot.

»In dem Geschnetzelten waren jede Menge frische Schwammerl, so wie du es gern magst. Aber da du eh schon so krank bist, ist das Risiko zu hoch, dass du dir von aufgewärmten Pilzen auch noch den Magen verdirbst.«

Den Magen verderben! Mit einem Achselzucken wandte er sich ab. Er musste abwarten, bis sie es sich vor dem Fernseher bequem gemacht hatte, und dann etwas von dem Zeug in Sicherheit bringen. Dann brauchte er nur noch einen Weg, wie er die Pampe auf Gift untersuchen lassen konnte.

Nach fünf Minuten verpuffte sein schöner Plan im Nichts. Das Miststück hatte die Küche verlassen, nur um wenig später mit Regenmantel und Gummistiefeln wieder hereinzutrampeln.

»Was hast du denn jetzt vor? Du wirst doch bei dem Wetter nicht mehr vor die Tür gehen!« Er deutete mit einer vagen Geste auf das große Küchenfenster, vor dem die Welt unterzugehen schien, und schüttelte den Kopf. »Du hast sie doch nicht mehr alle!«

Verzweifelt beobachtete er, wie Grit geradewegs auf den Mülleimer zusteuerte, den Beutel mit einem Ruck herauszog, die Henkel doppelt verknotete und damit in Richtung Haustür stapfte.

»Was machst du denn da?« Ohnmächtig vor Hilflosigkeit und aufbrandender Wut überschlug sich seine Stimme. »Lass den Quatsch doch bleiben. Das kannst du doch auch noch morgen machen. Bitte!«

Er hätte sich selbst in den Arsch beißen können, so weinerlich klang er. Doch er konnte nicht anders. Seine Panik wurde in dem kleinen Raum so greifbar, dass sich die Luft zu verdichten schien. Er jedenfalls bekam kaum noch Luft.

Alarmiert von seinem Keuchen kam sie, den Hausschlüssel in der einen, die Mülltüte in der anderen Hand, zurück in die Küche.

»Was ist denn los?«, fragte sie besorgt. »Ich bin doch gleich wieder da.« Grit beugte sich zu ihm und strich ihm eine Strähne seiner verschwitzten Haare aus dem Gesicht. »Mein armer, armer Mann. Dass du so leiden musst. So eine Tragödie!«

Sie spürte, dass er bei ihrem Sarkasmus zusammenzuckte, doch dann gab sie einem Impuls nach, ging in die Knie und legte ihm die Hand auf den Oberschenkel. Zu lange war es her, dass es in diesem Haus so etwas wie Zärtlichkeit gegeben hatte. Doch mit einem Mal tauchten alte Bilder in ihrem Kopf auf. Als Christian sie, drei Wochen nach ihrem Kennenlernen, in einer Nacht-und-Nebel-Aktion zum Gardasee entführt hatte.

»Vertraust du mir?«, hatte er gefragt. Und als sie mit einem schüchternen Lächeln nickte: »Dann pack ein paar Sachen. Nur für das Wochenende.«

Ihre Frage, wohin es gehen sollte, wischte er mit einem Lachen beiseite und legte ihr seinen Zeigefinger auf den Mund. »Pst, keine Fragen. Nur Vertrauen, okay?«

Im Auto verband er ihr die Augen, fragte, ob sie es warm und bequem hatte, dann ließ er den Motor an. Ihre Befürchtungen, dass ihr schlecht werden könnte, lösten sich im Nu in Luft auf, da er sie mit witzigen Geschichten aus seiner Kindheit ablenkte. Ihre Hoffnung, zumindest durch die wechselnden Radiosender erahnen zu können, wohin die Reise ging, machte er gleich wieder zunichte, indem er eine Playlist auf seinem Handy aktivierte und via Bluetooth auf das Autoradio streamte.

Sie lächelte, als sie nach dem dritten Song erkannte, dass er die Liste »Meine Lieder« von ihrem Smartphone kopiert haben musste. Der Gedanke, dass es ein absolutes No-Go war, dass er ohne ihr Einverständnis ihr Handy durchsucht hatte, huschte nur wie ein geisterhafter Schatten durch ihr Bewusstsein. Bevor sie sich darüber einen Kopf machen konnte, fing sie an mitzusummen. Liebe verzeiht eben alles, dachte sie. Er hatte überlegt, wie er ihr eine Freude machen konnte, wie konnte sie ihm da jetzt Vorwürfe machen! Die Zeit verging wie im Flug, und ehe sie es sich versah, waren sie auch schon am Ziel angekommen, und er stellte den Motor ab.

»Warte einen Moment.« Sie hörte das Klicken seines Sicherheitsgurtes. »Lass die Augenbinde noch dran. Ich helfe dir beim Aussteigen.« Christian stieg aus und öffnete Sekunden später die Beifahrertür. »Gib mir deine Hand.«

Sie streckte ihm ihre Rechte entgegen und ließ sich aus dem Sitz helfen. Als er sie in die Arme nahm, roch sie neben dem verführerischen Duft seines Rasierwassers noch etwas anderes. Pinien! Und ein warmer Wind strich über ihre nackten Beine. Viel wärmer als zu Hause. Sie mussten irgendwo im Süden sein. Vielleicht in Kärnten oder der Steiermark. Oder in der Schweiz. Halt, nein. Dann wären sie an eine Passkontrolle gekommen. Vielleicht –

»Buona sera, signora, buona sera, signore! I signori hanno fatto un buon viaggio?«

Sie kicherte, als sie den charmanten Klang vernahm. Natürlich, Italien.

»Nun hat mich der Concierge verraten. Schade.« Vorsichtig knüpfte er die Binde auf und nahm sie ihr ab. »Dabei wollte ich …«

Er kam nicht dazu, auszureden. Vor ihnen lag ein großer See, der sich zwischen steile Felswände schmiegte, die nach Süden hin abfielen, und hinter ihnen zeichnete sich die markante Felswand Rivas gegen den Nachthimmel ab. Der Gardasee! Sie hätte heulen können vor Glück. Ach was, hätte! Salziges Wasser sammelte sich in ihren Augen, lief über, und prompt kullerten die Tränen auch schon ihre Wangen hinab.

»Was ist denn?«, fragte er erschrocken. »Hab ich was Falsches gemacht? Du hast doch erzählt, dass du unbedingt mal wieder hierherkommen wolltest?«

»Nein.« Sie lächelte aus wässrigen Augen. »Es ist großartig. Ganz einfach wunderbar.«

»Woran denkst du?«, fragte Christian mit zusammengekniffenen Augen und holte sie aus ihrer Erinnerung zurück.

Widerwillig löste Grit sich von dem Traum ihrer Vergangenheit. »An den Gardasee. Damals, als du mich entführt hast.«

Er lachte rau. »Ja, das waren noch tolle Zeiten.«

Ja, das war es gewesen. Eine gute Zeit. Eine sehr gute Zeit sogar. Lange her. Zu lange.

»Wieso hat es nicht so bleiben können?«, fragte sie mit einem Zittern in der Stimme. »Wieso musstest du das alles kaputtmachen?«

Abrupt schob er sie von sich. Zumindest versuchte er es. Das bisschen Kraft, das er noch in seinen Armen hatte, hätte ein fünfjähriges Kind zum Lachen gebracht. Jetzt aber reichte es nicht einmal, sie auf Abstand zu bringen. Die verfluchte Hexe hätte ihn fast eingelullt mit ihrer Wärme und angeblichen Herzensgüte. Dabei wollte sie ihm doch nur heimzahlen, was er ihr die Jahre über angetan hatte. Gut, dass sie ihn aus seiner Ohnmacht gerissen hatte. Wieso zum Teufel hatte er nur so spät gemerkt, dass sie dabei war, ihn umzubringen?

Ohne weiter bewusst darüber nachzudenken, schlich sich ein Funke in sein Gehirn. Wie aus dem Nichts stieg er in ihm auf, glitt durch die Synapsen und sprenkelte wie ein Feuerwerk durch seinen Kopf, bis ihn die Erkenntnis in Schweiß ausbrechen ließ. Und dann wusste er, was zu tun war.

»Was ist denn mit dir?«, fragte Grit. Jede Faser ihres Körpers schrie ihr zu, das Weite zu suchen, doch die Sehnsucht nach Wärme, das unbändige Verlangen nach Liebe wollte die Erinnerung nicht loslassen. »Du bist ganz heiß. Vielleicht hast du Fieber?«

»Nein«, murmelte er und barg seinen Kopf an ihrer Brust. Es fiel ihm schwer, so zu tun, als würde er ihre Nähe suchen, so aus der Übung war er. »Ich habe auch an Italien gedacht. Wie schön es damals war. Es war alles, wovon ich immer geträumt hatte. Aber dann …«

»Ja?«, fragte sie, als er seinen Satz nicht zu Ende sprach. »Was war dann? Wieso wurde plötzlich alles anders?«

Er dachte nach. Was konnte er ihr auch sagen? Dass es ihn emotional befriedigte, sie zu demütigen? Dass er auf harten Sex stand und es ihn aufgeilte, wenn er dabei zusah, wie andere Männer sie gegen ihren Willen penetrierten? Unmöglich. Aber er musste etwas begründen. Jetzt. Panisch versuchte er, eine Geschichte zu erfinden. Einen anderen Zeitpunkt würde es nicht mehr geben. All seine Überlebensinstinkte waren in Aufruhr.

Sag ihr irgendetwas. Bitte sie um Verzeihung. Sonst gibt es bald nichts mehr, wofür du dich entschuldigen könntest.

»Ich … ich war … mein Gott, ich weiß nicht, wie ich es dir erklären soll«, jammerte er, nur um Zeit zu schinden.

»Probier es doch einfach. Lass dir dabei ruhig Zeit. Ein Wort nach dem anderen.«

»Es war so viel … es gab Stress in der Arbeit. Viel zu viel Ärger. Wir standen mit der Firma vor der Pleite, und ich wusste nicht mehr ein und aus. Und dann habe ich angefangen …« Wieder entfuhr ihm ein Schluchzen, und sein ganzer Körper zitterte, als hätte er Schüttelfrost.

Unbeholfen legte Grit einen Arm um ihn und wartete. Sie

spürte, wie schwer es ihm fiel, endlich auszusprechen, was er ihr jahrelang verschwiegen hatte.

Schließlich hatte er sich wieder gefangen. »Dann hat mir ein Freund etwas gegeben. Einen Joint. Damit ich wenigstens ein bisschen entspannen kann. Und es hat auch geholfen. Eine Zeit lang zumindest.«

»Du hast gekifft, um von dem Stress herunterzukommen?«, fragte sie ungläubig. »Das ist doch nicht dramatisch. Aber wieso hast du denn nie etwas gesagt?«

»Ich wollte dich nicht mit dem ganzen Ärger belasten. Ich hatte gehofft, das allein zu packen.«

»Aber von einem Joint flippt man doch nicht so aus, wie du das getan hast.«

All ihre Instinkte rieten ihr, die Vergangenheit für den Augenblick ruhen zu lassen, um ihn nicht wieder gegen sie aufzubringen. Vielleicht war jetzt die einzige Gelegenheit, zu erfahren, was in ihrem Leben so schiefgelaufen war.

»Nein, das hat es auch nicht.« Wieder stockte er. Schließlich gab er sich einen Ruck. »Dann kam Kokain ins Spiel. Und irgendwann Speed und später Methamphetamin.«

»Um Himmels willen! Methamphetamin, das ist doch dieses Zeug … dieses Crystal, oder? Du hast Crystal Meth geraucht?«

Ihr wurde übel. Hasch, Koks und zur Not auch Speed. Aber Crystal Meth? Die schlimmste Droge, die es für Geld zu kaufen gab, das hatte sie in mehreren Fernsehberichten gesehen. Mit einem Mal wurde ihr klar, was Christians Persönlichkeitsveränderung herbeigeführt hatte. Die Tatsache, die für einen Sekundenbruchteil in ihrem Kopf aufflackerte, dass Methsüchtige sich innerhalb kürzester Zeit auch äußerlich drastisch veränderten, verdrängte sie sofort wieder.

»Wieso hast du nur nie mit mir geredet? Wir hätten das doch geschafft. Gemeinsam. Irgendwie!«

Beinahe hätte er laut gelacht. Ihrer Tonlage nach war sie ihm voll auf den Leim gegangen. Er war so ein Idiot! Weshalb hatte er nicht früher daran gedacht, ihr irgendeine Story aufzutischen, die es ihr ermöglichte, ihm all das zu verzeihen, was er ihr angetan hatte?

Aber vielleicht war es doch noch nicht zu spät. Ab jetzt würde er den reuigen Sünder geben. Er würde sie mit einer Liebe überschütten, die er nie für sie empfunden hatte. Ihre heimtückischen Giftattacken mussten jedenfalls aufhören. Und zwar sofort. Sonst wäre er derjenige, der ins Gras beißen musste. Aber sobald er wieder zu Kräften gekommen war, würde sie etwas erleben dürfen, was alles Vorhergegangene in den Schatten stellte. Dann würde sie lernen, zu welchen Schmerzen ihr Körper wirklich fähig war.

ACHT

Während Eva mit geschlossenen Augen entspannt zurückgelehnt in ihrem Stuhl ihren Gedanken nachhing, betraten Sauerwein und Max das Zimmer. Max schlich sich leise an und machte unmittelbar neben ihrem Ohr »Buh«.

Sie schreckte auf, riss in einem Reflex ihre Hand hoch und traf ihn voll an der Nase.

»Au!«

Als sich ihr Herzschlag wieder beruhigt hatte, sah sie ihn mit zur Seite gelegtem Kopf an. »Du brauchst gar nicht einen auf wehleidig machen. Du bist doch selbst schuld, wenn du so einen Unsinn machst.«

»Ich bin nicht wehleidig! Das tut einfach weh wie blöd!«, wehrte er sich und nahm die Hand von der Nase. »Schau doch selbst!«

Als sie das Blut sah, das sich in seiner Handfläche gesammelt hatte, tat er ihr fast schon wieder leid. Sie fischte eine Packung Taschentücher aus ihrer Schreibtischschublade und drückte sie ihm zusammen mit einem Croissant, das sie sich für ihren Nachmittagskaffee aufgehoben hatte, in die Hand.

»Servus.«

Beim Klang der vollen dunklen Stimme lief Eva ein Schauer über den Rücken. Und noch bevor sie sich zu dem Besucher umdrehen konnte, nahm sie wahr, wie Max inmitten der Bewegung das Nusshörnchen in seiner linken Hand wieder sinken ließ, anstatt davon abzubeißen. Fragend drehte sich Eva auf ihrem Stuhl zum Eingang und erstarrte.

Der Mann, der mit verschränkten Armen im Türrahmen lehnte, schien solche oder ähnliche Reaktionen gewöhnt zu sein. Jedenfalls machte er keine Anstalten, sich vorzustellen oder auch nur zu sagen, was er wollte. Er stand einfach nur da, glotzte Eva anzüglich an und gab den beiden Kommissaren Gelegenheit, ihn ihrerseits genauestens zu mustern. Er zwinkerte Eva zu und fuhr sich mit seiner Zunge über den Mund, dann ließ er seine Augen nach unten wandern.

Eva war der Typ sofort unsympathisch, und unter seinem Blick fühlte sie sich wie nackt. Am liebsten wäre sie aufgestanden, hätte Anlauf genommen und ihm sein fieses Grinsen aus dem Gesicht getreten. Allein dass ein derartiges Verhalten weder durch ihre gute Erziehung noch durch ihre Ausbildung zu rechtfertigen gewesen wäre. Dazu war das Ekelpaket ein wahrer Hüne. Mindestens eins neunzig groß, hundertzehn bis hundertzwanzig Kilo reine Muskelmasse und an den Armen prangten mehrere Tätowierungen, die unter den Ärmeln seines schwarzen T-Shirts verschwanden. Um den Hals hing eine Silberkette, unter deren Gewicht eine zierliche Frau vermutlich in die Knie gegangen wäre, an den Fingern steckten Totenkopfringe, und die halblangen schwarzen, mit Silberfäden durchzogenen Haare fielen ihm lässig ins Gesicht.

Als keiner der beiden Kommissare etwas auf seinen Gruß erwiderte, löste sich der Rocker schließlich vom Türrahmen und enterte das Büro. Als er nur noch einen halben Meter vor Eva stand, änderte sich sein Verhalten wie ein Sonnenstrahl, der unerwartet durch eine Wolkendecke brach. Der abschätzende Gesichtsausdruck wich einem freundlichen Lächeln, und dann streckte er Eva seine Rechte hin.

»Mike Rettberg.«

Eva stand auf, musterte die Pranke misstrauisch, dann legte sie vorsichtig ihre Hand hinein, bereit, sie ihm jederzeit zu entreißen, falls er Anstalten machte, sie zu zerquetschen. Doch sein Händedruck war überraschend feinfühlig, als wüsste er genau, was seine rohen Kräfte bewirken konnten. Dann reichte er auch noch Max die Hand, schnappte sich einen Stuhl, setzte sich rittlings vor Eva darauf und wartete.

»Äh, ja.« Eva musterte ihre Finger und bewegte sie leicht, erstaunt, dass sie allesamt noch heil und vorhanden waren, dann nahm auch sie wieder Platz.

»Herr … Wie war noch Ihr Name?«

»Rettberg. Aber alle nennen mich Mike.«

»Mike.« Eva hatte sich schnell wieder im Griff. »Herr Rettberg, meine ich. Was kann ich für Sie tun?«

»Wenig. Ich vermute, der Nutzen ist eher andersherum. Ich bin der Mann für Ihre Sekretärin.«

Ungläubig starrte Eva den Hünen an. »Bitte? Sie sind *was*?«

»Genau. Hauptkommissar Michael Rettberg aus München. Verdeckte Ermittlungen.«

»Oh mein Gott.«

Rettberg lachte schallend, als Evas Gesichtsausdruck ihrem Ausruf folgte. »Schön, dass ich so einen Eindruck auf dich mache. Aber ›Gott‹ musst du mich wirklich nicht nennen, selbst wenn es mir schmeichelt. Mike reicht völlig.«

»Also gut, äh, Mike. Schön, dass das so schnell geklappt hat. Willkommen im Team!«

Wie sich schnell herausstellte, war Mike tatsächlich das komplette Gegenteil seines Äußeren. Er war höflich, charmant, witzig und freute sich, dass er die beiden Kollegen aufs Glatteis geführt hatte.

»Wenn ich das bei euch beiden schaffe, dann fällt auch jeder andere darauf herein. Aber macht euch nichts draus, selbst die Devils Eyes nehmen mir meine Maskerade schon seit fünf Jahren ab.«

Eva wurde allein bei der Vorstellung schlecht. »Du ermittelst im Münchner Rockermilieu? Noch dazu verdeckt? Lieber Himmel, du musst echt lebensmüde sein.«

»Im Gegenteil, ich hänge ziemlich am Leben. Aber ich habe ihrem Chef einmal das Leben gerettet, dafür hat er mich anschließend ehrenhalber im Club aufgenommen. Damit bin ich zum Verbindungsglied zwischen der Obrigkeit und dem organisierten Verbrechen geworden. Klingt komisch, ist aber letztlich eine Win-win-Situation für beide Seiten.«

Er sah in Evas erstauntes Gesicht und sagte: »Wir erfahren, was der Club plant, und sorgen dafür, dass es in einigermaßen geordneten Bahnen abläuft. Prostitution, Zuhälterei und Drogenhandel wird es immer geben, das ist aus der heutigen Zeit nicht mehr wegzudenken. Aber es ist immer noch besser, wir wissen, was läuft, und können unseren Teil dazu beitragen, es zu steuern. Was denkst du denn, weshalb München bundesweit die geringste Bandenkriminalität aufweist? Leider macht das bislang nicht Schule. Aber das ist jetzt auch nicht wichtig. Erzähl mir lieber, wie ich euch helfen kann. Warte aber noch eine Sekunde.«

Er stand auf, ging zur Tür, bückte sich und kam mit einer Papiertüte zurück, die er im Flur stehen gelassen hatte.

»Mir ist zu Ohren gekommen, dass ihr ein tolles Team seid und leider völlig unbestechlich. Aber es wird auch geflüstert, dass man zumindest die hübsche Kommissarin mit Kuchen willenlos machen kann. Wobei ich mir das bei dir nicht so ganz vorstellen kann …« Rettberg musterte Eva von oben bis unten, diesmal ohne Anzüglichkeit, und nickte anerkennend. »Du hast ja kein Gramm Fett am Körper.«

Unwillkürlich zog Eva den kleinen Bauch ein, über den sie sich jeden Morgen ärgerte und der hartnäckig allen Sit-ups widerstand. Als sie dann sah, was der Münchner Kollege aus der Tüte holte, fingen ihre Augen an zu funkeln.

Als Eva die erste Gabel in den Mund schob, verdrehte sie entzückt die Augen. »Mmh, ist der lecker. Haben den die Devils gebacken?«

Rettberg lachte. »Klar. Wir sitzen montags immer zum Kochen und Backen zusammen. Dienstag ist Häkelgruppe und mittwochs Chorsingen.«

Eva mochte seinen Humor. »Und den Rest der Woche?«

Rettbergs Gesichtsausdruck wurde ernst. »Prostitution und Drogenhandel.«

Eva hätte sich in den Hintern beißen können. Wieso konnte sie auch nie die Klappe halten. Dann warf sie sämtliche Bedenken über Bord, schließlich hatte er nachdrücklich genug erklärt, weshalb er bei dem Chapter war.

»Hat Lauterbach dich schon ins Bild gesetzt?«, fragte sie stattdessen.

»Nur auszugsweise. Dass ich den wenig liebevollen Mann eurer Sekretärin spielen soll, da ihr den Verdacht habt, dass es jemanden gibt, der den Liebhabern von häuslicher Gewalt an den Kragen geht.«

Eva schnappte sich die noch überschaubar dünne Mappe von Max' Schreibtisch, schlug sie auf und schob Rettberg ein paar Bögen hin. Dann tat sie genau das, wofür Sauerwein sie erst kürzlich gelobt hatte: Sie erläuterte die wichtigen Details näher, fasste die nebensächlichen knapp zusammen und hatte nach nur wenigen Minuten den Münchner Kollegen so umfassend informiert, dass der anerkennend nickte.

»Gut. Dann brauche ich nur noch eine geeignete Unterkunft.«

Darüber hatte Eva auch schon nachgedacht. Auch wenn es nach München keine Weltreise war, wäre es ziemlich ineffizient, wenn Rettberg ständig hin- und herfahren müsste.

»Ich habe bislang nur wenig Erfahrungen mit verdeckten Ermittlungen«, gestand sie. »Aber ich denke, dich in einem Hotel einzuquartieren wäre nicht besonders schlau, oder?«

»Nein, das wäre sogar ziemlich blöd. Wenn herauskommt, dass ich in einem Hotel oder einer Pension wohne, dann werde ich unglaubwürdig. Zumindest würde es Fragen aufwerfen. Besser, mein Lebensumfeld wirkt so normal wie möglich. Ich brauche eine Privatunterkunft.«

Eva zögerte. »Ich weiß jetzt nicht, ob es Nora recht wäre, aber wir könnten sie fragen, ob du während der Ermittlungen in ihrer Wohnung übernachten könntest.«

Die Idee lehnte Rettberg grundlegend ab. »Zum einen wäre das für sie eine Zumutung, da sie mich ja überhaupt nicht kennt, und ich vermute auch mal, dass sie kein allein stehendes Haus im Wald bewohnt.«

»Wieso denn das?«, schaltete sich Max ein.

Bislang hatte er den beiden nur zugehört, zu suspekt erschien ihm der angebliche Kollege aus München. Er wunderte sich gehörig, dass Eva die ganze Geschichte einfach so hingenommen hatte, ohne den Dienstausweis Rettbergs zu überprüfen.

»Wollen Sie mit Ihren Rockerfreunden dort irgendwelche Partys feiern?«

Rettberg blickte Max an, als hätte der den Verstand verloren. »Kaum. Aber wenn Nora irgendwelche Nachbarn hat, mit denen sie näheren Kontakt pflegt, dann gibt es erst mal das große Gefrage, was denn der seltsame Typ plötzlich in ihrer Wohnung sucht. Wir können schließlich nicht davon ausgehen, dass unser Mörder alles sang- und klanglos frisst, was wir ihm vor die Nase setzen. Deswegen ist es besser, ich biete so wenig Angriffsfläche wie möglich. Und wenn Noras Nachbarn überhaupt nichts von mir wissen, umso besser. Dann können sie sich nicht verplappern.«

»Aber dann ist die ganze Aktion doch von vorneherein für den Arsch«, stellte Max missmutig fest. »Es wird immer Personen geben, die den Mund nicht halten. Und falls dieser Phantommörder Nora im Krankenhaus tatsächlich kontaktiert, was sollte ihn daran hindern, die Freunde abzupassen, die sie todsicher besuchen kommen werden? Die braucht er nur in ein Gespräch zu verwickeln, und dann weiß er doch sofort, wie der Hase läuft. Wir können ja nicht Noras gesamten Bekanntenkreis in unser Vorhaben involvieren. Da findet sich garantiert mindestens einer, der sich mit seinem Geheimnis profilieren will. Und falls nicht, dann verplappert sich einer. Das geht unter Garantie schief.«

Eva und Rettberg hatten Max gespannt zugehört. Im Laufe seiner Ausführungen war die Falte an Rettbergs Stirn immer tiefer geworden. Eine Weile sagte niemand ein Wort.

Dann räusperte sich Rettberg. »Dein Kollege hat recht«, sagte er zu Eva. »Eine derartige Situation kann man nicht kontrollieren.«

»Vielleicht müssen wir das auch gar nicht«, entgegnete Eva. »Es ist nämlich sowieso besser, wenn wir niemanden von Noras Verlegung informieren.«

»Na, die wird sich schön bedanken«, warf Max ein. »Du kannst sie doch nicht wochenlang allein in der ›Alpenklinik‹ liegen lassen, da dreht sie ja schon beim Gedanken daran durch.«

»Dann wird sie eben mit uns vorliebnehmen müssen.« Sauerwein stand plötzlich hinter Eva. Er hatte das Gespräch durch die offene Tür mit angehört und war schließlich herübergekommen.

Er stellte sich Rettberg vor, bot ihm das Du an, dann fuhr er fort: »Wir alle können uns als Freunde ausgeben und werden uns sicher nicht verraten. Außerdem halte ich es auch für unglaubwürdig, wenn niemand Nora besuchen kommt.«

»Laut Martha ist das gar nicht so unplausibel«, widersprach Eva. »Sie sagt, dass sich Opfer von wiederkehrender häuslicher Gewalt oft von ihrem sozialen Umfeld zurückziehen, da sie deren Fragen nicht unbegrenzt ausweichen können. Beziehungsweise nicht die hundertste Lüge erfinden wollen, weshalb sie schon wieder ein blaues Auge, einen gebrochenen Arm und weiß Gott was sonst noch alles haben. Das heißt, Nora kann sowieso keine

Klinikpartys veranstalten. Sie muss im Grunde eine einsame Frau darstellen, die von ihrem Partner derart eingeengt wird, dass sich die meisten alten Freunde zurückgezogen haben.«

»Tolle Banane«, sagte Max. »Hast du ihr das schon mitgeteilt?«

»Ich habe es zumindest angesprochen. Ich denke, Nora hat schon begriffen, worum es geht. Sie stand zwar unter Medikamenteneinfluss und war nicht gerade begeistert, ist aber der Meinung, dass ein paar langweilige Wochen sie auch nicht gerade umbringen werden. Außerdem hab ich noch eine Idee.«

Als Sauerwein und Max unisono aufstöhnten, sah Rettberg die beiden Männer verdutzt an. »Was'n los?«, fragte er, als keine Erklärung folgte.

»Wenn Eva eine ihrer ›Ideen‹ hat, dann sollte man die Beine in die Hand nehmen und ganz schnell weglaufen«, erklärte Max. »Zumindest, wenn ihre Gedanken mit einem Fall zu tun haben. Das meiste Zeug, das sie ausbrütet, ist nämlich hart an der Legalitätsgrenze.«

»Ach, so ein Quatsch«, kicherte Eva. »Was du mir schon wieder unterstellst. Ich dachte dabei nur an Rosie.«

»Rosie?«, fragte Sauerwein. »Was willst du denn mit der?«

»Sie könnte für Nora kochen und ihr das Essen in die Klinik bringen. Das heißt, falls du ihr freigibst.«

Sauerwein musste über Evas Vorschlag nicht lange nachdenken. »Klar kann sie das machen. Sie kocht eh wie ein Weltmeister, und resolut genug, um blöde Fragen abzuwehren, ist sie allemal.«

»Und wer ist diese Rosie?«, wollte Rettberg wissen.

»Rosie ist eine alte Dame, die mit keinem von uns verwandt, aber der gute Hausgeist für uns alle ist. Na ja, außer für Max«, erklärte Eva.

»Wir haben sie vor eineinhalb Jahren kennengelernt, als sie noch als Haushälterin eines Mannes gearbeitet hat, der sich schließlich als Serienmörder entpuppt hat. Seither kümmert sie sich um ein paar von uns und wohnt mittlerweile sogar bei Martin und spielt dort Kindermädchen.«

Rettberg sah Sauerwein belustigt an. »Ich hätte nicht gedacht, dass du noch eine Nanny brauchst.«

»So kann man sich täuschen«, entgegnete der trocken und

wandte sich wieder an Eva. »Komm nach Feierabend mit zu mir, dann können wir sie gleich fragen. Und nun zu dem Thema von vorhin. Die Unterkunft für Mike.«

Das hatten sie fast vergessen. Da es schon kurz vor Dienstschluss war, besaß der Gedanke jedoch eine gewisse Brisanz.

»Wieso hast du gesagt, dass du Noras Wohnung nur nehmen würdest, wenn sie allein ein Haus im Wald bewohnen würde?«, wollte Sauerwein wissen. »Ich meine, sind das die Kriterien, die deine Bleibe generell erfüllen sollte?«

»Im Grunde genommen schon. Je weniger drum herum ist, desto günstiger«, erklärte Rettberg. »Vielleicht ist das eine gewisse berufsbezogene Paranoia, aber mir ist es allemal lieber, wenn ich im Rückspiegel oder beim Blick aus dem Küchenfenster erkennen kann, dass ich verfolgt beziehungsweise observiert werde. Und je dichter eine Gegend besiedelt ist, desto schwieriger ist das. Ein belebter Stadtplatz zum Beispiel ist ein Alptraum.«

»Ich dachte immer, dass Agenten ihre Verfolger im Schlaf erkennen würden.« Eva kicherte. »Aber du zerstörst gerade mein ganzes Menschenbild.«

»Du hast zu viele James-Bond-Filme gesehen«, stellte Rettberg fest. »Natürlich erkenne ich Personen, die sich auffällig verhalten, wenn sie jemanden beschatten. Aber ich mache mir das Leben auch nicht gern unnötig schwer. Wenn ihr also eine Idee habt, wo man mich nicht so leicht beobachten kann, dann wäre ich euch dankbar.«

Eva sah Sauerwein an, was er dachte. »Du meinst aber nicht …«

»Doch. Komm mal kurz mit.«

»Was haben die denn für Geheimnisse?«, fragte Rettberg, als Max die Augen verdrehte.

»Geheimnis kann man das nun nicht gerade nennen. Ich denke, sie wollen nur ungestört telefonieren.« Max hatte auch eine sehr konkrete Ahnung, mit wem.

Die Auflösung von Rettbergs Frage ließ nicht lange auf sich warten. »Wir haben mit jemandem gesprochen, der ein Haus etwas außerhalb besitzt, und ihm die Situation erklärt. Dieser Jemand ist sozusagen ein Freund des Hauses und hat uns schon öfter mal ausgeholfen. Er hat auch jetzt Hilfe angeboten und dich zu sich eingeladen.«

Max stand der Mund offen. »Zu sich? Ihr redet doch vom Grafen?«

»Von wem denn sonst.« Eva lächelte. »Sein schlichtes Heim erfüllt alle Kriterien, die sich Mike wünscht: Es liegt im Wald, ziemlich abseits, und jeder Besucher wird von unzähligen Videokameras erfasst, bevor er überhaupt auf das Gelände kommt.«

»Dann kann die Hütte ja nicht so bescheiden sein«, stellte Rettberg fest. Und als Max ihn mit einem undefinierbaren Gesichtsausdruck ansah, fragte er: »Was hast du denn?«

»Ähm, das ist … Na ja, nichts.«

Inzwischen war auch Eva und Sauerwein aufgefallen, dass Max dreinblickte, als hätte er an einem Salzstein gelutscht, und sie sahen ihn ihrerseits fragend an.

»Äh, ich meine ja nur.« Er deutete mit beiden Händen die Silhouette Rettbergs an. »Hohenfels macht sich vielleicht kein Bild davon, wie du, ähm, aussiehst eben.«

Rettberg sah Max mit einem intensiven Blick an. »Das braucht dir nicht peinlich sein. Ich weiß schon selbst, dass ich nicht als Mainstream durchgehe.« Er drehte den Kopf zu Sauerwein. »Sollte das ein Problem darstellen?«

Sauerwein schüttelte den Kopf. »Graf Hubert von Hohenfels ist der vielleicht unkonventionellste Adlige Deutschlands. Er ist ein Mann von unübersehbarer Eleganz, gut aussehend, gebildet, charmant und gastfreundlich.«

Als Rettberg Sauerweins Worte verdaut hatte, fragte er: »Willst du ihn mir etwa andrehen? Er ist doch hoffentlich nicht schwul und auf der Suche?«

Eva grinste bis über beide Ohren. »Überhaupt kein Gedanke. Was dir Martin nämlich verschwiegen hat, ist, dass Hohenfels einer der größten Halunken ist, die sich hier in der Gegend herumtreiben. Dass er null Komma null Standesdünkel hat und ein derart großartiges Selbstbewusstsein besitzt, dass er dich, ohne mit der Wimper zu zucken, in deiner Rockerkluft auf den Chrysanthemenball nach München mitnehmen würde.«

Rettberg pfiff durch die Zähne. »Wie mir scheint, seid ihr alle ziemlich verknallt in diesen Von-und-zu. Aber mir soll's egal sein. Worauf warten wir noch?«

***

»Darf ich Nora zu Ihnen sagen?« Martha Dornbach zog sich ganz zwanglos einen Stuhl an Noras Bett und schüttelte ihr vorsichtig die linke Hand.

Als Eva sich der Einfachheit halber gleich aufs Bett gesetzt hatte, erklärte die Psychologin ihnen, worauf sie besonders achten mussten.

»Zum einen muss Ihnen unbedingt klar sein, dass Sie außer den hier Anwesenden keinen Besuch empfangen dürfen. Sie können niemanden aus Ihrem privaten Umfeld einweihen, um das Risiko, dass die ganze Scharade auffliegt, so klein wie möglich zu halten. Das Beste wäre, Sie sagen Ihren Freunden, dass Sie zur Reha in eine Spezialklinik sehr weit weg kommen, damit Sie nicht in eine Erklärungsnot gelangen, weshalb Sie keinen Besuch wünschen.«

Nora, der schon nach den wenigen Tagen, die sie in Murnau lag, die Decke auf den Kopf fiel, schaute Martha Dornbach entsetzt an. »Koan Bsuch? Des überleb i ned!«

Eva kicherte. »Na ja, wir sind ja nicht niemand. Rosie wird so gut wie jeden Tag kommen, ich besuche dich auch ab und zu, und dann hast du ja noch Dauergesellschaft von deinem Herzallerliebsten.«

Eva hatte keine Gelegenheit gehabt, Nora vorzuwarnen, da Martha Dornbach direkt mit ihrer Einweisung begonnen hatte.

Als es an der Tür klopfte und Rettberg den Kopf hereinstreckte, riss Nora die Augen weit auf und sah ihn so verschreckt an, dass Eva und Martha Dornbach in Lachen ausbrachen. Rettberg schmunzelte spitzbübisch, dann ging er langsam auf Nora zu, um ihr ausreichend Zeit zu geben, sich an seinen Anblick zu gewöhnen.

»Um Himmls willn«, hauchte Nora mit einem schrägen Lächeln und fasste an seinen Bizeps. »Is der etwa echt?«

»Sie beide müssen die wenigen Tage nutzen, sich miteinander

vertraut zu machen«, kam Martha Dornbach auf den Anlass des Treffens zurück. »Wichtig ist vor allem, dass man Ihnen Ihre Angst ansehen können muss«, sagte sie zu Nora. »Versuchen Sie mal, ob Ihnen das gelingt.«

Nach drei Versuchen, in denen Nora eher wie ein verschrecktes Kaninchen wirkte denn wie eine Frau, die ihrem Peiniger gegenübersaß, nickte Martha Dornbach.

»Das funktioniert nicht ad hoc. Aber keine Bange, das habe ich mir schon gedacht. Sie haben noch Zeit, das ein bisschen zu üben. Lassen Sie uns erst mal gemeinsam überlegen, mit welchen Fragen man Sie in der ›Alpenklinik‹ konfrontieren wird und wie Sie darauf reagieren sollten.«

»Wer hat Ihnen das angetan?«, schlug Eva vor.

»Sehr gut. Was würden Sie darauf antworten, Nora?«

Nora zuckte mit den Schultern. »Mei Mann?«

»Ganz schlecht. Damit packen Sie zwei Lügen in zwei Wörter, und da Sie weder eine professionelle Lügnerin noch eine gute Schauspielerin sind, werden Sie sofort unglaubhaft. Nicht verzagen, das war ein sehr guter Einstand.« Sie tätschelte Noras Hand.

»Des versteh i ned.«

Martha Dornbach lächelte. »Im Grunde ist es ganz einfach. Die Fragen, die Ihnen gestellt werden, gehen alle in eine ähnliche Richtung. Sind Sie geschlagen worden, wer hat Ihnen das angetan, ist das schon öfters passiert, und so weiter und so fort. Was wir jetzt gemeinsam entwickeln müssen, ist ein Konzept, wie Sie welchen Fragen begegnen können. Dazu unterscheiden wir sie einfach in zwei Kategorien. Zur ersten gehören die Fragen, auf die Sie nicht antworten können, weil Sie dann lügen müssten und sich verraten würden. Das wäre zum Beispiel Evas Frage: Wer hat Ihnen das angetan? Wenn Sie nun antworten: ›Mein Mann‹, dann sind das zwei Lügen in zwei Wörtern. Erstens wurden Sie nicht verprügelt, sondern sind tatsächlich mit dem Rad gestürzt, zum anderen haben Sie keinen Mann. Eine andere Frage wäre zum Beispiel: Hat Mike Ihnen den Kiefer gebrochen? Wenn Sie darauf mit Ja antworten, dann würden Sie wieder lügen, und ein aufmerksamer Beobachter könnte Anzeichen entdecken, dass Sie die Unwahrheit sagen. So weit verstanden?«

»Aber dann ist das ganze Unterfangen doch von vorneherein zum Scheitern verurteilt«, warf Eva ein, die sich auf die Worte der Psychologin keinen Reim machen konnte.

»Geduld.« Martha Dornbach lächelte. »So leid es mir für Sie tut, Nora, für diesen Fall ist es ein Geschenk, dass Sie sich den Kieferknochen gebrochen haben. Das gibt Ihnen jederzeit die Möglichkeit, sich hinter Ihren Schmerzen zu verstecken und ganz einfach keine Antwort zu geben oder so zu nuscheln, dass niemand Sie verstehen kann.« Sie zog eine kleine Wasserflasche aus ihrer Handtasche und trank einen Schluck. Dann sah sie Nora eindringlich an.

»Können Sie sich eine schmerzhafte Erinnerung ins Gedächtnis rufen? Vielleicht als ein geliebter Mann Sie verlassen hat? Oder den Tod eines nahestehenden Menschen?«

»Ja. Vor zwei Jahren –«

»Psst. Erzählen Sie mir das nicht. Denken Sie einfach an die entsprechende Situation und lassen Sie den dazugehörenden Emotionen freien Lauf.«

Es dauerte keine fünf Sekunden, und Noras Lippen fingen leicht zu zittern an. Und kaum einen Augenblick später schwammen ihre Augen in Tränen. Ihre Besucher waren ebenso verblüfft wie fasziniert.

Schnell wischte sich Nora das Wasser aus dem Gesicht. »Himmel, jez starrts mi doch ned so an!«

»Doch!« Eva hatte sofort kapiert, worauf Martha Dornbach hinauswollte. »Das ist genial.«

»Das ist ein kleiner Trick. Wenn Ihnen eine Frage gestellt wird, die Sie nicht beantworten können oder wollen, weil Sie befürchten müssten, dass Sie nicht authentisch wirken, dann greifen Sie auf diese Erinnerung zurück. Jetzt wird jeder merken, dass der Gedanke, dem Sie gerade nachhängen, schmerzt, aber niemand wird vermuten, dass er nicht mit der gestellten Frage zusammenhängt. Bitte üben Sie das die nächsten Tage immer wieder. Holen Sie die Erinnerung mitsamt dem schmerzhaften Gefühl wieder und wieder zurück, und je öfter Sie das machen, desto mehr rückt sie an die Oberfläche, und Sie können sie in Sekundenschnelle abrufen.«

»Wow.« Auch Rettberg war beeindruckt. »Ich werd dir gern beim Üben helfen.«

»Damit komme ich auch gleich zu Ihnen«, sagte Martha Dornbach zu ihm. »Können Sie damit umgehen, wenn eine Frau hilflos und in Tränen gebadet vor Ihnen liegt? Oder klappen Sie zusammen wie ein Baby?«

»Kaum.« Er wandte sich von der Psychologin ab und starrte einen Augenblick an die Wand. Und dann ging eine erschreckende Verwandlung mit ihm vor. Seine gesamte Körperspannung änderte sich, sein Gesicht bekam einen verschlagenen Ausdruck, und dann beugte er sich zu Nora.

»Schätzchen, mach das nie wieder. Du weißt, dass ich das nicht ausstehen kann. Und dass ich sehr böse werden kann, wenn du nicht brav bist.« Er strich mit dem Daumen seiner rechten Hand über Noras Wange, und dann packte seine Hand ihren Hals.

Bevor Eva ihn fassen und von Nora wegziehen konnte, hatte Rettberg Nora wieder losgelassen, und der fiese Ausdruck in seinen Augen verschwand genauso schnell, wie er gekommen war.

»Reicht Ihnen das?«

Eva ließ die Hand sinken, und Martha Dornbach erwachte aus ihrer Starre. Und Nora stieß vernehmlich die Luft aus, die sie angehalten hatte.

»Hast du den Verstand verloren?«, fauchte Eva ihn an und stieß ihn vor die Brust. »Was sollte das denn? Hast du nicht kapiert, dass die Frau in dem Bett liegt, weil sie krank ist? Und dir Idioten fällt nichts anderes ein, als ihr die Kehle zuzudrücken?«

Rettbergs Augen funkelten vor Vergnügen, als Eva ihn herunterputzte. Ihr überschäumendes Temperament gefiel ihm ganz offensichtlich, und dass er sich über sie königlich amüsierte, brachte das Fass beinahe zum Überlaufen, hätte die kranke Nora nicht in letzter Sekunde eingegriffen.

»Effa«, zog sie ihre Kollegin auf, bekam ihren Arm zu fassen und krallte ihre Nägel in die Haut. »Hör auf!«

»Au!« Eva riss ihren Arm los. »Spinnst du jetzt auch noch?«

»Hör doch mal zu. Er hat mi ned gwürgt. Auch wenn's vielleicht so ausgschaut hat. Aber er hat mi ja ned mal richtig anglangt.«

»Was? Aber –«

»Nix aber. Alls is gut. Komm wieder runter.«

»Ganz ehrlich? Nimm den Blödmann bloß nicht in Schutz!«

»Ah, Smarrn. Echt. Der hat nur so 'tan.«

Letztlich musste Eva zugeben, dass sie sich wohl doch getäuscht hatte. Wie Martha Dornbach übrigens auch. Auch sie war auf die Show des Hünen hereingefallen. Im Gegensatz zu Eva war sie von seiner Vorstellung schwer begeistert.

Eva brauchte einen Moment, um sich wieder zu entspannen. Dann holte sie tief Luft und entschuldigte sich bei Rettberg. »Es tut mir leid. Aber du hättest uns auch vorwarnen können!«

»Selbst schuld, ich weiß.« Rettberg lachte, dass seine ebenmäßigen Zähne blitzten, und strich sich über seinen Rockerbart. »Die Zeit im Münchner Chapter war wohl nicht ganz umsonst.«

»Dass ich mir um Sie keine Sorgen zu machen brauche, beruhigt mich ungemein«, sagte Martha Dornbach. »Auch wenn ich Frau Neunhoeffer recht geben muss, dass es durchaus angebracht gewesen wäre, wenn Sie uns zumindest vorgewarnt hätten. Also, wo sind wir vorhin stehen geblieben?«

»Dass es zwei Kategorien von Fragen gibt«, erinnerte Eva sie. »Die erste –«

»Danke, ich erinnere mich. Zur zweiten Kategorie zählen Fragen, deren Beantwortung Sie nicht entgehen können. Sie können schließlich nicht jedes Mal, wenn jemand mit Ihnen zu reden versucht, in Tränen ausbrechen.«

»Aber dann kommt doch trotzdem das Problem auf, dass Nora lügen muss?«, wollte Eva wissen.

»Nein.« Martha Dornbach lächelte. »Weil wir das umgehen. Hier wäre es eine Möglichkeit, dass Sie überhaupt nicht antworten, sondern dem Blick der fragenden Person ausweichen und zum Fenster hinaus oder in eine Ecke starren. Stellen Sie sich ruhig stur.« Martha Dornbach verstaute die leere Wasserflasche wieder in ihrer Tasche.

»Vergessen Sie nicht, dass es unendlich viele Facetten von Gewalt gibt. Niemand kann alle kennen, auch die Personen nicht, die davon betroffen waren. Und Menschen, die misshandelte

Freunde oder Verwandte haben, wissen, dass die meisterhafte Übung darin haben, ihre Verletzungen zu bagatellisieren.«

***

Als Eva zurück nach Rosenheim kam, fuhr sie nicht direkt ins Kommissariat, sondern schaute kurz zu Hause vorbei, um das hübsch verpackte Geschenk zu holen, das sie am Morgen vergessen hatte. Auf dem Parkplatz des Geburtshauses Rosenheim bereute sie, dass sie Sauerwein erneut seinen Dienstwagen aus den Rippen geleiert hatte. Mit ihrem Smart hätte sie überall parken können, doch der riesige BMW brauchte einen mindestens normal langen und breiten Platz. Eva schüttelte verständnislos den Kopf, nachdem sie zehn Minuten lang vergeblich gesucht hatte. Wie konnte man nur so rücksichtslos sein und so bescheuert parken, dass man trotz der unübersehbaren Markierungen am Boden noch ein Stück des Nachbarplatzes belegte und kein anderes Fahrzeug mehr in die Lücke hineinpasste?

Am liebsten hätte sie den Block aus dem Handschuhfach gekramt und ein paar Strafzettel verteilt, nur um den Egoisten einen Denkzettel zu verpassen. Als sie nach zwanzig Minuten Herumgekurve schließlich einen Platz fand, war es bereits halb sieben.

»Eva!« Karl sprang auf, als sie zur Tür hereinkam, und umarmte sie ungelenk. »Schön, dass du vorbeischaust.«

Nachdem Eva auch seine Frau Sissy begrüßt hatte, konnte sie endlich einen Blick auf das achte Weltwunder erhaschen, wie Karl sein Töchterchen bezeichnete.

»Ist sie nicht toll?«, fragte er stolz.

Das konnte Eva nicht beurteilen, denn das Wunder schlief selig und nuckelte an einem Daumen trotz des aufgeregten Stimmenwirrwarrs um sich herum. Aber goldig war sie, wie sie da so lag. Eva kicherte entzückt, dann stutzte sie.

»Sag mal, ist sie nicht … Äh, sie ist ganz schön groß, oder?«

Sissy errötete prompt und atmete schwer aus. »Ganze vier Komma drei Kilo hat sie bei der Geburt gewogen.«

Eva machte große Augen und sah das süße Baby erneut an.

Der Kopf … Um Himmels willen! Sie konnte sich beim besten Willen nicht vorstellen, wie so ein Kopf bei ihr … da unten … jemals durchpassen sollte. Allein bei der Vorstellung wurde ihr schlecht und schwindlig zugleich. Sosehr sie sich Kinder wünschte, aber allein die Vorstellung an den Geburtsvorgang machte ihr eine Heidenangst.

Als hätten sie geahnt, was Eva gerade in Gedanken durchmachte, ging die Tür auf, und Sauerwein kam, gefolgt von einem sehr skeptischen Max Hansen, ins Zimmer.

Fünf Minuten später hatte Sissy die Nase gestrichen voll. Auch wenn sie sich über den Besuch freute, aber die Kommissare hatten nichts übrig für Klatsch und Tratsch, sie faselten nur etwas über einen neuen Fall. Und für die beiden Männer war es wohl nur ein Höflichkeitsbesuch; sie hatten im Gegensatz zu Eva kaum einen Blick für ihr bezauberndes Mädchen übrig. Sissy seufzte, dann bat sie die gesamte Bagage, ihr etwas Ruhe zu gönnen und sich draußen zu unterhalten.

»Ich find's toll, dass du wieder da bist«, sagte Karl leise zu Max. »Was sagt Martin, kannst du jetzt wieder ganz bei uns bleiben?«

Max grinste über beide Ohren angesichts Karls ehrlich gemeinter Freude. »Das weiß ich noch nicht. Schön wäre es schon. So toll ist es in der Registratur nämlich nicht. Aber ich mache mir im Moment keinen Kopf darüber, der Fall geht schließlich vor. Und du hast alle Zeit, dich erst mal um deine Familie zu kümmern. Welche Pläne hast du denn?«

Karl zog die Schultern nach oben. »Erst mal keine großen. Sissy kommt morgen nach Hause, und das werde ich mir ein paar Tage in Ruhe ansehen. Ich befürchte aber, dass bei dem ganzen bereits angekündigten Verwandtenanmarsch von Ruhe keine Rede sein wird. Allein bei dem Gedanken an die ganzen Hühner, die in nächster Zeit bei uns auflaufen werden, bekomme ich jetzt schon Migräne. Deswegen werde ich ab nächster Woche zumindest stundenweise in die Arbeit kommen.«

»Das wäre ja super!« Mittlerweile hatten sich Eva und Sauerwein zu den beiden gesellt und den letzten Satz mitbekommen. »Dann kehrt wenigstens wieder ein Hauch Normalität bei uns ein.«

»Aber du nimmst dir die Zeit, die du für deine Familie brauchst«, ergänzte Sauerwein Evas Meinung. »Bis du dich richtig umschaust, ist das Gör erwachsen, und dann bereust du, dass du in ihrer Kindheit nicht genügend Zeit für sie hattest.«

»Mach ich«, sagte Karl freudestrahlend. »Aber jetzt erzählt doch mal, wie ihr vorankommt.«

Sauerwein fasste die Neuigkeiten für Karl zusammen, dann bat er Eva, von Murnau zu berichten.

»Das klingt nach einem echt guten Plan«, sagte Karl, als Eva fertig war. »Ich bin gespannt, wie das weitergeht.«

NEUN

»Was hast du da?«, fragte Max, als Eva den Schnellhefter, der vor ihr lag, unlustig anschaute.

»Das sind die Totenscheine. Habe ich dir erzählt, dass alle Männer schon mehr als einen Tag lang tot waren, bevor ein Arzt gerufen wurde?«

»Du hattest was in der Richtung erwähnt. Zeig mal«, sagte er und streckte die Hand aus.

»Stimmt«, stellte er schließlich fest. »Eine Liegezeit zwischen dreißig und fünfzig Stunden. Das ist allerdings mehr als ungewöhnlich. Und was hast du jetzt vor?«

Eva bog die Klammern des Hefters nach oben, nahm die Blätter heraus, teilte sie und hielt Max eine Hälfte hin. »Wir machen das auf konventionelle Art und telefonieren uns durch die Liste der Ärzte, die von den Männern in den letzten Wochen vor ihrem Tod konsultiert wurden. Sind ja nicht so viele Telefonate für jeden. Vielleicht können sich die Ärzte an irgendwelche Auffälligkeiten erinnern.«

Leider erwies sich die Idee als mühsames Unterfangen. Ein Arzt war nicht zu erreichen, weil er im Moment keine Sprechzeiten hatte, drei weitere konnten oder wollten aufgrund voller Wartezimmer im Augenblick keine telefonischen Gespräche annehmen.

Max' Idee, ihnen mit einer Vorladung zu drohen, wies Eva sofort ab. »Nein, das machen wir nicht. Wir wollen sie schließlich nicht einschüchtern, sondern sie lediglich um eine Einschätzung ihres Eindrucks bitten.«

Als Eva vorsichtig bei dem Arzt nachhaken wollte, der ihr am zugänglichsten erschien, zögerte der mit seiner Antwort. »Eigentlich darf ich Ihnen darüber keine Auskunft geben, aber das wissen Sie ja selbst.«

»Das ist mir klar«, sagte Eva freundlich. Sie war immerhin froh, dass er nicht wie die anderen sofort abgeblockt hatte. Im Gegenteil, sie vermeinte sogar, ein leichtes Zittern in seiner Stimme bemerkt zu haben.

»Ich verstehe Sie voll und ganz. Und ich will Sie keinesfalls in einen Gewissenskonflikt bringen. Aber vielleicht können Sie mir einfach nur einen Hinweis geben, ob es etwas gibt, das uns weiterhelfen könnte. Dann kann ich einen richterlichen Beschluss beantragen, um Einsicht in die Patientenakte zu bekommen. Für Sie wäre die Frage nach der Schweigepflicht vom Tisch, und Sie müssten kein schlechtes Gewissen haben.«

Der Arzt seufzte und bat Eva um etwas Geduld. Während sie wartete, bis er die entsprechende Akte gefunden hatte und wieder ans Telefon zurückkam, hörte sie Max zu, der wie ein Weltmeister Süßholz raspelte. Vermutlich hatte er eine Arzthelferin am Hörer und versuchte, ihr den Kopf zu verdrehen, um an Informationen zu kommen. Sie warnte ihn mit dem Zeigefinger, dass er es nicht übertreiben sollte, dann kam ihr Gesprächspartner zurück.

Er blätterte hörbar in irgendwelchen Unterlagen, dann seufzte er erneut. »Also, Frau Neumeier, ich sag Ihnen jetzt was im Vertrauen. Versprechen Sie mir, das nicht an die große Glocke zu hängen? Und falls Sie das öffentlich machen müssen, dann reichen Sie bitte vorher einen richterlichen Beschluss nach, einverstanden?«

Eva verzichtete darauf, ihren Namen richtigzustellen, um ihn nicht gegen sich aufzubringen. »Darauf gebe ich Ihnen mein Wort«, versprach sie stattdessen.

»Ich danke Ihnen. Also, es ist Folgendes: Herr Kiebach kam in den letzten Wochen vor seinem Tod regelmäßig in meine Praxis. Ihm ging es schon über einen längeren Zeitraum nicht gut, aber weder die körperliche Anamnese noch die Blutuntersuchungen ergaben einen Befund. Er fühlte sich schwach und müde, seinen eigenen Worten zufolge wie ausgelutscht und ausgespuckt. Anfangs hatte ich einen Infekt vermutet, der sich aber durch nichts nachweisen ließ. Seine Blutwerte waren zwar nicht die besten, aber direkt auffällig war nichts daran. Ich habe ihn vier Wochen krankgeschrieben und ihm empfohlen, sich vitaminreich und gesund zu ernähren und viel an die frische Luft zu gehen.«

»Und das waren die vier Wochen, bevor er verstarb?«, hakte Eva nach, als der Arzt nicht weiterredete.

»Genau. Als seine Frau mich dann anrief, um mir mitzuteilen, dass sie ihren Mann tot aufgefunden hat, als sie von einem Kurztrip zurückgekommen ist, habe ich mir nicht unerhebliche Vorwürfe gemacht, dass ich etwas übersehen haben muss.« Der Arzt verstummte. Dass ihm sein Gewissen zu schaffen machte, war geradezu greifbar.

»Aber so etwas kommt doch sicher öfter vor«, sagte Eva mitfühlend. »Auch ein Arzt kann keine Wunder verbringen, egal, wie gewissenhaft er ist.«

»Da haben Sie recht. Trotzdem ist es immer eine unschöne Situation, wenn man mit seinem Latein am Ende ist und der Patient schließlich stirbt. Und wenn dann noch die Verwandten kommen und den behandelnden Arzt mit Vorwürfen konfrontieren, ihn beschuldigen, am Tod des Bruders, Vaters, Mannes schuld zu sein, dann braucht man ein dickes Fell. Dann kann man nur froh sein, wenn den Anschuldigungen nicht gleich noch eine Anzeige folgt.«

»War das im Fall Kiebach so?«, wollte Eva wissen. »Hat die Witwe Sie beschuldigt und angezeigt?«

»Gottlob nicht. Eher das Gegenteil war der Fall. Sie hat immer wieder beteuert, dass ich nichts für seinen Tod könne. Irgendwie hatte ich sogar das Gefühl, dass sie erleichtert wirkte.«

»Erleichtert über seinen Tod meinen Sie?«, fragte Eva nach, als der Arzt nichts weiter sagte.

»Ein wenig schon.« Die Antwort kam zögerlich. »Aber vermutlich bilde ich mir das auch nur ein, schließlich kannte ich sie nicht.«

»Das heißt, Frau Kiebach war nicht Ihre Patientin?«

»Nein, nur ihr Mann kam zu mir.«

Eva wusste, dass die Frage, die ihr unter den Nägeln brannte, heikel war. Trotzdem kam sie nicht umhin, sie zu stellen. »Wäre es denkbar, dass Kiebach seine Frau geschlagen hat?«

»Was? Wie kommen Sie denn darauf?« Die Stimme des Arztes klang mit einem Mal verunsichert.

»Bitte denken Sie noch mal in Ruhe über meine Frage nach«, versuchte Eva, ihn zu beschwichtigen. »Ich habe meine Gründe dafür, dass ich das wissen will. Im Moment ist das alles noch sehr vage, deswegen kann ich Ihnen nichts Näheres dazu sagen«, kam sie einer weiteren Frage zuvor.

»Hmm«, brummte er. Erneut war das Blättern in Papier zu hören. »Ich weiß nicht«, sagte er verhalten. »Es gibt da ein paar Dinge, die mir erst jetzt im Zusammenhang auffallen. Da wären zum Beispiel zwei gebrochene Handmittelknochen und ein schweres Hämatom am Unterarm.« Er nieste dreimal hintereinander und zog die Nase hoch. »Entschuldigung. Soweit ich mich erinnere, hatte Kiebach sich die Hand verletzt, weil er beim Boxtraining versehentlich danebengehauen und statt des Punchingballs die Wand getroffen hat. Den Bluterguss hat er sich zugezogen, als er ausgerutscht ist, sich mit der Hand abfangen wollte und mit dem Unterarm gegen eine Stange geprallt ist. Aber wenn man möchte, dann kann man das auch anders interpretieren«, sagte er schließlich. »Dafür würden auch verschiedene Besuche in meiner Praxis sprechen, als er wegen Hautabschürfungen an seinen Knöcheln kam, die sich entzündet hatten.«

Am späten Nachmittag hatten Eva und Max auch die anderen Ärzte erreicht. Obwohl sich keiner näher dazu äußern wollte, war doch der ein oder andere Kommentar gefallen, dass die Männer ihre Ärzte wegen einer auffallend hohen Verletzungsrate an den Händen konsultiert hatten.

»Diese Schweine haben sich nichts dabei gedacht, ihre Frauen zu verprügeln, und sind hinterher heulend zum Arzt gerannt, weil sie sich selbst dabei verletzt haben. Solche widerwärtigen Arschlöcher!«, ereiferte sich Max, und Eva musste seiner Ausdrucksweise ausnahmsweise zustimmen.

»Wenn das wirklich alles kein Zufall ist, dann können einem die Frauen echt leidtun«, sagte sie zu Sauerwein, den Max' Geschrei angelockt hatte.

»Und je mehr Fenster sich öffnen, desto weniger sieht es nach Zufällen aus«, schob sie hinterher, nahm den Hörer von ihrem Telefon, das seit drei Minuten hartnäckig bimmelte, und murmelte ein halbherziges »Augenblick noch, bitte« hinein.

Dann deckte sie die Sprechmuschel mit der Hand ab und

fuhr fort: »Hoffentlich gibt uns Martha bald ihren Segen, dass wir Nora verlegen lassen können. Ich will endlich wissen, was an der Geschichte wirklich dran ist.« Dann nahm sie die Hand von der Muschel und nahm das Telefonat an.

Kurz darauf legte sie den Hörer wieder auf. »Das war Kristina. Es gab in den letzten Monaten von keiner der Frauen größere Bargeldabhebungen, und die Überweisungen halten sich genauso im Rahmen.«

»Mist«, stellte Max fest. »Damit gerät deine Theorie von der Bezahlung eines Auftragskillers wieder ins Wanken.«

»Nicht unbedingt.« Sauerwein lehnte noch immer im Türrahmen und wickelte einen Energieriegel aus seiner Verpackung. »Aber das soll uns im Moment auch nicht allzu sehr in unserem Vorhaben einschränken. Wir ziehen das Ding mit Nora jetzt sowieso durch, schaden kann es ja nicht. Im schlimmsten Fall haben wir ein bisschen Theater für nichts gespielt. Hat Kristina auch die Frauenhäuser gecheckt?«

»Ja. Da war aber nichts. Ich meine, es sind zwar zwei Frauen dort vorstellig geworden, letztlich sind sie aber nicht eingezogen.«

***

Als Martha Dornbach endlich grünes Licht für Noras Verlegung gab, hatte Eva alle Hände voll zu tun. Erst telefonierte sie Noras komplettes Telefonbuch durch und gab allen Freunden Bescheid, dass Nora in eine Klinik an der Nordsee verlegt wurde, weil die Ärzte der Meinung seien, dass die Seeluft den Heilungsverlauf ihrer Verletzungen positiv beeinflussen würde, und anschließend setzte sie sich in ihren Smart und fuhr nach Untershofen, wo sie einen Termin mit der Leiterin der »Alpenklinik« hatte.

»Guten Morgen, Frau Neunhoeffer«, begrüßte Elisabeth Laska sie. Sie hatte am Empfang auf Eva gewartet und begleitete sie nun persönlich in ihr Büro. »Ich kann Ihnen gar nicht sagen, wie froh Dr. Kugler und ich sind, dass Sie unseren Verdacht ernst genommen haben und wir nun die Chance haben, Licht ins Dunkel zu bringen.«

Während sie auf hohen Sommerstiefeln neben Eva hertrippelte, wählte sie eine Nummer und informierte ihren Gesprächspartner darüber, dass sie mit Eva auf dem Weg war.

Nachdem sie aufgelegt hatte, sagte sie entschuldigend: »Ich hoffe, es stört Sie nicht, dass ich Dr. Kugler gebeten habe, bei dem Gespräch dabei zu sein.«

»Wir haben alles in die Wege geleitet, um eine möglichst realitätsnahe Situation darstellen zu können«, erklärte Eva, nachdem sie sich gesetzt hatten.

»Frau Wallner ist von unserer Psychologin instruiert worden, ebenso wie ein Kollege, der ihren Mann darstellen wird. Von Ihrer Seite ist es wichtig, dass Sie alle weiteren Parameter überprüfen und diese ebenfalls so anpassen, dass sie den Vorgängen entsprechen, die bei den anderen Frauen Usus waren.«

»Was könnte das sein?«, fragte Dr. Kugler hilflos. »Können Sie uns ein paar Beispiele nennen, worauf wir achten müssten?«

»Am besten wäre es, Frau Wallner bekäme ein Einzelzimmer. Das würde eine Kontaktaufnahme deutlich erleichtern. Dabei müssen wir aber zwei Punkte beachten: zum einen, ob sich die Einzelzimmer auf demselben Flur befinden wie die Mehrbettzimmer und, falls das nicht der Fall ist, ob beide Bereiche vom selben Personal betreut werden.«

»Wir haben in der Abteilung einen kleinen Trakt mit Einzelzimmern«, sagte Elisabeth Laska und sah Dr. Kugler fragend an. »Wissen Sie, wie die Personalsituation dort ist?«

Der Arzt hob die Schultern. »Ich glaube, dass die Einzelzimmer von denselben Schwestern betreut werden.«

»Bitte klären Sie das ab«, sagte Eva entschieden. »Das ist ausgesprochen wichtig. Wenn es Personal gibt, das ausschließlich den Einzelzimmertrakt versorgt, dann können wir das Risiko nicht eingehen, weil es dann sein kann, dass die gesuchte Person nie in eines dieser Zimmer kommt. Ich habe auch noch einen anderen Ansatz.«

Eva zog eine Liste mit Namen aus ihrer Jackentasche. »Das sind die Frauen, um die es geht. Können Sie kurzfristig herausfinden, welche davon in Einzelzimmern und welche in Doppel- oder Mehrbettzimmern untergebracht wurden?«

»Das kann ich Ihnen sofort sagen.« Elisabeth Laska streckte ihre Hand nach der Tabelle aus und setzte sich damit an ihren Bildschirm.

Es dauerte keine drei Minuten, dann hatte sie die Antwort. »Keine der Frauen hatte ein Einzelzimmer belegt. Sie waren alle in Mehrbettzimmern untergebracht.«

»Wieso ist das überhaupt so wichtig?«, wollte Dr. Kugler wissen. »Schließlich hat sich die Person auch so nicht gescheut, Kontakt aufzunehmen. Außerdem weiß das Personal, wann ein Patient zu Untersuchungen eine Zeit lang das Zimmer verlassen muss. Es ist nicht besonders schwierig, den Kranken allein zu erwischen.«

»Das ist nicht der entscheidende Punkt«, sagte Eva. »Es geht darum, dass wir das Zimmer mit Kameras und Mikrofonen ausstatten müssen, weil wir alles mithören wollen, was dort passiert. Je mehr Menschen im Zimmer untergebracht sind, desto heikler wird diese Aktion.«

»Was aber, wenn die Person den Kontakt gar nicht im Zimmer herstellen will?«, fragte Elisabeth Laska. »Die Schwestern und Pfleger sind ja auch damit beschäftigt, ihre Schützlinge zu den Untersuchungen zu fahren, solange die nicht in der Lage sind, selbständig dorthin zu kommen.«

»Wir werden einen Gegenstand entsprechend präparieren, den Frau Wallner immer bei sich tragen kann. Da können wir zwar nicht mit Richtfunk arbeiten, da das –« Eva unterbrach sich, als Dr. Laska und Dr. Kugler sie plötzlich alarmiert ansahen. »Was ist denn?«, fragte sie, als keiner etwas sagte.

»Es ist … Sie sagten, ich meine … Moment.« Dr. Kugler brauchte einen Augenblick, um seine Gedanken zu sortieren. »Sie können hier nicht mit Richtfunk arbeiten«, stellte er schließlich fest. »Das hier ist ein Klinikum, in dem wir mit hochsensiblen Geräten arbeiten. Gerade auf den Intensivstationen könnten Funksignale von außen verheerende Wirkungen haben.«

Eva dachte eine Weile über seine Worte nach, dann nickte sie. »Ich werde mit unserem Techniker darüber sprechen. Hoffentlich hat er eine Idee, wie er das Problem lösen kann.«

»Vielleicht können die Kameras und Mikrofone ja auf einer

Frequenz funken, die unsere Geräte nicht stört«, sagte Elisabeth Laska zögernd. »So was muss doch möglich sein, oder?«

»Keine Ahnung«, sagte Eva. »Ich kläre das noch.«

Elisabeth Laska drehte sich zu ihrem Schreibtisch, nahm einen Notizblock und einen Stift und schrieb einen Namen und eine Telefonnummer darauf. »Das ist die Durchwahl von unserer Haustechnik. Gegebenenfalls kann sich Ihre Technikabteilung mit unserer absprechen.«

»Das ist keine gute Idee«, meinte Eva. »Ich denke zwar, dass eher jemand vom Pflegepersonal den Kontakt zu den Patienten herstellt, aber wir können nicht wissen, ob derjenige nicht auch in Verbindung mit anderen Angestellten in der Klinik steht. Wenn es auch nur irgendwie möglich ist, dann sollte nichts von unserem Vorhaben diesen Raum verlassen.«

»Dann wird es aber schwierig«, sagte Dr. Kugler bestimmt.

Elisabeth Laska stimmte ihm zu. »Wir können es in keinem Fall zulassen, dass das Leben unserer anderen Patienten durch die Aktion gefährdet wird. Gibt es denn keine Möglichkeit, auf den ganzen technischen Schnickschnack zu verzichten?«

»Ich bespreche das mit unserem Kriminaltechniker«, wiederholte Eva. »Es wäre gut, wenn Sie mir eine Liste aller im Haus verwendeten Geräte zukommen lassen könnten. Dann kann sich unser Techniker ein Bild davon machen, was sensitiv ist und was nicht. Gegebenenfalls kann er sich mit den Herstellern der Gerätschaften in Verbindung setzen und so herausfinden, ob und welche Vorsichtsmaßnahmen ergriffen werden müssen. Gut wäre es auch, wenn Sie in dieser Auflistung auch den genauen Standort der Apparate mit aufführen könnten. Dann kann man das Problem vielleicht über die Stärke des Funksignals lösen. Und wenn alle Stricke reißen, dann übertragen wir eben nicht live, sondern zeichnen alles auf und werten es später aus.«

***

»Mein Gott, was sind das nur für Korinthenkacker«, regte Jost Wolkenstein sich auf, als Eva eine Stunde später mit zwei Bechern Latte macchiato und einem Beutel Bounty Minis in seinem Labor auftauchte und ihm von dem Gespräch in der Klinik erzählte.

»Die sollen lieber allen Besuchern die Handys abnehmen, bevor sie sich über so einen Quatsch aufregen. Was denken die denn, was wir hier vorhaben? Die Klinik mit Elektrosmog befeuern?«

»Ist ja auch wurscht.« Eva nuckelte genüsslich am Ausguss des Becherdeckels. »Ist doch klar, dass die sich sorgen. Stell dir mal vor, es stellt sich heraus, dass in der Klinik wirklich ein Todesengel sein Unwesen treibt, und dann macht sich die Klinikleitung auch noch schuldig, wenn unsere Abhörmaßnahmen Fehlfunktionen ihrer Gerätschaften durch Interferenzen auslösen und dadurch weitere Patienten zu Schaden kommen.«

»Das ist Blödsinn«, beharrte Wolkenstein. »Die Signale, die so eine Kamera aussendet, sind viel zu schwach, um deren Geräte zu stören.«

»Mach es einfach«, bat Eva und zog den Zettel, den ihr Elisabeth Laska gegeben hatte, aus ihrer Hosentasche. »Klär ab, ob und welche Störungen es geben könnte, und ruf notfalls die Hersteller an, wenn du dir nicht sicher bist. Im schlimmsten Fall können wir nicht live mithören, sondern müssen alles aufzeichnen.«

Wolkenstein warf ihr einen genervten Blick zu. »Es wird dann zu erheblichen Zeitverzögerungen kommen, weil wir uns den ganzen Quatsch am jeweils nächsten Tag anhören müssen. Außerdem weiß der Himmel, wie lange es dauert, bis ich von den ganzen Leuten Antworten auf meine Fragen bekomme.«

»Dann fängst du am besten gleich mit deiner Recherche an.« Eva sprang vom Stuhl auf, verabschiedete sich und warf Wolkenstein den Beutel mit den restlichen Bountys zu. »Nervennahrung«, sagte sie mit einem Lächeln.

***

»Nein! Bitte überleg dir das noch mal!« Der Stimme am Telefon war mehr als deutlich anzuhören, dass ihre Besitzerin fast in Panik ausbrach.

»Ich brauche mir das nicht zu überlegen. Mein Entschluss steht fest.«

Nachdem Grit das Gespräch beendet hatte, trat sie ans Fenster und sah in den Garten hinunter. Später hätte sie nicht sagen können, wie lange sie da stand. In Schüben kamen noch mehr Erinnerungen in ihr hoch; an die ersten Wochen ihrer Beziehung. Wie sie ihm das erste Mal in dem kleinen Café begegnet war; sie in einem unscheinbaren Sommerkleid, er in einem seiner unzähligen Maßanzüge, in denen er aussah wie ein Model. Nie im Leben hätte sie gedacht, dass er sie überhaupt bemerkt hatte, doch dann stellte der Kellner ein Glas Champagner vor ihr ab und deutete mit einem Lächeln auf den außergewöhnlich attraktiven Mann, der vier Tische weiter am Fenster saß. Er prostete ihr zu und bedachte sie, als sie den Gruß erwiderte, mit einem etwas schiefen und so jungenhaften Lächeln, dass ihr schwindlig wurde. Als er ihr Erröten bemerkte, nahm er die Tageszeitung und seine Aktentasche, die neben ihm auf der Bank lag, und kam zu ihr herüber. Bevor er eine halbe Stunde später mit einem kurzen Blick auf die teure Uhr an seinem Handgelenk bedauernd feststellte, dass er dringend wegmusste, hatte er ihr seine Telefonnummer gegeben und ihr aufgetragen, ihm eine SMS zu schreiben, da er sie unbedingt wiedersehen wollte. Sie wartete einen Tag, dann schickte sie die Nachricht, auf die schon nach wenigen Minuten eine Antwort kam, mit der Bitte, ihn noch am gleichen Abend auf ein Glas Wein zu treffen. Es folgten Einladungen zum Essen, ins Museum und ins Theater und sogar in den Münchner Tierpark, wo sie händchenhaltend aus vollem Herzen über die Tollpatschigkeit der Tierbabys lachten. Später verwöhnte er sie maßlos, legte ihr schier die ganze Welt zu Füßen. Erst schickte er Blumen, dann machte er ihr teure Geschenke.

Als Christian sie wenige Wochen nach dem Ausflug an den Gardasee in ein Fünf-Sterne-Hotel nach Dubai einlud und auf der Dachterrasse um ihre Hand anhielt, war sie sich sicher gewesen, dass sie das ganz große Los gezogen hatte. Dann eine für ihren Geschmack fast übereilte Hochzeit und, wieder ein paar Wochen später, der erste Streit. Sie starrte ihn mit großen Augen an, fassungslos über das, was er ihr an den Kopf warf. Am Abend entschuldigte er sich, erklärte ihr, dass er eine schwierige Zeit in der Firma durchmachte und dass ihm die Nerven durchgegangen waren. Anschließend war er wieder ganz der Alte, der charmante Mann, in den sie sich in den ersten Minuten ihrer Begegnung Hals über Kopf verliebt hatte. Bis ihm nur wenige Tage später das erste Mal die Hand ausgerutscht war und es danach immer schlimmer wurde.

Sie lehnte den Kopf an das kühle Glas und merkte, wie ihre Tränen die Fensterscheibe hinabliefen. Obwohl seither vier Jahre vergangen waren, war sie noch immer überzeugt, dass der Mann, der Christian in den ersten Monaten gewesen war, seinen wahren Kern gezeigt hatte. Auch wenn sie die körperlichen Übergriffe, die es seither gegeben hatte, nicht mehr zählen konnte, war sie überzeugt davon, dass hinter alldem noch immer der Traummann steckte, der ihr einst die Sterne vom Himmel geholt hatte. Als sich seine widerwärtigen Forderungen in ihre Erinnerungen mischten, schluchzte sie auf. Anfangs hatte sie gedacht, er wolle sie nur aufziehen, auch wenn sie seinen Humor befremdlich fand. Doch als er nicht aufhörte, davon zu reden, wurde ihr zunehmend klar, dass es ihm nicht genügte, »normal« mit ihr zu schlafen. Doch wenn sie heute daran zurückdachte, was er ihr seither alles angetan hatte, war das, was er damals so verbissen gefordert hatte, noch das Normalste unter all den weiteren Misshandlungen gewesen.

Ihre Schultern zuckten. Sie versuchte, die Rückblenden abzuschütteln, die unnachgiebig ans Licht drängten. Obwohl ihre körperlichen Wunden im Laufe der letzten Wochen völlig verheilt waren und nicht einmal das Handgelenk, das er ihr vor erst sechs Monaten gebrochen hatte, noch schmerzte, saßen die seelischen Wunden viel tiefer.

Wie Hammerschläge waren seine Worte auf sie niedergesaust, frästen sich in ihr Gedächtnis wie glühende Drähte, die nicht aufhören wollten zu brennen. Sein schönes Gesicht verzog sich zu einer Fratze, seine Augen blitzten, und dann hatte er nicht mehr lange um etwas gebeten oder gefragt. Er drehte ihr die Arme auf den Rücken, bis sie vor Schmerzen schrie, drehte sie auf den Bauch und drückte ihr mit seinen Knien die Beine auseinander. Dann ließ er ihre Handgelenke abrupt los, und sie hoffte einen Augenblick lang, dass er zur Besinnung gekommen war. Doch nur eine Sekunde später jagte ein Schmerz durch ihren Körper, der so grauenvoll war, dass sie fast das Bewusstsein verloren hatte.

Grit schüttelte den Kopf und wischte sich die Tränen aus dem Gesicht. Sie hatte Hunderte, Tausende Male darüber nachgedacht und doch nie verstanden. Sie hatte sogar ein Jahr lang zwei Mal wöchentlich bei einem der renommiertesten Psychologen Münchens auf der Couch gelegen. Doch als der nach einer Weile nur noch versuchte, sie dazu zu überreden, ihren Mann zu verlassen, hatte sie die Behandlung schließlich mit der Bitte abgebrochen, er solle ihr einfach nur etwas verschreiben, was sie ihr Schicksal leichter ertragen ließ.

Sie lachte bitter. Das Einzige, was sie ihm verschwiegen hatte, war das Video, das Christian ihr nur ein einziges Mal gezeigt und anschließend damit gedroht hatte, dass er es in sämtlichen sozialen Netzwerken veröffentlichen würde, sollte sie jemals zur Polizei rennen oder auch nur daran denken, sich von ihm zu trennen. Zu groß war die Scham, zu infam die Lüge, die der Film erzählte. Erneut drängten sich die Tränen in ihre Augen. Vermutlich war es einer der Männer gewesen, die sich an ihr vergangen hatten, der mit großem technischen Geschick aus verschiedenen Stationen ihres Lebens eine einzige gemacht hatte. In der es schließlich so aussah, als sei sie eine nimmersatte Nymphomanin.

***

»Ich habe das alles klären können«, sagte Wolkenstein am Telefon zu Max. »Besser gesagt, es ist nichts geklärt. Wir müssen tatsächlich alles aufzeichnen, was in Noras Zimmer besprochen wird, weil schon der erste Hersteller auf Evas Liste uns keine Garantie geben will, dass unsere Aktion seine Geräte nicht stört. Dem war dabei völlig egal, dass auf dem Dach des Krankenhauses eine Base Transceiver Station steht und der Handyfunkverkehr hundert Mal mehr Funkwellen erzeugt als das, was wir vorhaben.«

»Mist.« Max tippte sich mit dem Finger an die Stirn. »Die haben doch alle einen Vogel. Der Hersteller genau wie die Klinikfuzzis.«

»Egal«, stellte Eva fest, die Wolkensteins Ausführungen über Lautsprecher mithörte. »Dann muss es eben anders gehen. Ich finde das auch gar nicht so tragisch. Es wäre eh nicht gegangen, dass einer von uns den ganzen Tag nur rumsitzt und sich alles live anhört, was in Noras Zimmer passiert.«

»Aber es ist doch noch blöder, wenn wir uns jeden Tag die Aufzeichnungen von vierundzwanzig Stunden anhören müssen«, monierte Max. »So bleibt uns nichts anderes übrig, als die Aufnahmen zwischen uns aufzuteilen, und dann sind wir gleichzeitig damit beschäftigt, uns den ganzen Quark reinzuziehen.«

»Das werden wir bleiben lassen«, sagte Eva mit Nachdruck. »Nora ist schließlich nicht doof. Sie kann uns darauf hinweisen, um welche Uhrzeit sich etwas Bemerkenswertes ereignet hat.«

»Und wenn sie nicht merkt, dass da was war? Dann verpassen wir vielleicht die relevante Stelle. Immerhin ist sie noch immer sehr verletzt.«

»Ihr Gehirn funktioniert aber noch ganz gut. Und du solltest wirklich von deinem hohen Ross herunterkommen und Nora nicht als das ansehen, als das sie sich so gern ausgibt. Hinter ihrer Fassade schwindelerregend hoher Schuhe und lackierter Fingernägel tickt nämlich ein Verstand, mit dem wir beide nicht mithalten können.«

»Wie kommst du denn auf das schmale Brett? Wenn das so wäre, dann säße sie da drüben«, Max deutete mit dem Finger auf Sauerweins Büro, »und würde nicht als Mädchen für alles niedere Dienste verrichten.«

»Vielleicht will sie das aber gar nicht. Vielleicht ist sie einfach ein Mensch, der genau das tut und lässt, was ihm Spaß macht. Und ich hatte nie das Gefühl, dass sie sich in ihrer Haut unwohl fühlt.«

»Mag sein«, gab Max zögernd zu. »Aber wieso attestierst du ihr plötzlich einen IQ, um den sich Einstein gerissen hätte?«

»Du übertreibst mal wieder schamlos.« Eva kicherte. »Nora spielt Schach.«

»Das machen viele andere auch. Ich kannte sogar einen Bauarbeiter, der –«

»Es bis zur Landesmeisterschaft gebracht hat? Genau wie Nora?«

Während Max Eva mit offenem Mund anstarrte, schaltete sich Wolkenstein, der den ganzen Disput amüsiert verfolgt hatte, wieder in das Gespräch ein. »Ich weiß ja nicht, ob euch bewusst ist, dass ich noch am Telefon bin, aber ich hätte auch noch was zu sagen.«

Eva und Max sahen den Apparat erstaunt an, dann fingen beide an zu lachen. Sie hatten den Kollegen von der Kriminaltechnik tatsächlich vergessen.

»Sprich mit uns, Geist aus dem Apparat«, witzelte Max. »Sag schon, was kannst du für uns tun?«

»Euch zum Beispiel fragen, wie viele Abhöreinrichtungen ich installieren soll.«

»Je mehr, desto besser«, meinte Max. »Dann kann auch mal eine ausfallen beziehungsweise wir haben dann ein Back-up, falls jemand, der zu weit vom Mikro entfernt steht, flüstert.«

»Keine gute Idee«, widersprach Eva. »Das mit ›je mehr, desto besser‹ meine ich. Da die Geräte nicht live funken können, wird es schwierig, die Datenträger täglich auszutauschen. Nora kann das schlecht machen, solange sie hilflos im Bett liegen muss. Und ihre Zimmernachbarinnen werden sich wundern, wenn Rosie oder ich täglich an irgendwelchen Gegenständen herumfummeln.«

»Auch wieder wahr«, brummte Max. »Bekommst du das irgendwie in den Griff? Jost, ich rede mit dir«, schob er nach, als Wolkenstein nicht antwortete.

»Warte mal, ich überlege grad was«, gab der zurück. Und nach einer kurzen Pause hatte er einen Plan. »Wie wäre es damit: Ich installiere mehrere Geräte, die selbst zwar nicht aufzeichnen können, aber via Bluetooth alles an ein Aufnahmegerät senden. Wartet«, sagte er, als Max und Eva gleichzeitig zu reden anfingen. »Damit schlagen wir den Funkbedenken ein Schnippchen. Die Bluetooth-Technologie ist von ihrer Funkreichweite derart begrenzt, dass es nicht zu Störungen kommen kann.«

»Kannst du das garantieren?«, hakte Eva nach.

»Ja, das kann ich.«

»Gut.« Sie sah Max an, der nach einem kurzen Zögern nickte. »Dann mach das so. Das bedeutet unterm Strich, dass wir zwar immer noch jeden Tag was austauschen müssen, aber nur an einem Gerät, ist das richtig?«

»Genau. Ich kann den Rekorder beispielsweise in einem kleinen Koffer oder einer Sporttasche unterbringen. Oder besser noch, wir nehmen zwei Taschen, in denen jeweils ein Aufnahmegerät steckt, die sich selbstständig mit den Mikrofonen beziehungsweise Kameras verbinden. Ihr könnt dann jeweils die Taschen unter dem Vorwand austauschen, dass ihr neue Klamotten, Bücher, Schminkzeug – oder was eine Frau sonst noch so im Krankenhaus braucht – mitbringt.«

»Malzeug ist ganz besonders wichtig«, stellte Max mit einem genüsslichen Seitenblick auf Eva fest, die sich im Normalfall bis auf Wimperntusche überhaupt nicht schminkte. »Ich kenne keine Frau, die nicht jeden Tag stundenlang im Bad steht, um wenigstens halbwegs passabel auszusehen.«

Eva deutete ihm einen Vogel. »Wo willst du die Kameras und Mikros denn unterbringen?«

Wolkensteins Antwort kam wie aus der Pistole geschossen. »Ich habe hier einen süßen kleinen Stoffköter, dem werde ich ein Auge ausstechen. Was? Wuff, wuff.« Er ahmte das Gekläffe eines kleinen Hundes nach. »Ach, du willst das nicht. Na, ich glaube, dich hat keiner gefragt.«

Max sah Eva mit einem herablassenden Grinsen an und wischte mit der Hand vor seiner Stirn.

Der hat sie doch nicht mehr alle, formte er lautlos mit den Lippen. Dann räusperte er sich. »Äh, ja. Ich nehme an, dass du statt dem Auge eine Kamera einsetzen willst?«

Wolkenstein unterbrach das Gespräch mit dem Stofftier und lachte. »Na klar. Das merkt kein Mensch. In das zweite Auge kommt ein Mikrofon. Nora soll sich den ins Bett setzen und so tun, als ob sie ihn als seelische Stütze braucht. Was? Ach, du hast was dagegen, beide Augen zu verlieren? Wuff, wuff.«

»Kannst du bitte mit dem Quatsch aufhören?«

Daran, dass ihre Kollegen permanent irgendwelche testosterongeschwängerten Sprüche abließen, hatte Eva sich längst gewöhnt. Dass nun aber noch grenzdebiles Gebaren dazukam, das war einfach zu viel. »Das mit dem Stoffhund ist eine super Idee, den kann sie auch mit sich herumschleppen, wenn sie das Zimmer verlässt.«

»Das wird aber nichts nützen, weil die Bluetoothverbindung dann abbricht«, erinnerte Max sie.

»Ach stimmt. Mist. Jost, kannst du in deinem neuen Freund als Back-up vielleicht doch noch ein separates Aufnahmegerät unterbringen?«

»Nur wenn ich ihm Leber, Milz und Magen entferne. Dann besteht aber die Gefahr, dass er verhungert.«

Jetzt reichte es. »Sag mal, hast du was getrunken?«

Wolkenstein kicherte. »Nein. Aber ich habe eine Beförderung bekommen. Ab heute bin ich nicht mehr nur der Leiter der KTU Rosenheim, ich bin auch noch zum leitenden Sachverständigen für ganz Oberbayern berufen worden. Fühlt sich aber tatsächlich ein bisschen nach Vollrausch an, das stimmt.«

Nachdem Eva und Max ihm ausreichend gratuliert hatten, stellte Eva ihre Frage erneut.

»Logisch geht das. Ist schon notiert. Und weil du wissen wolltest, was ich sonst noch präparieren will: Ich denke, dass das Stofftier völlig ausreicht. Für den Fall, dass dem armen Zamperl irgendwas zustößt, werde ich aber auch noch ein Buch verwanzen und dazu noch eine Praline in einer halbleeren Schachtel, der der Deckel fehlt. Das Buch und die Praline werden wie der Plüschhund ebenfalls an das gleiche Aufnahmegerät in einer der beiden Taschen funken. Damit reduzieren wir den ganzen Aufwand auf ein Minimum.«

»Bis auf die Praline finde ich die Idee super, dass wir ein Back-up haben.«

»Und was hast du gegen die Praline einzuwenden?«

»Na, das ist doch klar!« Eva konnte weder die Idee an sich noch die Frage dazu nachvollziehen. »Entweder Nora isst sie selbst oder ein unbedarfter Besucher.«

»Ich dachte, du hältst so große Stücke auf Nora.« Max verzog das Gesicht. »Dann müsste sie doch schlau genug sein, das bleiben zu lassen. Und ich gehe davon aus, dass weder du noch Rosie an kurzfristiger Amnesie leidet. Und andere Besucher gibt es nicht.«

»Und was ist mit Putzfrauen, der Zimmernachbarin und auch der Person, deren Auftritt wegen wir das ganze Theater hier veranstalten?«

»Haaallo! Könnt ihr bitte aufhören und eure werte Aufmerksamkeit wieder mir zuwenden?« Wolkenstein räusperte sich. »Eva, du hast natürlich völlig recht. Das Risiko ist viel zu groß. Deswegen werde ich höchstpersönlich ein Stück von der Praline abbeißen. Das Mikrofon verstecke ich in der anderen Hälfte, und ein angekautes Konfekt wird sich ja wohl niemand unter den Nagel reißen wollen.«

Die Idee war doch großartig, das mussten Eva und Max zugeben.

»Was denkst du, wie lange wirst du dafür brauchen?«, wollte Eva noch wissen.

»Ist eine Stunde früh genug?«

Das ging ja schneller als gedacht. Musste nur noch die Zimmersituation geklärt werden, dann konnte der Krankentransport auch schon anrollen.

***

Ihre Gedanken kehrten zurück zu dem Telefonat, und fast hätten ihre Zweifel die Oberhand gewonnen.

»Er ist nicht der Mann, in den du dich verliebt hast, das hat er dir doch oft genug bewiesen«, hatte ihre Schwester wie ein Mantra wiederholt.

Sie war der einzige Mensch, der wusste, was Grit seit Jahren durchlitt. Allen anderen hatte sie längst den Rücken gekehrt, zu groß war die Schmach, die sie erleiden musste.

Während ihr Tränen der Scham die Wangen hinunterliefen, redete Sarah weiter: »Sein Charme, diese liebenswerte Persönlichkeit existieren nicht, haben nie existiert, wieso siehst du das nicht endlich ein? Drogen, dass ich nicht lache! Hat er dich nicht schon genug gequält?«

»Aber ich weiß doch, dass er anders sein kann … Denk doch nur zurück, wie die erste Zeit zwischen uns war. Ihr habt mich alle um mein Glück beneidet.«

»Das haben wir nicht. Neid bedeutet nämlich, dass man dem anderen etwas missgönnt. Und wir haben dir deinen Traummann von ganzem Herzen gegönnt. Aber mir will einfach nicht in den Kopf, dass du immer noch daran festhältst, dass Christian ein Glücksgriff ist.«

Sarah holte tief Luft. »Wenn du nur ein einziges Mal ehrlich zu dir selbst wärst, dann müsstest du dir eingestehen, dass er nur sehr wenige eurer gemeinsamen Tage nett und lieb war. Neunundneunzig Prozent war er gemein und hinterhältig und hat dich behandelt wie ein Stück Dreck. Die schönen Zeiten, das waren lediglich die Werbewochen. Und die sind Geschichte, seitdem du ›Ja‹ gesagt hast.«

»Aber das hat doch nichts mit mir zu tun. Im Geschäft lief es eine Zeit lang drunter und drüber, und deshalb sind ein paar Dinge außer Kontrolle geraten. Wenn er jetzt spürt, dass ich mich um ihn kümmere und dass er mich in Wirklichkeit doch braucht, dann wird er sich wieder ändern.« Leise fügte sie noch hinzu: »Und dann wird er bestimmt auch das Video vernichten.«

»Ich könnte schreien! Du solltest dich mal reden hören. Das kann doch alles nicht dein Ernst sein!«

Nein, das war es nicht. Zumindest, wenn sie wirklich ehrlich zu sich selbst war. Aber vielleicht war es ja doch so? Vielleicht würde er tatsächlich honorieren, dass sie sich um ihn kümmerte und für ihn da war, seit es ihm so schlecht ging.

Vielleicht. Vielleicht aber auch nicht. Es gab nur einen Weg und einen einzigen Versuch, um das herauszufinden.

»Das ist eine schlechte Idee«, sagte Eva. »Was? Nein. Wenn Sie intervenieren, dann laufen wir Gefahr, dass das irgendjemandem auffällt. Lassen Sie den Dingen einfach ihren Lauf, wir bekommen das auch so hin.«

Nachdem sie wieder aufgelegt hatte, rieb sie sich das Ohr und sah Max nachdenklich an, der dem Gespräch verdutzt gelauscht hatte. Zumindest war er aus der Hälfte, die er mitbekommen hatte, nicht schlau geworden.

»Die Klinikleiterin dachte, es wäre eine gute Idee, wenn sie dafür sorgt, dass das zweite Bett in Noras Zimmer nur mit Kurzzeitpatienten belegt wird«, klärte Eva ihn schließlich auf.

»Aber das ist doch gar nicht so blöd, oder?« Max verstand nicht, wieso Eva die Idee missfiel. »Je kürzer Noras Nachbarinnen im gleichen Raum sind, desto geringer ist die Gefahr, dass sie etwas von unserer Aktion mitbekommen und neugierig werden. Und falls sie etwas aufschnappen sollten, sind sie schon wieder weg, ehe sie sich weitere Gedanken darüber machen können, was sich da abspielt.«

»Das ist zwar im Ansatz richtig, aber da sich die Klinikleitung normalerweise nicht in die Zimmerbelegung einmischt, würde das in der Abteilung sicher nicht unbemerkt bleiben. Und du weißt ja, wie das dann läuft. Einer bekommt mit, dass was im Busch ist, erzählt es der Person, mit der er immer eine rauchen geht, die erzählt es weiter, und so weiter und so fort. Irgendwann landet die Information beim ›Kliniktagblatt‹, und dann war der ganze schöne Plan für die Katz. Denk doch nur mal an Sissy und Nora.«

Da musste Max ihr zustimmen. Nora war, auch wenn sie seit Neuestem Evas zweitbeste Freundin zu sein schien, eine Tratschtante allererster Güte. Wenn man eine Information unter der Hand verbreiten wollte, dann musste man nur Nora Bescheid geben. Es sei denn, man erzählte es ihr im Vertrauen und bat sie, den Mund zu halten. Dann schaffte sie es tatsächlich, zu schweigen wie ein Grab. Ganz im Gegensatz zu Karls Frau. Was kaum einer für möglich gehalten hatte, war eingetreten, als Sissy vor ein paar Jahren ihre Stelle in der Buchhaltung eingenommen hatte. Da zeigte sich innerhalb weniger Wochen, dass Nora nur ein laues Lüftchen war, was Informationsverbreitung anbetraf. Sissy hingegen war der Orkan. Ihr konnte man rein gar nichts anvertrauen, was das Zimmer nicht verlassen sollte. Je mehr man sie um Verschwiegenheit bat, umso hartnäckiger sprudelte der Quell. Innerhalb kürzester Zeit war die unter der Hand geflüsterte Bezeichnung »Tagblatt« von Nora auf die dicke Buchhalterin übertragen worden. Und wenn es Dinge gab, die nicht über die Tore der Mordkommission hinausdringen durften, dann fühlte sich Eva seither veranlasst, Karl mittels Todesdrohung zum Stillschweigen seiner Frau gegenüber zu verpflichten.

»Und hat die Laska das schließlich eingesehen?«, fragte Max Eva. »Dass sie die Finger von der Zimmereinteilung lassen soll, meine ich?«

»Ja, alles gut. Und wegen der Bluetooth-Geschichte hat sie mit Dr. Kugler gesprochen, der hat nichts dagegen einzuwenden.«

»Das ist ja prima. Dann können wir ja endlich loslegen!«

»Genau. Sobald Martin im Büro ist, setzen wir uns zusammen und überlegen, ob es noch etwas zu klären gibt. Dann hole ich in der KTU das Zeug ab, das Jost präpariert hat, und fahre nach Murnau, um Nora den ganzen Kram zu bringen.«

Als Sauerwein im Büro eintraf, war er trotz der frühen Tageszeit völlig durchgeschwitzt. Kurzerhand stellte er eine Stofftüte auf Evas Schreibtisch ab, murmelte etwas von »bitte drum kümmern« und »unter die Dusche«, dann war er auch schon wieder verschwunden.

»Was ist denn mit dem los?«, fragte Max.

Eva zog die Henkel des Beutels auseinander und linste hinein, dann fing sie an zu grinsen.

»Erde an Eva!«, witzelte Max, als er keine Antwort bekam. »Ich hab dich was gefragt.«

»Was? Ach so, ja. Seine beiden Mädels hatten heute wichtige

Termine, und da Rosie sich im Moment nicht drum kümmern kann, musste er selbst ran.«

Sie kicherte. »Das scheint er nicht mehr gewöhnt zu sein. Und jetzt muss ich in die Küche und Frühstück machen.«

Als die Weißwürste zwanzig Minuten später die perfekte Temperatur erreicht hatten, war Sauerwein frisch geduscht und duftete nach einem ungewohnten Parfum.

»Mmh«, schnupperte Eva an seinem Hals. »Du riechst aber fein. Du solltest öfters im Büro duschen.«

»Hirni«, sagte Sauerwein und wurde rot. »Das hat mir Charlotte gestern geschenkt.«

»Frau Sommersprosse hat einen guten Geschmack«, attestierte Eva Sauerweins Freundin. »Und sie legt sich offensichtlich richtig ins Zeug. Billig war die Brause auf keinen Fall.«

Sauerwein verzichtete darauf, Eva zu korrigieren. Sie hatte es sich im letzten Jahr angewöhnt, Charlotte Sommerfeldt »Frau Sommersprosse« zu nennen. Anfangs hatte er gedacht, dass sie sich den Namen nicht merken konnte, dann hatte er selbst gemerkt, dass sie ihn wegen der geschätzten Million Sommersprossen, die tatsächlich auf Charlottes Nase wuchsen, nur aufziehen wollte. Und irgendwann hatte sich der Name schließlich festgesetzt und war nicht mehr aus ihrem Gehirn herauszubekommen.

»Keine Ahnung. Ich werd sie ganz sicher auch nicht fragen.«

»Mensch, Martin, du bist manchmal echt schwer von Begriff. Ich will doch nicht wissen, was das Zeug gekostet hat, sondern wie es heißt.«

»Mensch, Eva, du bist manchmal noch schwerer von Begriff«, zog er sie auf. »Wie alt bist du jetzt? Sicher schon volljährig, oder? Und hast noch immer nicht kapiert, dass man einen Mann direkt und geradeaus fragen muss, wenn man etwas wissen will. Wir können einfach nicht so um die Ecke denken wie ihr.«

Eva lächelte. »Ich dachte, das färbt irgendwann ab.«

»Nein, das tut es nicht. Wie lange willst du die Dinger eigentlich noch baden?«

Sauerwein hatte es irgendwann zum Gesetz gemacht, dass während des Essens kein Wort über irgendwelche aktuellen oder auch alten Fälle fallen durfte. Es sei denn, die Brisanz gebot es.

Wenn aber ermittlungsrelevanter Austausch auch mal eine Viertel- oder halbe Stunde warten konnte, dann sollte er das auch. »Jeder braucht mal eine Auszeit. Und das Essen ist dazu da, um es zu genießen, basta.«

Nachdem sie die schmutzigen Teller und Gläser mit vereinten Kräften in die Spülmaschine geräumt hatten, setzten sie sich in Sauerweins Büro zusammen und überlegten, ob es noch etwas gab, das Eva Nora ans Herz legen sollte.

»Im Moment fällt mir nichts dazu ein«, gestand Max. »Aber ich habe mir über etwas anderes Gedanken gemacht, und zwar die Besuchsfrequenz bei Nora. Wir haben das zwar schon angesprochen, dass ihre Freunde nicht kommen dürfen, aber wie soll das denn laufen? Wer soll sie wann und wie oft besuchen? Irgendwie sind das noch immer böhmische Dörfer für mich.«

»Laut Martha Dornbach isolieren sich Opfer häuslicher Gewalt im Lauf der Zeit von ihrem Bekanntenkreis, damit sie ihre immer wiederkehrenden Verletzungen nicht erklären müssen. Auch wenn sie auf kognitiver Ebene verdrängen können, dass die Geschichten, die sie dazu erfinden müssen, abstrus und zumindest auf Dauer unglaubwürdig klingen, ist ihnen unterbewusst doch klar, dass ihnen nach einer Weile niemand mehr glaubt«, erklärte Eva ihm. »Das menschliche Gehirn besitzt einen ziemlich raffinierten Selbstschutzmechanismus, und in diesem Fall ist das der Rückzug aus sozialen Bindungen.«

»Du meinst, sie kappen alle Freundschaften, damit keiner nachbohren kann?«, fragte Max ungläubig. »Aber das ist doch unlogisch. Damit isolieren sie sich doch völlig und haben niemanden, der ihnen zur Seite steht, wenn's brenzlig wird.«

»Was findest du daran unlogisch?«, wollte Sauerwein wissen.

»Na, ganz einfach, weil Frauen nicht so ticken. Je mehr denen auf der Seele brennt, desto mehr wollen sie quatschen.« Max verdrehte die Augen und zwinkerte dann Eva zu. Ihm war durchaus bewusst, dass er mit seinen dummen Sprüchen unbequem war, aber das hier war immerhin die Wahrheit.

»Max hat recht«, musste Eva zugeben und unterbrach damit Sauerwein, der bereits dazu angesetzt hatte, Max einen Maulkorb zu verpassen. »Im Ansatz zumindest. Dass uns Mädels der Mund überläuft, wenn das Herz voll ist, ist nun wirklich nix Neues. Das habe ich Martha auch gefragt. Sie hat mir erklärt, dass normale Verhaltensweisen aber ausgehebelt werden, sobald ein Mechanismus anspringt, der für das emotionale Überleben des Betroffenen wichtig ist. Und im Fall von wiederholtem Missbrauch werden die Parameter Scham und Devotion so übermächtig, dass das Mitteilungsbedürfnis unterdrückt wird.«

Eva trank einen Schluck aus ihrem Kaffeebecher. »Dazu kommt auch noch die Angst vor Sanktionen. Wenn sich der Peiniger nämlich Anfeindungen aus dem unmittelbaren Umfeld seines Opfers ausgesetzt sieht, dann besteht die Gefahr, dass er es erneut bestrafen will. Oft ist es sogar ebendiese Angst, die den Quäler euphorisiert und ansporn, mit seiner Folter weiterzumachen oder sogar noch einen Tick zuzulegen. Wenn jemand mit einer derartigen Veranlagung erst einmal Blut geleckt hat, ist er kaum noch zu halten.«

»Selbsterhebung durch Unterdrückung«, stellte Sauerwein fest. »Fürchterlich. Das ist zwar so interessant wie verstörend, beantwortet Max' Frage aber nicht, wer Nora wann besuchen soll.«

»Martha denkt, wir sollten die Besucher auf drei Personen beschränken.«

»Bei den dreien denkst du an Rosie, Mike und dich, oder?«

»Genau. Die Reihenfolge wollten wir noch abstimmen, sobald ich im Krankenhaus bin. Klar ist im Moment jedenfalls, dass Rosie so tun soll, als ob sie Mike aus dem Weg geht. Wir werden die Besuche so einteilen, dass sich die beiden möglichst wenig begegnen, beziehungsweise so, dass Rosie immer sofort geht, sobald Mike auftaucht.«

»Habt ihr in eure Überlegungen miteinbezogen, dass ihr auch Lücken lassen müsst?«, wollte Max wissen. »Wenn ihr Nora die ganze Zeit belagert, dann wird es wohl kaum zu einer Kontaktaufnahme der mysteriösen Person X kommen.«

Bevor Eva antworten konnte, ergriff Sauerwein das Wort. »Guter Punkt. Das könnt ihr in Murnau gleich noch genauer besprechen. Andere Frage: Wenn das Verhalten von Missbrauchsopfern dem Schema folgt, das du uns gerade beschrieben hast, wie passt du dann in den Plan? Dass Rosie als angebliche Oma sich nicht abwimmeln lässt, das ist ja noch nachvollziehbar. Aber du? Du fällst doch genau in das soziale Raster, von dem Nora sich eigentlich abgewandt haben müsste, oder nicht?«

»Eigentlich schon. Deswegen werde ich sie nur selten besuchen. Und dann gebe ich das naive Dooferl, das Nora einfach toll findet. Ich werde mich rührend um sie kümmern, nichts in Frage stellen und vorgeben zu denken, dass Nora ein echter Unglücksrabe ist, so viel, wie ihr im Haushalt immer passiert.«

»Und dass du eine begnadete Schauspielerin bist, hast du ja schon tatkräftig unter Beweis gestellt.«

Mit einem Ruck fuhren die drei Kommissare herum, als sie die Stimme hörten. In der Tür lehnte Karl, tiefe Ringe unter den Augen und allem Anschein nach kurz vor dem Zusammenklappen.

»Karl!« Max stand auf und schob ihm seinen Stuhl hin. »Meine Fresse, wie siehst du denn aus? Ich dachte, du hast Urlaub, dabei machst du den Anschein, als hättest du die letzte Woche im Steinbruch Zwangsarbeit geleistet.«

»So ähnlich fühle ich mich auch«, gestand Karl und gähnte herzhaft. »Ich dachte immer, dass Kinder ein Segen sind, aber meine Tochter belehrt mich gerade eines Besseren.«

Eva musterte ihn amüsiert. Offensichtlich hatte er das erste Mal seit zwei Jahren seine Garderobe selbst ausgesucht. Im Gegensatz zu sonst trug er weder schreiend bunte Hippieklamotten, noch war er der Jahreszeit gemäß unpassend gekleidet. Dass Sissy weder seine verwaschene Jeans noch das T-Shirt, auf dem »I kimm aus Bayern, desweng bin i automatisch cooler wia Du« stand, in die Altkleidersammlung gegeben hatte, grenzte fast schon an ein Wunder. Und obwohl er wirklich aussah, als hätte er seit Tagen kein Auge zugetan, platzte er schier vor Stolz auf das Mädel, das seine Frau zur Welt gebracht hatte.

Trotzdem wollte er im Moment nicht darüber reden. »Lasst mich einfach einen Augenblick am normalen Leben teilhaben«, winkte er ab, als sie ihn löchern wollten, wie sich die Prinzessin so machte. »Ich erzähl euch später alles. Ich hab auch Fotos dabei. Aber ich brauche gerade mal eine Babypause.«

Sauerwein, der als Einziger nachvollziehen konnte, wovon Karl sprach, grinste. »Was wolltest du denn mit deinem Spruch über Evas schauspielerisches Talent andeuten?«

»Na, wir waren doch vor einiger Zeit zusammen im Haus dieser Familie, die wir unter Verdacht hatten. Wie hießen die noch? König? Kaiser?« Er sah Eva fragend an. Obwohl er ein gutes Gedächtnis hatte, fiel es ihm schwer, sich Namen zu merken.

»Herzog.«

Karl stutzte. »Echt? Kann ich mich gar nicht erinnern. Ich dachte, das war was mit K.«

Eva kicherte. »Stimmt auch. Die hießen ›Käfer‹.«

»Ja und was war da?«, fragte Max ungeduldig, den es nicht im Mindesten interessierte, welchen Namen der Schnee von gestern trug.

»Eva sollte damals die Bilder fotografieren, die bei den Käfers an der Wand hingen«, erinnerte Karl ihn. »Und dabei ist sie wie ein kleiner dummer Trampel durch die Hütte gestolpert, hat irgendwas gefaselt und Käfer damit so überrumpelt, dass der überhaupt nicht gemerkt hat, dass alles nur Theater war. Das war echt filmreif.«

»Beruhigend«, murmelte Max und sah Eva nachdenklich an. »Vielleicht ist es ja genau andersherum, und du spielst uns das Theater vor. Ich meine ja schon lange, dass du nicht so clever bist, wie du dich immer gibst …«

»Idiot«, kommentierte Eva den dummen Spruch und kehrte zum ursprünglichen Thema zurück. »Jedenfalls werde ich im Krankenhaus nichts in Frage stellen, was auch immer Nora mir weismachen will. Und damit bin ich ein Bindeglied zwischen ihr, Rosie und Mike.«

»Moment mal. Wie soll das funktionieren?« Karl kam nicht ganz mit. »Rosie soll doch so tun, als ob sie Rettberg unter Generalverdacht hat. Würde sie da nicht versuchen, Eva als Noras größten Fan auf ihre Seite zu ziehen?«

»Das ist Teil der Vorstellung. Nora und ich kennen uns seit unserer Kindheit. Das begründet auch, dass Rosie und ich uns duzen. Wenn wir nämlich jetzt wieder zum ›Sie‹ übergehen, dann ist die Gefahr zu groß, dass sich eine von uns verplappert.

Allerdings sind Rosie und ich uns in den letzten Jahren kaum begegnet. Und das schieben wir wiederum Nora in die Schuhe, die ja ihre sozialen Kontakte auf ein Minimum heruntergefahren hat.«

»Sehr gut«, befand Sauerwein. »Das klingt nach einem Plan. Dann besprecht noch, wie ihr die Besuchszeiten handhaben wollt, und dann kann es losgehen.«

***

Als Eva am späten Nachmittag in der Unfallklinik Murnau eintraf, herrschte in Noras Zimmer dicke Luft. Entsetzt sah sie von einem zum anderen, unfähig zu begreifen, was sich vor ihren Augen abspielte.

Rettberg stand mit verschränkten Armen mit dem Rücken zum Fenster und sah Nora verächtlich an, die ihrerseits mit Tränen in den Augen in eine andere Richtung starrte. Von Rosie und Martha Dornbach hingegen fehlte jede Spur. Als Rettberg Eva sah, stieß er sich vom Fensterbrett ab, marschierte grußlos an ihr vorbei und zog die Tür mit einem Knall ins Schloss.

Eva erwachte aus ihrer Starre und trat zu ihrer Kollegin ans Bett. »Nora«, flüsterte sie, als die nicht auf ihre Anwesenheit reagierte. »Was ist denn passiert?«

Nora drehte langsam den Kopf zu Eva und sah sie mit großen Augen an. Sie brauchte einen Moment, bis sie ihren Besuch erkannte. Dann atmete sie drei Mal langsam ein und wieder aus.

»Effa. Gott sei Dank.« Zischend presste sie die Wörter zwischen den Klammern, die ihren Kiefer zusammenhielten, hervor. »Nix is passiert. Alles is gut. Mir ham nur gübt.«

»Das ist nicht dein Ernst!« Eva war so entsetzt wie beeindruckt. »Kein Stress?«

»Naa. Martha hat gsagt, dass mir ned warten dürfn, bis mir in Rosnheim sin, um mit dem Theater anzfangen, weil des sonst zu gkünstelt wirkt.«

Eva lächelte. »Also dann war das mit Mike gerade nur Show?«

»Freilich. D' Generalprob sozusang. Morgn wird's ernst, oda?«

»Ja. Es sei denn, du hast es dir anders überlegt.«

»Nie im Lem! I bin froh, wenn was passiert. I glaub, i hab mi no nie so glangweilt wie in dem depperten Krankenhaus.«

»Du meinst, wir tun dir sogar einen Gefallen mit unserer Bitte?«, scherzte Eva.

Bevor Nora antworten konnte, ging die Tür auf, und Rosie kam herein. Als sie Eva sah, fingen ihre Augen an zu strahlen, und sie eilte auf ihre Freundin zu. Nachdem sie sich umarmt hatten, schob Eva die alte Dame ein Stück weit von sich weg und begutachtete sie von oben bis unten. Was sie schon seit einer geraumen Weile beobachtete, gefiel ihr ausnehmend gut. Wenn sie daran zurückdachte, wie sie Rosalie Vogel vor zwei Jahren als biedere Haushälterin eines Serienmörders kennengelernt hatte, war in den beiden Jahren eine schier unglaubliche Veränderung mit ihr vorgegangen. Aus der verhärmten Dame, die nach dem Tod ihres Mannes vor über zehn Jahren keinerlei soziale Kontakte mehr hatte, war eine vor Leben sprühende Frau geworden, die locker als fünfzehn Jahre jünger durchging. Dazu trugen sicher die neuen Aufgaben bei, die, ursprünglich fast aus Mitleid, von Eva ins Leben gerufen worden waren. Zuerst hatte Rosie die dem Tod nur knapp von der Schippe gesprungene Kristina gesund gepflegt, dann hatte sie die Hausstände der halben Rosenheimer Mordkommission auf Vordermann gebracht, und schließlich war sie zu Sauerwein in eine Einliegerwohnung gezogen und spielte seither Oma für seine beiden Mädchen.

»Da hast du uns ja was Schönes aufgehalst«, sagte Rosie jetzt scherzhaft. »Da schleppst du schon so ein Schnittchen wie Mike an, und dann muss ich mich auf Anweisung der Psychotante ständig mit ihm streiten. Der Ärmste tut mir schon richtig leid, weil ihn keiner hier mehr mag. Dabei ist er doch ein ganz Netter.«

Eva staunte Bauklötze. »Hast du gerade ›Schnittchen‹ gesagt? Zu Mike Rettberg?«

»Über ihn, nicht zu ihm, ich werde mich hüten. Der denkt hernach noch, ich hätte ein Auge auf ihn geworfen.« Rosie zwinkerte vergnügt. »Und jetzt sag bloß nicht, dass dir das noch nicht aufgefallen ist.«

Eva wurde prompt rot. »Na ja. Also ich weiß nicht so recht. Hast du seine ganzen Tätowierungen gesehen?«

»Ich bin alt, aber nicht blind. Natürlich hab ich die gesehen. Na und? Trotzdem hat er was. Und zwar so was von! Schade, dass ich nicht dreißig Jahre jünger bin.«

Rosie tätschelte Evas Arm. »Aber du bist doch noch jung genug, ihn dir unter den Nagel zu reißen, jetzt, wo das mit deinem Julian mehr oder weniger Geschichte ist.«

Eva kam zum Glück um eine Antwort herum, da die Tür erneut aufging und Martha Dornbach hereinkam.

»Ist es wahr, dass ihr Mike zur Persona non grata abgestempelt habt?«, fragte Eva. »Ist das nicht etwas übertrieben?«

»Nein, ist es nicht«, sagte Martha Dornbach bestimmt. »Wir haben das ausführlich zusammen besprochen, und letztendlich war es sein Vorschlag. Es ist besser, wenn es kein Hin und Her zwischen irgendwelchen Gefühlen gibt, sondern bei der Antipathie bleibt. Damit halten wir das Risiko, dass wir auffliegen, so klein wie möglich. Machen Sie sich keine Sorgen wegen Rettberg. Der kommt klar damit, dass wir alle ihn verachten. Ist ja nicht für lange, dann können wir zusammen ein Bier trinken gehen.«

»Was hastn da mitbracht?«, unterbrach Nora Evas Gedanken und deutete mit ihrem gesunden Arm auf die Tasche, die Eva auf das Fensterbrett gestellt hatte.

Zwei Stunden später hatten die vier Frauen alles besprochen, was es noch zu bereden gab. Nora hatte sich mit dem Stoffhund angefreundet und versprach, ihn unter Einsatz ihres Lebens nicht für eine Sekunde mehr aus den Augen zu lassen.

»Es sei denn, du musst ins Kernspin«, warnte Eva sie vor allzu viel körperlichem Einsatz. »Die Magnetresonanzfrequenzen würden sein Innenleben ganz schön aus dem Takt bringen. Danach wäre die Kamera garantiert hinüber. Und im Schwimmbad wird es ihm auch nicht allzu gut gefallen.«

»Wie soll i denn schwimmen? Außerdem hass i Hallenbäder. Aber mei Podologe hat mir schon droht, dass i in Rosnheim ned drum herum kommen werd.«

»Wieso dein Podologe?«, fragte Eva irritiert.

»Na, der schnucklige Arzt. Der mit de Massagen.«

»Ach der.« Eva schmunzelte. »Na, schaden wird dir die Bewegungstherapie sicher nicht, wenn wir dich endlich dazu überredet haben, nicht mehr den ganzen Tag faul im Bett zu liegen.«

»Oh mei, du ahnst ja gar nicht, wie gern i hier rausspringen würd. Aber ins Schwimmbad? Igitt. Na ja, wurscht. Jedenfalls versprech i, dass i den Wauzi weder bestrahlen lass noch mit ihm baden werd.«

***

Nachdem Eva Rosie bei Sauerwein abgesetzt hatte, rief sie kurzerhand Kristina an und lud sich auf ein Glas Wein bei ihr ein. Irgendwie hatte sie Bedürfnis nach Gesellschaft, und die Vorstellung, den Abend allein zu Hause zu verbringen, war ihr ein Graus.

Als sie sah, dass Kristina eine Flasche Wein aus dem Kühlschrank holte, machte sie ein langes Gesicht.

»Was guckst du denn so enttäuscht?«, fragte Kristina und legte den Kopf schief. »Hast du was anderes erwartet?«

Sie wusste genau, was Eva dachte. Seit sie vor einem knappen Jahr mit zwei Flaschen Masetto Due bei Eva aufgekreuzt war, war die in ihrer Meinung hartnäckig wie Fußpilz, dass sie, wenn schon Wein, dann nur noch diesen trinken wollte.

»Du wirst doch noch nicht an Altersstarrsinn leiden?«, neckte sie Eva. »Komm schon, gib dir einen Ruck. Endrizzi ist nicht der einzige Winzer, dessen Produkte man trinken sollte, egal, wie hervorragend seine Lagen auch sind. Der hier wird dir genauso gut schmecken. Außerdem ist ein frischer Weißer bei den Außentemperaturen genau das Richtige.«

Ohne auf Evas Protest zu achten, entkorkte sie die Flasche und schenkte zwei Gläser zu je einem Drittel voll. Sie versenkte ihre Nase in dem eleganten Glas, zog die Aromen genießerisch ein und verdrehte entzückt die Augen.

Eva dagegen schnupperte misstrauisch. »Ist der wieder von deinem Münchner Händler? Herbig? Oder kommt der vom Grafen Hohenfels?«

»Erstens heißt der Weinhändler Herwig, nicht Herbig. Herwig Sabitzer, um genau zu sein. Das nächste Mal nehme ich dich übrigens mit zu ihm, der wird dir dein Naserümpfen dann schon austreiben. Und zweitens brauche ich Hubert nicht, um an einen guten Wein zu kommen.«

»Puh. Nun sei doch nicht so empfindlich.«

»Bin ich gar nicht. Aber wenn du weiter so komisch dreinschaust, dann koche ich dir einen Kamillentee.«

»Ih, bäh.« Den wollte Eva dann doch nicht. Sie steckte ihre Nase ein Stück tiefer in ihr Glas. »Mmh. Sooo schlecht riecht der gar nicht mal.«

Kristina gab ihr einen Knuff. »Doofi. Halt! Trink noch nicht. Sag mir erst, was du riechst.«

»Das ist unfair«, monierte Eva. »Ich bin doch kein Sommelier.«

»Das ganz sicher nicht.« Kristinas Augen strahlten vergnügt. »Wenn schon, dann wärst du eine Sommelière. Aber das ist doch egal. Herwig hat mir eine Beschreibung mitgegeben, aus der hervorgeht, welche Noten zu riechen und zu schmecken sind. Lass uns doch mal sehen, ob wir was davon herausfinden.«

»Und du hast sie dir auch noch nicht durchgelesen?«

Kristina sah Eva nachsichtig an, dann zog sie sie an einer ihrer dunklen langen Locken. »Du bist ein Schaf, Eva. Was hätte ich davon? Und nun riech endlich, bevor das Zeug zu verdunsten anfängt.«

»Hm. Also gut.« Eva schnupperte. Zuerst verhalten, dann kräftiger. »Pfirsich oder Nektarine vielleicht? Und diese gelben Äpfel? Ja, genau! Ganz deutlich sogar!«

»Stimmt. Und Zitruszesten.«

»Zitruswas?«

»Zesten. Die Schale. Du weißt schon, das Zeug, das man auch zum Backen nimmt.«

»Oh ja. Puh, das ist richtig lecker!«

Kristina lächelte leise in sich hinein. Als sie das letzte Mal in München gewesen war, um Wein zu kaufen, hatte sie Herwig um Rat gebeten, wie sie ihre Freundin dazu bringen könnte, auch mal wieder was anderes zu probieren als den Roten, den sie zu ihrem persönlichen Manna auserkoren hatte.

»Mach halt ein Spiel draus«, hatte er in seinem charmanten

Kärntner Dialekt gesagt. »Lass sie versuchen herauszufinden, welche Aromen es sind, die ihr in die Nase steigen, bis sie ihn dann endlich probieren will.«

»Was grinst du so?«, fragte Eva, als Kristina keine Anstalten machte, weitere Zutaten aus dem Bukett herauszuraten.

»Weil es mir Spaß macht, dir zuzusehen, wie du die Welt entdeckst. Nein, sag jetzt nichts dazu.« Kristina hob die Hände, als Eva sie entrüstet ansah.

»Ich weiß, was du sagen willst. Das hat aber nichts mit Kindlichsein zu tun. Es ist nur so, dass du bei den Dingen, mit denen du dich beschäftigst, mit deinem ganzen Herzen dabei bist. Und mir macht es einfach Freude, dir dabei zuzusehen.«

Sie steckte die Nase wieder in das Glas. »Bergamotte. Und was meinst du, ist Grapefruit auch dabei? Sollen wir jetzt noch nachsehen, ob wir uns total blamiert hätten?«, fragte Kristina verschmitzt. »Oder wollen wir lieber unwissend sterben?«

»So viel Blamage verkrafte ich gerade noch«, beschloss Eva. »Lies vor das Ding.«

»Das Ding, wie du es so salopp nennst, ist ein ›Riesling Alte Reben Saar 2013‹ vom Weingut Markus Molitor. Und drin sind natürlich Trauben. Die Frage ist, welche Aromen darunterliegen.« Kristina drehte den Zettel um und las auch noch die Rückseite vor. »›Gelber Apfel, Nashi-Birne‹, was auch immer das ist, ›Zitruszesten, Nektarine, Bergamotte‹ und noch ein paar andere Kleinigkeiten. Wir sind gar nicht schlecht, meine Süße. Wenn wir irgendwann mal unser Leben ändern wollen, dann sollten wir eine Umschulung machen.«

Eva knuffte Kristina in die Seite. »Du spinnst. Das wär nix für mich, da würde ich in Nullkommagarnichts zur Alkoholikerin werden. Mir reicht es, das Zeug gelegentlich zu trinken. Apropos trinken: Ist noch was da?«

Eine Viertelstunde später waren die beiden Frauen von der Küche ins Wohnzimmer umgezogen und hatten es sich auf dem riesigen Sofa bequem gemacht. Obwohl Eva Kristinas Wohnung fast so gut kannte wie ihre eigene, konnte sie sich nie daran sattsehen. Sie war so gut geschnitten und geschmackvoll eingerichtet, dass Eva am liebsten selbst eingezogen wäre.

»Sag mal, wie lief eigentlich deine Verabredung mit dem Grafen?«, fragte sie, als sich ein irrwitziger Gedanke in ihr Gehirn schlich.

Kristina und Hubert von Hohenfels waren eine Zeit lang miteinander liiert gewesen, hatten sich aber nach einer so kurzen wie leidenschaftlichen Episode wieder getrennt, da ihre Interessen zu unterschiedlich waren und sie kaum füreinander Zeit fanden. Aber als Hohenfels Kristina vor ein paar Tagen ins Theater eingeladen hatte, hatte Eva gehofft, dass sie doch noch zueinanderfinden würden.

»Es war toll«, sagte Kristina, machte Evas Hoffnungen aber gleich wieder zunichte: »Wie immer, wenn wir uns treffen. Wir haben uns ›Carmen‹ angesehen und waren anschließend beim Essen. Wie schon letztes Jahr macht uns das beiden unheimlich viel Spaß, aber das Entscheidende hat sich nicht geändert.«

»Und das wäre?«

»Wir sind nicht ineinander verliebt. Und, ganz ehrlich, ich kann nicht mit einem Mann ins Bett gehen, den ich zwar nett und charmant finde, aber in den ich nicht bis über beide Ohren verschossen bin, verstehst du, was ich meine?«

»Mmh. Geht mir genauso.«

»Na ja. Ich brauch dir nicht sagen, wohin es geführt hat, als ich mich das letzte Mal verknallt habe.«

Eva nickte bedrückt, sagte aber nichts. Wegen der Sache hatte sie heute noch ein schlechtes Gewissen, obwohl Kristina es ihr nie übel genommen hatte. Zum Glück.

»Schade. Ich dachte schon, ich komm doch noch auf das Hochzeitsschloss, von dem du erzählt hast.«

Kristina fing an zu lachen. »Du bist ja lustig«, japste sie. »Du dachtest wohl, du könntest den Spieß umdrehen.«

»Da meine eigene Hochzeit irgendwo im nächsten Universum verankert zu sein scheint, dachte ich, dass Fortuna wenigstens dir irgendwann hold sein könnte.«

Nachdenklich sah Kristina Eva an. »Du machst dein Glück jetzt aber nicht an einem Mann fest, oder?«

»Ganz sicher nicht. Im Grunde bin ich total zufrieden so, wie es jetzt ist. Aber trotzdem träume ich davon, irgendwann mit einem Mann und zwei oder drei Kindern und einem Hund in einem kleinen Häuschen mit Garten zu leben.«

»Mädchenträume, was?«

Eva nippte an ihrem Glas und schien völlig vergessen zu haben, dass sie nie wieder einen anderen Wein trinken wollte. »Dann gibt es halt keine Hochzeit. Ist ja auch wurscht. Nur um deine Wohnung ist es schade.«

»Um meine Wohnung?« Kristina verstand überhaupt nichts. »Wieso das denn?«

»Na, ich dachte, wenn du zum Grafen ziehst, könnte ich deine Bude hier übernehmen.«

»Du bist mir ja ein Schlawiner. Deswegen warst du so neugierig.«

»Klar. Nur deshalb.« Eva zeigte ihrer Freundin einen Vogel.

»Pass auf«, sagte Kristina. »Ich mach dir einen Vorschlag: Ich ziehe hier aus und vermiete dir die Wohnung zu einem für dich erschwinglichen Preis. Dafür überlässt du mir Moritz.«

Eva sah Kristina mit offenem Mund an. »Das ist Erpressung.«

»Sicher ist es das. Aber ein paar Federn musst du für so eine Bude schon lassen.«

Eva schwenkte den Kelch in ihrer Hand und vertiefte ihren Blick in die goldgelbe Flüssigkeit. »Niemals. Ich käme mir vor wie der letzte Verräter. Auch wenn es nur um eine Katze geht. Außerdem glaube ich dir nicht, dass das ein ernsthaftes Angebot war.«

»Du hast mich durchschaut. Ich würde dich nie in einen Gewissenskonflikt bringen, gleich welcher Art. Aber ich finde es schön, dass wir beide noch an Werte glauben und daran festhalten.« Kristina stieß mit ihrem Glas leicht gegen Evas. »Auf unsere Freundschaft. Ich hoffe, dass sie bis in alle Ewigkeit hält.«

***

Rosie lief gute zwanzig Minuten lang über die weiß gekachelten Gänge, die alle gleich aussahen, bis sie die Station gefunden hatte, auf der Nora untergebracht werden sollte. Scheinbar hilflos sprach sie sämtliche Schwestern und Pfleger an, die ihren Weg kreuzten, und fragte, ob sie für ihre Enkelin zuständig wären. Niemand hatte den Namen Nora Wallner vorher gehört, doch alle bemühten sich, der reizenden und ein wenig verwirrten alten Dame zu helfen.

»Auf welche Station soll Ihre Enkeltochter denn kommen?«, wurde sie ein ums andere Mal gefragt.

Und als Rosie mit den Schultern zuckte und verlegen gestand, dass sie das schon wieder ganz vergessen hatte, fragten sie, was dem Kind denn fehlen würde.

»Sie ist gestürzt, behauptet sie wenigstens. Viel reden kann sie nicht, weil sie sich den Kiefer gebrochen hat. Vielleicht ist sie ja wirklich ein Pechvogel, so oft, wie sie sich verletzt …« Bedrückt starrte Rosie zu Boden und knetete ein kariertes Stofftaschentuch, das sie in der linken Hand hielt.

Bis sie schließlich von einer freundlichen Verwaltungsangestellten, die gerade Pause hatte, auf die richtige Station gebracht wurde, hatte sie eine breite Spur hinterlassen. Die Informationen, die sie unter dem Personal verteilt hatte, waren spärlich genug und vielleicht gerade deshalb so effektiv. Als Rosie endlich das Zimmer gefunden hatte, das Nora beziehen sollte, war die Saat gesät. Nun musste sie nur noch aufgehen.

»Frau Vogel?« Eine junge Krankenschwester mit zu einem Zopf gebundenen, langen blonden Haaren kam ins Zimmer und trat zu Rosie, die gerade einen Blumenstock aus einer Plastiktüte holte und auf das Fensterbrett stellen wollte.

»Die sind aber schön«, sagte sie und schüttelte bedauernd den Kopf. »Leider sind Topfblumen im Krankenhaus nicht erlaubt. Wegen der Erde, wissen Sie? Darin könnten sich Keime befinden, und die wären für die Patienten riskant. Es tut mir leid, die müssen Sie wieder mitnehmen.«

»Ach.« Rosies Mundwinkel zitterten. »Das sind doch die Lieblingsblumen meiner Nora. Die kommt gleich aus Murnau hierher. Sie wird extra verlegt, damit ich sie besuchen kann. Sie ist so arg verletzt, und da dachte ich, dass es ihr hilft, wenn sie sieht, dass ich an sie denke.«

»Das tut es bestimmt.« Schwester Luisa tat es in der Seele weh, die nette Frau enttäuschen zu müssen. Mit gebrochenen

Knochen konnte sie umgehen, aber Menschen nicht helfen zu können, deren Einsamkeit so deutlich spürbar war wie bei der zerbrechlichen alten Dame vor ihr, das fand sie richtig schlimm.

»Wissen Sie, was wir machen? Wir schneiden die Blumen ab und stellen sie in eine Vase. Gerbera halten ja auch als Schnittblumen sehr gut. Dann dürfen sie auch gern hierbleiben.«

Ein Lächeln huschte wie ein Sonnenstrahl über Rosies Gesicht. »Ja, das klingt schön. Da wird sich Nora freuen.«

»Davon bin ich überzeugt. Kommen Sie gleich mit mir mit, dann erledigen wir das sofort.«

Fünf Minuten später hatte Schwester Luisa eine Schere aus dem Schwesternzimmer geholt, die zwölf Blütenstängel abgeschnitten und in einer schmalen Vase drapiert. »Das sieht doch auch hübsch aus, was meinen Sie?«

Rosie nickte und bedankte sich vielmals. »Sie sind so nett. Hier.« Sie drückte der verdutzten Schwester einen mehrfach gefalteten Schein in die Hand. »Das ist für Sie. Wenn Sie Zeit haben, dann schauen Sie doch ab und zu nach meiner Enkelin. Ich kann ja nicht den ganzen Tag bei ihr sein. Vor allem, wenn ihr –« Sie unterbrach sich und schlug die Hand vor den Mund. »Ich sollte das nicht sagen. Nora schimpft immer mit mir. Aber wissen Sie, ihr Mann, der ist nicht so nett. Dabei hatte sie vor ein paar Jahren so einen lieben Freund. Aber irgendwann war dann Schluss, ich habe das nie verstanden.«

Schwester Luisa lächelte. Sie mochte es, wie alte Menschen die Welt sahen. Vielleicht war es früher ja wirklich einfacher gewesen.

»Ich muss leider wieder an die Arbeit. Es wird sicher noch eine Stunde dauern, bis Ihre Enkeltochter hier ankommt. Wenn Sie möchten, dann können Sie solange unten im Café warten, das ist vielleicht gemütlicher als das Zimmer hier.«

Bevor Rosie sich in das kleine Krankenhausbistro setzte, trat sie vor die Tür und zog, als sie sich sicher war, dass niemand zuhörte, das Handy aus ihrer Tasche, das Eva ihr gegeben hatte.

»Hervorragend. Ja, das klingt wirklich glaubhaft, das hast du ganz prima gemacht.« Eva hörte noch einen Augenblick zu, dann verabschiedete sie sich und legte auf.

»Das war Rosie. Dem Vernehmen nach weiß jetzt das halbe Krankenhaus, dass Nora im Lauf des Tages eingeliefert wird und dass sich ihre Oma große Sorgen macht.«

»Glaubst du nicht, dass das etwas übertrieben war?« Max konnte sich nicht vorstellen, dass eine halbe Hundertschaft auf den simplen Trick hereinfiel.

»Ach, woher denn.« Eva dagegen war überzeugt, dass Rosie das gut hinbekommen hatte. »Sie sagt, dass es ihr total leichtgefallen ist, die Leute anzuflunkern. Und offensichtlich haben ihr alle die leicht verwirrte alte Dame abgenommen. Damit wäre der erste Teil des Plans schon mal aufgegangen.«

Zwei Stunden später waren alle Aufnahmeformalitäten erledigt, die diensthabende Oberschwester hatte hereingeschaut, sich vorgestellt, die Befundblätter durchgeblättert und versprochen, dass innerhalb der nächsten sechzig Minuten ein Arzt zur Visite kommen würde.

Mit einem Blick auf ihre sportliche Armbanduhr sagte sie: »Er wird mit Ihnen auch gleich die Medikation neu durchgehen. Wie die Murnauer Kollegen vermerkt haben, sollen Sie drei Mal täglich eine Thrombosespritze bekommen. Wie viele waren das heute schon?«

»Kurz bevor mir dort losgfahrn sin«, nuschelte Nora.

»Und das war die erste?«

»Mmh.«

»Okay, dann ist es Zeit für die nächste. Ich bin gleich wieder da.«

Zwei Minuten später stand die Schwester erneut im Zimmer, schob, ohne viel Federlesens darum zu machen, die Decke zur Seite und zuckte bei Rosies Entsetzensschrei zusammen.

»Um Gottes willen! Wie siehst du denn aus, Kindchen. Dieses Schwein! Wenn ich nicht so alt wäre, würde ich ihn umbringen!«

Begleitet wurde Rosies Aufschrei von dicken Tränen, die ihr in die Augen traten. Und die Bestürzung war nicht gespielt. Noras Bauch war übersät mit Blutergüssen, die in sämtlichen Farben des Regenbogens schillerten, und eine breite Narbe lief quer über die halbe Bauchdecke.

Die Murnauer Chirurgen hatten nicht lange gefackelt, als sie auf dem Röntgenbild gesehen hatten, dass der Bauchraum voller Blut war. Sie hatten das Skalpell angesetzt, sich durch die straffe Muskulatur geschnitten, die der Traum jedes Bodybuilders war, und sich daran erfreut, dass es kein Gramm Fett gab, das ihnen die Sicht auf die inneren Organe erschwert hätte. Die rupturierte Milz, die für die Sauerei verantwortlich war, hatten sie kurzerhand entfernt, das Ganze wieder zusammengeflickt, froh, dass kein größerer Schaden zu verzeichnen war, und Nora nach ihrem Aufwachen erzählt, dass es sich auch ohne Milz prima leben ließ.

Rosies Entsetzen aber war echt und Teil des Plans. Zumindest hatte die konspirative Verschwörung gehofft, dass es sich so ergeben würde, wie es gerade gekommen war.

»Oma«, nuschelte Nora. »Hör auf z' weinen. Alls is gut. I bin doch nur vom Radl gfalln.«

Kurz darauf piepste Rosies Handy. Sie las die Nachricht und verabschiedete sich von Nora mit dem Versprechen, am nächsten Tag wiederzukommen und ihr etwas zu essen mitzubringen. »Das schmeckt dir bestimmt besser als das Krankenhauszeug.«

Dass Nora nicht kauen konnte, wischte sie mit einer Handbewegung zur Seite. »Dann pürier ich es eben, und du trinkst es mit einem Strohhalm. Was anderes machen die hier auch nicht.«

Rosie verließ das Zimmer und machte sich auf die Suche nach der nächstbesten Krankenschwester. Sie hatte Glück und traf Luisa auf dem Flur, die gerade dabei war, den Versorgungswagen zu bestücken.

»Schwester, ich wollte Sie um eine Kleinigkeit bitten«, sagte sie leise. »Es ist so, meine Enkelin, also wegen ihrem Mann, von dem ich Ihnen schon erzählt habe. Wir kommen nicht so gut miteinander zurecht, verstehen Sie? Meinen Sie, ich dürfte Sie anrufen, bevor ich mich auf den Weg mache, und Sie könnten kurz nachsehen, ob Nora allein ist? Weil ich würde ihm nicht gern –«

»Raus!« Unbemerkt von Rosie hatte sich eine schwarz gekleidete Gestalt von hinten an sie angeschlichen und baute sich nun vor ihr und der Krankenschwester auf.

»Du verdammte alte Hexe. Wie oft soll ich dir noch sagen, dass du dich nicht mehr bei meiner Frau blicken lassen sollst!«

Rosie griff sich ans Herz und sah den tätowierten Hünen erschrocken an. »Ich lasse mir von Ihnen gar nichts sagen«, hob sie mit zitternder Stimme an. »Nora ist meine einzige Enkeltochter, und das werden Sie nie ändern können, egal, wie sehr Sie mir drohen.«

Bevor Rettberg laut werden konnte, fasste Schwester Luisa Rosie am Arm und murmelte: »Lassen Sie es gut sein. Alle beide. Das ist hier ein Krankenhaus. Wir können hier keinen Trubel brauchen. Kommen Sie, Frau …«

»Rosie.« Rosie straffte die Schultern und sah Rettberg verächtlich an. Dann drehte sie sich um und stolzierte davon.

»Rosie. Warten Sie.« Luisa erwachte aus ihrer Starre und lief der alten Dame hinterher. Nachdem sie um die nächste Ecke gebogen waren, blieben die beiden Frauen stehen.

»Es tut mir so leid.« Luisa sah Rosie mitleidig an. »Das ist schlimm für Sie, oder?«

Rosie nickte bedrückt. Sie musste auch gar nicht mehr weiter schauspielern. Die nette Luisa so hinters Licht zu führen behagte ihr ganz und gar nicht.

»Ich glaube, ich weiß jetzt, was Sie vorhin sagen wollten. Sie würden gern vermeiden, dem … Herrn … über den Weg zu laufen, richtig?«

Als Rosie nur nickte, fuhr Luisa fort: »Ich bin ja nicht immer hier, weil ich Schichtdienst habe. Aber ich gebe meinen Kolleginnen Bescheid.«

Sie zog einen Zettel aus ihrem Kittel und kritzelte etwas darauf. »Das ist die Nummer vom Schwesternzimmer hier auf der Station. Rufen Sie einfach an, bevor Sie sich auf den Weg machen, in Ordnung?«

***

»Ihr solltet aufpassen, dass ihr es nicht übertreibt«, sagte Sauerwein, als sie am Abend auf seiner Terrasse saßen. »Das war alles in allem ganz schön starker Tobak, was ihr da heute abgezogen habt.« Er schenkte Rosie ein Glas leichten Weißwein ein, während Eva, Max und Rettberg Bier bevorzugten.

»Es konnte ja niemand wissen, dass sich die Dinge so schnell entwickeln«, sagte Eva. »Wir hatten einfach ein paar Ideen im Sack und haben beschlossen, den Ereignissen ihren Lauf zu lassen. Zum Beispiel die Geschichte mit Noras Bauch. Wir konnten nicht ahnen, ob sich die Situation überhaupt ergibt, dass Rosie ihn in Gegenwart einer Krankenschwester zu Gesicht bekommt. Dass das alles gleich am ersten Tag passiert ist, war Zufall.«

»Schon klar«, meinte Sauerwein. »Aber lasst es die nächsten Tage trotzdem etwas ruhiger angehen. Nicht dass es zu einem Overkill kommt, der dann erst recht Misstrauen weckt.«

»Zu einem was?«, wollte Rosie wissen, die geistig zwar so fit war wie ein Turnschuh, aber kein Wort Englisch verstand.

»Zu einer Informationsüberflutung«, sprang Eva in die Bresche. »Martin meint, dass wir ab sofort keine weitere aktive Nora-wurde-verprügelt-Aufklärung mehr betreiben sollen. Wir müssen sehen, ob unser Plan fruchtet, und die Dinge einfach geschehen lassen.«

»Finde ich gut.« Der Meinung war auch Rettberg und wandte sich an Rosie. »Wir werden uns die nächsten Tage besser nicht mehr in der Klinik begegnen. Ich werde Ihnen genau wie heute Nachmittag eine SMS schicken. Die nächsten Tage mache ich das aber schon, bevor ich mich auf den Weg mache, dann haben Sie Zeit, zu verschwinden, ehe ich in der Klinik eintreffe.«

Dann wandte er sich an seine Kollegen. »Außerdem wird es ab sofort keine weiteren privaten Treffen zwischen uns mehr geben. Wenn wir kommunizieren, dann nur noch über eine gesicherte Handyverbindung. Ich werde mich bis zum Ende der Aktion von allem fernhalten, was auch nur ansatzweise nach Polizei aussieht oder riecht.«

Max fand den verdeckten Ermittler nach wie vor suspekt. Dass die Frauen ihm auf den Leim zu gehen schienen, konnte er dagegen überhaupt nicht verstehen. Immerhin waren ihm die Monate in der Registratur so viel Lehre gewesen, dass er lieber die Klappe hielt, als sich zu weit aus dem Fenster zu lehnen und einen Rüffel von Sauerwein zu kassieren. Trotzdem ließ ihn ein Punkt nicht in Ruhe.

»Das ist ja alles schön und gut«, sagte er zögernd. »Jetzt haben wir so viele Pläne gemacht, wie wir es vermeiden können, dass jemand das Spiel durchschaut. Mike nächtigt bei Hohenfels, um eventuellen Verfolgern ein Schnippchen zu schlagen, und ihr sichert ab, dass er und Rosie nicht mehr aufeinandertreffen. Was ist aber, falls jemand Rosie nachfährt und die direkt hierherkommt? Dass Martin der Chef der Mordkommission ist, steht schließlich alle paar Wochen in der Zeitung. Mitsamt einem Foto von ihm. Und das Klingelschild lässt auch keine Fragen offen, wer hier wohnt. Falls also jemand Rosie anbietet, sie nach Hause zu fahren, was dann? Dann können wir die Aktion gleich im Rosenheimer Merkur bekannt geben.«

Sauerwein nickte. »Wieso haben wir das bisher nicht bedacht?«

»Haben wir«, berichtigte Eva. »Wir gehen davon aus, dass niemand Rosie nachspionieren wird. Wenn sie allerdings das Angebot bekommt, sich nach Hause bringen zu lassen, dann haben wir schon ein Problem.«

»Das fällt uns aber reichlich spät ein«, monierte Sauerwein. »Und jetzt? Rosie, was ist mit deinem Haus? Sind deine Mieter schon eingezogen?«

»Schon vor zwei Wochen.«

»Okay, das fällt also aus. Hast du eine Idee, wo du sonst die nächste Zeit bleiben kannst?«

»Nein.« Rosie schüttelte ängstlich den Kopf. So fit sie auch war, sie war zu alt, um bei derartigen Spontanaktionen einen ruhigen Kopf zu behalten.

»Aber ich«, sagte Eva und zog ihr Handy aus der Tasche. Sie wartete, bis die Verbindung zustande kam, und hielt sich nicht mit langen Vorreden auf. »Ist dein Gästezimmer frei, und hast du Lust auf Besuch einer netten alten Dame?« Sie lachte, als sie die Antwort hörte, und beendete das Gespräch.

»Kristina besteht darauf, dass du ihrer Putzfrau nicht in die Quere kommst, sondern dich ganz und gar entspannst. Nur beim Kochen darfst du ihr helfen. Unter der Bedingung bist du ein herzlich willkommener Gast.«

Rosies Wangen fingen bei Evas Worten an zu brennen. Obwohl sie die Menschen, die in den letzten beiden Jahren in ihr Leben getreten waren, von Herzen mochte, hatte sie sich noch immer nicht daran gewöhnt, dass das auf Gegenseitigkeit beruhte und sie bei den jungen Leuten so beliebt war.

»Das wäre also geklärt«, sagte Sauerwein zufrieden. »Am besten, du packst Zeug für mindestens zehn Tage ein. Eva kann dich später bei Kristina absetzen. Und untersteh dich, selbst hierherzukommen, wenn du was brauchst. Das managen wir für dich, und Eva kann dir die Sachen in der Klinik geben.«

»Aber was ist mit den Mädels? Wer soll sich denn um die beiden kümmern?«, fragte Rosie, noch nicht ganz überzeugt, dass sie Sauerweins Kinder so lange allein lassen konnte. Schließlich hatte Charlotte Sommerfeldt, die Sauerwein durch ihren Job als Kinderbetreuerin vom Jugendamt vermittelt bekommen hatte, einen anderen Auftrag angenommen, seit sie und Sauerwein im letzten Sommer ein Paar geworden waren.

»Das lass mal meine Sorge sein«, sagte er auch prompt. »Schließlich ist meine Schwester auch noch da, und Charlotte kann sich zwischendrin ein paar Tage freinehmen. Das bekommen wir schon hin.«

***

Rettbergs Antrittsbesuch im Krankenhaus hatte Spuren hinterlassen, die im Laufe des Nachmittags immer deutlicher hervortraten. Schwester Luisa hatte ihren Kolleginnen von der Begegnung der netten alten Dame mit dem tätowierten Rüpel erzählt und darum gebeten, ein Auge auf die beiden zu haben.

»Ich weiß nicht, ob und wie wir das hinkriegen, aber wenn wir mitbekommen, dass dieser unerträgliche Klotz hier antrabt und die alte Frau noch bei ihrer Enkeltochter ist, dann sollte eine von uns ihr beistehen.«

»Wie stellst du dir das denn vor?«, fragte die Oberschwester. »Wir können doch nicht für einen von beiden Partei ergreifen. Nur weil die Frau vielleicht sympathischer ist als er. Aber wir kennen den Hintergrund nicht, und der geht uns nun auch wirklich nichts an. Lasst euch bloß nicht in irgendwas hineinziehen!«

»Darum geht es doch gar nicht«, regte sich Luisa auf. »Aber wenn er handgreiflich wird, dann haben wir eine Kranke mehr auf der Station. Die Oma kann sich gegen den Idioten doch gar nicht wehren. Ich meine ja auch nur, falls es zu einer erneuten Begegnung kommen sollte, dann kann doch eine von uns schnell mal die Betten aufschütteln oder sonst irgendwas in dem Zimmer machen, damit die nicht allein miteinander sind.« Luisa sah ihre Kolleginnen nachdenklich an.

»So wie ich es einschätze, wird sie sowieso gleich verschwinden, sobald er auftaucht. Ich möchte nur, dass sie sich keine Sorgen machen muss. Aber ich schlage euch vor, dass ihr euch den Typen mal anseht. Dann wisst ihr schon, was ich meine.«

ELF

»Was ist los mit dir?«

Als Christian Grits Stimme hörte, fuhr er erschrocken herum. Er hatte nicht gehört, wie sie sich leise angeschlichen hatte, und ließ vor Schreck den Deoroller fallen. Mühsam bückte er sich danach und konnte gerade noch die Hand vors Gesicht halten, als er spürte, wie ihm ein warmer Schwall Blut aus dem rechten Nasenloch schoss.

»Verdammt«, fluchte er und hangelte mit der Hand nach der Klopapierrolle an der Wand.

»Warte«, sagte Grit. »Leg den Kopf in den Nacken, sonst saust du alles voll.«

Sie zog an dem letzten Blatt und wickelte einen halben Meter ab, den sie ihm in die Hand drückte. Dann drehte sie den Wasserhahn auf, wartete, bis das Wasser eiskalt war, und befeuchtete einen Waschlappen, den sie ihm ins Genick drückte.

»Danke«, sagte er leise und verfluchte sich insgeheim selbst.

Nun war es schon so weit gekommen, dass er sich für etwas bei ihr bedankte, das eigentlich eine Selbstverständlichkeit war. Schließlich hatte sie einst geschworen, »durch gute wie auch schlechte Zeiten« mit ihm zu gehen, wenn er auch heute glaubte, dass ihr Spatzenhirn sich nicht mehr an ihr Versprechen erinnerte und sie längst das Weite gesucht hätte, wenn er sie mit dem kleinen netten Filmchen nicht völlig in der Hand gehabt hätte. Je mehr er sie in den letzten Tagen beobachtet hatte, desto sicherer war er, dass sie Schuld an seinem elenden Zustand hatte. Doch wie sehr er auch suchte, um herauszufinden, wie und mit was sie ihn vergiftete, er konnte einfach nichts finden.

Verstohlen beobachtete Christian sie. Obwohl sie kein weiteres Wort darüber verloren hatte, war er überzeugt, dass sie ihm die Geschichte mit den Drogen abgekauft hatte. Wenn er sich nicht so elend gefühlt hätte, hätte er laut gelacht.

Drogen, was für ein Scheiß! Allerhöchstens einen Joint, alle paar Monate mal. Und auch nur dann, wenn er abschätzen konnte, dass der Stoff harmlos und rein war. Weder mit Chemie noch irgendwelchen Opiaten versetzt. Und schon gar nicht Crystal Meth. Dass ihm der Geistesblitz gekommen war, seine sexuellen Neigungen auf die harte Droge zu schieben, darauf war er mehr als stolz. Und wenn seine Rechnung aufging, dann dürfte es ihm in Kürze wieder besser gehen. Allein der Gedanke daran erregte ihn. Doch das bisschen, was sich in seiner Hose tat, war zu nichts nutze.

»Ich gehe einkaufen«, unterbrach Grit seine Gedanken. Zögernd legte sie ihm die Hand auf die Schulter. »Wieder besser? Lass mal sehen.« Sanft nahm sie ihm das Toilettenpapier aus der Hand und stellte zufrieden fest, dass seine Nase zu bluten aufgehört hatte.

»Hast du Lust auf etwas Besonderes? Ich könnte uns was Schönes kochen. Und danach eine Mousse au Chocolat, was meinst du? Die magst du doch so gern.«

Er musste an sich halten, ihr nicht ins Gesicht zu schlagen. Die dämliche Gans war ihm tatsächlich auf den Leim gegangen. Nun gut, dieses Spiel konnte er mitspielen.

»Das wäre toll«, murmelte Christian und vermied, ihr dabei in die Augen zu sehen. »Vielleicht kannst du auch Eis mitbringen.«

Bevor Grit gegangen war, hatte er ihr Zögern gespürt. Nach wie vor hatte sie Angst, ihn allein zu lassen, ohne dass sie sich sicher war, dass er nicht doch einen Weg finden würde, das Haus zu verlassen. Aber dann hörte er, wie sie den Schlüssel ins Schloss steckte und ihn kurzerhand einsperrte.

Während Christian darüber brütete, wie er jemanden in der Nachbarschaft auf sich aufmerksam machen konnte, klingelte es, und er wäre, aufgeschreckt von dem ungewohnten Geräusch, fast vom Stuhl gekippt. Seit einer halben Ewigkeit war kein Besuch mehr gekommen. Nachdem er sie das dritte Mal verprügelt hatte, hatte sie den Kontakt zu ihren Freunden mehr und mehr zurückgefahren, bis er schließlich gänzlich abgebrochen war. Ausheulen konnte sie sich bei denen jedenfalls nicht mehr. Den Zahn hatte er ihr nämlich gezogen, als er ihr die Fotos gezeigt hatte, die er ganz am Anfang heimlich aufgenommen hatte und die sie vor

Scham hatten erblassen lassen. Lediglich ihrer Schwester, dieser dämlichen, renitenten Pute, heulte sie die Ohren voll, wenn sie dachte, er würde es nicht mitbekommen.

Mühsam stemmte er sich hoch und humpelte in die Küche, so schnell er konnte. Er musste den Kopf verdrehen, um zu erkennen, wer so unerwartet vor der Tür stand. Doch da war nur der Ärmel einer Lederjacke zu sehen. Und auch der verschwand, als sich die Hand ihres Besitzers erneut nach der Klingel streckte.

Verdammt. Das verschlossene Fenster verhinderte, dass er den Kopf hinausstrecken konnte. Nun rächte es sich, dass er alle Fenster mit abschließbaren Griffen versehen und die Schlüssel für seine Frau unerreichbar in seinem Auto versteckt hatte, nur um sie zu quälen. Jetzt war er selbst derjenige, der darunter litt, dass sich die Scheiben nicht mehr öffnen ließen. Plötzlich drehte sich die Gestalt in seine Richtung, und er konnte einen Blick auf das Gesicht erhaschen. Erleichtert atmete er auf. Es war ein Kumpel, dem er vor Monaten in einem einschlägigen Internetportal begegnet war und mit dem seine Frau ebenfalls schon Bekanntschaft gemacht hatte.

Christian sah sich verzweifelt nach etwas um, mit dem er das Fensterschloss knacken konnte, doch er fand nichts. Schließlich griff er nach dem Kochlöffel, der auf der Ablage lag, und klopfte damit gegen das Glas. Offensichtlich war draußen nichts davon zu hören, denn Jack reagierte nicht. Er hämmerte fester und wäre fast in Panik ausgebrochen, als er sah, dass der Hüne sich umdrehte, weg vom Haus und wieder Richtung Gartentür lief. In einem letzten Kraftakt nahm er einen dicken Kaffeebecher und schmetterte ihn gegen das Fenster. Der Becher prallte vom Glas ab und schlug polternd auf dem Boden auf. Seine Hoffnung, dass es zu Bruch gehen würde, erfüllte sich nicht, aber das Geräusch war offensichtlich laut genug gewesen, um die Aufmerksamkeit seines Freundes zu erregen.

Jack drehte den Kopf und starrte zum Haus. Und endlich bemerkte er, dass jemand hinter dem Küchenfenster hektisch winkte. Schnell lief er zurück, stellte sich auf die Zehenspitzen, um über den Fenstervorhang ins Innere sehen zu können, und erschrak, als er das ausgezehrte Gesicht dahinter sah.

»Was?«, formten seine Lippen.

Christian deutete sich auf die Ohren. Als er sicher war, dass Jack verstanden hatte, deutete Christian ihm an, um das Haus herum in den Garten zu gehen. Er wankte ins Gäste-WC, zog die Klopapierrolle vom Haken, schnappte sich einen Stift und schleppte sich ins Wohnzimmer. Hektisch schrieb er das auf, was ihm auf die Schnelle einfiel.

Eingesperrt. Telefon + Computer weg. Meine Frau will mich vergiften. Hilf mir!

Jacks Pupillen weiteten sich, als er las, was auf dem Fetzen stand. Er deutete auf einen Stein und machte eine Bewegung, als ob er die Scheibe damit einwerfen wollte.

Christian schüttelte den Kopf. Er musste nachdenken, jetzt auf keinen Fall etwas Unüberlegtes tun.

Warte. Brauche Beweise.

Dann schoss es ihm wie ein Stich durch den Kopf. Der Abfall! Hektisch kritzelte er auf das Papier.

Schwarze Mülltonne. Durchsichtiger Beutel. Reste von Geschnetzeltem. Labor! Gift! Untersuchen!

Jack stutzte einen Moment, dann schien er verstanden zu haben.

Christian nickte nachdrücklich und unterstrich das Wort »Labor« zwei Mal.

Sein Gegenüber streckte den Daumen nach oben. Dann kreiste er mit dem Finger um seine Armbanduhr.

Christians Blick irrte zu dem Kalender, der hinter ihm an der Wand hing.

Übermorgen 14 Uhr!? Warte, bis du den roten Topf siehst!

Ein paar Minuten später sah er zu, wie Jack um das Haus herumging, sich mit einem Blick die Straße entlang versicherte, dass er nicht beobachtet wurde, den Deckel der Tonne hob und den oben liegenden Beutel herauszog. Als er die Tüte bereits in der Hand hielt, zögerte er, dann ließ er sie zurück in den Bottich fallen und lief zu seinem Wagen.

Ungläubig starrte Christian ihm hinterher, nicht in der Lage, zu begreifen, was direkt vor seinen Augen passierte. Als sein Gehirn schließlich seine Funktion wiederaufgenommen hatte, hatte er vor Entsetzen schweißnasse Hände.

Steckte Jack etwa mit seiner Frau unter einer Decke? Grit würde doch niemals das Martyrium, das sie zu Hause erlebte, gegen ein anderes, womöglich noch schlimmeres eintauschen?

Ein erstickter Schrei entfuhr seiner Kehle, und er war nahe daran, sich das Küchenmesser, das vor ihm lag, in den Hals zu rammen und seinem Elend ein Ende zu setzen. Er packte den Griff, stieß einen Schrei aus und donnerte die Messerspitze mit der wenigen Kraft, die er noch hatte, in die Arbeitsplatte.

Dann nahm er im Augenwinkel eine Bewegung wahr. Rasch blickte er auf und sah, wie Jack zurück zur Abfalltonne lief. Erst als der den Deckel erneut anhob, die Mülltüte abermals aus dem Behälter fischte, ein kleines Loch hineinbohrte und einen Teil des Inhalts in den Plastikbehälter in seiner Hand laufen ließ, verstand Christian.

Prompt bekam er vor Erleichterung weiche Knie. Jack kollaborierte nicht mit Grit; er hatte nur die Nerven behalten und bedacht, dass es auffallen könnte, wenn der ganze Müllbeutel sich plötzlich in Luft aufgelöst hätte.

***

Als Rosie am nächsten Tag um halb zwölf mit einer kleinen Tasche, die der, die Nora aus Murnau mitgebracht hatte, zum Verwechseln ähnlich sah, in die Klinik kam, klopfte sie am Schwesternzimmer und streckte den Kopf hinein.

»Guten Morgen, sagen Sie, ist Schwester Luisa heute hier?«, fragte Rosie freundlich und schenkte dem neuen Gesicht ein argloses Lächeln. »Wissen Sie, ich habe schon angerufen, aber da ging niemand ans Telefon, und ich –« Rosie unterbrach sich und schaute verlegen zu Boden. Doch sie schien sich schnell wieder im Griff zu haben, denn sie streckte ihren Rücken durch und redete einfach weiter. »Ich wollte nur eine Auskunft von ihr. Ist sie denn da?«

»Luisa hat Spätdienst, die kommt erst gegen fünfzehn Uhr. Was brauchen Sie denn?«

»Meine Enkelin wurde gestern hier eingeliefert. Ich wollte nur wissen, ob sie allein ist.«

»Ach, Sie sind die Dame, die mit dem Rocker aneinandergeraten ist?«

Rosie nickte und machte ein unglückliches Gesicht. In Wirklichkeit war sie ausgesprochen erfreut, zu hören, dass ihr gestriger Auftritt bereits Früchte trug.

»Kommen Sie mit«, forderte die junge Pflegerin, deren Namen verkehrt herum an ihrem Kittel steckte, Rosi auf. Sie lief voraus, streckte den Kopf in Noras Zimmer und gab Entwarnung. »Sie ist allein.«

»Hallo, Oma.« Nora lächelte. »Was bringstn da?«

Rosie packte die Tasche aus, stellte zwei Warmhalteschüsseln auf den fahrbaren Ablagetisch und zog den Deckel von der größeren ab. »Das sieht nicht mehr so toll aus, wenn's püriert ist. Aber es war mal eine Rindsroulade.« Unter dem Deckel der zweiten Dose kam eine Portion Kartoffelpüree zutage.

»Mmh.« Nora seufzte wohlig, als ihr der Duft in die Nase stieg und das Wasser im Mund zusammenlief. »Danke! Du bist 's Highlight des Tages, echt. Des, was die einem hier vorsetzen, des is total greislich! Aber des da, des riecht himmlisch!«

Rosie lächelte und kippte das Püree vorsichtig zu der Roulade. Dann nahm sie den Hartplastikstrohhalm von dem leeren Tablett, setzte sich zu Nora aufs Bett, steckte ihr den Halm vorsichtig zwischen die Lippen und hielt ihr die Schüssel so hin, dass sie den Inhalt bequem aufsaugen konnte.

Irritiert sah sie Nora an, die immer wieder den Kopf so weit nach hinten hob, dass das Röhrchen aus der Pampe glitt und ihr Saugen ein gurgelndes Geräusch machte. Als Rosie sie bereits zum zweiten Mal darauf hinwies, dass sie den Kopf unten halten sollte, zischte sie nur ein leises »Ssst« zwischen den Zähnen hervor, worauf Rosie, die sich auf Noras Verhalten keinen Reim machen konnte, nichts weiter sagte.

Es dauerte nicht lange, bis sie verstand, was Nora bezweckte. Die Zimmernachbarin gab ein angewidertes Stöhnen von sich, worauf Nora ihre Bemühungen noch verstärkte. Als das Saugen kurz darauf in ein ekliges Röcheln überging, hatte die ungeduldige Zicke im Nebenbett genug. Sie warf Nora einen strafenden

Blick zu, sprang mit einem Satz aus dem Bett, wühlte hektisch in einer Schublade nach ihren Zigaretten, schnappte sich ihren Bademantel und suchte das Weite.

Kaum dass sie zur Tür hinaus war, streckte Nora ihren Kopf nach vorn, das Röcheln fand abrupt ein Ende, und dann sah Rosie, wie Nora den Strohhalm vor Lachen kaum noch im Mund halten konnte.

»Du bist ja eine ganz Raffinierte«, stellte Rosie schmunzelnd fest. »Gut, dass du nicht wirklich meine Enkeltochter bist. Ich hätte dir schon Manieren beigebracht.«

Nora ließ den Strohhalm los und lehnte sich erschöpft zurück. »Die is so was von neugierig, des glaubst du ned. Aber i hab gestern schon gmerkt, dass die an Vogel kriegt, wenn i schmatz. Dann haut sie ab und geht eine rauchen. Und mir können ungestört redn.«

Rosie lächelte und half Nora, das Röhrchen wieder zwischen die Lippen zu klemmen, worauf sie wohlig an Rosies Gourmetküche nuckelte.

»Das war schlau von dir«, stellte Rosie fest. »Von daher könntest du doch mit mir verwandt sein.«

Sie lächelte, senkte die Stimme und erzählte Nora von ihrem Zusammentreffen mit Rettberg am Vortag und dem anschließenden Grillabend bei Sauerwein.

Als Nora satt war, fragte Rosie: »Hat sich hier schon was getan?«

»Na, überhaupt nix. Aber Miss Rührmichnichtan vom Nachbarbett hat glei an guten Eindruck von meinem Schatzi bekommen. Der hat sie angschnauzt, dass sie ihn ned so blöd anschaun soll, sonst würd er ihr eine knallen. Darauf is sie wie von der Hex gjagt zur Tür raus und is erst wiederkommen, als Mike wieder weg war. Hoffentlich kriegt sie ned a no a Lungenentzündung, so oft, wie sie jetzt zum Rauchen muss.«

Nachdem Nora auch noch den aus selbst gemachtem Apfelmus bestehenden Nachtisch verdrückt hatte, packte Rosie die benutzten Schüsseln in die Tasche, die neben Nora auf dem Fensterbrett stand. Die mitgebrachte Tasche stellte sie genau so auf die Ablage, dass einem Beobachter kein Unterschied aufgefallen wäre. Als kurz darauf Rettbergs SMS kam, verabschiedete sich Rosie von Nora und verschwand.

***

»Und, ist alles gut gegangen?«, fragte Eva, als sie am Abend bei Kristina hereinschneite. Sie umarmte Rosie, die in Kristinas Designerküche stand und in einem großen Topf rührte.

»Bestens«, bestätigte Rosie. »Wenn man davon absieht, dass deine Kollegin ein durchtriebenes Mädel ist.«

»Wieso das denn?« Unauffällig zog Eva die Besteckschublade auf, holte einen kleinen Löffel heraus und tauchte ihn in die dunkelbraune sämige Flüssigkeit, als Rosie einen Augenblick nicht hinschaute.

»Du hältst dich wohl für besonders klug, was?«

Evas Hand hielt auf dem Weg zu ihrem Mund inne. Irritiert starrte sie auf Rosies Rücken. »Seit wann hast du Augen im Hinterkopf?«, fragte sie schließlich belustigt und steckte sich den Löffel doch noch in den Mund.

Rosie drehte sich um und drohte ihr mit einem großen und allem Anschein nach sehr scharfen Küchenmesser. »Wenn du in meiner Küche stehst, dann weiß ich mit verbundenen Augen und verstopften Ohren, was du machst. Ich hab dir schon mal gesagt, dass ich …«

»… alt bin, aber nicht blöd«, ergänzte Eva den Satz und seufzte. »Ich weiß. Aber sieh es einfach als Kompliment an. So gut, wie du kochst, kann ich das Naschen auch unter Androhung der Todesstrafe nicht sein lassen.«

Kristina, die inzwischen den Datenträger aus dem Aufnahmegerät in Noras Tasche entfernt hatte, hatte das Gespräch aus dem Esszimmer mitverfolgt. Nun kam sie herüber, drückte Eva einen Kuss auf die Wange, nahm ihr den Löffel aus der Hand und bestätigte Sekunden später deren Meinung von Rosies Kochkünsten.

»Ihr verschwindet jetzt sofort aus der Küche«, protestierte Rosie. »Sonst gibt es ein Unglück.«

»Und wie soll das aussehen?«, fragte Eva neugierig.

»Ich friere das ganze Zeug ein und bestelle euch eine Pizza.«

»Bäh. Das riskieren wir besser nicht«, sagte Kristina und zog Eva mit sich nach nebenan. Dort lief das Video auf ihrem Laptop in zwanzigfacher Geschwindigkeit.

»Das kann sich doch kein Mensch ansehen«, monierte Eva. »Da wird es einem höchstens schlecht.«

»Dann sieh nicht hin. Das macht der Rechner ganz von allein.«

»Echt? Wie denn das?«

»Sobald ein Ton gesprochen wird, zeichnet ein Programm jedes Wort auf. Mittels Spracherkennung funktioniert das schon ganz gut. Zumindest, wenn jemand recht deutlich spricht, was bei Nora leider nicht der Fall ist. Das Genuschel in Kombination mit ihrem Dialekt ist eine ganz schöne Herausforderung. Aber daran arbeite ich noch.«

Eva grinste. Sie wusste genau, was Kristina meinte. »Und was noch?«

»Wie was noch? Das ist doch schon eine ganze Menge.«

Das war es tatsächlich. Eva kannte ihre Freundin aber zu gut und ahnte, dass diese noch etwas in petto hatte.

»Ein zweites Programm zeichnet Bewegungen auf. Personen, die bekannt sind, werden dabei herausgefiltert. Zum Beispiel Mike. Wenn der auftaucht, dann beachtet die Routine ihn nicht. Der Film läuft weiter und setzt erst dann einen Marker, wenn Mike wieder aus dem Bild verschwunden ist.«

»Du meinst, weil in seiner Gegenwart eh nichts passieren wird, was von Belang ist?«

»Genau. Ich meine, niemand wird es darauf anlegen, ihm im Krankenhaus an den Kragen zu gehen. Dort sind zu viele Menschen und damit zu viele Zeugen. Und in seiner Gegenwart wird sich auch niemand zu einer Äußerung hinreißen lassen, wie man ihn aus dem Weg schaffen könnte.«

»Aber woher weiß das Programm, dass das Mike ist und nicht jemand anderer?«

»Weil ich ihm beigebracht habe, Mikes Bewegungsabläufe und seine Statur zu erkennen.«

»Und das funktioniert? Bist du dir da ganz sicher?«

»Sogar besser als bei dir.«

»Wieso das denn? Ich meine, immerhin bin ich ein Mensch, der die Dinge ganz anders erfassen kann als ein Computer.«

»Und eben weil das so ist, kannst du dich täuschen. Bei Mike ist das schwer, zugegeben. Dazu ist er zu auffällig. Aber wenn du einen ganz normalen Durchschnittsmenschen nimmst. Dich zum Beispiel.«

Kristina kicherte, als Eva die Augen verdrehte. »Du bist eine Frau von normaler Größe, schlank, bewegst dich normal, damit meine ich, dass du nicht humpelst oder unter unkontrollierbaren Zuckungen leidest. Alles also im grünen Bereich. Wenn du es darauf ankommen lässt, dann kannst du dich so verkleiden, dass dich kaum einer erkennt. Du setzt eine Perücke auf, ziehst hohe Schuhe an, einen Blazer mit Schulterpolstern, fängst an zu hinken. Davon würden sich die meisten Menschen hereinlegen lassen. Weil das menschliche Gehirn darauf programmiert ist, das in Sekundenbruchteilen wiederzuerkennen, was es schon weiß. Damit bleiben deinem Oberstübchen genügend Ressourcen, um Unbekanntes zu erfassen.«

Kristina huschte in die Küche, holte eine bereits geöffnete Flasche Prosecco aus dem Kühlschrank und schenkte die Gläser voll, die auf dem Esstisch standen, bevor sie weiterredete:

»Der Computer hat unendlich mehr Rechenleistung als ein menschliches Gehirn. Während andere Personen sich von dir austricksen lassen, erkennt das Programm sofort, dass du es bist. Die Computergeneration, die das nicht merken würde, steht heutzutage bereits im Museum.«

Nach dem Essen hatte sich Eva auf Kristinas Angebot eingelassen, ebenfalls bei ihr zu übernachten.

»Ich würde uns auch ein schönes Fläschchen Wein aufmachen, nachdem du endlich gemerkt hast, dass es auch außerhalb Italiens gute Winzer gibt«, neckte sie Eva. »Aber wenn du unbedingt nach Hause willst, dann bekommst du nur Wasser.«

Dem Angebot konnte Eva schlecht widerstehen. Sie rief kurzerhand bei ihrer Nachbarin an, fragte, ob die den Kater versorgen könnte, und legte zufrieden wieder auf.

»Es ist einfach großartig, wenn man Nachbarn hat, auf die

man sich verlassen kann«, sagte sie und sah Kristina fragend an. »Und wo bleibt nun der Wein?«

***

Am nächsten Morgen stand Eva unter der Dusche, als Kristina ohne zu klopfen ins Bad kam. Zumindest hörte sie nichts, weil sie in irgendwelche Träume versunken unter der Regenwaldbrause stand. Zu Hause hatte sie nur eine Badewanne, und der Wasserdruck in dem nicht mehr ganz neuen Gebäude war bestenfalls ein Witz. Sie schrak aus ihren Träumen, als über ihrem Kopf ein Lüfter ansprang, und riss die Augen auf. Als sie den Schatten sah, der am Waschbecken stand, zuckte sie zusammen.

»Mein Gott, hast du mich erschreckt«, sagte sie, als sie Kristina erkannte. »Musst du dich so anschleichen?«

»Ich bin nicht geschlichen, ich habe angeklopft. Sogar drei Mal«, stellte Kristina richtig. »Weißt du, ich habe nichts dagegen, wenn du das Bad eine Stunde lang belegst. Dafür ist es ja ein Gästebad. Du kannst von mir aus auch den ganzen Inn durchs Haus laufen lassen, wenn du das brauchst. Aber ich würde mich freuen, wenn du davor wenigstens die Lüftung anstellst. Schau mal, wie das jetzt hier aussieht.« Kristina deutete auf die Wände, an denen sich so viel Feuchtigkeit abgesetzt hatte, dass sich bereits kleine Rinnsale gebildet hatten, die über die Fliesen nach unten liefen. »Wenn das wieder abgetrocknet ist, sieht das ziemlich übel aus. Jetzt schau nicht wie ein Reh«, sagte sie, als Eva sie reuevoll ansah und sich kleinlaut entschuldigte.

»Ich komme heute nach der Arbeit vorbei und putze, versprochen.«

»Das wirst du schön bleiben lassen. Das mit dem Putzen meine ich. Meine Reinigungsfachkraft kommt in zwei Tagen, die macht das dann.«

Kristina schmunzelte, als Eva bei dem politisch überkorrekten Ausdruck zu kichern anfing, zog das überdimensionale Badehandtuch von dem voll aufgedrehten Handtuchwärmer und wickelte Eva darin ein.

»Aber eigentlich wollte ich, dass sie die Fenster putzt, nicht das Gästebad bis zur Decke hoch.« Kristina winkte ab, als Eva sie unterbrechen wollte. »Wurscht. Bleiben die Fenster eben eine Woche länger schmutzig. Aber wenn du bei deiner nächsten Duschorgie das Bad wieder in eine Dampfsauna verwandelst, dann putzt du selbst. Und jetzt sieh zu, dass du fertig wirst. Rosie hat Frühstück gemacht.«

In dem Augenblick erklang vor der Tür ein Räuspern. »Guten Morgen, Eva.« Rosie kam herein und drückte Eva einen Becher Tee in die Hand. Dann wandte sie sich an Kristina. »Irgendwas in deinem Büro macht komische Geräusche.«

Alarmiert sah Eva von der nach frischer Pfefferminze duftenden Tasse auf. »Vielleicht hat dein Programm was gefunden.«

Kristina war schon auf dem Weg in ihr Arbeitszimmer. »Das glaube ich kaum«, sagte sie über ihre Schulter hinweg. »Das war gestern schon komplett durchgelaufen.«

Eine Minute später rief sie nach Eva. »Nicht gut«, murmelte sie, als die mit einem Handtuch auf dem Kopf herüberkam. Sie sah auf und hatte einen undefinierbaren Ausdruck aufgesetzt.

»Ich glaube, für dich wird es nix mit Frühstück. Es gibt einen neuen Todesfall.«

»Was?«, fragte Eva alarmiert. »Wer denn?«

»Die Routine, die ich geschrieben habe zum Abgleich der verletzten Frauen mit ihren Männern, weißt du, was ich meine?«

Als Eva nur nickte, fuhr sie fort: »Ich habe das Programm nicht abgeschaltet, sondern einen Alarm eingestellt für den Fall, dass etwas Neues passiert. Und das war es, was Rosie vorhin gehört hat. Vor einer halben Stunde hat das Gemeindeamt Miesbach die neuen Todesanzeigen veröffentlicht. Und da haben wir einen neuen Kandidaten.«

»Scheiße«, traf Eva den Nagel auf den Kopf. »Damit sind unsere schlimmsten Befürchtungen eingetroffen. Und alles nur, weil der Richter uns die Ermittlungen bei den Frauen untersagt hat.« Sie zerrte das Handtuch vom Kopf. »Ich muss los. Kannst du bitte Martin anrufen und ihm schon mal Bescheid geben? Ich rufe ihn dann vom Auto aus an.«

»Zieh dir aber bitte was an, bevor du verschwindest«, scherzte Kristina, während sie Sauerweins Nummer wählte.

Fünf Minuten später war Eva fertig angezogen und mit feuchten Haaren abmarschbereit. »Es tut mir leid, Rosie, ich kann nicht zum Frühstück bleiben.« Sie drückte ihr einen Kuss auf die Wange. »Danke noch mal für das tolle Abendessen. Wir sehen uns später.«

»Halt«, befahl Rosie, als Eva zur Tür hinausstürmen wollte. Seit sie Kristina vor zwei Jahren gesund gepflegt hatte, als die einem Serienmörder in letzter Minute von der Schippe gesprungen war, kannte sie sich in der Küche aus wie in ihrer eigenen. Als sie mitbekommen hatte, dass Eva wegmusste, hatte sie einen Thermobecher aus dem Schrank geholt, einen doppelten Latte macchiato hineingefüllt, zwei Brote mit Käse und Schinken belegt und in Butterbrotpapier gewickelt. Jetzt drückte sie Eva alles in die Hand.

»Du bist toll. Danke!« Eva warf ihr eine Kusshand zu und flitzte zur Tür hinaus.

Als sie im Auto saß, wählte sie Sauerweins Nummer. »Hast du schon mehr rausbekommen?«

»Nur dass der Tote Klaus Gruber heißt, zweiundvierzig Jahre alt geworden ist und bereits zur Bestattung freigegeben wurde. Und zwar zur Feuerbestattung. ›Natürliche Todesursache‹, steht auf dem Totenschein.«

»Alles wie gehabt also«, sagte Eva mit vollem Mund. »Weißt du auch schon, wo?«

»Ohne dass ich jetzt auch nur ein Wort verstanden hätte, gehe ich davon aus, dass du wissen willst, wo der gute Gruber bestattet werden soll. Und ja, das habe ich bereits herausgefunden. Am Friedhof Aising. Morgen um zehn.«

Eva schluckte den Bissen herunter und spülte mit Kaffee nach. »Mist. Dann ist er vielleicht schon kremiert. Weiß man, wer die zweite Leichenschau vorgenommen hat?«

»Dyrkhoff war es nicht, ist aber dabei, es in Erfahrung zu bringen. Dummerweise hat er seine Kollegen nicht vorab informiert, worauf sie seiner Meinung nach achten müssten.«

Eva stöhnte. Der, seiner eigenen Meinung zufolge, weltbeste Rechtsmediziner des Planeten fing an Fehler zu machen. »Das darf doch nicht wahr sein«, sagte sie. »Hat der nicht mehr alle

Tassen im Schrank? Oder ist er darauf aus, die Lorbeeren allein einzuheimsen? Können wir nicht anordnen, dass alle männlichen Leichen, die eine natürliche Todesursache auf dem Totenschein stehen haben und kremiert werden sollen, vor der Einäscherung in die Rechtsmedizin gebracht werden *müssen*?«

»Leider fehlt uns dazu die Handhabe, das weißt du so gut wie ich. Aber genau deswegen ist ja die zweite Leichenschau im Krematorium durch einen Rechtsmediziner gesetzlich vorgeschrieben. Wenn der nichts findet, was auf einen unnatürlichen Tod schließen lässt, dann ist es eben so, wie es ist. Das Einzige, was mir ad hoc einfällt, ist, dass Dyrkhoff ab sofort sämtliche Toten, die zur Kremierung vorgesehen sind, selbst begutachtet.«

Sauerwein unterdrückte ein Gähnen. »Oder wir haben Glück, und der Leichnam wurde noch nicht verbrannt, dann könnten wir ihn doch noch in die Rechtsmedizin verlegen lassen, jetzt allerdings nur noch mit einem richterlichen Beschluss, vorausgesetzt, Kirchberg rückt diesmal einen heraus. So langsam muss selbst ihm klar werden, dass das alles kein Zufall mehr sein kann.«

»Vergiss es. Der wird dir nur erneut erzählen, dass es kein hinreichendes Tatmotiv gibt, und da die Toten keinerlei Gemeinsamkeiten hatten, fällt auch das aus.«

»Außer, dass alle ihre Frauen verprügelt haben.«

Eva lächelte in sich hinein. Normalerweise war es ihr Part, etwas Unmögliches durchsetzen zu wollen, und Sauerweins, ihr die Flausen wieder auszutreiben. Dass ihre Rollen plötzlich vertauscht waren, konnte nur bedeuten, dass Sauerwein am Ende seiner Geduld war.

»Das lässt sich aber nach wie vor nicht beweisen«, sagte sie schließlich. »Solange die Damen darauf bestehen, von der Leiter, vom Rad oder von mir aus auch aus einem Flugzeug gefallen zu sein, haben wir nichts in der Hand. Aber wie auch immer, ruf Kirchhof an und tritt ihm auf die Füße. Schaden kann das ja nicht. Ich fahre zum Friedhof und versuche, die Kremierung aufzuhalten, falls das noch möglich ist.«

Eine Viertelstunde später stellte Eva ihren Smart auf dem Gehsteig vor dem Friedhof ab. Sie fragte sich zum Krematorium durch und stand schließlich vor einem schwarz gekleideten

Herrn, der eine Miene zur Schau trug, als würde er selbst eingeäschert werden.

»Wen suchen Sie?«, schrie der Bestatter und deutete auf sein Ohr. »Ich hab mein Hörgerät vergessen, Sie müssen laut reden!«

»Ich bin von der Polizei«, brüllte Eva zurück und hielt ihm ihren Dienstausweis vor die Nase.

Misstrauisch beäugte er das laminierte Dokument und verglich das Foto mit der Person, die ihm leibhaftig gegenüberstand. Dass er dabei ungebührlich nahe kommen musste, schien ihn nicht zu stören. In Eva erweckte sein Verhalten den Eindruck, dass er nicht nur sein Hörgerät, sondern auch seine Brille verschusselt hatte.

»Aha. Frau Neumeier. Was wollen Sie?«

Eva, die sich im Lauf ihres Erwachsenenlebens daran gewöhnt hatte, dass mindestens dreißig Prozent der Menschen, denen sie ihren Namen nannte, nicht zuhörten oder, wie der schwerhörige Mann vor ihr, ihn nur zur Hälfte lasen, verzichtete darauf, ihn zu berichtigen.

»Ich suche einen Toten, der zur Einäscherung hierher geschickt wurde. Klaus Gruber. Hier«, sie zog einen zusammengefalteten Papierbogen aus ihrer Jackentasche und wedelte damit, ohne ihn auseinanderzufalten. »Mit dem müssen Sie noch warten, da gibt es Unstimmigkeiten.«

»Was?«

»Klaus Gruber«, schrie Eva. »Noch nicht kremieren!«

»Ach so! Ja. Den können Sie mitnehmen. In dem Zimmer da drüben. Der Zweite von links.«

Mitnehmen? Das war einfacher als gedacht. Ungeachtet der pietätvollen Atmosphäre, die in den Räumen herrschte, hätte sie bei dem Gedanken, wie sie den Verstorbenen in ihren Smart packen sollte, fast zu kichern begonnen. Schuldbewusst verdrängte sie den Gedanken und lief dem Bestatter hinterher, der bereits an der Tür zum Nebenzimmer stand und ungeduldig mit der Hand winkte.

»Da«, brüllte er. »Ich muss ihn nur noch umfüllen.«

Verständnislos starrte Eva ihn an, dann folgte ihr Blick seinem ausgestreckten Zeigefinger.

Drei Minuten später hatte sie die ehrwürdigen Hallen wieder verlassen und drückte die Wiederwahltaste. »Keine Chance«, sagte sie resigniert. »Gruber wurde heute früh um sechs Uhr eingeäschert. Als ich kam, war die Asche noch warm.«

»Scheiße, Scheiße, Scheiße.« Sauerwein konnte nicht mehr an sich halten. »Das darf doch alles nicht wahr sein! Aber gut«, fuhr er seine Emotionen wieder runter. »Ich gehe trotzdem zu Kirchberg und konfrontiere ihn mit dem, was wir jetzt haben. Wir können nicht länger zusehen, wie die Männer umfallen wie die Fliegen und wir nichts an die Hand bekommen, das zu verhindern.«

In seiner Wut blendete er völlig aus, dass der dickste Trumpf, den sie hatten, Nora Wallner hieß und fest in ihrer Hand steckte.

***

Zwei Tage lang gab es keine besonderen Vorkommnisse im Krankenhaus. Die Krankenschwestern kamen und gingen, brachten Nora Frühstück und ein kleines Abendessen und hatten schnell akzeptiert, dass die Oma der Patientin ganz offensichtlich eine herausragende Köchin war und ihre Enkelin jeden Mittag bekochte wie ein Weltmeister. Dazu war die alte Dame zum gesamten Personal sehr nett und liebenswürdig und hatte stets kleine Aufmerksamkeiten in ihrer Tasche, die sie gerecht unter den Pflegerinnen verteilte. Manchmal ergab sich auch die Gelegenheit zu einem kleinen Plausch, in dem Rosie fein dosiert ihr Leid schilderte, das sie mit dem Mann ihrer Enkeltochter hatte, und die Sorgen, die sie sich um dieselbe machte.

»Wissen Sie, meine Nora ist bei mir aufgewachsen, weil ihre Mama früh gestorben ist. Sie war so ein liebes Kind! Und ein kleiner Wildfang dazu. Statt mit Puppen zu spielen, ist sie mit den Jungs auf die Bäume geklettert, so flink wie ein Eichhörnchen. Kleider und Röcke hat sie damals nur gegen Bestechung angezogen.« Mit einem wehmütigen Lächeln blickte Rosie in den Garten hinaus. »Das ist heute anders. Heute zieht sie sich gern hübsch an.«

Etwas schien ihr in den Sinn gekommen zu sein, da sich ihre

Miene verfinsterte. »Na ja. Leider kommt sie nicht mehr so oft dazu, hübsche Sachen zu tragen. Weil sie sich ständig verletzt, verstehen Sie? Ich verstehe das nämlich nicht. Wie kann ein so junger Mensch ständig mit dem Fahrrad stürzen oder von einer Leiter fallen, dem früher kein Baum hoch genug sein konnte?«

»Sie glauben nicht, dass ihr diese Unfälle wirklich passiert sind?« Schwester Luisa, die Rosie bereits an Noras erstem Tag gegen Rettberg zur Seite gestanden hatte, hatte die nette alte Dame mit auf einen kleinen Balkon genommen, den das Personal nutzte, um frische Luft zu schnappen.

Rosie zog die Schultern nach oben. »Ich weiß es nicht. Jedes Mal, wenn ich etwas sage, wird Nora trotzig und behauptet, dass ich mir nur etwas einbilde. Sie hat sich völlig zurückgezogen. Ihre Freunde rufen jetzt schon bei mir an, weil sie Nora nicht mehr erreichen können und sie sich auch nicht mehr meldet. Das heißt«, Rosie schien über etwas nachzudenken, »es hat schon lange niemand mehr angerufen. Nur Eva, eine Freundin aus Kindertagen, kommt noch ab und zu vorbei. Die Liebe!« Rosie wackelte bedrückt mit dem Kopf. »Eva ist die Einzige, die Nora überhaupt noch an sich ranlässt.«

»Und was denkt Eva über die ganzen Verletzungen?« Luisa linste durch die verglaste Tür zu der Uhr, die über dem Schwesternzimmer hing. Obwohl sie keine Zigarette hatte rauchen wollen, überlegte sie es sich kurzerhand anders, als sie sah, dass sie noch fünf Minuten Pause hatte.

»Ach, Eva. Die ist ein Dummchen. Und total in Nora verschossen. Die glaubt ihr alles, was die erzählt.«

Luisa sah Rosie nachdenklich an, dann überzog eine feine Röte ihr Gesicht. »Entschuldigung«, sagte sie verlegen und zog hastig die Packung aus ihrem Kittel. »Wollen Sie vielleicht auch eine?« Es war ihr unendlich peinlich, dass sie noch nicht mal auf die Idee gekommen war, der großzügigen Dame eine Zigarette anzubieten.

»Ach was, Sie müssen sich nicht entschuldigen. Ich hatte nie das Verlangen, das auszuprobieren. Mein Mann hat geraucht, aber das ist lange her.« Mit einem wehmütigen Lächeln sah Rosie zum Simssee hinüber, auf dem einige Stehpaddler über den See staken. Sie konnte sich gut vorstellen, dass es einen Heidenspaß machte, auf den wackligen Dingern vor den im Zwielicht liegenden Chiemgauer Alpen zu balancieren.

»Wo waren wir stehen geblieben?«, fragte sie arglos, als sie wieder nach drinnen gingen.

»Bei Noras Freundin. Eva. Sie sagten, dass sie ein wenig naiv ist?«

»Ein wenig ist noch untertrieben. Eva ist total lieb, harmlos und, ja, ich weiß auch nicht, wie man das sagt. Zurückgeblieben ist ein zu hartes Wort. Zu gut für diese Welt trifft es vielleicht besser.«

Als die beiden Frauen um die Ecke in den Flur bogen, in dem Noras Zimmer lag, liefen sie in Rettberg hinein, der wie ein Schrank an der Wand lehnte und auf seinem Handy herumtippte. Als er Rosie bemerkte, wurden seine Augen schmal.

»Du schon wieder«, sagte er gefährlich leise. »Ich habe dir doch gesagt, dass du dich hier nicht mehr blicken lassen sollst.«

»Ich lasse mir von Ihnen nicht verbieten, meine Enkelin zu besuchen«, erhob Rosie die Stimme. »Aber das passt zu Ihnen, mir zu drohen, feige, wie Sie sind. Sie trauen sich ja nur, weil Sie drei Köpfe größer sind als ich.«

Luisa blickte alarmiert von einem zum anderen. Doch Rosie schob Luisa ein Stückchen zur Seite und sagte: »Lassen Sie nur, Kindchen. Ich muss das endlich mal klären. Dieses Riesenbaby gibt sonst doch keine Ruhe.«

Rettbergs Miene verfinsterte sich bei Rosies Worten zusehends. Und Luisa verfiel schier in Panik. Und dann ging zu allem Übel auch noch der Alarm über einem der Krankenzimmer los.

»Hören Sie auf, sich zu streiten, das bringt doch nichts. Und zwar alle beide! Das hier ist ein Krankenhaus, und ich muss Sie bitten zu respektieren, dass die Menschen hier Ruhe brauchen!« Luisa wandte sich an Rettberg. »Und Sie sollten sich schämen, eine alte Frau einzuschüchtern. Das ist doch armselig.«

Rettberg sah Luisa an, als wollte er ihr gleich an die Kehle. Seine Muskeln pumpten sich auf, und dann trat er einen Schritt nach vorn. Bevor Luisa darauf reagieren konnte, drängte sich Rosie zwischen die beiden.

»Luisa, Ihr Patient wartet. Los, gehen Sie schon, ich komme hier allein klar.«

Als Luisa, nicht ohne sich noch drei Mal umzusehen, in dem Zimmer verschwand, flüsterte Rosie Rettberg zu: »Sind Sie verrückt? Sie sollen doch die Schwestern nicht einschüchtern. Wenn Sie so übertreiben, dann erteilen die Ihnen noch Hausverbot.«

»Das sollen sie mal wagen«, knurrte Rettberg ebenso leise. Und lauter: »Wenn du altes Miststück nicht aufhörst, meine Frau gegen mich aufzuhetzen, dann setzt es was. Und zwar so, dass dir Hören und Sehen vergeht.«

Rosie musste sich nicht umdrehen, um zu wissen, dass jemand hinter ihr im Gang stand. »Sie wollen mir drohen?«

Als Rettberg sie nur böse anstarrte, setzte sie hinterher: »Ich sag Ihnen mal was. Dass Nora ständig von irgendwelchen Leitern fällt oder von einem Fahrrad, das können Sie von mir aus einem Ihrer kriminellen Kumpel erzählen. Egal, wie oft ihr beide das herunterbetet, ich glaube kein Wort davon. Weder Nora noch Ihnen. Und ich sage Ihnen noch was: Wenn das noch einmal vorkommt, dann gehe ich zur Polizei und zeige Sie an.«

Völlig ungerührt schob Rettberg die zierliche Rosie zur Seite. »Du bist verwirrt, altes Weib. Verschon mich mit deiner Leier. Und Sie glotzen nicht so blöd«, fuhr er den rothaarigen Krankenpfleger an, der hinter Rosie aufgetaucht war und sich nicht mehr von der Stelle zu rühren wagte, nachdem Rettberg sich zu voller Größe aufgebaut hatte.

Nun trat Rettberg noch einen Schritt auf das Jüngelchen zu und stellte sich so dicht vor ihn hin, dass der die pochende Ader an seinem Hals sehen konnte. »Gelauscht wird hier nicht, mein Freund, hast du das verstanden?«

***

Bereits am frühen Nachmittag parkte Jacks dunkelgrauer Mercedes in Sichtweite des Hauses seines kranken Freundes. Obwohl er nicht genau verstanden hatte, was Christian mit »warte, bis du den roten Topf siehst« gemeint hatte, beschloss er, eben genau das zu tun: zu warten. Da sein Arbeitgeber sowieso nicht wusste, was sein Außendienstmitarbeiter den ganzen lieben Tag trieb, Hauptsache, die Umsätze am Ende des Monats stimmten, stellte er die Lehne des Fahrersitzes ein Stück weit zurück, schlürfte an dem XXL-Kaffeebecher, den er in der Bäckerei drei Straßen weiter gekauft hatte, und blätterte in der Tageszeitung. Er stellte sich darauf ein, eine lange Zeit ausharren zu müssen, aber falls er auf der letzten Seite des Tagblattes noch immer keine Ahnung hatte, was es mit dem roten Topf auf sich hatte, dann würde er einfach klingeln.

Eine halbe Stunde später war er so in die Sportnachrichten vertieft, dass er fast nicht bemerkt hätte, wie sich das Garagentor hob und ein Mini Cooper aus der Einfahrt rollte. Erst als der Wagen beinahe auf der Höhe der Straße war, sah er, dass die Blonde, mit der er so viel Spaß gehabt hatte, am Steuer saß. Unwillkürlich zog er den Kopf ein und rutschte in seinem Sitz nach unten.

Sekunden später atmete er auf. Sie war zu abgelenkt oder zu sehr in Eile, um ihn wahrzunehmen. Kaum dass die Vorderräder die Fahrbahn berührten, gab sie Gas und fuhr davon. Er wartete ein paar Minuten, um zu sehen, ob sie nicht vielleicht etwas vergessen hatte und zurückkam. Als die Luft rein war, stieg er aus, versicherte sich mit einem Blick nach links und rechts, dass niemand ihn beobachtete, und lief mit langen Schritten auf das Haus zu. Und dann sah er, was Christian gemeint hatte: Im Küchenfenster stand ein knallroter Kochtopf. Offensichtlich das Zeichen, dass sein Freund allein im Haus war. Er grinste, dann drückte er den Klingelknopf.

Kurz darauf linste Christians bleiches Gesicht durch die Scheibe. Als er Jack sah, bekamen seine eingefallenen Wangen etwas Farbe, und er deutete ihm an, wieder nach hinten zu gehen.

Hoffnungsvoll drückte er sein Gesicht an das Glas und hielt ihm seine gekritzelte Frage hin: *Ist das Ergebnis da?*

Jack nickte bedrückt. Das gefaltete Blatt, das in seiner Jackentasche steckte, hatte keine guten Nachrichten. Er zog den Brief hervor und hielt ihn so, dass Christian lesen konnte, was darauf stand.

Christians Pupillen weiteten sich, als er sah, was das Labor festgestellt hatte. Als das Begreifen einsetzte, gaben seine Knie nach und er ließ sich zu Boden sinken. Wie blind tappte er nach der Klopapierrolle und dem Stift, die ihm aus der Hand geglitten waren. Er bekam das lose Ende zu fassen, zog daran und musste mit ansehen, wie sich die Rolle verselbstständigte, in den Flur rollte und sich Blatt für Blatt abwickelte. Doch das war egal. Im Augenblick war alles egal. Wenn es stimmte, was die Prüfung ergeben hatte, dann gab es für ihn in diesem Leben keine Hoffnung mehr.

ZWÖLF

»Der Gedanke, dass wir zum Warten verdammt sind und aktiv nichts weiter unternehmen können, macht mich noch wahnsinnig!« Eva stand in der Tür zu Sauerweins Büro und zupfte nervös an ihrer Unterlippe. »Dass jetzt noch ein Mann gestorben ist, ist doch wie ein Wink mit einem Zaunpfahl. Ich verstehe nicht, wie Kirchberg das alles ignorieren kann.«

Sauerwein sah sie milde an. »Das tut er ja gar nicht. Aber ihm sind die Hände gebunden, solange wir ihm nichts Tragfähiges vorlegen können.«

»Was?«, sagte Eva entsetzt. »Er nennt die ganzen Todesfälle allen Ernstes ›nichts Tragfähiges‹? Wie belastbar sollen die Beweise denn noch sein, die wir ihm vorlegen sollen?«

»Du lässt außer Acht, dass wir bislang allenfalls Indizien, aber eben keine Beweise haben. Außerdem kann es sich nur um ein paar Tage handeln, bis das Schauspiel in der Klinik die richtigen Zuschauer aus der Reserve lockt.«

»Und wenn nicht? Was ist, wenn uns die Person, auf die wir warten, längst durchschaut hat? Vielleicht haben wir ja mit unserem Theater völlig übertrieben, und die lachen hinter vorgehaltener Hand über uns.«

Sauerwein schüttelte den Kopf über Evas Ungeduld. »Ich finde das genauso wenig lustig wie du, nur um das klarzustellen. Aber das Einzige, was wir im Moment tun können, ist, abzuwarten. Egal, wie sehr es uns gegen den Strich geht.«

»Können wir uns zusammensetzen und einen Plan machen, wie wir die Wartezeit sinnvoll überbrücken können? Vielleicht finden wir ja einen Vorwand, die Frauen zu besuchen, die ebenfalls den Verdachtseintrag in ihren Krankenakten haben, deren Männer aber noch leben.«

»Nur dass wir nicht an diese Namen herankommen, solange uns eben die Beweise fehlen«, erinnerte Sauerwein sie. »Ich weiß genau, was du jetzt denkst: Kristina könnte allen Absprachen zum Trotz die Namen aus der Krankenhausdatei herausfiltern. Aber ich warne dich: Wenn du ihr den Auftrag erteilst, dann musst du damit rechnen, dass du hier in hohem Bogen rausfliegst. Ich kann dir nämlich nicht garantieren, dass ich solche Eskapaden decken kann. Und falls du immer noch nicht kapiert hast, was ich dir damit sagen will, ich untersage es dir ausdrücklich. Ich will dich nämlich als Mitarbeiterin nicht verlieren.«

»Mist.« Eva kniff die Lippen zusammen. Insgeheim hatte sie gehofft, Rückendeckung von ihm zu bekommen. Auch wenn sie wusste, dass das Missachten des Datenschutzes keine Lappalie war. »Und wegen der Besprechung? Können wir trotzdem …?«

»Von mir aus. Unter einer Bedingung: Ruf die Dornbach an und lad sie dazu ein.«

Die Psychologin war sofort bereit, den Kommissaren mit ihrem Rat zur Seite zu stehen. »Ich habe gleich einen Termin. Geben Sie mir eine Stunde, dann komme ich zu Ihnen.«

Tatsächlich marschierte sie bereits dreißig Minuten später, gefolgt von Karl, der sich wieder mal eine Babypause nahm, zur Tür herein.

»Einer Ihrer Kollegen hat seine Stunde bei mir wohl ›vergessen‹«, sagte Martha Dornbach ironisch. Sie war es gewohnt, dass viele Polizisten, die ihre Beratung in Anspruch nehmen konnten, sei es wegen eines Vorfalls im Dienst oder auch bei privaten Problemen, beim Einhalten ihrer Termine regelmäßig von Amnesie befallen zu sein schienen.

»Prima«, sagte Eva, stand auf und wandte sich an Max. »Hast du die Bedienungsanleitung gefunden?« Und als er sie nur verständnislos anschaute: »Noras Kaffeemaschine?«

Er sprang auf. »Ja, das Ding läuft wieder. Was hätten die Damen denn gern?«

Als zehn Minuten später fünf aromatisch duftende Cappuccini und eine von Eva spendierte Packung Kekse vor ihnen standen, erklärte Sauerwein Martha Dornbach, woran eine Zustimmung des Richters scheiterte.

»Kann ich nachvollziehen«, pflichtete sie Kirchbergs Einschätzung bei. »Das heißt, ich verstehe nicht nur seine Bedenken, auch von meiner Seite gibt es massive Einwände, die Frauen zu kontaktieren.«

»Warum denn?«, wollte Max wissen. »Ich meine, es ist schon klar, dass die uns ans Leder könnten, von wegen Datenschutz und so. Aber wir könnten doch vorgeben, dass wir uns wegen irgendwelcher Vorfälle im Krankenhaus umhören, oder sonst was in der Art.«

»Diese Überlegung haben wir schon ausdiskutiert, als du noch in deinem Kellerkabuff warst«, unterbrach ihn Karl. »Wir haben auch mit der Klinikleitung darüber gesprochen. Aber das fällt aus, weil die Angst um ihre Reputation haben. Und das kann ich verstehen. Wenn das die Runde macht, dann schadet das dem Ruf der Klinik über Jahre hinaus.«

»Na super«, meinte Max sarkastisch. »Die werden sich wundern, was es für ihr Image erst bedeutet, wenn rauskommt, dass sie einen Todesengel unter ihren Angestellten haben.«

»Falsche Bezeichnung. Ein Todesengel geht den Patienten direkt ans Leder und bringt nicht deren Partner um.«

»Und das macht es besser oder wie?«

»Hört auf mit dem Quatsch.« Sauerwein fing seine Pappenheimer ein, bevor sie den Punkt ausdiskutieren konnten. »Karl hat recht. Wenn rauskommt, dass, wer auch immer es sein mag, sich über das Krankenhaus seine Opfer sucht, und seien sie auch nur zweiten Grades, dann rollt ein Shitstorm auf die Klinik zu, den ich jetzt schon hören kann.«

»Gut, aber eigentlich kann deren Ruf nicht unsere Sorge sein, oder?« Eva angelte sich den letzten Keks aus der Packung. »Mir wäre lieber, wir konzentrieren unsere Energie auf das, was uns betrifft. Und das wäre das Thema Mord.«

»Ich erzähl Ihnen mal was.« Martha Dornbach unterbrach die nachdenkliche Stille, die nach Evas Worten entstanden war. »Es ist ein Gedankenspiel, und für den Moment möchte ich Ihre gesamten Überlegungen als zutreffend annehmen. Also Folgendes: Diese Frauen sind von ihren Männern verprügelt, misshandelt und vielleicht auch missbraucht worden. Sehen wir uns einmal die Männer an, die zu so etwas fähig sind. Haben Sie eine Vorstellung, wie diese Muster ablaufen?«

Die Kommissare sahen die Therapeutin nachdenklich an. Dann schüttelten alle vier wie auf Kommando den Kopf.

»Was ich Ihnen dazu mit auf den Weg geben will, ist, dass ausnahmslos jeder Mensch in eine Stresssituation geraten kann, in der zumindest der Impuls aufblitzt, sich gegen etwas zu wehren, das man nicht mehr kontrollieren kann. Sei es in einem Streit, wenn der andere uns rhetorisch überlegen ist, sei es, dass wir selbst körperlich angegriffen werden, oder sei es, dass wir beschimpft, verspottet oder verhöhnt werden.« Sie trank einen Schluck ihres bereits kalten Cappuccinos.

»Im schlimmsten Fall richtet sich diese Wut dann gegen das Opfer selbst. Leider erleben wir das in letzter Zeit immer häufiger, dass extrem schutzbedürftige Menschen, vornehmlich Kinder und Jugendliche, so angefeindet werden, dass sie letztlich den Schlag gegen sich selbst ausführen. Das sind dann die Kinder, von denen wir in der Zeitung lesen müssen, dass sie sich umgebracht haben.«

»Fürchterlich«, murmelte Sauerwein. »Ich würde durchdrehen, wenn meinen Mädchen so etwas zustößt. Aber ich verstehe noch nicht so ganz, worauf Sie hinauswollen?«

»Außerdem versteh ich überhaupt nicht, was ihr euch so habt. Schließlich scheint SM doch in Mode gekommen zu sein«, ereiferte sich Max. »Seit diesem Schmarrn, der monatelang auf den Bestsellerlisten stand und zu allem Übel auch noch verfilmt wurde, hat doch die halbe Welt mittlerweile entdeckt, dass sie sich entweder fesseln lassen oder zuschlagen will.«

Eva sah Max fassungslos an. Sie konnte noch immer nicht einordnen, ob seine dämlichen Sprüche nur provozieren sollten oder ob ihm wirklich die eine oder andere Latte am Zaun fehlte. »Du bist manchmal so ein Vollidiot, dass ich es kaum glauben kann. Wie kannst du nur –«

»Eva! *Eva!*« Sauerwein wurde laut, als sie nicht zuhörte. »Lass gut sein.«

Er wandte sich an Max. »Ich hoffe für dich, dass das nur ein Scherz gewesen ist, wenn auch ein selten dämlicher.«

Als wieder Ruhe eingekehrt war, fuhr Martha Dornbach fort: »Es ist eine Tatsache, dass das Repertoire, das Frauen in der Regel zur Verfügung steht, um sich zu wehren, schlicht und einfach ungenügend ist. Die meisten Menschen haben ein nur geringes

Gewaltpotenzial, dafür eine umso höhere Gewaltschwelle. Deswegen werden Themen wie Prävention, Verteidigung und Erkennen von Gewalt in Schulen oft nur nachrangig behandelt.« Martha Dornbach sah die braune Flüssigkeit in ihrer Tasse skeptisch an.

»Das und die Tatsache, dass Frauen dazu neigen, sich an schöne Erinnerungen zu klammern, macht es den Tätern leicht, ihre Opfer zu manipulieren und zu misshandeln. Dazu kommt, dass sich das Maß der Gewalttätigkeiten erst nur langsam, doch im Lauf der Zeit immer schneller steigert. Was mit ein oder zwei Ohrfeigen beginnt, geht mit zunehmendem Selbstbewusstsein der Täter in Hiebe und Tritte über.« Beim letzten Schluck aus ihrer Tasse verzog sie das Gesicht.

»Irgendwann geht es dann nicht mehr um eine Strafe für etwas, was die Frau in den Augen des Mannes falsch gemacht hat. Im Grunde genommen geht es sogar nie darum – es geht immer um ihn, um Machtdemonstration, Frust- und Aggressionsabbau und später auch um Lust. Nur ist es anfangs ein probates Mittel, die eigenen Schuldgefühle zu verdrängen, indem man die Schuld für die Schläge dem anderen in die Schuhe schiebt. Je öfter die Misshandlungen geschehen, desto mehr verschieben sich die Schuldgefühle und -zuweisungen in Richtung der wahrgenommenen Lust- und Machtgefühle, bis der Peiniger schließlich immer dann zuschlägt, wenn sich bei ihm genügend Druck aufgestaut hat, den er loswerden muss.«

Martha Dornbach hob die Hand, als Sauerwein sie unterbrechen wollte. »Ich weiß, was Sie sagen wollen. Sie wollen keine Misshandlungen aufklären, sondern die Mordfälle, die auf Ihrem Tisch liegen. Aber wir sind jetzt an dem Punkt angelangt, auf den ich die ganze Zeit hingearbeitet habe. Stellen Sie sich vor, Sie treten in Kontakt mit den Frauen, die wegen Verdacht auf häusliche Gewalttaten in der Klinik behandelt wurden. Ich bitte Sie zu bedenken, dass diese Frauen in einem Maß traumatisiert sind, das Sie sich nicht einmal ansatzweise vorstellen können. Diese Frauen sind verprügelt worden, sie wurden getreten, als sie bereits am Boden lagen, und man hat auch damit nicht aufgehört, als der erste Knochen gebrochen oder ein Organ irreparabel geschädigt war.«

Eva bekam bei der Schilderung der Psychologin Gänsehaut. Obwohl sie oft genug mit den menschlichen Abgründen konfrontiert wurde, hätte sie es vorgezogen, das alles gar nicht so genau zu erfahren.

»Vielleicht hat man die Frauen vergewaltigt, gewürgt oder mit einer Kette um den Hals bei Minusgraden nackt aus dem Haus geworfen«, fuhr Martha Dornbach unerbittlich fort. »Sie sind entsetzt? Ja, seien Sie entsetzt. Genau das passiert. Jeden Tag, auf der ganzen Welt und in allen sozialen Schichten. Was denken Sie, warum diese Frauen ihre Männer nicht verlassen? Weil die ihnen glaubhaft versichert haben, sie überall und jederzeit zu finden. All die bis dahin erlittenen Schmerzen wären dann nur der Anfang gewesen. Wahrscheinlich gibt es auch Todesdrohungen.«

Martha Dornbach machte eine Pause, um das Gesagte wirken zu lassen, und blickte in fassungslose Gesichter.

»Und nun kommen Sie und wollen mit diesen Frauen sprechen. Was denken Sie, was passiert? Das sind Frauen, die am Rande der Gesellschaft leben, sich zurückgezogen haben, damit sie mit niemandem über das reden müssen, was ihnen tagtäglich widerfährt. Weil sie Angst haben, ihr Partner erfährt von dem Gespräch, was ihm, selbst wenn sie Ihnen nichts sagen würde, trotzdem einen erneuten Anlass gibt, zuzuschlagen.« Sie sah die Kommissare eindringlich an.

»Was aber, wenn Sie ihn selbst antreffen? Er wird Ihnen gegenüber die Fassade aufrechterhalten, die er sich über Jahre antrainiert hat. Vielleicht wird er sich freundlich geben, besorgt über die Ungeschicklichkeit seiner Frau. Er wird Ihnen etwas zu trinken anbieten und so tun, als ob alles in bester Ordnung sei.« Sie hob die Hände und drehte die Handflächen nach außen.

»Vielleicht erleben Sie aber auch einen Menschen, der das Gegenteil davon ist und seine Aggressionen nicht im Griff hat. Jemanden, wie ihn Mike Rettberg gerade dem Krankenhauspersonal vorspielt. Der wird sie nicht einmal zur Tür hineinlassen. Vermutlich hat er auch keine Scheu, Ihnen zu drohen. So oder so, Sie werden nichts erfahren. Weder von der Frau noch von ihrem Mann. Aber was denken Sie, was geschieht, wenn Sie wieder weg sind?«

»Er wird seiner Frau die Schuld geben und seinen Frust an ihr auslassen«, murmelte Eva düster.

»Mit Sicherheit. Letztlich werden Sie sich vorwerfen, dafür verantwortlich zu sein, dass sie erneut in der Klinik liegt.«

»Verdammt.« Max konnte es nicht glauben. »Es muss doch irgendetwas geben, wie man diesen Typen das Handwerk legen kann.«

»Du bist gerade auf dem falschen Dampfer.« Eva rieb sich die Augen. »Wir wollen den oder die Mörder der Männer finden, nicht die noch lebenden Männer verhaften.«

»Lässt sich nicht beides unter einen Hut bringen?«, überlegte Karl laut. »Vor allem würden keine weiteren Morde mehr stattfinden, wenn die Männer damit aufhörten, ihre Frauen zu misshandeln.«

»Super Idee, Karl, das muss man dir lassen.« Max verdrehte die Augen. »Wir latschen einfach zu den ganzen Typen hin und sagen: Wissen Sie was, Ihre Frau wird Sie umbringen, wenn Sie so weitermachen. Wieso lassen Sie das mit dem Prügeln nicht, dann haben Sie immerhin eine winzige Chance, später noch die Rente vom Staat zu beziehen.«

»Idiot.« Karl grinste. »Und was machen wir nun?«

»Nichts.« Sauerwein sah Eva an. »Das dürfte jetzt ja wohl klar sein, oder?«

»Nein. Ich meine, ja, doch. Was ich sagen will, wir machen ja was. Indem wir warten, dass sich bei Nora was tut.«

»Hast du was getrunken?«, wollte Max wissen. »Oder warum stammelst du so rum?«

»Nur den Cognac, der im Kaffee war«, antwortete Eva mit unschuldiger Miene und stand auf. »Apropos Nora. Ich fahre jetzt zu ihr. Irgendwas, was ich ihr von euch ausrichten kann?«

Als Eva zur Tür hinaus war, stand Max rasch auf und fing an, die leeren Kaffeetassen einzusammeln. Karl, der ihm mit den Wassergläsern in die Küche folgte, wies er an, alles auf die Ablage zu stellen. »Ich räume das in die Spülmaschine, dann komme ich auch rüber.«

Kaum dass Karl verschwunden war, nahm Max den Kaffeebecher, den er auf den leeren Keksteller gestellt hatte, und schnupperte daran. Verwirrt steckte er seine Nase tiefer in die Tasse, dann kniff er den Mund zusammen.

»Du hast das echt geglaubt?«

Max fuhr herum und sah sich Eva gegenüber, die ihn verschmitzt anlächelte.

»Du lernst es echt nicht.« Sie drehte sich zu Sauerwein, der hinter ihr stand. »Hab ich dir doch gesagt. Ich bin jetzt weg, aber wenn ich wiederkomme, bekomme ich fünf Euro von dir.«

***

»Die sind aber schön.« Die etwa vierzig Jahre alte Krankenschwester nickte anerkennend, als Rosie einen frischen Strauß Blumen in einer Vase drapierte, die sie sich im Schwesternzimmer ausgeliehen hatte.

»Finden Sie?«, fragte Rosie schüchtern. »Es sind die Lieblingsblumen meiner Enkelin. Nora Wallner aus Zimmer vierzehn. Ich hoffe, dass sie auch die Farben mag.«

»Ach, bestimmt.« Die Schwester beugte sich über den Strauß und entfernte ein Stück Blumenpapier, das in das Bukett gefallen war. »Die Pastelltöne sind doch herrlich.«

»Ja, das finde ich auch. Ich habe Nora erst vor ein paar Tagen welche mitgebracht, aber die sind aus ihrem Zimmer verschwunden. Vielleicht haben die nicht gehalten, weil ich dummerweise einen Blumenstock gekauft habe. Schwester Luisa hat mir gesagt, dass das aber nicht erlaubt ist«, erklärte Rosie umständlich. »Wir haben sie dann einfach abgeschnitten und in eine Vase gestellt. Aber vielleicht waren sie dafür nicht geeignet.«

Die Schwester verzichtete darauf, Rosie zu erzählen, was sie von ihren Kolleginnen gehört hatte. Dass nämlich der fürchterliche Typ, der die Patientin immer nachmittags besuchen kam, einen Anfall bekommen hatte, als er hörte, von wem die Blumen stammten. Wie von allen guten Geistern verlassen war er, den kleinen Strauß in der Hand, aus dem Zimmer geschossen, hatte unter lautstarkem Fluchen den Stängeln die Köpfe abgerissen und alles in den Eimer vor dem Schwesternzimmer gepfeffert. Die fassungslose Luisa hatte er auch noch angemacht, dass sie besser dafür sorgen sollte, dass die alte Hexe, wie er Rosie uncharmant bezeichnete, kein weiteres Grünzeug mehr anschleppte.

»Ich bin Schwester Maria«, stellte sie sich der netten alten Lady vor, die ihr jetzt schon leidtat.

Wenn sich das Drama mit dem furchteinflößenden Rocker in ein paar Stunden wiederholte, dann würde sie sich schon am nächsten Tag darüber wundern, weshalb die frischen Blumen bereits wieder verschwunden waren. Maria nahm sich vor, darauf zu achten, den Strauß in Sicherheit zu bringen, sobald die Frau wieder gegangen war, und ihn erst dann wieder zurück ins Zimmer zu stellen, wenn Nora Wallners Mann das Haus verlassen hatte.

»Nennen Sie mich einfach Rosie. Irgendwie nennt mich niemand beim Nachnamen. Und Sie sind alle so freundlich, dass ich mich freuen würde, wenn auch Sie das tun würden.«

»Aber gern, Rosie«, sagte Maria und nahm ihr die Vase aus der Hand, um Wasser hineinzufüllen. »Sagen Sie mal, ich habe schon gehört, dass Sie sich mit dem Mann Ihrer Enkelin nicht besonders gut verstehen. Ich finde das total schade, dadurch haben Sie ja nur wenig Gelegenheit, Nora zu sehen, oder?«

Rosie nickte bedrückt. »Ja, das stimmt leider. Wissen Sie, Nora war immer so ein liebes Mädchen. Ich meine, das ist sie immer noch. Aber früher, da haben wir uns mindestens einmal in der Woche in der Stadt getroffen und waren zusammen beim Kaffeetrinken.« Sie lächelte wehmütig. »Und jeden Donnerstag kam sie zu mir. Als ich älter geworden bin und nicht mehr so gut laufen konnte, hat sie immer für mich eingekauft, mir im Haus geholfen und bei der Wäsche. Aber das ist leider vorbei. Jetzt sehen wir uns kaum noch.« Verstohlen senkte Rosie den Kopf und wischte sich über die Augen.

»Ich kann verstehen, dass Sie das bedrückt«, sagte Maria mitfühlend. »Und das ist so, seitdem sie diesen Mann kennt?«

»Ja genau. Er will nicht, dass wir Kontakt haben.«

»Schrecklich. Es ist tragisch, dass manche Menschen so besitzergreifend sind und ihren Partner nur für sich haben wollen.« Maria sah Rosie nachdenklich an. »Sagen Sie …« Maria zögerte, sie war unsicher, ob sie die Frau auf den Verdacht ansprechen sollte, über den das gesamte Personal hinter mehr oder weniger vorgehaltener Hand redete. Allerdings wollte sie auch kein Öl in Rosies eh schon fast mit Händen greifbare Besorgnis gießen.

»Ja?«, fragte Rosie, als Maria nichts mehr sagte. »Was denn?«

»Ähm, ich weiß nicht. Also nur mal so ein Gedanke.« Wie blöd. Mit dem Gestammel machte sie es nur noch auffälliger. Maria riss sich am Riemen. »Ich meine, es scheint so, dass Nora ein bisschen ungeschickt ist. Sie hat ja nicht nur die Verletzungen von dem letzten Sturz, sondern auch noch ein paar verheilte Rippenbrüche und eine alte Handgelenksfraktur. Und wenn jemand sich öfters so schwer verletzt, dann steckt oft ein Problem in der Motorik beziehungsweise im Gleichgewichtssystem dahinter. Wurde das bei Nora schon einmal abgeklärt?«

Rosie sah Maria mit großen Augen an. Vor Aufregung verschlug es ihr fast die Sprache. Klug, wie sie war, erfasste sie die wahre Bedeutung hinter Marias Frage in Sekundenschnelle.

»Nein«, sagte sie langsam, weil sie nicht wusste, was sie erwidern sollte.

Martha Dornbach hatte ihr geraten, lieber zu wenig als zu viel zu sagen, falls jemand die Sprache auf das Thema häusliche Gewalt bringen sollte.

Rosie fixierte einen großen braun schimmernden Fleck auf dem ansonsten grüngrauen Linoleumboden und zuckte hilflos mit den Schultern. »Nein, ich glaube auch nicht, dass sie damit Probleme hat«, fügte sie leise hinzu. »Früher hatte sie das jedenfalls nicht.«

»Okay. Ich denke, ich verstehe.« Maria rückte ein Stück näher. »Denken Sie, dass der Freund Ihrer Enkelin schuld an den Verletzungen ist?«

»Das weiß ich nicht.« Vor Aufregung wurde Rosie laut.

Als zwei Patienten, die fünf Meter entfernt im Flur standen, ihre Köpfe hoben und neugierig herübersahen, senkte Rosie ihre Stimme. »Sie hat mir erzählt, dass sie mit dem Rad gestürzt ist. Und Nora lügt nicht.« Rasch wandte sie den Blick ab, und ihre Unterlippe zitterte.

»Bitte«, sagte Maria sanft. »Ich will damit doch nicht sagen, dass Ihre Enkelin die Unwahrheit sagt. Aber können Sie sich nicht vorstellen, dass sie ein wenig schwindelt, nur um Sie nicht zu beunruhigen?«

Bedrückt schüttelte Rosie den Kopf. »Ich habe keine Ahnung«, sagte sie leise. »Aber ich habe Angst um sie, weil sie so oft verletzt ist.«

»Können Sie –« Maria brach mitten im Satz ab.

Noras Großmutter tat ihr aufrichtig leid. Wie sie da so am Fenster stand, den Rücken gerade aufgerichtet und um Fassung ringend. Maria seufzte leise, dann biss sie sich auf die Lippe. Es war nicht gut, weiter zu bohren. Die alte Dame haderte damit, eine heile Welt aufzugeben, die schon lange nicht mehr existierte, und ihr mit Gewalt die Augen zu öffnen würde ihr nur das Herz brechen. Es war schon schlimm genug, dass sie sich nicht völlig gegen den Verdacht abgrenzen konnte, dass ihre Enkelin misshandelt wurde.

Sie warf einen Blick auf die Uhr. »Gehen Sie zu ihr, bevor ihr Mann kommt. Es ist nicht mehr viel Zeit.«

Als Rosie in Noras Zimmer kam, wartete eine Überraschung auf sie.

»Gut, dass du da bist«, begrüßte sie Eva erfreut. Obwohl sie alle darauf hofften, dass in der Klinik endlich etwas passierte, war sie nervös geworden, als die Schwester in die Offensive gegangen war. Das Gespräch mit Maria hatte sie so verstört, dass sie es unbedingt loswerden wollte.

»Stell dir vor, ich hab gerade –«

»Psst«, zischte Eva, tippte sich mit dem Zeigefinger auf den Mund und deutete mit einer Kopfbewegung auf die nur leicht angelehnte Badezimmertür. »Nicht jetzt.«

Kurz darauf war die Toilettenspülung zu hören, und Noras Zimmernachbarin kam aus dem kleinen Raum. Als sie die beiden Frauen sah, die an Noras Bett standen und wegen der Schwerhörigkeit der Alten lauthals über Belanglosigkeiten redeten, schnappte sie sich ihren Bademantel und ihre Zigaretten und suchte das Weite.

Kaum dass sie verschwunden war, senkte sich der Geräuschpegel im Zimmer auf ein normales Maß.

»Irgendwie tut sie mir leid«, stellte Eva mit schuldbewusster Miene fest. »Wenn sie jedes Mal den Raum verlassen muss, nur weil du Besuch hast, dann kann sie ja nicht gesund werden.«

»Ach was.« Nora winkte ab. »Die is eh ned wirklich krank. Sie is nur mit einem feurigen Italiener verheiratet, der fünf Mal am Tag auf sie draufhüpfen will. Angeblich hat sie ständig fürchterlich Bauchweh, aber sobald weder Arzt noch Schwester noch ihr Mann da sind, geht's ihr prächtig. Die is nur hier, weil sie Pause von ihrem hochpotenten Gigolo braucht.«

Eva bekam vor Lachen kaum noch Luft. »Fünf Mal am Tag? Himmel, allein beim Gedanken daran tut mir alles weh. Ich glaube, da würde ich mich auch lieber ins Krankenhaus legen.«

Nora kicherte. »Solang es so Schnittchen wie in Murnau gibt, gern. Aber hier is leider nix Schickes geboten. Der Arzt, der hier reinschneit, is alls andre als a Lichtblick, und ansonsten gibt's nur Mädls weit und breit. Also, wennst mi fragst, i dad lieber wieder Radl fahrn.«

Eva stoppte die belanglose Unterhaltung und wandte sich an Rosie. »Was wolltest du sagen, als du ins Zimmer gekommen bist? Erzähl mal, solange die Luft rein ist.«

Rosie rückte näher und beschrieb den beiden die Unterhaltung mit Maria.

»Ich weiß nicht, ob es was zu bedeuten hat, aber es kommt mir doch seltsam vor. Jedenfalls war sie ziemlich neugierig und wollte das Gespräch nachdrücklich darauf lenken, ob ich Noras Geschichten über Fahrradstürze und andere Ungeschicklichkeiten glaube.«

»Und, was hast du dazu gesagt?«, wollte Eva wissen.

»Ich hab mich bedeckt gehalten, so wie Frau Martha es gesagt hat. Ich bin ja nur die alte Oma, die sich Sorgen um das Kind macht.«

Das »Kind« fing an zu kichern und hielt sich unmittelbar darauf die gesunde Hand auf den Bauch. »Oh, verdammt. Des tut immer noch so elendiglich weh. Bringts mi ned zum Lachen, des is unfair.«

Eva sah auf die Uhr. »Noch eineinhalb Stunden, bis Mike wieder hier auftaucht. Wir sollten zwischen unseren Besuchen ab sofort noch mehr Pausen lassen. Falls diese Maria wirklich die Person ist, die wir suchen, dann muss sie Gelegenheit bekommen, Nora allein zu sprechen. Hast du die Taschen schon ausgetauscht?«, fragte sie Rosie.

Als die nickte, bückte sich Eva und hob die andere Tasche auf. Dann beugte sie sich zu Nora und verabschiedete sich. »Es tut mir leid, dass wir dich jetzt allein lassen müssen. Wenn Rosie sich nicht getäuscht hat, dann könnte bald ein Fisch an der Angel hängen. Hast du noch genug zu lesen?«

Nora nickte belustigt. »Jaja, lassts mi nur in meim Elend zruck. I kimm a ohne eich zrecht. Und ein Buch hab i ja a no.«

Eva grinste, als Nora wieder in ihren durch den geblockten Kiefer kaum noch verständlichen Dialekt gefallen war. »Okay, Frau Nuschel. Ich hoffe ja auch, dass wir dich bald aus deinem Elend erlösen können.«

Leider wurde Noras Ausdauer auf eine harte Probe gestellt. Obwohl ihre Zimmernachbarin auf ein Grüppchen Canastaspieler gestoßen war, das auf der Suche nach einer vierten Person war, und sie nur zu gern in die Bresche sprang, ließ sich niemand in der entstandenen Besuchslücke in ihrem Zimmer blicken. Und dann war auch noch der Krimi, den Nora angefangen hatte zu lesen, derart dröge, dass sie vor Langeweile fast die Geduld verlor. Als Rettberg endlich eintrat, war sie völlig aufgelöst und einem Schreikrampf nahe.

»Was ist denn mit dir los?«, fragte er leise, als sie ihn ansah wie ein Reh, das auf dem Weg zur Schlachtbank war.

»I geh ein vor Langeweile. Und des Ding hier«, sie hob das Buch, das sie in der Hand hielt, »is a so a Schmarrn, dass es mir die Zehennägel aufbiegt.«

»Echt? Lass mal sehen«, witzelte er und hob die Bettdecke an.

Nora warf das Buch nach ihm. »Blödmann. Geh runter in den Kiosk und hol mir was anderes. Bitte!«

»Ich sag dir, was ich machen werde. Du hältst mit dem Ding noch einen Tag durch, und morgen besorg ich dir einen eBook-Reader und lade dir gleich mal ein Dutzend Bücher drauf.«

Als die Tür aufging und eine Schwester hereinkam, die Nora noch nie gesehen hatte, waren die Patientin und ihr furchteinflößender Besucher in ein Backgammonspiel vertieft.

Geistesgegenwärtig drehte Rettberg das Brett so, dass es aussah, als wäre er am Gewinnen. Nora, die sofort verstand, würfelte einen Pasch. Obwohl sie damit wieder Boden hätte gutmachen können, zog sie derart ungeschickt, dass Rettberg mit ein wenig Würfelglück mit dem nächsten Zug gleich sechs ihrer Steine aus dem Feld hätte werfen können.

Maria trat zu den beiden, stellte sich vor und zeigte mit dem Finger auf die Steine, die Nora verschoben hatte. »Das war nicht besonders klug. Sehen Sie, wenn Sie hier …« Ihre Stimme versagte, als Rettberg zu knurren anfing, und dann merkte sie, wie Nora sie erschrocken ansah.

»Halten Sie sich raus.« Rettbergs Tonfall ließ keinen Zweifel zu, dass das keine Bitte war, sondern ein Befehl. »Sie dürfen die Verbände und die Bettpfannen wechseln, ansonsten verpissen Sie sich, verstanden?«

Maria blieb angesichts der Unhöflichkeit die Luft weg. »Was fällt Ihnen eigentlich ein? Wer sind Sie denn, dass Sie sich so aufführen? Wir sind hier in einer öffentlichen Einrichtung, und ein Minimum an Anstand gehört bei uns zur Regel. Wenn Sie sich nicht daran halten können, dann sollten Sie sich, Ihren eigenen Worten nach, verpissen. Ansonsten hole ich den Sicherheitsdienst und lasse Sie hinauswerfen.«

Kaum dass sie ausgeredet hatte, sprang Rettberg auf; das Backgammonbrett fiel zu Boden, die Steine sprangen in alle Richtungen davon, und Nora fing an zu wimmern.

»Bitte ned.« Sie fasste nach Marias Hand und zog mit aller Kraft daran. Da sie sich dabei ein Stück verdrehen musste, schrie sie vor Schmerz auf.

Erschrocken fuhr Rettberg herum. Zum Glück war Maria so abgelenkt, dass sie den besorgten Ausdruck, der für einen Moment in seinem Gesicht aufblitzte, nicht bemerkte, sondern sich sofort Nora zuwandte.

»Was machen Sie denn?«, murmelte sie. »Sie sollen sich doch ruhig halten.«

Dann wandte sie sich an Rettberg. »Bitte gehen Sie raus. Ich möchte nachsehen, ob alles in Ordnung ist.«

»Das können Sie auch, wenn ich hier bin«, ranzte Rettberg sie böse an und verschränkte die Arme.

»Ich habe ›bitte‹ gesagt. Nur zehn Minuten.«

»Also gut.« Rettberg warf einen Blick auf die Uhr. »Aber keine Sekunde länger.«

Als er verschwunden war, schlug Maria rasch die Bettdecke weg und kontrollierte Noras Verbände. Erleichtert stellte sie fest, dass der Mull trocken war. Die ungewollt heftige Bewegung hatte keinen Schaden verursacht. Fürsorglich deckte sie Nora wieder zu.

»Keine Angst, es ist nichts passiert«, sagte sie mitfühlend zu Nora. »Das hat zum Glück nur wehgetan. Wie ist es jetzt, lässt der Schmerz wieder nach?«

»Mmh«, wisperte Nora undeutlich. »Geht scho wieda.« Dann drehte sie panisch den Kopf. »Wo is Milo?«

»Milo? Wer … Ist das Ihr Mann? Der ist gerade rausgegangen.«

»Mein Zamperl. Das Stofftier.«

»Wie …? Ach so. Hier.« Maria bückte sich, hob den Plüschhund auf und legte ihn Nora zurück in die Arme. Dann setzte sie sich auf die Bettkante und zog eine Packung Feuchttücher aus ihrem Kittel. Sie zupfte eines heraus und wischte Nora leicht damit über die Stirn. »Besser so?«

»Ja, des is gut. Danke.«

»Gern geschehen. Sagen Sie …« Maria stockte. Sie hatte ihre Zweifel, ob es ein guter Zeitpunkt war, die Patientin jetzt darauf anzusprechen. Schließlich konnte ihr Mann jederzeit zurückkommen. Andererseits kam die Gelegenheit, in der weder Besuch noch die Zimmernachbarin oder anderes Personal im Raum waren, vielleicht nicht so schnell wieder.

Schließlich fasste sie sich ein Herz. »Macht Ihnen Ihr Mann Angst? Ich meine, er kommt mir recht grob vor. Dabei bräuchten Sie vor allem Ruhe.«

»Bitte ned«, wisperte Nora und drehte den Kopf zum Fenster.

Wie sie es von Martha Dornbach gelernt hatte, schloss sie die

Augen und dachte an den Tag vor acht Jahren, als sie erfahren hatte, dass der Mann, den sie über alles geliebt hatte, sie wegen einer anderen verlassen wollte. Auch wenn vom Schmerz von damals nichts mehr übrig war und Nora ihm heute keine Träne mehr nachheulte, reichte es, daran zu denken, damit ihr das Wasser in die Augen trat.

»Es tut mir leid«, sagte Maria schnell, als sie sah, wie Nora um ihre Beherrschung rang. »Ich will Sie nicht in die Ecke drängen. Ich lasse Sie jetzt wieder allein. Aber wenn Sie reden möchten, dann sprechen Sie mich einfach drauf an. Ich habe ab heute fünf Tage Schicht.«

Ihr Blick fiel auf die Vase mit Rosies Gerbera. Offensichtlich hatte der Mann ihrer Patientin den Strauß bislang übersehen, oder er hatte andere Probleme. »Ich glaube, die Blumen brauchen frisches Wasser. Ich nehme sie mit und bringe sie später wieder, in Ordnung?«

Bis Rettberg die Klinik zwei Stunden später verließ, gingen Nora fast die Nerven durch. Am liebsten wäre ihr gewesen, er wäre sofort verschwunden, um Maria die Gelegenheit zu geben, erneut mit ihr Kontakt aufzunehmen, aber das hatte er rundweg abgelehnt.

»Kommt überhaupt nicht in Frage«, sagte er leise. »Jetzt ist es besonders wichtig, dass wir nicht von der Routine abweichen, die wir entwickelt haben.« Er nahm den Thermobecher, in den Rosie eine fast flüssige Mousse au Chocolat gefüllt hatte, von dem kleinen Krankentisch. Als Nora gehorsam die Lippen öffnete, damit er ihr den Strohhalm dazwischenschieben konnte, lächelte er.

»Mmh«, seufzte er genüsslich, nachdem er anschließend selbst probiert hatte. »Ich glaube, das ist nichts für dich. Viel zu viele Kalorien. Stell dir mal vor, du wirst hier kugelrund und fett, nachdem du den ganzen Tag nur faul im Bett liegst. Du kommst in deinem ganzen Leben auf kein Fahrrad mehr drauf. Aber schade wäre es schon um das Zeug hier. Wenn du möchtest, dann esse ich es für dich auf.«

Als Nora ihn gefährlich anfunkelte, lachte er. Behutsam steckte er ihr das Trinkröhrchen erneut in den Mund und hielt den Becher, bis sie abwinkte.

»Danke. Den Rest kannst gern haben.«

»Nein, lass mal. Auch wenn du jetzt nichts mehr magst, dann heb den Rest für später auf.«

»I ess am Abend nix Süßes. Des is mir z' viel. Aber wennst du's ned magst, dann geb i's meiner Nachbarin.«

Das kam nun wieder überhaupt nicht in Frage. Als die Tür aufging und Maria ins Zimmer kam, um nachzusehen, ob die Luft wieder rein war, schleckte Rettberg gerade den Rest aus dem Becher. Der vernichtende Blick, den die Schwester ihm zuwarf, entging ihm nicht. Er drehte den Kopf so, dass sie sein Gesicht nicht mehr sehen konnte, und blinzelte Nora zu, die ihn beobachtete.

»Also eines muss man der alten Hexe lassen: Kochen kann sie. Nachdem es sich offensichtlich nicht vermeiden lässt, dass sie hier auftaucht, sagst du ihr allerdings besser, dass sie darauf verzichten soll, dir weiter so kalorienhaltiges Zeug zu bringen. Ich habe keine Lust darauf, dass du fett wirst, und ich bin auch nicht immer rechtzeitig hier, um dich daran zu hindern, es zu fressen.«

Er drehte den Kopf zu Maria. »Was wollen Sie denn schon wieder hier?«

Als sie nichts erwiderte, sondern umgehend den Rückzug antrat, sagte er so laut, dass sie es hören musste: »Mir geht das hier alles auf den Sack. Ich werde dafür sorgen, dass man dich nach Hause verlegt und du eine Privatschwester bekommst, die dich betreuen kann.«

Als Rosie am nächsten Tag in der Klinik erschien, stützte sie sich schwer auf einen Stock und humpelte mit Leidensmiene am Schwesternzimmer vorbei. »Ich kann heute nicht lange bleiben«, stöhnte sie Luisa zu. »Meine Arthritis macht mir zu schaffen. Aber ich muss meiner Kleinen doch was zu essen bringen.«

»Ach Rosie. Sie müssen auch auf sich selbst achten«, sagte Luisa mitfühlend. »Ihre Enkelin verhungert nicht, wenn Sie mal einen Tag nicht kommen können. So schlecht ist das Essen aus unserer Küche nun auch wieder nicht.«

»Aber man weiß doch gar nicht, was da alles drin ist.«

»Das stimmt.« Luisa schmunzelte. »Aber ich garantiere Ihnen, dass zumindest noch niemand daran gestorben ist.«

Rosie seufzte. »Das glaub ich ja. Aber ich weiß auch nicht, wann ich die nächste Gelegenheit habe, Nora zu sehen, wenn sie hier wieder raus ist.«

Luisa nickte bedrückt. »Haben Sie schon mitbekommen, dass Noras Mann sie nach Hause verlegen lassen will? Er will ihr eine Privatpflegerin besorgen.«

»Was? Um Gottes willen«, murmelte Rosie. Dann sah sie auf und packte Luisa am Arm. »Das müssen Sie verhindern. Bitte!«

»Ich weiß nicht, ob das geht. Ihre Enkelin ist volljährig, und da für sie keine akute Lebensgefahr mehr besteht, können wir sie auch nicht festhalten, wenn sie auf eigene Verantwortung gehen will.«

»Aber …«, Rosies Blick irrlichterte umher, »aber, das ist … Nein, das darf nicht sein. Bitte, Schwester! Zu Hause, da –« Sie biss sich auf den Knöchel ihres rechten Daumens und verschluckte den Rest ihrer Worte.

»Kommen Sie.« Behutsam fasste Luisa die alte Dame am Arm. »Ich bringe Sie zu ihr. Es ist ja noch gar nicht gesagt, dass er sie wirklich wegbringen lässt.«

DREIZEHN

Als sie am nächsten Morgen gemeinsam an Kristinas Esstisch frühstückten, sagte Rosie zu Eva: »Ich halte das nicht mehr lange durch. Immer diese netten Mädchen so anlügen zu müssen. Hoffentlich passiert bald etwas, damit diese Scharade ein Ende findet!«

Eva drückte Rosie an sich. »Ich weiß, was du meinst. Aber es sieht doch so aus, als ob wir den Stein ins Rollen gebracht haben. Und wenn nicht bald etwas passiert, dann sind wir wohl sowieso auf dem Holzweg.«

Dass das nicht der Fall war, stellte sich schon wenig später heraus. Nachdem Nora Eva eine SMS geschrieben hatte, dass ihre Zimmernachbarin um zehn Uhr dreißig einen Termin beim Krankenhauspsychologen hatte, hatte Rosie im Schwesternzimmer angerufen und dafür gesorgt, dass jeder mitbekam, dass es ihr zu schlecht ging, um Nora zu besuchen.

»Bitte kümmern Sie sich darum, dass sie etwas Anständiges zu essen bekommt!«, sagte sie zu Maria, die das Telefonat entgegengenommen hatte. Als sie den Hörer wieder auflegte, war sie schweißgebadet.

»Ich wette mit dir, dass heute etwas geschieht«, sagte Eva, die mitgehört hatte. »Dann wissen wir, wer da sein Unwesen treibt, und du kannst dein Gewissen wieder beruhigen.«

»Ich hoffe so sehr, dass du recht hast. Ich kann schon nicht mehr schlafen, weil mir das so nahegeht.«

Auch Evas Geduld wurde auf eine harte Probe gestellt. Sie verbrachte den halben Nachmittag damit, einen Antrag an Kirchberg zu formulieren, in dem es darum ging, die Namen der Frauen zu bekommen, die zwar den verhängnisvollen Vermerk in ihrer Krankenakte hatten, deren Männer sich aber noch bester Gesundheit erfreuten.

»Ich dachte, wir hatten das Thema abgehakt?«, fragte Max. »Oder hast du schon vergessen, was Martha Dornbach gesagt hat?«

»Ich habe gar nichts vergessen. Aber ich habe keine Lust, hier länger herumzusitzen und Däumchen zu drehen. Falls Kirchberg uns einen Zugriff auf die Liste gestattet, dann suche ich mir eine Adresse aus, die man vielleicht mal einen Tag lang unauffällig beschatten kann. Ich setze mich lieber mit einem Buch in die Sonne und warte darauf, dass etwas passiert, als weiter krude Theorien zu wälzen.«

Sie kramte ihr Handy aus der Tasche, das bereits zum zweiten Mal gepiepst hatte. Als sie die SMS las, wurden ihre Augen groß.

»Was ist los?«, fragte Max, dem ihr Blick nicht entgangen war.

»Es geht los, das ist los«, sagte sie erleichtert und wählte eine Nummer. »Das war Nora. Sie schreibt, dass sie ein Angebot bekommen hat. Rosie? Hier ist Eva. Kannst du dich wundersamerweise einer Spontangenesung hingeben und die Taschen in Noras Zimmer austauschen?«

Drei Stunden später trafen sich Sauerwein und Max der Einfachheit halber bei Kristina mit Eva und Rosie. Max, der noch nie in Kristinas Wohnung gewesen war, sah sich erstaunt um. Obwohl sie einen bekanntermaßen guten Geschmack hatte, überraschte ihn der moderne Luxus, der überaus harmonisch auf Gegenstände traf, die vom Flohmarkt zu stammen schienen. Eingeschüchtert lief er Sauerwein hinterher, der voraus auf die große Dachterrasse gegangen war und gerade Rosie umarmte.

»Ich habe was zum Essen bestellt«, sagte Kristina und deutete auf den mit allerhand Delikatessen gedeckten Tisch. »Dann haben wir mehr Zeit zum Reden und stehen nicht den halben Abend in der Küche.«

»Ich dachte, wir sind zum Arbeiten hier«, versuchte Max seine Verlegenheit zu kaschieren.

Kristina lachte. »Für den Moment arbeitet der Computer für uns. Er sucht alle relevanten Stellen zusammen, immerhin sind seit dem letzten Speicherkartenaustausch gute zwanzig Stunden zusammengekommen. Es sei denn, du willst dir das alles persönlich ansehen.«

Zwei Stunden später hatten sie die Köstlichkeiten verdrückt und saßen vor den drei großen Bildschirmen in Kristinas Büro.

»Es ist echt klasse, was Wolkenstein zusammengebastelt hat«, lobte Kristina den Leiter der Kriminaltechnik. »Ich hätte das selbst nicht besser hinbekommen. Seht mal, wie scharf das Kamerabild aus dem Stofftier ist.« Sie deutete auf den rechten Bildschirm, auf dem nur ein eingefrorenes Bild zu sehen war. »Nicht mal das Standbild ist unscharf. Alles bereit? Dann wollen wir mal.«

***

Noch lange nachdem Jack wieder gefahren war, saß Christian vor der abgesperrten Terrassentür. Obwohl sein Freund versucht hatte, ihm Mut zu machen, wollte er lieber allein sein. Er rappelte sich auf, schlich wie ein Gespenst in die Küche und setzte Wasser für Tee auf. Noch nicht mal Kaffee konnte er noch trinken, weil sein Magen derart revoltierte, dass ihm speiübel wurde. Das magenfreundliche Salbeigebräu schien ihm jedenfalls nicht zu schaden, auch wenn er erst vor wenigen Monaten einen Bericht gelesen hatte, dass fast sämtliche Teesorten, die es im Handel zu kaufen gab, derart mit Pestiziden belastet waren, dass einem vom Lesen schon ein Tumor wuchs.

Als der Tee lange genug gezogen hatte, nahm er den Beutel aus der Tasse und warf ihn frustriert gegen die Wand. Was hatte er sich die letzten Tage alles ausgemalt! In Gedanken hatte er Jack in dessen Auto versteckt vor der Tür warten lassen, bis seine Frau nach Hause kam. Dem Hünen wäre es ein Leichtes gewesen, das Federgewicht zu überwältigen, sie zur Tür hereinzuschleppen und in den Keller zu sperren. Endlich wäre er frei gewesen. Er hätte sich gesund ernähren können, Vitamine zu sich genommen und wäre bald wieder der Alte gewesen, nachdem der Plan seiner Frau gescheitert war, ihn systematisch zu vergiften.

Er lachte freudlos auf. Wunderbare Gedanken waren das gewesen. Gedanken, die ihm in den letzten Tagen so viel Energie gegeben hatten, dass er sich zumindest minutenweise wieder gut fühlte. Und jetzt das.

Anfangs hatte er nicht kapiert, was auf dem Laborbericht stand. Zu viele Daten und Werte, Norm und Ist, und doch ein Buch mit sieben Siegeln. Sein Herz hatte einen Sprung gemacht beim Anblick der vielen Zahlen, die nur eines bedeuten konnten: Es war nur eine Frage der Zeit, bis es ihm wieder besser ging.

Und dann hatte er den Satz gelesen, der auf der dritten Seite unter den ganzen Tabellen stand: »Mit den uns zur Verfügung stehenden Mitteln konnten keine Spuren eines Gifts nachgewiesen werden. Auf Wunsch des Kunden wurden sämtliche Toxine getestet. Die Spuren von Gammastrahlen, die in der Pilzsauce gemessen wurden, sind auf einen Anteil an Steinpilzen zurückzuführen, die durch den Reaktorunfall in Tschernobyl 1987 nach wie vor in erheblichem Maße belastet sind.«

Nichts also. Verdammt. Alle seine Träume waren mit drei schlichten Sätzen geplatzt, denn er hatte seine Frau grundlos verdächtigt, an seinem Zustand schuld zu sein. Alarmiert blickte er auf die Tasse, die er noch immer in seiner Hand hielt. Vielleicht war es auch gar nicht das Essen. Vielleicht vergiftete sie den Tee oder den Apfelsaft, den sie vorzugsweise in Tetrapaks herbeischleppte, angeblich weil ihr die Flaschen zu schwer zu tragen waren. Natürlich! Flaschen konnte man nicht mit einem Gift versetzen, ohne dass es auffiel. Hektisch öffnete er die Kühlschranktür und zerrte so heftig an der Pappverpackung des bereits geöffneten Safts, dass die Packung herauskippte und sich die Hälfte ihres Inhalts über den Boden ergoss.

Nachdem er die Schweinerei notdürftig beseitigt hatte, unterzog er den Karton einer genauen Überprüfung. Doch sosehr er sich auch anstrengte, er konnte einfach keinen Einstich finden. Und was, wenn sie einfach nur wartete, bis die Packung bereits offen war, um verräterische Spuren zu vermeiden? Resigniert blickte er sich in der Küche um.

Das Gift konnte überall sein! Er brütete fast eine Stunde lang über einer Lösung. Als er sie endlich gefunden hatte, hätte er fast gelacht. Sie war so simpel und einfach, dass er gerade deshalb nicht schon längst darauf gekommen war.

***

Als es an der Tür klopfte, wackelte das Bild, das die Kamera in Noras Plüschhund zeigte. Eine halbe Minute lang war nichts als der scheußliche Kalender, der an der gegenüberliegenden Wand hing, zu sehen gewesen, der, bedingt durch Noras Atemzüge, ständig leicht zitterte. Doch plötzlich stand die Welt Kopf, ein weißes Laken füllte den Bildschirm komplett aus, dann wurde es dunkel, und wie von Zauberhand war die Welt wieder in Ordnung.

»Darf ich mich ein bisschen zu Ihnen setzen?«

Die Kamera schwenkte ein wenig zur Seite, und ein fremdes Gesicht kam ins Bild.

»Das ist Maria«, sagte Rosie aufgeregt. »Die ist –«

»Pst«, kam es unisono von Sauerwein, Eva, Kristina und Max.

Da das Mikrofon in dem Plüschhund nach vorn ausgerichtet war, war Nora wesentlich schlechter zu verstehen als das, was sich vor ihr abspielte. Kristina schaltete den zweiten Bildschirm schnell auf die Anzeige eines Reglerwerks und schob ein paar Regler nach oben, um die Hintergrundgeräusche anzuheben. Dadurch wurden zwar alle Geräusche in der Umgebung lauter, aber das war im Moment egal, da jetzt auch Nora klar und deutlich zu hören war.

Kristina stoppte den Film. »Das ist der Ton, den die Praline aufgenommen hat. Die KTU kann das mit ihren Mitteln wesentlich besser filtern, aber für den Moment geht es auch so, oder?«

Nachdem ihre Zuhörer die Frage bejaht hatten, drückte sie die Pfeiltaste, worauf das Bild weiterlief und auch die Geräusche wieder einsetzten.

»Ich habe Ihnen etwas Eis mitgebracht«, sagte Maria. »Ich dachte, weil Sie so gern Schokolade mögen. Wir müssen nur noch kurz warten, weil es noch zu kalt ist.«

»Danke.« Nora lächelte, soweit es die Schmerzen an ihrem Kiefer zuließen.

»Gern geschehen. Haben Sie Lust, mir inzwischen ein bisschen was von sich zu erzählen?«

Die Zuschauer konnten mehr ahnen als sehen, dass Nora den Kopf schüttelte, da das Bild erneut kurz wackelte. »Da gibt's nix zum Erzählen.«

»Sind Sie sich sicher?« Maria suchte den Blickkontakt zu ihrer Patientin. »Sie haben eine so nette Großmutter, bei der sind

Sie aufgewachsen, richtig? Das muss eine wunderschöne Zeit gewesen sein.«

»Mmh, des war toll«, bestätigte Nora. »Mir habn uns immer gliebt.«

»Und jetzt? Ich meine, Sie sprechen in der Vergangenheit. Aber ich glaube, da ist noch immer viel Zuneigung füreinander da.«

»Nix Vergangenheit. Mir liebn uns immer noch, sehen uns halt nimmer so oft.«

»Geht Ihnen das nicht ab? Ich denke mir oft, dass man den Personen, die man liebt, manchmal zu wenig Zeit schenkt.«

»Dinge ändern sich eben.«

»Und sie macht sich Sorgen um Sie.«

Darauf wusste Nora keine Antwort. Unschlüssig spielte sie mit dem Schlappohr des Stoffhundes, was zur Folge hatte, dass aus einem bislang deutlichen Bild ein unangenehmes Ruckeln wurde.

»Sehen Sie«, bohrte Maria weiter – immerhin kam von Nora auch kein Widerspruch, »lassen Sie Ihre Oma wieder mehr an Ihrem Leben teilhaben. Sie hat doch nur noch Sie. Und Sie wissen nicht, wie lange sie noch lebt. Haben Sie keine Angst, dass Sie sich später Vorwürfe machen, wenn Ihre Großmutter allein und einsam gestorben ist?«

»Doch«, flüsterte Nora erstickt. Das war ein Gedanke, in den sie sich mehr als gut hineinversetzen konnte, da musste sie nicht einmal Martha Dornbachs Trickkiste bemühen.

»Na, sehen Sie!« Maria holte die Packung mit den himmlisch duftenden Feuchttüchern aus ihrem Kittel. Ohne zu fragen, ob Nora das überhaupt wollte, rieb sie ihr die Stirn und den Hals damit ab. Nora schloss dankbar die Augen und genoss die so vorsichtigen wie erfrischenden Berührungen.

»Dass sie sich Sorgen macht, das wissen Sie, nicht wahr?«

Nora wich ihrem Blick aus. »Ja. Aber da kann i nix machn.«

»Doch, das können Sie. Man kann immer was machen.«

»I ned. Bitte, lassn S' mi damit in Ruh. I kann einfach ned.«

»Es ist wegen Ihrem Mann, richtig?« Maria konnte der Versuchung nicht widerstehen, weiterzufragen. »Hat er Ihnen das angetan?«

Zärtlich strich sie ihrem Schützling eine Strähne, die sich gelöst hatte, aus dem Gesicht. »Sie sollten ihn verlassen. Keine Frau hat verdient, dass man ihr so etwas antut.«

»Er war des ned«, behauptete Nora störrisch und den Tränen nahe. »I bin bloß vom Radl gfalln.«

Mutlos ließ Maria ihre Hände sinken. »Wissen Sie, wie viele Frauen ich in meinem Beruf sehe, die vom Rad gefallen sind, von der Leiter oder die Treppe hinab? Manchmal denke ich mir schon, dass die Welt ein sehr gefährliches Pflaster ist. Voller Risiken und Bedrohungen. Aber es gibt nichts, wofür man sich schämen müsste. Auch wenn weder das Rad noch die Leiter noch die Treppe die Ursachen für so heftige Verletzungen sind. Manch eine Frau gerät an einen Mann, der nicht gut für sie ist.«

Sie folgte Noras Geste, nahm den Trinkbecher vom Abstelltisch und schob ihr den Strohhalm behutsam zwischen die Lippen.

»Es gibt keinen Grund, sich so etwas anzutun. Das Leben ist auch so anstrengend genug. Im Job, finanziell, überall warten Herausforderungen auf uns. Da sollte eine Beziehung doch der Ruhepol im Leben sein, finden Sie nicht?«

»So einfach is des aber ned immer.«

»Bei Ihnen meinen Sie?« Maria stand auf, als der Becher gurgelnde Laute von sich gab. »Ich hole Ihnen frisches Wasser. Wollen Sie auch Tee?«

»Mein lieber Herr Gesangsverein, die ist ja echt hartnäckig«, sagte Max, als die Abwesenheit der Schwester ihnen eine unverhoffte Ruhepause brachte.

»Sie wird daran gewöhnt sein, dass ihre Patienten nicht besonders zugänglich sind, was das Thema häusliche Gewalt ange–« Eva unterbrach sich, als das Bild heftig wackelte und plötzlich ein Hundertachtzig-Grad-Panorama zu sehen war. Sekunden später sahen die Zuschauer Noras lädiertes Gesicht.

»Servus, Bello«, witzelte sie. »Hast gut zughört? Die liebe Tante sagt, i darf nimmer erzähln, dass i z' blöd zum Radlfahrn bin.«

Das Bild nickte dreimal heftig auf und nieder. »Bah, Nora, lass den Scheiß«, murrte Max. »Da wird einem ja schlecht von.«

»Rosie, sag ihr das bitte, wenn du morgen die Taschen austauschst«, bat Eva. »Das Geruckle ist wirklich fürchterlich.«

Rosie kam nicht dazu, etwas zu erwidern, da Maria zurück ins Zimmer kam.

Als Nora genug getrunken hatte, sah Maria auf die Uhr. »Ich muss dann mal wieder. Vielleicht sehe ich später noch mal rein. Bis dahin möchte ich Ihnen nur eins auf den Weg geben: Wenn Sie Hilfe brauchen, dann können Sie mich jederzeit fragen. Nicht nur, was einen frischen Verband angeht oder eine Schlaftablette.« Sie sah Nora tief in die Augen.

»Wenn Sie reden möchten, höre ich Ihnen gern zu. Alles, was Sie mir erzählen, bleibt unter uns, versprochen. Weder meine Kolleginnen noch die Ärzte und schon gar nicht Ihr Mann werden etwas erfahren. Und wenn Sie eines Tages so weit sind, dann habe ich auch die Möglichkeit, Ihnen aus Ihrer Situation herauszuhelfen. Aber darüber erzähle ich Ihnen erst etwas, wenn Sie es von sich aus wollen, in Ordnung?«

Nora griff schwach nach der Hand der Krankenschwester. »Danke«, flüsterte sie heiser. »Sie sind so lieb. Aber i kann des ned. I kann ned drüber reden, und gehn kann i erst recht ned.«

»Mit ›gehen‹ meinen Sie, Ihren Mann zu verlassen?«

Nora nickte.

»Ich glaube Ihnen, dass das schwer ist. Aber denken Sie trotzdem darüber nach und machen Sie sich mit dem Gedanken vertraut, wie es ohne ihn wäre. Wenn Sie so weit sind und das möchten, helfe ich Ihnen dabei. Dann finden wir gemeinsam einen Weg.«

Als die Krankenschwester Noras Zimmer verlassen hatte, war es auch in Kristinas Arbeitszimmer still.

»Mir gehen gerade tausend Sachen durch den Kopf«, fing Eva als Erste an zu reden. »Zum einen schreit mein Bauch: Ja, wir haben sie! Zum anderen sagt mein Verstand: Nö, wir haben gar nix.«

»Na hör mal.« Max sah sie mit zusammengekniffenen Augen an. »Ich finde, wir haben eine ganze Menge. Die Trulla hat Nora doch ein eindeutiges Angebot unterbreitet.«

»Hat sie eben nicht«, sagte Sauerwein. »Sie hat ihr Hilfe angeboten, aber das kann alles bedeuten. Angefangen damit, dass sie ihr zuhört, bis dahin, dass sie Rettberg erschießt. Aber eindeutig war da nichts. Warten wir ab, was der morgige Tag bringt.«

Sauerwein stand auf. »Ich fahre nach Hause. Wenn sich das tatsächlich so entwickelt, wie es im Moment den Anschein hat, dann sollten wir die nächsten Tage besser ausgeruht sein.«

***

Als Christian aufwachte, fühlte er sich besser als die ganzen letzten Wochen. Zumindest hämmerte es nicht schon im Liegen in seinem Kopf, und auch seine Muskeln schmerzten nicht so wie sonst. Vorsichtig richtete er sich auf und wartete darauf, dass der Schwindel kam. Erleichtert stellte er fest, dass auch der heute nicht so schlimm war wie in der letzten Zeit. Und dann brandete ein Gefühl in ihm auf, das so mächtig war, dass ihm davon doch noch schwindlig wurde. Hoffnung. Eine Empfindung, die sich warm und süß wie frischer Honig in seinem Bauch verteilte. Seine Gedanken fuhren Achterbahn. Wie es aussah, hatte er doch recht behalten. Sein ganzes Elend hatte er einzig und allein seiner Frau zu verdanken. Dieses miese Dreckstück!

Er hatte noch immer keine Ahnung, womit Grit ihn vergiften wollte, nachdem das Labor keine Toxine hatte nachweisen können. Kurzzeitig dachte er sogar, sich mit seiner Theorie getäuscht zu haben. Als er den Bericht mit dem Ergebnis gelesen hatte, war er drauf und dran gewesen, seinem Leben doch noch selbst ein Ende zu setzen. Aber das war jetzt egal. Alles, was zählte, war, dass die Schlampe ihm die Geschichte mit den Drogen glaubte und offensichtlich damit aufgehört hatte, ihm etwas ins Essen oder wohin auch immer zu mischen. Das Glücksgefühl in ihm wallte so mächtig, dass ihm die Tränen in die Augen traten und schließlich die Wangen hinabliefen.

Jetzt nur keinen Fehler machen, warnte ihn eine innere Stimme. Werde bloß nicht übermütig. Jetzt musst du ihr zeigen, dass das alles dein Ernst war. Du musst genug Kraft haben, damit du dich auch wirklich gegen sie wehren kannst. Und bis es so weit ist, musst du gute Miene zum bösen Spiel machen.

Als die Badezimmertür klapperte, widerstand er dem Verlangen, die Tränen wegzuwischen. Sollte Grit ruhig sehen, wie nah ihm das Ganze ging. Den wahren Grund dafür würde er ihr allerdings nicht verraten.

»Guten Morgen.« Zögernd trat sie ins Zimmer und sah ihn unsicher an. »Du siehst besser aus. Hast du gut geschlafen?«

»Ja, sehr gut. Ich fühle mich auch etwas besser. Komm her.« Er streckte bittend die Hand nach ihr aus. Als sie sich vorsichtig auf die Bettkante neben ihm setzte, zog er sie in seine Arme und vergrub sein Gesicht in ihren frisch gewaschenen Haaren.

»Du duftest wie eine Frühlingswiese«, murmelte er in ihr Ohr und widerstand dem überwältigenden Drang, ihr das Läppchen abzubeißen. Am liebsten hätte er sie gewürgt, bis ihr die Augen aus den Höhlen traten, aber das ließen im Moment weder seine körperlichen Kräfte zu noch seine Rachegefühle, die weit Schlimmeres im Sinn hatten. Nein, ein kurzer, schmerzloser Tod war nicht das, was er ihr gönnte. Vorher sollte sie noch so richtig leiden.

»Was ist?«, fragte Christian leise, als er spürte, wie verkrampft sie war. »Du vertraust mir nicht mehr, richtig?«

Sie nickte leicht und strich ihm unbeholfen über den Rücken. »Ich brauche Zeit, um zu vergessen, was in den letzten Jahren alles geschehen ist. Und ich habe Angst, dass das wieder passiert.«

»Das verstehe ich.« Beinahe hätte er laut gelacht. Sie hatte keine Ahnung, wie gut er sie verstand. »Aber ich schwöre dir, dass ich das Zeug nie wieder nehme!« Wenigstens für dieses Versprechen würde ihn kein Fegefeuer erwarten.

»Ich würde dir so gern glauben. Aber heißt es nicht, dass man nie von der Sucht wegkommt? Schau, ich habe gestern etwas mitgebracht.«

Grit löste sich von ihm und zog ein paar Unterlagen aus ihrer Handtasche, die auf der Kommode neben dem Bett stand. »Ich war bei einer Drogenberatungsstelle in der Stadt und habe sie um Informationsmaterial gebeten.«

Beinahe wäre ihm nun doch die Hand ausgerutscht. War die blöde Kuh allen Ernstes mit seiner angeblichen Sucht hausieren gegangen?

»Hast du dort etwa erzählt, dass ich …?«

»Nein. Ich habe gesagt, dass eine Freundin den Verdacht hat, dass ihre Tochter etwas nimmt.«

Gott sei Dank. Ein Problem weniger. »Ich möchte nicht, dass du irgendwem sagst, dass ich süchtig war«, bettelte er und senkte den Blick, damit sie den Hass nicht sah, der in ihm loderte. »Ich schäme mich zu sehr dafür.«

»Das musst du nicht. Die Frau war sehr nett und hat mir erzählt, dass es dieses Teufelszeug schon in alle gesellschaftlichen Schichten geschafft hat. Von der Null-Bock-Generation bis hin zum Geschäftsführer eines internationalen Multikonzerns ist alles dabei.«

Hilfe, was faselte sie da bloß? Fieberhaft überlegte er. Jetzt musste er Zeit herausschinden. Er riss sich zusammen und sah sie eindringlich an. »Bitte warte, bis ich wieder ganz gesund bin. Dann reden wir noch mal drüber, okay? Vielleicht muss es ja niemand erfahren.«

Als sie seinen flehenden Gesichtsausdruck sah, kamen auch ihr die Tränen. »Du wirst eine Therapie machen müssen, sonst kommst du nie vollständig darüber hinweg.«

»Wer sagt denn so etwas?« Alarmiert sah Christian sie an. Das wurde ja immer erbärmlicher!

»Die Frau in der Beratungsstelle. Sie hat mir erzählt, dass nicht nur der körperliche Entzug wichtig ist, die psychische Abhängigkeit ist sogar noch viel schlimmer.«

»Also gut«, lenkte er schnell ein, nur um von dem Thema wegzukommen. Sonst hätte er nicht dafür garantieren können, dass seine Faust nicht doch noch in seinem Gesicht gelandet wäre.

»Ich verspreche dir, dass wir da zusammen hingehen. Aber gib mir noch so viel Zeit, bis ich mir selbst wieder in die Augen sehen kann, einverstanden? Lass mich wenigstens ein bisschen meiner Selbstachtung wiederfinden. Bitte!«

***

»Haben Sie darüber nachgedacht, was ich Ihnen gestern angeboten habe?«, fragte Maria beiläufig, als sie Noras Bett frisch bezog.

»I weiß ned, worüber i da nachdenkn soll«, nuschelte Nora. »Entschuldigung, i vergess den Drahtverhau in meinem Mund immer wieder.«

»Ich habe Sie schon verstanden.« Maria lächelte. »Glauben Sie mir, ich habe viele Patienten vom Land hier, deren Dialekt ohne Kiefersperre viel schlimmer ist als Ihrer mit.«

Nora seufzte theatralisch. »Na, was a Glück. Aber trotzdem weiß i ned, was i dazu sagen soll.«

»Ich möchte Ihnen eine Geschichte erzählen, darf ich?« Als Nora nickte, setzte Maria sich zu ihr aufs Bett.

»Das, was Sie gleich hören werden, ist bis ins letzte Detail wahr. Es geht um eine Freundin von mir. Sabine und ich sind zusammen zur Schule gegangen, wir waren vom ersten Tag an dickste Freundinnen. Das war so etwas wie Liebe auf den ersten Blick. Ohne Sex, eine reine Mädchenfreundschaft. Sabine war schüchtern und einsam. Sie kam aus einem tiefreligiösen Elternhaus, in dem der Vater ein Tyrann war und die Mutter keine eigene Meinung hatte.«

Nora sah Maria mit großen Augen an. Sie hatte keine Ahnung, worauf die Schwester hinauswollte.

»Sabine und ihr Bruder wurden vom Vater exzessiv unterdrückt«, fuhr Maria ungerührt fort. »Sie durften nur reden, wenn sie gefragt wurden, Widerspruch dem Vater gegenüber wurde sanktioniert, und als Sabine in die Pubertät kam, hat er sie das erste Mal vergewaltigt. Den Buben hat er so verprügelt, dass ihm durch die ständigen Ohrfeigen die Trommelfelle rissen und er irgendwann kaum noch was hören konnte. Alles lief unter dem Deckmantel der Scheinheiligkeit ab, und sie lernten zu verstehen, dass das der Ausdruck seiner Liebe zu ihnen war.«

Maria winkte ab, als Nora sie unterbrechen wollte. »Nein, Sie müssen das nicht kommentieren. Dass das für ihn die Absolution für sich selbst war, versteht sich selbstredend. Aber die beiden waren damals noch Kinder. Wem sollten sie glauben, wenn nicht ihren Eltern? Jedenfalls ging das noch einige Jahre so weiter. Die Mutter fing an zu trinken. Vielleicht um zu verdrängen, dass ihr Ehemann seine eigene Tochter mittlerweile mehr beachtete als sie selbst, vielleicht aber auch aus Schuldgefühlen, dass sie wegsah.«

Maria saß einen Moment in sich zusammengesunken da und starrte gedankenverloren nach draußen.

Dann ging ein Ruck durch ihren Körper, und sie redete weiter: »Sabines Ausbruch aus diesem Gefängnis fand erst statt, als die Mutter ihren Mann im Schlaf mit einem Küchenmesser erstach und sich selbst anschließend mit einem Tablettencocktail in der Badewanne das Leben nahm. In einem Akt letzter Verzweiflung und Hass der Tochter gegenüber, die ihr den Mann weggenommen hatte, richtete sie es so ein, dass diese Tochter die beiden Toten finden musste.«

Sie nahm ein Feuchttuch aus der Packung und tupfte damit die Tränen auf Noras Wangen weg.

»Da Sabine damals erst fünfzehn Jahre alt war und außer ihrem mittlerweile knapp volljährigen Bruder keine weiteren Verwandten hatte, kam sie in ein Heim. Dort geriet sie an einen Erzieher, dem ihre Vorgeschichte nur lieb sein konnte. Das neue Mädchen war schwer traumatisiert, nur ein Schatten seiner selbst. Wissen Sie, wie der menschliche Geist funktioniert? Er sucht sich das, was er schon kennt. Und Sabine kannte das, was der Pädagoge ihr zu bieten hatte. Dafür, dass sie ihm zu Willen war, bekam sie Zuneigung.«

Maria sah mit ausdrucksloser Miene aus dem Fenster. Erst als das Eichhörnchen, dem ihre Augen folgten, hinter den hohen Bäumen verschwunden war, fuhr sie fort: »Wir brauchen nicht darüber reden, dass von einem freien Willen keine Rede sein kann. Solche Dinge funktionieren anders. Über Erpressung, Liebesentzug, Drohung. Wie es weiterging, können Sie sich sicher denken.« Maria sah zu Nora, als die aufstöhnte.

»Alles in Ordnung?«, fragte sie erschrocken.

»Des is furchba, es hat aber doch nix mit mir z' tun.« Nora war von Martha Dornbach vorgewarnt worden, dass sie möglicherweise die ein oder andere schlimme Geschichte zu hören bekommen würde. Die Psychologin hatte ihr dazu geraten, sich mit wenig Nachdruck dagegen zu wehren.

Es ist hart, sich so etwas anzuhören. Trotzdem ist es wichtig, dass wir alles erfahren, was uns einen Anhaltspunkt zum Vorgehen der Täter gibt.

»Ich denke doch, dass es mit Ihnen zu tun haben könnte, hören Sie einfach noch ein bisschen zu«, fuhr Maria fort.

»Später suchte sich Sabine wieder einen Mann, der sie missbrauchte und misshandelte. Das war noch viele Jahre lang die einzige Art von Zuwendung, die sie kannte. Er hieß Hans. Ein gut aussehender, wohlhabender Mann. Eigene Firma, schönes Haus, schickes Auto, wohl angesehen. Hans erkannte auf den ersten Blick, was mit Sabine los war. Dazu muss ich sagen, dass sie trotz allem eine bildschöne Frau war. Sie passte zu Hans, zu seinem Haus und dem Auto. Es dauerte nicht lange, und er hatte sie geknackt. Was glauben Sie, was geschehen ist?«

Maria hielt inne und schaute zur Tür, vor der Stimmen zu hören waren. Als sie sich wieder entfernten, fuhr sie fort: »Sabine konnte ihr Glück kaum fassen. Aus dem Elend ihrer Kindheit bot sich ihr der Aufstieg in ein geradezu märchenhaftes Reich. Keine finanziellen Sorgen mehr, teure Geschenke, großzügige Reisen. Als Hans sie das erste Mal schlug, war sie ihm fast dankbar. Endlich konnte sie ihm etwas zurückgeben. Und da sie nun mehr bekam als je zuvor, war es selbstverständlich, dass auch das, was sie geben musste, mehr war als jemals zuvor. Sehr viel mehr. Immer wieder musste sie ins Krankenhaus. Und da sind wir uns nach vielen Jahren wieder begegnet. Können Sie sich vorstellen, wie entsetzt ich war, als ich sie so gesehen habe?«

Maria schluckte, als das Bild ihrer schwer verletzten Jugendfreundin in ihr aufstieg.

»Ihre Milz war gerissen, genau wie bei Ihnen. Knochen waren gebrochen, und sie hatte mehr Hämatome am Körper als unversehrte Haut. Das Schlimmste aber war, dass sie Verbrennungen am ganzen Körper hatte, die von einem Lötkolben herrührten. Angeblich war sie bei ihrem letzten Sturz so unglücklich über das Kabel gefallen, dass sie mehrfach darübergerollt war.«

Nora gab einen erstickten Laut von sich. Als Maria sie endlich wieder ansah, liefen ihr dicke Tränen die Wangen hinunter.

»Was is dann mit ihr passiert?«, flüsterte Nora heiser.

»Sie hat riesiges Glück gehabt. Wir haben sie zusammengeflickt, so gut es ging, und konnten sie überzeugen, in ein Frauenhaus zu gehen. Dort hat sie gute Menschen kennengelernt. Sie hat eine Therapie gemacht, und heute hat sie den größten Teil ihrer traumatischen Vergangenheit zumindest so bewältigt, dass sie ein Leben führen kann, in dem Freude und Vertrauen die Gefühle sind, die zu beständigen Begleitern wurden.«

»Und was is ausm Hans wordn? Hat er sie einfach gehn lassn?«

Maria lachte erneut auf. »Nein, Hans wollte sie nicht ziehen lassen. Menschen wie Sabine sind selten. Es gibt zwar genügend Frauen, die auch noch die zweite Wange hinhalten, wenn die erste schon brennt, aber bis hin zur völligen Selbstaufgabe gehen nur wenige.«

Marias Gesicht verschloss sich, und ihre Stimme wurde schrill. »Sie verließ das Frauenhaus und wollte ihm noch eine Chance geben. Aber sie hatte auch da Glück. Als er gerade wieder anfing, sie zu misshandeln, starb er ganz plötzlich.«

»So ein Dusel«, flüsterte Nora schmerzerfüllt. »Den hat aber ned jeder.«

Maria beugte sich vor und wischte Nora erneut die Tränen vom Gesicht. »Manchmal muss man dem Glück ein wenig auf die Sprünge helfen. Wenn man ihm so lange die Tür versperrt hat, weiß es nämlich gar nicht mehr, wie es von allein hereinkommen soll …«

Mit einem Blick auf die Uhr sagte sie schließlich: »Meine Pause ist um, und Ihre Bettnachbarin kommt auch bald wieder. Wollen Sie über meine Worte mit dem Glück nachdenken? Mir zuliebe. Ich bringe Ihnen morgen dafür zwei Kugeln aus meiner Lieblingseisdiele mit, einverstanden?«

Nora schüttelte den Kopf und streckte drei Finger in die Luft.

Maria lachte erleichtert. »Nun gut, dann eben drei.«

»Ich glaube, mir wird schlecht«, sagte Eva, als Kristina das Video anhielt. Obwohl sich Wolkenstein am Vormittag darüber beschwert hatte, dass das Auswerten der Daten nicht Sache einer ehemaligen Hackerin, sondern des kriminaltechnischen Labors sei, hatte Sauerwein ihm den Zahn schnell gezogen.

»Das kannst du sofort wieder vergessen, mein Lieber. Es sei denn, du legst eine Nachtschicht ein. So wie sich die Dinge gerade entwickeln, haben wir den Austausch der Datenträger auf den frühen Abend verlegt, damit wir möglichst zeitnah reagieren können. Wenn wir mit der Analyse warten, bis du deinen Hintern am jeweils nächsten Morgen in dein Büro bequemst, dann hinken wir dem Geschehen einen halben Tag hinterher.«

Sauerwein grinste, als Wolkenstein die Augen verdrehte. »Deswegen sehen wir uns das Schauspiel nach Dienstschluss bei Kristina an. Wenn du mir aber garantierst, dass du in deiner Giftküche bleibst, bis wir den Speicher im Präsidium haben, und auf dein Abendessen verzichtest, bis wir mit dem Film durch sind, dann verlege ich die Vorstellung liebend gern zu dir.«

Wolkenstein knurrte: »Ach, leck mich doch«, und gab schließlich klein bei. »Ich schiebe sowieso hundertachtzig Überstunden vor mir her, die ich in den nächsten zehn Jahren nicht abbauen kann. Da brauche ich nicht noch dreißig on top. Dann mach von mir aus einen Filmeabend mit Bier und Chips aus dem Ding. Vorausgesetzt, du rufst mich zu Hause an, wenn irgendwas auf der Kiste ist, das dir so spanisch vorkommt, dass du nicht bis zum nächsten Tag warten willst. Versprich mir nur, dass du das nicht dem blonden Gift überlässt.«

Das konnte Sauerwein ihm getrost garantieren. Er kannte Kristina mittlerweile gut genug, um zu wissen, dass sie genau so weit ging, wie er oder Eva es ihr vorgaben. Zumindest, was ermittlungsrelevante Fragen anging. Ob sie sich weiter in die Netze irgendwelcher korrupter Unternehmen hackte, konnte ihm egal sein, auch wenn er dem Frieden nicht so recht traute.

Kristina war so clever wie schön, und nicht umsonst beinhaltete der Spruch »Die Katze lässt das Mausen nicht« viel Wahres, egal, wie oft sie auch beteuerte, dass ihr die Zeit, die sie vor ein paar Jahren wegen eines Hacks in einem Hochsicherheitstrakt im Gefängnis abgesessen hatte, eine Lehre gewesen sei.

Jetzt kehrten seine Gedanken zu der Aufnahme zurück, die sie soeben gesehen hatten. Sie hatte nur fünfzehn Minuten gedauert, aber die hatten gereicht, um die Zuschauer bis ins Mark zu erschüttern. Rosie hatte schon nach wenigen Minuten die Flucht ergriffen, weil sie Marias Schilderung nicht ertrug, und hatte damit das Schlimmste zum Glück verpasst. Sauerwein hätte sich sowieso am liebsten in den Hintern gebissen, dass er ihr trotz seiner Bedenken erlaubt hatte, dabei zu sein.

»Ich finde es aber wichtig, zu wissen, was gespielt wird«, hatte sie zu ihm gesagt, als er sie wegschicken wollte. »Es kann nicht euer Ernst sein, dass ich nur gut genug bin, um Noras Großmütterchen zu spielen, die blöden Taschen hin- und herzuschleppen und die lieben Herrschaften anschließend auch noch fein zu bekochen. Hinterher gebt ihr mir ein paar Informationen, aufgrund derer ich mir eine Strategie ausdenken kann, wie ich mich am nächsten Tag in der Klinik verhalte. Ich glaube, das ist ein bisschen viel verlangt, denkt ihr nicht auch?«

Sauerweins Argument, dass er nur nicht wollte, dass sie vielleicht Dinge zu hören bekam, die sie belasten würden, hatte sie zerpflückt wie einen ausgefransten Kopfsalat.

»So ein Quatsch. Darf ich dich daran erinnern, dass sich mein letzter Arbeitgeber als Serienmörder entpuppt hat? Mich kann nichts mehr erschüttern.«

Das bezweifelte Sauerwein, trotzdem gab er schließlich nach. Das, was dann auf dem Film zu hören war, konnte schließlich keiner ahnen.

Während in Kristinas Arbeitszimmer eine gedrückte Stimmung herrschte, ging Sauerwein Rosie suchen.

»Hier bist du«, sagte er, als er sie in der Küche fand, wo sie wie ein Roboter in einem Topf rührte. Drei Mal rechtsherum, zwei Mal links.

»Du hattest recht«, gab sie zu. »Ich hätte mir das nicht anhören sollen.«

Sie schniefte und zog eine Schublade auf, in der fein säuberlich etwa zehn Packungen Taschentücher hintereinandergeschichtet waren. Sie zog ein Tempo heraus, wischte sich damit über die Augen und schnäuzte schließlich hinein. Nachdem sie das Tuch in den Abfalleimer geworfen und sich die Hände gewaschen hatte, fuhr sie fort, in dem Topf zu rühren.

»Das riecht gut«, stellte Sauerwein fest. »Aber musst du es unbedingt zu Tode rühren?«

»Du bist ein Idiot«, stellte Rosie milde fest. »Ich brauche etwas, das mich ablenkt, sonst bekomme ich die Bilder nicht aus meinem Kopf. Und dabei hab ich das Schlimmste vermutlich eh verpasst.«

Das war eine Frage, auf die sie bestimmt keine Antwort haben wollte, deswegen ersparte er sie ihr auch.

»Kristinas Programm hat noch eine weitere Stelle herausgefiltert«, setzte Eva Sauerwein in Kenntnis, als sie in die Küche kam. »Wenn du willst, kannst du es dir selbst noch ansehen, ist aber nicht so wichtig. Mmh, was riecht hier so gut?«, fragte sie und lüpfte den Deckel.

»Finger weg«, drohte ihr Rosie, die den Tisch auf der Terrasse gedeckt hatte, als Eva die Besteckschublade aufzog und einen kleinen Löffel herausholte.

Eva seufzte. Soweit sie sich zurückerinnern konnte, hatte es noch nie geklappt, dass sie aus Rosies Töpfen naschte, ohne erwischt zu werden. Die alte Frau musste ein eingebautes Radar besitzen, das äußerst zuverlässig anschlug, wenn Eva probieren wollte.

Seufzend legte sie den Löffel zurück und wandte sich wieder an Sauerwein, der seine Frage bereits zum zweiten Mal wiederholte.

»Was? Na ja, wichtig ist es schon, aber du kannst darauf verzichten, es dir selbst anzusehen. Maria ist noch mal in Noras Zimmer gekommen und hat gesagt, dass sie ihr gern jemanden vorstellen wollte. Falls dieser Jemand morgen Vormittag Zeit hätte, wollte Maria wissen, ob Nora ihrer Oma absagen würde.«

»Und? Hat er oder sie Zeit?«, wollte Sauerwein wissen.

»Keine Ahnung. Ich meine, Nora hat zwar etwas rumgedruckst, schließlich aber zugesagt. Ob was draus wird, wissen wir erst, wenn Rosie eine Absage bekommt. Rosie? Kannst du bitte nachsehen, ob du eine Nachricht von Nora hast?«

Rosie, die während des Gesprächs ihrer Freunde weiter gedankenverloren in ihrem Topf gerührt hatte, zuckte zusammen, als Eva sie anstupste. Dann holte sie ihr Handy aus dem Gästezimmer.

»Bisher nicht«, sagte sie mit einem Blick auf das Display, als sie wieder in die Küche kam, und schob das Telefon in die Tasche ihrer Strickjacke.

»Was versteckst du da hinter deinem Rücken?«

»Ich? Äh, nichts.« Eva kicherte. »Wann ist das Essen fertig?«

Eine halbe Stunde später piepste Rosies Handy so laut, dass Kristina vor Schreck ihr Besteck fallen ließ.

»Mist«, murmelte sie und schob ihren Stuhl zurück, als sie den roten Klecks sah, den die Gabel auf ihrem weißen Shirt hinterlassen hatte.

»Das musst du gleich auswaschen«, sagte Rosie sofort und wollte ebenfalls aufspringen. »Die Tomatenflecken –«

»Rosie!« Eva schüttelte den Kopf. »Kristina schafft das wirklich, Ehrenwort. Sieh lieber nach, was mit deinem Telefon ist!«

»Dass ihr Kinder sogar beim Essen mit euren Handys spielen müsst, verstehe ich nicht«, scherzte Rosie. Sie zog das Telefon aus ihrer Jackentasche und reichte es Eva.

»Schaust Du bitte selbst nach? Ohne Brille kann ich nichts lesen.«

Eva öffnete die SMS und las die Nachricht laut vor: »Liebe Oma, ich habe für morgen einen kurzfristigen Untersuchungstermin bekommen. Leider kann mir die Schwester nicht sagen, wie lange das dauert. Deswegen ist es besser, wenn du nicht kommst. Übermorgen passt es dann wieder. Hab dich lieb, deine Nora.«

»Sehr gut«, stellte Sauerwein fest. »Das heißt also, dass der Besuch kommt. Lassen wir uns überraschen, was dabei herauskommt. Gibt es eigentlich noch einen Nachtisch?«

VIERZEHN

Christian staunte darüber, wie schnell er sich erholte. Nachdem es die ersten Tage nur langsam bergauf gegangen war, schritt seine Genesung ab dem vierten Tag auf wundersame Art und Weise zügig voran, und er konnte schon am fünften Tag damit beginnen, ein leichtes Fitnessprogramm zu absolvieren. Nach fünf Liegestützen und zwanzig Kniebeugen war er zwar schon am Ende seiner Leistungsfähigkeit, aber er zwang sich trotz des drohenden Muskelkaters an den Geräteturm im Keller. Von allem nur ein bisschen, dachte er frustriert, als er nur ein Fünftel des Gewichts schaffte, dass er normalerweise stemmen konnte.

Hauptsache, die Kraft kommt zurück.

Danach strampelte er eine halbe Stunde auf dem Heimtrainer und war anschließend so erschöpft wie in seinem ganzen Leben noch nicht.

Den Tag darauf pausierte er und lag stattdessen am Vormittag und Nachmittag je eine Stunde lang in der Sonne. Am Abend hatte er eine leichte Farbe bekommen, und allein das löste ein gewisses Wohlbehagen in ihm aus. Gegen den sich anbahnenden Muskelkater warf er ein Ibuprofen ein und fiel am Abend todmüde ins Bett.

Bevor er einschlief, schweiften seine Gedanken zu dem Abendessen, dass Grit für sie beide gekocht hatte. Ungarisches Gulasch mit Nudeln, genau das, was er mochte. Anschließend hatten sie zusammen mit einer Flasche Rotwein vor dem Fernseher gelegen, und sie hatte nach kurzem Zögern sein Angebot angenommen, sich in seine Arme zu kuscheln.

Kurz dachte er, dass es ein angenehmer Tag gewesen war, und bedauerte es fast, dass er nicht normal sein konnte.

Am nächsten Morgen war Christian schon in seinem Fitnessraum, bevor es draußen richtig hell wurde. Anstelle eines Frühstücks hatte er ein Stück trockenes Brot hinuntergewürgt, ein weiteres Ibuprofen und einen halben Liter kaltes Wasser geschluckt und traktierte nun seine Muskeln mit nur unwesentlich mehr Gewicht, aber der dreifachen Anzahl an Wiederholungen.

»Du solltest dich nicht so verausgaben«, sagte Grit, als er nass geschwitzt bis auf die Unterhose nach oben kam, und drückte ihm einen giftgrünen Smoothie in die Hand.

»Lass es besser langsam angehen. Du warst so lange krank, dass es auf den einen oder anderen Tag doch auch nicht ankommt.«

Und ob es darauf ankam! Je schneller er wieder fit war, desto früher würde sie ihre Strafe bekommen. Auch wenn es ihm fast schon ein körperliches Vergnügen bereitete, sie hinter einer Maske der Scheinheiligkeit hinters Licht zu führen.

Ein ebenso dringliches Bedürfnis war es ihm aber auch, nach München zu fahren und seinen Audi zu suchen. Allein, dass er nach wie vor keinen Internetzugang hatte, machte ihn schier wahnsinnig.

Christian trank die grüne Pampe in einem Zug leer, dann stellte er das Glas mit einem Knall auf die Arbeitsplatte. »Danke«, sagte er und gab ihr einen Kuss. »Ich gehe duschen, und dann frühstücken wir zusammen, ja?«

Als das heiße Wasser seinen Rücken hinunterlief, stöhnte er. Das lange Nichtstun hatte seine Muskeln verklebt, und das zu harte Training tat sein Übriges dazu, dass er völlig verspannt war. Sein ganzer Rücken war ein einziger Schmerz.

Er schloss die Augen und genoss die Bilder, die in ihm aufstiegen. Grit, wie sie winselnd vor ihm auf dem Boden kniete, bettelte, dass er sie in Ruhe ließ. Endlich schoss das Blut wieder in seine Lenden. Nachdem er eine halbe Ewigkeit keine Erektion zustande gebracht hatte, hatte er schon befürchtet, dass er durch den Dreck, den ihm die dumme Nuss verabreicht hatte, dauerhaft impotent geworden war.

Beim Frühstück gab er sich ausgesprochen charmant und liebevoll. »Das sieht toll aus«, lobte er den hübsch gedeckten Küchentisch. »Und es riecht phantastisch.«

Er strich ihr über die Haare und nahm sich eins der kross gebackenen Brötchen. »Ich fahre später nach München«, sagte er beiläufig. »Ich möchte mein Auto finden, bevor die Polizei es noch abschleppen lässt. Willst du mich begleiten?«

Als Grit ablehnte, war er erleichtert. Er hatte gehofft, dass sie andere Pläne für den Tag hatte, und wollte sie mit dem Angebot, mitzukommen, nur in falscher Sicherheit wiegen.

In München ließ er sich von dem Taxifahrer vor dem Hotel absetzen, in dem alles seinen Anfang genommen hatte. Als er die Lobby betrat, erntete er ein charmantes Lächeln.

»Wir haben Sie schon vermisst«, sagte die blonde Schönheit hinter der Rezeption. »Wir haben Ihren Wagen gefunden und Ihnen mehrere Nachrichten auf Ihrer Mailbox hinterlassen, da Sie nicht zurückgerufen haben. Hier«, sie riss das oberste Blatt von dem großen Block mit den Stadtplänen für die Gäste und malte ein Kreuz darauf.

»Nun bin ich ja hier«, erwiderte er das freundliche Lächeln. »Mein Handy liegt im Auto, deswegen konnten Sie mich nicht erreichen. Und ich konnte mich nicht früher melden, weil ich krank war.«

Christian schob einen Zweihundert-Euro-Schein über den Tresen und bedankte sich. Als er sich bereits zum Gehen wandte, überlegte er es sich doch noch anders. Die Körpersprache der Blondine war so eindeutig, dass er nicht widerstehen konnte. Und sie war genau der Typ Frau, der zu ihm passte. Sie wirkte devot bis zur Selbstaufgabe; sein Instinkt hatte ihn da noch nie getäuscht.

An Grit hatte er schon lange keinen richtigen Spaß mehr, und wenn er das nächste Mal mit ihr fertig war, war sie vermutlich sowieso nur noch eine leere Hülle. Es konnte nicht schaden, bereits heute die Weichen für eine neue Beziehung zu stellen. Allem Anschein nach war die Blonde ein gebranntes Kind, und offensichtlich war sie auf der Suche nach jemandem, der ihr seine Aufmerksamkeit schenkte.

»Deine Telefonnummer.« Mehr musste er nicht zu ihr sagen. Es war ein Befehl, keine Bitte.

Mit einem scheuen Lächeln senkte sie den Kopf, und als sie ihre Nummer auf einen Zettel geschrieben hatte, brannten ihre Wangen.

Mit einem vergnügten Pfeifen verließ Christian das Hotel.

Auf dem Weg zu seinem Audi kam er an einem Erotikshop vorbei. Kurzerhand betrat er den schummrigen Laden und sah sich forschend um.

Als er nicht fand, was er suchte, und sich schon wieder zum Gehen wandte, sah die langhaarige Angestellte hinter dem Tresen von ihrer Boulevardzeitschrift auf. »Nichts gefunden?«

»Nicht das, was ich suche«, antwortete er und zog eine Augenbraue nach oben.

»Und was suchst du?«

»Eine Peitsche. Aber nicht so einen Kinderkram wie das da.« Er deutete auf das Regal, in dem mehrere weiche Gerten neben einem Karton mit Plüschhandschellen lagen.

»Die härtere Gangart, was?«

»Mmh.«

Sie nickte in Richtung einer schmalen Tür, die hinter einem Vorhang versteckt war. »Dahinten. Ist nicht jedermanns Sache.«

Er quittierte die Information mit einem Lächeln und drückte die Klinke hinunter. Als er sah, was für ausgefallene Schätze sich in dem Raum verbargen, spürte er, wie sich sein Herzschlag erhöhte.

»Und? Ist was für dich dabei?« Die Verkäuferin stand im Türrahmen und musterte ihren Kunden von oben bis unten.

»Einiges«, antwortete er. »Aber mir erschließt sich der Sinn von dem da nicht.« Er deutete auf einen Gegenstand, den er noch nie gesehen hatte. »Und von dem da drüben auch nicht.«

Eine Viertelstunde später schob er ihr zweihundertvierzig Euro hin. Als sie sich umdrehte, um sich nach einer dunkelbraunen Tüte zu bücken, fiel sein Blick auf ihren ausladenden Hintern.

»Lust auf einen Fick?«, hörte er sich fragen, bevor er auch nur eine Sekunde darüber nachgedacht hatte, dass sie ihn zweifelsohne nur auslachen würde.

»Nee, Schätzchen, lass mal. Ich steh nicht auf das gleiche Zeug wie du.« Ungerührt packte sie seine Einkäufe in die Tasche, nahm das Geld und ließ es in der Kassenschublade verschwinden.

Christian musterte sie eine Weile, dann nickte er. Auch wenn der Ständer in seiner Hose juckte wie verrückt, die Frau vor ihm strahlte etwas viel zu Normales aus. Seine Bedürfnisse mussten warten, bis er zu Hause war.

***

»Wieso denn noch ein weiterer Ultraschall?«, begehrte Noras Bettnachbarin auf. »Ich habe doch schon eine Diagnose bekommen.«

»Wir müssen sichergehen, dass wir nichts übersehen haben«, erklärte Luisa Noras Zimmernachbarin geduldig. »Da Sie noch immer von starken Schmerzen berichten, hat meine Kollegin Sie noch mal zur Sonografie angemeldet.«

»Also nein, das können Sie nicht machen. Ich bin doch –«

»Sind Sie denn nun krank oder nicht?« Luisa wusste genau, wie der Hase lief. Immer wieder kamen Patienten her, die im Krankenhaus so etwas wie eine Kurklinik sahen. Im Grunde genommen war es manchmal schwierig, zu differenzieren, wer wirklich schwer krank war und wer nur schauspielerte. Wenn aber jemand ständig jammerte, dabei aber sämtliche Untersuchungen verweigerte, dann war ein gesundes Misstrauen durchaus angebracht.

»Das ist doch die Höhe!«, giftete die Patientin, riss Luisa das Infoblatt aus der Hand und rauschte hinaus.

Nora hatte dem Gespräch mit wachsendem Interesse gelauscht. Dass ihre Nachbarin so kurzfristig zu einer weiteren Untersuchung geschickt wurde, konnte nur bedeuten, dass jemand dafür gesorgt hatte, dass Nora garantiert zwei Stunden allein im Zimmer war. Und dieser Jemand war mit großer Wahrscheinlichkeit Maria gewesen. Fragte sich nur, inwieweit Luisa mit ihr unter einer Decke steckte.

»Des is aber komisch, oder?«, fragte Nora scheinheilig. »Dass die so spontan zu 'ner Kontrolle muss? Des is doch ned normal.«

»Ich weiß auch nicht«, sagte Luisa schulterzuckend. »Wir haben uns heute früh alle gewundert, warum sie so plötzlich einen Termin bekommen hat. Dabei waren wir uns alle einig, dass die hier nur ein Theater abzieht.«

Kaum dass sie ausgeredet hatte, hielt sich Luisa erschrocken die

Hand vor den Mund. »Oh mei. Ich rede zu viel. Bitte behalten Sie das für sich!«

»Keine Sorge.« Nora machte vor ihrem Mund die Geste des Herumdrehens eines Schlüssels. »Vorausgsetzt, i krieg heut Mittag ned wieder Wirsing.«

Luisa lachte. »Okay, versprochen, das ist ein Deal. Heute gibt es Grünkohl.«

»Igitt, noch schlimmer. Dann lieber gar nix.«

»Keine Sorge, das war nur ein Spaß. Ich passe schon auf, dass das nicht mehr vorkommt.«

Luisa hatte noch immer ein schlechtes Gewissen. Ausgerechnet an dem einzigen Tag, an dem Noras Großmutter bisher nicht hatte kommen können, hatte die Krankenhausküche Spinat mit Wirsing verwechselt. Angesichts der Farbe und der Konsistenz, die jedes Essen hatte, nachdem es durch den Mixer gejagt worden war, damit Nora es durch einen Strohhalm saugen konnte, war der Irrtum niemandem aufgefallen. Kaum aber, dass Nora den Mund voll mit der grünen Pampe hatte, wie sie es nannte, hatte sie ein derart starker Würgereiz erfasst, dass sie daran fast erstickt wäre. Da sie nicht einfach den Mund aufmachen und alles wieder ausspucken konnte, blieb ihr nichts anderes übrig, als den Brei mit Gewalt durch die Zähne zu drücken. Dabei war das Zeug über die Bettdecke und Noras Nachthemd gespritzt und hatte sogar das Laken erwischt. Nora war es fürchterlich peinlich gewesen, aber Luisa und die junge Lernschwester hatten nur gelacht und waren froh, dass Nora über die Verwechslung nicht allzu verärgert war.

Nora war mit der Musik, die leise aus den Kopfhörern ihres iPhones drang, eingenickt, als es zaghaft klopfte. Kurz darauf streckte eine Frau den Kopf zur Tür herein und lächelte, als sie merkte, weshalb auf ihr Klopfen keine Antwort gekommen war.

Um Nora nicht zu erschrecken, zupfte sie vorsichtig, aber beharrlich am Ende der Bettdecke. Als Nora endlich die Augen aufschlug, sah sie in warme braune Augen, die von unendlich vielen Lachfältchen umrahmt waren. Vom Schlaf ein wenig verwirrt, brauchte sie einen Augenblick, um sich mit der Situation zurechtzufinden.

Die Besucherin wartete, bis sie das Gefühl hatte, dass Nora wach genug war, dann stellte sie sich vor. »Ich bin Monika, die Bekannte, von der Maria Ihnen erzählt hat. Darf ich mich zu Ihnen setzen und … Sagen Sie, darf ich Sie einfach Nora nennen?«

Sowohl das eine wie auch das andere war Nora recht.

»Das ist aber ein süßer kleiner Hund, den Sie da haben«, fing Monika an, belanglos zu plappern, nachdem sie einen Stuhl an das Krankenbett gezogen hatte. »Darf ich mal sehen?«

Erschrocken riss Nora die Augen auf und drückte das Stofftier, das seit Tagen an ihrem linken Arm festgewachsen schien, fest an sich.

Monika deutete die Reaktion völlig falsch. »Tut mir leid«, sagte sie schnell. »Gar kein Problem. Ich verstehe, dass Sie ihn nicht aus der Hand geben wollen. Manchmal gibt uns so ein Tierchen richtig Halt. Passen Sie nur gut auf ihn auf.«

Nora verzog das Gesicht, was Monika erneut falsch verstand. »Sie müssen sich nicht schämen. Wegen gar nichts. Ich kann das alles nachvollziehen, glauben Sie mir. Wirklich alles«, setzte sie leise nach.

Noras Gesichtszüge entspannten sich bei Monikas Worten. Sie war durch das Nickerchen desorientiert, was bei ihr immer dazu führte, dass sie sich nicht im Griff hatte. Wer auch immer etwas aus ihr herausbringen wollte, der musste nur warten, bis sie gerade aufgewacht war, dann war sie wie ein offenes Buch, das keine Geheimnisse für sich behalten konnte. Doch jetzt wurde die Panik, die Nora bei der Vorstellung überfallen hatte, dass die fremde Person den mit Kamera, Mikro und Sender gefüllten Stoffhund genauer betrachten könnte, in Windeseile von einer Belustigung darüber abgelöst, dass Monika dachte, dass der Hund ihr Seelentröster war. In Augenblicken wie diesen war Nora unendlich dankbar dafür, dass ein halber Meter Draht nachdrücklich verhinderte, dass sie sich verplappern konnte.

Eine Weile plauderte Monika über völlig triviale Dinge. Sie redete über das Wetter, fragte Nora, ob es sehr schlimm für sie sei, bei den Temperaturen in der Klinik zu liegen, und erzählte von einem wunderbaren Buch, das sie vor Kurzem gelesen hatte und ihr wärmstens empfehlen konnte.

»Lesen Sie gern Liebesgeschichten?«, fragte sie.

Nora hatte keine Ahnung, wie sie auf diese Frage reagieren sollte. Das war gefährliches Terrain. Sie rief sich Marthas Worte ins Gedächtnis.

Liebe ist ein ganz besonderes Thema. Versuchen Sie dem, so gut es geht, auszuweichen. Egal, wie Sie wirklich darüber denken, vergessen Sie nicht, dass Sie vorgeben, eine misshandelte Frau zu sein, und die würde vermutlich völlig anders darüber denken.

Jetzt zuckte sie nur die Schultern und sah zum Fenster hinaus.

Mitfühlend betrachtete Monika Noras Gesicht. Wie sie bereits von Maria wusste, wich die Patientin allen Fragen aus, in denen es um ihre Beziehung oder ihren angeblichen Unfall ging. Sie kannte das alles so gut.

Die Scham lodert so hoch in dir, dass sie dich fast verbrennt, dachte sie.

Nur zwei Jahre früher war sie selbst an Noras Stelle gewesen, allem und jedem ausgewichen und hatte sich trotzdem an jeden Strohhalm der Hoffnung geklammert.

Sanft strich sie über das Stückchen Haut, das zwischen der Gelenkschiene und dem Nachthemd frei war. »Ich weiß, was Sie durchmachen. Nein, bitte, sagen Sie nichts«, meinte sie, als Nora aufbegehren wollte. »Darf ich Ihnen von mir erzählen?«

Nora schloss die Augen. In Wirklichkeit wollte sie all das gar nicht wissen. Doch dann riss sie sich zusammen und nickte.

»Ich war erst ein paar Wochen glücklich verheiratet, als meinem Mann das erste Mal die Hand ausgerutscht ist. Ich weiß noch genau, dass wir auf unserer Terrasse saßen. Es war ein frühlingshafter Tag, ungefähr so wie heute. Wir hatten gegrillt. Rinderlende, dazu gab es frischen Spargel und zum Nachtisch Erdbeeren mit einem großen Berg Schlagsahne. Ich erinnere mich noch, dass ich gedacht hatte, wie sündig es wäre, Erdbeeren um diese Jahreszeit zu kaufen.« Sie hielt einen Augenblick inne, als ihr die Erinnerungen die Kehle zuschnürten.

»Ich komme aus einem armen Elternhaus, und es gab nur selten Fleisch, und selbst das war abgepackt aus dem Regal eines Supermarkts, oft genug abgelaufen, weil es dann nur die Hälfte gekostet hatte. Und plötzlich bekam ich die erlesensten Speisen und wurde mit Geschenken überhäuft. Anfangs hatte ich keine Ahnung, wofür das viele Besteck war, wenn wir in ein Restaurant gingen. Doch mein Mann, damals war er noch mein Freund, war voller Geduld. Ihm gefiel, dass er mir was beibringen konnte.« Monika schloss die Augen und versuchte sich zu erinnern, wie sie auf das Thema gekommen war.

»Ach so, ja. Ich war bei den Erdbeeren. Jedenfalls war ich so nervös, dass ich die Schüssel fallen ließ. Die süßen Früchte fielen auf den Boden, die Sahne spritzte in alle Richtungen, und bevor ich mich entschuldigen konnte, waren drei Ohrfeigen in meinem Gesicht gelandet. Und wissen Sie was? Das war für mich das Normalste auf der Welt. Ich hatte etwas falsch gemacht und wurde dafür bestraft. Das hatte ich seit meiner Kindheit so gekannt, also war das völlig in Ordnung für mich. Ich habe nicht eine Sekunde in Frage gestellt, ob er etwas falsch gemacht hat. Wieso auch? So war ich erzogen, und so funktionierte die Welt nun mal.« Sie hob ihre Schultern und verzog den Mund zu einem gequälten Lächeln.

»Was ich aber nicht kannte, war, dass die Strafen mit der Zeit immer schlimmer wurden. Wenn meine Mutter oder ich zu Hause einen Fehler begangen hatten, dann setzte es ein paar Ohrfeigen. Wenn es eine größere Dummheit war, dann gab es eine Tracht Prügel mit dem Kochlöffel auf den nackten Hintern. Das war alles kalkulierbar. Ich erinnere mich noch, wie ich manchmal mit Absicht etwas völlig Verrücktes angestellt habe, nur um den Alten zu ärgern. Aber was ich in meiner Ehe erfahren habe, das war nicht mehr berechenbar. Das war Sadismus in seiner schlimmsten Form.«

Mit einem leidvollen Gesichtsausdruck sah Monika auf ihren Arm.

Nora, die sich schon gewundert hatte, weshalb ihre Besucherin bei dem warmen Wetter ein langärmliges Shirt trug, folgte ihrem Blick und sah gerade noch den Ausläufer einer wulstigen Narbe, bevor Monika den hochgerutschten Stoff wieder darüberziehen konnte.

»Kennen Sie das von zu Hause her?«, fragte Monika leise. »Von Ihrem Vater oder vielleicht Ihren Geschwistern?«

Derart in die Enge getrieben, versuchte Nora ihre Zehen zu überkreuzen, schloss die Augen und nickte dabei.

Entschuldige, Papa. Dir wäre so was nie in den Sinn gekommen, aber ich muss das jetzt tun.

»Verstehen Sie, was ich damit meine, dass wir etwas als normal empfinden, das wir in unserer Kindheit mitbekommen haben?«

Als Nora wieder nickte, diesmal mit offenen Augen, fuhr Monika fort: »Aber das ist nicht normal. Ein Kind oder eine Frau, egal wen, einen körperlich Schwächeren oder gar Schutzbefohlenen zu schlagen ist *nie* normal. Es zeugt von einem fehlenden Selbstwertgefühl, und es ist schlicht und einfach krank.«

Monika öffnete ihre Tasche und holte eine kleine Flasche Wasser heraus. Bevor sie zum Trinken ansetzte, fragte sie Nora, ob sie ihr etwas holen könnte.

Nora deutete mit einem Kopfnicken auf den fahrbaren Tisch, auf dem der Trinkbecher stand.

»Ich habe zwar wirklich einiges erlebt, aber den Kiefer hat mir das Schwein nie gebrochen«, stellte Monika fest, als sie den Strohhalm wieder aus Noras Mund herausgezogen hatte. »Es gibt im Leben immer Dinge, die man noch nicht erlebt hat. Aber das, was er mir angetan hat, war schlimm genug. Es wird übrigens immer schlimmer, haben Sie das auch bemerkt? Je länger man bleibt, desto hemmungsloser werden sie.«

»Des kann i ned glaubn«, war das Erste, was Nora überhaupt hervorbrachte.

Nachdem sie bemerkt hatte, dass es für Monika in Ordnung war, einfach zu erzählen, war sie froh gewesen. Solange sie gar nichts sagte, konnte sie auch nichts Falsches sagen.

»Es ist aber so«, sage Monika bestimmt. »Sehen Sie sich doch an. Sie liegen hier ohne Milz, dafür mit kaputtem Kiefer, einer gebrochenen Hand, ein paar kaputten Rippen und einer erstaunlichen Menge an Blutergüssen. Und das war nicht das einzige Mal, dass er Sie verprügelt hat, richtig?«

Wie Martha ihr geraten hatte, sah Nora aus dem Fenster und schwieg.

»Das ist es nie, glauben Sie mir. Wir sind so viele, denen es so oder ähnlich ergangen ist. Und es hat sich bei allen gesteigert.

Hier«, Monika langte nach ihrer Tasche, holte einen DIN-A5-Schnellhefter hervor und legte ihn Nora auf die Bettdecke, »wenn Sie möchten, dann lesen Sie das.«

»Was is des?«, wollte Nora wissen. Für ihren Geschmack hatte sie bereits genug erfahren, was gewalttätige Männer anbelangte.

»Es sind kopierte Zeitungsausschnitte. Berichte über Frauen, die von ihren Männern so misshandelt wurden, dass sie an den Folgen starben.«

Bei allen guten Vorsätzen, ihren Kollegen zu helfen, das war Nora zu viel. »Nehmen S' des wieder weg. I will des ned sehn.«

»Das verstehe ich. Ich weiß es sogar. Aber die Augen zu verschließen ändert nichts daran, dass das passiert. Es kann jeden Tag und überall so weit sein. Und Sie könnten die Nächste sein, über die die Zeitungen berichten.«

Erbarmungslos hielt Monika das Deckblatt vor Noras Nase, auf dem unübersehbar in riesigen Lettern »Zu Tode gefoltert« stand.

»Das ist die traurige Realität, Nora. Wachen Sie auf, bevor es zu spät ist. Sie sind eine junge, hübsche Frau, und das halbe Leben liegt noch vor Ihnen. Bitte werfen Sie es nicht so einfach weg.«

Monika gab Nora Zeit, um sich von dem Schock zu erholen. Die arme Frau vor ihr tat ihr unendlich leid, und es war ihr aus tiefstem Herzen zuwider, sie so anzugehen. Aber aus eigener Erfahrung wusste sie, solange man daran zweifelte, dass man wirklichen Schaden nehmen konnte, konnte man alles, aber auch wirklich alles vor sich selbst entschuldigen.

»Was is passiert?«, fragte Nora, als sie sich wieder gefasst hatte. »Mit Ihrem Mann, mein i.«

Monika machte innerlich einen derart großen Satz nach hinten, dass Nora ihn förmlich spüren konnte. »'tschuldigung«, setzte sie sofort nach. »I wollt ned aufdringlich sei.«

»Das sind Sie nicht«, stellte Monika leise fest, als sie sich wieder gefangen hatte.

Obwohl sie anderen gegenüber als starke Frau auftreten konnte, solange es um deren Probleme ging, saß ihr eigenes Trauma noch immer tief.

»Wenn hier jemand aufdringlich ist, dann bin das wohl ich.

Ich habe Ihnen schon so viel um die Ohren gehauen, dass ich Ihnen das auch noch verraten kann.« Sie setzte sich aufrecht hin und holte tief Luft. »Mein Mann lebt nicht mehr.«

Nora musste sie angesehen haben wie ein Ufo, das aus dem Nichts gelandet war, denn Monika fing bei ihrem Ausdruck an, aus vollem Herzen zu lachen.

»Ja, schauen Sie mich nur an. In meiner Ehe dachte ich lange, dass ich ohne ihn nichts bin. Nichts wert, für nichts gut und allein nicht überlebensfähig, denn das habe ich schließlich nie gelernt. Aber das stimmt nicht. Man kann alles lernen, und jetzt bin ich frei und selbstbestimmt, und das ist das Beste, was ich bisher erlebt habe.«

»Ja, des sagt sich auch leicht, wenn ma so viel Glück hat«, murmelte Nora leise.

Monika sah sie mit einem undefinierbaren Ausdruck an. »Sie meinen, weil er gestorben ist?«

»Mmmh.«

»Aber wer sagt denn, dass das Ihnen nicht auch passieren kann?«

»Mir?« Nora lachte gequält. »I hab noch nie Glück ghabt. Wieso soll des ausgrechnet jetzt daherkommen?«

»Vielleicht müssen Sie nur daran glauben. Haben Sie darüber nachgedacht, sich zu trennen?«

»Trennen? Als wenn des so einfach wär. Wenn Sie tatsächlich in so 'ner Situation waren, dann wissen Sie, dass des unmöglich is.«

Monika bekam bei Noras Anblick fast körperliche Schmerzen.

Die Arme konnte ihr nicht einmal mehr in die Augen sehen, so sehr nahm sie das Gespräch mit.

Sie streichelte leicht über Noras Arm. »Doch, das weiß ich«, sagte sie bedrückt. »Nur zu gut. Ihr Mann, bedroht er Sie?«

»Mmh.« Nora nickte, sah zur Seite und konzentrierte sich. Als sie Monika wieder ansah, schwammen ihre Augen in Tränen. »Er lässt mi ned gehen. Niemals.«

»Haben Sie Angst, dass das, was dann kommt, noch schlimmer ist als das hier?« Monika deutete wieder auf Noras Verletzungen.

»Viel schlimmer«, hauchte Nora. »I glaub, dann brauch i kein Arzt mehr.«

Monika sah gedankenverloren zum Fenster hinaus, ehe sie sich wieder Nora zuwandte. »Aber es gibt einen Ausweg. Versprochen. Sie müssen nur wollen, dann zeige ich ihn Ihnen.«

»An Ausweg?« Nora wirkte mit einem Mal wie elektrisiert. »Wirklich?«

»Ja. Aber es ist …«

»Was denn?« Mühsam richtete sich Nora ein Stück im Bett auf. »Bitte redn S' doch weiter!«

»Es ist nicht so einfach. Weil, ich meine – ich brauche die Garantie, dass Sie das unter keinen Umständen irgendjemandem erzählen.«

Himmel! Nora biss die Zähne so fest zusammen, dass sich die Klammern in ihr Zahnfleisch drückten. Erneut schossen ihr die Tränen in die Augen, diesmal aber vor Schmerz.

»Das, was ich Ihnen anbiete, ist vielleicht das Schwerste, was Sie in Ihrem Leben durchmachen müssen. Weil Sie so eine Liebe sind. So frei von bösen Gedanken. Wieso müssen es ausgerechnet wir sein, die immer an solche Arschlöcher geraten! Aber das Leben ist nicht zu Ende. Wenn Sie das wollen, fängt es jetzt erst an!«

»Aber dann müsst i ihn ja – umbringen!« Panik flackerte in Noras Augen, und ihre Stimme war so leise geworden, dass Monika sie kaum noch verstand. »Des kann i ned!«

»Das ist auch nicht nötig.« Monika lächelte leicht. »Es würde doch schon reichen, wenn er so weit außer Gefecht gesetzt wäre, dass er Sie nicht mehr schlagen kann, oder?«

»Ja, aber …«

»Kein Aber. Ich würde Ihnen niemals raten, Ihren Mann zu töten. Aber es gibt trotzdem eine Möglichkeit, ihn aus dem Verkehr zu ziehen. Wie weit das dann gehen soll, das müssen Sie selbst entscheiden.«

Nora konnte ihre Aufregung kaum noch verbergen. Obwohl sie aufgrund der Scharade, die sie ihrer Besucherin vorspielte, am liebsten vor Scham im Boden versunken wäre, spürte sie, dass sie nur noch Millimeter von der Auflösung all der Fragen entfernt war, die sich in den letzten Wochen angesammelt hatten.

Tausend Punkte schossen ihr blitzschnell durch den Kopf. Jetzt nur keinen Fehler machen!

»I glaub, des kann i echt ned«, wisperte sie heiser und ließ sich zurück in die Kissen sinken. »Wurscht, was es is, i hab viel z' viel Angst, dass er mi dawischt.«

»Erst einmal müssten Sie gar nichts machen, es gibt also nichts, wobei er Sie überhaupt erwischen könnte.«

»Ja, aber ...«

Monika senkte ihre Stimme, bis sie nur noch ein Flüstern war. »Der Plan besteht aus zwei Teilen. Den ersten übernehmen wir, und das ist das Element, das ein gewisses Risiko birgt. Der zweite Teil wäre Ihr Part. Das ist zwar der Baustein, der entscheidet, wie sich Ihr Mann weiter verhält, aber zugleich ist er so harmlos, dass er Sie dabei gar nicht erwischen kann.«

Nora verstand überhaupt nichts. »Wieso ›wir‹?«, hakte sie nach. »Wer spielt 'n no mit in Ihrm Plan?«

»Eine sehr gute Freundin. Ihr ist das Gleiche widerfahren wie uns beiden, deswegen habe ich vollstes Vertrauen zu ihr.«

Das konnte Nora von sich nun überhaupt nicht behaupten. Sie sah Monika angsterfüllt an. »Um Gott's willen. Des is mir alles z' viel. Je mehr Leut da dran rummischen, desto größer wird doch die Gfahr, dass alles auffliegt. Und des würde i ned überlem.«

»Sie müssen sich nicht jetzt entscheiden. Es ist ein Angebot, das nur gilt, weil wir Sie schützen wollen. Noch haben Sie die Chance, Ihr Leben zu ändern. Das wird aber nicht mehr gehen, wenn er Sie das erste Mal so schwer verletzt, dass Sie größere bleibende Schäden davontragen.«

Monika dachte darüber nach, ob sie Nora von einer jungen Frau erzählen sollte, die zu lange überlegt hatte und schließlich von ihrem Mann so lange und schwer misshandelt worden war, dass sie seither im Rollstuhl und mit schwersten geistigen Behinderungen dahinvegetierte.

»Eigentlich wollte ich Ihnen das gar nicht erzählen«, setzte sie an, als sie sich schließlich entschieden hatte. Sie öffnete ihre Tasche und holte ein kleines Päckchen mit Fotos hervor. »Aber ich finde, Sie sollten einen Blick auf diese Bilder werfen. Hier«, sie reichte Nora einen Abzug, auf dem eine etwa dreißigjährige Frau zu sehen war. Mit den aschblonden Haaren, der etwas zu groß geratenen Nase und den zu weit auseinanderstehenden

Augen war sie eine nur durchschnittlich hübsche Erscheinung. Allerdings hatte sie ein so strahlendes Lächeln, dass man den Eindruck hatte, als würde die Sonne aufgehen, sobald sie nur den Mund aufmachte. Nachdem Nora das Bild eingehend betrachtet hatte, sah sie Monika mit einem fragenden Blick an.

Die zog einen weiteren Abzug aus dem Umschlag und reichte ihn weiter. Wäre es Nora nicht klar gewesen, dass es sich um eine Vorher-Nachher-Situation handeln würde, wäre sie nie auf die Idee gekommen, dass darauf dieselbe Person zu sehen war. Die Frau auf dem zweiten Foto saß mit zur Seite gekrümmter Haltung in einem Rollstuhl. Sie sah mit einem abwesenden Blick zu einem Punkt im Nirgendwo, und aus dem leicht geöffneten Mund lief eine Speichelfahne.

»Mein Gott.« Nora sah Monika mit Tränen in den Augen an, und diesmal war es nicht gespielt. »Was is mit ihr passiert?«

»Das ist Margret. Als sie noch so süß gelächelt hat, war sie siebenundzwanzig. Mit neunundzwanzig hat sie einen irreparablen Hirnschaden davongetragen. Laut ihren Ärzten war ein minutenlanger Sauerstoffmangel der Grund. Dazu kommen unterlassene Hilfeleistung und andere körperliche Misshandlungen. Ihr Mann hat erst den Krankenwagen gerufen, als er dachte, dass sie stirbt. Da waren die Verletzungen schon zwei Tage alt.«

Nora hielt die beiden Fotos nacheinander so hoch, dass sie vom Kameraauge des Stoffhundes erfasst wurden, dann schloss sie die Augen und stöhnte leise.

Sie fühlte sich so schlecht wie noch nie in ihrem Leben. Und dann wurde ihr bewusst, dass das, was sich gerade in ihrem Umfeld abspielte, an ihre Substanz ging. Nur mit Mühe konnte sie sich dazu aufraffen, weiterzureden. »Und was is mit dem Mann?«

»Der hat, wie schon viele Male vorher, beteuert, dass sie sich selbst verwundet hat. Zum Glück hat ihn die Polizei diesmal nicht mehr laufen lassen. Im Prozess hat er behauptet, dass seine Frau schon seit jeher einen Hang zur Selbstverstümmelung hatte und er derjenige gewesen sei, der immer auf sie aufgepasst hat. Man hätte denken können, er sei das reinste Unschuldslamm.«

So detailliert, wie Monika berichtete, war Nora sofort klar, dass sie bei der Verhandlung gewesen war. »Und dann?«

»Die Richter haben ihm nicht geglaubt und ihn zu vier Jahren Haft verurteilt.«

»Vier Jahre?« Nora war erschüttert. »Ned mehr?«

»Nein. Zudem hat er Berufung eingelegt und hat gute Chancen, das Strafmaß auf zwei oder drei Jahre herabgesetzt zu bekommen. Sein Anwalt konnte nämlich nachweisen, dass die Frau sich tatsächlich schon seit der Pubertät regelmäßig selbst verletzt hat. Auch wenn sie sich damals lediglich die Arme mit einer Rasierklinge geritzt, sich aber nie schwer verletzt hat. Und wenn er Glück hat, dann kommt er tatsächlich schon nach zwei Jahren wegen guter Führung wieder frei.«

»Warum erzählen S' mir des alles?«

»Weil Sie sich dessen bewusst werden müssen, wie es weitergehen wird. Es wird nie aufhören, wenn Sie dem kein Ende setzen.«

»I denk drüber nach«, versprach Nora erschöpft. »I kann mir nur einfach ned vorstellen, wie i des hinbekommen soll, mi zum wehren. I hab viel z' viel Angst davor.«

»Ich mache Ihnen einen Vorschlag: Sie hören sich die Idee an, die ich habe, und dann denken Sie darüber nach. Vom Zuhören kann Ihnen schließlich nichts passieren. Einverstanden?«

Obwohl Nora völlig am Ende ihrer Kräfte war, nickte sie. Das Gehörte nahm sie so mit, dass sie sich am liebsten die Decke über den Kopf gezogen und das Kopfkissen vollgeheult hätte. Zudem ließ die Wirkung des Schmerzmittels nach, das sie nach dem Frühstück genommen hatte.

»Wie gesagt, mit dem ersten Teil haben Sie nichts zu tun«, fuhr Monika fort. »Es wäre nur gut, wenn Sie uns einen Ort nennen könnten, an den Ihr Mann öfters geht. Am besten eine Bar oder eine Kneipe. Falls es so etwas nicht gibt, dann seinen Sportverein oder irgendeine andere Lokalität, bei der wir ihm unauffällig begegnen können.«

»Und dann?«

»Dann werden wir ihm dort ein Angebot machen, dem er nicht widerstehen kann.« Monika lächelte. »Meine Freundin und ich können sehr überzeugend sein.«

Sie streckte den Busen heraus und sah Nora mit einem lasziven

Augenaufschlag an. »Wir werden ihn überreden, mit uns in ein Hotel zu gehen. Normalerweise braucht das nicht viel Überzeugungskunst, das können Sie mir glauben. Bei der Aussicht auf ein kleines Abenteuer mit zwei Frauen werden die meisten Männer sehr schnell schwach.«

Nora sah ihre Besucherin ungläubig an. »Sie glauben doch ned, dass Mike mit Ihnen mitgeht und dabei so viel Blut leckt, dass er mi nimmer anrührt? Des funktioniert doch nie im Leben! Außerdem habn Sie ihn noch ned gsehen. Der bringt's fertig und verprügelt Sie beide.«

»Nein, das wird er nicht. Erstens findet eine solche Art von Gewalt nicht in Hotelzimmern statt, und zweitens wird er selig schlummern, bevor er die Gelegenheit zu irgendeiner Aktivität entwickeln kann.«

»Sie wollen ihn betäuben? Warum denn des?«

»Weil wir ihm ein Medikament verpassen, das er so lange nicht spüren wird, bis Sie ihm den zweiten Teil dazu verabreichen. Erst dann wird es seine Wirkung entfalten.«

Nora setzte sich so abrupt auf, dass sie vor Schmerzen stöhnte. »Nein. I werd ihm nix ins Essen tun oder in ein Getränk. Wenn er des merkt, dann können S' Ihre private Fotogalerie nämlich glei um meine Bilder erweitern.«

Monika sah Nora eine Weile prüfend an. Dann beugte sie sich vor und fing leise an, ihren Plan bis ins letzte Detail zu erläutern.

FÜNFZEHN

Es war ein regnerischer Abend, und er hatte ihr vorgeschlagen, ein ausgiebiges Bad zu nehmen. »Hier, ich hab dir was mitgebracht.« Er drückte ihr ein hübsch verpacktes Geschenk in die Hand.

Überrascht zog Grit die opulente Schleife auf und wickelte das edle Papier von dem Karton ab. Zum Vorschein kam eine Geschenkserie von La Prairie. Entzückt klappte sie den Deckel des Duschgels hoch und schnupperte daran.

In ihren Augen sah er, dass er es fast geschafft hatte. Das bisschen Angst, das noch geblieben war, wurde von der Hoffnung verdrängt, dass es wieder so werden würde wie in alten Tagen.

»Warum probierst du es nicht gleich aus?«, fragte Christian leichthin. »Nimm ein schönes Bad und zieh das rote Kleid an, das deine Figur so toll betont. Dann gehen wir schick essen.«

Während sie in der Badewanne lag und den Prosecco trank, den er mit einem leichten Sedativum versetzt hatte, lief er zum Auto und holte die braune Tüte aus dem Kofferraum.

Als er Jacks Nachricht las, die in dem Augenblick auf seinem Handy ankam, als er den Kofferraumdeckel schloss, überzog ein Lächeln sein Gesicht. *Morgen passt mir gut. Ich kann auch noch einen Freund mitbringen.*

Als Grit eine Stunde später endlich wieder aus dem Bad kam, musste er zugeben, dass sie umwerfend aussah. Das rote Kleid schmiegte sich wie angegossen an ihren Körper und betonte vor allem ihren Hintern aufs Vorteilhafteste. Er spürte einen Anflug von Stolz, und die Vorfreude darauf, was er seinen Freunden am nächsten Abend präsentieren würde, erregte ihn so, dass er sie am liebsten gebeten hätte, sofort herzukommen.

Stattdessen riss er sich zusammen und drückte ihr ein weiteres Glas Prosecco in die Hand. Mit seinem Glas stieß er leicht gegen ihres. »Auf uns.«

Sie kicherte und trank einen großen Schluck. Obwohl ihr bereits nach dem ersten Glas schwindlig geworden war, durchschaute sie nicht, was gerade passierte.

Lauernd beobachtete er sie und wartete darauf, dass der Alkohol die Wirkung der K.-o.-Tropfen verstärkte. Er hatte das Mittel gering genug dosiert, dass sie nicht bewusstlos werden würde, sonst müsste er warten, bis sie wieder zu sich käme, und das wäre eine reine Zeitverschwendung.

»Uh, ich bin schon ganz angeschickert«, kicherte sie und gab sich sichtlich Mühe, die Augen offen zu halten. »Ich glaube, ich vertrage keinen Alkohol mehr.«

Der Schlag kam ohne Vorwarnung und erwischte sie mitten im Gesicht. Das Glas flog ihr aus der Hand, und der Inhalt spritzte an die Wand. Bevor sie sich von dem Schock erholt hatte, schlug er ein weiteres Mal zu, und dann trieb er sie vor sich her, bis sie an der Kellertreppe stand. Ein Rempler genügte, dass sie auf ihren hohen Hacken umknickte, einen Schmerzensschrei ausstieß und die Treppe hinunterfiel. Als sie am Fuß der letzten Stufe reglos liegen blieb, erschrak er.

Hoffentlich hatte sich das dämliche Weibsstück nicht den Hals gebrochen. Die Angst, dass er dafür ins Gefängnis kommen würde, wurde umgehend von einem irrationalen Hass verdrängt, der wie eine Flamme in ihm loderte. Wenn er wegen der dummen Kuh in den Bau müsste, dann würde er dafür beten, dass sie in der Hölle schmoren würde. Vor allem, weil sie es sich so einfach gemacht hatte und abgekratzt war, ohne dass er noch seinen Spaß an ihr gehabt hatte. Plötzlich sah er, dass ihr Fuß zuckte. Sie lebte also doch noch. Gut. Er wartete eine Weile, dann hörte er sie stöhnen. Schließlich richtete sie sich mühsam auf, und dann stand sie schwankend vor ihm. Offensichtlich hatte sie sich bei ihrem Sturz nichts gebrochen außer vielleicht ein paar Rippen.

»Du bist so ein ungeschickter Trampel«, höhnte er und schubste sie gegen die Wand. In ihren Augen war jeder Widerstand erloschen, und das fachte seine Wut erst recht an. Er holte aus und boxte sie in den Magen. Als sie zu Boden ging und keine Anstalten machte, sich wieder zu erheben, zerrte er sie an den Haaren, bis sie den Schmerz nicht länger ertrug und freiwillig zur gegenüberliegenden Seite krabbelte. Dort baumelten lange Seile von einem Flaschenzug, der an der Decke befestigt war. Geschickt schlang er zwei Enden um ihre Handgelenke, dann legte er einen Kipphebel um und zog sie nach oben, bis sie gerade noch auf Zehenspitzen stehen konnte. Mit einem Ruck zerrte er an ihrem Kleid, bis es nachgab und mit einem scheußlichen Geräusch in zwei Teile zerriss.

Er bückte sich nach der Tüte, die an der Wand lehnte. »Sieh mal einer an, was haben wir denn da?« Mit einem diabolischen Lächeln hielt er ihr die Gegenstände hin, die er im Sexshop besorgt hatte. »Hast du eine Ahnung, wofür das gut sein soll? Wir sollten das gleich mal ausprobieren …«

Er näherte sich ihr und lachte, als sie einen lauten Schrei ausstieß und einen lächerlichen Versuch unternahm, ihm zu entkommen.

***

»Lieber Himmel!« Eva schoss in die Höhe und tigerte in Sauerweins Büro auf und ab. »Das ist ja kaum zu ertragen. Nora tut mir echt leid, dass sie sich das alles anhören musste!«

Da die Ereignisse angefangen hatten sich zu überschlagen, hatte Kristina sofort, nachdem Rosie am frühen Nachmittag nach Hause gekommen war, die Speicherkarte ausgewertet und kurzerhand ihren Laptop ins Kommissariat gebracht, damit sie keine Zeit verloren. Als Monika endlich mit ihren Ausführungen fertig war und sich von Nora verabschiedete, atmeten ihre heimlichen Zuhörer erleichtert auf.

»Es geht noch weiter«, sagte Max plötzlich und deutete auf den Bildschirm.

»Freunde und Kollegen, i sag euch mal was. I kann nimmer.« Nora sah genauso fertig aus, wie ihre Stimme klang. »Sich des alles anzuhörn is ja scho schlimm gnug, wenn ma gsund is. Aber i fühl mi eh scho voll beschissen, mir werd des einfach z' viel.«

Dicke Tränen rollten über ihre Wangen. Sie musste den Stoffhund loslassen, um sich mit einer Hand das Gesicht abzutrocknen. Bis sie sich wieder einigermaßen gefangen hatte, sahen die Kommissare nur die Zimmerdecke, an der eine fette Fleischfliege hin und her krabbelte. Das Bild wackelte kurz, dann war es wieder auf Nora gerichtet.

»'tschuldigung. Jetzt geht's wieder. Und ganz ehrlich, wenn i mir des so anhör, was den armen Mädels passiert is, dann willi a gar ned, dass ihr die Leut schnappts, die den Arschlöchern 's Licht auspusten wollen. Ohne die is d' Welt doch besser dran. Also i weiß ned. Besprechts des miteinand und überlegts euch was. Und jetzt möcht i zwanzg Stundn lang schlafen. Bittedanke. Gute Nacht.«

»Lieber Himmel!«, wiederholte sich Eva, als das Video stoppte. »Und was machen wir jetzt?«

»Keine Ahnung.« Sauerwein war grau im Gesicht. »Jedenfalls muss ich Nora zustimmen, dass das nicht so weitergehen kann. Sie ist schließlich noch immer ziemlich krank, und das, was gerade passiert, nimmt sie psychisch viel zu sehr mit. Das kann, will und werde ich nicht länger verantworten, egal, wie dicht wir an der Sache dran sind.«

»Vielleicht müssen wir das gar nicht viel länger durchziehen«, sagte Eva. »Wenn ich es gerade richtig einschätze, waren die Schilderungen dieser Monika heute der Höhepunkt der Aktion.«

»Woher willst du denn das wissen?«, fragte Max. »Kannst du jetzt etwa *auch* schon hellsehen?«

Der Spruch bezog sich auf die seltsamen Ereignisse im vorletzten Jahr, als ihnen ein Zeuge hatte weismachen wollen, so etwas wie einen siebten Sinn zu besitzen. Dass Eva sich dazu prompt in diesen – von Max als »Lügenbaron Münchhausen« betitelten – Typen verknallt hatte, hatte es nur noch schlimmer gemacht.

Eva verzog den Mund. »Nein, ernsthaft. Überlegt doch mal: Monika hat heute ihre Karten offen auf den Tisch gelegt. Das, was für Nora so anstrengend ist, sind die Geschichten, die emotional einfach enorm fordernd sind. Dazu kommt, dass sie sich die ganze Zeit verstellen muss. Aber das ist doch jetzt alles durch. Im Grunde bräuchte sie Monika nur noch verraten, wo sie Rettberg finden kann, dann ist das Ding gegessen.«

»Und was dann?«, wollte Max wissen. »Willst du ihn den Wölfen zum Fraß vorwerfen?

»Natürlich nicht. Ich bin doch nicht völlig durchgedreht.«

Eva wandte sich an Sauerwein, der nachdenklich auf das Bild seiner Töchter starrte. »Was meinst du denn dazu?«

»Du hast recht. Was Nora anbelangt, meine ich. Ich glaube auch, dass das Schlimmste überstanden ist. Aber das müssen wir ihr überlassen. Ich habe ihr versprochen, dass sie jederzeit aussteigen kann, und dieses Versprechen werde ich halten. Wir lassen sie jetzt erst mal ausschlafen, dann sehen wir, wie es ihr geht. Inzwischen spielen wir den Plan durch, den Monika ihr vorgeschlagen hat. Jedenfalls soweit wir mitspielen können, ohne dass Mike zu Schaden kommt.«

»Ich denke, er hat das Recht, dabei mitzureden«, sagte Eva. »Was hältst du davon, wenn wir uns schnell mal bei Hohenfels zum Kaffeetrinken einladen?«

»Gute Idee.« Sauerwein hatte bereits den Telefonhörer in der Hand und tippte eine Nummer, die er mittlerweile auswendig kannte.

Während er darauf wartete, dass die Verbindung zustande kam, deutete Eva mit einem Blick auf Max. Bislang hatte Sauerwein gern darauf verzichtet, ihn zum Grafen von Hohenfels mitzunehmen, aber sie wollte ihn nicht länger ausschließen.

Max, der Evas Miene richtig gedeutet hatte, schüttelte energisch den Kopf. Er hatte null Bock auf belangloses Geplänkel mit dem Lieblingsadligen seiner Kollegen. Da schrieb er noch lieber einen Bericht über das, was gerade aus den Lautsprechern von Kristinas Rechner gekommen war.

***

»Verschwinde«, befahl er ihr zweieinhalb Stunden später. »Und räum deinen Scheiß von hier weg. Ich hoffe, du hast genießen können, dass du endlich wieder ordentlich durchgevögelt worden bist. Du solltest dich freuen, dass du überhaupt noch etwas spüren kannst, verstehst du? Weil ich weiß, dass du versucht hast, mich zu vergiften, wird es das letzte Mal gewesen sein, dass dir noch etwas Spaß vergönnt war. Dein Pech, dass du auf die Geschichte mit den Drogen hereingefallen bist.«

Er lachte auf, als sie sich losreißen wollte. »Du hättest einfach konsequent bleiben sollen. Mir war immer klar, dass du dämlich bist. Wie sehr, das habe ich aber erst jetzt gemerkt. Weißt du überhaupt, welche Höllenqualen ich wegen dir die letzte Zeit durchlitten habe? Das gibt mir jetzt auf jeden Fall das Recht, dich so leiden zu lassen, dass du denken wirst, dass du bisher im Paradies gelebt hast. Und nun hau ab. Verkriech dich in deinem Schrank, wie du das so gern machst. Und dann schlaf dich aus. Morgen Abend musst du wieder fit sein, da erwartet dich etwas ganz Besonderes.«

Grit packte ihr zerrissenes Kleid und die schönen Schuhe und schleppte sich mühsam die Kellertreppe nach oben. Jeder Zentimeter ihres Körpers schmerzte, und die Scham brannte ein Loch in ihre Seele. Dass die ganze Zeit über eine Videokamera gelaufen war und alles gefilmt hatte, hatte sie nur am Rande mitbekommen.

In der Badewanne ließ sie sich auf den Boden sinken. Vorsichtig drehte sie das warme Wasser auf und ließ es über ihren geschundenen Körper laufen. Während es nach und nach ihr eigenes Blut und Christians Ausscheidungen wegwusch, schaffte sie es, den körperlichen Schmerz auszublenden. Nach kurzem Überlegen schluckte sie zwei Tabletten und spülte mit dem Wasser aus der Brause nach. Mit zitternden Knien kletterte sie aus der Wanne und ließ sich auf dem flauschigen Teppich nieder. Als das Zittern nachgelassen hatte, nahm sie ein Duschgel aus dem Schrank und tauschte es gegen die Dose aus, die auf dem Wannenrand stand. Kurz überlegte sie, ob der Inhalt reichen würde. Es war ein Spiel mit dem Feuer.

***

»Wolltest du Max allen Ernstes zu Hohenfels mitnehmen?«, wollte Sauerwein wissen, während sie vor der Rechtsmedizin auf Dyrkhoff warteten.

»Nicht wirklich.« Eva kicherte. »Aber ich dachte, dass es vielleicht an seinem Selbstbewusstsein nagt, dass wir ihn nie dazu einladen. Und außerdem finde ich, dass er sich echt Mühe gibt, seit er wieder zurück ist.«

»Aber ihn ausgerechnet zu Hohenfels mitzunehmen ist ein selten beknackter Einfall. Bei seinen Ressentiments gegen alles, was Geld und einen Adelstitel hat? Das wäre vermutlich ein schöner Reinfall geworden.«

»Ist es aber nicht. Ich dachte mir schon, dass er nicht mitkommen würde. Aber so haben wir unseren guten Willen gezeigt, und das ist auch schon die halbe Miete.«

»Ich sehe schon, dein häufiger Umgang mit Martha Dornbach färbt auf dich ab. Dann können wir sie ja bald entlassen.«

Eva deutete ihm einen Vogel und erschrak, als es an der Seitenscheibe klopfte. Sie fuhr herum und sah Dyrkhoff vor der Beifahrertür stehen und wild gestikulieren.

»Hallo, Doktorchen, was ist denn?«, fragte sie, als das Fenster nach unten fuhr.

»Wollen Sie nicht aussteigen?«

»Nein, warum? Ich komme ja auch mit.«

»Aber Sie glauben doch nicht etwa …«

Sauerwein beugte sich über Eva und sah zum Beifahrerfenster hinaus. »Steigen Sie ein, Doktor. Sie brechen sich nichts dabei ab, wenn Sie hinten sitzen.«

Dyrkhoff war mehr als deutlich anzusehen, was hinter seiner Stirn vorging. Rasch sah er sich um, ob jemand die Blamage mitbekam, die ihm gerade widerfuhr. Aber zurück in den Sektionssaal zu laufen, um seinen eigenen Autoschlüssel zu holen, war unter Umständen noch dämlicher. So wie er Sauerwein kannte, würde der einfach davonfahren, und dann konnte er lange danach suchen, wo die Burg stand, in der der Graf hauste.

»Was ist überhaupt so dringend, dass ich auf Ihr Kommando springen soll?«, murrte er. »Glauben Sie, ich habe nichts Dringenderes zu tun, als mit Ihnen zum Kaffeekränzchen zu kommen?«

»Genau das vermute ich«, antwortete Sauerwein vergnügt. »Schließlich haben Sie den Stein überhaupt erst ins Rollen gebracht, und außerdem können Ihre Kunden auch mal warten. Die hüpfen schließlich nicht mehr allein vom Tisch.«

Graf Hubert von Hohenfels hatte ihnen einen Raum zur Verfügung gestellt, in dem sie in Ruhe reden konnten. Da Dyrkhoff und Rettberg Informationsnachholbedarf hatten, startete Eva den Film auf Kristinas Laptop, den sie kurzerhand mitgenommen hatte. Als das Video anlief, ging sie nach draußen, wo Sauerwein und Hohenfels es sich unter einem riesigen Sonnenschirm bequem gemacht hatten.

»Wie läuft es mit Ihrem Gast?«, fragte Sauerwein gerade, als Eva sich zu den beiden setzte.

»Hervorragend«, gestand Hohenfels. »Ich muss sagen, ich hatte lange nicht mehr so viel Spaß. Ihr Kollege ist genau nach meinem Geschmack. Im Gegensatz zu Ihrem Rechtsmediziner. Was ist der denn für ein eingebildeter Mensch! Den sollten Sie mir übrigens nicht als Gesellschaft anbieten, falls Sie das im Sinne hatten, als Sie ihn hier angeschleppt haben.«

»Keineswegs.« Sauerwein feixte. »Aber wir haben ein paar medizinische Dinge zu klären, und da wir Rettberg im Moment weder im Präsidium noch in der Rechtsmedizin auftauchen lassen wollen –«

Hohenfels winkte ab. »Sie brauchen mir das nicht zu erklären. Machen Sie hier einfach, was Sie wollen. Außerdem interessiert mich viel mehr, wie es Ihnen geht«, wandte er sich an Eva. »Sie besuchen mich einfach viel zu selten.«

***

Die Tabletten hatten rasch gewirkt und sie in einen gnädigen Schlaf fallen lassen. Als Grit aufwachte, war es bereits halb zehn, und mit einem Schlag kamen auch die Schmerzen zurück. Sie drehte sich zu dem kleinen Nachttisch, auf den sie das Blister mit den restlichen Ibuprofen gelegt hatte, und stieß bei jeder Bewegung einen Schmerzenslaut aus.

Verzweifelt stellte sie fest, dass das Medikament verschwunden war. Sie schaffte es kaum, die Bettdecke zurückzuschlagen, so qualvoll war dieses Unterfangen. Als sie die Packung mit den Schmerzmitteln auf dem Boden liegen sah, hätte sie vor Erleichterung fast geheult.

Zitternd schluckte sie zwei Tabletten auf nüchternen Magen. Die zu erwartenden Magenschmerzen nahm sie in Kauf. Sie waren weit weniger schlimm als das, was jetzt in ihrem Körper wütete.

Vorsichtig öffnete Grit die Tür zum Flur und lauschte. Im Haus war es ruhig. Leise tappte sie an der geschlossenen Schlafzimmertür vorbei und warf einen Blick ins angrenzende Bad. Es war leer. Sie fasste nach seinem Handtuch und stellte fest, dass es feucht war. Ängstlich lauschte sie. Als sie keine Bewegung ausmachen konnte, holte sie eine kleine Flasche aus ihrem Teil des Spiegelschranks, auf der »Nagellackentferner« stand, und schraubte den Deckel ab.

Erneut lauschte sie. Nichts. Mit zitternden Fingern entfernte sie die Kappe seines Duschgels, zögerte kurz und kippte dann den gesamten Inhalt des Fläschchens hinein. Mit einem schnellen Schütteln vermischte sie die Substanzen, anschließend füllte sie aus einer großen Vorratsflasche Nagellackentferner das kleine Gefäß wieder auf. Die ganze Aktion hatte keine Minute gedauert, und doch raste ihr Herz wie verrückt, und dicke Schweißtropfen bildeten sich auf ihrer Stirn.

»Was machst du da?«

Wie vom Blitz getroffen fuhr sie herum.

Christian hatte sich lautlos angeschlichen und stand jetzt in der Tür, leichenblass und mit einem Gesichtsausdruck, als hätte er in der letzten Nacht all seine Sünden gebüßt.

Heimlich atmete sie auf. So wie er aussah, war seine Krankheit über Nacht zurückgekehrt.

»Gib mir eine Tablette«, forderte er und deutete auf das Blister Ibuprofen, das hinter ihr auf dem Waschbeckenrand lag. »Und dann mach mir was zu essen.«

Ungläubig sah sie ihn an. Erst vor ein paar Stunden hatte er sie ausgepeitscht, verprügelt und vergewaltigt und anschließend angekündigt, sie so zu misshandeln, dass sich alles Bisherige dagegen ausnahm wie ein Kinderspiel, und jetzt verlangte er, dass sie ihm Frühstück machte? Dann bemerkte sie das Messer in seiner Hand.

Schweiß lief ihm in die Augen. Er musste sich mit Gewalt nach oben gequält haben, und das, was sein Körper zu verarbeiten versuchte, kostete ihn alle Energie.

Schlagartig wurde ihr klar, dass dies ihre letzte Chance war. Wenn sie es jetzt nicht schaffte, aus dem Haus zu kommen, würde es keine weitere Gelegenheit mehr geben.

»Was willst du mit dem Nagellackentferner?«, fragte Christian misstrauisch. »Du trägst doch gar keinen Lack.«

Grit nahm all ihren Mut zusammen. »Ich verreise«, verkündete sie mit brüchiger Stimme und holte ein paar weitere Utensilien aus dem Schrank.

»Das wirst du bleiben lassen«, verkündete er hasserfüllt und packte sie am Hals. »Du wirst das Zeug brav wieder zurückstellen und dann in den Keller gehen. Das Frühstück lassen wir ausfallen.«

Die Klinge des Küchenmessers blitzte vor ihrem linken Auge auf. »Ich muss zugeben, dass du raffinierter bist, als ich dachte. Was auch immer du mir angetan hast, habe ich noch nicht herausgefunden. Eins aber verspreche ich dir: Wenn ich verrecke, dann zusammen mit dir!«

Ihre Gedanken rasten auf der verzweifelten Suche nach einem Ausweg. Als sie, betäubt durch die Tabletten, wie ein Stein geschlafen hatte, hatte er ihr Telefon versteckt und so jeden Kontakt zur Außenwelt abgeschnitten.

Sie musste raus aus dem Haus. Wenn er sie erst mal eingesperrt hatte, dann war sie für immer verloren.

***

»Also, Doktor, was denken Sie?«

»Vielleicht erklären Sie mir erst einmal, was Sie von mir wollen.« Dyrkhoff sah Sauerwein böse an.

Dass er wie ein Kind hinten im Wagen hatte sitzen müssen, war schon komplett unter seiner Würde gewesen. Dass Sauerwein und sein gelockter Liebling ihn dazu auch noch eine halbe Stunde mit diesem fleischgewordenen Neandertaler allein gelassen hatten, war jedoch die Höhe. Wenngleich Dyrkhoff zugeben musste, dass der muskelbepackte Steinzeitmensch eine unerhört erotische Aura besaß. Aber so wie der Eva gerade musterte, sah Dyrkhoff gleich, dass er nicht schwul war. Leider.

»Doktor? Hören Sie mir eigentlich zu?«

»Äh, was? Nein. Wiederholen Sie bitte.«

»Ich will eine Einschätzung von Ihnen, was die Durchführbarkeit der Idee anbelangt, von der die Frau im Video erzählt hat.«

Dyrkhoff hätte beinahe gelacht. »Also wenn Sie mich fragen, ist das ein völliger Humbug. Was auch immer das für ein Zeug sein soll, es kann nichts bewirken. Zumindest, solange der Stoff so isoliert ist, wie diese Person auf dem Video es beschrieben hat. Aber da sie auch behauptet, dass es dadurch vorerst zu keinem Effekt kommen wird, ist es mir schleierhaft, was das ganze Theater bezwecken soll.«

Er verfiel in ein dumpfes Brüten. Dabei zwickte er die Augen zusammen und wackelte mit dem Kopf wie einer der zu trauriger Berühmtheit gelangten Dackel, die vor ein paar Jahren ein Comeback auf den Autohutablagen erleben durften.

Sauerwein und Eva hatten Dyrkhoffs seltsames Verhalten, das stets nur ein paar Sekunden andauerte, schon des Öfteren erlebt, und Eva hatte sich den Scherz erlaubt, dass nur noch das Geräusch fehlte, das ein Rechner beim Durchsuchen seiner Festplatte machte. Obwohl Sauerwein sie gewarnt hatte, Dyrkhoff das bloß nicht hören zu lassen, war er ganz ihrer Meinung.

Mit einem Mal ging ein Ruck durch Dyrkhoff, und er war wieder in der Gegenwart angelangt. »Ja. Ich meine, nein. Da kann man nur vermuten. Das Zeug wird eine Weile im Körper verbleiben und sich im Lauf von ein paar Monaten in Luft auflösen. Damit meine ich natürlich, dass es von den Zellen abgebaut und über das Blut abtransportiert wird«, schob er rasch hinterher und nahm damit Eva, die ihn bereits mit einem ihrer seltsamen Blicke musterte, den Wind aus den Segeln. Wie er sie kannte, wollte sie nämlich schon auf die In-Luft-auflösen-Phrase anspringen.

»Sind Sie sich da ganz sicher?«, bohrte Sauerwein nach. »Schließlich haben Sie selbst uns darauf gebracht, dass es sich um unnatürliche Todesfälle handeln könnte. Das ganze Schema, das wir hier haben, passt auch dazu. Misshandelte Frauen, deren Partner allesamt verstorben sind. Und nun macht diese Monika

Nora ein Angebot, wie sie ihren Mann außer Gefecht setzen kann. Also muss das Zeug doch irgendwas bewirken. Vielleicht in einer hohen Dosierung?«

»Haben Sie mir nicht zugehört?«, fragte Dyrkhoff böse. »Es ist doch klar, dass es keine Substanz gibt, die über Wochen wirkungslos unter der Haut vor sich hin schläft und dann aus heiterem Himmel ein tödliches Potenzial entfaltet. Vorher wurde es doch schon längst resorbiert. Dazu soll das Ganze nicht auffallen, und zu guter Letzt soll auch noch der Zeitpunkt kontrollierbar sein, an dem es zu wirken beginnt? Was für ein himmelschreiender Blödsinn!«

Er stand auf. »Und wenn Sie nichts dagegen hätten, dann würde ich jetzt gern zurückfahren. In meinem Sektionssaal wartet nämlich Arbeit auf mich.«

»Nicht so eilig, Doktor«, hielt Sauerwein ihn zurück. »Ich wollte fürs Erste nur wissen, was Sie von dieser einen Sache halten. Es gibt da nämlich noch etwas, das ich Ihnen zeigen will.« Er nickte Eva zu, den Film weiterlaufen zu lassen.

Fünfzehn Minuten später wäre ihm Dyrkhoff fast an die Gurgel gesprungen. »Sie sind unsäglich, Sauerwein. Wieso haben Sie das denn nicht gleich gesagt? Wenn Sie jemand verarschen wollen, dann suchen Sie sich in Zukunft jemand anderen!«

»Das habe ich nicht getan«, stellte Sauerwein richtig. »Es war aber wichtig, dass Sie zuerst nur den einen Teil zu sehen bekommen. Bei Ihrem Wissen und Ihrer Intelligenz hätten Sie doch sonst nur das große Ganze gesehen.«

Wider Willen fühlte Dyrkhoff sich geschmeichelt. Dass Sauerwein ihm damit allerdings die Fähigkeit absprach, relevante Dinge differenziert zu sehen, fiel ihm überhaupt nicht auf.

»Ja, also da haben Sie natürlich recht. Ein herausragender Arzt wie ich beschäftigt sich nicht mit Dingen, die keine Relevanz besitzen, das wäre ja Zeitverschwendung.« Er plusterte sich auf wie eine Meise. »Aber wieso ist das getrennte Betrachten der beiden Vorgänge für Sie so wichtig?«

»Weil es darum geht, wer letztendlich wofür belangt werden kann«, erklärte Eva geduldig. »Zum einen ist das Ganze im Moment alles nur graue Theorie. Diese Monika hat Nora angeboten, ihren Mann mit diesem ominösen Zeug zu *impfen*. Da das ›Zeug‹ angeblich keine unmittelbare Auswirkung auf seine Gesundheit haben wird, kann man sie allerhöchstens für eine Körperverletzung minderschweren Grades zur Rechenschaft ziehen. Würde das Mittel aber eine Wirkung hervorrufen, dann wäre das schon eine ganz andere Nummer.«

»Ich verstehe«, sagte Dyrkhoff, der in Wirklichkeit gar nichts verstand. »Aber wo soll das dann hinführen?«

»In allerletzter Konsequenz zum Tod. Für den wäre aber dann Nora verantwortlich, obwohl sie ohne die Unterstützung Monikas nie in diese Lage gekommen wäre.«

Widerwillig bewundernd schüttelte Eva den Kopf. »Der Plan ist so was von raffiniert, dass wir immer noch nicht wissen, worauf das hinauslaufen soll.«

»Mir ist das auch ein Rätsel«, schaltete sich Rettberg, der bislang nur stumm zugehört hatte, in das Gespräch ein. »Es sieht zwar danach aus, als ob die Spur tatsächlich zu den verstorbenen Männern führt, aber ich frage mich, wie das Mittel überhaupt unter die Haut kommen soll? Und was das für ein Medikament sein soll, das in Kombination mit dem anderen eine Reaktion hervorrufen soll, in der die Zellen in einem Maß geschädigt werden, dass der Betroffene so krank wird, dass er zu geschwächt ist, um seine Frau weiter zu schlagen?«

»Gute Frage. Das weiß ich auch nicht«, gestand Dyrkhoff. »Dazu müsste ich ein Chemiker sein. Vielleicht könnte uns auch ein Apotheker eine entsprechende Auskunft geben.«

»Vielleicht fangen wir erst mal von vorn an. Und das wäre die Impfung mit dem ersten Stoff. Wie könnte das funktionieren?«, wollte Sauerwein wissen. »Sie sagten bereits, dass eine Flüssigkeit, die unter die Haut gespritzt wird, relativ schnell vom Körper abgebaut wird, richtig?«

»Es kommt darauf an, wohin sie sie spritzen«, erklärte ihm Dyrkhoff. »Intramuskulär wird ein Stoff wesentlich schneller abgebaut als zum Beispiel in einem Fettpolster, da ein Muskel erheblich stärker durchblutet ist als Fett. Und auch subkutan wird es vom Körper relativ schnell verstoffwechselt.«

»Also bleibt als einzige Möglichkeit, es ins Körperfett zu

injizieren?«, wollte Eva wissen. »Weil es nur dort lange genug verbleibt, dass die zweite Substanz in eine Wechselwirkung treten kann?«

Dyrkhoff verzog das Gesicht. »Nein, das funktioniert auch nicht. Weil es im Fettgewebe viel zu weit von der Hautoberfläche entfernt gelagert ist. Der Sekundärstoff kann nie im Leben tief genug eindringen, um den Primärstoff zu erreichen. Das Einzige, was mir im Moment einfällt, ist ein Depot.«

Plötzlich erhellte sich sein Gesicht. »Äh, Frau Neunhoeffer, nehmen Sie die Pille?«

Eva sah ihn entgeistert an. »Ich glaube nicht, dass das etwas zur Sache tut.« Außerdem hatte sie kein Interesse daran, ihre Verhütungsmethoden vor den im Raum anwesenden Männern breitzutreten.

»Äh, nein, natürlich nicht.« Dyrkhoff hüstelte verlegen. »Ich wollte auf etwas anderes hinaus. Haben Sie sich schon mal mit dem Thema subkutane Verhütung auseinandergesetzt?«

»Wieso sagen Sie nicht einfach, worauf Sie hinauswollen? Ich denke nicht, dass meine Familienplanung etwas zu unserem Fall beitragen kann.«

Dyrkhoff kniff die Augen zusammen und sah Eva böse an. Sie dachte doch nicht im Ernst, dass ihn ihre Schwangerschaftsprophylaxe auch nur im Entferntesten interessierte. »Es gibt die Option, sich eine Kapsel mit einem Depotmedikament in den Oberarm injizieren zu lassen. Diese Hülse besteht aus einer Membran und gibt über Monate hinweg permanent eine kleine Menge an Hormonen frei. Wenn man nun so eine Kapsel nicht mit Hormonen füllt, sondern mit dem ersten Wirkstoff, dann hätte die Idee eine Chance. Dann könnten Sie nämlich die zweite Substanz auf die Haut auftragen, die dringt in den Körper ein und kann mit der ersten reagieren.«

»Aber – ich kann nicht glauben, dass das funktioniert.« Eva rieb sich nachdenklich die Stirn. »Wenn ich mir vorstelle, dass ich so ein Ding unter der Haut hätte, das würde ich doch bemerken, das macht doch einen Hubbel, oder nicht?«

»Nicht wenn es tief genug unter der Haut sitzt«, schlug Sauerwein als Lösung vor.

»Aber dann würde das zweite Mittel es aller Wahrscheinlichkeit nach nicht erreichen können.«

»Hätte, wäre, wenn. Es sieht so aus, als hätten wir alle zu wenig kriminelle Energie. Wir können noch Stunden hier brüten und Verschwörungstheorien wälzen, und vermutlich kommt doch nichts dabei heraus«, sagte Rettberg.

Er streckte seine langen Beine unter dem Tisch aus und trat dabei versehentlich gegen Sauerweins Schienbein. »Sorry. Halten wir doch einfach mal fest, dass wir die Lösung auf diese Art und Weise nicht finden werden, es sei denn, die berühmte Glaskugel taucht plötzlich auf und schenkt uns einen Vorausblick auf das Geschehen.«

»Kaum zu erwarten«, meinte Sauerwein trocken. »So wie du dreinschaust, hast du trotzdem eine Idee?«

Rettberg grinste jungenhaft. In Kombination mit seinem furchteinflößenden Äußeren wirkte er dabei ungemein anziehend. »Wir ziehen das Ding durch.«

Dyrkhoff sah den Rocker entgeistert an. »Sind Sie komplett übergeschnappt? Da wir nicht wissen, was das für ein Zeug ist, kann ich Ihnen nur raten, die Finger davon zu lassen!«

Eine Weile war es bis auf das Ticken einer Standuhr still in Hohenfels' großem Arbeitszimmer. Dann redeten plötzlich alle durcheinander.

»Ruhe!« Sauerwein hob die Hand. »Was zum Teufel meinst du mit ›das Ding durchziehen‹?«

»Ist doch ganz einfach: Monika hat Nora versichert, dass der erste Stoff ohne den zweiten keine Wirkung entfalten wird. Also sollten wir darauf vertrauen. Wir suchen uns eine Kneipe und ein Hotel, das sich lückenlos überwachen lässt, und dann soll Nora Monika verraten, wo sie mich finden kann.«

»Um dich dann mit irgendeinem Dreck vollpumpen zu lassen?« Sauerwein schüttelte entschieden den Kopf. »Hast du den Verstand verloren? Kommt überhaupt nicht in Frage!«

»Nun hört doch auf, euch wie kleine Kinder zu benehmen«, unterbrach Eva die lautstarke Diskussion, die eingesetzt hatte, kaum dass Sauerwein seinen Satz beendet hatte. »Lasst uns Mikes Vorschlag doch in Ruhe durchgehen.«

»Da gibt es nichts durchzugehen. Das Thema steht nicht zur Diskussion.«

»So ein Blödsinn. Ich meine, darüber reden wird man ja wohl dürfen. Vielleicht finden wir dadurch ja auch noch eine andere Möglichkeit. Eine, die sich dann tatsächlich realisieren lässt.« Eva wackelte mit dem Zeigefinger vor Sauerweins Nase.

Der packte ihren Finger und hielt ihn fest. »Lass den Quatsch. Also von mir aus reden wir darüber.«

»Na also, geht doch.« Rettberg lächelte Eva dankbar an und wandte sich an Dyrkhoff. »Noch mal von vorn: Vorausgesetzt, Sie sind sich nicht tausendprozentig sicher, dass das Ding in die Hose geht, dann sehe ich keinen Grund, weshalb wir nicht mitspielen sollten. Wenn sich die Theorie mit der Kapsel bewahrheiten sollte, dann dürfte es auch ein Leichtes sein, das Teil wieder zu entfernen, sehe ich das richtig?«

Dyrkhoff verzichtete gnädigerweise darauf, klarzustellen, dass »tausendprozentig« formal völlig falsch war. »Korrekt. Im schlimmsten Fall behalten Sie eine kleine Narbe zur Erinnerung.«

»Das ist mir allerdings nicht egal. Aber haben wir nicht eine Versicherung, die die Wiederherstellung körperlicher Folgen im Rahmen einer Dienstausübung garantiert?«

»Wenn du denkst, dass du anschließend auf Staatskosten zum Schönheitsdoc gehen kannst, hast du dich geschnitten«, kommentierte Sauerwein Rettbergs Scherz. »Aber im Ernst: Was soll die ganze Diskussion? Ich kann und werde eine derartige Aktion weder gutheißen noch genehmigen.«

»Musst du auch gar nicht. Das nehme ich auf meine eigene Kappe«, entschied Rettberg.

»Vergiss es. Ich leite die Ermittlungen, und damit bin ich weisungsberechtigt.«

»Hör zu, Martin. Ich habe null Bock auf eine Debatte über Weisungsbefugnis, Kompetenzverschiebung oder irgendeinen anderen ähnlich gelagerten Scheiß. Auch wenn ich dir für diesen einen Fall unterstellt bin, übrigens freiwillig und auf meinen eigenen Wunsch, ist und bleibt mein Dienstherr das LKA in München.«

Rettberg sah Sauerwein durchdringend an. »Das heißt aber

auch, dass ich dorthin berichtspflichtig bin. Wenn die nun lesen, dass wir hier die Chance hätten, den Drahtziehern einer Mordserie auf die Schliche zu kommen, du das aber verhinderst aus Sorge um ein absolut kalkulierbares Risiko, dann kann es sein, dass dir bald ein paar meiner Kollegen auf die Füße treten und die Sache an sich reißen. Das Ergebnis wird sein, dass ich mich trotzdem auf das Ding einlasse, allerdings unter anderer Führung.«

Sauerwein knirschte hörbar mit den Zähnen. »Willst du mich etwa erpressen?«

Rettberg lachte. »Nein. Ich will nur, dass du die Angelegenheit aus der nötigen Distanz betrachtest. Uns ist beiden klar, dass du mich nicht anweisen kannst, mich von den Damen mit welchem Dreck auch immer vollpumpen zu lassen, freiwillig kann ich das aber sehr wohl.«

»Aber ich weiß auch, dass ich es mir nie verzeihen werde, wenn dir trotz aller Unbedenklichkeit etwas zustößt.«

»Na, immerhin trägst du damit ein geringeres Risiko als ich.«

Sauerwein starrte Rettberg an, der ihn ansah wie ein Lausbub, der etwas ausgefressen hatte, aber genau wusste, dass ihm keiner etwas anhaben konnte.

»Du würdest hervorragend zu einer meiner Mitarbeiterinnen passen«, stellte er schließlich fest. »Die hat nämlich andauernd ähnlich bescheuerte Ideen. Allerdings ist sie für mich unabkömmlich«, sagte er schnell, als er sah, dass Eva kurz davor stand, ihm ans Leder zu gehen. »Also gut, ihr habt mich. Allerdings werde ich dir mein schlechtes Gewissen vermachen, wenn trotzdem was in die Hose geht.«

»Meine Meinung dazu kennen Sie«, sagte Dyrkhoff sauer. »Aber ich werde die Aktion begleiten, falls Sie die Finger nicht davon lassen können. Und gegebenenfalls sind Sie ja wohl hoffentlich in der Lage, einzugreifen, falls doch eine unerwartete Situation eintritt?«

***

Noch immer hielt Grit die Flasche in der Hand, die jetzt tatsächlich mit dem gefüllt war, was auf dem Etikett stand. Mit winzigen Bewegungen drehte sie den Deckel millimeterweise gegen den Uhrzeigersinn, bis sie spürte, dass er nur noch auf dem Flaschenhals auflag.

Lenk ihn ab, rede mit ihm, flüsterte ihre innere Stimme ihr zu.

»Du bist so ein Schwein«, piepste sie gegen den Druck an, mit dem er ihren Hals umklammerte. Ihr Herz raste so schnell, dass sie Angst hatte, ohnmächtig zu werden.

»Du hast nie Drogen genommen, du wolltest mich nur täuschen, stimmt's? Weil du dir in den Kopf gesetzt hast, dass ich dich umbringen will.«

»Na, so ist es doch auch. Und ich schwöre dir, dass ich es aus dir herausprügeln werde, und wenn es das Letzte ist, was ich in diesem Leben tun werde.« Dann lachte er bellend auf. »Wobei, Schläge beeindrucken dich ja nicht mehr, nach allem, was du schon erlebt hast. Du wirst dich aber gleich noch wundern, was es für Möglichkeiten gibt, dich zum Reden zu bringen. Und jetzt los.«

Für einen kurzen Moment ließ der Druck an ihrer Kehle nach, dann stach Christian das Messer in ihren Hals und zog die Klinge nach unten. Der Schnitt war nicht tief, aber Grit stieß einen schmerzerfüllten Schrei aus, und dann spürte sie, wie ihr das warme Blut in den Ausschnitt ihres Schlafanzuges lief. Wie in Trance hob sie ihre rechte Hand, hob gleichzeitig den Kopf und sah ihm hasserfüllt in die Augen.

Derart abgelenkt bemerkte er nicht, wie ihre andere Hand einen weiten Bogen beschrieb, ausholte und mit einem Gegenstand auf sein Gesicht zielte. Unmittelbar nachdem die Flüssigkeit wie eine Fontäne aus der Flasche schoss und in seinen Augen landete, schrie Christian vor Schmerz auf. Er ließ das Messer fallen, taumelte blind zum Waschbecken und drehte den Wasserhahn bis zum Anschlag auf.

Während er verzweifelt versuchte, die ätzende Flüssigkeit auszuwaschen, stürzte Grit wie vom Blitz getroffen hinaus, zog den Schlüssel ab, steckte ihn von außen wieder in das Schlüsselloch und verriegelte die Tür hinter sich. Sie dankte Gott dafür, dass sie das Schloss nie gegen einen einfachen Verriegelungsmechanismus hatten tauschen lassen, wie er mittlerweile an Bad- und Toilettentüren üblich war. Sie war sich im Klaren, dass ihr kaum Zeit blieb. Auch wenn es ihm gerade wieder schlecht ging, war er noch nicht schwach genug. Sobald er erst wieder sehen konnte, würde ihn die Tür nicht lange stoppen können.

Sie stolperte ins Schlafzimmer, zog hastig die erstbesten Kleidungsstücke aus dem Schrank und stopfte sie achtlos in eine Tasche, warf Unterwäsche und zwei Paar Schuhe dazu, dann schlüpfte sie in ein lockeres Kleid und steckte die Füße in die Flipflops, die unter ihrem Bett standen.

Aus dem doppelten Boden im Schmutzwäschekorb holte Grit eine kleine Handtasche, die sie dort deponiert hatte und die eine kleine Börse mit einer Kreditkarte, ihren Führerschein, Personalausweis und zweitausend Euro enthielt. Im Stillen dankte sie ihrer Schwester, die ihr in weiser Voraussicht vor Monaten zu dieser List geraten und ihr auch die Wäschetonne besorgt hatte. Bis sie alles beisammenhatte, waren keine fünf Minuten vergangen.

Vor der Badezimmertür blieb sie stehen und lauschte. Das Rauschen des Wassers war verstummt, und auch das Fluchen hatte aufgehört. Kein gutes Zeichen, auch wenn sonst kein Laut nach draußen drang. Ihr Blick irrte durch den Flur, und als er an einer Kommode hängen blieb, hatte sie eine Idee. Sie ließ die Taschen zu Boden gleiten und stemmte sich mit aller Macht gegen den Schrank. Keuchend schob sie ihn Millimeter um Millimeter vorwärts, bis er genau vor der Badezimmertür stand. Grit wusste, dass ihn auch das nicht lange aufhalten konnte, aber ein paar Minuten würden ihr reichen.

Sie rannte nach unten, öffnete die seitliche Garagentür und drückte auf den elektrischen Türöffner. Als sie sich auf den Fahrersitz setzte, schrie sie vor Schmerz auf, und ihre Hände zitterten so sehr, dass sie den Schlüssel nur mit Mühe ins Zündschloss brachte. Bis der Motor endlich mit einem Röcheln ansprang, war sie schweißgebadet. Sie setzte den Wagen zurück, wendete und zog die Handbremse, als er in Fahrtrichtung zur Straße stand. Schwer atmend blieb sie minutenlang wie erstarrt sitzen. Vor dem, was jetzt kam, hatte sie so viel Angst, dass sie kostbare Zeit verschwendete.

Doch dann fasste sie all ihren Mut, stieg aus und näherte sich der Haustür. All ihre Sinne waren in Alarmbereitschaft. Ihr Blick wanderte umher, und sie versuchte, jeden Laut zu erhaschen. Als sie an der Treppe stand, blickte sie nach oben, doch von ihrer Position aus konnte sie den Eingang zum Bad nicht sehen. Langsam nahm sie eine Stufe nach der anderen; bedacht, ja kein Geräusch zu machen. Auf dem Treppensims sah sie, dass ein Streifen Licht durch den Türspalt schimmerte.

Und dann hörte sie ein polterndes Geräusch hinter sich. In dem Bruchteil der Sekunde, der ihr blieb, um sich umzudrehen, sah sie aus dem Augenwinkel, wie etwas Großes auf sie zuschoss.

SECHZEHN

»Der Inhaber ist ein Freund von mir«, erklärte Rettberg, nachdem er seinen Kollegen einen Vorschlag unterbreitet hatte. »Die Bar gehört ihm, ebenso das kleine Hotel. Das einzig Blöde dabei ist, dass beide nah an Rosenheim liegen und dadurch den Damen bekannt sein könnten. Das kann Nora aber relativ leicht herausfinden, indem sie einfach fragt.«

»Wie wäre es denn mit München?«, fragte Max. »Dort kennst du doch einige Lokale mehr, und zudem ist die Wahrscheinlichkeit deutlich geringer, dass wir auffliegen.«

»München ist ganz schlecht, weil es nicht in unseren Ermittlungsbereich fällt«, kam Sauerwein Rettberg zuvor. »Da müssten wir unsere Kollegen von dort miteinbeziehen. Dann will deren Spusi mitmischen, und die tritt der unseren auf die Füße, und so weiter und so fort. Ich denke, das Risiko können wir eingehen, da hat Mike recht. Nora soll Monika fragen, ob sie die Kneipe kennt, und so tun, als ob sie die genaue Adresse nicht weiß. Wenn Monika erklärt, dass sie es herausfinden kann, dann heißt das unterm Strich, dass der Ort passt.«

***

Vorsichtig streckte Monika den Kopf zur Tür herein und kam ins Zimmer, als sie feststellte, dass Nora allein war. Rasch kontrollierte sie das kleine Bad, dann trat sie an das Krankenbett.

»Pst, Nora. Wachen Sie auf!« Sie zupfte an der Bettdecke, bis die selig schlummernde Nora einen unwilligen Laut von sich gab und kurz darauf die Augen aufschlug.

»Mmh«, seufzte sie wohlig und gähnte, so gut es ging. Sie war so froh, dass sie endlich, wenn auch nur stundenweise, das Bett verlassen konnte, dass sie sogar für die Schinderei in der Physioabteilung dankbar war.

In der Zeit, die seit ihrem Sturz mittlerweile vergangen war, hatte sie das Gefühl bekommen, komplett eingerostet zu sein. Jetzt taten ihr die Muskeln weh, und das fühlte sich im Gegensatz zu den Knochenbrüchen und der Narbe auf ihrem Bauch richtig gut an. Am liebsten hätte sie sich den ganzen Tag von der Therapeutin malträtieren lassen, aber die hatte ihr den Spaß nicht gegönnt und sie bereits nach dreißig Minuten von Schwester Luisa abholen und mit einem Rollstuhl wieder in ihr Zimmer bringen lassen. Als Nora endlich wieder im Bett lag, war sie so erschöpft, dass sie im Handumdrehen eingeschlafen war.

Jetzt versuchte sie krampfhaft, aus dem Nebel aufzutauchen, der in ihrem Kopf herumwaberte. Als sie sich sicher war, ihre fünf Sinne beisammenzuhaben, murmelte sie einen Gruß. »I hab Physio ghabt, danach war i fix und alle und bin wieder einpennt. 'tschuldigung, i muss erst wach werden.«

Monika setzte sich leise auf den Besucherstuhl, der neben dem Bett stand. Sie fragte sich, ob Nora schon frühen Besuch bekommen hatte oder ob der Stuhl noch vom Vortag dort war. Bevor sie nachbohren konnte, sah sie drei Thermoschüsseln auf dem Anrichtetisch und war sofort auf der Hut.

»Hatten Sie heute schon Gesellschaft?«, wollte sie wissen. Sie durfte keinesfalls Noras Mann begegnen, falls die sich dazu entschlossen hatte, ihre Hilfe anzunehmen.

»Meine Oma schwirrt irgendwo draußen rum. Sie wollt mir was zum Lesen bsorgen.«

»Ist das Essen von ihr?«

»Mmh. Die kocht wie a Weltmeisterin. Und wenn s' Zeit hat, dann bringt s' ma was vorbei. Weil des Zeug, des es hier gibt, is ned so der Hit.«

Monikas Herzschlag beruhigte sich wieder. »Das ist fein. So eine Oma hätte ich auch gern. Leider sind meine beiden schon gestorben. Aber jetzt müssen wir uns darum kümmern, dass *Sie* noch lange am Leben bleiben.« In ihrem Gesicht spiegelten sich tausend Emotionen.

Sie wollte Nora nicht drängen und wusste doch genau, dass es nichts nützte, ihr mehr Zeit zu geben. Manche Entscheidungen ließen sich nicht durch auch noch so gründliches Nachdenken lösen. Sie mussten getroffen werden, ob so oder so. Mehr

Bedenkzeit führte in diesen Fällen nur zu noch mehr Zweifeln, aber nie zu einer Lösung.

»Haben Sie über meinen Vorschlag nachgedacht?«

»Freilich hab i des. I denk seither an nix anders mea. Aba – Was is?«

»Könnten Sie Ihren Dialekt bitte ein bisserl zurücknehmen? Ich verstehe Sie kaum.«

»Entschuldigung. I hab an nix anderes mehr gedacht. Aber i hab noch so viele Fragen, dass i gar ned weiß, wo i anfangen soll.«

»Am besten bei dem, was Ihnen als Erstes einfällt. Und bitte fassen Sie möglichst viel zusammen. Ich möchte nicht riskieren, Ihrem Mann über den Weg zu laufen.«

»Des versteh i.« Nora verzog den Mund. »Was mir durch ’n Kopf geht, is, was passieren würde, wenn i des zweite Mittel ned richtig dosier? Wenn i z’ viel oder z’ wenig davon nehme?«

»Ich sage Ihnen noch, wie Sie es mischen müssen. Das lässt sich ganz problemlos berechnen, keine Sorge. Sie werden auch sehr schnell merken, wie es sich auswirkt, wenn Sie es unter die dafür geeigneten Stoffe mischen. Dann können Sie immer noch nachdosieren.«

Nora presste die Lippen aufeinander, bis sie vor Anstrengung ganz weiß waren. Irgendetwas schien sie schwer zu beschäftigen.

»Fragen Sie einfach«, sagte Monika leise. »Sie müssen sich wegen nichts schämen. Bis jetzt ist alles nur ein Gedankenspiel, und dabei ist alles erlaubt.«

»Hmm. Was wär denn, i mein, wenn i … also, wenn i mi völlig vertue und viel z’ viel von dem Zeug erwisch? I will ja ned …« Verlegen senkte sie ihren Blick und schnaufte schwer.

»I mein, falls mir aus Versehen die Flaschn aus der Hand fällt und der komplette Inhalt in die andere Flaschn läuft?«

Monika sah sie sehr ernst an. »Sie müssen unbedingt aufpassen, dass Ihnen das nicht passiert. Füllen Sie die beiden Stoffe nur zusammen, wenn Sie eine ruhige Hand haben. Das Risiko bei einer Überdosierung ist völlig unkalkulierbar.«

»Sie denkn, mein Mann könnt dadurch vielleicht sogar sterbn?«

»Das glaube ich schon. Also seien Sie vorsichtig, dass Sie die Dosierung beachten. Falls Sie versehentlich alles zusammenmischen, dann können Sie die Stoffe nicht mehr trennen. Sie müssen unbedingt dafür sorgen, dass Ihr Mann regelmäßig mit dem zweiten Medikament in Berührung kommt, deshalb brauchen Sie immer einen Vorrat der Grundsubstanz.«

»Und was is, wenn die aufbraucht is?«

»Dann bekommen Sie eine neue Flasche. Ich gebe Ihnen dazu noch die Telefonnummer einer Prepaidkarte. Falls Sie mich kontaktieren müssen, wird die Nummer im Anschluss vernichtet und Sie bekommen eine neue.«

»Was is, wenn i Sie ned erreichn kann? Können Sie mir vielleicht glei zwei Flaschn mitgebn? Nur für den Fall, dass sich des Zeug doch schneller verbraucht als gedacht? Wissen S', mein Mann is sehr groß und schwer.«

Monika sah Nora eine Weile prüfend an, dann nickte sie. »Das geht in Ordnung. Ich glaube, dass Sie sehr gewissenhaft sind, deswegen habe ich keine Bedenken.« Sie streichelte Noras Hand. »Sie haben sich also entschieden?«

»I glaub schon. Nur eine Frage noch, oder zwei: Sind Sie sich sicher, dass des a wirklich funktioniert? Haben Sie des schon vorher gmacht, wo es auch 'klappt hat?«

»Wir haben schon anderen Frauen aus ihrer Not geholfen. Es hat immer funktioniert. Das waren jetzt schon zwei Fragen, aber Sie wollen noch was wissen, stimmt's? Ich seh es Ihnen an der Nasenspitze an.«

Nora lächelte gequält. »I weiß ned, ob i des fragen kann. Besser gesagt, darf.«

»Keine Sorge, Sie dürfen alles fragen. Vielleicht beantworte ich nicht alles, aber einen Versuch ist es doch wert, oder?«

»I würd gern wissen, ob schon mal eine der Frauen zu viel von dem Zeug gnommen hat? Und ob dabei jemand gstorben is?« Nun war es raus, und Nora hielt gespannt die Luft an.

Monikas Augen wurden schmal, als sie Nora prüfend ansah. »Ja, leider ist das vorgekommen. Das war natürlich nicht geplant«, schob sie schnell hinterher. »Deswegen kann ich nicht oft genug betonen, dass Sie aufpassen müssen, was Sie da zusammenmischen.«

»Und dann?«, fragte Nora leise. »Is die Frau verhaftet wordn?«

»Nein. Sie ist ein paar Tage weggefahren, und als sie zurückkam, lag ihr Mann tot in der Wohnung. Sie hat uns dann angerufen, und wir haben ihr Beistand geleistet.«

»Ausgesprochen raffiniert«, kommentierte Eva Monikas Vorgehen. »Sie ist damit aus dem Schneider, was einen eventuellen Todesfall anbelangt. Schließlich hat sie mehrfach betont, dass das Zeug tödlich wirken *könnte*, deswegen hat sie Nora so eindrücklich gewarnt. Sollte die Geschichte irgendwann auffliegen, wird man sie nie wegen Mord anklagen können. Und auch, dass sie der einen Frau ›Beistand geleistet‹ hat, lässt sich in keiner Weise verwerten. Selbst wenn Nora das aussagen würde, könnte sich Monika darauf hinausreden, dass sie damit nur gemeint hat, dass sie die Witwe getröstet hat.«

»Das ganze Rumgeeiere war aber auch zu schön. Ich meine das, was nicht gesagt wurde, aber beide gemeint hatten.« Karl war hellauf begeistert. Allein die Tatsache, dass er für ein paar Stunden von zu Hause rauskam, war die reinste Erlösung. Und dass es im aktuellen Fall gerade richtig spannend war, war für ihn das Sahnehäubchen schlechthin. »Es ging bei dem Gespräch doch nur darum, den Macker um die Ecke zu bringen, oder? Und die beiden Mädels sind drum herum geschlichen wie die Katze um den heißen Brei.«

»Ist ja auch völlig logisch«, fand Max. »Falls die ganze Kiste eines Tages auffliegt, dann wird Monika sich herausreden können, dass sie das nie geplant hat. Wenn die betroffene Frau zu dämlich ist und ein einfaches Mischungsverhältnis durcheinanderbringt, dann kann ja der Urheber der Idee nichts dafür. Du kannst dich mit deinem Auto auch umbringen, wenn du mit Vollgas gegen einen Baum fährst. Trotzdem wird keiner den Hersteller dafür zur Rechenschaft ziehen.«

»Ein wenig anders liegt die Sache hier zwar schon, aber im Grunde hast du recht«, sagte Sauerwein, der mit einem Eis in der Hand in der Verbindungstür stand.

Eva starrte wie hypnotisiert auf das, was er aus der Verpackung wickelte. Dann stand sie auf, schlich sich an ihn heran und sah ihn mit einem treuherzigen Augenaufschlag an.

»Ist was?«, fragte er unschuldig. »Oder warum klimperst du mich so an?« Fasziniert beobachtete er ihre Mimik.

Ein ähnliches Verhalten hatte er bislang nur bei Katzen beobachten können, die auf Katzenminze abfuhren. Die waren beim Geruch des Grases ähnlich schwer wieder unter Kontrolle zu bringen wie Eva, wenn Kuchen oder Eis in ihrer Reichweite waren.

Er deutete mit dem Daumen hinter sich. »Auf meinem Schreibtisch.«

»Oh«, seufzte Eva entzückt. »Will jemand vielleicht kein Eis?«

»Doch«, sagten Max und Karl unisono.

»Schade«, sagte Eva enttäuscht. Sauerwein hatte einen Viererkarton Magnum Yoghurt Fresh gekauft, und nun machten ihre Kollegen ihre Hoffnung zunichte, mehr als eines davon abzubekommen.

***

»Wir haben das Zimmer mit fünf Kameras bestückt und können damit jeden Winkel des Raums bis zur Eingangstür erfassen«, sagte Wolkenstein am Telefon zu Eva. »Meint ihr nicht, dass wir das Bad auch noch überwachen sollten?«

»Wir haben gerade darüber gesprochen«, antwortete Eva. »Wir sehen dabei nach wie vor die Problematik, dass das weit unter die Gürtellinie geht, oder zumindest gehen könnte, und dann steigt uns Kirchberg später aufs Dach. Allerdings wissen wir nicht, wie die Frauen vorgehen, und deswegen ist es zu heikel, das Bad außen vor zu lassen. Wir glauben aber nicht, dass sich die Frauen dort duschen werden. Kannst du den Raum so bestücken, dass die Toilette ausgespart wird?«

»Bleib mal kurz dran. Im Bad ist kein Empfang.« Wolkenstein legte das Telefon auf das Fensterbrett. Zwei Minuten später war er zurück. »Ziemlich schwierig, weil das Bad sehr klein ist und uns wenig Spielraum lässt. Das Einzige, was ich machen kann, ist, den Feuermelder auszubauen und an der Stelle eine Rundumkamera zu installieren. Das mit dem Brandmelder bleibt aber unter uns, sonst haben wir die Gewerbeaufsicht am Hals.«

»Kein Thema«, bestätigte Eva. »Nur die Kamera bereitet uns Bauchschmerzen. Bei einer Dreihundertsechzig-Grad-Ansicht ist das Klo ja doch mit drauf.«

»Den Teil der Linse färbe ich mit einem schwarzen Stift ab, das ist das kleinste Problem. Eine andere Möglichkeit haben wir nicht, sorry.«

Eva war sich im Klaren darüber, dass sie Wolkensteins Urteil nicht in Frage zu stellen brauchte. Das, was der Chef der Kriminaltechnik an kreativen Ideen zutage brachte, war eh nicht zu toppen.

»Okay, dann mach das so, wie du denkst. Wie habt ihr das mit dem anderen Zimmer gelöst?«

»Wir haben ein Zimmer, das direkt an das von Rettberg anschließt und sogar eine Verbindungstür hat. Leider ist das Zimmer auf der anderen Seite noch neun Tage belegt, sonst hätten wir das auch noch dazugenommen. Wir könnten aber noch eines bekommen, das gegenüberliegt. Was meinst du, brauchen wir überhaupt noch einen Raum?«

»Ich glaube nicht. Oder warte mal, wie viele Leute können wir in dem ersten unterbringen, ohne uns gegenseitig auf die Füße zu treten?«

Wolkenstein ließ seinen Blick durch den Raum schweifen. »Wenn ich den Platz abziehe, den ich für mich selbst mit meiner ganzen Technik brauche, würde ich sagen, dass noch vier, maximal fünf Personen reinpassen. Wollt ihr das SEK hinzuziehen?«

»Nein. Das macht zum einen zu viel Wirbel, zum anderen haben wir es nur mit zwei Frauen zu tun, die sich vermutlich nicht wehren würden, falls wir sie verhaften wollen. Und festnehmen können wir die beiden selbst. Wir werden zwei uniformierte Kollegen mitnehmen, das sollte ausreichen. Noch eine andere Frage: Grenzen die Bäder der beiden Zimmer aneinander?«

»Nein, wieso?«

»Weil es auffallen könnte, wenn die Wasserspülung zu oft für eine Standardbelegung von zwei Personen rauscht. Aber wenn die Bäder sich nicht die gleiche Wand teilen, dann ist das irrelevant. Und dann reicht uns das eine Zimmer.«

»Okay, dann richte ich das so ein. Wann soll die Party denn steigen?«

»Wenn du so weit fertig bist, dann versuchen wir, Noras Kontaktperson auf morgen zu ködern. Das ist zwar knapp, aber da wir nicht wissen, ob nicht noch weitere Männer in Gefahr sind, dürfen wir keine Zeit mehr verlieren.«

Bevor Eva auflegen konnte, nahm Sauerwein ihr das Handy aus der Hand und nahm Wolkenstein das Versprechen ab, dass er sich für den zweiten Teil der Aktion im Krankenhaus etwas einfallen ließ.

»Wir können nicht einschätzen, wie lange es nach dem ersten Teil der Aktion dauern wird, bis die Frau Nora erneut kontaktiert. Es können ein paar Tage sein, es kann aber auch gleich im Anschluss an den Abend in der Bar passieren. Deswegen müssen wir uns auf alles gefasst machen. Und dafür brauchen wir trotz aller Bedenken der Klinikleitung eine Liveüberwachung des Krankenzimmers. Sobald Monika Nora das Zeug aushändigt, greifen wir zu.«

***

In einem Reflex hob Grit den Arm und versuchte, das, was auf sie zusprang, abzuwehren. Bis sie erkannte, dass es nur der verspielte junge Nachbarshund war, den sie schon oft vom Fenster aus beobachtet hatte, flutete bereits ein Schwall Adrenalin ihre Adern. Der Golden Retriever hatte die offen stehende Tür bemerkt und war der unerwarteten Einladung gefolgt. Energisch schob sie den unerzogenen Rüden von sich weg und lauschte.

Von der Innenseite der Badezimmertür kamen kratzende Geräusche, und dann sah sie, dass sich die Tür einen Spalt weit aufbog. Dann folgten ein Fluchen und ein klirrendes Geräusch. Offensichtlich war das, was er gefunden hatte, um die Tür aufzuhebeln, dafür nicht geeignet, und nun durchsuchte er den Schrank nach etwas Brauchbarerem.

Sie holte tief Luft, schob die Kommode so weit zur Seite, dass sie den Schlüssel erreichen konnte, drehte ihn leise herum und schob die Kommode sofort mit aller Kraft zurück. Als sie die Treppe hinunterrannte, hörte sie, wie Christian hinter ihr die Tür aufriss und wütend aufschrie, als er das unerwartete Hindernis entdeckte.

Grit stolperte fast, konnte sich im letzten Augenblick wieder fangen, und dann war sie zur Haustür hinaus. Draußen verzögerte sie ihren Schritt, winkte der Nachbarin zu, die nach ihrem Hund suchte, stieg ins Auto und stöhnte erneut vor Schmerz. Sie löste die Handbremse und würgte den Motor beim ersten Versuch ab. Während sie ihn erneut startete, sah sie im Spiegel, wie Christian aus der Haustür kam und auf ihren Wagen zutaumelte.

Als sie es endlich geschafft hatte, den Gang einzulegen, gab sie zu viel Gas und hätte den Motor um ein Haar wieder abgewürgt, doch dann drückte sie instinktiv die Kupplung, und der Wagen schoss hoppelnd aus der Einfahrt. Abrupt bremste Grit gerade noch rechtzeitig, als ein anderes Fahrzeug die Straße entlangkam und der Fahrer offensichtlich nicht im Traum daran dachte, sie einscheren zu lassen.

Panisch blickte sie in den Seitenspiegel und sah, dass Christian den Mini fast erreicht hatte. Ihre Augen irrten über das Armaturenbrett. Da sie noch nicht genügend Geschwindigkeit aufgenommen hatte, bevor sie abermals stehen bleiben musste, hatte die automatische Verriegelung die Türen noch nicht versperrt. Jetzt suchte Grit nach dem Schalter für die manuelle Betätigung. Als sie ihn endlich entdeckte, war Christian beim Wagen und streckte die Hand nach dem Türgriff aus. Den Bruchteil einer Sekunde, bevor die Sperre einrastete, riss er am Griff, und die Tür sprang auf.

***

Die Bar war gut gefüllt, als Rettberg sich an den Tresen setzte. Er bestellte einen Gin Tonic und sah sich unauffällig um, während er den ersten Drink fast auf ex austrank und sofort einen weiteren orderte. Im Augenwinkel nahm er wahr, dass die beiden Frauen, die am anderen Ende der Bar saßen, ihn sofort ins Visier genommen hatten. Auch wenn sie sich aufgedonnert und in ein enges Kleid gezwängt hatte, erkannte er die Frau aus dem Video. Er drehte sich zur Tanzfläche und zwinkerte einer leicht bekleideten Stripperin zu, die sofort zu ihm herüberkam.

Sie lachte auf, als er ihr etwas ins Ohr flüsterte, und schmiegte sich eng an ihn. Dass seine Hand dabei ihren Rücken hinabglitt und auf ihrem Po liegen blieb, schien sie nicht zu stören. Er vergrub sein Gesicht in ihren Haaren und beobachtete dabei die Reaktion der beiden Grazien am Ende der Theke. Amüsiert sah er, dass sie ziemlich hektisch geworden waren, seit er das letzte Mal hinübergeschaut hatte. Als er die andere Hand in den Nacken des Animiermädchens legte und sie zu sich zog, schlug sie ihm kokett auf die Finger und deutete mit einem Kopfschütteln auf die Uhr.

»Gut gemacht«, flüsterte er in ihr Ohr. »Wie es aussieht, beginnt die Party gleich. Sag deinem Süßen, dass er das nächste Tonic nicht mehr mit Wasser mischen soll.«

Er gab ihr einen leichten Klaps auf den Po, erntete dafür eine Kusshand und sah ihr nach, wie sie hinter dem Tresen verschwand. Mit einem Zug leerte er sein Glas und sah dabei direkt zu den Frauen hinüber. Als sie seinen Blick erwiderten, schenkte er ihnen ein Raubtierlächeln und hob sein Glas mit einem fragenden Gesichtsausdruck. Die beiden taten so, als ob sie sich über sein Angebot unterhielten, dann nickten sie ihm zu. Er deutete dem Barkeeper an, den frischen Cocktail am anderen Ende abzustellen, stand auf und ging hinüber.

»Hallo, Ladys«, sagte er rau und legte seine Arme um ihre Schultern. »Auf was darf ich euch einladen?«

»Du fackelst aber nicht lange«, startete die Blonde einen Flirtversuch und stellte sich als Laurene vor.

»Laurene«, wiederholte er, fasste ihre Hand und drückte einen Kuss darauf. »Wozu denn lange fackeln? Wer in eine Spelunke wie diese geht, weiß genau, was er sich vom Ende des Tages erwartet.«

»Und das wäre?«, wollte die andere wissen, deren Gesicht ihm hinlänglich bekannt war.

Rettberg legte ihr seine Hand auf den Hintern und spürte, wie sie zusammenzuckte. Schlagartig fiel ihm ein, wovor Martha Dornbach ihn gewarnt hatte.

Die Frauen werden vorgeben, mit Ihnen ins Bett zu wollen. Vergessen Sie dabei aber bitte nicht, dass vermutlich beide von ihren Erlebnissen mit Männern traumatisiert sind. Treiben Sie es also nicht zu weit. Wenn die beiden Panik bekommen, rennen sie Ihnen weg, und dann war der ganze Aufwand für die Katz.

Er nahm seine Hand weg, ergriff ihre und machte eine leichte Verbeugung. »Was kann das schon sein?«, fragte er mit einem charmanten Lächeln. »Sex natürlich. Mike mein Name, schöne Frau. Darf ich auch deinen wissen?«

»Clarisse. Wie kommst du denn darauf, dass wir das wollen? Es ist doch auch nett hier, ohne ein Abenteuer zu suchen.«

Rettberg lachte auf. »Schätzchen, zwei aufreizend aufgerüschte Frauen, die sich Laurene und Clarisse nennen, allein in einer Bar. Und du fragst, was mich auf die Idee bringt, dass ihr eine Affäre für eine Nacht sucht? Das ist nicht dein Ernst!«

Kokett schmollend verzog Monika-Clarisse den Mund und senkte ihren Blick. »Ich nehme auch so etwas.« Ohne auf seine letzte Frage einzugehen, kam sie auf sein vorheriges Angebot zurück und deutete auf sein Glas.

»Wirklich?«, wollte Rettberg wissen und hielt ihr den Strohhalm hin.

Sie nahm einen Zug und fing prompt an zu husten. »Um Himmels willen, was ist das denn für ein Zeug?«

Rettberg klopfte ihr auf den Rücken und sah sie belustigt an. »Gin Tonic, Männerversion. Gibt's aber auch als Damenvariante.«

»Das ist schon dein dritter, oder? Meinst du, dass du danach auch noch das zustande bringst, was du hier versprichst?«

»Ah, Madame hat mich beobachtet. Dann danke ich für das Kompliment!«

Damit war seine Rechnung aufgegangen. Obwohl ihm bei dem Gedanken an die kommende Nacht alles andere als wohl war und er sich liebend gern vorher betrunken hätte, war ihm daran gelegen, einen klaren Kopf zu behalten. Deswegen hatte er seinen Freund und Besitzer des Ladens hier angewiesen, das Tonic nur mit Wasser zu mischen, solange es noch nicht zu einem Kontakt mit den beiden Grazien gekommen war. Er hatte gehofft, dass sie ihn dabei beobachteten, wie er einige harte Drinks zu sich nahm, und nun denken mussten, dass sie leichtes Spiel mit ihm hatten.

Rettberg verschränkte seine Hand mit der von Clarisse und zog sie zu sich her, während er an Laurenes Hals knabberte. »Was wünschen sich die Damen denn für die Nacht? Ist eine kleine Feier zu dritt drin? Oder seid ihr dafür zu schüchtern und anständig?«

»Ein bisschen schmutzig darf es meinetwegen schon sein«, kicherte Laurene. »Gib uns einen Moment, bitte.« Sie zog ihre Freundin beiseite und flüsterte etwas in ihr Ohr.

Amüsiert beobachtete er sie. Als sie einander schließlich zunickten, hätte er beinahe gelacht. Offensichtlich hatte er sich nicht so gut unter Kontrolle, wie er dachte, denn Laurene fragte sofort: »Wieso lachst du?«

»Weil ich mich auf euch beiden Schlampen so richtig freue«, grinste er ihr breit ins Gesicht. »Ich werde es euch so besorgen, dass ihr die Nacht mit mir nie vergesst. Fragt sich nur: zu mir oder zu euch? Ich habe hier im Hotel ein Zimmer, also sucht es euch aus.«

Zehn Minuten später hatte sich Rettberg mit zwei Flaschen Champagner bewaffnet und lief den beiden Frauen, leichte Schlagseite vortäuschend, voraus. Im Zimmer öffnete er die erste Flasche, schenkte drei Gläser voll und entschuldigte sich für einen Moment. Auf dem Weg ins Bad schaltete er den Fernseher ein, suchte einen Musikkanal und zog die Tür mit einem Knall ins Schloss.

»Ich hoffe, ich kann mich darauf verlassen, dass mir nicht gerade fünf Leute beim Pinkeln zusehen«, flüsterte er.

»Seid ihr bereit?« Als es drei Mal leise gegen die Wand klopfte, streckte er einen Daumen in die Kamera. »Na dann hoffe ich, dass wir uns bald wiedersehen. Und bevor ich es vergesse: Ich würd dich gern auf ein Bier einladen, falls ich das Ding hier überlebe, Eva. Was sagst du dazu?«

Es dauerte einen kurzen Moment, dann klopfte es erneut drei Mal. Rettberg lächelte, drückte die Spülung, ließ das Wasser im Waschbecken für einen Moment laufen, dann holte er tief Luft. »Dann wollen wir mal.«

»Ihr habt ja noch gar nicht getrunken!«

Mit raschen Schritten trat Rettberg zu dem großen Bett, auf dem sich Laurene und Clarisse lasziv räkelten und ihm ein Glas hinhielten. Für den Bruchteil einer Sekunde zögerte er, dann kippte er den Inhalt auf ex hinunter.

Verdammt, das Zeug wirkte schneller, als er nachschenken konnte. Kaum dass er die Flasche in der Hand hatte, spürte er, wie ihm schwindlig wurde. Wenn das nur nicht schiefging! Er ließ sich auf das Bett plumpsen, blinzelte mit Gewalt gegen das Licht, als seine Augäpfel nach oben rollten, dann fiel er nach hinten wie ein gefällter Baum.

»Oh Gott.« Eva schlug die Hand vor den Mund. »Das ist ja ein abartiges Zeug. Sind Sie sicher, dass er noch lebt?« Sie stupste Dyrkhoff an, der nervös an seinen Nägeln kaute.

»Was? Nein. Ich meine, ja natürlich. Das ist typisch für K.-o.-Tropfen, deswegen können sich die Opfer hinterher ja auch nicht daran erinnern, was passiert ist. Ich hoffe nur, dass die Dilettantinnen da drüben das Zeug nicht überdosiert haben, so schnell, wie ihn das umgehauen hat.«

»Was? Wie meinen Sie das denn?« Entsetzt sahen Eva und Sauerwein ihn an, als er keine Anstalten machte, fortzufahren. »Es ist doch noch nicht mal richtig –«

»Es gibt eben keine Garantie«, fauchte Dyrkhoff. »Ich habe Ihnen doch gesagt, dass es besser wäre, die Finger –«

»Könnt ihr das bitte morgen austragen?«, unterbrach Wolkenstein seine Kollegen. »Wie es aussieht, ist da drin alles okay. Die Mädels haben Mikes Puls gefühlt, und ganz offensichtlich lebt er noch, sonst hätten sie längst das Weite gesucht. Aber was ist denn jetzt los?«

Irritiert sahen die heimlichen Zaungäste zu, wie die beiden Frauen in den Flur liefen und die Tür öffneten. Monika streckte den Kopf in den Gang und zog ihn gleich darauf wieder zurück.

»Die Luft ist rein«, sagte sie. »Ich bin gleich wieder da.«

Laurene kam zurück ins Schlafzimmer und fing an, Rettbergs Hemd aufzuknöpfen. Ihr angewiderter Blick folgte der Tätowierung, die sich von seinem rechten Arm über die Schulter bis auf die Brust zog. Widersprüchliche Gefühle zeichneten sich in ihrem Gesicht ab, als sie seine durchtrainierte Figur musterte.

Eva konnte nachvollziehen, was in ihrem Kopf vorging. Es war ja auch nur schwer zu verstehen, weshalb die Natur einen angeblich derart verdorbenen Geist in einen so perfekten Körper gesteckt hatte.

Auch Dyrkhoff schien angetan von dem, was auf dem Bildschirm zu sehen war. Sauerwein und Eva wechselten einen belustigten Blick, als der Rechtsmediziner deutlich hörbar die Luft einzog.

»Ach du Scheiße!«, stieß Wolkenstein aus, als er sah, was aus dem Koffer zutage kam, den Monika mittlerweile ins Zimmer geschleppt hatte.

»Was ist los?«, fragten Sauerwein und Eva wie aus einem Mund. »Was ist das für ein Ding?«

»Das Ding ist eine Tätowiermaschine«, erklärte ihnen Wolkenstein.

»Wie bitte? Was wollen die denn damit? Die können doch nicht anfangen, ihn –«

Eva unterbrach sich, als Dyrkhoff einen erstickten Laut ausstieß. »Was ist? Doktor!«

»Wir waren auf dem Holzweg! Die wollen die Substanz nicht mittels einer Kapsel unter seiner Haut deponieren, sondern als freien Stoff direkt unter seine Haut!«

»Und was heißt das?« Sauerwein packte den Arzt am Arm, als er nicht reagierte.

»Au! Lassen Sie mich los, Sauerwein! Das heißt, dass wir das Zeug nicht wie gedacht entfernen können. Dazu müssten wir ihm ja die Haut abziehen. Und das würde bedeuten –«

»Ich will nicht wissen, was es bedeuten würde, sondern was die Konsequenz wäre, wenn wir nicht einschreiten, bevor er den Dreck unter der Haut hat.«

Hilflos hob Dyrkhoff die Arme. »Keine Ahnung. Ich vermute, dass es kein Problem geben wird. Schließlich haben die Weiber das schon öfter durchgezogen, und da gab es ja wohl auch keine Schwierigkeiten.«

»Verdammter Mist!« Sauerwein konnte sich kaum beruhigen. Er überlegte fieberhaft, ob er die Aktion abbrechen sollte.

»Lass es laufen«, sagte Eva schnell, als sie spürte, was in ihm vorging. »Ich weiß, dass du das allein entscheiden musst und auch allein die Verantwortung dafür trägst. Aber wir haben den ersten Teil der Aktion als unkritisch eingestuft, und das gilt doch hoffentlich auch, wenn der Stoff nicht in eine Kapsel verpackt ist, oder?«

Dyrkhoff, dem die letzte Frage galt, sah Eva sauer an. »Auf die Gefahr hin, mich zu wiederholen, ich habe Ihnen gesagt, dass ich die Finger davon lassen würde. Allerdings werden flüssige Substanzen aller Regel nach im Lauf der Zeit vom Körper resorbiert und dann auch komplett abgebaut.«

»Gut, dann machen wir weiter.«

Sauerwein fuhr herum, als plötzlich ein widerlich hohes Surren aus dem Lautsprecher kam. Gebannt wartete er mit Eva, Dyrkhoff und Wolkenstein vor dem Bildschirm und beobachtete, was im Nebenzimmer vor sich ging.

Dort hatten die Frauen Rettberg inzwischen auf den Bauch gewälzt und sich versichert, dass er so lag, dass er noch genügend Luft bekam. Jetzt besprühte Monika seinen Rücken großzügig mit einem Desinfektionsmittel, während Laurene die Tintenkartusche des Geräts mit einer farblosen Flüssigkeit auffüllte.

»Wenigstens beachten sie die wichtigsten Hygieneregeln«, kommentierte Dyrkhoff trocken, was ihm einen bösen Blick von Eva einbrachte. »Schauen Sie mich nicht so an!«, beschwerte er sich. »Man kann schließlich auch an einer infizierten Wunde sterben.«

***

In der buchstäblich letzten Sekunde hatte das fremde Fahrzeug endlich die Einfahrt passiert. Grit biss die Zähne zusammen und gab Vollgas. Christian stieß einen Schrei aus, als der Mini einen Satz nach vorn machte und ihm dabei fast den Arm auskugelte. Im letzten Moment ließ er den Türgriff los, um nicht mitgeschleift zu werden, als der Wagen an Geschwindigkeit zulegte.

Sie hatte es geschafft! Im Rückspiegel sah sie, wie er wütende

Gesten in ihre Richtung machte, dann wurde seine Gestalt immer kleiner. Zehn Minuten fuhr sie kreuz und quer durch die Gegend, erst dann traute sie sich, den Mini an den Straßenrand zu lenken und anzuhalten. Sie lehnte sich zurück und spürte, dass ihr Herz raste wie verrückt. Und dann brach sie vor Erleichterung in ein hysterisches Gelächter aus.

Als sie sich wieder beruhigt hatte, wühlte sie in ihrer Tasche, fand in deren Untiefen eine noch ungeöffnete Packung Feuchttücher, zog vier Stück heraus und wischte sich Hände, Gesicht und ihre Achseln damit ab. Nachdem sie sich einigermaßen erfrischt fühlte, startete sie den Motor und fuhr in Richtung A 8.

Als sie kurz vor der Auffahrt einen Discounter entdeckte, hielt sie an, kaufte sich eine Prepaidkarte mit fünfzig Euro Guthaben und legte sie in das Handy, das sie aus der Handtasche zog. Mit zitternden Händen stöpselte sie das Ladegerät in den Zigarettenanzünder, steckte das andere Ende in die Ladebuchse des Smartphones und legte, während sie wartete, dass es genügend Saft aufgenommen hatte, um sich starten zu lassen, die SIM-Karte ein.

Als das Gerät und die Karte endlich startbereit waren, wählte sie die einzige Nummer, die sie auswendig kannte.

»Sarah? Ich bin's.«

»Grit? Was ist denn das für eine Nummer?«

»Eine Prepaidkarte. Stell jetzt keine Fragen, bitte. Ich muss weg und wollte dich fragen, ob du mitkommen kannst.«

»Was meinst du mit ›weg‹?«, fragte Sarah. »Und wohin willst du?«

»Nicht jetzt. Ich erklär dir alles später. Sag jetzt nur, ob du mitkommen kannst oder nicht.«

»Warte eine Sekunde.« Sarah hielt den Hörer zu und unterhielt sich anscheinend mit ihrem Mann. Grit verstand nur ›vermutlich eskaliert‹ und ›glaube, sie braucht mich jetzt‹, da war Sarah auch schon wieder in der Leitung.

»Kein Problem. Stefan kümmert sich hier um alles. Wo bist du jetzt?«

Grit verrenkte sich den Hals, um das Schild am Haus gegenüber entziffern zu können. Als sie ihrer Schwester die Adresse durchgegeben hatte, sagte sie: »Wir nehmen mein Auto, es wäre aber gut, wenn du fahren könntest.« Sie stockte, dann setzte sie leise hinterher: »Kannst du Schmerzmittel und Verbandszeug mitbringen?«

***

Es dauerte eine quälend lange halbe Stunde, in der die Nadel des Geräts kreuz und quer über Rettbergs Rücken fuhr. Allem Anschein nach vermieden es die beiden Frauen, die sich bei der Prozedur mehrmals abwechselten, über die Tätowierungen zu fahren.

»Die haben keine Ahnung, ob die Farbe mit dem Stoff reagiert«, kommentierte Dyrkhoff den Vorgang. »Wenigstens dabei sind sie vorsichtig.«

Als der Behälter endlich leer war und die Frauen anfingen, alles wieder einzupacken, war es bereits weit nach Mitternacht, und die heimlichen Beobachter waren mit ihren Nerven am Ende. Trotz Sauerweins Grundsatzentscheidung, die Frauen gewähren und vorerst laufen zu lassen, war er mehrfach drauf und dran, seine Meinung zu ändern, als das Unternehmen kein Ende nehmen wollte.

Jetzt waren Monika und Laurene mitsamt ihren Utensilien verschwunden, Sauerwein hatte die beiden uniformierten Kollegen nach Hause geschickt, und Wolkenstein saß neben Eva auf dem großen Bett.

»Wieso habt ihr die Frauen nicht gleich festgenommen?«, wollte Wolkenstein wissen und reichte Eva und Sauerwein zwei Flaschen Bier, die er in der Minibar gefunden hatte.

»Weil wir dann nicht an den zweiten Stoff kommen, der letztlich dafür verantwortlich ist, dass das Opfer krank wird oder stirbt«, erklärte Sauerwein. »Sie hätten sich weiß Gott was ausdenken können, was sie mit der Tätowierung bezwecken, oder einfach behaupten können, dass sie ihm lediglich einen Denkzettel verpassen wollten.«

»Und wenn sie nun verschwinden und nicht mehr im Krankenhaus auftauchen?«

»Damit das nicht passiert, hat sich Max mit zwei Zivilstreifen vor dem Haus postiert, die den Damen hinterherfahren, um deren Adressen herauszufinden.«

»Das hättet ihr auch einfacher haben können, indem ihr die Kennzeichen ihrer Wagen überprüft.«

»Hätten wir können«, gab Sauerwein zu. »Aber was, wenn sie sich ein Taxi nehmen? Oder geklaute Nummernschilder verwenden? Ich gehe lieber auf Nummer sicher. So können wir auch vergleichen, ob die Kennzeichen zu ihren Wohnorten passen.«

Wolkenstein musste eingestehen, dass Sauerwein mit seinen Überlegungen recht hatte. »Und was passiert jetzt?«

»Erst warten wir, bis Mike wieder aufwacht, und dann warten wir, bis Monika Nora das zweite Mittel übergibt. Dann nehmen wir die Damen fest. Wie weit bist du mit der Liveüberwachung in Noras Zimmer?«

Wolkenstein hatte mittlerweile seine gesamte Ausrüstung in einem großen Koffer verstaut und warf den Deckel mit einem Knall zu.

»Ich habe einen Kollegen mit einem zweiten Stoffhund zu ihr geschickt. Der sieht genauso aus wie der erste, hat aber einen Umwandler im Bauch, der das Bluetoothsignal in ein kurzwelliges Funksignal verwandelt, das eine Reichweite von etwa zehn Metern hat, wenn es durch mehrere Mauern muss. Wir haben gestern mit der Klinikleitung geklärt, dass wir ein leeres Zimmer bekommen, von dem aus wir das Ganze überwachen können.«

Bevor Sauerwein antworten konnte, kam Max, ein Sommerlied pfeifend, ins Zimmer und nahm Wolkenstein die Flasche aus der Hand.

»Wir haben sie.« Er trank einen tiefen Schluck, dann rülpste er laut. Das Bier war eine reine Wohltat nach dem ganzen Stress. Obwohl er den ganzen Abend über mit drei anderen Kollegen nur die Straßen überwacht hatte, fühlte er sich wie gerädert. In der Dunkelheit untätig zu warten hasste er wie die Pest. Dazu hatte der Kollege, der neben ihm im Auto saß, zuvor offensichtlich eine ganze Knoblauchknolle verspeist. Max war bereits nach einer halben Stunde so übel gewesen, dass er sich fast übergeben hätte. Als die beiden Frauen endlich das Hotel verließen, schickte er ein Dankgebet zum Himmel.

»Hier«, er reichte den mit einer kaum leserlichen Schrift bekritzelten Zettel an Eva weiter. »Die Dame, die sich Laurene nennt, heißt Sabine Hofleitner und wohnt in Rosenheim, die andere heißt tatsächlich Monika. Monika Brasinsky, und die lebt in Großkarolinenfeld.«

Bevor Sauerwein und Eva nach Hause fuhren, traten sie leise in Rettbergs Zimmer. Dyrkhoff, der sofort nach der Abreise der beiden Frauen hinübergestürmt war, Rettbergs Vitalfunktionen überprüft und seinen Kollegen mittels einem nach oben in die Kameras gestreckten Daumen übermittelt hatte, dass alles in Ordnung sei, wirkte sehr zufrieden.

»Es geht ihm gut. Vermutlich wird er tierische Kopfschmerzen haben, sobald er aufwacht, aber das lässt sich rasch beheben. Ich habe einen Schnelltest gemacht, und die Werte, die ich hier überprüfen kann, sind bestens. Ich lasse ihn die Nacht über am EKG und an einem Tropf mit einem Vitamincocktail hängen, und der Sani bleibt mit mir hier. Falls noch irgendwelche Komplikationen auftreten, haben wir die zügig im Griff. Hier«, er drückte Sauerwein einen Klarsichtbeutel in die Hand, in dem sich einige mit Blut gefüllte Röhrchen befanden.

»Geben Sie das bitte in die KTU. Wolkenstein weiß Bescheid. Er wird das Zeug auf Betäubungsmittel und Ähnliches untersuchen.«

»Und wie wollen Sie von hier wegkommen, falls eine lebensbedrohliche Situation eintritt?«, wollte Sauerwein zur Sicherheit wissen.

Der Sanitäter blickte von seinem Handy auf, auf dem er ein entnervend piepsendes Spiel spielte. Sauerwein wunderte sich darüber, dass Dyrkhoff dem Jungspund den Kopf deswegen noch nicht abgerissen hatte.

»Ich bin mit dem Rettungswagen da, der steht hinterm Haus.«

***

Fassungslos sah Christian seiner Frau hinterher, wie sie in einem Gewaltakt die Gänge in den Mini hackte und ihm nur um Haaresbreite entwischte. Er drosch wütend auf die Abfalltonne ein und widerstand dem Drang, der dämlichen Kuh aus dem Nachbarhaus, die mit ihrem hässlichen Köter vor ihm auf dem Gehweg stand und ihn mit regungsloser Miene anstarrte, ins Gesicht zu schlagen. Stattdessen lächelte er betont freundlich, winkte ihr zu, dann drehte er um und schleppte sich zurück ins Haus.

Nachdem er die Tür hinter sich geschlossen hatte, lehnte er sich erschöpft an die kühle Wand und überlegte, was er als Nächstes machen sollte. Der blöden Kuh hinterherzufahren war sinnlos, da er keine Ahnung hatte, wo sie hinwollte. Kurz kam ihm ihre Schwester in den Sinn, aber bei der ließ er sich besser nicht blicken. Sein Schwager hatte ihm von Anfang an nicht über den Weg getraut und aus seiner Abneigung nie einen Hehl gemacht. Außerdem war er in grauer Vorzeit Landesmeister in irgendeiner dieser albernen Kampfsportarten gewesen und hatte damit die denkbar besseren Karten, falls es zu einer Auseinandersetzung kommen würde.

Vorsichtig rieb er sich die Augen, die nach wie vor tränten. Immerhin hatte das Brennen nachgelassen. Das würde die niederträchtige Gans noch bereuen. Es war nur eine Frage der Zeit, bis sie zurückkam, und dann war sie fällig. Und falls sie nicht freiwillig nach Hause zurückkehrte und es das Letzte war, was er in seinem Leben unternahm – er würde sie suchen, bis er sie gefunden hatte.

»Scheiße«, murmelte er, als er bei einem Blick in den großen Spiegel im Flur feststellte, dass er erneut todkrank aussah. Sosehr er sich auch den Kopf zermarterte, er kam einfach nicht darauf, wie sie es anstellte, ihn zu vergiften. Er wischte den Gedanken wie eine lästige Fliege zur Seite, dann quälte er sich ins Bad. Als er das Möbelstück sah, das noch immer mitten im Flur stand, kam ihm die Galle hoch. Das Ding war so schwer, dass er allein keine Chance hatte, es an seinen Platz zu schieben.

Christian langte in seine Hosentasche und fluchte, als er feststellte, dass sie leer war. Dann fiel es ihm wieder ein: Das Handy war herausgerutscht, als er die Treppe hinuntergelaufen war.

Sein Blick irrte über den Flur, und als er das Telefon endlich entdeckte, das halb unter die Kommode gerutscht war, atmete er erleichtert aus. Er bückte sich danach, wählte mit zitternden Fingern Jacks Nummer und hinterließ eine Nachricht auf dem Anrufbeantworter, dass die für den Abend geplante Party verschoben war und Jack nicht vorbeikommen sollte. Er wollte sowieso nicht, dass sein Freund ihn so sah. Die Aufregung hatte ihn viel zu viel Kraft gekostet, und jetzt stank er nach saurem Schweiß. Angeekelt verzog er das Gesicht, quetschte sich an dem sperrigen Schrank vorbei und stöhnte vor Anstrengung, als er sich das durchgeschwitzte T-Shirt über den Kopf zog.

Als er endlich unter der Dusche stand und das warme Wasser über seinen gequälten Köper lief, fühlte er sich gleich besser. Er drehte das Wasser wieder ab, drückte eine ordentliche Portion Duschgel aus der Flasche und seifte sich vom Kopf bis zu den Füßen damit ein.

Nachdem er sich mit einem großen, flauschigen Handtuch abgetrocknet hatte, ließ er es einfach auf den Boden fallen, kämmte sich nachlässig mit einem feinen Kamm durch die Haare und schlüpfte in den grünen Bademantel, der an dem Haken neben der Tür hing, zog den Gürtel fest und lief die Treppe hinunter, als ihm schwindlig wurde. Er bekam gerade noch den Handlauf des Geländers zu fassen, als es ihm den Boden unter den Füßen wegzog. Erstaunt sah er auf seine Hand, die nicht genügend Kraft aufbrachte, den Sturz die Treppe hinab zu verhindern. Unten angekommen blieb er schwer atmend liegen.

Sein Herz hämmerte wie ein Presslufthammer in seiner Brust, und ein stechender Schmerz breitete sich sternförmig aus und schien seine Rippen zu sprengen. Sein Blick wanderte zur Decke und erfasste einen Weberknecht, der sein Netz in einer Ecke gespannt hatte. Angewidert verzog er das Gesicht und stemmte sich auf die Ellbogen. Als er es geschafft hatte, wieder auf die Knie zu kommen, fiel es ihm etwas leichter, ganz aufzustehen. Er schlurfte zu der kleinen Abstellkammer am Ende des Flurs, nahm einen Besen heraus und machte sich auf die Jagd nach der Spinne. Als er direkt unter ihrem Netz stand, hob er den Besen hoch, streckte sich, um die Decke zu erreichen, und schrie auf, als ein feiner Stich sich in sein Herz bohrte und ihn der Schmerz erneut zu Boden zwang.

Die Spinne hatte das Treiben unter sich argwöhnisch beobachtet. Als das Holzbrett mit den hässlich bunten Borsten sie fast berührte, flüchtete sie behände aus ihrem Nest und krabbelte in die gegenüberliegende Ecke. Von dort sah sie zu, wie der Besen einen seltsamen Tanz vollführte, wild über die Wand schrappte, dann dem Menschen hinterher zu Boden fiel und auf seinem Brustkorb liegen blieb.

Die kalten schwarzen Augen der Arachnoide blickten starr und emotionslos auf die schwer atmende Kreatur herab, die gerade versuchte, sich wieder aufzurichten.

Nach einer Weile löste sie eines ihrer Beine von der Wand, zuckte kurz, als hätte sie einen Krampf, dann sauste sie flink das Mauerwerk hinab, um zu sondieren, ob es dort unten etwas gab, worin sie ihre Eier ablegen konnte.

SIEBZEHN

Als Mike Rettberg am frühen Morgen erwachte, war ihm hundeelend. Mühsam stemmte er sich auf die Ellbogen und wunderte sich über den Schlauch, der in seinem linken Arm steckte. Völlig desorientiert sah er sich in dem Zimmer um, das er nirgendwo zuordnen konnte, bis er unter dem Bettenberg zu seiner Linken ein enervierendes Geräusch ausmachte. Er schob die Decke zur Seite und sah in ein Gesicht, das ihm vage bekannt vorkam. Dass er mit einem fremden Mann in einem Bett lag, war an sich bedenklich genug. Dass aber nun auch noch die Tür klapperte und eine weitere definitiv männliche Person ins Zimmer kam, war schlichtweg zu viel.

Rettberg sprang auf, verhedderte sich prompt in der Bettdecke und wäre in das Papptablett mit Kaffeebechern gefallen, hätte sich der als Sanitäter verkleidete Jüngling nicht schnell zur Seite gedreht. Geistesgegenwärtig riss er seinen anderen Arm hoch und bewahrte Rettberg davor, doch noch auf die Schnauze zu fallen. Der Krach, den die beiden dabei machten, hätte gereicht, um Tote aufzuwecken. Selbst Dr. Amadeus Dyrkhoff wurde davon wach.

»Was ist denn hier los?«, fragte er mit zusammengekniffenen Augen.

»Das frage ich mich auch«, knurrte Rettberg. »Und nehmen Sie das Zeug da weg.« Der Geruch nach Kaffee war derart intensiv, dass ihm übel wurde. Er taumelte ins Bad, klappte den Klodeckel nach oben, und bevor er auch nur einen Gedanken daran verschwenden konnte, was am dringendsten anstand, verabschiedete sich sein gestriges Abendessen auf dem falschen Weg.

Eine Viertelstunde später war er frisch geduscht, hatte die noch originalverpackte Zahnbürste eingeweiht, und dann kehrte auch seine Erinnerung mit einem Schlag zurück.

»Ich habe also überlebt«, stellte er fest, als er mit einem um die Hüften geschlungenen Handtuch ins Schlafzimmer kam.

»Sieht ganz so aus.« Dyrkhoff, der offensichtlich vollständig angezogen geschlafen hatte, zupfte an seinem Hemd und bemühte sich krampfhaft, in eine andere Richtung zu sehen. »Wie fühlen Sie sich?«

Rettberg öffnete die kleine Sporttasche, die er als seine eigene erkannte, nahm frische Wäsche heraus und ließ das Handtuch fallen.

»Beschissen«, sagte er, ohne zu bemerken, dass Dyrkhoff einer Ohnmacht nahe war. »Aber immerhin am Leben, und das ist ja schon mal nicht schlecht. Vielleicht könnte –«

Bevor er weiterreden konnte, klopfte jemand mit der Faust gegen die Tür, und Sauerwein trat gefolgt von Eva ins Zimmer. Rettberg bückte sich schnell, hob das Handtuch auf und ersparte seiner Kollegin die Verlegenheit, ihn nackt zu sehen.

»Können Sie nicht warten, bis man Sie hereinruft?« Dyrkhoff hatte seine Stimme wiedergefunden.

»Nicht wenn man unser Klopfen fünf Minuten lang ignoriert«, sagte Sauerwein ungerührt. »Und, wie schaut's aus? Wie geht's dem Patienten?«

»Wollt ihr mir jetzt vielleicht alle beim Anziehen zusehen?«, fragte Rettberg, als die vier ihn unverwandt anstarrten. »Oder gönnt ihr mir zwei Minuten Privatsphäre? Und dann bitte ich darum, dass mich jemand darüber aufklärt, was gestern noch so alles passiert ist.«

Sauerwein nickte und schob Eva zur Tür. »Wir warten draußen.«

»Shit«, stellte Rettberg keine zehn Minuten später fest und verrenkte sich mit wieder nacktem Oberkörper vor dem großen Spiegelschrank. »Ich hab mich schon gewundert, wieso mir das Fell so brennt.«

Eva lehnte an der Wand und grinste bei der Vorstellung eines bepelzten Mike Rettberg, der in Wirklichkeit kein einziges überflüssiges Körperhaar zu besitzen schien. Oder vielleicht war er auch nur sorgfältig rasiert, was in Anbetracht seiner Tattoos auch besser aussah. Sie verdrängte jeden unsittlichen Gedanken und musterte die leicht rosa Striemen, die sich auf seinem Rücken abzeichneten, mit den Augen, im Gegensatz zu Dyrkhoff, der es nicht lassen konnte, sie mit dem Finger nachzufahren.

Rettberg, der sich dabei sichtlich unwohl fühlte, drehte sich abrupt weg und stieß die Hand des Rechtsmediziners zur Seite. »Und was jetzt?«

Das Piepsen von Evas Handy machte eine Antwort überflüssig. »Das ist von Nora. Sie schreibt, dass man ihrer Zimmernachbarin für morgen früh elf Uhr einen unnötigen Termin reingedrückt hat. Ich schätze, das bedeutet, dass damit Teil zwei der Aktion beginnt.«

Sie sah auf die Uhr. »Ich fahre zu ihr. Dann erwische ich sie, bevor Rosie kommt. Kommt ihr mit?«

Sauerwein schüttelte den Kopf. »Wir sehen uns später im Kommissariat. Falls Josts Mitarbeiter noch in der Klinik ist, dann lass dir von ihm zeigen, ob die Überwachung auch wirklich lückenlos funktioniert.«

***

Als Sarah die blutbefleckte Kleidung ihrer Schwester sah, schlug sie erschrocken die Hände vor den Mund. »Oh mein Gott. Was ist passiert? Das war er, oder? Dieses Schwein.«

Behutsam schlang sie ihre Arme um Grit. »Schhhht, alles ist gut, ich bin ja hier. Bleib, die Bluse kann das ab«, sagte sie und hielt Grit fest, als die sich ihre Tränen abwischen wollte.

Zärtlich strich sie ihr über die dichten Haare, um die sie sie immer beneidet hatte. Als sie noch Kinder gewesen waren, hatte Sarah ihre Mutter mit ihren Vermutungen, Grit wäre bei der Geburt vertauscht worden, zur Weißglut gebracht. Schließlich hatte keiner der Vorfahren etwas anderes als unscheinbaren straßenköterfarbenen Flaum auf dem Kopf. Keiner bis auf Grit, deren Haare so dicht und hell wie Flachs waren und so auffällig wie ein Licht in der Dunkelheit.

»Komm«, sagte Sarah, als Grit sich von ihr löste. »Ich bringe dich in ein Krankenhaus.«

»Nein!« Entsetzt sah Sarah ihre ältere Schwester an. »Keine Klinik und auch kein Arzt. Es sieht schlimmer aus, als es ist.

Ich will nur ein paar Tage weg von hier. In ein schönes Hotel. Irgendwohin, wo Menschen sind. Normale Menschen wie du und ich. Dann sehen wir weiter.«

»Aber –«

»Kein Aber. Denk nicht darüber nach, mach einfach, was ich sage. Bitte!«

»Also gut«, sagte Sarah zögernd. »Unter der Bedingung, dass du mir versprichst, sofort Bescheid zu geben, wenn es nicht besser wird.«

Als sie viereinhalb Stunden später für eine ganze Woche lang in das schicke Wellnesshotel am Bodensee eingecheckt hatten, sagte Sarah: »Und jetzt erzähl mir bitte, was wir hier in diesem Hotel machen.«

»Urlaub«, antwortete Grit. »Was macht man sonst in so einem Hotel?«

»Großartig.« Sarah verdrehte die Augen. »Und dann?«

»Dann fahren wir zurück. Ich würde dich nur bitten, dass du danach mit zu mir nach Hause kommst. Vielleicht kann uns auch dein Mann begleiten.«

***

Nora hatte in den letzten Tagen endlos über den Geschichten gebrütet, die ihr Martha Dornbach und später auch Maria und Monika erzählt hatten. Je länger sie über das Schicksal der misshandelten Frauen nachdachte, umso mehr erfasste sie ein Gefühl der Hilflosigkeit. Und als Eva endlich den Kopf zur Tür hereinstreckte, war sie den Tränen nahe.

»Weißt, die Frauen haben so viel Schlimms erlebt, da kann man doch ned einfach sagen, dran seids selber schuld, trennts euch halt, wenns euch nimmer schlagen lassen wollts. Wie viele Auswege gibt's denn, wenn so a Kerl damit droht, einen umzubringen, bloß weil man 'n verlassen will?«

Noras Kehle war so trocken, dass sich ihr Hals anfühlte, als hätte sie ein Reibeisen verschluckt. Sie stemmte sich auf den rechten Ellbogen und griff nach dem Trinkbecher.

Nachdem sie ihre Stimme wiedergefunden hatte, krächzte

sie: »I frag mi, ob mir des Richtige tun, Eva. Wenn mir die Frauen ausm Verkehr ziehen, dann sorg ma doch dafür, dass die Arschlöcher, die's noch ned erwischt hat, einfach weitermachen können.«

Eva sah Nora bestürzt an. Genau das war es, was auch sie in den letzten Tagen kaum noch hatte zur Ruhe kommen lassen. Geltende Gesetze hin oder her, aber das Recht auf Unversehrtheit galt nicht nur für die Männer, die zu Tode gekommen waren, sondern auch für die Frauen, die in ihrer Verzweiflung offensichtlich keinen anderen Weg mehr sahen als Mord.

»Ich weiß, was du meinst«, sagte sie leise. »Mir geht es genauso. Aber ich habe keine Ahnung, was wir machen können, nachdem wir den Stein ins Rollen gebracht haben. Da wir definitiv wissen, dass hier Männer vorsätzlich geschädigt und sogar umgebracht werden, können wir nicht einfach so tun, als ob wir uns getäuscht hätten. Dazu sind die Ermittlungen schon viel zu weit fortgeschritten.«

»Aber –« Nora unterbrach sich. Dann sah sie Eva bittend an. »I hab mir 'dacht, wenn i die Monika und Maria warnen würde, dann bräuchten die mir einfach des Zeug ned gebm, und dann passiert dene auch nix.«

»Auf keinen Fall!« Eva war entsetzt über Noras Vorschlag. »Wenn das rauskommt, dann bist du nicht nur deinen Job für immer los, sondern bekommst dazu noch eine Anzeige wegen Strafvereitelung.«

Eva vergrub ihren Kopf in den Händen. Nie im Leben hätte sie gedacht, jemals in eine Situation zu geraten, in der sie mit den Tätern mehr Mitgefühl hatte als mit den Opfern.

Das sagte sie ein paar Stunden später auch zu Sauerwein. Er war erschrocken, als sie ins Präsidium gekommen war. Sie hatte tiefe Ringe unter den Augen und sah aus, als hätte sie keine Minute geschlafen, obwohl sie am frühen Morgen noch recht frisch gewirkt hatte.

»Hast du getrunken?«, fragte er erstaunt, als sie in seiner Tür stand.

»Spinnst du? Wie kommst du denn darauf?«

»Weil du aussiehst, als hättest du die Nacht durchgefeiert.«

»Ein Kater wäre mir bedeutend lieber als das, was mir seit Tagen tatsächlich den Schlaf raubt«, sagte sie, schloss die Tür hinter sich und zog einen Stuhl an seinen Schreibtisch. »Hast du einen Augenblick Zeit für mich?«

Belustigt sah er sie an. »Nachdem du es dir schon bequem gemacht hast, kann ich ja wohl schlecht Nein sagen, oder?«

Dass sie auf seinen Scherz nicht einging, sondern nur vor sich hin brütete, zeigte ihm, dass das, was ihr durch den Kopf ging, wirklich schlimm sein musste. Er zog die unterste Schublade auf, nahm eine Tafel Schokolade heraus und schob sie ihr als Notfallmedikation über den Tisch.

»Danke«, sagte sie trübsinnig, entfernte die obere Hälfte der Verpackung und biss direkt von der Tafel ab. »Nora hat etwas angesprochen, was ich seit Tagen zu verdrängen versuche. Dass wir, wenn der Fall endlich gelöst ist, zwar weitere Todesfälle verhindern, aber dafür weitere Misshandlungen billigend in Kauf nehmen.«

Sauerwein kniff die Augen zusammen. Dass sie von Todesfällen anstelle von Morden redete, sprach Bände darüber, wie es in ihr aussah.

»Niemand nimmt das billigend in Kauf«, stellte er richtig. »Ganz im Gegenteil. Aber du überlegst jetzt nicht ernsthaft, die ganze Sache abzublasen?«

Als sie nicht antwortete, setzte er nach: »Und du wirst auch hoffentlich nicht darüber nachdenken, die Aktion platzen zu lassen!«

»Ich nicht, aber Nora«, gestand Eva und redete rasch weiter, als Sauerwein auffahren wollte. »Ich hab ihr das ausgeredet, hoffe ich zumindest. Aber du weißt ja selbst, wie eigensinnig sie sein kann. Ich habe einfach keine Ahnung mehr, was richtig und was falsch ist. Ich glaube, wenn ich jemals wieder eine Meldung lese, dass eine weitere Frau krankenhausreif geprügelt wurde, und es nun niemanden mehr gibt, der dem Täter das Handwerk legen wird, dann übergebe ich mich.«

»Nur weil wir einige weitere Morde verhindern, indem wir die Frauen aus dem Verkehr ziehen, heißt es doch noch lange nicht, dass ihre Peiniger ab sofort straffrei davonkommen«, korrigierte Sauerwein Eva. »Immerhin gibt es dafür Gesetze, für die wir schließlich einstehen. Das hast du bei deinen Überlegungen offensichtlich vergessen.«

»Nein, das habe ich nicht. Aber ich habe auch nicht vergessen, was ich in den letzten Tagen zu dem Thema erfahren habe. Dass am Anfang ein paar Ohrfeigen stehen, dann ein Schlag in den Bauch und später ein paar gebrochene Knochen bis hin zu grausamsten Verletzungen mit einem Lötkolben.« Sie schluckte schwer.

»Wochen und Monate, in denen niemand in der Lage ist, diese Frauen zu schützen. Weder Freunde noch das Gesetz noch sie sich selbst. Und solange unser Rechtssystem den Tätern weiter ermöglicht, frei da draußen herumzulaufen, nur weil sie bislang keine Vorstrafen hatten oder es sich nicht hundertprozentig nachweisen lässt, dass die Opfer ihre Vergewaltigung nicht selbst provoziert haben, werde ich es mir als Frau erlauben, mir zu wünschen, dass diese Männer nie wieder Hand gegen einen Schwächeren erheben können. Und ich werde mir auch erlauben zu denken, dass es besser wäre, sie wären tot.«

Nach Evas Abgang saß Sauerwein eine halbe Stunde regungslos in seinem Stuhl und dachte nach. Das, was Eva vorgebracht hatte, wanderte seit einiger Zeit auch in seinem Kopf hin und her, ohne dass er auch nur einen ansatzweise brauchbaren Lösungsansatz gefunden hätte.

»Was für ein Kackfall«, murmelte er und streckte sich, dass seine Gelenke krachten.

***

Am nächsten Morgen schlich Eva wie ein Gespenst über den Krankenhausflur. Sie war nach einer weiteren schlaflosen Nacht schon bei Tagesanbruch auf den Beinen gewesen, hatte Sauerwein in aller Herrgottsfrüh eine SMS geschrieben und stand bereits kurz nach acht vor Noras Zimmer.

»Was wollen Sie denn schon hier?«, fragte eine ihr unbekannte Schwester missbilligend. »Jetzt ist keine Besuchszeit. Kommen Sie in drei Stunden wieder.«

Eva machte kehrt, wartete im Treppenhaus, bis die Pflegerin wieder verschwunden war, dann huschte sie unbemerkt in Noras Zimmer.

Nora sah fürchterlich aus. Ihre Augen lagen tief in den Höhlen, ihre Gesichtsfarbe hatte ein bläuliches Grau, und ihre Lippen waren zusammengepresst, als hätte sie Schmerzen.

»Was ist los?«, flüsterte Eva erschrocken und war erleichtert, dass Nora allein im Zimmer war. »Geht es dir nicht gut?«

»I hab ned schlafen können«, wisperte Nora zurück. »Der Gedanke, was gleich passiert, macht mi noch wahnsinnig!«

»Wir können den Frauen doch sowieso nichts anhaben«, sagte Eva. »Es sei denn, sie sagt dir gleich, dass du deinen Mann umbringen sollst, indem du ihm zu viel von dem Zeug verpasst. Aber ich dachte mir schon, dass du dich verrückt machst. Schau, ich hab dir was von Rosie mitgebracht. Schwarzwälder Kirschkuchen. Sie meint, Zucker beruhigt die Nerven.«

Nora verzog das Gesicht. »Des liegt eher am Schnaps, den sie neigschüttet hat. I glaub, den sollt ma besser pur trinken, da hilft er schneller.«

Eva kicherte und drückte Nora den Becher mit der Kuchenpampe in die Hand. Dass sie mittlerweile wieder fit genug war, um zumindest halbwegs selbstständig essen zu können, war eine Erleichterung.

»Mmh.« Wohlig verdrehte Nora die Augen. »Eine Kalorienbombe zum Frühstück, echt großartig. I glaub, i zieh hier ganz ein.«

»Das wirst du schön bleiben lassen.« Eva drohte ihr mit dem Finger. »Du machst dir schon lang genug –«

»Hab ich Ihnen nicht gesagt, dass jetzt keine Besuchszeit ist?«, keifte es von der Tür her.

Erschrocken fuhr Eva herum. Mit einem Tablett in den Händen stand die fremde Krankenschwester mitten im Zimmer.

»Und jetzt raus!«

Obwohl Eva in schwerer Versuchung war, ihren Polizeiausweis zu zücken, überlegte sie es sich im letzten Moment anders und setzte eine einfältige Miene auf.

»Ach bitte, lassen Sie mich doch ein bisserl bleiben. Weil

wissen S', meine Freundin, die ist so traurig. Ihre Oma kann nicht kommen, und ich muss bald zur Arbeit.« Dabei sah sie die Schwester mit einem so treuherzigen Hundeblick an, dass die schließlich nicht anders konnte, als nachzugeben.

»Von mir aus. Aber lassen Sie das nicht einreißen, verstanden?« Sie stellte das Tablett, auf dem eine gummiartige Semmel und vier blassgraue Scheiben Wurst lagen, auf den Beistelltisch. »Kaffee oder Tee?«

»Tee«, sagten Nora und Eva wie aus einem Mund.

»Sie waren nicht gemeint.« Eva erntete einen entrüsteten Blick. »Das ist schließlich kein Wellnesshotel hier.«

»Und wenn, dann wär's scho längst pleite«, murmelte Nora der Schwester hinterher. »Bei dem Zeug, das sie hier servieren, könnst eher meinen, du bist im Gfängnis.«

Vorsichtig griff sie nach Evas Hand. »Bitte bleib hier, bis die Monika kommt, und lenk mi ab. I mag ned drüber nachdenken, was heut no gschieht!«

In den zwei Stunden, bis Eva nach einem Blick auf die Uhr feststellte, dass es Zeit war, das Zimmer zu wechseln, hatte sie alle Hände voll damit zu tun, Nora zu beruhigen, deren schlechtes Gewissen mit jeder Minute größer wurde. Sie stand auf, beugte sich über Nora, nahm den Stoffhund und schob ihn unter die Bettdecke, da sie sich sicher war, dass ihre Kollegen bereits im Haus waren und jedes Wort mithören konnten.

»Jetzt hört uns keiner mehr zu.« Eva zwinkerte, dann kam sie mit ihrem Mund an Noras Ohr und flüsterte etwas hinein.

Als Nora nach einer Weile nickte, strich sie ihr über den Kopf und gab ihr einen Kuss auf die Wange. »Du machst das schon.«

»Was gab es denn so Wichtiges zu flüstern?«, giftete Max, als Eva das freie Krankenzimmer betrat, in dem es sich neben ihm, Sauerwein und Wolkenstein auch noch zwei uniformierte Kollegen bequem gemacht hatten.

Eva winkte ab. »Nichts, was für den Fall von Belang wäre«, was die volle Wahrheit war. Sie hatte Nora nur geraten, sich auf ihre Atmung zu konzentrieren, wenn ihr das Ganze über den Kopf zu wachsen drohte. »Wie sieht es aus? Tut sich schon was?«

Die Frage galt der Vorsichtsmaßnahme, die Sauerwein am Vorabend getroffen hatte. Rund um das Krankenhaus waren Polizisten in Zivil postiert, die das Team im Zimmer rechtzeitig über Monikas Ankunft informieren und sie im schlimmsten Fall, falls sie ihnen nach der Medikamentenübergabe entwischen sollte, vor der Klinik stellen und festnehmen konnten.

Bevor Wolkenstein zu einer Antwort ansetzen konnte, knisterte das Funkgerät. »Zielperson wurde am Hintereingang gesichtet.«

Evas Hände waren vor Aufregung schweißnass. Fast hätte sie ihr Handy fallen lassen, als sie Nora eine Nachricht schrieb: *Es geht los. Du packst das!*

Fünf Minuten später, die ihnen wie eine kleine Ewigkeit vorkamen, zeichnete das hochsensible Mikrofon ein dreimaliges kurzes Geräusch auf. Nora drehte den Stoffhund so, dass die Kamera gerade noch das Öffnen der Tür erfasste, dann kam Monikas Kopf ins Bild.

»Hallo, Nora«, begrüßte sie die Kranke und setzte sich zu ihr. »Sie sehen schlecht aus.« Mitfühlend legte sie den Kopf zur Seite. »Sie haben sich Sorgen gemacht, richtig?«

Als Nora nichts sagte, lächelte sie leicht. »Das war nicht nötig. Alles ist gut gegangen. Sehen Sie.« Monika wischte über den Sperrbildschirm ihres Smartphones und öffnete ein Foto. Es zeigte Rettberg, der auf dem Bauch lag und zu schlafen schien. »Das war der erste Teil.«

Monika lächelte und holte zwei Fläschchen mit der Aufschrift »Nagellackentferner« aus ihrer Tasche. »Und das ist das Geschenk, das ich Ihnen mitgebracht habe. Das ist der Part, den Sie übernehmen müssen. Und Sie wissen ja …«

»Bloß ned z' viel davon nehmen«, flüsterte Nora mit schmerzverzerrtem Gesicht. Am liebsten hätte sie ihre Besucherin angeschrien, sie solle das Zeug wieder einpacken und verschwinden.

»Genau. Und hier habe ich noch die versprochene Telefonnummer für Sie.« Monika zog einen Zettel aus ihrem Portemonnaie.

Von den beiden Frauen unbemerkt, spielte sich im Flur inzwischen ein Drama ab. In dem Moment, als die beiden Flaschen die Besitzerin wechselten, gab Sauerwein den uniformierten Kollegen ein Zeichen, auf das die beiden den Raum verließen und sich vor Noras Zimmer postierten. Wenige Augenblicke später bog Schwester Maria um eine Ecke am Ende des Gangs und erfasste mit einem Blick, was vor sich ging. Sie fing an zu schreien und lief mit schnellen Schritten auf die Polizisten zu.

Sauerwein schreckte von dem Lärm hoch, den die Schwester machte, rannte zur Tür hinaus, erwischte die um sich schlagende Frau am Ärmel und zog sie mit einem Ruck ins Zimmer. Max und Eva sprangen auf und kamen ihm zu Hilfe. Erst mit vereinten Kräften gelang es ihnen schließlich, Maria zu bändigen. Doch als Sauerwein seinen Griff ein wenig lockerte, riss sie sich sofort wieder los, kratzte Eva mit der freien Hand am Arm und fing erneut an zu schreien. Kurz entschlossen zog Max mit einer Hand die Handschellen aus der Hosentasche, packte mit der anderen ihr freies Handgelenk, nickte Eva zu, dann drehten sie ihr gleichzeitig die Arme auf den Rücken. Kurz darauf schnappten die Fesseln ein, und Maria, zur plötzlichen Hilflosigkeit verdammt, brüllte noch lauter als zuvor.

»Hören Sie auf!« Sauerwein hatte Marias Schultern gepackt und schüttelte sie sanft, bis sie erschrocken die Luft anhielt, dann drehte er sie in Richtung des Monitors, auf dem gerade zu sehen war, wie Monika aufstand, um sich von Nora zu verabschieden.

»Das ganze Geschrei nützt Ihnen nichts. Niemand hört Sie. Es ist vorbei, verstehen Sie mich?« Sauerwein drehte sich zu Max. »Geh raus und hilf den Kollegen.«

Er schob Maria zu dem mit Plastik abgedeckten Krankenbett und wartete, bis sie sich daraufgesetzt hatte. Dann öffnete er eine Handschelle, nur um sie gleich wieder am Querrohr des Bettes zu befestigen. Obwohl sie nun nicht mehr gerade sitzen konnte, war es so bequemer als mit nach hinten gebogenen Armen. Als er sicher war, dass er Wolkenstein mit ihr allein lassen konnte, lief er gefolgt von Eva auf den Flur. Dort sah er, dass die drei Kollegen noch immer darauf warteten, dass Monika herauskam.

Gegen Sauerweins ursprüngliches Vorhaben, Monika gleich

während der Übergabe des Medikaments festzunehmen, hatte Eva ein Veto eingelegt.

»Das können wir Nora nicht antun. Die schämt sich sowieso schon in Grund und Boden. Ich kann mir nicht vorstellen, dass sie bei der Verhaftung dabei sein und Monika auch noch in die Augen schauen möchte. Lass uns warten, bis sie das Zimmer verlässt. Sie kann ja nicht abhauen, und da Kirchberg die Liveüberwachung abgesegnet hat, ist das Video Beweis genug. Bitte!«, setzte sie nach, als er zögerte.

Nun standen sie zu fünft im Halbkreis, als die Tür endlich aufging und Monika herauskam. Für den Bruchteil einer Sekunde erstarrte ihre Miene zu einer Maske, dann drehte sie sich um und sah Nora mit großen Augen an. Als sie die Tränen sah, die Nora die Wangen hinunterliefen, zuckte sie kurz mit den Schultern und drehte sich wieder den Polizisten zu.

»Was soll denn das Empfangskomitee? Wollen Sie mich etwa festnehmen?«

»Das lässt sich leider nicht vermeiden«, sagte Sauerwein, klärte sie über ihre Rechte auf und fasste sie am Arm. Leise fügte er hinzu: »Aber ich werde Ihnen keine Handschellen anlegen, wenn Sie mir versprechen, anstandslos mitzukommen.«

Monika lächelte. »Wissen Sie, ich habe schon viel Schlimmeres durchgestanden, damit können Sie mich nicht erschrecken. Aber ich komme trotzdem freiwillig mit. Das ist alles nur ein Missverständnis, das sich bald aufklären wird.«

Sauerwein quittierte ihre selbstbewusste Haltung mit einem Kopfnicken. »Vielleicht können Sie Ihrer Komplizin die gleiche Vernunft beibringen, dann haben Sie schon mal einen Punkt gut.«

Er führte sie zu dem Zimmer, in dem noch immer Wolkenstein mit der ans Bett gefesselten Maria wartete.

»Meine Güte, was soll das denn?«, fragte Monika erschrocken, als sie ihre verzweifelte Freundin sah. »Muss das sein?«

»Ich wollte dich doch nur warnen –«

»Keine Gespräche bitte«, wies Sauerwein die beiden Frauen an und bat die Kollegen, Maria mitzunehmen und ins Kommissariat zu bringen.

»Und was haben Sie mit mir vor?«, fragte Monika, als sich die Aufzugtür hinter der kleinen Gruppe schloss.

»Sie fahren bei uns im Wagen mit.«

***

Mit zitternden Händen steckte Grit den Schlüssel ins Türschloss. Die gemeinsamen Tage mit ihrer Schwester in dem schönen Hotel hatten ihr gutgetan. Ihre Wunden hatten angefangen zu verheilen, und die Schmerzen waren auch ohne Medikamente erträglich geworden. Lediglich der Schorf, der sich über den Striemen gebildet hatte, juckte wie verrückt. Ein wenig hatten es die beiden Schwestern bedauert, dass Grit weder in die Sauna oder ins Schwimmbad gehen noch sich bei einem der unzähligen Wohlfühlangebote entspannen konnte.

Stattdessen trug sie langärmlige Chiffonblusen und lockere Marlene-Hosen, die ihr weit über die Knöchel gingen. Falls sich jemand wunderte, weshalb die hübsche junge Frau ständig mit einer dicken Schicht Make-up und trotz der sommerlichen Temperaturen bis zur Halskrause vermummt herumlief, verlor doch niemand ein Wort darüber.

Nachdem Grit ihrer Schwester erzählt hatte, was zu Hause vorgefallen war, sorgte Sarah dafür, dass Grit genug zu lesen hatte, wenn sie selbst eines der verlockenden Wellnessprogramme genoss. Gemeinsam unternahmen sie lange Spaziergänge, lernten eine Menge Leute kennen und verbrachten die Abende mit den neuen Bekannten bis spät in die Nacht an der Hotelbar oder in einem der unzähligen kleinen Lokale in Überlingen, wo sie sich zwar nicht betranken, dem Alkohol aber in einem Maße zusprachen, dass sie mit dem Taxi zurück ins Hotel fahren mussten. Und dann standen sie am Morgen des fünften Tages an der Hotelrezeption und bedauerten, dass sie ihren Urlaub vorzeitig abbrechen mussten.

»Ich mache mir fürchterliche Sorgen, weil ich meinen Mann nicht erreichen kann«, erklärte Grit der freundlichen Empfangsdame und setzte einen besorgten Gesichtsausdruck auf. »Mein Schwager war auch bei unserem Haus und hat geklingelt, es macht aber niemand auf. Deswegen kann ich nicht länger bleiben.«

Verständnisvoll nickte die Rezeptionistin. »Kein Problem. Ich kann Ihnen die letzten beiden Nächte erlassen. Nur für den heutigen Tag müssen Sie noch bezahlen, den kann ich nicht mehr stornieren.«

Grit hatte nicht mit so viel Entgegenkommen gerechnet und steckte hundert Euro Trinkgeld in das kleine Porzellanschwein, das auf der Theke stand. Dann bedankte sie sich bei der Hotelchefin für die erholsamen Tage.

Sarah übernahm es erneut, das Auto zurück nach Rosenheim zu fahren, da Grits Hände so zitterten, dass sie sich schon beim Einsteigen am Türgriff einen Fingernagel abbrach. Nervös kaute sie an der scharfen Kante, die von dem Nagel abstand, und nahm die vorbeiziehende Landschaft kaum wahr. In den letzten beiden Tagen hatte sie mehrmals zu Hause angerufen und Nachrichten auf dem Anrufbeantworter hinterlassen. Obwohl sie genau wusste, dass es sinnlos war, da sie die leeren Batterien nicht erneuert hatte. Aber auch ans Handy war er nicht gegangen. Sie hatte gehofft, dass sie ihn nicht erreichen würde, und doch war es genau diese Ungewissheit, ob er vielleicht nur eins seiner perversen Spiele mit ihr trieb, die sie in Angstschweiß ausbrechen ließ.

***

»Ich weiß überhaupt nicht, was Sie von mir wollen«, sagte Monika Brasinsky, als sie Sauerwein in dem hässlichen grüngrau gestrichenen Verhörzimmer im Präsidium gegenübersaß.

»Gut, ich habe mir mit einer Freundin einen Scherz erlaubt und Noras Mann vorgespielt, dass wir uns auf eine heiße Nacht mit ihm einlassen würden. Ich gebe auch zu, dass das nie in unserem Sinne gewesen ist und wir ihn mit K.-o.-Tropfen ausgeschaltet haben, damit er uns nicht an die Wäsche gehen kann. Aber das ist ja wohl kein Grund, uns hier festzuhalten, oder?«

»Das allein sicher nicht«, gab Sauerwein zu. »Aber was ist mit dem Medikament, das Sie ihm unter seine Haut gespritzt haben?«

»Ach, das war doch keine Arznei«, winkte Monika ab. »Das war eine Kochsalzlösung, ein völlig harmloses Zeug. Wir wollten ihn ja nicht verletzen, sondern ihm nur einen Denkzettel verpassen. Ihm sollte ein paar Tage lang der Rücken brennen, das ist auch schon alles. Oder geht es ihm etwa schlecht?«

»Nein. Aber das hätten Sie auch erreichen können, indem Sie ihn nur mit der Nadel malträtieren, ohne ihm dabei ein Mittel zu verabreichen.«

»Ja, das hatten wir ursprünglich auch vor.« Monika verzog betrübt den Mund. »Aber das geht leider nicht. Man kann das Gerät nicht trocken betreiben, weil es sonst nicht läuft. Da ist wohl so eine Art Trockenlaufschutz verbaut.«

»Ich fasse es nicht«, sagte Eva zu Karl, die es sich in dem Kämmerchen neben dem Verhörraum mit einer Kanne Kaffee gemütlich gemacht hatte und das Gespräch über Lautsprecher mithörte.

Sie deutete auf den großen Einwegspiegel. »Schau sie dir an. Sie sieht aus, als könne sie kein Wässerchen trüben. Und egal, welche Argumente Martin auch vorbringt, sie hat auf alles eine Antwort.«

»Und was ist mit dem Zeug, das Sie Nora heute ins Krankenhaus gebracht haben?«, fragte Sauerwein, dem gerade ähnliche Gedanken durch den Kopf gingen.

»Das ist nur ein Nagellackentferner, das steht doch auf den Flaschen drauf.«

»Ja logisch. Nagellackentferner für eine Frau, die so schwer verletzt ist, dass sie noch nicht mal allein zur Toilette gehen kann.« Sauerwein starrte Monika böse an.

Die Frau vor ihm war ein harter Brocken, und offensichtlich hatte sie alle Fragen, die ihr die Polizei eines Tages stellen könnte, bereits in der Vergangenheit hundertfach durchgespielt und sich gründlich auf eine eventuelle Befragung vorbereitet.

»Sie vergessen, dass wir all Ihre Auftritte im Krankenhaus auf Video haben. Daraus geht eindeutig hervor, dass Sie durchaus im Sinn hatten, den Mann schwer zu verletzen.«

»Das stimmt nicht«, protestierte Monika. »Ich wollte nur, dass Ihre Kollegin etwas an der Hand hat, mit dem sie sich vor ihrem Mann schützen kann. Nora ist doch Ihre Kollegin, oder?«

Sauerwein ignorierte die Frage. »Sie denken also, dass sie sich schützen sollte, indem sie ihn umbringt?«

»Ach, hören Sie doch auf. Niemand wollte den Kerl umbringen, auch wenn er es verdient hätte. Wobei …« Plötzlich kam ihr ein Gedanke. »Ist der Typ überhaupt Noras Mann?«

Und dann fiel es ihr wie Schuppen von den Augen. »Das Ganze war eine Scharade! Nora wurde gar nicht verprügelt, oder? Sie ist wirklich vom Rad gefallen, und Sie haben das Ganze nur inszeniert? Aber wozu das alles?«

»Weil es nicht das erste Mal war, dass Sie so ein Ding durchgezogen haben. Und weil wir Ihnen auf die Schliche gekommen sind.«

Monika lehnte sich in ihrem Stuhl zurück. Hinter ihrer Stirn schien es zu brodeln.

Plötzlich fing sie an zu lachen. »So einen Blödsinn habe ich noch nie gehört. Sie reimen sich irgendwas zusammen, schießen ins Blaue hinein und haben doch nichts in der Hand. Weshalb hätten Sie sonst so ein Theater veranstalten sollen? Sie haben keinen einzigen Beweis für irgendeine Ihrer absurden Behauptungen.«

»Sie hat recht«, gab Eva zu, als sie und Sauerwein am frühen Abend in Kirchbergs riesigem Arbeitszimmer saßen und dem Richter Bericht erstatteten. »Wir haben viele Indizien, aber kaum einen Beweis. Wir haben Videos mit Monika Brasinskys Angebot, Rettberg aus dem Verkehr zu ziehen, allerdings mit dem mehrfachen und unmissverständlichen Hinweis, dass das Mittel sehr sparsam dosiert werden muss, damit es keine Überreaktion gibt.«

»Damit kann man ihr schon mal keine Mordabsicht unterstellen«, sagte Kirchberg grimmig. »So langsam verstehe ich, was Sie mit dem raffinierten Vorgehen der Frauen meinen. Das heißt, wir brauchen ein Geständnis.«

»Das wir aber nicht bekommen werden«, orakelte Eva. »Wir haben, nachdem wir Monika Brasinsky und Maria Römer im Krankenhaus verhaftet haben, eine Streife zu Sabine Hofleitner geschickt und auch sie festnehmen lassen. Maria Römer haben wir nach Rücksprache mit dem Staatsanwalt gleich wieder laufen lassen, da keine Verdunkelungsgefahr besteht und wir nichts gegen sie in der Hand haben, außer dass sie den Kontakt zwischen Nora Wallner und Monika Brasinsky hergestellt hat. Monika Brasinsky und Sabine Hofleitner geben beide zu, dass das zweite Mittel in dem Bereich der Haut brennen würde, der durch die Tätowiernadel verletzt wurde. Sie behaupten aber, dass es darüber hinaus keinen Schaden anrichten würde.«

»Hat die KTU das Medikament denn schon untersucht?«

Sauerwein blätterte in der Mappe, die vor ihm lag, und schob dem Richter einen Bogen über den Tisch. »Darin befindet sich ein Cocktail aus verschiedenen Substanzen, unter anderem tatsächlich eine, die in handelsüblichen Nagellackentfernern zu finden ist. Wenn auch zu einem äußerst geringen Prozentsatz.«

»Und was bedeutet das?«

Eva hob ihre linke Hand, an der vier Nägel mit einem hellen Lack überzogen waren, der kleine Finger jedoch naturfarben schimmerte. »Ich habe einen Selbstversuch gemacht. Es ist zwar eine Schmiererei, aber man kann damit tatsächlich Nagellack entfernen.«

»Und welche anderen Stoffe sind in dem Gemisch? Ist irgendwas darunter, was sich dazu eignet, erheblichen Schaden anzurichten?«

»Können wir noch nicht sagen, da die Untersuchungen noch nicht vollständig abgeschlossen sind«, antwortete Sauerwein. »Allein wird das Zeug jedenfalls nichts bewirken, das ist schon mal klar. Das sieht man schon an Frau Neunhoeffer. Im Übrigen war ich gegen diesen Versuch«, nahm er Kirchberg den Wind aus den Segeln. »Aber als ich davon erfahren habe, war es schon zu spät.«

Eva unterdrückte ein Kichern. Sie war selbst bei Wolkenstein gewesen und hatte sich an Ort und Stelle davon überzeugt, dass das Zeug als Lackentferner taugte, nachdem er ihr dessen wahrscheinliche Harmlosigkeit bescheinigt hatte.

»Ich glaube, es gibt nur eine einzige Möglichkeit, zu beweisen, ob der Flascheninhalt dazu taugt, eine negative Reaktion hervorzurufen«, sagte Eva.

»Und die wäre?«, wollte Kirchberg wissen.

»Mike Rettberg müsste einen Selbstversuch damit starten. Dann wüssten wir es genau.«

Kirchberg sah Eva entgeistert an. »Ist das Ihr Ernst?«

»Nein, natürlich nicht. Weil es zum einen unverantwortlich wäre, zum anderen auch nichts beweisen würde.«

»Wieso denn nicht?«, fragte Kirchberg, neugierig auf Evas Antwort. »Ich gebe Ihnen recht, dass das mehr als nur fahrlässig wäre. Aber mal rein theoretisch: Sollte Herr Rettberg das Experiment machen und dabei krank werden, würden Sie das nicht als Beweis werten?«

»Äh, nein.« Eva verstand nicht, worauf der Richter hinauswollte. Dass eine derartige Studie keine Beweiskraft hätte, war ihm doch wohl selbst klar. »Dann müssten wir ganz Deutschland verhaften. Angefangen bei dem Menschen, der dieses Gebäude hier entworfen hat. Weil man sich Verletzungen zuziehen oder sogar sterben könnte, wenn man aus dem Fenster springt. Oder vielleicht den Hersteller der Thermoskanne auf Ihrem Schreibtisch, weil die Flüssigkeit darin so heiß bleibt, dass Sie sich verbrühen könnten. Oder –«

Kirchberg hob die Hände und lachte. »Hören Sie schon auf. Ich wollte nur sichergehen, dass Sie nicht wirklich den Gedanken hegen, Herrn Rettberg noch weiter in den Versuch hineinzuziehen. Aber ich sehe, dass Ihnen bewusst ist, dass Sie tatsächlich nichts in der Hand haben. Das heißt auch, dass wir die Frauen nicht länger hier festhalten können.«

»Und was ist mit den K.-o.-Tropfen und dieser Pseudotätowierung?«

Kirchberg schüttelte den Kopf. »Sie werden eine Anzeige bekommen wegen Verstoßes gegen das Betäubungsmittelgesetz und eine weitere wegen Körperverletzung. Allerdings nur in einem minder schweren Fall. Ein guter Anwalt wird das alles sowieso zerpflücken, und ich sage Ihnen gleich, dass die Sache auf eine Verurteilung wegen groben Unfugs hinausläuft.«

***

»Wo bleibt ihr denn so lange?«, fragte Kristina, die bereits seit einer Stunde wartete und sich gegen Max' Avancen zu wehren versuchte, als Eva und Sauerwein zurück ins Büro kamen.

»Wir waren bei Kirchberg. Hatten wir eine Verabredung? Das hab ich wohl übersehen, tut mir leid.«

»Nein, hatten wir nicht. Aber ich habe dir eine Nachricht geschickt, dass es dringend ist.«

»Ist was passiert?«, fragte Eva alarmiert.

»Dr. Laska hat mich angerufen, weil sie durch einen Informanten davon erfahren hat, dass euer Todesengel zuletzt vor ein paar Monaten in der Klinik aktiv war.«

»Und was heißt das?« Eva hatte keine Ahnung, worauf Kristina abzielte.

»Dass wir eine Adresse haben. Hier«, sie tippte mit dem Zeigefinger auf einen Zettel, der vor ihr auf dem Tisch lag, »diese Frau wurde vor fast einem halben Jahr zum wiederholten Mal wegen eines Sturzes von der Leiter schwer verletzt in die ›Alpenklinik‹ eingeliefert. Das Personal hat aber als wirklichen Grund häusliche Gewalt vermutet. Nachdem ihr die Krankenschwester und ihre Freundin verhaftet habt, hat sich eine Kollegin der Schwester veranlasst gefühlt, die Klinikleitung zu informieren, dass Monika diese Frau ebenfalls besucht hat. Darauf hat Dr. Laska die Bürokratie vor die Tür gesetzt, die Adresse der Patientin herausgesucht und mich angerufen, als sie dich nicht erreichen konnte.«

»Hast du abgeglichen, ob deren Mann noch lebt?«

»Deswegen bin ich hier. Er heißt Christian Morl, und bislang wurde keine Todesanzeige veröffentlicht.«

»Dann nichts wie los.« Sauerwein stand schon mit dem Autoschlüssel in der Hand im Türrahmen.

»Aber … Warte einen Augenblick.« Eva fasste sich mit beiden Händen an den Kopf. »Wenn wir da jetzt hineinplatzen, dann haben wir genau die Situation, vor der uns Martha gewarnt hat.«

»Das weiß ich. Aber wir fahren da jetzt trotzdem hin. Was wir sagen, überlegen wir im Auto.«

Eva stiefelte Sauerwein hinterher. »Aber Martin –«

»Ich weiß, was du sagen willst«, schnitt Sauerwein ihr das Wort ab, als sie die Treppe hinunterliefen. »Der heikle Punkt ist, dass wir die Frau in Gefahr bringen, falls ihr Mann denkt, dass sie ihn verpfiffen hat und wir hinter ihm her sind. Hast du dein Handy dabei?«

Eva fasste in die Taschen ihrer Jeansjacke. »Ja, wieso?«

»Ich denke, es ist das Beste, wenn du erst mal allein hineingehst«, ignorierte Sauerwein Evas Frage für den Moment. »Erzähl, dass du auf der Suche nach alten Schulfreunden bist, weil du ein Klassentreffen organisieren willst. In deiner Klasse gab es einen Christian Morl, und du wolltest wissen, ob er das ist.«

»Tolle Idee.« Eva sah ihn entgeistert an. »Und wenn er mich fragt, woher ich seine Adresse habe? Ich kann ihm ja schlecht erzählen, dass ich bei der Polizei bin und ihn überprüft habe.«

»Dann musst du eben improvisieren. Das kannst du schließlich ziemlich gut. Fürs Erste sollst du auch nur herausfinden, ob Morl zu Hause ist. Ich höre die Unterhaltung über eine Telefonverbindung mit. Je nachdem, wie sich das Gespräch entwickelt, komme ich als dein Freund hinzu.«

Sauerwein schaltete das Navi aus, als die Stimme verkündete, dass sie das Ziel in fünfzig Meter erreicht hätten.

»Da ist es«, deutete er auf das moderne Gebäude und sah Eva an. »Alles okay?«

»Ja.« Eva schloss die Augen und wappnete sich für das, was sie unter Umständen gleich zu sehen und hören bekäme. Dann wählte sie Sauerweins Nummer und sperrte den Bildschirm, als er abhob, damit sie das Gespräch nicht versehentlich beenden konnte.

Sie verstaute das Telefon in der Brusttasche ihrer Jacke, stieg aus und lief ein paar Meter in die entgegengesetzte Richtung. »Kannst du mich hören?«

Zwei Minuten nachdem Sauerwein ihre Frage mit nach oben gerecktem Daumen beantwortet hatte, stand sie am Gartenzaun und sah mit großen Augen auf das Haus. Es war gebaut wie ein Kubus, mit klaren Linien und großen Fenstern, und der Baumzuschnitt in dem gepflegten Vorgarten sprach dafür, dass ein Gärtner am Werk gewesen war. Das ganze Anwesen wirkte in seiner Schlichtheit unübersehbar teuer. Wer hier wohnte, war entweder hoch verschuldet oder einfach nur stinkreich.

Eva zögerte einen Moment, als sie sah, dass kein Name am Klingelschild stand, dann drückte sie den Knopf.

Eine Weile rührte sich nichts im Haus. Dann bemerkte Eva eine Bewegung hinter einem der großen Fenster. Als danach alles wieder ruhig war, klingelte sie erneut.

Nachdem sie weitere zwei Minuten gewartet hatte, wollte sie schon zurück zum Wagen gehen, als eine verhärmt aussehende Frau mit einem jungen Golden Retriever vom Nachbargrundstück auf den Gehweg trat und sie ansprach.

»Versuchen Sie es ruhig noch mal. Da ist ganz sicher jemand zu Hause.«

Eva wunderte sich über den gehässigen Tonfall. »Woher wissen Sie das?«

Sie hätte sich schön bedankt, wenn ihre Nachbarn irgendwelchen wildfremden Personen Auskunft darüber gegeben hätten, wo sie sich gerade rumtrieb.

»Weil ich die ganze Zeit im Garten war und gesehen habe, dass vor einer halben Stunde ein Auto in die Garage gefahren ist«, sagte sie knapp, murmelte einen Gruß und setzte ihren Spaziergang fort.

Als Eva ihren Finger das dritte Mal auf den Klingelknopf legen wollte, öffnete sich die Haustür und eine blasse Frau in Jeans, mit einem bunten Schal, den sie sich so um den Kopf gewickelt hatte, dass er Mund und Nase bedeckte, und einer großen Sonnenbrille, die den Rest ihres Gesichts verbarg, stand vor ihr.

»Guten Morgen. Sind Sie Frau Morl?«, begrüßte Eva die Frau, die keinen Ton sagte, aber sich immerhin zu einem Nicken herabließ. »Ist Ihr Mann zu Hause?«

»Nein.«

»Und wann kommt er zurück?«, hakte Eva nach, als die Frau nichts weiter sagte.

»Weshalb wollen Sie das wissen?«

Kurzerhand warf Eva die Idee mit dem Klassentreffen über Bord. Wenn die Frau die Wahrheit sagte und Morl nicht im Haus war, konnte es nicht schaden, sich als Polizistin auszuweisen.

»Polizei?«, fragte sie misstrauisch. »Was wollen Sie von meinem Mann?«

»Kann ich bitte reinkommen?«

»Nein. Das heißt …« Grit sah an Eva vorbei und dachte nach. Dann überlegte sie es sich anders. »Geben Sie mir Ihren Ausweis und warten Sie. Ich möchte mich vergewissern, dass er echt ist.«

Als Eva ihr die Nummer vom Präsidium geben wollte, winkte sie ab. »Nein danke. Wenn Sie eine Betrügerin sind, dann wäre auch die Nummer falsch. Sie werden schon warten müssen, bis ich mich durchgefragt habe.«

Es dauerte geschlagene zehn Minuten, bis sich die Haustür wieder öffnete. Eva hatte sich auf den Treppenabsatz gesetzt und ihr Gesicht in die Sonne gehalten. Jetzt sprang sie auf.

»Entschuldigen Sie, dass es etwas gedauert hat. Also, was wollten Sie von meinem Mann?«, fragte Grit und gab Eva ihren Ausweis zurück.

»Das möchte ich ihm gern selbst sagen. Wann kommt er denn wieder?«

»Wollen Sie hereinkommen? Ich wollte gerade Tee kochen. Vielleicht möchten Sie eine Tasse mit mir trinken.«

»Gern.«

Obwohl Eva sich über die Hinhaltetaktik der Frau wunderte, wollte sie sich die Chance nicht entgehen lassen, ins Haus zu kommen. In aller Regel erfuhr man dabei deutlich mehr, als wenn man vor der Tür von einem Bein aufs andere tippelte und der Befragte jederzeit den Rückzug antreten konnte. Außerdem wollte sie unbedingt sehen, was sich hinter dem großen Kopftuch verbarg. Schließlich konnte die Frau schlecht trinken, solange ihr Gesicht vermummt war.

»Und wenn Sie nichts dagegen haben – ich bin mit einem Kollegen hier. Er muss noch ein Telefonat erledigen, aber dann würde er gern nachkommen.«

Grit zuckte mit den Schultern. »Von mir aus.«

Als Eva ihr in die Küche folgte, fiel ihr auf, dass sie hinkte. Und als sie einen Oberschrank öffnete und nach einer Dose langte, bemerkte sie, dass das Handgelenk versteift und drei Finger stark gekrümmt waren.

»Kann ich Ihnen helfen?«, fragte Eva leise.

»Nein, es geht schon«, wehrte Grit ab. »Mit der Zeit gewöhnt man sich daran.«

»Was ist Ihnen denn passiert?«

»Ich bin beim Baumschneiden von der Leiter gefallen und habe mir die Hüfte und vier Handwurzelknochen gebrochen. Leider haben die Ärzte das mit der Hand nicht bemerkt, sondern nur gesagt, dass sie verstaucht ist. Deswegen ist es schief zusammengewachsen.«

»Und Ihre Finger? Waren die auch gebrochen?«

Grit lachte. »Ach das, nein. Ich bin einfach ein Unglücksrabe. Instinktiv wollte ich mich während des Sturzes festhalten, und das war ein Fehler, weil ich die Gartenschere noch in der Hand hatte. Vor Schreck habe ich zu fest zugedrückt und mir dabei drei Sehnen durchtrennt.«

Eva hätte schreien können. Das, was die Frau erzählte, entsprach genau dem, was sie in den letzten Wochen über häusliche Gewalt erfahren hatte. Und doch hielten die Opfer stur an ihren Geschichten fest; Grit Morl war da keine Ausnahme. Eva verzichtete darauf, weiter in die Frau zu dringen. Hätte sie nachgehakt, wie es möglich wäre, sich mit dem Scherengriff zu schneiden, dann hätte sie doch nur irgendwelche weiteren Lügen erfunden. Wie Martha Dornbach erzählt hatte, entwickelten die Opfer im Lauf der Jahre eine Kreativität im Erfinden von Märchen, die einem Romanschreiber zur Ehre gereicht hätte.

Umständlich angelte Grit in einem Schrank nach einer Dose, und als sie sie endlich zu fassen bekam, stellte sie sich dabei so ungeschickt an, dass die Büchse mit Schwung zu Boden segelte und beim Aufprall ihren Deckel verlor.

»Oh je, wie blöd. Da sehen Sie, wie tollpatschig ich manchmal bin.«

Sie humpelte aus dem Zimmer und kam mit einer Schaufel und einem Kehrbesen zurück. Als sie sich bücken wollte, rutschte ihr das Kopftuch vom Gesicht und gab den Blick auf eine aufgeplatzte, dick angeschwollene Unterlippe und ein aufgeschlagenes Kinn frei.

Entsetzt schnappte Eva nach Luft. Rasch wanderte ihr Blick

zur Küchentür und in den Flur, von dem aus man ein Stück der Treppe sehen konnte. Vielleicht war der Mann doch im Haus?

Der blutrote Farbton, in dem die Haut um die Wunden leuchtete, zeugte davon, dass die Verletzungen nur wenige Stunden alt sein konnten. Da, wo der frische Bluterguss endete, changierte die Farbe von Blau über Grün bis hin zu einem bereits verblassenden Gelb, das schließlich unter der Sonnenbrille verschwand.

Schnell schlang sich Grit das Kopftuch wieder über den Mund. »Das ist nichts«, wehrte sie ab, um Evas Frage zuvorzukommen. »Ich war heute früh so in Gedanken, dass ich in der Dusche ausgerutscht bin und mir das Kinn aufgeschlagen habe.«

Eva konnte es kaum glauben. »Und das Veilchen? Das ist doch schon ein paar Tage alt!«

In dem Augenblick klingelte es, und Grit wurde einer Antwort enthoben.

»Das wird Ihr Kollege sein«, sagte sie leichthin, legte die Schaufel auf eine kleine Trittleiter, die an der Wand lehnte, und ging zur Tür. Während sie Sauerwein die Tür öffnete und sich vorstellte, kehrte Eva den über den ganzen Küchenboden verstreuten Tee zusammen und kippte ihn in den Abfalleimer unter der Spüle.

»Ach, das hätten Sie nicht tun sollen.« Evas Hilfe war Grit sichtlich unangenehm. »Leider habe ich nur noch Beuteltee, das macht Ihnen hoffentlich nichts aus?«

Sauerwein, der die gesamte Unterhaltung durch die Standleitung mit Evas Telefon mitverfolgt hatte, sah Eva beunruhigt an.

Er wusste nicht, ob es ihr genauso ging, aber er hatte das Gefühl, als ob Grit Morl alles nur Erdenkliche unternahm, um sie hinzuhalten.

»Es tut mir leid, wir haben nicht allzu viel Zeit«, sagte er mit einem Blick auf die Uhr. »Wann können wir mit Ihrem Mann sprechen?«

Grits Blick wanderte zu einem imaginären Punkt in der Unendlichkeit. Sie spürte, wie ihr Herz zu rasen begann. Die beiden Kommissare verunsicherten sie zutiefst, auch wenn sie sehr freundlich waren. Fieberhaft überlegte sie, was sie sagen sollte. Dann entdeckte sie die Ansichtskarte des Hotels, die ihre

Schwester mit einem Magneten an den Kühlschrank gepinnt hatte, und ihre Gedanken wanderten zurück zum Vortag, als sie von ihrem Ausflug gekommen waren.

Ihre Knie zitterten so stark, dass sie es nicht schaffte, allein aus dem Wagen zu steigen. »Komm«, sagte Sarah, nahm ihre Hand und half ihr vom Beifahrersitz. »Ganz ruhig. Sieh mich an!«

Ihr Brustkorb hob und senkte sich wie ein Hubkolben. Auf. Ab. Auf. Ab. Auf, ab, auf, ab, auf-ab-auf-ab-auf-ab …

»Grit!« Sarah packte ihre Schwester an den Schultern und schüttelte sie, als sie zu hyperventilieren begann. »Schau mich an! Langsam atmen. Ganz langsam!«

Sie packte ihre Hände, hob sie beim Einatmen an und ließ sie beim Ausatmen wieder sinken. Allmählich normalisierte sich Grits Atemrhythmus, und Sarah nickte zufrieden. »Gut so. Bist du so weit?«

Grit nickte.

»Dann komm. Bringen wir es hinter uns.«

Als Grit den Schlüssel ins Schloss steckte, standen ihre Schwester und ihr Schwager, der die beiden Irish Terrier an der Leine führte, dicht hinter ihr.

Bugsy und Berny näherten sich der Tür, schnüffelten neugierig und nahmen die Witterung von etwas völlig Neuem, höchst Interessantem auf. Feuchte Nasen bohrten sich in den schmalen Spalt zwischen Tür und Rahmen, um mehr von dem aufregenden Geruch aufzufangen. Schließlich brachen die beiden Hunde in ein nervöses Winseln aus, und dann fing Bugsy an, aus vollem Hals zu kläffen.

»Hey, Bugsy! Aus!«, schimpfte Sarah, doch der Rüde drehte schier durch.

Und als die Tür endlich offen war, brachte Stefan kaum genügend Kraft auf, um die beiden Tiere davon abzuhalten, ins Haus zu stürmen und ihn hinterherzuzerren.

Ängstlich betrat Grit den Flur und verzog das Gesicht, als ihr ein ekelerregend süßlicher Geruch in die Nase stieg. Ihr Herz stolperte, als sie einen Pantoffel neben einem Besen im Durchgang zur Küche liegen sah. Einen Schritt weiter sah sie den zweiten Schlappen, und um die Ecke herum sah sie einen unbestrumpften Fuß, dessen Haut eine seltsam gelb-weißliche Farbe angenommen hatte. Grit hielt sich die Hand vor Mund und Nase. Christian lag am Boden, sein Bademantel klaffte auf und gab mitsamt dem Gürtel, der den aufgeblähten Leib einschnürte, ein groteskes Bild ab.

»Oh mein Gott.« Sarah war Grit gefolgt und sah an ihr vorbei auf den Boden. »Komm, weg hier. Grit! Komm raus hier, sieh dir das nicht an.« Mit Gewalt musste sie ihre Schwester von dem Anblick losreißen.

»Siehst du die Maden?«, fragte Grit emotionslos, bevor sie sich abwandte. »Sie sind schon überall. Ich hätte nicht gedacht, dass das so schnell geht. Irgendwelche Fliegen müssen ihre Eier in seinen Körperöffnungen abgelegt haben. Verrückt, oder?«

Ihr erloschener Blick streifte den Leichnam und blieb zwischen seinen Beinen hängen. Dann überzog ein angewidertes Lächeln ihr Gesicht. »Da, schau. Selbst da wuseln sie herum. Schade, dass das Schwein das nicht mehr erlebt.«

Sauerwein wiederholte seine Frage und holte Grit aus ihren Gedanken zurück.

»Mein Mann ist leider verstorben«, sagte sie jetzt leise und lockerte das Kopftuch um ihren Mund ein wenig. Als sie den entsetzten Blick der Kommissarin gesehen hatte, hatte sich ihr Magen zu einem Klumpen zusammengezogen. All die Jahre hatte sie gespürt, dass ihre Ausreden auf Unglauben fielen. Dass ihr aber auch das einzige Mal, in dem sie wirklich ausgerutscht war und sich versehentlich selbst verletzt hatte, niemand glaubte, war Ironie des Schicksals.

»Schon vor ein paar Tagen. Tut mir leid, dass ich das noch nicht erwähnt habe. Ich wollte erst Tee trinken. Ich war mit meiner Schwester verreist, und als ich gestern zurückgekommen bin, habe ich ihn gefunden. Es war einfach schrecklich.«

Sauerwein verkniff es sich, zu fragen, ob der selige Verblichene ebenfalls von der Leiter gefallen sei. »Das tut mir sehr leid, Frau Morl. Unser herzliches Beileid. An was ist er denn gestorben?«

»An einem Herzinfarkt. Ich mache mir solche Vorwürfe. Wäre

ich bloß nicht weggefahren. Dann hätte ich den Notarzt rufen können, und er würde vielleicht noch leben.«

»Was denkst du?«, fragte Sauerwein, als sie wieder im Auto saßen.

»Dass ich das alles nicht glauben kann. Auch wenn die Frauen mein tiefstes Mitgefühl haben, will es mir nicht in den Kopf, was da grade passiert. Irgendwie bewundere ich den Einfallsreichtum dieser Frauen, und trotzdem habe ich das Gefühl, als ob wir volle Kanne verarscht werden. Wohin willst du eigentlich?«, fragte Eva, als sie merkte, dass er nicht in Richtung Präsidium fuhr.

»Zum Friedhof.«

Eine Stunde später sagte der Bestatter zu Sauerwein: »Es ist außerordentlich bedauerlich. Ich weiß überhaupt nicht, wie das passieren konnte.« Hektisch fing er an, in den Papieren auf seinem Schreibtisch zu blättern. »So etwas ist noch nie vorgekommen, seit ich das Krematorium leite. Es ist unentschuldbar, absolut.«

Mit Tränen in den Augen sah er Sauerwein an. »Das kann mich meinen Job kosten, falls Sie das an die große Glocke hängen. Müssen Sie das unbedingt melden?«

EPILOG

Als Eva in der Klinik ankam, hatte sie zwar nicht den von Nora geforderten zwei Meter großen Blumenstrauß dabei, dafür aber eine besondere Überraschung.

»Wie, i soll mi hübsch machen? Hast du nimmer alle Tassen im Schrank? Solang i keine High Heels anziehn kann, brauch i mi auch ned schminken. Und für was überhaupt?« Nora stutzte, dann lächelte sie. »Oder hast mir den schnuckligen Fußmasseur aus Murnau mitbracht?«

Das nun nicht gerade, aber nach einem heimlichen Gespräch mit dem Oberarzt hatte der grünes Licht gegeben, dass Eva Nora für eine Weile entführen durfte.

»Ich hab mir gedacht, dass dir ein paar Stunden an der frischen Luft nicht schaden können. Hier drin wirst du doch nur immer noch fauler, und dann willst du gar nicht mehr arbeiten. Also komm, hilf mit und setz dich rein in das Ding hier.«

Eva hielt sich nicht länger mit Bitten auf, sondern zog Nora die Bettdecke weg und fasste sie vorsichtig unter den Armen, genau, wie Luisa es ihr gezeigt hatte. Als Nora einigermaßen bequem in dem Rollstuhl saß, den Eva von der Klinik ausgeliehen hatte, half sie ihr dabei, sich frisch zu machen, und band ihr die Haare zu einem Pferdeschwanz. Dann schob sie ihre Kollegin, die noch immer keine Ahnung hatte, wohin Eva mit ihr wollte, zum Ausgang, wo ein rollstuhlgerechter Transporter wartete.

Zwanzig Minuten später lud der Fahrer die beiden vor Sauerweins Grundstück ab, und Eva schob ihre Kollegin ums Haus herum in den großen Garten, in dem eine lustige, von Sauerweins Kindern gebastelte Girlande über dem bunt gedeckten Esstisch hing.

Es dauerte einen Augenblick, bis Nora begriff, was das Ganze zu bedeuten hatte. Sie wusste zwar, dass sich die Kommissare nach jedem Fall bei Sauerwein trafen, um ihn abzuschließen und vermutlich auch die ein oder andere Flasche Wein miteinander zu trinken, aber bislang war sonst niemand aus dem Kommissariat dazu eingeladen worden. Und nun war sie nicht nur dabei, sondern ganz offensichtlich auch noch die Hauptperson.

»Wilkommen Nora!« war aus verschiedenfarbigem Krepppapier ausgeschnitten und mit einem starken Faden aneinandergereiht worden und hing nun direkt über der Stelle, an der kein Stuhl stand, um genügend Platz für den Rollstuhl zu lassen, und die mit bunten Luftschlangen und kleinen Luftballons besonders hübsch dekoriert war.

Nora blieb bei dem Anblick fast die Luft weg. Verstohlen blinzelte sie gegen die Tränen an, dann lächelte sie, was aufgrund der Tatsache, dass ihr am Vormittag die Kieferklammern ein kleines Stück gelockert worden waren, deutlich besser gelang als die Wochen zuvor.

»Weißt was, Sauerwein, i hab ja scho immer denkt, dass du in Rechtschrift keine Leuchte bist. Aber i hab die Hoffnung ned aufgebn, dass dich deine Mädls überholen kanntn. Bis heut zumindest.«

Nachdem das allgemeine Gelächter verstummt war, drehte sich Sauerwein um, nahm eine Flasche Bellini von dem kleinen Tischchen, das an der Hauswand stand, und drückte sie Nora samt einem großen Umschlag in die Hand.

Überrascht sah Nora auf. »Bellini? Woher habts 'n des gwusst?«

»Eva weiß alles.« Sauerwein grinste. »Und sieh dir erst an, was drin ist.«

Nora zog eine Karte aus dem Kuvert und kicherte, als ihr ein großes »L« aus grünem Krepppapier entgegenfiel. Sie fing an zu lesen, und als sie am Ende angekommen war, war sie so gerührt, dass ihr die Worte fehlten.

Zum Glück wurde sie einer Antwort enthoben, da in dem Augenblick das Blubbern von Rettbergs Harley ertönte, der kurz darauf mit einer leicht zerzausten Rosie um die Ecke bog, und sich die Aufmerksamkeit kurzfristig auf die Neuankömmlinge richtete.

»Jetzt also auch noch Rockerbraut«, stellte Eva begeistert fest und küsste Rosie, die das erste Mal in ihrem Leben Motorrad gefahren war, zur Begrüßung auf die Wange. »Langsam wirst du mir unheimlich.«

Bevor sie sich an den Tisch setzen konnte, nahm Rettberg Eva zur Seite. »Wie wär's mit einer kleinen Spritztour, wenn wir hier fertig sind?«, fragte er leise und sah sie mit vor Vergnügen blitzenden Augen an. »Du bist mir ja noch einen Kaffee schuldig.«

»Ich dachte, es ging um ein Bier«, murmelte Eva.

»Stimmt. Ist beim Mopedfahren aber blöd. Also?«

»Kommt ihr?«, fragte Sauerwein, bevor Eva antworten konnte. »Das Essen wird sonst kalt.«

Nachdem sie zu Mittag gegessen hatten und Charlotte mit Sauerweins Mädchen für ein paar Stunden in den Märchenerlebnispark nach Marquartstein gefahren war, damit die kleine Schar im Garten ungestört reden konnte, sagte Sauerwein: »Wir hatten keine andere Möglichkeit, als die beiden Frauen wieder laufen zu lassen.«

Er trank einen Schluck Bier direkt aus der Flasche. »Kirchberg hat uns zwar einen Durchsuchungsbeschluss für die Wohnungen ausgestellt, wir haben allerdings nicht einen einzigen Hinweis gefunden, wie viele Männer beziehungsweise ob überhaupt noch andere Personen der Prozedur mit der Tätowiermaschine unterzogen wurden.«

»Was sollte das auch bringen?«, wollte Karl wissen, der das ganze spektakuläre Ende verpasst hatte und nur halbwegs auf dem aktuellen Stand war. »Selbst wenn die dämlich genug gewesen wären, eine Liste mit Namen zu führen, hätten wir ihnen trotzdem nichts nachweisen können.«

»Sehe ich genauso«, gab Eva ihm recht. »Im Endeffekt sind die Männer allesamt kremiert worden, und weder der Verdacht, dass deren Ehefrauen und Lebenspartnerinnen geschlagen wurden und deswegen eines Tages im Krankenhaus gelandet sind, noch dass die Frauen verreist waren, als ihre Männer gestorben sind, gibt ermittlungstechnisch etwas her. Schließlich ist das nicht verboten.«

»Apropos Kremierung. Was war denn nun eigentlich gestern auf dem Friedhof los?«, wollte Max wissen.

Eva verzog den Mund und setzte eine widerwillig bewundernde Miene auf. »Es ist einfach nicht zu fassen, mit welcher Dreistigkeit die Frauen vorgegangen sind. ›Ganz zufällig‹ gab es ausgerechnet am Vormittag eine Verwechslung im Krematorium. Dabei ist eine Leiche, die von Dyrkhoff vor drei Tagen bei der zweiten Leichenschau zur Einäscherung freigegeben wurde, mit einem Neuzugang verwechselt worden. Und ›überraschenderweise‹ handelt es sich dabei um Christian Morl.«

»Das ist nicht dein Ernst.« Karl sah Eva mit offenem Mund an.

»Doch. Das ist aber noch nicht alles. Weil uns das ein bisserl zu viele Zufälle waren, haben wir die Telefonate, die gestern Mittag von Grit Morls Haus geführt wurden, gecheckt.«

»Wieso gestern Mittag?«, fragte Karl, bevor Eva fortfahren konnte. »Da wart ihr doch selbst dort.«

»Ja, dort waren wir«, bestätigte Eva. »Aber sie hat mich zehn Minuten vor dem Haus warten lassen, angeblich weil sie überprüfen wollte, ob ich wirklich von der Polizei bin. Allerdings haben ihre Telefonverbindungen ergeben, dass sie niemals im Präsidium oder unter der 110 angerufen hat. Dafür hat sie fünf Minuten mit einem Anschluss telefoniert, der dem Bestatter gehört.«

»Du machst Witze«, sagte Karl. »Das würde ja bedeuten …«

»Genau. Grit Morl hat den Bestatter angerufen, *vermutlich*, damit er ihren Mann sofort kremiert und wir keine Leiche haben, die wir sezieren können. Damit setzt er zwar seinen Job aufs Spiel, aber das ist weniger schlimm, als wenn sich bei der Leiche etwas finden lässt, das die Frauen hinter Gitter bringt. Da denen nämlich inzwischen bewusst geworden ist, dass wir wissen, wo wir suchen sollten, nämlich unter der Haut des Toten, war ihnen das Risiko zu groß, dass wir dabei tatsächlich fündig werden.«

»Aber das ist doch unlogisch«, fand Karl. »Und wieso sollte ein x-beliebiger Bestatter das Risiko eingehen, seine Stelle zu verlieren? Was könnte er für einen Grund haben, sich für die ganzen misshandelten Frauen zu opfern?«

»Von Frauen in der Mehrzahl kann keine Rede sein«, monierte Max. »Konkret wissen wir nur von einer.«

»Aber du kannst davon ausgehen –«

»Hört auf mit der Erbsenzählerei«, setzte Sauerwein dem Disput umgehend ein Ende. »Kristina hat nämlich noch etwas herausgefunden. Möchtest du selbst …?«, nickte er Kristina zu.

Sie hatte bislang nur entspannt zugehört und sich dem Bellini gewidmet, den Nora sofort großzügig zur Verfügung gestellt hatte.

»Gern.« Kristina stellte ihr Glas ab. »Nachdem wir herausgefunden hatten, dass Grit Morl mit dem Bestatter telefoniert hat, habe ich überprüft, ob zwischen den beiden eine Verbindung besteht. Tja, was soll ich sagen …« Kristina hob die Schultern.

»Eine Beziehung zwischen diesen beiden gibt es nicht, aber dafür eine andere: Er ist der Bruder von Sabine Hofleitner. Und damit können wir in der Tat davon ausgehen, dass er nicht nur in diesem einen Fall seine Zukunft aufs Spiel gesetzt hat. Warte«, sagte sie zu Karl, der signalisierte, dass er etwas fragen wollte, »ich glaube, ich weiß, was du denkst. Wenn die Frau ihn nicht kannte, woher wusste sie dann, dass sie sich ausgerechnet an ihn wenden soll, nachdem die beiden Initiatorinnen der Aktion auf Staatskosten logierten und damit nicht erreichbar waren?«

Als Karl nur nickte, fuhr sie fort: »Der Gedanke kam mir auch. Deswegen habe ich mir die Protokolldateien der Mobilfunkbetreiber der letzten Woche angesehen. Das war ein ziemlich kompliziertes Ding, und aufgrund der dringlichen Ausgangslage musste ich ein paar offizielle Abläufe umgehen.«

Sie warf Sauerwein einen Blick zu, doch der schien seine Ohren auf Durchzug gestellt zu haben.

»Äh, ja, die Details lasse ich besser aus. Das, was ich dabei entdeckt habe, lässt allenfalls ein paar Vermutungen zu. Jedenfalls verhält es sich so, dass just zu dem Zeitpunkt, an dem Grit Morl mit ihrer Schwester in das Wellnesshotel gefahren ist, aus einer Funkzelle ganz in der Nähe ihres Hauses ein Telefonat geführt wurde, und zwar in eine Funkzelle, in der das Haus von Sabine Hofleitner liegt. Das Gespräch dauerte exakt drei Minuten und wurde über Prepaidanschlüsse geführt, die seither deaktiviert sind. Höchstwahrscheinlich wurden die SIM-Karten nach dem Gespräch entfernt und zerstört.«

Eva nickte. »Aufgrund der Sachlage, die uns bekannt ist, können wir nur vermuten, dass Grit Morl da Sabine Hofleiter um Hilfe gebeten und von ihr die Telefonnummer bekommen hat.«

»Äh, hilft mir jemand auf die Sprünge?«, bat Karl. »Wer ist gleich wieder Sabine Hofleitner?«

»Eine der beiden Frauen, die das Ding mit Rettberg durchgezogen haben. Eine Hälfte des Männerentsorgungsteams sozusagen«, sprang Max in die Bresche.

»Damit müssen wir davon ausgehen, dass die beiden Frauen das Ganze nur durchführen konnten, weil der Bruder der einen mit im Boot saß. Wir können nur annehmen, dass Sabine Hofleitners Mann der Erste war, der dran glauben musste. Unter welchen Umständen auch immer«, sinnierte Sauerwein. »Vielleicht war das aber einfach nur eine ganz banale Notwehrsituation. Ich denke, die Idee mit den Tätowierungen kam erst viel später auf. Da ihr Bruder Bestatter ist, hatte er die Gelegenheit, die Toten zu kremieren, ohne dass sie einem Rechtsmediziner vorgeführt wurden.«

Karl sah Sauerwein mit großen Augen an. »Wie soll das denn funktioniert haben? Ich meine, wenn *ein* Leichnam ohne Zweitbegutachtung eingeäschert wird, dann kann man das vielleicht noch als Versehen deklarieren. Aber wenn sich diese Art von Vorfällen häuft, dann muss das doch zwangsläufig jemandem auffallen. Schließlich muss sowohl über die Gutachten als auch über die Kremierungen Buch geführt werden.«

»Indem der Bestatter die Toten ausgetauscht hat. Die Schwachstelle, dass so etwas überhaupt möglich ist, liegt zugegebenermaßen tatsächlich in der Rechtsmedizin. Da Dyrkhoff sich mit einem Kollegen im Zweiwochenrhythmus abwechselt, ist es kein Ding der Unmöglichkeit, ein und denselben Toten zwei Wochen in Folge zur Begutachtung vorzuführen, solange er in der Zwischenzeit nur gut genug gekühlt wird. Nur dass man ihn einmal für den richtigen Toten ausgibt und das nächste Mal für einen anderen.«

Sauerwein lachte auf. »Den Ärzten konnte das nicht auffallen, da der Bestatter sicher darauf geachtet hat, dass der Tote jeweils dem anderen Mediziner vorgestellt wurde. Er musste lediglich dafür sorgen, dass sich die beiden Toten in Alter und Statur ähnelten.«

»Oh Mann, ist das ein verzwicktes Ding«, stellte Karl fest, der die babyfreie Ruhe in vollen Zügen genoss. »Ich könnte mich so was von in den Hintern beißen, dass ich das Beste verpasst habe.«

Vor allem, dass es erfreulich wenig Außeneinsätze gegeben hatte, war ganz und gar nach seinem Geschmack.

»Weißt was, Karl, 's nächste Mal kannst gern mit mir tauschen. I hab mir eh überlegt, dass i künftig lieber wieder eure gschlamperten Berichte korrigier, als dass i mir noch mal irgendwelche grusligen Gschichten über häusliche Gewalt anhör.« Nora seufzte und schloss die Augen.

Karl grinste. »Klar, mach ich. Sag einfach Bescheid, wenn es wieder so weit ist.« Dann wurde er wieder ernst. »Was ist eigentlich bei der Untersuchung der beiden Substanzen herausgekommen?«

»Du meinst das Zeug, das sie Mike unter die Haut gespritzt haben, und das, das ihm den Rest geben sollte?«, fragte Max.

»Genau.«

Max verzog den Mund. »Das war eine komplette Nullrunde.«

»Was meinst du damit?«, wollte Karl wissen, der nichts verstanden hatte.

»Ganz einfach«, antwortete Rettberg an Max' Stelle. »Die KTU hat zwar herausgefunden, dass die zweite Substanz eine hochpotente Kaliumchloridverbindung ist, die allein würde aber keinen Schaden anrichten, wenn man davon absieht, dass es allergische Reaktionen auf der Haut geben könnte, wenn man sich damit einreibt. Der Haken an der Sache ist aber der, dass sich nicht feststellen lässt, was die charmanten Damen mir unter den Pelz injiziert haben.«

»Und wieso nicht?«, fragte Karl. »Das Zeug kann sich doch noch nicht so schnell abgebaut haben.«

»Das hat es auch nicht. Aber es lässt sich von dort weder entfernen noch analysieren. Dyrkhoff hat zwar versucht, einen Teil davon mit einer Nadel abzuziehen, das ist aber gründlich misslungen.«

»Aber es muss doch eine Möglichkeit geben, dir zumindest so viel davon zu entnehmen, dass es sich auswerten lässt.«

»Die gibt es auch.« Eva schnitt eine Grimasse. »Aber Mike ziert sich.«

Rettberg erwiderte Evas Lächeln. »Das liegt an meinen weiblichen Anteilen, die du auch mir zugestehen musst.«

»Idiot«, kommentierte Max trocken und klärte Karl auf. »Der einzige Weg wäre, Mike die Haut abzuziehen und das Zeug unter der Epidermis abzuschaben. Aber Dyrkhoff ist sich nicht sicher, dass das auch wirklich gelingt.«

»Und ich habe keine Lust, mir den Rücken liften zu lassen, solange die Chance nur null Komma drei Prozent ist, dass dabei auch wirklich etwas zutage gefördert wird«, setzte Rettberg nach. »Dyrkhoff hat mir zwar eine Stunde lang und breit erklärt, dass ich dazu verpflichtet wäre, zur Aufklärung des Falles beizutragen, aber so ein Experiment geht mir jetzt ehrlich zu weit.«

»Kann ich verstehen«, murmelte Karl. »Dazu wäre ich auch nicht bereit. Aber wie ist es, kannst du dazu gegebenenfalls noch gezwungen werden?«

»Kann er nicht«, sagte Sauerwein. »Auch ein Polizist im Dienst hat das verbriefte Recht auf körperliche Unversehrtheit. Und solange keine gesundheitlichen Probleme auftauchen, würde ich es auch nicht befürworten.«

Er wandte sich an Rettberg: »Aber ich würde dir empfehlen, das nie völlig aus dem Auge zu verlieren, selbst nach Jahren nicht.«

»Werde ich auch nicht«, versprach Rettberg und zwinkerte Eva zu. »Und wenn es nur ist, dass ich später doch noch mal ein Lifting brauchen sollte.«

»Aber irgendwie müssen die Frauen doch auf die Substanzen gestoßen sein.« Karl blieb hartnäckig. »Die werden das Zeug ja kaum im Supermarkt gekauft haben.«

»Der einzige Anhaltspunkt, den wir überhaupt haben, ist, dass Sabine Hofleitner als pharmazeutisch-technische Assistentin bei einem Pharmakonzern arbeitet«, sagte Sauerwein. »Eva und ich waren gestern dort und haben ihren Chef in die Mangel genommen. Nein«, winkte er ab, als Karl ihn skeptisch musterte, »wir haben ihm natürlich nicht unter die Nase gerieben, dass die Hofleitner unter Mordverdacht steht. Wir haben eine kleine Geschichte erfunden, dass sie mit seltsamen Beschwerden im Krankenhaus liegt und wir der Sache auf den Grund gehen wollten, bevor es ihr schlechter geht oder noch mehr Personen krank werden.« Sauerwein lächelte verschmitzt.

»Das hat zum einen den Vorteil, dass er keine Ahnung hat, dass Sabine Hofleitner derzeit in U-Haft sitzt, und sie damit ihren Job nicht verliert, falls wir keine Beweise finden können, die sie belasten, zum anderen, dass sich ihr Chef außerordentlich hilfsbereit zeigte, als wir ihm ein paar ausgedachte Symptome geschildert haben.« Er seufzte und schüttelte den Kopf.

»Aber auch das hat nichts gebracht. Die Hofleitner arbeitet an keinem einzigen Projekt, das sich mit gefährlicher Materie befasst. Falls sie wirklich selbst etwas über die Wechselwirkung der beiden Substanzen herausgefunden hat, dann hat sie es geheim gehalten. Und damit haben wir keine Chance, auf das letzte Puzzleteilchen zu stoßen.«

»Wir werden die Frauen trotz allem nicht als Täterinnen abhaken«, ergänzte Eva. »Das Programm, das Kristina geschrieben hat, bleibt auf einem ansonsten ungenutzten Rechner weiter aktiv und forscht im Internet nach vergleichbaren Mustern. Und Dyrkhoff hat alle Kollegen aus den Fachbereichen Rechtsmedizin, Pathologie und Forensik angeschrieben und ihnen sämtliche Informationen zukommen lassen, damit die ebenfalls ein Auge darauf haben können.«

Sauerwein sah seine Mitarbeiter nachdenklich an. »Ich weiß ja nicht, ob es euch schon aufgefallen ist«, sagte er langsam. »Aber wir haben hier eine Situation, die so außergewöhnlich ist, dass sie vermutlich in die Geschichte unseres Präsidiums eingehen wird.«

»Wie meinst du das?«, fragte Eva neugierig.

»Wir haben ein Verbrechen aufgeklärt, von dem wir nie hundertprozentig wissen werden, ob es wirklich eines war. Die mutmaßlichen Initiatorinnen wird man allerhöchstens wegen einer Kleinigkeit belangen können, nämlich dass sie jemandem einen harmlosen Wirkstoff unter die Haut tätowiert haben.«

Sauerwein deutete mit einer Kopfbewegung auf Rettberg, der gerade Nora mit einem Stück Kuchen fütterte. »Mike wird auf eine Anzeige verzichten. Trotzdem wird der Staatsanwalt Anklage erheben, da diese Aktion ein tätlicher Angriff auf einen

Polizeibeamten war und er das nicht so einfach unter den Tisch fallen lassen kann. Weitere Aktionen gleicher Art kann man den Frauen nicht nachweisen, da sie keine Aufzeichnungen geführt haben und die Witwen und Partnerinnen der Männer, die wir gefunden haben, sich nicht dazu äußern.«

»Das ist übrigens ein guter Punkt«, sagte Eva. »*Die* Partnerinnen, die wir ausfindig gemacht haben. Wir können nämlich nicht ausschließen, dass es da draußen noch einige weitere präparierte Männer gibt, deren Frauen nur noch nicht zum Todesstoß angesetzt haben.«

»Und dass sich die beiden Frauen nicht noch weitere Opfer in anderen Krankenhäusern gesucht haben. Wissen wir, ob die ›Alpenklinik‹ die einzige Klinik war, in der sie aktiv waren? Das wissen wir nicht«, beantwortete Sauerwein seine Frage gleich selbst.

»Oder ob sie das ganze Konzept nicht als Franchise-Unternehmen betrieben haben«, schlug Eva vor. »Vielleicht war das alles ja nur der Anfang einer groß angelegten Säuberungsaktion.«

»Oh Gott, hört auf damit«, gab sich Max entsetzt. »Ihr meint, wir müssen damit rechnen, dass in den nächsten Wochen und Monaten weitere Männer tot umfallen wie die Fliegen und keiner jemals erfahren wird, dass ihre bösen Weiber sie ermordet haben?«

»Wenn nicht sogar in den nächsten Jahren. Kein Mann wird mehr seines Lebens sicher sein.«

»Ihr habt einen Knall«, stellte Sauerwein zufrieden fest. Er öffnete ein weiteres Bier, schob es Max hin und schnippte den Kronkorken gezielt in einen Abfalleimer, der zwei Meter entfernt stand. »Aber das ist es gar nicht, worauf ich hinauswill.«

»Sondern?«

»Dass es das, was es ist, eigentlich gar nicht gibt.« Gedankenverloren nippte Sauerwein an seinem Bier.

»Und das wäre?«

»Ein perfekter Mord.«

Zum Schluss

Wie so oft entstand die Idee zu dieser Geschichte aus einem Gespräch heraus, das so gar nichts mit Büchern zu tun hatte: Im März 2015 habe ich mich auf Mallorca mit einer Frau unterhalten, die ich ein paar Tage zuvor kennengelernt hatte. Als sie mir erzählt hat, dass ihr Sohn als Tätowierer arbeitet, fing ein Gedanke an zu zünden, aus dem sich im Lauf des letzten Jahres die Geschichte zu »Sparifankerl« entwickelt hat.

Da es von der ersten Idee bis zum fertigen Buch nun immer ein gutes Stück Weg ist, möchte ich den Menschen danken, die mich auf dieser Reise begleitet haben: dem Emons Verlag, der mir mit der Zusage, aus einer auf zwei Seiten skizzierten Idee ein Buch zu machen, sein uneingeschränktes Vertrauen geschenkt hat; meiner wunderbaren Lektorin Christine Derrer, die es auf eine ganz unaufgeregte Art immer wieder schafft, mich »einzufangen«, wenn ich mich verrannt habe; meiner Agentin Lianne Kolf und ihrem Team, die sich um Verträge, Abrechnungen und anderen Papierkram kümmern; meinen »Testleserinnen« Daniela und Stephanie, die mit ihren Wünschen und Anregungen dazu beigetragen haben, dass dieser Krimi eine »runde Sache« geworden ist. Und nicht zuletzt danke ich meinen Leserinnen und Lesern, die mit ihrer Begeisterung für meine Bücher dafür sorgen, dass es mir einen Heidenspaß bereitet, immer wieder neue Geschichten zu erfinden.

Ihr seid alle großartig!

Susanne Rößner

Susanne Rößner
FANGERMANDL
Broschur, 368 Seiten
ISBN 978-3-95451-448-9

»Susanne Rößner gelingt es, Ermittlern und Täter Profil zu geben. Die Handlung führt mitten hinein in das Privatleben der Protagonisten und gibt dabei immer wieder Einblicke in Denken und Fühlen aller Beteiligten. Für Krimi-Fans ist ›Fangermandl‹ damit ein guter Lesetipp für kalte Winterabende.« Oberbayerisches Volksblatt

»Der düster-melancholische Krimi fesselt durch eine glaubhafte Story und gute Charaktere. Die Geschichte spielt im bayerischen Oberland zwischen Rosenheim, Schliersee und Tegernsee und kommt ganz ohne den oft in Regionalkrimis herangezogenen Klamauk aus. Spannend bis zur letzten Seite und mit unerwartetem Ausgang. Sehr zu empfehlen!« Bayern im Buch

www.emons-verlag.de